QR Code版

考試分數大躍進
累積實力
百萬考生見證
應考秘訣

根據日本國際交流基金考試相關概要

日本語

動詞變化

快攻手

ニホンゴノウリョクシケンドウシカツヨウ

動詞活用 N1~N5

金牌作者群
吉松由美・田中陽子

林勝田　合著

辭典

U0080088

山田社
Shan Tian She

好消息來襲：應廣大讀者和學校的熱切呼聲，

《日本語常用動詞活用辭典 N1,N2,N3,N4,N5 動詞辭典：從零基礎到考上 N1，就靠這一本！》驚喜推出「QR 碼線上音檔」。

隨時隨地，手機掃一掃，立刻聽懂日語，成為快攻動詞大師！

動詞變化讓您頭昏眼花？

自學勇士、日語新兵，必備的神兵利器，

一本在手，天下無敵。

> 3 個神奇公式打通任督二脈，迎接知識的大爆發！
>
> 14 種活用分類整理表，編排精妙，震撼心靈，讓您驚為極品。
>
> 從零起步，流利到達 N1，就靠這一本！

日語動詞變化，學習者的夢魘，終結者來了！

為什麼中文往往一個詞彙就夠，而日語一個動詞要變化出 14 種不同型態？學日語，每遇動詞就如同進入迷宮，一個錯誤，步步驚心。

不滿纏繞，為何中文否定只需加個「不」，日語得把詞尾改造再加「ない」？中文過去式加「"過去"或"了"」一語了然，日語卻要變化加「た」才成立！其他還有「命令形」、「意志形」、「條件形」……等等活用。

面對這些挑戰，您可能會感到：

△ 動詞變化使用上的無力感 　　　 △ 辭義識別上的困惑迷茫

△ 記憶模糊，自信心減半

別擔心，救星在此！這不僅是學習日語的轉折點，更是掌握語言精髓的開始。準備好迎接全新的學習體驗，打破框架，重新定義日語學習！

碰到問題別讓挫折打垮您，此時，您的學習武器庫裡急需一本獨一無二的超級工具書。

獻上不可錯過的學習神器，熱銷辭典強勢登場：

◇ 最貼心，從 N5 到 N1 按級數分章節，50 音順序排列。

◇ 最便利，由日籍教師親自朗讀，線上音檔隨掃即聽。

◇ 最好學，動詞變化語尾上色標記，一眼看穿，清晰直觀。

◇ 最系統，用「表格」把動詞 14 種繁複的活用，秩序井然地展現出，整齊劃一，令人瞠目

當您在日語的海洋中遇到陌生詞彙，隨時翻閱，從一開始的茫然到逐漸精通動詞變化的規則，您將感受到自己的進步和熟練！走上日語學習的快車道，讓這本書成為您的忠實夥伴！

踏上學習極限之旅，用 3 個公式，解鎖語言的神秘任督二脈！

⊙ 第一公式：深入動詞的核心：

動詞可分成 3 陣營，一般動詞、五段動詞、不規則動詞。每個陣營都有自己獨特的變化密碼。

一般動詞：詞尾變化舞動在 50 音的「い、え」段樂章上。像是「起きる、いる、食べる」。

五段動詞：詞尾變化在「あ、い、う、え、お」五段交錯中變幻。如「買う、知る、終わる」。

不規則動詞：變化如幽靈，捉摸不定。像是「する、来る」。

⊙ 第二公式：再接上動詞的小尾巴「語幹＋語尾」：

　　掌握日語動詞變化的鑰匙，就是先找到穩如泰山的動詞語幹，例如：「書く（か〈→か）」、「着る（きる→き）」，再加上變幻莫測的語尾。

一般動詞語尾：忠誠守候在「い段」、「う段」上。

五段動詞語尾：遊走在「あ、い、う、え、お」五段舞臺。

不規則動詞語尾：

来る＝在「き、く、こ」カ行變換。又叫「カ變」。

する＝在「さ、し、す、せ」サ行起舞。又叫「サ變」。

⊙ 第三公式：最終大招，接上小幫手助動詞等「語幹＋語尾＋助動詞等」：

　　加上個性強烈的「助動詞（如：ない〈不〉、たら〈的話〉等）」，動詞變化就能表達豐富多彩的意境。

　　日語動詞活用，就像是一個大家族的 14 位兄弟，每個都有自己的特色和風格！他們不僅是同根生，還能隨心所欲地配上助動詞或語尾變化，展現各自獨特的個性。他們總是大聲宣稱：「我們不一樣！」，大搞特色，各顯神通。

來看看這個多彩的家族：

正義正直的老大 →	**書く**	書寫	（表示語尾）
小心謹慎的老 2 →	**書かない**	沒書寫	（表示否定）
悲觀失意的老 3 →	**書かなかった**	過沒有書寫	（表示過去否定）
彬彬有禮的老 4 →	**書きます**	書寫	（表示鄭重）
外向開朗的老 5 →	**書いて**	書寫	（表示連接等）
快言快語的老 6 →	**書いた**	書寫過	（表示過去）
聰明好學的老 7 →	**書いたら**	書寫的話	（表示條件）
情緒多變的老 8 →	**書いたり**	又是書寫	（表示列舉）
實事求是的老 9 →	**書けば**	書寫的話	（表示條件）
暴躁善變的老 10 →	**書かせる**	叫…書寫	（表示使役）
追求刺激的老 11 →	**書かれる**	被書寫	（表示被動）
豪放不羈的老 12 →	**書け**	快書寫	（表示命令）
勇敢正義的老 13 →	**書ける**	可以書寫	（表示可能）
異想天開的老 14 →	**書こう**	書寫吧	（表示意志）

　　眼尖的您，發現了沒？同一個字眼，一旦語尾變了，整個世界都跟著變色！這就像是一個由 14 個性格迥異的兄弟組成的團隊！掌握了這些基礎分類後，多聽、多看、多練，讓它們成為您的直覺反應，日語動詞活用將如行雲流水般自然。

　　沒有老師在旁？沒問題！在家自學也能輕鬆上手。一旦您馴服了日語動詞的 14 種變化，您將成為語言的馴服師，任何表達都能隨心所欲。體驗到日語能力飛躍提升的成就感，無論是為了日檢、學校還是工作，這本書都是您不可或缺的隱形利刃，讓您在日語世界裡所向披靡！

目錄

目錄

日語動詞三個公式

　　表示人或事物的存在、動作、行為和作用的詞叫動詞。日語動詞可以分為三大類（三個公式），有：

分類		ます形	辭書形	中文
一般動詞	上一段動詞	おきます	おきる	起來
		すぎます	すぎる	超過
		おちます	おちる	掉下
		います	いる	在
	下一段動詞	たべます	たべる	吃
		うけます	うける	接受
		おしえます	おしえる	教授
		ねます	ねる	睡覺
五段動詞		かいます	かう	購買
		かきます	かく	書寫
		はなします	はなす	說
		しります	しる	知道
		かえります	かえる	回來
		はしります	はしる	跑
		おわります	おわる	結束
不規則動詞	サ變動詞	します	する	做
	カ變動詞	きます	くる	來

② 動詞有5種

按形態和變化規律,可以分為:

❶ 上一段動詞

動詞的活用詞尾,在五十音圖的「い段」上變化的叫上一段動詞。一般由有動作意義的漢字,後面加兩個平假名構成。最後一個假名為「る」。「る」前面的假名一定在「い段」上。例如:

◆ い段音「い、き、し、ち、に、ひ、み、り」
　　　　　　i　ki　shi　chi　ni　hi　mi　ri

　　起きる(おきる)

　　過ぎる(すぎる)

　　落ちる(おちる)

❷ 下一段動詞

動詞的活用詞尾在五十音圖的「え段」上變化的叫下一段動詞。一般由一個有動作意義的漢字,後面加兩個平假名構成。最後一個假名為「る」。「る」前面的假名一定在「え段」上。例如:

◆ え段音「え、け、せ、て、ね、へ、め、れ」
　　　　　　e　ke　se　te　ne　he　me　re

　　食べる(たべる)

　　受ける(うける)

　　教える(おしえる)

只是,也有「る」前面不夾進其他假名的。但這個漢字讀音一般也在「い段」或「え段」上。如:

　▶ 居る(いる)

　▶ 寝る(ねる)

　▶ 見る(みる)

❸ 五段動詞

　　動詞的活用詞尾在五十音圖的「あ、い、う、え、お」五段上變化的叫五段動詞。一般由一個或兩個有動作意義的漢字，後面加一個（兩個）平假名構成。

(1) 五段動詞的詞尾都是由「う段」假名構成。其中除去「る」以外，凡是「う、く、す、つ、ぬ、ふ、む」結尾的動詞，都是五段動詞。例如：

　　▶買う（かう）　　▶待つ（まつ）
　　▶書く（かく）　　▶飛ぶ（とぶ）
　　▶話す（はなす）　　▶読む（よむ）

(2)「漢字＋る」的動詞一般為五段動詞。也就是漢字後面只加一個「る」，「る」跟漢字之間不夾有任何假名的，95% 以上的動詞為五段動詞。例如：

　　▶売る（うる）　　▶走る（はしる）
　　▶知る（しる）　　▶要る（いる）
　　▶帰る（かえる）

(3) 個別的五段動詞在漢字與「る」之間又加進一個假名。但這個假名不在「い段」和「え段」上，所以，不是一段動詞，而是五段動詞。例如：

　　▶始まる（はじまる）　　　▶終わる（おわる）

❹ サ變動詞

　　サ變動詞只有一個詞「する」。活用時詞尾變化都在「サ行」上，稱為サ變動詞。另有一些動作性質的名詞＋する構成的複合詞，也稱サ變動詞。例如：

　　▶結婚する（けっこんする）　　　▶勉強する（べんきょうする）

❺ カ變動詞

　　只有一個動詞「来る」。因為詞尾變化在カ行，所以叫做カ變動詞，由「く＋る」構成。它的詞幹和詞尾不能分開，也就是「く」既是詞幹，又是詞尾。

動詞單字
N5

あう【会う】 見面・會面；偶遇・碰見

自五 グループ1

会う・会います

辞書形(基本形) 見面	あう	たり形 又是見面	あったり
ない形 (否定形) 不見面	あわない	ば形 (條件形) 見面的話	あえば
なかった形 (過去否定形) 過去沒見過面	あわなかった	させる形 (使役形) 使見面	あわせる
ます形 (連用形) 見面	あいます	られる形 (被動形) 被碰見	あわれる
て形 見面	あって	命令形 快見面	あえ
た形 (過去形) 見過面	あった	可能形 可以見面	あえる
たら形 (條件形) 見面的話	あったら	う形 (意向形) 見面吧	あおう

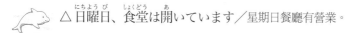
△大山さんと駅で会いました／我在車站與大山先生碰了面。

あく【開く】 開・打開；開始・開業

自五 グループ1

開く・開きます

辞書形(基本形) 打開	あく	たり形 又是打開	あいたり
ない形 (否定形) 不打開	あかない	ば形 (條件形) 打開的話	あけば
なかった形 (過去否定形) 過去沒打開	あかなかった	させる形 (使役形) 使打開	あかせる
ます形 (連用形) 打開	あきます	られる形 (被動形) 被打開	あけられる
て形 打開	あいて	命令形 快打開	あけ
た形 (過去形) 打開過	あいた	可能形 能打開	あけられる
たら形 (條件形) 打開的話	あいたら	う形 (意向形) 打開吧	あこう

△日曜日、食堂は開いています／星期日餐廳有營業。

あける【開ける】 打開・開（著）；開業

他下一　グループ2

開ける・開けます

辞書形(基本形) 打開	あける	たり形 又是打開	あけたり
ない形 (否定形) 沒打開	あけない	ば形 (條件形) 打開的話	あければ
なかった形 (過去否定形) 過去沒打開	あけなかった	させる形 (使役形) 使打開	あけさせる
ます形 (連用形) 打開	あけます	られる形 (被動形) 被打開	あけられる
て形 打開	あけて	命令形 快打開	あけろ
た形 (過去形) 打開過	あけた	可能形 可以打開	あけられる
たら形 (條件形) 打開的話	あけたら	う形 (意向形) 打開吧	あけよう

 △ドアを開けてください／請把門打開。

あげる【上げる】 舉起；抬起

他下一　グループ2

上げる・上げます

辞書形(基本形) 舉起	あげる	たり形 又是舉起	あげたり
ない形 (否定形) 沒舉起	あげない	ば形 (條件形) 舉起的話	あげれば
なかった形 (過去否定形) 過去沒舉起	あげなかった	させる形 (使役形) 使舉起	あげさせる
ます形 (連用形) 舉起	あげます	られる形 (被動形) 被舉起	あげられる
て形 舉起	あげて	命令形 快舉起	あげろ
た形 (過去形) 舉起過	あげた	可能形 能舉起	あげられる
たら形 (條件形) 舉起的話	あげたら	う形 (意向形) 舉起來吧	あげよう

 △分かった人は手を上げてください／知道的人請舉手。

あそぶ【遊ぶ】 遊玩；閒著；旅行；沒工作

自五 グループ1

遊ぶ・遊びます

辞書形(基本形)		たり形	
遊玩	あそぶ	又是遊玩	あそんだり
ない形 (否定形)		ば形 (條件形)	
沒有遊玩	あそばない	遊玩的話	あそべば
なかった形 (過去否定形)		させる形 (使役形)	
過去沒有遊玩	あそばなかった	使遊玩	あそばせる
ます形 (連用形)		られる形 (被動形)	
遊玩	あそびます	被玩弄	あそばれる
て形		命令形	
遊玩	あそんで	快遊玩	あそべ
た形 (過去形)		可能形	
遊玩過	あそんだ	可以遊玩	あそべる
たら形 (條件形)		う形 (意向形)	
遊玩的話	あそんだら	遊玩吧	あそぼう

 △ここで遊ばないでください／請不要在這裡玩耍。

あびる【浴びる】 淋，浴，澆；照，曬

他上一 グループ2

浴びる・浴びます

辞書形(基本形)		たり形	
淋浴	あびる	又是淋浴	あびたり
ない形 (否定形)		ば形 (條件形)	
沒有淋浴	あびない	淋浴的話	あびれば
なかった形 (過去否定形)		させる形 (使役形)	
過去沒有淋浴	あびなかった	使淋浴	あびさせる
ます形 (連用形)		られる形 (被動形)	
淋浴	あびます	被澆淋	あびられる
て形		命令形	
淋浴	あびて	快淋浴	あびろ
た形 (過去形)		可能形	
淋過浴	あびた	可以淋浴	あびられる
たら形 (條件形)		う形 (意向形)	
淋浴的話	あびたら	淋浴吧	あびよう

△シャワーを浴びた後で朝ご飯を食べました／沖完澡後吃了早餐。

あらう【洗う】 沖洗・清洗；洗滌　他五 グループ1

洗う・洗います

辞書形(基本形) 清洗	あらう	た形 又是清洗	あらったり
ない形(否定形) 不清洗	あらわない	ば形(條件形) 清洗的話	あらえば
なかった形(過去否定形) 過去沒清洗	あらわなかった	させる形(使役形) 使清洗	あらわせる
ます形(連用形) 清洗	あらいます	られる形(被動形) 被洗滌	あらわれる
て形 清洗	あらって	命令形 快清洗	あらえ
た形(過去形) 清洗過	あらった	可能形 可以清洗	あらえる
たら形(條件形) 清洗的話	あらったら	う形(意向形) 清洗吧	あらおう

 △昨日洋服を洗いました／我昨天洗了衣服。

ある【在る】 在・存在　自五 グループ1

ある・あります

辞書形(基本形) 存在	ある	た形 又是存在	あったり
ない形(否定形) 沒存在	ない	ば形(條件形) 存在的話	あれば
なかった形(過去否定形) 過去沒存在	なかった	させる形(使役形)	———
ます形(連用形) 存在	あります	られる形(被動形)	———
て形 存在	あって	命令形 快存在	あれ
た形(過去形) 存在過	あった	可能形 可以存在	あられる
たら形(條件形) 存在的話	あったら	う形(意向形) 存在吧	あろう

 △トイレはあちらにあります／廁所在那邊。

ある【有る】 有・持有・具有

自五 グループ1

ある・あります

辞書形（基本形）持有	ある	たり形 又是持有	あったり
ない形（否定形）没有	ない	ば形（條件形）持有的話	あれば
なかった形（過去否定形）過去没有	なかった	させる形（使役形）	———
ます形（連用形）持有	あります	られる形（被動形）	———
て形 持有	あって	命令形 快持有	あれ
た形（過去形）持有過	あった	可能形 可以持有	あられる
たら形（條件形）持有的話	あったら	う形（意向形）擁有吧	あろう

△春休みはどのぐらいありますか／春假有多久呢？

あるく【歩く】 走路・步行

自五 グループ1

歩く・歩きます

辞書形(基本形)走路	あるく	たり形 又是走路	あるいたり
ない形（否定形）没走路	あるかない	ば形（條件形）走路的話	あるけば
なかった形（過去否定形）過去没走路	あるかなかった	させる形（使役形）使走路	あるかせる
ます形（連用形）走路	あるきます	られる形（被動形）被走過	あるかれる
て形 走路	あるいて	命令形 快走路	あるけ
た形（過去形）走過路	あるいた	可能形 可以走路	あるける
たら形（條件形）走路的話	あるいたら	う形（意向形）走路吧	あるこう

△歌を歌いながら歩きましょう／一邊唱歌一邊走吧！

いう【言う】 說・講；說話・講話 　　自他五 グループ1

言う・言います

辞書形(基本形) 說話	いう	た形 又是說話	いったり
ない形(否定形) 不說話	いわない	ば形(條件形) 說話的話	いえば
なかった形(過去否定形) 過去沒說話	いわなかった	させる形(使役形) 使說話	いわせる
ます形(連用形) 說話	いいます	られる形(被動形) 被說	いわれる
て形 說話	いって	命令形 快說話	いえ
た形(過去形) 說過話	いった	可能形 可以說話	いえる
たら形(條件形) 說話的話	いったら	う形(意向形) 說話吧	いおう

△山田さんは「家内といっしょに行きました。」と言いました／
山田先生說「我跟太太一起去了」。

いく・ゆく【行く】 去・往；離去；經過・走過　　自五 グループ1

行く・行きます

辞書形(基本形) 去	いく	た形 又是去	いったり
ない形(否定形) 不去	いかない	ば形(條件形) 去的話	いけば
なかった形(過去否定形) 過去沒去	いかなかった	させる形(使役形) 使去	いかせる
ます形(連用形) 前去	いきます	られる形(被動形) 被走過	いかれる
て形 前去	いって	命令形 快去	いけ
た形(過去形) 去過	いった	可能形 可以去	いける
たら形(條件形) 去的話	いったら	う形(意向形) 去吧	いこう

△大山さんはアメリカに行きました／大山先生去了美國。

いっしょ【一緒】 一塊，一起；一樣；（時間）一齊，同時　名・自サ　グループ3

一緒する・一緒します

辞書形(基本形)		たり形	
一起	いっしょする	又是一起	いっしょしたり
ない形(否定形)		ば形(條件形)	
沒有一起	いっしょしない	一起的話	いっしょすれば
なかった形(過去否定形)		させる形(使役形)	
過去沒有一起	いっしょしなかった	使一起	いっしょさせる
ます形(連用形)		られる形(被動形)	
一起	いっしょします	被同時	いっしょされる
て形		命令形	
一起	いっしょして	快一起	いっしょしろ
た形(過去形)		可能形	
一起過	いっしょした	可以一起	いっしょできる
たら形(條件形)		う形(意向形)	
一起的話	いっしょしたら	一起吧	いっしょしよう

 △明日一緒に映画を見ませんか／明天要不要一起看場電影啊？

いる【居る】 （人或動物的存在）有，在；居住在　自上一　グループ1

居る・居ます

辞書形(基本形)		たり形	
在	いる	又是在	いたり
ない形(否定形)		ば形(條件形)	
不在	いない	在的話	いれば
なかった形(過去否定形)		させる形(使役形)	
過去不在	いなかった	使在	いさせる
ます形(連用形)		られる形(被動形)	
在	います	被存在	いられる
て形		命令形	
在	いて	在這裡	いろ
た形(過去形)		可能形	
在過	いた	可以存在	いられる
たら形(條件形)		う形(意向形)	
在的話	いたら	在吧	いよう

 △どのぐらい東京にいますか／你要待在東京多久？

いる【要る】 要・需要・必要 自五 グループ1

要る・要ります

辞書形(基本形) 需要	いる	たり形 又是需要	いったり
ない形 (否定形) 不需要	いらない	ば形 (條件形) 需要的話	いれば
なかった形 (過去否定形) 過去沒需要	いらなかった	させる形 (使役形) 使需要	いらせる
ます形 (連用形) 需要	いります	られる形 (被動形) 被需要	いられる
て形 需要	いって	命令形	———
た形 (過去形) 需要過	いった	可能形	———
たら形 (條件形) 需要的話	いったら	う形 (意向形) 需要吧	いろう

△郵便局へ行きますが、林さんは何かいりますか／
我要去郵局，林先生要我幫忙辦些什麼事？

いれる【入れる】 放入・裝進；送進，收容；計算進去 他下一 グループ2

入れる・入れます

辞書形(基本形) 放入	いれる	たり形 又是放入	いれたり
ない形 (否定形) 不放入	いれない	ば形 (條件形) 放入的話	いれれば
なかった形 (過去否定形) 過去沒放入	いれなかった	させる形 (使役形) 使放入	いれさせる
ます形 (連用形) 放入	いれます	られる形 (被動形) 被放入	いれられる
て形 放入	いれて	命令形 快放入	いれろ
た形 (過去形) 放入過	いれた	可能形 可以放入	いれられる
たら形 (條件形) 放入的話	いれたら	う形 (意向形) 放入吧	いれよう

△青いボタンを押してから、テープを入れます／按下藍色按鈕後，再放入錄音帶。

うたう【歌う】 唱歌；歌頌

他五 グループ1

歌う・歌います

辞書形 (基本形)		たり形	
唱歌	うたう	又是唱歌	うたったり
ない形 (否定形)		ば形 (條件形)	
沒唱歌	うたわない	唱歌的話	うたえば
なかった形 (過去否定形)		させる形 (使役形)	
過去沒唱歌	うたわなかった	使唱歌	うたわせる
ます形 (連用形)		られる形 (被動形)	
唱歌	うたいます	被唱	うたわれる
て形		命令形	
唱歌	うたって	快唱歌	うたえ
た形 (過去形)		可能形	
唱過歌	うたった	可以唱歌	うたえる
たら形 (條件形)		う形 (意向形)	
唱歌的話	うたったら	唱歌吧	うたおう

△ 毎週一回、カラオケで歌います／每週唱一次卡拉OK。

うまれる【生まれる】 出生；出現

自下一 グループ2

生まれる・生まれます

辞書形 (基本形)		たり形	
出生	うまれる	又是出生	うまれたり
ない形 (否定形)		ば形 (條件形)	
沒出生	うまれない	出生的話	うまれれば
なかった形 (過去否定形)		させる形 (使役形)	
過去沒出生	うまれなかった	使出生	うまれさせる
ます形 (連用形)		られる形 (被動形)	
出生	うまれます	被誕生	うまれられる
て形		命令形	
出生	うまれて	快出生	うまれろ
た形 (過去形)		可能形	
出生了	うまれた		———
たら形 (條件形)		う形 (意向形)	
出生的話	うまれたら	出生吧	うまれよう

△ その女の子は外国で生まれました／那個女孩是在國外出生的。

うる【売る】賣・販賣；出賣

売る・売ります

辞書形（基本形）		たり形	
販賣	うる	又是販賣	うったり
ない形（否定形）		ば形（條件形）	
沒販賣	うらない	販賣的話	うれば
なかった形（過去否定形）		させる形（使役形）	
過去沒販賣	うらなかった	使販賣	うらせる
ます形（連用形）		られる形（被動形）	
販賣	うります	被販賣	うられる
て形		命令形	
販賣	うって	快販賣	うれ
た形（過去形）		可能形	
販賣過	うった	可以販賣	うれる
たら形（條件形）		う形（意向形）	
販賣的話	うったら	販賣吧	うろう

 △ この本屋は音楽の雑誌を売っていますか／這間書店有賣音樂雜誌嗎？

おきる【起きる】（倒著的東西）起來・立起來・坐起來；起床 自上一 グループ2

起きる・起きます

辞書形（基本形）		たり形	
起來	おきる	又是起來	おきたり
ない形（否定形）		ば形（條件形）	
不起來	おきない	起來的話	おきれば
なかった形（過去否定形）		させる形（使役形）	
過去沒起來	おきなかった	使起來	おきさせる
ます形（連用形）		られる形（被動形）	
起來	おきます	被立起來	おきられる
て形		命令形	
起來	おきて	快起來	おきろ
た形（過去形）		可能形	
起來過	おきた	可以起來	おきられる
たら形（條件形）		う形（意向形）	
起來的話	おきたら	起來吧	おきよう

 △ 毎朝6時に起きます／每天早上6點起床。

おく【置く】 放・放置；放下・留下・丟下

他五 グループ1

置く・置きます

辞書形(基本形) 放置	おく	たり形 又是放置	おいたり
ない形(否定形) 沒放置	おかない	ば形(條件形) 放置的話	おけば
なかった形(過去否定形) 過去沒放置	おかなかった	させる形(使役形) 使放置	おかせる
ます形(連用形) 放置	おきます	られる形(被動形) 被放置	おかれる
て形 放置	おいて	命令形 快放置	おけ
た形(過去形) 放置過	おいた	可能形 可以放置	おける
たら形(條件形) 放置的話	おいたら	う形(意向形) 放置吧	おこう

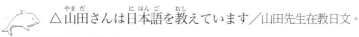

△ 机の上に本を置かないでください／桌上請不要放書。

おしえる【教える】 教授；指導；教訓；告訴

他下一 グループ2

教える・教えます

辞書形(基本形) 教授	おしえる	たり形 又是教授	おしえたり
ない形(否定形) 沒有教授	おしえない	ば形(條件形) 教授的話	おしえれば
なかった形(過去否定形) 過去沒有教授	おしえなかった	させる形(使役形) 使教授	おしえさせる
ます形(連用形) 教授	おしえます	られる形(被動形) 被教授	おしえられる
て形 教授	おしえて	命令形 快教授	おしえろ
た形(過去形) 教授過	おしえた	可能形 可以教授	おしえられる
たら形(條件形) 教授的話	おしえたら	う形(意向形) 教授吧	おしえよう

△ 山田さんは日本語を教えています／山田先生在教日文。

おす【押す】 推・挤；壓・按 ；蓋章

他五 グループ1

押す・押します

辞書形(基本形)		たり形	
按下	おす	又是按下	おしたり
ない形(否定形)		ば形(條件形)	
沒按下	おさない	按下的話	おせば
なかった形(過去否定形)		させる形(使役形)	
過去沒按下	おさなかった	使按下	おさせる
ます形(連用形)		られる形(被動形)	
按下	おします	被按下	おされる
て形		命令形	
按下	おして	快按下	おせ
た形(過去形)		可能形	
按下過	おした	可以按下	おせる
たら形(條件形)		う形(意向形)	
按下的話	おしたら	按下吧	おそう

 △白いボタンを押してから、テープを入れます／按下白色按鍵之後，放入錄音帶。

おぼえる【覚える】 記住・記得；學會，掌握

他下一 グループ2

覚える・覚えます

辞書形(基本形)		たり形	
記住	おぼえる	又是記住	おぼえたり
ない形(否定形)		ば形(條件形)	
沒記住	おぼえない	記住的話	おぼえれば
なかった形(過去否定形)		させる形(使役形)	
過去沒記住	おぼえなかった	使記住	おぼえさせる
ます形(連用形)		られる形(被動形)	
記住	おぼえます	被記住	おぼえられる
て形		命令形	
記住	おぼえて	快記住	おぼえろ
た形(過去形)		可能形	
記住過	おぼえた	可以記住	おぼえられる
たら形(條件形)		う形(意向形)	
記住的話	おぼえたら	記住吧	おぼえよう

 △日本語の歌をたくさん覚えました／我學會了很多日本歌。

およぐ【泳ぐ】

（人・魚等在水中）游泳；穿過，擠過　　自五　グループ1

およ　　　およ
泳ぐ・泳ぎます

辭書形(基本形)		たり形	
游泳	およぐ	又是游泳	およいだり
ない形（否定形）		ば形（條件形）	
沒有游泳	およがない	游泳的話	およげば
なかった形（過去否定形）		させる形（使役形）	
過去沒游泳	およがなかった	使游泳	およがせる
ます形（連用形）		られる形（被動形）	
游泳	およぎます	被穿過	およがれる
て形		命令形	
游泳	およいで	快游泳	およげ
た形（過去形）		可能形	
游過泳	およいだ	可以游泳	およげる
たら形（條件形）		う形（意向形）	
游泳的話	およいだら	游泳吧	およごう

わたし　なつ　うみ　およ
△ 私は夏に海で泳ぎたいです／夏天我想到海邊游泳。

おりる【下りる・降りる】

【下りる】（從高處）下來·降落；（霜雪等）落下；【降りる】（從車·船等）下來　　自上一　グループ2

お　　　　お
下りる・下ります

辭書形(基本形)		たり形	
下來	おりる	又是下來	おりたり
ない形（否定形）		ば形（條件形）	
沒下來	おりない	下來的話	おりれば
なかった形（過去否定形）		させる形（使役形）	
過去沒下來	おりなかった	使下來	おりさせる
ます形（連用形）		られる形（被動形）	
下來	おります	被降落	おりられる
て形		命令形	
下來	おりて	快下來	おりろ
た形（過去形）		可能形	
下來過	おりた	可以下來	おりられる
たら形（條件形）		う形（意向形）	
下來的話	おりたら	下來吧	おりよう

　　　　　　　　　　　　お
△ ここでバスを降ります／我在這裡下公車。

おわる【終わる】 完畢，結束，終了　　自五　グループ1

終わる・終わります

辞書形 (基本形)		た り形	
結束	おわる	又是結束	おわったり
ない形 (否定形)		ば形 (條件形)	
沒結束	おわらない	結束的話	おわれば
なかった形 (過去否定形)		させる形 (使役形)	
過去沒結束	おわらなかった	使結束	おわらせる
ます形 (連用形)		られる形 (被動形)	
結束	おわります	被結束	おわられる
て形		命令形	
結束	おわって	快結束	おわれ
た形 (過去形)		可能形	
結束了	おわった	可以結束	おわれる
たら形 (條件形)		う形 (意向形)	
結束的話	おわったら	結束吧	おわろう

 △ パーティーは九時に終わります／派對在九點結束。

かいもの【買物】 購物，買東西；買到的東西　　自サ　グループ3

買い物する・買い物します

辞書形 (基本形)		た り形	
購物	かいものする	又是購物	かいものしたり
ない形 (否定形)		ば形 (條件形)	
沒購物	かいものしない	購物的話	かいものすれば
なかった形 (過去否定形)		させる形 (使役形)	
過去沒購物	かいものしなかった	使購物	かいものさせる
ます形 (連用形)		られる形 (被動形)	
購物	かいものします	被買東西	かいものされる
て形		命令形	
購物	かいものして	快購物	かいものしろ
た形 (過去形)		可能形	
購物過	かいものした	可以購物	かいものできる
たら形 (條件形)		う形 (意向形)	
購物的話	かいものしたら	購物吧	かいものしよう

 △ デパートで買い物をしました／在百貨公司買東西了。

かう【買う】 購買

他五　グループ1

買う・買います

辞書形(基本形) 購買	かう	たり形 又是購買	かったり
ない形 (否定形) 不購買	かわない	ば形 (條件形) 購買的話	かえば
なかった形 (過去否定形) 過去沒購買	かわなかった	させる形 (使役形) 使購買	かわせる
ます形 (連用形) 購買	かいます	られる形 (被動形) 被購買	かわれる
て形 購買	かって	命令形 快購買	かえ
た形 (過去形) 購買了	かった	可能形 可以購買	かえる
たら形 (條件形) 購買的話	かったら	う形 (意向形) 購買吧	かおう

 △本屋で本を買いました／在書店買了書。

かえす【返す】 還，歸還，退還；送回（原處）

他五　グループ1

返す・返します

辞書形(基本形) 歸還	かえす	たり形 又是歸還	かえしたり
ない形 (否定形) 不歸還	かえさない	ば形 (條件形) 歸還的話	かえせば
なかった形 (過去否定形) 過去沒歸還	かえさなかった	させる形 (使役形) 使歸還	かえさせる
ます形 (連用形) 歸還	かえします	られる形 (被動形) 被歸還	かえされる
て形 歸還	かえして	命令形 快歸還	かえせ
た形 (過去形) 歸還了	かえした	可能形 會歸還	かえせる
たら形 (條件形) 歸還的話	かえしたら	う形 (意向形) 歸還吧	かえそう

△図書館へ本を返しに行きます／我去圖書館還書。

かえる【帰る】 回來・回家；歸去；歸還　自五 グループ1

帰る・帰ります

辞書形(基本形) 回來	かえる	たり形 又是回來	かえったり
ない形 (否定形) 不回來	かえらない	ば形 (條件形) 回來的話	かえれば
なかった形 (過去否定形) 過去沒回來	かえらなかった	させる形 (使役形) 使回來	かえらせる
ます形 (連用形) 回來	かえります	られる形 (被動形) 被歸還	かえられる
て形 回來	かえって	命令形 快回來	かえれ
た形 (過去形) 回來了	かえった	可能形 可以回來	かえれる
たら形 (條件形) 回來的話	かえったら	う形 (意向形) 回來吧	かえろう

△昨日うちへ帰るとき、会社で友達に傘を借りました／
昨天回家的時候，在公司向朋友借了把傘。

かかる【掛かる】 懸掛・掛上；覆蓋；花費　自五 グループ1

掛かる・掛かります

辞書形(基本形) 掛上	かかる	たり形 又是掛上	かかったり
ない形 (否定形) 沒掛上	かからない	ば形 (條件形) 掛上的話	かかれば
なかった形 (過去否定形) 過去沒掛上	かからなかった	させる形 (使役形) 使掛上	かからせる
ます形 (連用形) 掛上	かかります	られる形 (被動形) 被掛上	かかられる
て形 掛上	かかって	命令形 快掛上	かかれ
た形 (過去形) 掛上了	かかった	可能形	———
たら形 (條件形) 掛上的話	かかったら	う形 (意向形) 掛上吧	かかろう

△壁に絵が掛かっています／牆上掛著畫。

かく【書く】 寫・書寫；作（畫）；寫作（文章等）

他五 グループ1

書く・書きます

辭書形(基本形) 書寫	かく	たり形 又是書寫	かいたり
ない形（否定形） 沒書寫	かかない	ば形（條件形） 書寫的話	かけば
なかった形（過去否定形） 過去沒書寫	かかなかった	させる形（使役形） 使書寫	かかせる
ます形（連用形） 書寫	かきます	られる形（被動形） 被書寫	かかれる
て形 書寫	かいて	命令形 快書寫	かけ
た形（過去形） 書寫過	かいた	可能形 可以書寫	かける
たら形（條件形） 書寫的話	かいたら	う形（意向形） 書寫吧	かこう

△試験を始めますが、最初に名前を書いてください／
考試即將開始，首先請將姓名寫上。

かく【描く】 畫圖・繪製；描寫・描繪

他五 グループ1

描く・描きます

辭書形(基本形) 畫	かく	たり形 又是畫	かいたり
ない形（否定形） 沒書寫	かかない	ば形（條件形） 畫的話	かけば
なかった形（過去否定形） 過去沒書寫	かかなかった	させる形（使役形） 使畫	かかせる
ます形（連用形） 畫	かきます	られる形（被動形） 被畫	かかれる
て形 畫	かいて	命令形 快畫	かけ
た形（過去形） 畫過	かいた	可能形 會畫	かける
たら形（條件形） 畫的話	かいたら	う形（意向形） 畫吧	かこう

△絵を描く／畫圖。

かける【掛ける】 掛在（牆壁）；戴上（眼鏡）；捆上 　他下一　グループ2

掛ける・掛けます

辞書形 (基本形) 掛在	かける	たり形 又是掛	かけたり
ない形 (否定形) 不掛	かけない	ば形 (條件形) 掛的話	かければ
なかった形 (過去否定形) 過去沒掛	かけなかった	させる形 (使役形) 使掛	かけさせる
ます形 (連用形) 掛在	かけます	られる形 (被動形) 被掛上	かけられる
て形 掛在	かけて	命令形 快掛	かけろ
た形 (過去形) 掛了	かけた	可能形 可以掛	かけられる
たら形 (條件形) 掛的話	かけたら	う形 (意向形) 掛吧	かけよう

 △ここに鏡を掛けましょう／鏡子掛在這裡吧！

かす【貸す】 借出・借給；出租；提供幫助（智慧與力量） 　他五　グループ1

貸す・貸します

辞書形 (基本形) 借出	かす	たり形 又是借出	かしたり
ない形 (否定形) 沒有借出	かさない	ば形 (條件形) 借出的話	かせば
なかった形 (過去否定形) 過去沒借出	かさなかった	させる形 (使役形) 使借出	かさせる
ます形 (連用形) 借出	かします	られる形 (被動形) 被借出	かされる
て形 借出	かして	命令形 快借出	かせ
た形 (過去形) 借出了	かした	可能形 可以借出	かせる
たら形 (條件形) 借出的話	かしたら	う形 (意向形) 借出吧	かそう

△辞書を貸してください／請借我辭典。

かぶる【被る】 戴（帽子等）；（從頭上）蒙・蓋（被子）；（從頭上）套・穿 他五 グループ1

かぶる・かぶります

辞書形（基本形） 戴上	かぶる	たり形 又是戴上	かぶったり
ない形（否定形） 沒戴上	かぶらない	ば形（條件形） 戴上的話	かぶれば
なかった形（過去否定形） 過去沒戴上	かぶらなかった	させる形（使役形） 使戴上	かぶらせる
ます形（連用形） 戴上	かぶります	られる形（被動形） 被戴上	かぶられる
て形 戴上	かぶって	命令形 快戴上	かぶれ
た形（過去形） 戴上了	かぶった	可能形 可以戴上	かぶれる
たら形（條件形） 戴上的話	かぶったら	う形（意向形） 戴上吧	かぶろう

 △あの帽子をかぶっている人が田中さんです／
那個戴著帽子的人就是田中先生。

かりる【借りる】 借進（錢、東西等）；借助 他上一 グループ2

借りる・借ります

辞書形（基本形） 借進	かりる	たり形 又是借	かりたり
ない形（否定形） 沒有借	かりない	ば形（條件形） 借的話	かりれば
なかった形（過去否定形） 過去沒借	かりなかった	させる形（使役形） 使借	かりさせる
ます形（連用形） 借進	かります	られる形（被動形） 被借	かりられる
て形 借進	かりて	命令形 快借	かりろ
た形（過去形） 借了	かりた	可能形 能借	かりられる
たら形（條件形） 借的話	かりたら	う形（意向形） 借吧	かりよう

 △銀行からお金を借りた／我向銀行借了錢。

きえる【消える】 （燈・火等）熄滅；（雪等）融化；消失・看不見 自下一 グループ2

消える・消えます

辞書形（基本形）		たり形	
熄滅	きえる	又是熄滅	きえたり
ない形（否定形）		ば形（條件形）	
沒熄滅	きえない	熄滅的話	きえれば
なかった形（過去否定形）		させる形（使役形）	
過去沒熄滅	きえなかった	使熄滅	きえさせる
ます形（連用形）		られる形（被動形）	
熄滅	きえます	被熄滅	きえられる
て形		命令形	
熄滅	きえて	快熄滅	きえろ
た形（過去形）		可能形	
熄滅了	きえた	可以熄滅	きえられる
たら形（條件形）		う形（意向形）	
熄滅的話	きえたら	熄滅吧	きえよう

△風でろうそくが消えました／風將燭火給吹熄了。

きく【聞く】 聽・聽到；聽從・答應；詢問 他五 グループ1

聞く・聞きます

辞書形（基本形）		たり形	
聽到	きく	又是聽到	きいたり
ない形（否定形）		ば形（條件形）	
沒聽到	きかない	聽到的話	きけば
なかった形（過去否定形）		させる形（使役形）	
過去沒聽到	きかなかった	使聽到	きかせる
ます形（連用形）		られる形（被動形）	
聽到	ききます	被聽到	きかれる
て形		命令形	
聽到	きいて	快聽	きけ
た形（過去形）		可能形	
聽到了	きいた	可以聽到	きける
たら形（條件形）		う形（意向形）	
聽到的話	きいたら	聽到吧	きこう

△宿題をした後で、音楽を聞きます／寫完作業後・聽音樂。

きる【切る】 切・剪・裁剪；切傷

切る・切ります

辭書形(基本形) 切開	きる	たり形 又是切開	きったり
ない形（否定形） 沒切開	きらない	ば形（條件形） 切開的話	きれば
なかった形（過去否定形） 過去沒切開	きらなかった	させる形（使役形） 使切開	きらせる
ます形（連用形） 切開	きります	られる形（被動形） 被切開	きられる
て形 切開	きって	命令形 快切開	きれ
た形（過去形） 切開了	きった	可能形 可以切開	きれる
たら形（條件形） 切開的話	きったら	う形（意向形） 切開吧	きろう

 △ ナイフですいかを切った／用刀切開了西瓜。

きる【着る】 穿上（衣服）

着る・着ます

辭書形(基本形) 穿上	きる	たり形 又是穿上	きたり
ない形（否定形） 沒穿上	きない	ば形（條件形） 穿上的話	きれば
なかった形（過去否定形） 過去沒穿上	きなかった	させる形（使役形） 使穿上	きさせる
ます形（連用形） 穿上	きます	られる形（被動形） 被穿上	きられる
て形 穿上	きて	命令形 快穿上	きろ
た形（過去形） 穿上了	きた	可能形 可以穿上	きられる
たら形（條件形） 穿上的話	きたら	う形（意向形） 穿上吧	きよう

 △ 寒いのでたくさん服を着ます／因為天氣很冷，所以穿很多衣服。

くもる【曇る】　變陰；模糊不清

曇る・曇ります

辞書形(基本形)		たり形	
變陰	くもる	又是變陰	くもったり
ない形 (否定形)		ば形 (條件形)	
沒變陰	くもらない	變陰的話	くもれば
なかった形 (過去否定形)		させる形 (使役形)	
過去沒變陰	くもらなかった	使變陰	くもらせる
ます形 (連用形)		られる形 (被動形)	
變陰	くもります	被弄不清	くもられる
て形		命令形	
變陰	くもって	快變陰	くもれ
た形 (過去形)		可能形	
變陰了	くもった		———
たら形 (條件形)		う形 (意向形)	
變陰的話	くもったら	變陰吧	くもろう

△明後日の午前は晴れますが、午後から曇ります／
後天早上是晴天，從午後開始轉陰。

くる【来る】　（空間・時間上的）來；到來

自カ　グループ3

来る・来ます

辞書形(基本形)		たり形	
來	くる	又是來	きたり
ない形 (否定形)		ば形 (條件形)	
沒來	こない	來的話	くれば
なかった形 (過去否定形)		させる形 (使役形)	
過去沒來	こなかった	使來	こさせる
ます形 (連用形)		られる形 (被動形)	
來	きます	被降臨	こられる
て形		命令形	
來	きて	快來	こい
た形 (過去形)		可能形	
來了	きた	會來	こられる
たら形 (條件形)		う形 (意向形)	
來的話	きたら	來吧	こよう

△山中さんはもうすぐ来るでしょう／山中先生就快來了吧！

けす【消す】 熄掉，撲滅；關掉，弄滅；消失，抹去 他五 グループ1

消す・消します

辭書形(基本形) 關掉	けす	たり形 又是關掉	けしたり
ない形 (否定形) 沒關掉	けさない	ば形 (條件形) 關掉的話	けせば
なかった形 (過去否定形) 過去沒關掉	けさなかった	させる形 (使役形) 使關掉	けさせる
ます形 (連用形) 關掉	けします	られる形 (被動形) 被關掉	けされる
て形 關掉	けして	命令形 快關掉	けせ
た形 (過去形) 關掉了	けした	可能形 可以關掉	けせる
たら形 (條件形) 關掉的話	けしたら	う形 (意向形) 關掉吧	けそう

 △地震のときはすぐ火を消しましょう／地震的時候趕緊關火吧！

けっこん【結婚】 結婚 名・自サ グループ3

結婚する・結婚します

辭書形(基本形) 結婚	けっこんする	たり形 又是結婚	けっこんしたり
ない形 (否定形) 沒結婚	けっこんしない	ば形 (條件形) 結婚的話	けっこんすれば
なかった形 (過去否定形) 過去沒結婚	けっこんし なかった	させる形 (使役形) 使結婚	けっこんさせる
ます形 (連用形) 結婚	けっこんします	られる形 (被動形) 被迫結婚	けっこんされる
て形 結婚	けっこんして	命令形 快結婚	けっこんしろ
た形 (過去形) 結婚了	けっこんした	可能形 會結婚	けっこんできる
たら形 (條件形) 結婚的話	けっこんしたら	う形 (意向形) 結婚吧	けっこんしよう

 △兄は今３５歳で結婚しています／哥哥現在是35歲，已婚。

N5
け
けす・けっこん

こたえる【答える】 回答・答覆；解答

自下一 グループ2

答える・答えます

辞書形 (基本形) 回答	こたえる	たり形 又是回答	こたえたり
ない形 (否定形) 沒回答	こたえない	ば形 (條件形) 回答的話	こたえれば
なかった形 (過去否定形) 過去沒回答	こたえなかった	させる形 (使役形) 使回答	こたえさせる
ます形 (連用形) 回答	こたえます	られる形 (被動形) 被回答	こたえられる
て形 回答	こたえて	命令形 快回答	こたえろ
た形 (過去形) 回答了	こたえた	可能形 可以回答	こたえられる
たら形 (條件形) 回答的話	こたえたら	う形 (意向形) 回答吧	こたえよう

△山田君、この質問に答えてください／山田同學，請回答這個問題。

コピー【copy】 拷貝・複製・副本

名・他サ グループ3

コピーする・コピーします

辞書形 (基本形) 複製	コピーする	たり形 又是複製	コピーしたり
ない形 (否定形) 沒複製	コピーしない	ば形 (條件形) 複製的話	コピーすれば
なかった形 (過去否定形) 過去沒複製	コピーしなかった	させる形 (使役形) 使複製	コピーさせる
ます形 (連用形) 複製	コピーします	られる形 (被動形) 被複製	コピーされる
て形 複製	コピーして	命令形 快複製	コピーしろ
た形 (過去形) 複製了	コピーした	可能形 可以複製	コピーできる
たら形 (條件形) 複製的話	コピーしたら	う形 (意向形) 複製吧	コピーしよう

△山田君、これをコピーしてください／山田同學，麻煩請影印一下這個。

こまる【困る】 感到傷腦筋，困擾；難受，苦惱；沒有辦法 自五 グループ1

困る・困ります

辞書形(基本形) 困擾	こまる	たり形 又是困擾	こまったり
ない形 (否定形) 沒困擾	こまらない	ば形 (條件形) 困擾的話	こまれば
なかった形 (過去否定形) 過去沒困擾	こまらなかった	させる形 (使役形) 使困擾	こまらせる
ます形 (連用形) 困擾	こまります	られる形 (被動形) 被困擾	こまられる
て形 困擾	こまって	命令形 快困擾	こまれ
た形 (過去形) 困擾了	こまった	可能形	———
たら形 (條件形) 困擾的話	こまったら	う形 (意向形) 困擾吧	こまろう

△ お金がなくて、困っています／沒有錢真傷腦筋。

さく【咲く】 綻放・開（花） 自五 グループ1

咲く・咲きます

辞書形(基本形) 綻放	さく	たり形 又是綻放	さいたり
ない形 (否定形) 沒綻放	さかない	ば形 (條件形) 綻放的話	さけば
なかった形 (過去否定形) 過去沒綻放	さかなかった	させる形 (使役形) 使綻放	さかせる
ます形 (連用形) 綻放	さきます	られる形 (被動形) 被綻放	さかれる
て形 綻放	さいて	命令形 快綻放	さけ
た形 (過去形) 綻放了	さいた	可能形	———
たら形 (條件形) 綻放的話	さいたら	う形 (意向形) 綻放吧	さこう

△ 公園に桜の花が咲いています／公園裡開著櫻花。

さす【差す】 撐（傘等）；插

他五 グループ1

差す・差します

辞書形(基本形) 撐著	さす	たり形 又是撐	さしたり
ない形(否定形) 沒撐	ささない	ば形(條件形) 撐的話	させば
なかった形(過去否定形) 過去沒撐	ささなかった	させる形(使役形) 使撐	ささせる
ます形(連用形) 撐著	さします	られる形(被動形) 被撐	さされる
て形 撐著	さして	命令形 快撐	させ
た形(過去形) 撐了	さした	可能形 可以撐	させる
たら形(條件形) 撐的話	さしたら	う形(意向形) 撐吧	さそう

△雨だ。傘をさしましょう／下雨了，撐傘吧。

さんぽ【散歩】 散步，隨便走走

名・自サ グループ3

散歩する・散歩します

辞書形(基本形) 散步	さんぽする	たり形 又是散步	さんぽしたり
ない形(否定形) 沒散步	さんぽしない	ば形(條件形) 散步的話	さんぽすれば
なかった形(過去否定形) 過去沒散步	さんぽしなかった	させる形(使役形) 使散步	さんぽさせる
ます形(連用形) 散步	さんぽします	られる形(被動形) 被遛	さんぽされる
て形 散步	さんぽして	命令形 快散步	さんぽしろ
た形(過去形) 散了步	さんぽした	可能形 能散步	さんぽできる
たら形(條件形) 散步的話	さんぽしたら	う形(意向形) 散步吧	さんぽしよう

△私は毎朝公園を散歩します／我每天早上都去公園散步。

しつもん【質問】 提問・詢問

名・自サ グループ3

質問する・質問します

辞書形(基本形) 詢問	しつもんする	たり形 又是詢問	しつもんしたり
ない形 (否定形) 沒詢問	しつもんしない	ば形 (條件形) 詢問的話	しつもんすれば
なかった形 (過去否定形) 過去沒詢問	しつもんし なかった	させる形 (使役形) 使詢問	しつもんさせる
ます形 (連用形) 詢問	しつもんします	られる形 (被動形) 被詢問	しつもんされる
て形 詢問	しつもんして	命令形 快詢問	しつもんしろ
た形 (過去形) 詢問了	しつもんした	可能形 可以詢問	しつもんできる
たら形 (條件形) 詢問的話	しつもんしたら	う形 (意向形) 詢問吧	しつもんしよう

△ 英語の分からないところを質問しました／
針對英文不懂的地方提出了的疑問。

しぬ【死ぬ】 死亡

自五 グループ1

死ぬ・死にます

辞書形(基本形) 死亡	しぬ	たり形 又是死亡	しんだり
ない形 (否定形) 沒死	しなない	ば形 (條件形) 死亡的話	しねば
なかった形 (過去否定形) 過去沒死	しななかった	させる形 (使役形) 使死亡	しなせる
ます形 (連用形) 死亡	しにます	られる形 (被動形) 被死亡	しなれる
て形 死亡	しんで	命令形 快死	しね
た形 (過去形) 死了	しんだ	可能形 會死	しねる
たら形 (條件形) 死亡的話	しんだら	う形 (意向形) 死吧	しのう

△ 私のおじいさんは十月に死にました／我的爺爺在十月過世了。

しまる【閉まる】 關閉；關門・停止營業 〔自五〕 グループ1

閉まる・閉まります

辞書形(基本形) 關閉	しまる	たり形 又是關閉	しまったり
ない形 (否定形) 沒關閉	しまらない	ば形 (條件形) 關閉的話	しまれば
なかった形 (過去否定形) 過去沒關閉	しまらなかった	させる形 (使役形) 使關閉	しまらせる
ます形 (連用形) 關閉	しまります	られる形 (被動形) 被關閉	しまられる
て形 關閉	しまって	命令形 快關閉	しまれ
た形 (過去形) 關閉了	しまった	可能形	——
たら形 (條件形) 關閉的話	しまったら	う形 (意向形) 關閉吧	しまろう

△ 強い風で窓が閉まった／窗戶因強風而關上了。

しめる【閉める】 關閉・合上；繫緊，束緊 〔他下一〕 グループ2

閉める・閉めます

辞書形(基本形) 關閉	しめる	たり形 又是關閉	しめたり
ない形 (否定形) 沒關閉	しめない	ば形 (條件形) 關閉的話	しめれば
なかった形 (過去否定形) 過去沒關閉	しめなかった	させる形 (使役形) 使關閉	しめさせる
ます形 (連用形) 關閉	しめます	られる形 (被動形) 被關閉	しめられる
て形 關閉	しめて	命令形 快關閉	しめろ
た形 (過去形) 關閉了	しめた	可能形 可以關閉	しめられる
たら形 (條件形) 關閉的話	しめたら	う形 (意向形) 關閉吧	しめよう

△ ドアが閉まっていません。閉めてください／門沒關・請把它關起來。

しめる【締める】 勒緊；繫著；關閉

他下一 グループ2

締める・締めます

辞書形(基本形) 勒緊	しめる	たり形 又是勒緊	しめたり
ない形 (否定形) 沒勒緊	しめない	ば形 (條件形) 勒緊的話	しめれば
なかった形 (過去否定形) 過去沒勒緊	しめなかった	させる形 (使役形) 使勒緊	しめさせる
ます形 (連用形) 勒緊	しめます	られる形 (被動形) 被勒緊	しめられる
て形 勒緊	しめて	命令形 快勒緊	しめろ
た形 (過去形) 勒緊了	しめた	可能形 可以勒緊	しめられる
たら形 (條件形) 勒緊的話	しめたら	う形 (意向形) 勒緊吧	しめよう

 △ 車の中では、シートベルトを締めてください／車子裡請繫上安全帶。

じゅぎょう【授業】 上課・教課・授課

名・自サ グループ3

授業する・授業します

辞書形(基本形) 上課	じゅぎょうする	たり形 又是上課	じゅぎょうしたり
ない形 (否定形) 沒上課	じゅぎょうしない	ば形 (條件形) 上課的話	じゅぎょうすれば
なかった形 (過去否定形) 過去沒上課	じゅぎょうしなかった	させる形 (使役形) 使上課	じゅぎょうさせる
ます形 (連用形) 上課	じゅぎょうします	られる形 (被動形) 被上課	じゅぎょうされる
て形 上課	じゅぎょうして	命令形 快上課	じゅぎょうしろ
た形 (過去形) 上課了	じゅぎょうした	可能形 可以上課	じゅぎょうできる
たら形 (條件形) 上課的話	じゅぎょうしたら	う形 (意向形) 上課吧	じゅぎょうしよう

 △ 林さんは今日授業を休みました／林先生今天沒來上課。

しる【知る】 知道・得知；理解；認識；學會

知る・知ります

辭書形(基本形) 知道	しる	たり形 又是知道	しったり
ない形(否定形) 不知道	しらない	ば形(條件形) 知道的話	しれば
なかった形(過去否定形) 過去不知道	しらなかった	させる形(使役形) 使知道	しらせる
ます形(連用形) 知道	しります	られる形(被動形) 被知道	しられる
て形 知道	しって	命令形 快理解	しれ
た形(過去形) 知道了	しった	可能形 能知道	しれる
たら形(條件形) 知道的話	しったら	う形(意向形) 知道吧	しろう

△新聞で明日の天気を知った／看報紙得知明天的天氣。

すう【吸う】 吸・抽；啜；吸收

他五 グループ1

吸う・吸います

辭書形(基本形) 吸	すう	たり形 又是吸	すったり
ない形(否定形) 不吸	すわない	ば形(條件形) 吸的話	すえば
なかった形(過去否定形) 過去沒吸	すわなかった	させる形(使役形) 使吸	すわせる
ます形(連用形) 吸	すいます	られる形(被動形) 被吸	すわれる
て形 吸	すって	命令形 快吸	すえ
た形(過去形) 吸了	すった	可能形 可以吸	すえる
たら形(條件形) 吸的話	すったら	う形(意向形) 吸吧	すおう

△山へ行って、きれいな空気を吸いたいですね／好想去山上呼吸新鮮空氣啊。

すむ【住む】 住・居住；（動物）棲息・生存

自五 グループ1

住む・住みます

辞書形(基本形)		たり形	
居住	すむ	又是居住	すんだり
ない形（否定形）		ば形（條件形）	
沒居住	すまない	居住的話	すめば
なかった形（過去否定形）		させる形（使役形）	
過去沒居住	すまなかった	使住	すませる
ます形（連用形）		られる形（被動形）	
居住	すみます	被棲息	すまれる
て形		命令形	
居住	すんで	快住	すめ
た形（過去形）		可能形	
住了	すんだ	可以住	すめる
たら形（條件形）		う形（意向形）	
居住的話	すんだら	住吧	すもう

△ みんなこのホテルに住んでいます／大家都住在這間飯店。

する 做・進行

自他サ グループ3

する・します

辞書形(基本形)		たり形	
做	する	又是做	したり
ない形（否定形）		ば形（條件形）	
沒做	しない	做的話	すれば
なかった形（過去否定形）		させる形（使役形）	
過去沒做	しなかった	使做	させる
ます形（連用形）		られる形（被動形）	
做	します	被做	される
て形		命令形	
做	して	快做	しろ/せよ
た形（過去形）		可能形	
做了	した	會做	できる
たら形（條件形）		う形（意向形）	
做的話	したら	做吧	しよう

△ 昨日、スポーツをしました／昨天做了運動。

すわる【座る】 坐・跪座；佔位子・佔領

座る・座ります

辞書形（基本形）坐	すわる	たり形 又是坐	すわったり
ない形（否定形）不坐	すわらない	ば形（條件形）坐的話	すわれば
なかった形（過去否定形）過去沒坐	すわらなかった	させる形（使役形）使坐	すわらせる
ます形（連用形）坐	すわります	られる形（被動形）被佔領	すわられる
て形 坐	すわって	命令形 快坐	すわれ
た形（過去形）坐了	すわった	可能形 可以坐	すわれる
たら形（條件形）坐的話	すわったら	う形（意向形）坐吧	すわろう

△ どうぞ、こちらに座ってください／歡迎歡迎，請坐這邊。

せんたく【洗濯】 洗衣服・清洗・洗滌

名・他サ グループ3

洗濯する・洗濯します

辞書形（基本形）清洗	せんたくする	たり形 又是清洗	せんたくしたり
ない形（否定形）沒清洗	せんたくしない	ば形（條件形）清洗的話	せんたくすれば
なかった形（過去否定形）過去沒清洗	せんたくしなかった	させる形（使役形）使清洗	せんたくさせる
ます形（連用形）清洗	せんたくします	られる形（被動形）被清洗	せんたくされる
て形 清洗	せんたくして	命令形 快清洗	せんたくしろ
た形（過去形）清洗了	せんたくした	可能形 可以清洗	せんたくできる
たら形（條件形）清洗的話	せんたくしたら	う形（意向形）清洗吧	せんたくしよう

△ 昨日洗濯をしました／昨天洗了衣服。

そうじ【掃除】 打掃・清掃・掃除 名・他サ　グループ3

掃除する・掃除します

辞書形(基本形) 打掃	そうじする	たり形 又是打掃	そうじしたり
ない形(否定形) 不打掃	そうじしない	ば形(條件形) 打掃的話	そうじすれば
なかった形(過去否定形) 過去沒打掃	そうじしなかった	させる形(使役形) 使打掃	そうじさせる
ます形(連用形) 打掃	そうじします	られる形(被動形) 被打掃	そうじされる
て形 打掃	そうじして	命令形 快打掃	そうじしろ
た形(過去形) 打掃了	そうじした	可能形 會打掃	そうじできる
たら形(條件形) 打掃的話	そうじしたら	う形(意向形) 打掃吧	そうじしよう

 △ 私が掃除をしましょうか／我來打掃好嗎？

だす【出す】 拿出，取出；提出；寄出 他五　グループ1

出す・出します

辞書形(基本形) 拿出	だす	たり形 又是拿出	だしたり
ない形(否定形) 沒拿出	ださない	ば形(條件形) 拿出的話	だせば
なかった形(過去否定形) 過去沒拿出	ださなかった	させる形(使役形) 使拿出	ださせる
ます形(連用形) 拿出	だします	られる形(被動形) 被拿出	だされる
て形 拿出	だして	命令形 快拿出	だせ
た形(過去形) 拿出了	だした	可能形 能拿出	だせる
たら形(條件形) 拿出的話	だしたら	う形(意向形) 拿出吧	だそう

 △ きのう友達に手紙を出しました／昨天寄了封信給朋友。

たつ【立つ】 站立；冒・升；出發

自五　グループ1

立つ・立ちます

辞書形(基本形)		たち形	
站立	たつ	又是站	たったり
ない形 (否定形)		ば形 (條件形)	
沒站立	たたない	站的話	たてば
なかった形 (過去否定形)		させる形 (使役形)	
過去沒站立	たたなかった	使站立	たたせる
ます形 (連用形)		られる形 (被動形)	
站立	たちます	被升起	たたれる
て形		命令形	
站立	たって	快站起來	たて
た形 (過去形)		可能形	
站起來了	たった	可以站	たてる
たら形 (條件形)		う形 (意向形)	
站的話	たったら	站吧	たとう

 △家の前に女の人が立っていた／家門前站了個女人。

たのむ【頼む】 請求・要求；委託・託付；依靠

他五　グループ1

頼む・頼みます

辞書形(基本形)		たり形	
請求	たのむ	又是請求	たのんだり
ない形 (否定形)		ば形 (條件形)	
沒請求	たのまない	請求的話	たのめば
なかった形 (過去否定形)		させる形 (使役形)	
過去沒請求	たのまなかった	使請求	たのませる
ます形 (連用形)		られる形 (被動形)	
請求	たのみます	被請求	たのまれる
て形		命令形	
請求	たのんで	快請求	たのめ
た形 (過去形)		可能形	
請求了	たのんだ	能請求	たのめる
たら形 (條件形)		う形 (意向形)	
請求的話	たのんだら	請求吧	たのもう

△男の人が飲み物を頼んでいます／男人正在點飲料。

たべる【食べる】 吃

食べる・食べます

辞書形(基本形) 吃	たべる	たり形 又是吃	たべたり
ない形 (否定形) 沒吃	たべない	ば形 (條件形) 吃的話	たべれば
なかった形 (過去否定形) 過去沒吃	たべなかった	させる形 (使役形) 使吃	たべさせる
ます形 (連用形) 吃	たべます	られる形 (被動形) 被吃	たべられる
て形 吃	たべて	命令形 快吃	たべろ
た形 (過去形) 吃了	たべた	可能形 可以吃	たべられる
たら形 (條件形) 吃的話	たべたら	う形 (意向形) 吃吧	たべよう

△ レストランで1,000円の魚料理を食べました／
在餐廳裡吃了一道千元的鮮魚料理。

ちがう【違う】 不同・差異；錯誤；違反・不符

違う・違います

辞書形(基本形) 不同	ちがう	たり形 又是不同	ちがったり
ない形 (否定形) 沒差異	ちがわない	ば形 (條件形) 不同的話	ちがえば
なかった形 (過去否定形) 過去沒不同	ちがわなかった	させる形 (使役形) 使不同	ちがわせる
ます形 (連用形) 不同	ちがいます	られる形 (被動形) 被認錯	ちがわれる
て形 不同	ちがって	命令形 不同	ちがえ
た形 (過去形) 不同了	ちがった	可能形	———
たら形 (條件形) 不同的話	ちがったら	う形 (意向形) 不同吧	ちがおう

△ 「これは山田さんの傘ですか。」「いいえ、違います。」／
「這是山田小姐的傘嗎？」「不・不是。」

た
だべる・ちがう

つかう【使う】 使用；雇傭；花費

他五 グループ1

つか・つか
使う・使います

辞書形 (基本形) 使用	つかう	たり形 又是使用	つかったり
ない形 (否定形) 不使用	つかわない	ば形 (條件形) 使用的話	つかえば
なかった形 (過去否定形) 過去沒使用	つかわなかった	させる形 (使役形) 讓使用	つかわせる
ます形 (連用形) 使用	つかいます	られる形 (被動形) 被使用	つかわれる
て形 使用	つかって	命令形 快使用	つかえ
た形 (過去形) 使用了	つかった	可能形 可以使用	つかえる
たら形 (條件形) 使用的話	つかったら	う形 (意向形) 使用吧	つかおう

わしょく　はし　つか　ようしょく　　　　　　　　　　　つか
△ 和食はお箸を使い、洋食はフォークとナイフを使います／
日本料理用筷子・西洋料理則用餐叉和餐刀。

つかれる【疲れる】 疲倦・疲勞；用舊

自下一 グループ2

つか・つか
疲れる・疲れます

辞書形 (基本形) 疲倦	つかれる	たり形 又是疲倦	つかれたり
ない形 (否定形) 沒疲倦	つかれない	ば形 (條件形) 疲倦的話	つかれれば
なかった形 (過去否定形) 過去沒疲倦	つかれなかった	させる形 (使役形) 使疲倦	つかれさせる
ます形 (連用形) 疲倦	つかれます	られる形 (被動形) 被用舊	つかれられる
て形 疲倦	つかれて	命令形 快疲倦	つかれろ
た形 (過去形) 疲倦了	つかれた	可能形	———
たら形 (條件形) 疲倦的話	つかれたら	う形 (意向形) 疲倦吧	つかれよう

いちにちじゅう　し　ごと　　　　　　　　　　　つか
△ 一日中仕事をして、疲れました／因為工作了一整天・真是累了。

つく【着く】 到・到達・抵達；寄到

自五 グループ1

着く・着きます

辞書形(基本形) 到達	つく	たり形 又是到達	ついたり
ない形（否定形） 沒到達	つかない	ば形（條件形） 到達的話	つけば
なかった形（過去否定形） 過去沒到達	つかなかった	させる形（使役形） 使到達	つかせる
ます形（連用形） 到達	つきます	られる形（被動形） 被寄到	つかれる
て形 到達	ついて	命令形 快到達	つけ
た形（過去形） 到達了	ついた	可能形 會到達	つける
たら形（條件形） 到達的話	ついたら	う形（意向形） 到達吧	つこう

 △毎日7時に着きます／每天7點抵達。

つくる【作る】 做・造；創造；寫・創作

他五 グループ1

作る・作ります

辞書形(基本形) 做	つくる	たり形 又是做	つくったり
ない形（否定形） 沒做	つくらない	ば形（條件形） 做的話	つくれば
なかった形（過去否定形） 過去沒做	つくらなかった	させる形（使役形） 使做	つくらせる
ます形（連用形） 做	つくります	られる形（被動形） 被做	つくられる
て形 做	つくって	命令形 快做	つくれ
た形（過去形） 做了	つくった	可能形 可以做	つくれる
たら形（條件形） 做的話	つくったら	う形（意向形） 做吧	つくろう

 △昨日料理を作りました／我昨天做了菜。

つける【点ける】 點（火）・點燃；扭開（開關），打開 他下一 グループ2

点ける・点けます

辭書形(基本形) 點燃	つける	た形 又是點燃	つけたり
ない形（否定形） 沒點燃	つけない	ば形（條件形） 點燃的話	つければ
なかった形（過去否定形） 過去沒點燃	つけなかった	せる形（使役形） 使點燃	つけさせる
ます形（連用形） 點燃	つけます	られる形（被動形） 被點燃	つけられる
て形 點燃	つけて	命令形 快點燃	つけろ
た形（過去形） 點燃了	つけた	可能形 可以點燃	つけられる
たら形（條件形） 點燃的話	つけたら	う形（意向形） 點燃吧	つけよう

 △部屋の電気をつけました／我打開了房間的電燈。

つとめる【勤める】 工作，任職；擔任（某職務） 他下一 グループ2

勤める・勤めます

辭書形(基本形) 工作	つとめる	た形 又是工作	つとめたり
ない形（否定形） 沒工作	つとめない	ば形（條件形） 工作的話	つとめれば
なかった形（過去否定形） 過去沒工作	つとめなかった	せる形（使役形） 使工作	つとめさせる
ます形（連用形） 工作	つとめます	られる形（被動形） 被任職	つとめられる
て形 工作	つとめて	命令形 快工作	つとめろ
た形（過去形） 工作了	つとめた	可能形 能工作	つとめられる
たら形（條件形） 工作的話	つとめたら	う形（意向形） 工作吧	つとめよう

 △私は銀行に３５年間勤めました／我在銀行工作了35年。

でかける【出掛ける】 出去・出門・到…去；要出去 自下一 グループ2

出かける・出かけます

辞書形(基本形)		たり形	
出去	でかける	又是出去	でかけたり
ない形（否定形）		ば形（條件形）	
沒出去	でかけない	出去的話	でかければ
なかった形（過去否定形）		させる形（使役形）	
過去沒出去	でかけなかった	使出去	でかけさせる
ます形（連用形）		られる形（被動形）	
出去	でかけます	被叫出去	でかけられる
て形		命令形	
出去	でかけて	快出去	でかけろ
た形（過去形）		可能形	
出去了	でかけた	能出去	でかけられる
たら形（條件形）		う形（意向形）	
出去的話	でかけたら	出去吧	でかけよう

△毎日7時に出かけます／每天7點出門。

できる【出来る】 能，可以，辦得到；做好，做完 自上一 グループ2

出来る・出来ます

辞書形(基本形)		たり形	
可以	できる	又是可以	できたり
ない形（否定形）		ば形（條件形）	
不可以	できない	可以的話	できれば
なかった形（過去否定形）		させる形（使役形）	
過去不可以	できなかった	使可以	できさせる
ます形（連用形）		られる形（被動形）	
可以	できます		——
て形		命令形	
可以	できて	快做好	できろ
た形（過去形）		可能形	
可以了	できた		——
たら形（條件形）		う形（意向形）	
可以的話	できたら	可以吧	できよう

△山田さんはギターもピアノもできますよ／
山田小姐既會彈吉他又會彈鋼琴呢！

でる【出る】 出來・出去；離開

自下一 グループ2

<ruby>出<rt>で</rt></ruby>る・<ruby>出<rt>で</rt></ruby>ます

辭書形 (基本形) 出來	でる	たり形 又是出來	でたり
ない形 (否定形) 沒出來	でない	ば形 (條件形) 出來的話	でれば
なかった形 (過去否定形) 過去沒出來	でなかった	させる形 (使役形) 使出來	でさせる
ます形 (連用形) 出來	でます	られる形 (被動形) 被離去	でられる
て形 出來	でて	命令形 快出來	でろ
た形 (過去形) 出來了	でた	可能形 可以出來	でられる
たら形 (條件形) 出來的話	でたら	う形 (意向形) 出來吧	でよう

△ <ruby>7時<rt>しちじ</rt></ruby>に<ruby>家<rt>いえ</rt></ruby>を<ruby>出<rt>で</rt></ruby>ます／7點出門。

でんわ【電話】 電話；打電話

名・自サ グループ3

<ruby>電話<rt>でんわ</rt></ruby>する・<ruby>電話<rt>でんわ</rt></ruby>します

辭書形 (基本形) 打電話	でんわする	たり形 又是打電話	でんわしたり
ない形 (否定形) 沒打電話	でんわしない	ば形 (條件形) 打電話的話	でんわすれば
なかった形 (過去否定形) 過去沒打電話	でんわし なかった	させる形 (使役形) 使打電話	でんわさせる
ます形 (連用形) 打電話	でんわします	られる形 (被動形) 被打電話	でんわされる
て形 打電話	でんわして	命令形 快打電話	でんわしろ
た形 (過去形) 打了電話	でんわした	可能形 可以打電話	でんわできる
たら形 (條件形) 打電話的話	でんわしたら	う形 (意向形) 打電話吧	でんわしよう

△ <ruby>林<rt>りん</rt></ruby>さんは<ruby>明日<rt>あした</rt></ruby><ruby>村田<rt>むらた</rt></ruby>さんに<ruby>電話<rt>でんわ</rt></ruby>します／林先生明天會打電話給村田先生。

とぶ【飛ぶ】 飛，飛行，飛翔；解雇　[自五] [グループ1]

飛ぶ・飛びます

辞書形(基本形)		たり形	
飛行	とぶ	又是飛	とんだり
ない形 (否定形)		ば形 (條件形)	
沒飛	とばない	飛的話	とべば
なかった形 (過去否定形)		させる形 (使役形)	
過去沒飛	とばなかった	使飛	とばせる
ます形 (連用形)		られる形 (被動形)	
飛行	とびます	被解雇	とばれる
て形		命令形	
飛行	とんで	快飛	とべ
た形 (過去形)		可能形	
飛了	とんだ	可以飛	とべる
たら形 (條件形)		う形 (意向形)	
飛的話	とんだら	飛吧	とぼう

△南のほうへ鳥が飛んでいきました／鳥往南方飛去了。

とまる【止まる】 停，停止，停靠；停頓；中斷　[自五] [グループ1]

止まる・止まります

辞書形(基本形)		たり形	
停止	とまる	又是停下	とまったり
ない形 (否定形)		ば形 (條件形)	
沒停止	とまらない	停止的話	とまれば
なかった形 (過去否定形)		させる形 (使役形)	
過去沒停止	とまらなかった	使停止	とまらせる
ます形 (連用形)		られる形 (被動形)	
停止	とまります	被停止	とまられる
て形		命令形	
停止	とまって	快停止	とまれ
た形 (過去形)		可能形	
停止了	とまった	可以停	とまれる
たら形 (條件形)		う形 (意向形)	
停止的話	とまったら	停止吧	とまろう

△次の電車は学校の近くに止まりませんから、乗らないでください／
下班車不停學校附近，所以請不要搭乘。

とる【取る】 拿取，執，握；採取，摘；（用手）操控 他五 グループ1

取る・取ります

辞書形(基本形)		た形	
拿取	とる	又是拿	とったり
ない形 (否定形) 沒拿	とらない	ば形 (條件形) 拿的話	とれば
なかった形 (過去否定形) 過去沒拿	とらなかった	させる形 (使役形) 使拿	とらせる
ます形 (連用形) 拿取	とります	られる形 (被動形) 被拿	とられる
て形 拿取	とって	命令形 快拿	とれ
た形 (過去形) 拿了	とった	可能形 可以拿	とれる
たら形 (條件形) 拿的話	とったら	う形 (意向形) 拿吧	とろう

△田中さん、その新聞を取ってください／田中先生・請幫我拿那份報紙。

とる【撮る】 拍照，拍攝 他五 グループ1

撮る・撮ります

辞書形(基本形)		た形	
拍照	とる	又是拍照	とったり
ない形 (否定形) 沒拍照	とらない	ば形 (條件形) 拍照的話	とれば
なかった形 (過去否定形) 過去沒拍照	とらなかった	させる形 (使役形) 使拍照	とらせる
ます形 (連用形) 拍照	とります	られる形 (被動形) 被拍照	とられる
て形 拍照	とって	命令形 快拍照	とれ
た形 (過去形) 拍過照	とった	可能形 可以拍照	とれる
たら形 (條件形) 拍照的話	とったら	う形 (意向形) 拍照吧	とろう

△ここで写真を撮りたいです／我想在這裡拍照。

なく【鳴く】 （鳥・獣・虫等）叫・鳴

自五 グループ1

鳴く・鳴きます

辞書形（基本形）鳴叫	なく	たり形 又是叫	ないたり
ない形（否定形）不叫	なかない	ば形（條件形）叫的話	なけば
なかった形（過去否定形）過去沒叫	なかなかった	させる形（使役形）使叫	なかせる
ます形（連用形）鳴叫	なきます	られる形（被動形）被叫	なかれる
て形 鳴叫	ないて	命令形 快叫	なけ
た形（過去形）叫過	ないた	可能形 可以叫	なける
たら形（條件形）叫的話	ないたら	う形（意向形）叫吧	なこう

△ 木の上で鳥が鳴いています／鳥在樹上叫著。

なくす【無くす】 丟失；消除

他五 グループ1

無くす・無くします

辞書形（基本形）丟失	なくす	たり形 又是丟失	なくしたり
ない形（否定形）沒丟	なくさない	ば形（條件形）丟失的話	なくせば
なかった形（過去否定形）過去沒丟失	なくさなかった	させる形（使役形）使丟失	なくさせる
ます形（連用形）丟失	なくします	られる形（被動形）被丟	なくされる
て形 丟失	なくして	命令形 快丟	なくせ
た形（過去形）丟失了	なくした	可能形 會丟失	なくせる
たら形（條件形）丟失的話	なくしたら	う形（意向形）丟吧	なくそう

△ 大事なものだから、なくさないでください／
這東西很重要，所以請不要弄丟了。

ならう【習う】 學習；練習

習う・習います

辭書形（基本形）		たり形	
學習	ならう	又是學習	ならったり
ない形（否定形）不學習	ならわない	ば形（條件形）學習的話	ならえば
なかった形（過去否定形）過去沒學習	ならわなかった	させる形（使役形）使學習	ならわせる
ます形（連用形）學習	ならいます	られる形（被動形）被學習	ならわれる
て形 學習	ならって	命令形 快學習	ならえ
た形（過去形）學習過	ならった	可能形 會學習	ならえる
たら形（條件形）學習的話	ならったら	う形（意向形）學吧	ならおう

△ 李さんは日本語を習っています／李小姐在學日語。

ならぶ【並ぶ】 並排・並列・列隊

並ぶ・並びます

辭書形（基本形）		たり形	
並列	ならぶ	又是並列	ならんだり
ない形（否定形）沒並列	ならばない	ば形（條件形）並列的話	ならべば
なかった形（過去否定形）過去沒並列	ならばなかった	させる形（使役形）使並列	ならばせる
ます形（連用形）並列	ならびます	られる形（被動形）被並列	ならばれる
て形 並列	ならんで	命令形 快並列	ならべ
た形（過去形）並列了	ならんだ	可能形 可以並列	ならべる
たら形（條件形）並列的話	ならんだら	う形（意向形）並列排吧	ならぼう

△ 私と彼女が二人並んで立っている／我和她兩人一起並排站著。

ならべる【並べる】 排列；並排；陳列；擺・擺放 　他下一 グループ2

並べる・並べます

辭書形(基本形)		たり形	
並排	ならべる	又是並排	ならべたり
ない形 (否定形)		ば形 (條件形)	
沒並排	ならべない	並排的話	ならべれば
なかった形 (過去否定形)		させる形 (使役形)	
過去沒並排	ならべなかった	使並排	ならべさせる
ます形 (連用形)		られる形 (被動形)	
並排	ならべます	被並排	ならべられる
て形		命令形	
並排	ならべて	快並排	ならべろ
た形 (過去形)		可能形	
並排了	ならべた	可以並排	ならべられる
たら形 (條件形)		う形 (意向形)	
並排的話	ならべたら	並排吧	ならべよう

△玄関にスリッパを並べた／我在玄關的地方擺放了室內拖鞋。

なる【為る】 成為・變成；當（上）　自五 グループ1

なる・なります

辭書形(基本形)		たり形	
變成	なる	又是變成	なったり
ない形 (否定形)		ば形 (條件形)	
沒變成	ならない	變成的話	なれば
なかった形 (過去否定形)		させる形 (使役形)	
過去沒變成	ならなかった	使變成	ならせる
ます形 (連用形)		られる形 (被動形)	
變成	なります	被變成	なられる
て形		命令形	
變成	なって	快變成	なれ
た形 (過去形)		可能形	
變成了	なった	會變成	なれる
たら形 (條件形)		う形 (意向形)	
變成的話	なったら	成為吧	なろう

△天気が暖かくなりました／天氣變暖和了。

ぬぐ【脱ぐ】 脱去，脱掉，摘掉

脱ぐ・脱ぎます

辭書形〔基本形〕 脱去	ぬぐ	た り形 又是脱	ぬいだり
ない形〔否定形〕 沒脱	ぬがない	ば形〔條件形〕 脱的話	ぬげば
なかった形〔過去否定形〕 過去沒脱	ぬがなかった	させる形〔使役形〕 使脱	ぬがせる
ます形〔連用形〕 脱去	ぬぎます	られる形〔被動形〕 被脱	ぬがれる
て形 脱去	ぬいで	命令形 快脱	ぬげ
た形〔過去形〕 脱了	ぬいだ	可能形 可以脱	ぬげる
たら形〔條件形〕 脱的話	ぬいだら	う形〔意向形〕 脱吧	ぬごう

 △ コートを脱いでから、部屋に入ります／脱掉外套後進房間。

ねる【寝る】 睡覺，就寝；躺下，臥；有性關係

寝る・寝ます

辭書形〔基本形〕 睡覺	ねる	たり形 又是睡覺	ねたり
ない形〔否定形〕 沒睡覺	ねない	ば形〔條件形〕 睡覺的話	ねれば
なかった形〔過去否定形〕 過去沒睡覺	ねなかった	させる形〔使役形〕 使睡覺	ねさせる
ます形〔連用形〕 睡覺	ねます	られる形〔被動形〕 被睡	ねられる
て形 睡覺	ねて	命令形 快睡覺	ねろ
た形〔過去形〕 睡覺了	ねた	可能形 可以睡覺	ねられる
たら形〔條件形〕 睡覺的話	ねたら	う形〔意向形〕 睡覺吧	ねよう

 △ 疲れたから、家に帰ってすぐに寝ます／因為很累，所以回家後馬上就去睡。

のぼる
・
のむ

のぼる【登る】 登，上；攀登（山） 自五 グループ1

登（のぼ）る・登（のぼ）ります

辞書形（基本形）		たり形	
攀登	のぼる	又是攀登	のぼったり
ない形（否定形）		ば形（條件形）	
沒攀登	のぼらない	攀登的話	のぼれば
なかった形（過去否定形）		させる形（使役形）	
過去沒攀登	のぼらなかった	使攀登	のぼらせる
ます形（連用形）		られる形（被動形）	
攀登	のぼります	被攀登	のぼられる
て形		命令形	
攀登	のぼって	快攀登	のぼれ
た形（過去形）		可能形	
攀登了	のぼった	可以攀登	のぼれる
たら形（條件形）		う形（意向形）	
攀登的話	のぼったら	攀登吧	のぼろう

△ 私（わたし）は友達（ともだち）と山（やま）に登（のぼ）りました／我和朋友去爬了山。

のむ【飲む】 喝，吞，嚥，吃（藥） 他五 グループ1

飲（の）む・飲（の）みます

辞書形（基本形）		たり形	
喝	のむ	又是喝	のんだり
ない形（否定形）		ば形（條件形）	
沒喝	のまない	喝的話	のめば
なかった形（過去否定形）		させる形（使役形）	
過去沒喝	のまなかった	使喝	のませる
ます形（連用形）		られる形（被動形）	
喝	のみます	被喝	のまれる
て形		命令形	
喝	のんで	快喝	のめ
た形（過去形）		可能形	
喝了	のんだ	可以喝	のめる
たら形（條件形）		う形（意向形）	
喝的話	のんだら	喝吧	のもう

△ 毎日（まいにち）、薬（くすり）を飲（の）んでください／請每天吃藥。

のる【乗る】 搭乗・騎乗・坐；登上

自五　グループ1

の
乗る・乗ります

辞書形(基本形) 搭乗	のる	たり形 又是搭乗	のったり
ない形(否定形) 沒搭乗	のらない	ば形(條件形) 搭乗的話	のれば
なかった形(過去否定形) 過去沒搭乗	のらなかった	させる形(使役形) 使搭乗	のらせる
ます形(連用形) 搭乗	のります	られる形(被動形) 被搭乗	のられる
て形 搭乗	のって	命令形 快搭乗	のれ
た形(過去形) 搭乗了	のった	可能形 可以搭乗	のれる
たら形(條件形) 搭乗的話	のったら	う形(意向形) 搭乗吧	のろう

 △ここでタクシーに乗ります／我在這裡搭計程車。

はいる【入る】 進・進入；裝入・放入

自五　グループ1

はい　　　　はい
入る・入ります

辞書形(基本形) 進去	はいる	たり形 又是進去	はいったり
ない形(否定形) 沒進去	はいらない	ば形(條件形) 進去的話	はいれば
なかった形(過去否定形) 過去沒進去	はいらなかった	させる形(使役形) 使進去	はいらせる
ます形(連用形) 進去	はいります	られる形(被動形) 被裝入	はいられる
て形 進去	はいって	命令形 快進去	はいれ
た形(過去形) 進去了	はいった	可能形 可以進去	はいれる
たら形(條件形) 進去的話	はいったら	う形(意向形) 進去吧	はいろう

 △その部屋に入らないでください／請不要進去那房間。

はく【履く・穿く】 穿（鞋・襪；褲子等） 他五 グループ1

履く・履きます

辞書形(基本形) 穿上	はく	たり形 又是穿上	はいたり
ない形（否定形） 沒穿上	はかない	ば形（條件形） 穿上的話	はけば
なかった形（過去否定形） 過去沒穿上	はかなかった	させる形（使役形） 使穿上	はかせる
ます形（連用形） 穿上	はきます	られる形（被動形） 被穿上	はかれる
て形 穿上	はいて	命令形 快穿上	はけ
た形（過去形） 穿上了	はいた	可能形 可以穿上	はける
たら形（條件形） 穿上的話	はいたら	う形（意向形） 穿上吧	はこう

 △田中さんは今日は青いズボンを穿いています／
田中先生今天穿藍色的褲子。

はじまる【始まる】 開始・開頭；發生；開演・開場 自五 グループ1

始まる・始まります

辞書形(基本形) 開始	はじまる	たり形 又是開始	はじまったり
ない形（否定形） 沒開始	はじまらない	ば形（條件形） 開始的話	はじまれば
なかった形（過去否定形） 過去沒開始	はじまらなかった	させる形（使役形） 使開始	はじまらせる
ます形（連用形） 開始	はじまります	られる形（被動形） 被開演	はじまられる
て形 開始	はじまって	命令形 快開始	はじまれ
た形（過去形） 開始了	はじまった	可能形	———
たら形（條件形） 開始的話	はじまったら	う形（意向形） 開始吧	はじまろう

 △もうすぐ夏休みが始まります／暑假即將來臨。

はじめる【始める】 開始・創始；起頭 他下一 グループ2

始<ruby>始<rt>はじ</rt></ruby>める・始<ruby>始<rt>はじ</rt></ruby>めます

辞書形(基本形) 開始	はじめる	たり形 又是開始	はじめたり
ない形 (否定形) 沒開始	はじめない	ば形 (條件形) 開始的話	はじめれば
なかった形 (過去否定形) 過去沒開始	はじめなかった	させる形 (使役形) 使開始	はじめさせる
ます形 (連用形) 開始	はじめます	られる形 (被動形) 被開創	はじめられる
て形 開始	はじめて	命令形 快開始	はじめろ
た形 (過去形) 開始了	はじめた	可能形 可以開始	はじめられる
たら形 (條件形) 開始的話	はじめたら	う形 (意向形) 開始吧	はじめよう

 △ 1<ruby>時<rt>いちじ</rt></ruby>になりました。それではテストを始<ruby>始<rt>はじ</rt></ruby>めます／1點了。那麼開始考試。

はしる【走る】 （人・動物）跑步，奔跑；（車・船等）行駛 自五 グループ1

走<ruby>走<rt>はし</rt></ruby>る・走<ruby>走<rt>はし</rt></ruby>ります

辞書形(基本形) 跑步	はしる	たり形 又是跑步	はしったり
ない形 (否定形) 沒跑步	はしらない	ば形 (條件形) 跑步的話	はしれば
なかった形 (過去否定形) 過去沒跑步	はしらなかった	させる形 (使役形) 使跑步	はしらせる
ます形 (連用形) 跑步	はしります	られる形 (被動形) 被行駛	はしられる
て形 跑步	はしって	命令形 快跑步	はしれ
た形 (過去形) 跑步了	はしった	可能形 可以跑步	はしれる
たら形 (條件形) 跑步的話	はしったら	う形 (意向形) 跑步吧	はしろう

 △ <ruby>毎日<rt>まいにち</rt></ruby>どれぐらい走<ruby>走<rt>はし</rt></ruby>りますか／每天大概跑多久？

はたらく【働く】 工作・勞動・做工

自五 グループ1

働く・働きます

辭書形(基本形) 工作	はたらく	たり形 又是工作	はたらいたり
ない形 (否定形) 沒工作	はたらかない	ば形 (條件形) 工作的話	はたらけば
なかった形 (過去否定形) 過去沒工作	はたらか なかった	させる形 (使役形) 使工作	はたらかせる
ます形 (連用形) 工作	はたらきます	られる形 (被動形) 被勞動	はたらかれる
て形 工作	はたらいて	命令形 快工作	はたらけ
た形 (過去形) 工作了	はたらいた	可能形 可以工作	はたらける
たら形 (條件形) 工作的話	はたらいたら	う形 (意向形) 工作吧	はたらこう

△山田さんはご夫婦でいつも一生懸命働いていますね／
山田夫婦兩人總是很賣力地工作呢！

はなす【話す】 說・講；談話；告訴（別人）

他五 グループ1

話す・話します

辭書形(基本形) 講話	はなす	たり形 又是講	はなしたり
ない形 (否定形) 沒講話	はなさない	ば形 (條件形) 講的話	はなせば
なかった形 (過去否定形) 過去沒講話	はなさなかった	させる形 (使役形) 使講話	はなさせる
ます形 (連用形) 講話	はなします	られる形 (被動形) 被講	はなされる
て形 講話	はなして	命令形 快講話	はなせ
た形 (過去形) 講了	はなした	可能形 可以講話	はなせる
たら形 (條件形) 講的話	はなしたら	う形 (意向形) 講話吧	はなそう

△食べながら、話さないでください／請不要邊吃邊講話。

はる【貼る・張る】 貼上・糊上・黏上

他五 グループ1

貼る・貼ります

辭書形（基本形）貼上	はる	たり形 又是貼上	はったり
ない形（否定形）沒貼上	はらない	ば形（條件形）貼上的話	はれば
なかった形（過去否定形）過去沒貼上	はらなかった	させる形（使役形）使貼上	はらせる
ます形（連用形）貼上	はります	られる形（被動形）被貼上	はられる
て形 貼上	はって	命令形 快貼上	はれ
た形（過去形）貼上了	はった	可能形 可以貼上	はれる
たら形（條件形）貼上的話	はったら	う形（意向形）貼上吧	はろう

 △封筒に切手を貼って出します／在信封上貼上郵票後寄出。

はれる【晴れる】 （天氣）晴・（雨・雪）停止・放晴

自下一 グループ2

晴れる・晴れます

辭書形（基本形）過去沒放晴	はれる	たり形 又是放晴	はれたり
ない形（否定形）沒放晴	はれない	ば形（條件形）放晴的話	はれれば
なかった形（過去否定形）過去沒放晴	はれなかった	させる形（使役形）使放晴	はれさせる
ます形（連用形）放晴	はれます	られる形（被動形）被消散	はれられる
て形 放晴	はれて	命令形 快放晴	はれろ
た形（過去形）放晴了	はれた	可能形	———
たら形（條件形）放晴的話	はれたら	う形（意向形）放晴吧	はれよう

 △あしたは晴れるでしょう／明天應該會放晴吧。

ひく【引く】 拉・拖；翻查；感染（傷風感冒） 他五 グループ1

引く・引きます

辞書形(基本形)		たり形	
感染	ひく	又是感染	ひいたり
ない形（否定形）		ば形（條件形）	
沒感染	ひかない	感染的話	ひけば
なかった形（過去否定形）		させる形（使役形）	
過去沒感染	ひかなかった	使感染	ひかせる
ます形（連用形）		られる形（被動形）	
感染	ひきます	被感染	ひかれる
て形		命令形	
感染	ひいて	快拉	ひけ
た形（過去形）		可能形	
感染了	ひいた	可以感染	ひける
たら形（條件形）		う形（意向形）	
感染的話	ひいたら	感染吧	ひこう

△風邪をひきました。あまりご飯を食べたくないです／
我感冒了。不大想吃飯。

ひく【弾く】 彈・彈奏，彈撥 他五 グループ1

弾く・弾きます

辞書形(基本形)		たり形	
彈奏	ひく	又是彈奏	ひいたり
ない形（否定形）		ば形（條件形）	
沒彈奏	ひかない	彈奏的話	ひけば
なかった形（過去否定形）		させる形（使役形）	
過去沒彈奏	ひかなかった	使彈奏	ひかせる
ます形（連用形）		られる形（被動形）	
彈奏	ひきます	被彈奏	ひかれる
て形		命令形	
彈奏	ひいて	快彈奏	ひけ
た形（過去形）		可能形	
彈奏了	ひいた	會彈奏	ひける
たら形（條件形）		う形（意向形）	
彈的話	ひいたら	彈奏吧	ひこう

△ギターを弾いている人は李さんです／那位在彈吉他的人是李先生。

ふく【吹く】 （風）颳，吹；（緊縮嘴唇）吹氣 　自五 グループ1

吹く・吹きます

辞書形（基本形） 颳	ふく	たり形 又是颳	ふいたり
ない形（否定形） 沒颳	ふかない	ば形（條件形） 颳的話	ふけば
なかった形（過去否定形） 過去沒颳	ふかなかった	させる形（使役形） 使吹	ふかせる
ます形（連用形） 颳	ふきます	られる形（被動形） 被吹	ふかれる
て形 颳	ふいて	命令形 快吹	ふけ
た形（過去形） 颳了	ふいた	可能形 會吹	ふける
たら形（條件形） 颳的話	ふいたら	う形（意向形） 吹吧	ふこう

△ 今日は風が強く吹いています／今天風吹得很強。

ふる【降る】 落，下，降（雨，雪，霜等） 　自五 グループ1

降る・降ります

辞書形（基本形） 降落	ふる	たり形 又是降落	ふったり
ない形（否定形） 沒降落	ふらない	ば形（條件形） 降落的話	ふれば
なかった形（過去否定形） 過去沒降落	ふらなかった	させる形（使役形） 使降落	ふらせる
ます形（連用形） 降落	ふります	られる形（被動形） 被降落	ふられる
て形 降落	ふって	命令形 快降落	ふれ
た形（過去形） 降落了	ふった	可能形	———
たら形（條件形） 降落的話	ふったら	う形（意向形） 降落吧	ふろう

△ 雨が降っているから、今日は出かけません／因為下雨，所以今天不出門。

べんきょう【勉強】 努力學習・唸書

自他サ グループ3

勉強する・勉強します

辭書形（基本形）唸書	べんきょうする	たり形 又是唸書	べんきょうしたり
ない形（否定形）沒唸書	べんきょうしない	ば形（條件形）唸書的話	べんきょうすれば
なかった形（過去否定形）過去沒唸書	べんきょうしなかった	させる形（使役形）使唸書	べんきょうさせる
ます形（連用形）唸書	べんきょうします	られる形（被動形）被學習	べんきょうされる
て形 唸書	べんきょうして	命令形 快唸書	べんきょうしろ
た形（過去形）唸了書	べんきょうした	可能形 可以唸書	べんきょうできる
たら形（條件形）唸書的話	べんきょうしたら	う形（意向形）唸書吧	べんきょうしよう

 △金さんは日本語を勉強しています／金小姐在學日語。

まがる【曲がる】 彎曲；拐彎

自五 グループ1

曲がる・曲がります

辭書形（基本形）彎曲	まがる	たり形 又是彎曲	まがったり
ない形（否定形）沒彎曲	まがらない	ば形（條件形）彎曲的話	まがれば
なかった形（過去否定形）過去沒彎曲	まがらなかった	させる形（使役形）使彎曲	まがらせる
ます形（連用形）彎曲	まがります	られる形（被動形）被彎曲	まがられる
て形 彎曲	まがって	命令形 快彎曲	まがれ
た形（過去形）彎曲了	まがった	可能形 會彎曲	まがれる
たら形（條件形）彎曲的話	まがったら	う形（意向形）彎曲吧	まがろう

 △この角を右に曲がります／在這個轉角右轉。

まつ【待つ】 等候・等待；期待，指望 他五 グループ1

待つ・待ちます

辞書形(基本形)		たり形	
等候	まつ	又是等	まったり
ない形 (否定形)		ば形 (條件形)	
沒等	またない	等的話	まてば
なかった形 (過去否定形)		させる形 (使役形)	
過去沒等	またなかった	使等候	またせる
ます形 (連用形)		られる形 (被動形)	
等候	まちます	被等候	またれる
て形		命令形	
等候	まって	等一下	まて
た形 (過去形)		可能形	
等了	まった	可以等	まてる
たら形 (條件形)		う形 (意向形)	
等的話	まったら	等吧	まとう

 △いっしょに待ちましょう／一起等吧！

みがく【磨く】 刷洗・擦亮；研磨，琢磨 他五 グループ1

磨く・磨きます

辞書形(基本形)		たり形	
刷洗	みがく	又是洗	みがいたり
ない形 (否定形)		ば形 (條件形)	
沒洗	みがかない	洗的話	みがけば
なかった形 (過去否定形)		させる形 (使役形)	
過去沒洗	みがかなかった	使刷洗	みがかせる
ます形 (連用形)		られる形 (被動形)	
刷洗	みがきます	被刷洗	みがかれる
て形		命令形	
刷洗	みがいて	快洗	みがけ
た形 (過去形)		可能形	
洗了	みがいた	可以洗	みがける
たら形 (條件形)		う形 (意向形)	
洗的話	みがいたら	洗吧	みがこう

 △お風呂に入る前に、歯を磨きます／洗澡前先刷牙。

みせる・みる

みせる【見せる】 讓…看・給…看；取得；展示

他下一　グループ2

見せる・見せます

辭書形(基本形)		たり形	
讓…看	みせる	又是讓…看	みせたり
ない形 (否定形)		ば形 (條件形)	
沒讓…看	みせない	讓…看的話	みせれば
なかった形 (過去否定形)		させる形 (使役形)	
過去沒讓…看	みせなかった	使讓…看	みせさせる
ます形 (連用形)		られる形 (被動形)	
讓…看	みせます	被展示	みせられる
て形		命令形	
讓…看	みせて	快讓…看	みせろ
た形 (過去形)		可能形	
讓…看了	みせた	可以讓…看	みせられる
たら形 (條件形)		う形 (意向形)	
讓…看的話	みせたら	讓…看吧	みせよう

△先週友達に母の写真を見せました／上禮拜拿了媽媽的照片給朋友看。

みる【見る】 看・觀看・察看；照料；參觀

他上一　グループ2

見る・見ます

辭書形(基本形)		たり形	
觀看	みる	又是看	みたり
ない形 (否定形)		ば形 (條件形)	
沒看	みない	看的話	みれば
なかった形 (過去否定形)		させる形 (使役形)	
過去沒看	みなかった	使看	みさせる
ます形 (連用形)		られる形 (被動形)	
觀看	みます	被看	みられる
て形		命令形	
觀看	みて	快看	みろ
た形 (過去形)		可能形	
看了	みた	可以看	みられる
たら形 (條件形)		う形 (意向形)	
看的話	みたら	看吧	みよう

△朝ご飯の後でテレビを見ました／早餐後看了電視。

もうす【申す】 叫做・稱；說，告訴

他五 グループ1

もう もう
申す・申します

辞書形（基本形）		た形（過去形）	
叫做	もうす	又是說	もうしたり
ない形（否定形）		ば形（原件形）	
沒說	もうさない	說的話	もうせば
なかった形（過去否定形）		せる形（使役形）	
過去沒說	もうさなかった	使說	もうさせる
ます形（敬體形）		れる形（被動形）	
叫做	もうします	被說	もうされる
て形		命令形	
叫做	もうして	快說	もうせ
た形（過去形）		可能形	
說了	もうした	可以說	もうせる
たら形（條件形）		う形（意向形）	
說的話	もうしたら	說吧	もうそう

△ はじめまして、楊と申します／初次見面，我姓楊。

もつ【持つ】 拿，帶，持，攜帶

他五 グループ1

もう も
持つ・持ちます

辞書形（基本形）		た形（過去形）	
攜帶	もつ	又是帶	もったり
ない形（否定形）		ば形（原件形）	
沒帶	もたない	帶的話	もてば
なかった形（過去否定形）		せる形（使役形）	
過去沒帶	もたなかった	使攜帶	もたせる
ます形（敬體形）		れる形（被動形）	
攜帶	もちます	被攜帶	もたれる
て形		命令形	
攜帶	もって	快帶	もて
た形（過去形）		可能形	
帶了	もった	可以攜帶	もてる
たら形（條件形）		う形（意向形）	
帶的話	もったら	帶吧	もとう

△ あなたはお金を持っていますか／你有帶錢嗎？

やすむ【休む】 休息・歇息；停歇；睡・就寝；請假・缺勤 自他五 グループ1

休む・休みます

辞書形(基本形) 休息	やすむ	たり形 又是休息	やすんだり
ない形(否定形) 沒休息	やすまない	ば形(條件形) 休息的話	やすめば
なかった形(過去否定形) 過去沒休息	やすまなかった	させる形(使役形) 使休息	やすませる
ます形(連用形) 休息	やすみます	られる形(被動形) 被停歇	やすまれる
て形 休息	やすんで	命令形 快休息	やすめ
た形(過去形) 休息了	やすんだ	可能形 可以休息	やすめる
たら形(條件形) 休息的話	やすんだら	う形(意向形) 休息吧	やすもう

△ 疲れたから、ちょっと休みましょう／有點累了，休息一下吧。

よぶ【呼ぶ】 呼叫・招呼；邀請；叫來；叫做・稱為 他五 グループ1

呼ぶ・呼びます

辞書形(基本形) 呼叫	よぶ	たり形 又是呼叫	よんだり
ない形(否定形) 沒呼叫	よばない	ば形(條件形) 呼叫的話	よべば
なかった形(過去否定形) 過去沒呼叫	よばなかった	させる形(使役形) 使呼叫	よばせる
ます形(連用形) 呼叫	よびます	られる形(被動形) 被呼叫	よばれる
て形 呼叫	よんで	命令形 快呼叫	よべ
た形(過去形) 呼叫了	よんだ	可能形 可以呼叫	よべる
たら形(條件形) 呼叫的話	よんだら	う形(意向形) 呼叫吧	よぼう

△ パーティーに中山さんを呼びました／我請了中山小姐來參加派對。

よむ【読む】 閲讀，看；唸，朗讀 他五 グループ1

読む・読みます

辞書形(基本形) 閲讀	よむ	たり形 又是閲讀	よんだり
ない形(否定形) 沒閲讀	よまない	ば形(條件形) 閲讀的話	よめば
なかった形(過去否定形) 過去沒閲讀	よまなかった	させる形(使役形) 使閲讀	よませる
ます形(連用形) 閲讀	よみます	られる形(被動形) 被閲讀	よまれる
て形 閲讀	よんで	命令形 快閲讀	よめ
た形(過去形) 閲讀了	よんだ	可能形 會閲讀	よめる
たら形(條件形) 閲讀的話	よんだら	う形(意向形) 閲讀吧	よもう

△ 私は毎日、コーヒーを飲みながら新聞を読みます／
我每天邊喝咖啡邊看報紙。

りょうり【料理】 菜餚，飯菜；做菜，烹調；處理 自他サ グループ3

料理する・料理します

辞書形(基本形) 做菜	りょうりする	たり形 又是做菜	りょうりしたり
ない形(否定形) 沒做菜	りょうりしない	ば形(條件形) 做菜的話	りょうりすれば
なかった形(過去否定形) 過去沒做菜	りょうりし なかった	させる形(使役形) 使做菜	りょうりさせる
ます形(連用形) 做菜	りょうりします	られる形(被動形) 被處理	りょうりされる
て形 做菜	りょうりして	命令形 快做菜	りょうりしろ
た形(過去形) 做了菜	りょうりした	可能形 可以做菜	りょうりできる
たら形(條件形) 做菜的話	りょうりしたら	う形(意向形) 做菜吧	りょうりしよう

△ この料理は肉と野菜で作ります／這道料理是用肉和蔬菜烹調的。

りょこう【旅行】 旅行，旅遊，遊歷　　名・自サ　グループ3

旅行する・旅行します

辭書形(基本形) 旅行	りょこうする	たり形 又是旅行	りょこうしたり
ない形 (否定形) 沒旅行	りょこうしない	ば形 (條件形) 旅行的話	りょこうすれば
なかった形 (過去否定形) 過去沒旅行	りょこうし なかった	させる形 (使役形) 使旅行	りょこうさせる
ます形 (連用形) 旅行	りょこうします	られる形 (被動形) 被遊歷	りょこうされる
て形 旅行	りょこうして	命令形 快旅行	りょこうしろ
た形 (過去形) 遊歷了	りょこうした	可能形 可以旅行	りょこうできる
たら形 (條件形) 旅行的話	りょこうしたら	う形 (意向形) 旅行吧	りょこうしよう

△外国に旅行に行きます／我要去外國旅行。

れんしゅう【練習】 練習，反覆學習　　名・他サ　グループ3

練習する・練習します

辭書形(基本形) 練習	れんしゅうする	たり形 又是練習	れんしゅうしたり
ない形 (否定形) 沒練習	れんしゅうしない	ば形 (條件形) 練習的話	れんしゅうすれば
なかった形 (過去否定形) 過去沒練習	れんしゅうし なかった	させる形 (使役形) 使練習	れんしゅうさせる
ます形 (連用形) 練習	れんしゅうします	られる形 (被動形) 被練習	れんしゅうされる
て形 練習	れんしゅうして	命令形 快練習	れんしゅうしろ
た形 (過去形) 練習了	れんしゅうした	可能形 可以練習	れんしゅうできる
たら形 (條件形) 練習的話	れんしゅうしたら	う形 (意向形) 練習吧	れんしゅうしよう

△何度も発音の練習をしたから、発音はきれいになった／
因為不斷地練習發音，所以發音變漂亮了。

わかる【分かる】 知道・明白；懂得・理解 　自五　グループ1
分かる・分かります

辞書形（基本形）知道	わかる	たり形 又是知道	わかったり
ない形（否定形）不知道	わからない	ば形（條件形）知道的話	わかれば
なかった形（過去否定形）過去不知道	わからなかった	させる形（使役形）使知道	わからせる
ます形（連用形）知道	わかります	られる形（被動形）被知道	わかられる
て形 知道	わかって	命令形 快明白	わかれ
た形（過去形）知道了	わかった	可能形	———
たら形（條件形）知道的話	わかったら	う形（意向形）知道吧	わかろう

△「この花はあそこにおいてください。」「分かりました。」／
「請把這束花放在那裡。」「我知道了。」

わすれる【忘れる】 忘記・忘掉；忘懷・忘卻；遺忘 　他下一　グループ2
忘れる・忘れます

辞書形（基本形）忘記	わすれる	たり形 又是忘記	わすれたり
ない形（否定形）沒忘記	わすれない	ば形（條件形）忘記的話	わすれれば
なかった形（過去否定形）過去沒忘記	わすれなかった	させる形（使役形）使忘記	わすれさせる
ます形（連用形）忘記	わすれます	られる形（被動形）被忘記	わすれられる
て形 忘記	わすれて	命令形 快忘記	わすれろ
た形（過去形）忘記了	わすれた	可能形 會忘記	わすれられる
たら形（條件形）忘記的話	わすれたら	う形（意向形）忘記吧	わすれよう

△彼女の電話番号を忘れた／我忘記了她的電話號碼。

わたす【渡す】 交給・遞給・交付；轉交

他五 グループ1

渡す・渡します

辞書形(基本形) 交給	わたす	たり形 又是知道	わたしたり
ない形（否定形） 沒交	わたさない	ば形（條件形） 交的話	わたせば
なかった形（過去否定形） 過去沒交	わたさなかった	させる形（使役形） 使交	わたさせる
ます形（連用形） 交給	わたします	られる形（被動形） 被轉交	わたされる
て形 交給	わたして	命令形 快交	わたせ
た形（過去形） 交了	わたした	可能形 會交	わたせる
たら形（條件形） 交的話	わたしたら	う形（意向形） 交吧	わたそう

 △ 兄に新聞を渡した／我拿了報紙給哥哥。

わたる【渡る】 渡・過（河）；（從海外）渡來

自五 グループ1

渡る・渡ります

辞書形(基本形) 渡過	わたる	たり形 又是渡過	わたったり
ない形（否定形） 沒忘記	わたれない	ば形（條件形） 渡過的話	わたれば
なかった形（過去否定形） 過去沒忘記	わたれなかった	させる形（使役形） 使渡過	わたらせる
ます形（連用形） 渡過	わたります	られる形（被動形） 被渡過	わたられる
て形 渡過	わたって	命令形 快渡過	わたれ
た形（過去形） 過了	わたった	可能形 可以過	わたれる
たら形（條件形） 渡過的話	わたったら	う形（意向形） 過吧	わたろう

 △ この川を渡ると東京です／過了這條河就是東京。

動詞單字
N4

あう【合う】 合：一致・合適；相配；符合；正確　自五　グループ1

合う・合います

辞書形(基本形) 配合	あう	たり形 又是配合	あったり
ない形 (否定形) 不配合	あわない	ば形 (條件形) 配合的話	あえば
なかった形 (過去否定形) 過去沒配	あわなかった	させる形 (使役形) 使配合	あわせる
ます形 (連用形) 配合	あいます	られる形 (被動形) 被配合	あわれる
て形 配合	あって	命令形 快配合	あえ
た形 (過去形) 配合了	あった	可能形	———
たら形 (條件形) 配合的話	あったら	う形 (意向形) 配合吧	あおう

△時間が合えば、会いたいです／如果時間允許，希望能見一面。

あがる【上がる】 登上；升高・上升；發出(聲音)；(從水中)出來；(事情)完成　自五　グループ1

上がる・上がります

辞書形(基本形) 上升	あがる	たり形 又是上升	あがったり
ない形 (否定形) 沒上升	あがらない	ば形 (條件形) 上升的話	あがれば
なかった形 (過去否定形) 過去沒上升	あがらなかった	させる形 (使役形) 使上升	あがらせる
ます形 (連用形) 上升	あがります	られる形 (被動形) 被上升	あがられる
て形 上升	あがって	命令形 快上升	あがれ
た形 (過去形) 上升了	あがった	可能形 可以上升	あがれる
たら形 (條件形) 上升的話	あがったら	う形 (意向形) 上升吧	あがろう

△野菜の値段が上がるようだ／青菜的價格好像要上漲了。

あげる【上げる】 給；送；交出；獻出

他下一 グループ2

上げる・上げます

辭書形（基本形）送給	あげる	たり形 又是送	あげたり
ない形（否定形）沒送	あげない	ば形（條件形）送的話	あげれば
なかった形（過去否定形）過去沒送	あげなかった	させる形（使役形）使送	あげさせる
ます形（禮貌形）送給	あげます	られる形（被動形）被送出	あげられる
て形 送給	あげて	命令形 快送	あげろ
た形（過去形）送了	あげた	可能形 可以送	あげられる
たら形（條件形）送的話	あげたら	う形（意向形）送吧	あげよう

 △ほしいなら、あげますよ／如果想要，就送你。

あつまる【集まる】 聚集・集合

自五 グループ1

集まる・集まります

辭書形（基本形）集合	あつまる	たり形 又是集合	あつまったり
ない形（否定形）沒集合	あつまらない	ば形（條件形）集合的話	あつまれば
なかった形（過去否定形）過去沒集合	あつまらなかった	させる形（使役形）使集合	あつまらせる
ます形（禮貌形）集合	あつまります	られる形（被動形）被集合	あつまられる
て形 集合	あつまって	命令形 快集合	あつまれ
た形（過去形）集合了	あつまった	可能形 會集合	あつまれる
たら形（條件形）集合的話	あつまったら	う形（意向形）集合吧	あつまろう

 △パーティーに、1,000人も集まりました／多達1000人，聚集在派對上。

あつめる【集める】 集合；収集；集中 他下一 グループ2

集める・集めます

辞書形(基本形) 収集	あつめる	たり形 又是収集	あつめたり
ない形(否定形) 没収集	あつめない	ば形(條件形) 収集的話	あつめれば
なかった形(過去否定形) 過去没収集	あつめなかった	させる形(使役形) 使収集	あつめさせる
ます形(連用形) 収集	あつめます	られる形(被動形) 被収集	あつめられる
て形 収集	あつめて	命令形 快収集	あつめろ
た形(過去形) 収集了	あつめた	可能形 可以収集	あつめられる
たら形(條件形) 収集的話	あつめたら	う形(意向形) 収集吧	あつめよう

△生徒たちを、教室に集めなさい／叫學生到教室集合。

あやまる【謝る】 道歉・謝罪；認錯；謝絕 自五 グループ1

謝る・謝ります

辞書形(基本形) 道歉	あやまる	たり形 又是道歉	あやまったり
ない形(否定形) 没道歉	あやまらない	ば形(條件形) 道歉的話	あやまれば
なかった形(過去否定形) 過去没道歉	あやまらなかった	させる形(使役形) 使道歉	あやまらせる
ます形(連用形) 道歉	あやまります	られる形(被動形) 被道歉	あやまられる
て形 道歉	あやまって	命令形 快道歉	あやまれ
た形(過去形) 道歉了	あやまった	可能形 會道歉	あやまれる
たら形(條件形) 道歉的話	あやまったら	う形(意向形) 道歉吧	あやまろう

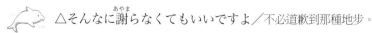

△そんなに謝らなくてもいいですよ／不必道歉到那種地步。

いきる【生きる】 活・生存；生活；致力於… 自上一 グループ2

生きる・生きます

辞書形(基本形) 生存	いきる	たり形 又是活	いきたり
ない形(否定形) 沒活	いきない	ば形(條件形) 活的話	いきれば
なかった形(過去否定形) 過去沒活	いきなかった	させる形(使役形) 使活	いきさせる
ます形(連用形) 生存	いきます	られる形(被動形) 被致力於…	いきられる
て形 生存	いきて	命令形 活下去	いきろ
た形(過去形) 活了	いきた	可能形 可以活	いきられる
たら形(條件形) 活的話	いきたら	う形(意向形) 活吧	いきよう

△生涯彼は、一人で生きていくそうです／聽說他打算一個人活下去。

いじめる【苛める】 欺負・虐待；捉弄；折磨 他下一 グループ2

いじめる・いじめます

辞書形(基本形) 欺負	いじめる	たり形 又是欺負	いじめたり
ない形(否定形) 沒欺負	いじめない	ば形(條件形) 欺負的話	いじめれば
なかった形(過去否定形) 過去沒欺負	いじめなかった	させる形(使役形) 使欺負	いじめさせる
ます形(連用形) 欺負	いじめます	られる形(被動形) 被欺負	いじめられる
て形 欺負	いじめて	命令形 快欺負	いじめろ
た形(過去形) 欺負了	いじめた	可能形 會欺負	いじめられる
たら形(條件形) 欺負的話	いじめたら	う形(意向形) 欺負吧	いじめよう

△弱いものを苛める人は一番かっこう悪い／霸凌弱勢的人，是最差勁的人。

いそぐ【急ぐ】 快・急忙・趕緊

急ぐ・急ぎます

辭書形(基本形) 急忙	いそぐ	た り形 又是急	いそいだり
ない形 (否定形) 不急	いそがない	ば形 (條件形) 急的話	いそげば
なかった形 (過去否定形) 過去不急	いそがなかった	せる形 (使役形) 使趕緊	いそがせる
ます形 (連用形) 急忙	いそぎます	られる形 (被動形) 被加緊	いそがれる
て形 急忙	いそいで	命令形 趕快	いそげ
た形 (過去形) 急忙了	いそいだ	可能形 能快	いそげる
たら形 (條件形) 急的話	いそいだら	う形 (意向形) 快點吧	いそごう

 △もし急ぐなら先に行ってください／如果你趕時間的話，就請先走吧！

いたす【致す】 （「する」的謙恭說法）做・辦；致

致す・致します

辭書形(基本形) 做	いたす	た り形 又是做	いたしたり
ない形 (否定形) 沒做	いたさない	ば形 (條件形) 做的話	いたせば
なかった形 (過去否定形) 過去沒做	いたさなかった	せる形 (使役形) 使做	いたさせる
ます形 (連用形) 做	いたします	られる形 (被動形) 被做	いたされる
て形 做	いたして	命令形 快做	いたせ
た形 (過去形) 做了	いたした	可能形 可以做	いたせる
たら形 (條件形) 做的話	いたしたら	う形 (意向形) 做吧	いたそう

 △このお菓子は、変わった味が致しますね／這個糕點的味道有些特別。

いただく【頂く・戴く】 領受；領取；吃、喝；頂 他五 グループ1

頂く・頂きます

辞書形(基本形) 領受	いただく	た形 又是領受	いただいたり
ない形(未然形) 不領受	いただかない	ば形(條件形) 領受的話	いただけば
なかった形(過去否定形) 過去沒領受	いただか なかった	させる形(使役形) 使領受	いただかせる
ます形(連用形) 領受	いただきます	られる形(被動形) 被領取	いただかれる
て形 領受	いただいて	命令形 快領受	いただけ
た形(過去形) 領受了	いただいた	可能形 可以領受	いただける
たら形(假定形) 領受的話	いただいたら	う形(意向形) 領受吧	いただこう

 △お菓子が足りないなら、私はいただかなくてもかまいません／
如果糕點不夠的話，我不用吃也沒關係。

いのる【祈る】 祈禱；祝福 他五 グループ1

祈る・祈ります

辞書形(基本形) 祈禱	いのる	た形 又是祈禱	いのったり
ない形(未然形) 沒祈禱	いのらない	ば形(條件形) 祈禱的話	いのれば
なかった形(過去否定形) 過去沒祈禱	いのらなかった	させる形(使役形) 使祈禱	いのらせる
ます形(連用形) 祈禱	いのります	られる形(被動形) 被祝福	いのられる
て形 祈禱	いのって	命令形 快祈禱	いのれ
た形(過去形) 祈禱了	いのった	可能形 可以祈禱	いのれる
たら形(假定形) 祈禱的話	いのったら	う形(意向形) 祈禱吧	いのろう

 △みんなで、平和のために祈るところです／大家正要為和平而祈禱。

いらっしゃる　來・去・在（尊敬語）

自五　グループ1

いらっしゃる・いらっしゃいます

辞書形（基本形） 來	いらっしゃる	たり形 又是來	いらっしゃったり
ない形（否定形） 沒來	いらっしゃらない	ば形（條件形） 來的話	いらっしゃれば
なかった形（過去否定形） 過去沒來	いらっしゃら なかった	させる形（使役形） 使來	いらっしゃらせる
ます形（連用形） 來	いらっしゃいます	られる形（被動形） 被離去	いらっしゃられる
て形 來	いらっしゃって	命令形 快來	いらっしゃい
た形（過去形） 來了	いらっしゃった	可能形 會來	いらっしゃれる
たら形（條件形） 來的話	いらっしゃったら	う形（意向形） 來吧	いらっしゃろう

△お忙しかったら、いらっしゃらなくてもいいですよ／
如果忙的話，不必來也沒關係喔！

うえる【植える】　種植；培養

他下一　グループ2

植える・植えます

辞書形（基本形） 種植	うえる	たり形 又是種植	うえたり
ない形（否定形） 沒種植	うえない	ば形（條件形） 種植的話	うえれば
なかった形（過去否定形） 過去沒種植	うえなかった	させる形（使役形） 使種植	うえさせる
ます形（連用形） 種植	うえます	られる形（被動形） 被種植	うえられる
て形 種植	うえて	命令形 快種植	うえろ
た形（過去形） 種植了	うえた	可能形 可以種植	うえれる
たら形（條件形） 種植的話	うえたら	う形（意向形） 種植吧	うえよう

△花の種をさしあげますから、植えてみてください／
我送你花的種子，你試種看看。

うかがう【伺う】 拝訪；請教・打聽（謙讓語） 他五 グループ1

<ruby>伺<rt>うかが</rt></ruby>う・<ruby>伺<rt>うかが</rt></ruby>います

N4

辞書形（基本形） 拝訪	うかがう	たり形 又是拝訪	うかがったり
ない形（否定形） 没拝訪	うかがわない	ば形（條件形） 拝訪的話	うかがえば
なかった形（過去否定形） 過去没拝訪	うかがわ なかった	させる形（使役形） 使拝訪	うかがわせる
ます形（連用形） 拝訪	うかがいます	られる形（被動形） 被拝訪	うかがわれる
て形 拝訪	うかがって	命令形 快拝訪	うかがえ
た形（過去形） 拝訪了	うかがった	可能形 可以拝訪	うかがえる
たら形（條件形） 拝訪的話	うかがったら	う形（意向形） 拝訪吧	うかがおう

 △<ruby>先生<rt>せんせい</rt></ruby>のお<ruby>宅<rt>たく</rt></ruby>にうかがったことがあります／我拝訪過老師家。

うける【受ける】 接受・承接；受到；得到；遭受；接受；應考 自他下一 グループ2

<ruby>受<rt>う</rt></ruby>ける・<ruby>受<rt>う</rt></ruby>けます

辞書形（基本形） 接受	うける	たり形 又是接受	うけたり
ない形（否定形） 不接受	うけない	ば形（條件形） 接受的話	うければ
なかった形（過去否定形） 過去没接受	うけなかった	させる形（使役形） 使接受	うけさせる
ます形（連用形） 接受	うけます	られる形（被動形） 被接受	うけられる
て形 接受	うけて	命令形 快接受	うけろ
た形（過去形） 接受了	うけた	可能形 可以接受	うけられる
たら形（條件形） 接受的話	うけたら	う形（意向形） 接受吧	うけよう

 △いつか、<ruby>大学院<rt>だいがくいん</rt></ruby>を<ruby>受<rt>う</rt></ruby>けたいと<ruby>思<rt>おも</rt></ruby>います／我將來想報考研究所。

う

うかがう・うける

うごく【動く】 變動・移動；擺動；改變；行動・運動；感動・動搖 　自五 グループ1

動く・動きます

辭書形 (基本形) 移動	うごく	たり形 又是移動	うごいたり
ない形 (否定形) 沒移動	うごかない	ば形 (條件形) 移動的話	うごけば
なかった形 (過去否定形) 過去沒移動	うごかなかった	させる形 (使役形) 使移動	うごかせる
ます形 (連用形) 移動	うごきます	られる形 (被動形) 被移動	うごかれる
て形 移動	うごいて	命令形 快移動	うごけ
た形 (過去形) 移動了	うごいた	可能形 可以移動	うごける
たら形 (條件形) 移動的話	うごいたら	う形 (意向形) 移動吧	うごこう

△動かずに、そこで待っていてください／請不要離開，在那裡等我。

うつ【打つ】 打擊・打；標記 　他五 グループ1

打つ・打ちます

辭書形 (基本形) 打擊	うつ	たり形 又是打	うったり
ない形 (否定形) 沒打	うたない	ば形 (條件形) 打的話	うてば
なかった形 (過去否定形) 過去沒打	うたなかった	させる形 (使役形) 使打	うたせる
ます形 (連用形) 打擊	うちます	られる形 (被動形) 被打	うたれる
て形 打擊	うって	命令形 快打	うて
た形 (過去形) 打了	うった	可能形 可以打	うてる
たら形 (條件形) 打的話	うったら	う形 (意向形) 打吧	うとう

△イチローがホームランを打ったところだ／一朗正好擊出全壘打。

うつす【写す】 抄；拍照，照相；描寫，描繪 　　他五　グループ1

写す・写します

拍照	うつす	又是拍照	うつしたり
不拍照	うつさない	拍照的話	うつせば
過去沒拍照	うつさなかった	使拍照	うつさせる
拍照	うつします	被拍照	うつされる
拍照	うつして	快拍照	うつせ
拍照了	うつした	可以拍照	うつせる
拍照的話	うつしたら	拍照吧	うつそう

△写真を写してあげましょうか／我幫你照相吧！

うつる【映る】 反射・映照；相襯 　　自五　グループ1

映る・映ります

映照	うつる	又是映照	うつったり
沒映照	うつらない	映照的話	うつれば
過去沒映照	うつらなかった	使映照	うつらせる
映照	うつります	被襯托	うつられる
映照	うつって	快映照	うつれ
映照了	うつった	會映照	うつれる
映照的話	うつったら	映照吧	うつろう

△写真に写る自分よりも鏡に映る自分の方が綺麗だ／
鏡子裡的自己比照片中的自己好看。

うつる【移る】 移動；變心；傳染；時光流逝；轉移 [自五] グループ1

移る・移ります

辭書形(基本形) 移動	うつる	たり形 又是移動	うつったり
ない形(否定形) 沒移動	うつらない	ば形(條件形) 移動的話	うつれば
なかった形(過去否定形) 過去沒移動	うつらなかった	させる形(使役形) 使移動	うつらせる
ます形(連用形) 移動	うつります	られる形(被動形) 被移動	うつられる
て形 移動	うつって	命令形 快移動	うつれ
た形(過去形) 移動了	うつった	可能形 可以移動	うつれる
たら形(條件形) 移動的話	うつったら	う形(意向形) 移動吧	うつろう

 △あちらの席にお移りください／請移到那邊的座位。

えらぶ【選ぶ】 選擇 [他五] グループ1

選ぶ・選びます

辭書形(基本形) 選擇	えらぶ	たり形 又是選擇	えらんだり
ない形(否定形) 沒選擇	えらばない	ば形(條件形) 選擇的話	えらべば
なかった形(過去否定形) 過去沒選擇	えらばなかった	させる形(使役形) 使選擇	えらばせる
ます形(連用形) 選擇	えらびます	られる形(被動形) 被選擇	えらばれる
て形 選擇	えらんで	命令形 快選擇	えらべ
た形(過去形) 選擇了	えらんだ	可能形 可以選擇	えらべる
たら形(條件形) 選擇的話	えらんだら	う形(意向形) 選擇吧	えらぼう

 △好きなのをお選びください／請選您喜歡的。

おいでになる　來・去・在・光臨・駕臨（尊敬語）　他五 グループ1

おいでになる・おいでになります

辞書形(基本形) 來	おいでになる	た-り形 又是來	おいでになったり
ない形 (否定形) 沒來	おいでになら ない	ば形 (條件形) 來的話	おいでになれば
なかった形 (過去否定形) 過去沒來	おいでになら なかった	させる形 (使役形) 使來	おいでにならせる
ます形 (連用形) 來	おいでになります	られる形 (被動形) 您來	おいでになら れる
て形 來	おいでになって	命令形	———
た形 (過去形) 來了	おいでになった	可能形 可以來	おいでになれる
たら形 (條件形) 來的話	おいでになったら	う形 (意向形) 來吧	おいでになろう

 △明日のパーティーに、社長はおいでになりますか／
明天的派對，社長會蒞臨嗎？

おくる【送る】　寄送；派；送行；度過；標上(假名)　他五 グループ1

送る・送ります

辞書形(基本形) 寄送	おくる	た-り形 又是寄	おくったり
ない形 (否定形) 沒寄	おくらない	ば形 (條件形) 寄的話	おくれば
なかった形 (過去否定形) 過去沒寄	おくらなかった	させる形 (使役形) 使寄	おくらせる
ます形 (連用形) 寄送	おくります	られる形 (被動形) 被寄	おくられる
て形 寄送	おくって	命令形 快寄	おくれ
た形 (過去形) 寄了	おくった	可能形 可以寄	おくれる
たら形 (條件形) 寄的話	おくったら	う形 (意向形) 寄吧	おくろう

 △東京にいる息子に、お金を送ってやりました／寄錢給在東京的兒子了。

おくれる【遅れる】 遅到；緩慢；耽擱　　自下一 グループ2

遅れる・遅れます

辞書形(基本形)		たり形	
遅到	おくれる	又是遅到	おくれたり
ない形 (否定形)		ば形 (條件形)	
沒遅到	おくれない	遅到的話	おくれれば
なかった形 (過去否定形)		させる形 (使役形)	
過去沒遅到	おくれなかった	使遅到	おくれさせる
ます形 (連用形)		られる形 (被動形)	
遅到	おくれます	被耽擱	おくれられる
て形		命令形	
遅到	おくれて	給我遅到	おくれろ
た形 (過去形)		可能形	
遅到了	おくれた		———
たら形 (條件形)		う形 (意向形)	
遅到的話	おくれたら	遅些吧	おくれよう

△時間に遅れるな／不要遅到。

おこす【起こす】 扶起；叫醒；發生；引起；翻起　　他五 グループ1

起こす・起こします

辞書形(基本形)		たり形	
叫醒	おこす	又是叫醒	おこしたり
ない形 (否定形)		ば形 (條件形)	
沒叫醒	おこさない	叫醒的話	おこせば
なかった形 (過去否定形)		させる形 (使役形)	
過去沒叫醒	おこさなかった	使叫醒	おこさせる
ます形 (連用形)		られる形 (被動形)	
叫醒	おこします	被叫醒	おこされる
て形		命令形	
叫醒	おこして	快叫醒	おこせ
た形 (過去形)		可能形	
叫醒了	おこした	可以叫醒	おこせる
たら形 (條件形)		う形 (意向形)	
叫醒的話	おこしたら	叫醒吧	おこそう

△父は、「明日の朝、6時に起こしてくれ。」と言った／
父親說：「明天早上六點叫我起床」。

おこなう【行う・行なう】 舉行・舉辦；修行

他五 グループ1

行う・行います

辞書形(基本形) 舉行	おこなう	た形 又是舉行	おこなったり
ない形 (否定形) 不舉行	おこなわない	假定形 (條件形) 舉行的話	おこなえば
なかった形 (過去否定形) 過去沒舉行	おこなわなかった	使役形 (使役形) 使舉行	おこなわせる
ます形 (連用形) 舉行	おこないます	受身形 (被動形) 被舉行	おこなわれる
て形 舉行	おこなって	命令形 快舉行	おこなえ
た形 (過去形) 舉行了	おこなった	可能形 可以舉行	おこなえる
たら形 (條件形) 舉行的話	おこなったら	意向形 (意志形) 舉行吧	おこなおう

△来週、音楽会が行われる／音樂將會在下禮拜舉行。

おこる【怒る】 生氣；斥責

自五 グループ1

怒る・怒ります

辞書形(基本形) 生氣	おこる	た形 又是生氣	おこったり
ない形 (否定形) 沒生氣	おこらない	假定形 (條件形) 生氣的話	おこれば
なかった形 (過去否定形) 過去沒生氣	おこらなかった	使役形 (使役形) 使生氣	おこらせる
ます形 (連用形) 生氣	おこります	受身形 (被動形) 被斥責	おこられる
て形 生氣	おこって	命令形 快生氣	おこれ
た形 (過去形) 生氣了	おこった	可能形 會生氣	おこれる
たら形 (條件形) 生氣的話	おこったら	意向形 (意志形) 生氣吧	おころう

△なにかあったら怒られるのはいつも長男の私だ／
只要有什麼事，被罵的永遠都是生為長子的我。

おちる【落ちる】 落下；掉落；降低，下降；落選 自上一 グループ2

落ちる・落ちます

辞書形(基本形) 掉落	おちる	たり形 又是掉落	おちたり
ない形 (否定形) 沒掉落	おちない	ば形 (條件形) 掉落的話	おちれば
なかった形 (過去否定形) 過去沒掉落	おちなかった	させる形 (使役形) 使掉落	おちさせる
ます形 (連用形) 掉落	おちます	られる形 (被動形) 被掉落	おちられる
て形 掉落	おちて	命令形 快掉落	おちろ
た形 (過去形) 掉落了	おちた	可能形	———
たら形 (條件形) 掉落的話	おちたら	う形 (意向形) 掉落吧	おちよう

△何か、机から落ちましたよ／有東西從桌上掉下來了喔！

おっしゃる 說，講，叫；稱呼；提醒 他五 グループ1

おっしゃる・おっしゃいます

辞書形(基本形) 說	おっしゃる	たり形 又是說	おっしゃったり
ない形 (否定形) 沒說	おっしゃらない	ば形 (條件形) 說的話	おっしゃれば
なかった形 (過去否定形) 過去沒說	おっしゃら なかった	させる形 (使役形) 使說	おっしゃらせる
ます形 (連用形) 說	おっしゃいます	られる形 (被動形) 被提醒	おっしゃられる
て形 說	おっしゃって	命令形 快說	おっしゃい
た形 (過去形) 說了	おっしゃった	可能形 會說	おっしゃれる
たら形 (條件形) 說的話	おっしゃったら	う形 (意向形) 說吧	おっしゃろう

△なにかおっしゃいましたか／您說什麼呢？

おとす【落とす】 掉下；弄掉

落とす・落とします

辭書形(基本形) 掉下	おとす	たり形 又是掉下	おとしたり
ない形 (否定形) 沒掉下	おとさない	ば形 (條件形) 掉落的話	おとせば
なかった形 (過去否定形) 過去沒掉下	おとさなかった	させる形 (使役形) 使掉下	おとさせる
ます形 (連用形) 掉下	おとします	られる形 (被動形) 被弄掉	おとされる
て形 掉下	おとして	命令形 快弄掉	おとせ
た形 (過去形) 掉落了	おとした	可能形 會弄掉	おとせる
たら形 (條件形) 掉落的話	おとしたら	う形 (意向形) 弄掉吧	おとそう

 △落としたら割れますから、気をつけて／掉下就破了，小心點！

おどる【踊る】 跳舞，舞蹈；操縱

踊る・踊ります

辭書形(基本形) 跳舞	おどる	たり形 又是跳舞	おどったり
ない形 (否定形) 沒跳舞	おどらない	ば形 (條件形) 跳舞的話	おどれば
なかった形 (過去否定形) 過去沒跳舞	おどらなかった	させる形 (使役形) 使跳舞	おどらせる
ます形 (連用形) 跳舞	おどります	られる形 (被動形) 被操縱	おどられる
て形 跳舞	おどって	命令形 快跳舞	おどれ
た形 (過去形) 跳了舞	おどった	可能形 可以跳舞	おどれる
たら形 (條件形) 跳舞的話	おどったら	う形 (意向形) 跳舞吧	おどろう

 △私はタンゴが踊れます／我會跳探戈舞。

おどろく・おもいだす

おどろく【驚く】 驚嚇・吃驚・驚奇

自五 グループ1

驚く・驚きます

辞書形(基本形) 吃驚	おどろく	たり形 又是吃驚	おどろいたり
沒吃驚 ない形(否定形)	おどろかない	ば形(條件形) 吃驚的話	おどろけば
なかった形(過去否定形) 過去沒吃驚	おどろかなかった	させる形(使役形) 使吃驚	おどろかせる
ます形(連用形) 吃驚	おどろきます	られる形(被動形) 被嚇到	おどろかれる
て形 吃驚	おどろいて	命令形 快吃驚	おどろけ
た形(過去形) 吃了一驚	おどろいた	可能形 會吃驚	おどろける
たら形(條件形) 吃驚的話	おどろいたら	う形(意向形) 吃驚吧	おどろこう

 △彼にはいつも、驚かされる／我總是被他嚇到。

おもいだす【思い出す】 想起來・回想

他五 グループ1

思い出す・思い出します

辞書形(基本形) 想起來	おもいだす	たり形 又是想起	おもいだしたり
ない形(否定形) 沒想起來	おもいださない	ば形(條件形) 想起來的話	おもいだせば
なかった形(過去否定形) 過去沒想起來	おもいださ なかった	させる形(使役形) 使想起來。	おもいださせる
ます形(連用形) 想起來	おもいだします	られる形(被動形) 被想起來	おもいだされる
て形 想起來	おもいだして	命令形 快想起來	おもいだせ
た形(過去形) 想了起來	おもいだした	可能形 可以想起來	おもいだせる
たら形(條件形) 想起來的話	おもいだしたら	う形(意向形) 想起來吧	おもいだそう

 △明日は休みだということを思い出した／我想起明天是放假。

おもう【思う】 想．思考；覺得；相信；猜想；感覺；懷念 　他五　グループ1

思う・思います

辞書形(基本形) 覺得	おもう	た形 又是覺得	おもったり
ない形(否定形) 不認為	おもわない	ば形(條件形) 認為的話	おもえば
なかった形(過去否定形) 過去沒覺得	おもわなかった	させる形(使役形) 使覺得	おもわせる
ます形(連用形) 覺得	おもいます	られる形(被動形) 被懷念	おもわれる
て形 覺得	おもって	命令形 快覺得	おもえ
た形(過去形) 思考了	おもった	可能形 會覺得	おもえる
たら形(條件形) 認為的話	おもったら	う形(意向形) 思考吧	おもおう

△悪かったと思うなら、謝りなさい／如果覺得自己不對，就去賠不是。

おりる【下りる・降りる】 下來；下車；退位 　自上一　グループ2

降りる・降ります

辞書形(基本形) 下來	おりる	た形 又是下來	おりたり
ない形(否定形) 沒下來	おりない	ば形(條件形) 下來的話	おりれば
なかった形(過去否定形) 過去沒下來	おりなかった	させる形(使役形) 使下來	おりさせる
ます形(連用形) 下來	おります	られる形(被動形) 被弄下來	おりられる
て形 下來	おりて	命令形 快下來	おりろ
た形(過去形) 下來了	おりた	可能形 可以下來	おりられる
たら形(條件形) 下來的話	おりたら	う形(意向形) 下來吧	おりよう

△この階段は下りやすい／這個階梯很好下。

おる【折る】 摺疊；折斷

他五 グループ1

折る・折ります

辞書形(基本形) 折斷	おる	たり形 又是折斷	おったり
ない形 (否定形) 沒折斷	おらない	ば形 (條件形) 折斷的話	おれば
なかった形 (過去否定形) 過去沒折斷	おらなかった	させる形 (使役形) 使折斷	おらせる
ます形 (連用形) 折斷	おります	られる形 (被動形) 被折斷	おられる
て形 折斷	おって	命令形 快折斷	おれ
た形 (過去形) 折斷了	おった	可能形 可以折斷	おれる
たら形 (條件形) 折斷的話	おったら	う形 (意向形) 折斷吧	おろう

△公園の花を折ってはいけません／不可以採摘公園裡的花。

おる【居る】 在・存在；有（「いる」的謙讓語）

自五 グループ1

居る・居ります

辞書形(基本形) 在	おる	たり形 又是在	おったり
ない形 (否定形) 不在	おらない	ば形 (條件形) 在的話	おれば
なかった形 (過去否定形) 過去不在	おらなかった	させる形 (使役形) 使存在	おらせる
ます形 (連用形) 在	おります	られる形 (被動形) 被存在	おられる
て形 在	おって	命令形 在	おれ
た形 (過去形) 在了	おった	可能形 會在	おれる
たら形 (條件形) 在的話	おったら	う形 (意向形) 在吧	おろう

△本日は18時まで会社におります／今天我會待在公司，一直到下午六點。

おれる【折れる】 折彎；折斷；拐彎；屈服

自下一 グループ2

折れる・折れます

辞書形(基本形) 折彎	おれる	たり形 又是折彎	おれたり
ない形(否定形) 沒折彎	おれない	ば形(條件形) 折彎的話	おれれば
なかった形(過去否定形) 過去沒折彎	おれなかった	させる形(使役形) 使折彎	おれさせる
ます形(連用形) 折彎	おれます	られる形(被動形) 被折彎	おれられる
て形 折彎	おれて	命令形 快折彎	おれろ
た形(過去形) 折彎了	おれた	可能形	———
たら形(條件形) 折彎的話	おれたら	う形(意向形) 折彎吧	おれよう

△台風で、枝が折れるかもしれない／樹枝或許會被颱風吹斷。

かえる【変える】 改變；變更

他下一 グループ2

変える・変えます

辞書形(基本形) 改變	かえる	たり形 又是改變	かえたり
ない形(否定形) 沒改變	かえない	ば形(條件形) 改變的話	かえれば
なかった形(過去否定形) 過去沒改變	かえなかった	させる形(使役形) 使改變	かえさせる
ます形(連用形) 改變	かえます	られる形(被動形) 被改變	かえられる
て形 改變	かえて	命令形 快改變	かえろ
た形(過去形) 改變了	かえた	可能形 會改變	かえられる
たら形(條件形) 改變的話	かえたら	う形(意向形) 改變吧	かえよう

△がんばれば、人生を変えることもできるのだ／
只要努力・人生也可以改變的。

かける【欠ける】 缺損；缺少

自下一 グループ2

欠ける・欠けます

辞書形(基本形) 缺少	かける	たり形 又是缺少	かけたり
ない形 (否定形) 沒缺少	かけない	ば形 (條件形) 缺少的話	かければ
なかった形 (過去否定形) 過去沒缺少	かけなかった	させる形 (使役形) 使缺少	かけさせる
ます形 (連用形) 缺少	かけます	られる形 (被動形) 被缺損	かけられる
て形 缺少	かけて	命令形 快缺少	かけろ
た形 (過去形) 缺少了	かけた	可能形	———
たら形 (條件形) 缺少的話	かけたら	う形 (意向形) 缺少吧	かけよう

 △メンバーが一人欠けたままだ／成員一直缺少一個人。

かける【駆ける・駈ける】 奔跑・快跑

自下一 グループ2

駆ける・駆けます

辞書形(基本形) 奔跑	かける	たり形 又是奔跑	かけたり
ない形 (否定形) 沒奔跑	かけない	ば形 (條件形) 奔跑的話	かければ
なかった形 (過去否定形) 過去沒奔跑	かけなかった	させる形 (使役形) 使奔跑	かけさせる
ます形 (連用形) 奔跑	かけます	られる形 (被動形) 被跑	かけられる
て形 奔跑	かけて	命令形 快跑	かけろ
た形 (過去形) 跑了	かけた	可能形 會跑	かけられる
たら形 (條件形) 奔跑的話	かけたら	う形 (意向形) 跑吧	かけよう

 △うちから駅までかけたので、疲れてしまった／從家裡跑到車站・所以累壞了。

かける【掛ける】

懸掛；坐；蓋上；放在…之上；提交；澆；開動；花費；寄託；鎖上；(數學)乘；使…負擔 (如給人添麻煩)

他下一 グループ2

掛ける・掛けます

辭書形(基本形) 坐下	かける	た形 又是坐下	かけたり
ない形 (否定形) 沒坐下	かけない	ば形 (條件形) 坐下的話	かければ
なかった形 (過去否定形) 過去沒坐下	かけなかった	させる形 (使役形) 使坐下	かけさせる
ます形 (連用形) 坐下	かけます	られる形 (被動形) 被花費	かけられる
て形 坐下	かけて	命令形 快坐下	かけろ
た形 (過去形) 坐下了	かけた	可能形 能坐下	かけられる
たら形 (條件形) 坐下的話	かけたら	う形 (意向形) 坐下吧	かけよう

 △椅子に掛けて話をしよう／讓我們坐下來講吧！

かざる【飾る】

擺飾，裝飾；粉飾，潤色

他五 グループ1

飾る・飾ります

辭書形(基本形) 擺飾	かざる	た形 又是擺飾	かざったり
ない形 (否定形) 沒擺飾	かざらない	ば形 (條件形) 擺飾的話	かざれば
なかった形 (過去否定形) 過去沒擺飾	かざらなかった	させる形 (使役形) 使擺飾	かざらせる
ます形 (連用形) 擺飾	かざります	られる形 (被動形) 被擺飾	かざられる
て形 擺飾	かざって	命令形 快擺飾	かざれ
た形 (過去形) 擺飾了	かざった	可能形 可以擺飾	かざれる
たら形 (條件形) 擺飾的話	かざったら	う形 (意向形) 擺飾吧	かざろう

 △花をそこにそう飾るときれいですね／花像那樣擺在那裡，就很漂亮了。

かたづける【片付ける】 収拾・打掃；解決　　他下一 グループ2

片付ける・片付けます

辞書形 (基本形) 收拾	かたづける	たり形 又是收拾	かたづけたり
ない形 (否定形) 沒收拾	かたづけない	ば形 (條件形) 收拾的話	かたづければ
なかった形 (過去否定形) 過去沒收拾	かたづけなかった	させる形 (使役形) 使收拾	かたづけさせる
ます形 (連用形) 收拾	かたづけます	られる形 (被動形) 被收拾	かたづけられる
て形 收拾	かたづけて	命令形 快收拾	かたづけろ
た形 (過去形) 收拾了	かたづけた	可能形 可以收拾	かたづけられる
たら形 (條件形) 收拾的話	かたづけたら	う形 (意向形) 收拾吧	かたづけよう

 △教室を片付けようとしていたら、先生が来た／
正打算整理教室的時候，老師就來了。

かつ【勝つ】 贏，勝利；克服　　自五 グループ1

勝つ・勝ちます

辞書形 (基本形) 勝利	かつ	たり形 又是勝利	かったり
ない形 (否定形) 沒勝利	かたない	ば形 (條件形) 勝利的話	かてば
なかった形 (過去否定形) 過去沒勝利	かたなかった	させる形 (使役形) 使贏	かたせる
ます形 (連用形) 勝利	かちます	られる形 (被動形) 被贏	かたれる
て形 勝利	かって	命令形 快贏	かて
た形 (過去形) 勝利了	かった	可能形 會贏	かてる
たら形 (條件形) 勝利的話	かったら	う形 (意向形) 贏吧	かとう

 △試合に勝ったら、100万円やろう／如果比賽贏了，就給你一百萬日圓。

かまう【構う】 在意・理會；逗弄

構う・構います

辞書形(基本形) 理會	かまう	たり形 又是理會	かまったり
ない形 (否定形) 沒理會	かまわない	ば形 (條件形) 理會的話	かまえば
なかった形 (過去否定形) 過去沒理會	かまわなかった	させる形 (使役形) 使在意	かまわせる
ます形 (連用形) 理會	かまいます	られる形 (被動形) 被理會	かまわれる
て形 理會	かまって	命令形 在意	かまえ
た形 (過去形) 理會了	かまった	可能形 會在意	かまえる
たら形 (條件形) 理會的話	かまったら	う形 (意向形) 在意吧	かまおう

△あんな男にはかまうな／不要理會那種男人。

かむ【噛む】 咬

噛む・噛みます

辞書形(基本形) 咬	かむ	たり形 又是咬	かんだり
ない形 (否定形) 沒咬	かまない	ば形 (條件形) 咬的話	かめば
なかった形 (過去否定形) 過去沒咬	かまなかった	させる形 (使役形) 使咬	かませる
ます形 (連用形) 咬	かみます	られる形 (被動形) 被咬	かまれる
て形 咬	かんで	命令形 快咬	かめ
た形 (過去形) 咬了	かんだ	可能形 可以咬	かめる
たら形 (條件形) 咬的話	かんだら	う形 (意向形) 咬吧	かもう

△犬にかまれました／被狗咬了。

かよう【通う】 來往・往來（兩地間）；通連，相通；流通 　自五 グループ1

通う・通います

辭書形(基本形) 來往	かよう	たり形 又是來往	かよったり
ない形 (否定形) 沒來往	かよわない	ば形 (條件形) 來往的話	かよえば
なかった形 (過去否定形) 過去沒來往	かよわなかった	させる形 (使役形) 使來往	かよわせる
ます形 (連用形) 來往	かよいます	られる形 (被動形) 被流通	かよわれる
て形 來往	かよって	命令形 快來往	かよえ
た形 (過去形) 來往了	かよった	可能形 可以來往	かよえる
たら形 (條件形) 來往的話	かよったら	う形 (意向形) 來往吧	かよおう

△学校に通うことができて、まるで夢を見ているようだ／
能夠上學，簡直像作夢一樣。

かわく【乾く】 乾；口渴 　自五 グループ1

乾く・乾きます

辭書形(基本形) 口渴	かわく	たり形 又是口渴	かわいたり
ない形 (否定形) 沒口渴	かわかない	ば形 (條件形) 口渴的話	かわけば
なかった形 (過去否定形) 過去沒口渴	かわかなかった	させる形 (使役形) 使乾	かわかせる
ます形 (連用形) 口渴	かわきます	られる形 (被動形) 被弄乾	かわかれる
て形 口渴	かわいて	命令形 快乾	かわけ
た形 (過去形) 口渴了	かわいた	可能形	———
たら形 (條件形) 口渴的話	かわいたら	う形 (意向形) 乾吧	かわこう

△洗濯物が、そんなに早く乾くはずがありません／
洗好的衣物，不可能那麼快就乾。

かわる【変わる】 變化，改變；奇怪；與眾不同 自五 グループ1

変わる・変わります

辞書形(基本形) 變化	かわる	た形 又是變化	かわったり
ない形(否定形) 沒變化	かわらない	ば形(條件形) 變化的話	かわれば
なかった形(過去否定形) 過去沒變化	かわらなかった	させる形(使役形) 使變化	かわらせる
ます形(連用形) 變化	かわります	られる形(被動形) 被改變	かわられる
て形 變化	かわって	命令形 快變化	かわれ
た形(過去形) 變化了	かわった	可能形 會變化	かわれる
たら形(條件形) 變化的話	かわったら	う形(意向形) 變吧	かわろう

 △彼は、考えが変わったようだ／他的想法好像變了。

かんがえる【考える】 想，思考；考慮；認為 他下一 グループ2

考える・考えます

辞書形(基本形) 思考	かんがえる	た形 又是思考	かんがえたり
ない形(否定形) 沒思考	かんがえない	ば形(條件形) 思考的話	かんがえれば
なかった形(過去否定形) 過去沒思考	かんがえなかった	させる形(使役形) 使思考	かんがえさせる
ます形(連用形) 思考	かんがえます	られる形(被動形) 被認為	かんがえられる
て形 思考	かんがえて	命令形 快思考	かんがえろ
た形(過去形) 思考了	かんがえた	可能形 能思考	かんがえられる
たら形(條件形) 思考的話	かんがえたら	う形(意向形) 思考吧	かんがえよう

 △その問題は、彼に考えさせます／我讓他想那個問題。

がんばる【頑張る】 努力・加油；堅持

自五 グループ1

頑張る・頑張ります

辞書形(基本形) 努力	がんばる	たり形 又是努力	がんばったり
ない形(否定形) 不努力	がんばらない	ば形(條件形) 努力的話	がんばれば
なかった形(過去否定形) 過去沒努力	がんばら なかった	させる形(使役形) 使努力	がんばらせる
ます形(連用形) 努力	がんばります	られる形(被動形) 被挺	がんばられる
て形 努力	がんばって	命令形 快努力	がんばれ
た形(過去形) 努力了	がんばった	可能形 會努力	がんばれる
たら形(條件形) 努力的話	がんばったら	う形(意向形) 努力吧	がんばろう

 △父に、合格するまでがんばれと言われた／父親要我努力・直到考上為止。

きこえる【聞こえる】 聽得見・能聽到；聽起來像是…；聞名

自下一 グループ2

聞こえる・聞こえます

辞書形(基本形) 聽得見	きこえる	たり形 又是聽得見	きこえたり
ない形(否定形) 沒聽得見	きこえない	ば形(條件形) 聽得見的話	きこえれば
なかった形(過去否定形) 過去沒聽得見	きこえなかった	させる形(使役形) 使聽得見	きこえさせる
ます形(連用形) 聽得見	きこえます	られる形(被動形) 被聽見	きこえられる
て形 聽得見	きこえて	命令形 快聽見	きこえろ
た形(過去形) 聽得見了	きこえた	可能形	———
たら形(條件形) 聽得見的話	きこえたら	う形(意向形) 聽得見吧	きこえよう

 △電車の音が聞こえてきました／聽到電車的聲音了。

きまる【決まる】 決定；規定；決定勝負 自五 グループ1
決まる・決まります

辞書形(基本形) 決定	きまる	たり形 又是決定	きまったり
ない形(否定形) 沒決定	きまらない	ば形(條件形) 決定的話	きまれば
なかった形(過去否定形) 過去沒決定	きまらなかった	させる形(使役形) 使決定	きまらせる
ます形(連用形) 決定	きまります	られる形(被動形) 被決定	きまられる
て形 決定	きまって	命令形 快決定	きまれ
た形(過去形) 決定了	きまった	可能形	———
たら形(條件形) 決定的話	きまったら	う形(意向形) 決定吧	きまろう

 △先生が来るかどうか、まだ決まっていません／老師還沒決定是否要來。

きめる【決める】 決定；規定；認定 他下一 グループ2
決める・決めます

辞書形(基本形) 決定	きめる	たり形 又是決定	きめたり
ない形(否定形) 沒決定	きめない	ば形(條件形) 決定的話	きめれば
なかった形(過去否定形) 過去沒決定	きめなかった	させる形(使役形) 使決定	きめさせる
ます形(連用形) 決定	きめます	られる形(被動形) 被決定	きめられる
て形 決定	きめて	命令形 快決定	きめろ
た形(過去形) 決定了	きめた	可能形 會決定	きめられる
たら形(條件形) 決定的話	きめたら	う形(意向形) 決定吧	きめよう

 △予定をこう決めました／行程就這樣決定了。

くださる【下さる】 給・給予・授予（「くれる」的尊敬語） 他五 グループ1

くださる・くださいます

辞書形(基本形) 給予	くださる	たり形 又是給	くださったり
不給	くださらない	ば形 (條件形) 給的話	くだされば
なかった形 (過去否定形) 過去沒給	くださらなかった	させる形 (使役形) 使給	くださせる
ます形 (連用形) 給予	くださいます	られる形 (被動形) 被授予	くだされる
て形 給予	くださって	命令形 快給	くだされ
た形 (過去形) 給了	くださった	可能形	———
たら形 (條件形) 給的話	くださったら	う形 (意向形) 給吧	くださろう

 △先生が、今本をくださったところです／老師剛把書給我。

くらべる【比べる】 比較 他下一 グループ2

比べる・比べます

辞書形(基本形) 比較	くらべる	たり形 又是比較	くらべたり
ない形 (否定形) 沒比較	くらべない	ば形 (條件形) 比較的話	くらべれば
なかった形 (過去否定形) 過去沒比較	くらべなかった	させる形 (使役形) 使比較	くらべさせる
ます形 (連用形) 比較	くらべます	られる形 (被動形) 被比較	くらべられる
て形 比較	くらべて	命令形 快比較	くらべろ
た形 (過去形) 比較了	くらべた	可能形 會比較	くらべられる
たら形 (條件形) 比較的話	くらべたら	う形 (意向形) 比較吧	くらべよう

△妹と比べると、姉の方がやっぱり美人だ／跟妹妹比起來，姊姊果然是美女。

くれる【呉れる】 給我

くれる・くれます

辞書形（基本形） 給我	くれる	たり形 又是給我	くれたり
ない形（否定形） 沒給我	くれない	ば形（條件形） 給我的話	くれれば
なかった形（過去否定形） 過去沒給我	くれなかった	させる形（使役形） 使給我	くれさせる
ます形（連用形） 給我	くれます	られる形（被動形） ——————	
て形 給我	くれて	命令形 快給我	くれ
た形（過去形） 給我了	くれた	可能形 ——————	
たら形（條件形） 給我的話	くれたら	う形（意向形） 給我吧	くれよう

　△そのお金を私にくれ／那筆錢給我。

くれる【暮れる】 日暮・天黑；到了尾聲・年終；沉浸於…

自下一　グループ2

暮れる・暮れます

辞書形（基本形） 天黑	くれる	たり形 又是天黑	くれたり
ない形（否定形） 沒天黑	くれない	ば形（條件形） 天黑的話	くれれば
なかった形（過去否定形） 過去沒天黑	くれなかった	させる形（使役形） 使天黑	くれさせる
ます形（連用形） 天黑	くれます	られる形（被動形） 被沉浸於…	くれられる
て形 天黑	くれて	命令形 快天黑	くれろ
た形（過去形） 天黑了	くれた	可能形 ——————	
たら形（條件形） 天黑的話	くれたら	う形（意向形） 天黑吧	くれよう

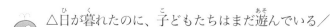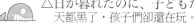　△日が暮れたのに、子どもたちはまだ遊んでいる／
天都黑了，孩子們卻還在玩。

ごらんになる【ご覧になる】 看・閲讀（尊敬語） 他五 グループ1

ご覧になる・ご覧になります

辞書形(基本形) 閲讀	ごらんになる	たり形 又是閲讀	ごらんになったり
ない形(否定形) 沒閲讀	ごらんにならない	ば形(條件形) 閲讀的話	ごらんになれば
なかった形(過去否定形) 過去沒閲讀	ごらんにならなかった	させる形(使役形) 使閲讀	ごらんにならせる
ます形(連用形) 閲讀	ごらんになります	られる形(被動形) 被閲讀	ごらんになられる
て形 閲讀	ごらんになって	命令形	——
た形(過去形) 閲讀了	ごらんになった	可能形 可以閲讀	ごらんになれる
たら形(條件形) 閲讀的話	ごらんになったら	う形(意向形) 閲讀吧	ごらんになろう

 △ここから、富士山をごらんになることができます／從這裡可以看到富士山。

こわす【壊す】 弄碎；破壞；兌換 他五 グループ1

壊す・壊します

辞書形(基本形) 弄碎	こわす	たり形 又是弄碎	こわしたり
ない形(否定形) 沒弄碎	こわさない	ば形(條件形) 弄碎的話	こわせば
なかった形(過去否定形) 過去沒弄碎	こわさなかった	させる形(使役形) 使弄碎	こわさせる
ます形(連用形) 弄碎	こわします	られる形(被動形) 被弄碎	こわされる
て形 弄碎	こわして	命令形 快弄碎	こわせ
た形(過去形) 弄碎了	こわした	可能形 會弄碎	こわせる
たら形(條件形) 弄碎的話	こわしたら	う形(意向形) 弄碎吧	こわそう

 △コップを壊してしまいました／摔破杯子了。

こわれる【壊れる】 壊掉・損壊；故障

自下一 グループ2

壊れる・壊れます

辞書形(基本形) 損壊	こわれる	たり形 又是損壊	こわれたり
ない形(否定形) 沒損壊	こわれない	ば形(條件形) 損壊的話	こわれれば
なかった形(過去否定形) 過去沒損壊	こわれなかった	させる形(使役形) 使損壊	こわれさせる
ます形(連用形) 損壊	こわれます	られる形(被動形) 被弄壊	こわれられる
て形 損壊	こわれて	命令形 快弄壊	こわれろ
た形(過去形) 損壊了	こわれた	可能形	———
たら形(條件形) 損壊的話	こわれたら	う形(意向形) 弄壊吧	こわれよう

 △台風で、窓が壊れました／窗戶因颱風・而壊掉了。

さがす【探す・捜す】 尋找・找尋

他五 グループ1

探す・探します

辞書形(基本形) 尋找	さがす	たり形 又是尋找	さがしたり
ない形(否定形) 沒尋找	さがさない	ば形(條件形) 尋找的話	さがせば
なかった形(過去否定形) 過去沒尋找	さがさなかった	させる形(使役形) 使尋找	さがさせる
ます形(連用形) 尋找	さがします	られる形(被動形) 被捜尋	さがされる
て形 尋找	さがして	命令形 快尋找	さがせ
た形(過去形) 尋找了	さがした	可能形 可以尋找	さがせる
たら形(條件形) 尋找的話	さがしたら	う形(意向形) 尋找吧	さがそう

 △彼が財布をなくしたので、一緒に探してやりました／
他的錢包不見了・所以一起幫忙尋找。

さがる【下がる】 下降；下垂；降低（價格、程度、溫度等）；衰退 自五 グループ1

下がる・下がります

辞書形(基本形) 下降	さがる	たり形 又是下降	さがったり
ない形 (否定形) 沒下降	さがらない	ば形 (條件形) 下降的話	さがれば
なかった形 (過去否定形) 過去沒下降	さがらなかった	させる形 (使役形) 使下降	さがらせる
ます形 (連用形) 下降	さがります	られる形 (被動形) 被下降	さがられる
て形 下降	さがって	命令形 快下降	さがれ
た形 (過去形) 下降了	さがった	可能形 會下降	さがれる
たら形 (條件形) 下降的話	さがったら	う形 (意向形) 下降吧	さがろう

△気温が下がる／氣溫下降。

さげる【下げる】 降低，向下；掛；躲開；整理，收拾 他下一 グループ2

下げる・下げます

辞書形(基本形) 降低	さげる	たり形 又是降低	さげたり
ない形 (否定形) 沒降低	さげない	ば形 (條件形) 降低的話	さげれば
なかった形 (過去否定形) 過去沒降低	さげなかった	させる形 (使役形) 使降低	さげさせる
ます形 (連用形) 降低	さげます	られる形 (被動形) 被降低	さげられる
て形 降低	さげて	命令形 快降低	さげろ
た形 (過去形) 降低了	さげた	可能形 會降低	さげられる
たら形 (條件形) 降低的話	さげたら	う形 (意向形) 降低吧	さげよう

△飲み終わったら、コップを下げます／一喝完了，杯子就會收走。

さしあげる【差し上げる】 給（「あげる」的謙讓語） 他下一 グループ2

差し上げる・差し上げます

辭書形(基本形)			
給	さしあげる	又是給	さしあげたり
沒給	さしあげない	給的話	さしあげれば
過去沒給	さしあげなかった	使給	さしあげさせる
給	さしあげます	被贈予	さしあげられる
給	さしあげて	快給	さしあげろ
給了	さしあげた	會給	さしあげられる
給的話	さしあげたら	給吧	さしあげよう

 △差し上げた薬を、毎日お飲みになってください／
開給您的藥，請每天服用。

さわぐ【騒ぐ】 吵鬧，喧囂；慌亂，慌張；激動 自五 グループ1

騒ぐ・騒ぎます

辭書形(基本形)			
吵鬧	さわぐ	又是吵鬧	さわいだり
沒吵鬧	さわがない	吵鬧的話	さわげば
過去沒吵鬧	さわがなかった	使吵鬧	さわがせる
吵鬧	さわぎます	被吵	さわがれる
吵鬧	さわいで	快吵	さわげ
吵了	さわいだ	可以吵	さわげる
吵鬧的話	さわいだら	吵吧	さわごう

 △教室で騒いでいるのは、誰なの／是誰在教室吵鬧呀？

さわる【触る】 碰觸・觸摸；接觸；觸怒，觸犯

自五 グループ1

触る・触ります

辞書形(基本形)碰觸	さわる	たり形又是碰觸	さわったり
ない形 (否定形)沒碰觸	さわらない	ば形 (條件形)碰觸的話	さわれば
なかった形 (過去否定形)過去沒碰觸	さわらなかった	せる形 (使役形)使碰觸	さわらせる
ます形 (連用形)碰觸	さわります	られる形 (被動形)被碰觸	さわられる
て形碰觸	さわって	命令形快碰觸	さわれ
た形 (過去形)碰觸了	さわった	可能形可以碰觸	さわれる
たら形 (條件形)碰觸的話	さわったら	う形 (意向形)碰觸吧	さわろう

 △このボタンには、絶対触ってはいけない／絕對不可觸摸這個按紐。

しかる【叱る】 責備・責罵

他五 グループ1

叱る・叱ります

辞書形(基本形)責備	しかる	たり形又是責備	しかったり
ない形 (否定形)沒責備	しからない	ば形 (條件形)責備的話	しかれば
なかった形 (過去否定形)過去沒責備	しからなかった	せる形 (使役形)使責備	しからせる
ます形 (連用形)責備	しかります	られる形 (被動形)被責備	しかられる
て形責備	しかって	命令形快責備	しかれ
た形 (過去形)責備了	しかった	可能形會責備	しかれる
たら形 (條件形)責備的話	しかったら	う形 (意向形)責備吧	しかろう

 △子どもをああしかっては、かわいそうですよ／
把小孩罵成那樣，就太可憐了。

しらせる【知らせる】 通知・讓對方知道

知らせる・知らせます

辭書形(基本形) 通知	しらせる	た形 又是通知	しらせたり
ない形(否定形) 沒通知	しらせない	ば形(條件形) 通知的話	しらせれば
なかった形(過去否定形) 過去沒通知	しらせなかった	させる形(使役形) 使通知	しらせさせる
ます形(連用形) 通知	しらせます	られる形(被動形) 被通知	しらせられる
て形 通知	しらせて	命令形 快通知	しらせろ
た形(過去形) 通知了	しらせた	可能形 會通知	しらせられる
たら形(條件形) 通知的話	しらせたら	意向形 通知吧	しらせよう

△このニュースを彼に知らせてはいけない／這個消息不可以讓他知道。

しらべる【調べる】 查閱・調查；檢查；捜査 他下一 グループ2

調べる・調べます

辭書形(基本形) 查閱	しらべる	た形 又是查閱	しらべたり
ない形(否定形) 沒查閱	しらべない	ば形(條件形) 查閱的話	しらべれば
なかった形(過去否定形) 過去沒查閱	しらべなかった	させる形(使役形) 使查閱	しらべさせる
ます形(連用形) 查閱	しらべます	られる形(被動形) 被查閱	しらべられる
て形 查閱	しらべて	命令形 快查閱	しらべろ
た形(過去形) 查閱了	しらべた	可能形 可以查閱	しらべられる
たら形(條件形) 查閱的話	しらべたら	意向形 查閱吧	しらべよう

△出かける前に電車の時間を調べておいた／出門前先查了電車的時刻表。

すぎる【過ぎる】 超過；過於；經過

自上一 グループ2

過ぎる・過ぎます

辭書形 (基本形) 超過	すぎる	た り形 又是超過	すぎたり
ない形 (否定形) 沒超過	すぎない	ば形 (條件形) 超過的話	すぎれば
なかった形 (過去否定形) 過去沒超過	すぎなかった	させる形 (使役形) 使超過	すぎさせる
ます形 (連用形) 超過	すぎます	られる形 (被動形) 被超過	すぎられる
て形 超過	すぎて	命令形 快超過	すぎろ
た形 (過去形) 超過了	すぎた	可能形 可以超過	すぎられる
たら形 (條件形) 超過的話	すぎたら	う形 (意向形) 超過吧	すぎよう

 △そんなにいっぱいくださったら、多すぎます／
您給我那麼大的量，真的太多了。

すく【空く】 飢餓；空間中的人或物的數量減少，變少；空缺

自五 グループ1

空く・空きます

辭書形 (基本形) 飢餓	すく	たり形 又是餓	すいたり
ない形 (否定形) 沒餓	すかない	ば形 (條件形) 飢餓的話	すけば
なかった形 (過去否定形) 過去沒餓	すかなかった	させる形 (使役形) 使飢餓	すかせる
ます形 (連用形) 飢餓	すきます	られる形 (被動形) 被空缺	すかれる
て形 飢餓	すいて	命令形 快餓	すけ
た形 (過去形) 餓了	すいた	可能形	———
たら形 (條件形) 飢餓的話	すいたら	う形 (意向形) 飢餓吧	すこう

 △おなかもすいたし、のどもかわきました／肚子也餓了，口也渴了。

すすむ【進む】 進展・前進；上升（級別等）；進步；（鐘）快；引起食慾 [自五] グループ1

進む・進みます

辭書形（基本形） 前進	すすむ	た形 又是前進	すすんだり
ない形（否定形） 沒前進	すすまない	ば形（條件形） 前進的話	すすめば
なかった形（過去否定形） 過去沒前進	すすまなかった	させる形（使役形） 使前進	すすませる
ます形（連用形） 前進	すすみます	られる形（被動形） 被增進	すすまれる
て形 前進	すすんで	命令形 快前進	すすめ
た形（過去形） 前進了	すすんだ	可能形 可以前進	すすめる
たら形（條件形） 前進的話	すすんだら	う形（意向形） 前進吧	すすもう

 △敵が強すぎて、彼らは進むことも戻ることもできなかった／
敵人太強了，讓他們陷入進退兩難的局面。

すてる【捨てる】 丟掉・拋棄；放棄 [他下一] グループ2

捨てる・捨てます

辭書形（基本形） 丟掉	すてる	た形 又是丟掉	すてたり
ない形（否定形） 沒丟掉	すてない	ば形（條件形） 丟掉的話	すてれば
なかった形（過去否定形） 過去沒丟掉	すてなかった	させる形（使役形） 使丟掉	すてさせる
ます形（連用形） 丟掉	すてます	られる形（被動形） 被丟掉	すてられる
て形 丟掉	すてて	命令形 快丟掉	すてろ
た形（過去形） 丟掉了	すてた	可能形 可以丟掉	すてられる
たら形（條件形） 丟掉的話	すてたら	う形（意向形） 丟掉吧	すてよう

 △いらないものは、捨ててしまってください／不要的東西，請全部丟掉。

すべる【滑る】 滑（倒）；滑動；（手）滑；不及格・落榜；下跌 自五 グループ1

滑る・滑ります

辞書形(基本形)		たり形	
滑	すべる	又是滑	すべったり
ない形（否定形）		ば形（條件形）	
不滑	すべらない	滑的話	すべれば
なかった形（過去否定形）		させる形（使役形）	
過去不滑	すべらなかった	使滑	すべらせる
ます形（連用形）		られる形（被動形）	
滑	すべります	被滑落	すべられる
て形		命令形	
滑	すべって	快滑	すべれ
た形（過去形）		可能形	
滑了	すべった	會滑	すべれる
たら形（條件形）		う形（意向形）	
滑的話	すべったら	滑吧	すべろう

 △この道は、雨の日はすべるらしい／這條路，下雨天好像很滑。

すむ【済む】 （事情）完結・結束；過得去・沒問題；（問題）解決・（事情）了結 自五 グループ1

済む・済みます

辞書形(基本形)		たり形	
結束	すむ	又是結束	すんだり
ない形（否定形）		ば形（條件形）	
沒結束	すまない	結束的話	すめば
なかった形（過去否定形）		させる形（使役形）	
過去沒結束	すまなかった	使結束	すませる
ます形（連用形）		られる形（被動形）	
結束	すみます	被結束	すまれる
て形		命令形	
結束	すんで	快結束	すめ
た形（過去形）		可能形	
結束了	すんだ		———
たら形（條件形）		う形（意向形）	
結束的話	すんだら	結束吧	すもう

 △用事が済んだら、すぐに帰ってもいいよ／
要是事情辦完的話，馬上回去也沒關係喔！

そだてる【育てる】 撫育・培植；培養

育_{そだ}てる・育_{そだ}てます

辞書形(基本形) 培植	そだてる	たり形 又是培植	そだて**たり**
ない形 (否定形) 沒培植	そだて**ない**	ば形 (條件形) 培植的話	そだてれ**ば**
なかった形 (過去否定形) 過去沒培植	そだて**なかった**	させる形 (使役形) 使培植	そだて**させる**
ます形 (連用形) 培植	そだて**ます**	られる形 (被動形) 被培植	そだて**られる**
て形 培植	そだて**て**	命令形 快培植	そだて**ろ**
た形 (過去形) 培植了	そだて**た**	可能形 能培植	そだて**られる**
たら形 (條件形) 培植的話	そだて**たら**	意向形 培植吧	そだて**よう**

△蘭_{らん}は育_{そだ}てにくいです／蘭花很難培植。

ぞんじあげる【存じ上げる】 知道（自謙語）

他下一 グループ2

存_{ぞん}じ上_あげる・存_{ぞん}じ上_あげます

辞書形(基本形) 知道	ぞんじあげる	たり形 又是知道	ぞんじあげ**たり**
ない形 (否定形) 不知道	ぞんじあげ**ない**	ば形 (條件形) 知道的話	ぞんじあげれ**ば**
なかった形 (過去否定形) 過去不知道	ぞんじあげ**なかった**	させる形 (使役形) 使知道	ぞんじあげ**させる**
ます形 (連用形) 知道	ぞんじあげ**ます**	られる形 (被動形) 被知道	ぞんじあげ**られる**
て形 知道	ぞんじあげ**て**	命令形 快知道	ぞんじあげ**ろ**
た形 (過去形) 知道了	ぞんじあげ**た**	可能形 會知道	ぞんじあげ**られる**
たら形 (條件形) 知道的話	ぞんじあげ**たら**	意向形 知道吧	ぞんじあげ**よう**

△お名前_{なまえ}は存_{ぞん}じ上_あげております／久仰大名。

たおれる【倒れる】 倒下；垮台；死亡 　自下一 グループ2
倒れる・倒れます

辭書形(基本形)		たり形	
倒下	たおれる	又是倒下	たおれたり
ない形（否定形）		ば形（條件形）	
沒倒下	たおれない	倒下的話	たおれれば
なかった形（過去否定形）		させる形（使役形）	
過去沒倒下	たおれなかった	使倒下	たおれさせる
ます形（連用形）		られる形（被動形）	
倒下	たおれます	被弄倒	たおれられる
て形		命令形	
倒下	たおれて	快倒下	たおれろ
た形（過去形）		可能形	
倒下了	たおれた		———
たら形（條件形）		う形（意向形）	
倒下的話	たおれたら	倒下吧	たおれよう

 △倒れにくい建物を作りました／蓋了一棟不容易倒塌的建築物。

たす【足す】 補足・増加 　他五 グループ1
足す・足します

辭書形(基本形)		たり形	
補足	たす	又是補足	たしたり
ない形（否定形）		ば形（條件形）	
沒補足	たさない	補足的話	たせば
なかった形（過去否定形）		させる形（使役形）	
過去沒補足	たさなかった	使補足	たさせる
ます形（連用形）		られる形（被動形）	
補足	たします	被補足	たされる
て形		命令形	
補足	たして	快補足	たせ
た形（過去形）		可能形	
補足了	たした	可以補足	たせる
たら形（條件形）		う形（意向形）	
補足的話	たしたら	補足吧	たそう

 △数字を足していくと、全部で100になる／數字加起來，總共是一百。

たずねる【訪ねる】 拝訪・訪問；探訪 他下一 グループ2

訪ねる・訪ねます

拝訪	たずねる	又是拝訪	たずねたり
沒拝訪	たずねない	拝訪的話	たずねれば
過去沒拝訪	たずねなかった	使拝訪	たずねさせる
拝訪	たずねます	被探訪	たずねられる
拝訪	たずねて	快拝訪	たずねろ
拝訪了	たずねた	可以拝訪	たずねられる
拝訪的話	たずねたら	拝訪吧	たずねよう

 △最近は、先生を訪ねることが少なくなりました／
最近比較少去拝訪老師。

たずねる【尋ねる】 問・打聴；詢問 他下一 グループ2

尋ねる・尋ねます

打聴	たずねる	又是打聴	たずねたり
沒打聴	たずねない	打聴的話	たずねれば
過去沒打聴	たずねなかった	使打聴	たずねさせる
打聴	たずねます	被打聴	たずねられる
打聴	たずねて	快打聴	たずねろ
打聴了	たずねた	可以打聴	たずねられる
打聴的話	たずねたら	打聴吧	たずねよう

 △彼に尋ねたけれど、分からなかったのです／
雖然去請教過他了，但他不知道。

たてる【立てる】 立起・訂立；揚起；維持

他下一 グループ2

立てる・立てます

辭書形 (基本形)		たり形	
立起	たてる	又是立起	たてたり
ない形 (否定形)		ば形 (條件形)	
沒立起	たてない	立起的話	たてれば
なかった形 (過去否定形)		させる形 (使役形)	
過去沒立起	たてなかった	使立起	たてさせる
ます形 (連用形)		られる形 (被動形)	
立起	たてます	被立起	たてられる
て形		命令形	
立起	たてて	快立起	たてろ
た形 (過去形)		可能形	
立起了	たてた	可以立起	たてられる
たら形 (條件形)		う形 (意向形)	
立起的話	たてたら	立起吧	たてよう

△自分で勉強の計画を立てることになっています／
要我自己訂定讀書計畫。

たてる【建てる】 建造

他下一 グループ2

建てる・建てます

辭書形 (基本形)		たり形	
建造	たてる	又是建造	たてたり
ない形 (否定形)		ば形 (條件形)	
沒建造	たてない	建造的話	たてれば
なかった形 (過去否定形)		させる形 (使役形)	
過去沒建造	たてなかった	使建造	たてさせる
ます形 (連用形)		られる形 (被動形)	
建造	たてます	被建造	たてられる
て形		命令形	
建造	たてて	快建造	たてろ
た形 (過去形)		可能形	
建造了	たてた	可以建造	たてられる
たら形 (條件形)		う形 (意向形)	
建造的話	たてたら	建造吧	たてよう

△こんな家を建てたいと思います／我想蓋這樣的房子。

たのしむ【楽しむ】 享受・欣賞・快樂；以…為消遣；期待・盼望 他五 グループ1

楽しむ・楽しみます

辞書形(基本形) 享受	たのしむ	たり形 又是享受	たのしんだり
ない形 (否定形) 沒享受	たのしまない	ば形 (條件形) 享受的話	たのしめば
なかった形 (過去否定形) 過去沒享受	たのしまなかった	させる形 (使役形) 使享受	たのしませる
ます形 (連用形) 享受	たのしみます	られる形 (被動形) 被享受	たのしまれる
て形 享受	たのしんで	命令形 快享受	たのしめ
た形 (過去形) 享受了	たのしんだ	可能形 可以享受	たのしめる
たら形 (條件形) 享受的話	たのしんだら	う形 (意向形) 享受吧	たのしもう

 △公園は桜を楽しむ人でいっぱいだ／公園裡到處都是賞櫻的人群。

たりる【足りる】 足夠；可湊合 自上一 グループ2

足りる・足ります

辞書形(基本形) 足夠	たりる	たり形 又是足夠	たりたり
ない形 (否定形) 沒足夠	たりない	ば形 (條件形) 足夠的話	たりれば
なかった形 (過去否定形) 過去沒足夠	たりなかった	させる形 (使役形) 使湊足	たりさせる
ます形 (連用形) 足夠	たります	られる形 (被動形) 被湊足	たりられる
て形 足夠	たりて	命令形 快湊足	たりろ
た形 (過去形) 足夠了	たりた	可能形	——
たら形 (條件形) 足夠的話	たりたら	う形 (意向形) 湊足吧	たりよう

 △1万円あれば、足りるはずだ／如果有一萬日圓，應該是夠的。

つかまえる【捕まえる】 逮捕・抓；握住 他下一 グループ2

捕まえる・捕まえます

辞書形(基本形) 逮捕	つかまえる	たり形 又是逮捕	つかまえたり
ない形 (否定形) 沒逮捕	つかまえない	ば形 (條件形) 逮捕的話	つかまえれば
なかった形 (過去否定形) 過去沒逮捕	つかまえなかった	させる形 (使役形) 使逮捕	つかまえさせる
ます形 (連用形) 逮捕	つかまえます	られる形 (被動形) 被逮捕	つかまえられる
て形 逮捕	つかまえて	命令形 快逮捕	つかまえろ
た形 (過去形) 逮捕了	つかまえた	可能形 可以逮捕	つかまえられる
たら形 (條件形) 逮捕的話	つかまえたら	う形 (意向形) 逮捕吧	つかまえよう

 △彼が泥棒ならば、捕まえなければならない／
如果他是小偷，就非逮捕不可。

つく【点く】 點上・（火）點著 自五 グループ1

点く・点きます

辞書形(基本形) 點上	つく	たり形 又是點上	ついたり
ない形 (否定形) 沒點上	つかない	ば形 (條件形) 點上的話	つけば
なかった形 (過去否定形) 過去沒點上	つかなかった	させる形 (使役形) 使點上	つかせる
ます形 (連用形) 點上	つきます	られる形 (被動形) 被點上	つかれる
て形 點上	ついて	命令形 快點上	つけ
た形 (過去形) 點上了	ついた	可能形	——
たら形 (條件形) 點上的話	ついたら	う形 (意向形) 點上吧	つこう

 △あの家は、昼も電気がついたままだ／那戶人家，白天燈也照樣點著。

つける【付ける】 装上・附上；塗上 他下一 グループ2

付ける・付けます

辞書形(基本形)		た形	
装上	つける	又是装上	つけたり
ない形 (否定形) 没装上	つけない	ば形 (條件形) 装上的話	つければ
なかった形 (過去否定形) 過去没装上	つけなかった	させる形 (使役形) 使装上	つけさせる
ます形 (連用形) 装上	つけます	られる形 (被動形) 被装上	つけられる
て形 装上	つけて	命令形 快装上	つけろ
た形 (過去形) 装上了	つけた	可能形 可以装上	つけられる
たら形 (條件形) 装上的話	つけたら	意向形 (意志形) 装上吧	つけよう

 △ハンドバッグに光る飾りを付けた／在手提包上別上了閃閃發亮的綴飾。

つける【漬ける】 浸泡；醃 他下一 グループ2

漬ける・漬けます

辞書形(基本形)		た形	
浸泡	つける	又是浸泡	つけたり
没浸泡	つけない	浸泡的話	つければ
過去没浸泡	つけなかった	使浸泡	つけさせる
浸泡	つけます	被浸泡	つけられる
浸泡	つけて	快浸泡	つけろ
浸泡了	つけた	可以浸泡	つけられる
浸泡的話	つけたら	浸泡吧	つけよう

 △母は、果物を酒に漬けるように言った／媽媽說要把水果醃在酒裡。

N4

つ

つける・つける

つける【点ける】 打開（家電類）；點燃

他下一 グループ2

点ける・点けます

辞書形 (基本形)		たり形	
打開	つける	又是打開	つけたり
ない形 (否定形)		ば形 (條件形)	
沒打開	つけない	打開的話	つければ
なかった形 (過去否定形)		させる形 (使役形)	
過去沒打開	つけなかった	使打開	つけさせる
ます形 (連用形)		られる形 (被動形)	
打開	つけます	被打開	つけられる
て形		命令形	
打開	つけて	快打開	つけろ
た形 (過去形)		可能形	
打開了	つけた	可以打開	つけられる
たら形 (條件形)		う形 (意向形)	
打開的話	つけたら	打開吧	つけよう

△クーラーをつけるより、窓を開けるほうがいいでしょう／
與其開冷氣，不如打開窗戶來得好吧！

つたえる【伝える】 傳達・轉告；傳導

他下一 グループ2

伝える・伝えます

辞書形 (基本形)		たり形	
傳達	つたえる	又是傳達	つたえたり
ない形 (否定形)		ば形 (條件形)	
沒傳達	つたえない	傳達的話	つたえれば
なかった形 (過去否定形)		させる形 (使役形)	
過去沒傳達	つたえなかった	使傳達	つたえさせる
ます形 (連用形)		られる形 (被動形)	
傳達	つたえます	被傳達	つたえられる
て形		命令形	
傳達	つたえて	快傳達	つたえろ
た形 (過去形)		可能形	
傳達了	つたえた	可以傳達	つたえられる
たら形 (條件形)		う形 (意向形)	
傳達的話	つたえたら	傳達吧	つたえよう

△私が忙しいということを、彼に伝えてください／請轉告他我很忙。

つづく【続く】 繼續；接連；跟著

自五 グループ1

続く・続きます

辞書形(基本形) 繼續	つづく	たり形 又是繼續	つづいたり
ない形(否定形) 沒繼續	つづかない	ば形(條件形) 繼續的話	つづけば
なかった形(過去否定形) 過去沒繼續	つづかなかった	させる形(使役形) 使繼續	つづかせる
ます形(連用形) 繼續	つづきます	られる形(被動形) 被持續	つづかれる
て形 繼續	つづいて	命令形 快繼續	つづけ
た形(過去形) 繼續了	つづいた	可能形 可以繼續	つづける
たら形(條件形) 繼續的話	つづいたら	う形(意向形) 繼續吧	つづこう

△雨は来週も続くらしい／雨好像會持續到下週。

つづける【続ける】 持續・繼續；接著

他下一 グループ2

続ける・続けます

辞書形(基本形) 持續	つづける	たり形 又是持續	つづけたり
ない形(否定形) 沒持續	つづけない	ば形(條件形) 持續的話	つづければ
なかった形(過去否定形) 過去沒持續	つづけなかった	させる形(使役形) 使持續	つづけさせる
ます形(連用形) 持續	つづけます	られる形(被動形) 被持續	つづけられる
て形 持續	つづけて	命令形 快持續	つづけろ
た形(過去形) 持續了	つづけた	可能形 可以持續	つづけられる
たら形(條件形) 持續的話	つづけたら	う形(意向形) 持續吧	つづけよう

△一度始めたら、最後まで続けろよ／既然開始了，就要堅持到底喔！

つつむ【包む】 包住・包起來；隱藏・隱瞞　他五　グループ1

包む・包みます

辭書形(基本形) 包住	つつむ	たり形 又是包住	つつんだり
ない形（否定形） 沒包住	つつまない	ば形（條件形） 包住的話	つつめば
なかった形（過去否定形） 過去沒包住	つつまなかった	させる形（使役形） 使包住	つつませる
ます形（連用形） 包住	つつみます	られる形（被動形） 被包住	つつまれる
て形 包住	つつんで	命令形 快包住	つつめ
た形（過去形） 包住了	つつんだ	可能形 可以包住	つつめる
たら形（條件形） 包住的話	つつんだら	う形（意向形） 包住吧	つつもう

 △必要なものを全部包んでおく／把要用的東西全包起來。

つる【釣る】 釣魚；引誘　他五　グループ1

釣る・釣ります

辭書形(基本形) 釣	つる	たり形 又是釣	つったり
ない形（否定形） 沒釣	つらない	ば形（條件形） 釣的話	つれば
なかった形（過去否定形） 過去沒魚	つらなかった	させる形（使役形） 使釣	つらせる
ます形（連用形） 釣	つります	られる形（被動形） 被引誘	つられる
て形 釣	つって	命令形 快釣	つれ
た形（過去形） 釣了	つった	可能形 可以釣	つれる
たら形（條件形） 釣的話	つったら	う形（意向形） 釣吧	つろう

 △ここで魚を釣るな／不要在這裡釣魚。

つれる【連れる】 帶領，帶著 他下一 グループ2

連れる・連れます

辭書形(基本形) 帶領	つれる	た り形 又是帶領	つれたり
ない形 (否定形) 沒帶領	つれない	ば形 (條件形) 帶領的話	つれれば
なかった形 (過去否定形) 過去沒帶領	つれなかった	させる形 (使役形) 使帶領	つれさせる
ます形 (連用形) 帶領	つれます	られる形 (被動形) 被帶領	つれられる
て形 帶領	つれて	命令形 快帶領	つれろ
た形 (過去形) 帶領了	つれた	可能形 可以帶領	つれられる
たら形 (條件形) 帶領的話	つれたら	う形 (意向形) 帶領吧	つれよう

△子どもを幼稚園に連れて行ってもらいました／
請他幫我帶小孩去幼稚園了。

できる【出来る】 完成；能夠；做出；發生；出色 自上一 グループ2

出来る・出来ます

辭書形(基本形) 完成	できる	た り形 又是完成	できたり
ない形 (否定形) 沒完成	できない	ば形 (條件形) 完成的話	できれば
なかった形 (過去否定形) 過去沒完成	できなかった	させる形 (使役形) 使完成	できさせる
ます形 (連用形) 完成	できます	られる形 (被動形)	———
て形 完成	できて	命令形 快完成	できろ
た形 (過去形) 完成了	できた	可能形	———
たら形 (條件形) 完成的話	できたら	う形 (意向形) 完成吧	できよう

△1週間でできるはずだ／一星期應該就可以完成的。

でございます 是(「だ」、「です」、「である」的鄭重説法) `連語`

でござる・でございます

辞書形 (基本形) 是	でござる	たり形 又是	でございましたり
ない形 (否定形) 不是	でございません	ば形 (條件形) 是的話	でございますれば
なかった形 (過去否定形) 過去不是	でございませんでした	させる形 (使役形)	——
ます形 (連用形) 是	でございます	られる形 (被動形)	——
て形 是	でございまして	命令形	——
た形 (過去形) 是了	でございました	可能形	——
たら形 (條件形) 是的話	でございましたら	う形 (意向形) 是吧	でございましょう

△店員は、「こちらはたいへん高級なワインでございます。」と言いました／店員說：「這是非常高級的葡萄酒」。

てつだう【手伝う】 幫忙 `自他五` `グループ1`

手伝う・手伝います

辞書形 (基本形) 幫忙	てつだう	たり形 又是幫忙	てつだったり
ない形 (否定形) 沒幫忙	てつだわない	ば形 (條件形) 幫忙的話	てつだえば
なかった形 (過去否定形) 過去沒幫忙	てつだわなかった	させる形 (使役形) 使幫忙	てつだわせる
ます形 (連用形) 幫忙	てつだいます	られる形 (被動形) 被幫忙	てつだわれる
て形 幫忙	てつだって	命令形 快幫忙	てつだえ
た形 (過去形) 幫忙了	てつだった	可能形 可以幫忙	てつだえる
たら形 (條件形) 幫忙的話	てつだったら	う形 (意向形) 幫忙吧	てつだおう

△いつでも、手伝ってあげます／我無論何時都樂於幫你的忙。

とおる【通る】 經過；通過；穿透；合格；知名；了解；進來 自五 グループ1

<ruby>通<rt>とお</rt></ruby>る・<ruby>通<rt>とお</rt></ruby>ります

辞書形（基本形） 經過	とおる	たり形 又是經過	とおったり
ない形（否定形） 沒經過	とおらない	ば形（條件形） 經過的話	とおれば
なかった形（過去否定形） 過去沒經過	とおらなかった	させる形（使役形） 使經過	とおらせる
ます形（連用形） 經過	とおります	られる形（被動形） 被穿過	とおられる
て形 經過	とおって	命令形 快經過	とおれ
た形（過去形） 經過了	とおった	可能形 可以經過	とおれる
たら形（條件形） 經過的話	とおったら	う形（意向形） 經過吧	とおろう

△<ruby>私<rt>わたし</rt></ruby>は、あなたの<ruby>家<rt>いえ</rt></ruby>の<ruby>前<rt>まえ</rt></ruby>を<ruby>通<rt>とお</rt></ruby>ることがあります／我有時會經過你家前面。

とどける【届ける】 送達；送交；申報・報告 他下一 グループ2

<ruby>届<rt>とど</rt></ruby>ける・<ruby>届<rt>とど</rt></ruby>けます

辞書形（基本形） 送達	とどける	たり形 又是送達	とどけたり
ない形（否定形） 沒送達	とどけない	ば形（條件形） 送達的話	とどければ
なかった形（過去否定形） 過去沒送達	とどけなかった	させる形（使役形） 使送達	とどけさせる
ます形（連用形） 送達	とどけます	られる形（被動形） 被送達	とどけられる
て形 送達	とどけて	命令形 快送達	とどけろ
た形（過去形） 送達了	とどけた	可能形 可以送達	とどけられる
たら形（條件形） 送達的話	とどけたら	う形（意向形） 送達吧	とどけよう

△<ruby>忘<rt>わす</rt></ruby>れ<ruby>物<rt>もの</rt></ruby>を<ruby>届<rt>とど</rt></ruby>けてくださって、ありがとう／謝謝您幫我把遺失物送回來。

とまる【止まる】 停止；止住；堵塞

自五 グループ1

止まる・止まります

辞書形（基本形） 停止	とまる	たり形 又是停止	とまったり
ない形（否定形） 沒停止	とまらない	ば形（條件形） 停止的話	とまれば
なかった形（過去否定形） 過去沒停止	とまらなかった	させる形（使役形） 使停止	とまらせる
ます形（連用形） 停止	とまります	られる形（被動形） 被停止	とまられる
て形 停止	とまって	命令形 快停止	とまれ
た形（過去形） 停止了	とまった	可能形 可以停止	とまれる
たら形（條件形） 停止的話	とまったら	う形（意向形） 停止吧	とまろう

△今、ちょうど機械が止まったところだ／現在機器剛停了下來。

とまる【泊まる】 住宿・過夜；（船）停泊

自五 グループ1

泊まる・泊まります

辞書形（基本形） 過夜	とまる	たり形 又是過夜	とまったり
ない形（否定形） 沒過夜	とまらない	ば形（條件形） 過夜的話	とまれば
なかった形（過去否定形） 過去沒過夜	とまらなかった	させる形（使役形） 使過夜	とまらせる
ます形（連用形） 過夜	とまります	られる形（被動形） 被停泊	とまられる
て形 過夜	とまって	命令形 過夜	とまれ
た形（過去形） 過夜了	とまった	可能形 可以過夜	とまれる
たら形（條件形） 過夜的話	とまったら	う形（意向形） 過夜吧	とまろう

△お金持ちじゃないんだから、いいホテルに泊まるのはやめなきゃ／既然不是有錢人，就得打消住在高級旅館的主意才行。

とめる【止める】 關掉・停止 他下一 グループ2

止める・止めます

辭書形(基本形) 關掉	とめる	たり形 又是關掉	とめたり
ない形(否定形) 沒關掉	とめない	ば形(條件形) 關掉的話	とめれば
なかった形(過去否定形) 過去沒關掉	とめなかった	させる形(使役形) 使關掉	とめさせる
ます形(連用形) 關掉	とめます	られる形(被動形) 被關掉	とめられる
て形 關掉	とめて	命令形 快關掉	とめろ
た形(過去形) 關掉了	とめた	可能形 可以關掉	とめられる
たら形(條件形) 關掉的話	とめたら	う形(意向形) 關掉吧	とめよう

 △その動きつづけている機械を止めてください／
請關掉那台不停轉動的機械。

とりかえる【取り替える】 交換；更換 他下一 グループ2

取り替える・取り替えます

辭書形(基本形) 更換	とりかえる	たり形 又是更換	とりかえたり
ない形(否定形) 沒更換	とりかえない	ば形(條件形) 更換的話	とりかえれば
なかった形(過去否定形) 過去沒更換	とりかえなかった	させる形(使役形) 使更換	とりかえさせる
ます形(連用形) 更換	とりかえます	られる形(被動形) 被更換	とりかえられる
て形 更換	とりかえて	命令形 快更換	とりかえろ
た形(過去形) 更換了	とりかえた	可能形 可以更換	とりかえられる
たら形(條件形) 更換的話	とりかえたら	う形(意向形) 更換吧	とりかえよう

 △新しい商品と取り替えられます／可以更換新產品。

なおす【直す】 修理；改正；整理；更改   他五 グループ1

_{なお}直す・_{なお}直します

辞書形(基本形) 修理	なおす	たり形 又是修理	なおしたり
ない形 (否定形) 沒修理	なおさない	ば形 (條件形) 修理的話	なおせば
なかった形 (過去否定形) 過去沒修理	なおさなかった	させる形 (使役形) 使修理	なおさせる
ます形 (連用形) 修理	なおします	られる形 (被動形) 被修理	なおされる
て形 修理	なおして	命令形 快修理	なおせ
た形 (過去形) 修理了	なおした	可能形 可以修理	なおせる
たら形 (條件形) 修理的話	なおしたら	う形 (意向形) 修理吧	なおそう

△_{じ てんしゃ}自転車を_{なお}直してやるから、_も持ってきなさい／
我幫你修理腳踏車，去把它牽過來。

なおる【治る】 治癒・痊愈   自五 グループ1

_{なお}治る・_{なお}治ります

辞書形(基本形) 治癒	なおる	たり形 又是治癒	なおったり
ない形 (否定形) 沒治癒	なおらない	ば形 (條件形) 治癒的話	なおれば
なかった形 (過去否定形) 過去沒治癒	なおらなかった	させる形 (使役形) 使治癒	なおらせる
ます形 (連用形) 治癒	なおります	られる形 (被動形) 被治癒	なおられる
て形 治癒	なおって	命令形 快治癒	なおれ
た形 (過去形) 治癒了	なおった	可能形	———
たら形 (條件形) 治癒的話	なおったら	う形 (意向形) 治癒吧	なおろう

△_{か ぜ}風邪が_{なお}治ったのに、_{こんど}今度はけがをしました／
感冒才治好，這次卻換受傷了。

なおる【直る】 改正；修理；回復；變更

自五 グループ1

直る・直ります

辞書形(基本形) 修理	なおる	たり形 又是修理	なおったり
ない形(否定形) 沒修理	なおらない	ば形(條件形) 修理的話	なおれば
なかった形(過去否定形) 過去沒修理	なおらなかった	させる形(使役形) 使修理	なおらせる
ます形(連用形) 修理	なおります	られる形(被動形) 被修理	なおられる
て形 修理	なおって	命令形 快修理	なおれ
た形(過去形) 修理了	なおった	可能形	———
たら形(條件形) 修理的話	なおったら	う形(意向形) 修理吧	なおろう

 △この車は、土曜日までに直りますか／這輛車星期六以前能修好嗎？

なくす【無くす】 弄丟・搞丟

他五 グループ1

無くす・無くします

辞書形(基本形) 弄丟	なくす	たり形 又是弄丟	なくしたり
ない形(否定形) 沒弄丟	なくさない	ば形(條件形) 弄丟的話	なくせば
なかった形(過去否定形) 過去沒弄丟	なくさなかった	させる形(使役形) 使弄丟	なくさせる
ます形(連用形) 弄丟	なくします	られる形(被動形) 被弄丟	なくされる
て形 弄丟	なくして	命令形 快丟	なくせ
た形(過去形) 弄丟了	なくした	可能形 可以弄丟	なくせる
たら形(條件形) 弄丟的話	なくしたら	う形(意向形) 弄丟吧	なくそう

△財布をなくしたので、本が買えません／錢包弄丟了，所以無法買書。

なくなる【亡くなる】 去世・死亡

他五　グループ1

亡くなる・亡くなります

辞書形(基本形) 去世	なくなる	たり形 又是去世	なくなったり
ない形（否定形）没去世	なくならない	ば形（條件形）去世的話	なくなれば
なかった形（過去否定形）過去沒去世	なくならなかった	させる形（使役形）使去世	なくならせる
ます形（連用形）去世	なくなります	られる形（被動形）被棄世	なくなられる
て形 去世	なくなって	命令形 快死	なくなれ
た形（過去形）去世了	なくなった	可能形	———
たら形（條件形）去世的話	なくなったら	う形（意向形）去世吧	なくなろう

△おじいちゃんがなくなって、みんな悲しんでいる／
爺爺過世了，大家都很哀傷。

なくなる【無くなる】 不見・遺失；用光了

自五　グループ1

無くなる・無くなります

辞書形(基本形) 遺失	なくなる	たり形 又是遺失	なくなったり
ない形（否定形）沒遺失	なくならない	ば形（條件形）遺失的話	なくなれば
なかった形（過去否定形）過去沒遺失	なくならなかった	させる形（使役形）使消失	なくならせる
ます形（連用形）遺失	なくなります	られる形（被動形）被消失	なくなられる
て形 遺失	なくなって	命令形 快消失	なくなれ
た形（過去形）遺失了	なくなった	可能形	———
たら形（條件形）遺失的話	なくなったら	う形（意向形）消失吧	なくなろう

△きのうもらった本が、なくなってしまった／昨天拿到的書不見了。

なげる【投げる】 丟・拋；摔；提供；投射；放棄 自下一 グループ2

投げる・投げます

辭書形 (基本形) 丟	なげる	た形形 又是丟	なげたり
ない形 (否定形) 沒丟	なげない	ば形 (條件形) 丟的話	なげれば
なかった形 (過去否定形) 過去沒丟	なげなかった	させる形 (使役形) 使丟	なげさせる
ます形 (連用形) 丟	なげます	られる形 (被動形) 被丟棄	なげられる
て形 丟	なげて	命令形 快丟	なげろ
た形 (過去形) 丟了	なげた	可能形 可以丟	なげられる
たら形 (條件形) 丟的話	なげたら	う形 (意向形) 丟吧	なげよう

 △そのボールを投げてもらえますか／可以請你把那個球丟過來嗎？

なさる 做（「する」的尊敬語） 他五 グループ1

なさる・なさいます

辭書形 (基本形) 做	なさる	た形形 又是做	なさったり
ない形 (否定形) 沒做	なさらない	ば形 (條件形) 做的話	なされば
なかった形 (過去否定形) 過去沒做	なさらなかった	させる形 (使役形) 使做	なさせる
ます形 (連用形) 做	なさいます	られる形 (被動形) 被做	なされる
て形 做	なさって	命令形 快做	なされ
た形 (過去形) 做了	なさった	可能形	———
たら形 (條件形) 做的話	なさったら	う形 (意向形) 做吧	なさろう

 △どうして、あんなことをなさったのですか／您為什麼會做那種事呢？

なる【鳴る】 響・叫

自五 グループ1

鳴る・鳴ります

辞書形 (基本形) 叫	なる	たり形 又是叫	なったり
ない形 (否定形) 沒叫	ならない	ば形 (條件形) 叫的話	なれば
なかった形 (過去否定形) 過去沒叫	ならなかった	させる形 (使役形) 使叫	ならせる
ます形 (連用形) 叫	なります	られる形 (被動形) 被叫	なられる
て形 叫	なって	命令形 快叫	なれ
た形 (過去形) 叫了	なった	可能形	———
たら形 (條件形) 叫的話	なったら	う形 (意向形) 叫吧	なろう

△ベルが鳴りはじめたら、書くのをやめてください／
鈴聲一響起，就請停筆。

なれる【慣れる】 習慣；熟悉

自下一 グループ2

慣れる・慣れます

辞書形 (基本形) 習慣	なれる	たり形 又是習慣	なれたり
ない形 (否定形) 不習慣	なれない	ば形 (條件形) 習慣的話	なれれば
なかった形 (過去否定形) 過去沒習慣	なれなかった	させる形 (使役形) 使習慣	なれさせる
ます形 (連用形) 習慣	なれます	られる形 (被動形) 被習慣	なれられる
て形 習慣	なれて	命令形 快習慣	なれろ
た形 (過去形) 習慣了	なれた	可能形 可以習慣	なれられる
たら形 (條件形) 習慣的話	なれたら	う形 (意向形) 習慣吧	なれよう

△毎朝5時に起きるということに、もう慣れました／
已經習慣每天早上五點起床了。

にげる【逃げる】 逃走，逃跑；逃避；領先（運動競賽）

自下一 グループ2

逃げる・逃げます

辭書形(基本形)		たり形	
逃走	にげる	又是逃走	にげたり
ない形 (否定形)		ば形 (條件形)	
沒逃走	にげない	逃走的話	にげれば
なかった形 (過去否定形)		させる形 (使役形)	
過去沒逃走	にげなかった	使逃走	にげさせる
ます形 (連用形)		られる形 (被動形)	
逃走	にげます	被逃	にげられる
て形		命令形	
逃走	にげて	快逃	にげろ
た形 (過去形)		可能形	
逃走了	にげた	會逃	にげられる
たら形 (條件形)		う形 (意向形)	
逃走的話	にげたら	逃吧	にげよう

△警官が来たぞ。逃げろ／警察來了，快逃！

にる【似る】 相像・類似

自上一 グループ2

似る・似ます

辭書形(基本形)		たり形	
相像	にる	又是像	にたり
ない形 (否定形)		ば形 (條件形)	
不像	にない	像的話	にれば
なかった形 (過去否定形)		させる形 (使役形)	
過去沒像	になかった	使像	にさせる
ます形 (連用形)		られる形 (被動形)	
相像	にます	被相像	にられる
て形		命令形	
相像	にて	快像	にろ
た形 (過去形)		可能形	
像了	にた		———
たら形 (條件形)		う形 (意向形)	
像的話	にたら	像吧	によう

△私は、妹ほど母に似ていない／我不像妹妹那麼像媽媽。

ぬすむ【盗む】 偷盗・盗竊　　　　他五　グループ1

盗む・盗みます

辞書形(基本形) 偷盗	ぬすむ	たり形 又是偷	ぬすんだり
ない形（否定形） 沒偷	ぬすまない	ば形（條件形） 偷的話	ぬすめば
なかった形（過去否定形） 過去沒偷	ぬすまなかった	させる形（使役形） 使偷	ぬすませる
ます形（連用形） 偷盗	ぬすみます	られる形（被動形） 被偷	ぬすまれる
て形 偷盗	ぬすんで	命令形 快偷	ぬすめ
た形（過去形） 偷了	ぬすんだ	可能形 可以偷	ぬすめる
たら形（條件形） 偷的話	ぬすんだら	う形（意向形） 偷吧	ぬすもう

 △お金を盗まれました／我的錢被偷了。

ぬる【塗る】 塗抹・塗上　　　　他五　グループ1

塗る・塗ります

辞書形(基本形) 塗抹	ぬる	たり形 又是塗抹	ぬったり
ない形（否定形） 沒塗抹	ぬらない	ば形（條件形） 塗抹的話	ぬれば
なかった形（過去否定形） 過去沒塗抹	ぬらなかった	させる形（使役形） 使塗抹	ぬらせる
ます形（連用形） 塗抹	ぬります	られる形（被動形） 被塗抹	ぬられる
て形 塗抹	ぬって	命令形 快塗抹	ぬれ
た形（過去形） 塗抹了	ぬった	可能形 可以塗抹	ぬれる
たら形（條件形） 塗抹的話	ぬったら	う形（意向形） 塗抹吧	ぬろう

△赤とか青とか、いろいろな色を塗りました／
紅的啦、藍的啦，塗上了各種顏色。

ぬれる【濡れる】 淋濕

濡れる・濡れます

辞書形(基本形) 淋濕	ぬれる	たり形 又是淋濕	ぬれたり
ない形(否定形) 沒淋濕	ぬれない	ば形(條件形) 淋濕的話	ぬれれば
なかった形(過去否定形) 過去沒淋濕	ぬれなかった	させる形(使役形) 使淋濕	ぬれさせる
ます形(連用形) 淋濕	ぬれます	られる形(被動形) 被淋濕	ぬれられる
て形 淋濕	ぬれて	命令形 快淋濕	ぬれろ
た形(過去形) 淋濕了	ぬれた	可能形 會淋濕	ぬれられる
たら形(條件形) 淋濕的話	ぬれたら	う形(意向形) 淋濕吧	ぬれよう

 △雨のために、濡れてしまいました／因為下雨而被雨淋濕了。

ねむる【眠る】 睡覺；閑置

自五 グループ1

眠る・眠ります

辞書形(基本形) 睡覺	ねむる	たり形 又是睡覺	ねむったり
ない形(否定形) 沒睡覺	ねむらない	ば形(條件形) 睡覺的話	ねむれば
なかった形(過去否定形) 過去沒睡覺	ねむらなかった	させる形(使役形) 使睡覺	ねむらせる
ます形(連用形) 睡覺	ねむります	られる形(被動形) 被閑置	ねむられる
て形 睡覺	ねむって	命令形 快睡	ねむれ
た形(過去形) 睡覺了	ねむった	可能形 可以睡覺	ねむれる
たら形(條件形) 睡覺的話	ねむったら	う形(意向形) 睡覺吧	ねむろう

 △薬を使って、眠らせた／用藥讓他入睡。

のこる【残る】 剰餘・剩下；遺留　自五 グループ1

残る・残ります

辞書形(基本形) 剰餘	のこる	たり形 又是剰餘	のこったり
ない形 (否定形) 沒剩餘	のこらない	ば形 (條件形) 剰餘的話	のこれば
なかった形 (過去否定形) 過去沒剰餘	のこらなかった	させる形 (使役形) 使留下	のこらせる
ます形 (連用形) 剰餘	のこります	られる形 (被動形) 被留下	のこられる
て形 剰餘	のこって	命令形 快留下	のこれ
た形 (過去形) 剩餘了	のこった	可能形	———
たら形 (條件形) 剰餘的話	のこったら	う形 (意向形) 留下吧	のころう

 △みんなあまり食べなかったために、食べ物が残った／
因為大家都不怎麼吃，所以食物剩了下來。

のりかえる【乗り換える】 轉乘・換車；改變　自他下一 グループ2

乗り換える・乗り換えます

辞書形(基本形) 轉乘	のりかえる	たり形 又是轉乘	のりかえたり
ない形 (否定形) 沒轉乘	のりかえない	ば形 (條件形) 轉乘的話	のりかえれば
なかった形 (過去否定形) 過去沒轉乘	のりかえなかった	させる形 (使役形) 使轉乘	のりかえさせる
ます形 (連用形) 轉乘	のりかえます	られる形 (被動形) 被改變	のりかえられる
て形 轉乘	のりかえて	命令形 快轉乘	のりかえろ
た形 (過去形) 轉乘了	のりかえた	可能形 可以轉乘	のりかえられる
たら形 (條件形) 轉乘的話	のりかえたら	う形 (意向形) 轉乘吧	のりかえよう

 △新宿でＪＲにお乗り換えください／請在新宿轉搭JR線。

はく【履く】　穿（鞋、襪）

他五　グループ1

履く・履きます

辞書形(基本形) 穿	はく	たり形 又是穿	はいたり
ない形 (否定形) 沒穿	はかない	ば形 (條件形) 穿的話	はけば
なかった形 (過去否定形) 過去沒穿	はかなかった	させる形 (使役形) 使穿	はかせる
ます形 (連用形) 穿	はきます	られる形 (被動形) 被穿	はかれる
て形 穿	はいて	命令形 快穿	はけ
た形 (過去形) 穿了	はいた	可能形 可以穿	はける
たら形 (條件形) 穿的話	はいたら	う形 (意向形) 穿吧	はこう

△靴を履いたまま、入らないでください／請勿穿著鞋進入。

はこぶ【運ぶ】　運送・搬運；進行

自他五　グループ1

運ぶ・運びます

辞書形(基本形) 運送	はこぶ	たり形 又是運送	はこんだり
ない形 (否定形) 沒運送	はこばない	ば形 (條件形) 運送的話	はこべば
なかった形 (過去否定形) 過去沒運送	はこばなかった	させる形 (使役形) 使運送	はこばせる
ます形 (連用形) 運送	はこびます	られる形 (被動形) 被運送	はこばれる
て形 運送	はこんで	命令形 快運送	はこべ
た形 (過去形) 運送了	はこんだ	可能形 可以運送	はこべる
たら形 (條件形) 運送的話	はこんだら	う形 (意向形) 運送吧	はこぼう

△その商品は、店の人が運んでくれます／
那個商品，店裡的人會幫我送過來。

はじめる【始める】 開始；開創；發（老毛病）

他下一 グループ2

始_{はじ}める・始_{はじ}めます

辞書形(基本形) 開始	はじめる	たり形 又是開始	はじめたり
ない形（否定形） 沒開始	はじめない	ば形（條件形） 開始的話	はじめれば
なかった形（過去否定形） 過去沒開始	はじめなかった	させる形（使役形） 使開始	はじめさせる
ます形（連用形） 開始	はじめます	られる形（被動形） 被開始	はじめられる
て形 開始	はじめて	命令形 快開始	はじめろ
た形（過去形） 開始了	はじめた	可能形 可以開始	はじめられる
たら形（條件形） 開始的話	はじめたら	う形（意向形） 開始吧	はじめよう

△ベルが鳴_なるまで、テストを始_{はじ}めてはいけません／
在鈴聲響起前，不能開始考試。

はらう【払う】 付錢；除去；處裡；驅趕；揮去

他五 グループ1

払_{はら}う・払_{はら}います

辞書形(基本形) 付錢	はらう	たり形 又是付錢	はらったり
ない形（否定形） 沒付錢	はらわない	ば形（條件形） 付錢的話	はらえば
なかった形（過去否定形） 過去沒付錢	はらわなかった	させる形（使役形） 使付錢	はらわせる
ます形（連用形） 付錢	はらいます	られる形（被動形） 被驅趕	はらわれる
て形 付錢	はらって	命令形 快付錢	はらえ
た形（過去形） 付錢了	はらった	可能形 會付錢	はらえる
たら形（條件形） 付錢的話	はらったら	う形（意向形） 付錢吧	はらおう

△来週_{らいしゅう}までに、お金_{かね}を払_{はら}わなくてはいけません／下星期前得付款。

ひえる【冷える】 變冷；變冷淡，冷卻

冷える・冷えます

辞書形(基本形) 變冷	ひえる	た形 又是變冷	ひえたり
ない形(否定形) 沒變冷	ひえない	ば形(條件形) 變冷的話	ひえれば
なかった形(過去否定形) 過去沒變冷	ひえなかった	させる形(使役形) 使變冷	ひえさせる
ます形(連用形) 變冷	ひえます	られる形(被動形) 被冷卻	ひえられる
て形 變冷	ひえて	命令形 快變冷	ひえろ
た形(過去形) 變冷了	ひえた	可能形	———
たら形(條件形) 變冷的話	ひえたら	う形(意向形) 變冷吧	ひえよう

△夜は冷えるのに、毛布がないのですか／晚上會冷，沒有毛毯嗎？

ひかる【光る】 發光・發亮；出眾

自五 グループ1

光る・光ります

辞書形(基本形) 發光	ひかる	た形 又是發光	ひかったり
ない形(上等否定形) 沒發光	ひからない	ば形(條件形) 發光的話	ひかれば
なかった形(過去否定形) 過去沒發光	ひからなかった	させる形(使役形) 使發光	ひからせる
ます形(連用形) 發光	ひかります	られる形(被動形) 被打亮	ひかられる
て形 發光	ひかって	命令形 快發光	ひかれ
た形(過去形) 發光了	ひかった	可能形 可以發光	ひかれる
たら形(條件形) 發光的話	ひかったら	う形(意向形) 發光吧	ひかろう

△夕べ、川で青く光る魚を見ました／
昨晚在河裡看到身上泛著青光的魚兒。

ひっこす【引っ越す】 搬家；搬遷 自五 グループ1

引っ越す・引っ越します

辞書形(基本形) 搬家	ひっこす	たり形 又是搬家	ひっこしたり
ない形 (否定形) 沒搬家	ひっこさない	ば形 (條件形) 搬家的話	ひっこせば
なかった形 (過去否定形) 過去沒搬家	ひっこさなかった	させる形 (使役形) 使搬家	ひっこさせる
ます形 (連用形) 搬家	ひっこします	られる形 (被動形) 被搬遷	ひっこされる
て形 搬家	ひっこして	命令形 快搬家	ひっこせ
た形 (過去形) 搬家了	ひっこした	可能形 會搬家	ひっこせる
たら形 (條件形) 搬家的話	ひっこしたら	う形 (意向形) 搬家吧	ひっこそう

△大阪に引っ越すことにしました／決定搬到大阪。

ひらく【開く】 綻放；打開；拉開；開拓；開設；開導；差距 自他五 グループ1

開く・開きます

辞書形(基本形) 綻放	ひらく	たり形 又是綻放	ひらいたり
ない形 (否定形) 沒綻放	ひらかない	ば形 (條件形) 綻放的話	ひらけば
なかった形 (過去否定形) 過去沒綻放	ひらかなかった	させる形 (使役形) 使綻放	ひらかせる
ます形 (連用形) 綻放	ひらきます	られる形 (被動形) 被綻放	ひらかれる
て形 綻放	ひらいて	命令形 快綻放	ひらけ
た形 (過去形) 綻放了	ひらいた	可能形 可以綻放	ひらける
たら形 (條件形) 綻放的話	ひらいたら	う形 (意向形) 綻放吧	ひらこう

△ばらの花が開きだした／玫瑰花綻放開來了。

ひろう【拾う】 撿拾；挑出；接；叫車

他五 グループ1

拾う・拾います

辭書形(基本形) 撿拾	ひろう	た(り形 又是撿拾	ひろったり
ない形 (否定形) 沒撿拾	ひろわない	ば形 (條件形) 撿拾的話	ひろえば
なかった形(過去否定形) 過去沒撿拾	ひろわなかった	させる形 (使役形) 使撿拾	ひろわせる
ます形 (連用形) 撿拾	ひろいます	られる形 (被動形) 被撿拾	ひろわれる
て形 撿拾	ひろって	命令形 快撿拾	ひろえ
た形 (過去形) 撿拾了	ひろった	可能形 可以撿拾	ひろえる
たら形 (條件形) 撿拾的話	ひろったら	う形 (意向形) 撿拾吧	ひろおう

 △公園でごみを拾わせられた／被叫去公園撿垃圾。

ふえる【増える】 増加

自下一 グループ2

増える・増えます

辭書形(基本形) 増加	ふえる	た(り形 又是増加	ふえたり
ない形 (否定形) 沒増加	ふえない	ば形 (條件形) 増加的話	ふえれば
なかった形(過去否定形) 過去沒増加	ふえなかった	させる形 (使役形) 使増加	ふえさせる
ます形 (連用形) 増加	ふえます	られる形 (被動形) 被増加	ふえられる
て形 増加	ふえて	命令形 快増加	ふえろ
た形 (過去形) 増加了	ふえた	可能形	———
たら形 (條件形) 増加的話	ふえたら	う形 (意向形) 増加吧	ふえよう

 △結婚しない人が増えだした／不結婚的人變多了。

ふとる【太る】 胖・肥胖；增加 自五 グループ1

ふと　　　ふと
太る・太ります

辭書形(基本形) 肥胖	ふとる	た り形 又是肥胖	ふとったり
ない形 (否定形) 不胖	ふとらない	ば形 (條件形) 胖的話	ふとれば
なかった形 (過去否定形) 過去不胖	ふとらなかった	させる形 (使役形) 使胖	ふとらせる
ます形 (連用形) 肥胖	ふとります	られる形 (被動形) 被增胖	ふとられる
て形 肥胖	ふとって	命令形 快胖	ふとれ
た形 (過去形) 肥胖了	ふとった	可能形 會胖	ふとれる
たら形 (條件形) 胖的話	ふとったら	う形 (意向形) 胖吧	ふとろう

 △ああ太っていると、苦しいでしょうね／一胖成那樣，會很辛苦吧！

ふむ【踏む】 踩住・踩到；踏上；實踐 他五 グループ1

ふ　　　ふ
踏む・踏みます

辭書形(基本形) 踩到	ふむ	た り形 又是踩到	ふんだり
ない形 (否定形) 沒踩到	ふまない	ば形 (條件形) 踩到的話	ふめば
なかった形 (過去否定形) 過去沒踩到	ふまなかった	させる形 (使役形) 使踩到	ふませる
ます形 (連用形) 踩到	ふみます	られる形 (被動形) 被踩到	ふまれる
て形 踩到	ふんで	命令形 快踩	ふめ
た形 (過去形) 踩到了	ふんだ	可能形 會踩到	ふめる
たら形 (條件形) 踩到的話	ふんだら	う形 (意向形) 踩吧	ふもう

 △電車の中で、足を踏まれたことはありますか／在電車裡有被踩過腳嗎？

ほめる【褒める】 誇獎

褒める・褒めます

辞書形(基本形) 誇獎	ほめる	た形 又是誇獎	ほめたり
ない形(否定形) 沒誇獎	ほめない	ば形 誇獎的話	ほめれば
なかった形(過去否定形) 過去沒誇獎	ほめなかった	させる形(使役形) 使誇獎	ほめさせる
ます形(連用形) 誇獎	ほめます	られる形(被動形) 被誇獎	ほめられる
て形 誇獎	ほめて	命令形 快誇獎	ほめろ
た形(過去形) 誇獎了	ほめた	可能形 會誇獎	ほめられる
たら形(假定形) 誇獎的話	ほめたら	意向形 誇吧	ほめよう

△部下を育てるには、褒めることが大事です／
培育部屬，給予讚美是很重要的。

まいる【参る】 來・去（「行く」、「来る」的謙讓語）；認輸；參拜；耗盡 自五 グループ1

参る・参ります

辭書形(基本形) 去	まいる	た形 又是去	まいったり
ない形(否定形) 沒去	まいらない	ば形 去的話	まいれば
なかった形(過去否定形) 過去沒去	まいらなかった	させる形(使役形) 使去	まいらせる
ます形(連用形) 去	まいります	られる形(被動形) 被耗盡	まいられる
て形 去	まいって	命令形 快去	まいれ
た形(過去形) 去了	まいった	可能形 會去	まいれる
たら形(假定形) 去的話	まいったら	意向形 去吧	まいろう

△ご都合がよろしかったら、2時にまいります／
如果您時間方便，我兩點過去。

まける【負ける】 輸；屈服

自下一 グループ2

負ける・負けます

辭書形 (基本形)		たり形	
輸	まける	又是輸	まけたり
ない形 (否定形)		ば形 (條件形)	
沒輸	まけない	輸的話	まければ
なかった形 (過去否定形)		させる形 (使役形)	
過去沒輸	まけなかった	使輸	まけさせる
ます形 (連用形)		られる形 (被動形)	
輸	まけます	被屈服	まけられる
て形		命令形	
輸	まけて	快輸	まけろ
た形 (過去形)		可能形	
輸了	まけた	會輸	まけられる
たら形 (條件形)		う形 (意向形)	
輸的話	まけたら	輸吧	まけよう

 △がんばれよ。ぜったい負けるなよ／加油喔！千萬別輸了！

まちがえる【間違える】 錯；弄錯

他下一 グループ2

間違える・間違えます

辭書形 (基本形)		たり形	
錯	まちがえる	又是錯	まちがえたり
ない形 (否定形)		ば形 (條件形)	
沒錯	まちがえない	錯的話	まちがえれば
なかった形 (過去否定形)		させる形 (使役形)	
過去沒錯	まちがえなかった	使錯	まちがえさせる
ます形 (連用形)		られる形 (被動形)	
錯	まちがえます	被弄錯	まちがえられる
て形		命令形	
錯	まちがえて	快弄錯	まちがえろ
た形 (過去形)		可能形	
錯了	まちがえた		———
たら形 (條件形)		う形 (意向形)	
錯的話	まちがえたら	弄錯吧	まちがえよう

 △先生は、間違えたところを直してくださいました／
老師幫我訂正了錯誤的地方。

まにあう【間に合う】 來得及・趕得上；夠用

間に合う・間に合います

辭書形(基本形) 來得及	まにあう	た形 又是來得及	まにあったり
ない形(否定形) 沒來得及	まにあわない	ば形(條件形) 來得及的話	まにあえば
なかった形(過去否定形) 過去沒來得及	まにあわなかった	させる形(使役形) 使來得及	まにあわせる
ます形(連用形) 來得及	まにあいます	られる形(被動形) 被頂用	まにあわれる
て形 來得及	まにあって	命令形 來得及	まにあえ
た形(過去形) 來得及了	まにあった	可能形 可以來得及	まにあえる
たら形(條件形) 來得及的話	まにあったら	う形(意向形) 來得及吧	まにあおう

 △タクシーに乗らなくちゃ、間に合わないですよ／
要是不搭計程車，就來不及了唷！

まわる【回る】 轉動；走動；旋轉；繞道；轉移

回る・回ります

辭書形(基本形) 轉動	まわる	た形 又是轉動	まわったり
ない形(否定形) 沒轉動	まわらない	ば形(條件形) 轉動的話	まわれば
なかった形(過去否定形) 過去沒轉動	まわらなかった	させる形(使役形) 使轉動	まわらせる
ます形(連用形) 轉動	まわります	られる形(被動形) 被轉動	まわられる
て形 轉動	まわって	命令形 快轉動	まわれ
た形(過去形) 轉動了	まわった	可能形 可以轉動	まわれる
たら形(條件形) 轉動的話	まわったら	う形(意向形) 轉動吧	まわろう

 △村の中を、あちこち回るところです／正要到村裡到處走動走動。

みえる【見える】 看見；看得見；看起來 自下一 グループ2

見える・見えます

辞書形(基本形) 看見	みえる	たり形 又是看見	みえたり
ない形（否定形） 沒看見	みえない	ば形（條件形） 看見的話	みえれば
なかった形（過去否定形） 過去沒看見	みえなかった	させる形（使役形） 使看見	みえさせる
ます形（連用形） 看見	みえます	られる形（被動形） 被看見	みえられる
て形 看見	みえて	命令形 快看	みえろ
た形（過去形） 看見了	みえた	可能形	——
たら形（條件形） 看見的話	みえたら	う形（意向形） 看吧	みえよう

△ここから東京タワーが見えるはずがない／
從這裡不可能看得到東京鐵塔。

みつかる【見付かる】 發現；找到 自五 グループ1

見つかる・見つかります

辞書形(基本形) 發現	みつかる	たり形 又是發現	みつかったり
ない形（否定形） 沒發現	みつからない	ば形（條件形） 發現的話	みつかれば
なかった形（過去否定形） 過去沒發現	みつから なかった	させる形（使役形） 使發現	みつからせる
ます形（連用形） 發現	みつかります	られる形（被動形） 被發現	みつかられる
て形 發現	みつかって	命令形 快發現	みつかれ
た形（過去形） 發現了	みつかった	可能形	——
たら形（條件形） 發現的話	みつかったら	う形（意向形） 發現吧	みつかろう

△財布は見つかったかい／錢包找到了嗎？

みつける【見付ける】 找到・發現；目睹 他下一 グループ2

見付ける・見付けます

辞書形(基本形) 找到	みつける	た形 又是找到	みつけたり
ない形(否定形) 沒找到	みつけない	ば形(條件形) 找到的話	みつければ
なかった形(過去否定形) 過去沒找到	みつけなかった	させる形(使役形) 使找到	みつけさせる
ます形(連用形) 找到	みつけます	られる形(被動形) 被找到	みつけられる
て形 找到	みつけて	命令形 快找	みつけろ
た形(過去形) 找到了	みつけた	可能形 可以找到	みつけられる
たら形(條件形) 找到的話	みつけたら	う形(意向形) 找吧	みつけよう

△どこでも、仕事を見つけることができませんでした／
不管到哪裡都找不到工作。

むかう【向かう】 面向・面對；指向 自五 グループ1

向かう・向かいます

辞書形(基本形) 面對	むかう	た形 又是面對	むかったり
ない形(否定形) 沒面對	むかわない	ば形(條件形) 面對的話	むかえば
なかった形(過去否定形) 過去沒面對	むかわなかった	させる形(使役形) 使面對	むかわせる
ます形(連用形) 面對	むかいます	られる形(被動形) 被指向	むかわれる
て形 面對	むかって	命令形 快面對	むかえ
た形(過去形) 面對了	むかった	可能形 可以面對	むかえる
たら形(條件形) 對向的話	むかったら	う形(意向形) 面對吧	むかおう

△船はゆっくりとこちらに向かってきます／船隻緩緩地向這邊駛來。

むかえる【迎える】 迎接；邀請；娶、招；迎合 他下一 グループ2

迎える・迎えます

辞書形 (基本形) 迎接	むかえる	たり形 又是迎接	むかえたり
ない形 (否定形) 沒迎接	むかえない	ば形 (條件形) 迎接的話	むかえれば
なかった形 (過去否定形) 過去沒迎接	むかえなかった	させる形 (使役形) 使迎接	むかえさせる
ます形 (連用形) 迎接	むかえます	られる形 (被動形) 被迎接	むかえられる
て形 迎接	むかえて	命令形 快迎接	むかえろ
た形 (過去形) 迎接了	むかえた	可能形 能迎接	むかえられる
たら形 (條件形) 迎接的話	むかえたら	う形 (意向形) 迎接吧	むかえよう

△高橋さんを迎えるため、空港まで行ったが、会えなかった／
為了接高橋先生，趕到了機場，但卻沒能碰到面。

めしあがる【召し上がる】 吃・喝（「食べる」、「飲む」的尊敬語） 他五 グループ1

召し上がる・召し上がります

辞書形 (基本形) 吃	めしあがる	たり形 又是吃	めしあがったり
ない形 (否定形) 沒吃	めしあがらない	ば形 (條件形) 吃的話	めしあがれば
なかった形 (過去否定形) 過去沒吃	めしあがら なかった	させる形 (使役形) 使吃	めしあがらせる
ます形 (連用形) 吃	めしあがります	られる形 (被動形) 被吃	めしあがられる
て形 吃	めしあがって	命令形 快吃	めしあがれ
た形 (過去形) 吃了	めしあがった	可能形 可以吃	めしあがれる
たら形 (條件形) 吃的話	めしあがったら	う形 (意向形) 吃吧	めしあがろう

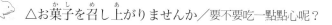

△お菓子を召し上がりませんか／要不要吃一點點心呢？

もうしあげる【申し上げる】 說（「言う」的謙讓語） 他下一 グループ2

申し上げる・申し上げます

辞書形(基本形) 說	もうしあげる	たり形 又是說	もうしあげたり
ない形 (否定形) 沒說	もうしあげない	ば形 (條件形) 說的話	もうしあげれば
なかった形 (過去否定形) 過去沒說	もうしあげなかった	させる形 (使役形) 讓說	もうしあげさせる
ます形 (連用形) 說	もうしあげます	られる形 (被動形) 被說	もうしあげられる
て形 說	もうしあげて	命令形 快說	もうしあげろ
た形 (過去形) 說了	もうしあげた	可能形 可以說	もうしあげられる
たら形 (條件形) 說的話	もうしあげたら	う形 (意向形) 說吧	もうしあげよう

△先生にお礼を申し上げようと思います／我想跟老師道謝。

もうす【申す】 說・叫（「言う」的謙讓語） 他五 グループ1

申す・申します

辞書形(基本形) 說	もうす	たり形 又是說	もうしたり
ない形 (否定形) 沒說	もうさない	ば形 (條件形) 說的話	もうせば
なかった形 (過去否定形) 過去沒說	もうさなかった	させる形 (使役形) 讓說	もうさせる
ます形 (連用形) 說	もうします	られる形 (被動形) 被說	もうされる
て形 說	もうして	命令形 快說	もうせ
た形 (過去形) 說了	もうした	可能形 可以說	もうせる
たら形 (條件形) 說的話	もうしたら	う形 (意向形) 說吧	もうそう

△「雨が降りそうです。」と申しました／我說：「好像要下雨了」。

もてる【持てる】 能拿，能保持；受歡迎，吃香　自下一　グループ2

もてる・もてます

辞書形(基本形) 能拿	もてる	たり形 又是能拿	もてたり
ない形(否定形) 不能拿	もてない	ば形(條件形) 能拿的話	もてれば
なかった形(過去否定形) 過去不能拿	もてなかった	させる形(使役形) 使能拿	もてさせる
ます形(連用形) 能拿	もてます	られる形(被動形) 被人捧	もてられる
て形 能拿	もてて	命令形 能著	もてろ
た形(過去形) 能拿了	もてた	可能形	———
たら形(條件形) 能拿的話	もてたら	う形(意向形) 能拿吧	もてよう

△大学生の時が一番もてました／大學時期是最受歡迎的時候。

もどる【戻る】 回到；折回　自五　グループ1

戻る・戻ります

辞書形(基本形) 折回	もどる	たり形 又是折回	もどったり
ない形(否定形) 沒折回	もどらない	ば形(條件形) 折回的話	もどれば
なかった形(過去否定形) 過去沒折回	もどらなかった	させる形(使役形) 使折回	もどらせる
ます形(連用形) 折回	もどります	られる形(被動形) 被折回	もどられる
て形 折回	もどって	命令形 快折回	もどれ
た形(過去形) 折回了	もどった	可能形 可以折回	もどれる
たら形(條件形) 折回的話	もどったら	う形(意向形) 折回吧	もどろう

△こう行って、こう行けば、駅に戻れます／
這樣走，再這樣走下去，就可以回到車站。

もらう【貰う】 収到・拿到

他五 グループ1

もらう・もらいます

辞書形(基本形) 收到	もらう	た り形 又是收到	もらったり
ない形 (否定形) 沒收到	もらわない	ば形 (條件形) 收到的話	もらえば
なかった形 (過去否定形) 過去沒收到	もらわなかった	させる形 (使役形) 使收到	もらわせる
ます形 (連用形) 收到	もらいます	られる形 (被動形) 被收到	もらわれる
て形 收到	もらって	命令形 快收到	もらえ
た形 (過去形) 收到了	もらった	可能形 可以收到	もらえる
たら形 (條件形) 收到的話	もらったら	う形 (意向形) 收到吧	もらおう

 △私は、もうもらわなくてもいいです／不用給我也沒關係。

やく【焼く】 焚燒；烤；曬；嫉妒

他五 グループ1

焼く・焼きます

辞書形(基本形) 焚燒	やく	た り形 又是焚燒	やいたり
ない形 (否定形) 沒焚燒	やかない	ば形 (條件形) 焚燒的話	やけば
なかった形 (過去否定形) 過去沒焚燒	やかなかった	させる形 (使役形) 使焚燒	やかせる
ます形 (連用形) 焚燒	やきます	られる形 (被動形) 被焚燒	やかれる
て形 焚燒	やいて	命令形 快焚燒	やけ
た形 (過去形) 焚燒了	やいた	可能形 可以焚燒	やける
たら形 (條件形) 焚燒的話	やいたら	う形 (意向形) 焚燒吧	やこう

 △肉を焼きすぎました／肉烤過頭了。

やくにたつ【役に立つ】 有幫助・有用　〔慣用句〕 グループ1

役に立つ・役に立ちます

辞書形（基本形） 有幫助	やくにたつ	たり形 又是有幫助	やくにたったり
ない形（否定形） 沒有幫助	やくにたたない	ば形（條件形） 有幫助的話	やくにたてば
なかった形（過去否定形） 過去沒有幫助	やくにたた なかった	させる形（使役形） 使有幫助	やくにたたせる
ます形（連用形） 有幫助	やくにたちます	られる形（被動形） 被派上用場	やくにたたれる
て形 有幫助	やくにたって	命令形 快受用	やくにたて
た形（過去形） 有幫助了	やくにたった	可能形 可以有幫助	やくにたてる
たら形（條件形） 有幫助的話	やくにたったら	う形（意向形） 有幫助吧	やくにたとう

△その辞書は役に立つかい／那辭典有用嗎？

やける【焼ける】 烤熟；（被）烤熟；曬黑；燥熱；感到嫉妒　〔自下一〕 グループ2

焼ける・焼けます

辞書形（基本形） 烤熟	やける	たり形 又是烤熟	やけたり
ない形（否定形） 沒烤熟	やけない	ば形（條件形） 烤熟的話	やければ
なかった形（過去否定形） 過去沒烤熟	やけなかった	させる形（使役形） 使烤熟	やけさせる
ます形（連用形） 烤熟	やけます	られる形（被動形） 被烤熟	やけられる
て形 烤熟	やけて	命令形 快烤熟	やけろ
た形（過去形） 烤熟了	やけた	可能形	———
たら形（條件形） 烤熟的話	やけたら	う形（意向形） 烤熟吧	やけよう

△ケーキが焼けたら、お呼びいたします／蛋糕烤好後我會叫您的。

やせる【痩せる】 痩；貧瘠；減少

自下一 グループ2

痩せる・痩せます

辞書形(基本形) 痩	やせる	たり形 又是痩	やせたり
ない形(否定形) 沒痩	やせない	ば形(條件形) 痩的話	やせれば
なかった形(過去否定形) 過去沒痩	やせなかった	させる形(使役形) 使痩	やせさせる
ます形(連用形) 痩	やせます	られる形(被動形) 被減少	やせられる
て形 痩	やせて	命令形 快痩	やせろ
た形(過去形) 痩了	やせた	可能形 可以痩	やせられる
たら形(條件形) 痩的話	やせたら	う形(意向形) 痩吧	やせよう

 △先生は、少し痩せられたようですね／老師您好像痩了。

やむ【止む】 停止

自五 グループ1

止む・止みます

辞書形(基本形) 停止	やむ	たり形 又是停止	やんだり
ない形(否定形) 沒停止	やまない	ば形(條件形) 停止的話	やめば
なかった形(過去否定形) 過去沒停止	やまなかった	させる形(使役形) 使停止	やませる
ます形(連用形) 停止	やみます	られる形(被動形) 被停止	やまれる
て形 停止	やんで	命令形 快停止	やめ
た形(過去形) 停止了	やんだ	可能形 可以停止	やめる
たら形(條件形) 停止的話	やんだら	う形(意向形) 停止吧	やもう

 △雨がやんだら、出かけましょう／如果雨停了，就出門吧！

やめる【辞める】 停止；取消；離職

他下一 グループ2

辞める・辞めます

辞書形 (基本形) 停止	やめる	たり形 又是停止	やめたり
ない形 (否定形) 沒停止	やめない	ば形 (條件形) 停止的話	やめれば
なかった形 (過去否定形) 過去沒停止	やめなかった	させる形 (使役形) 使停止	やめさせる
ます形 (連用形) 停止	やめます	られる形 (被動形) 被停止	やめられる
て形 停止	やめて	命令形 快停止	やめろ
た形 (過去形) 停止了	やめた	可能形 可以停止	やめられる
たら形 (條件形) 停止的話	やめたら	う形 (意向形) 停止吧	やめよう

△こう考えると、会社を辞めたほうがいい／這樣一想，還是離職比較好。

やめる【止める】 停止

他下一 グループ2

止める・止めます

辞書形 (基本形) 停止	やめる	たり形 又是停止	やめたり
ない形 (否定形) 沒停止	やめない	ば形 (條件形) 停止的話	やめれば
なかった形 (過去否定形) 過去沒停止	やめなかった	させる形 (使役形) 使停止	やめさせる
ます形 (連用形) 停止	やめます	られる形 (被動形) 被停止	やめられる
て形 停止	やめて	命令形 快停止	やめろ
た形 (過去形) 停止了	やめた	可能形 可以停止	やめられる
たら形 (條件形) 停止的話	やめたら	う形 (意向形) 停止吧	やめよう

△好きなゴルフをやめるつもりはない／我不打算放棄我所喜歡的高爾夫。

やる【遣る】 派；給，給予；做

他五 グループ1

やる・やります

辞書形(基本形) 給	やる	たり形 又是給	やったり
ない形 (否定形) 沒給	やらない	ば形 (條件形) 給的話	やれば
なかった形 (過去否定形) 過去沒給	やらなかった	させる形 (使役形) 使給	やらせる
ます形 (連用形) 給	やります	られる形 (被動形) 被給予	やられる
て形 給	やって	命令形 快給	やれ
た形 (過去形) 給了	やった	可能形 可以給	やれる
たら形 (條件形) 給的話	やったら	う形 (意向形) 給吧	やろう

 △動物にえさをやっちゃだめです／不可以給動物餵食。

ゆれる【揺れる】 搖動；動搖

自下一 グループ2

揺れる・揺れます

辞書形(基本形) 搖動	ゆれる	たり形 又是搖動	ゆれたり
ない形 (否定形) 沒搖動	ゆれない	ば形 (條件形) 搖動的話	ゆれれば
なかった形 (過去否定形) 過去沒搖動	ゆれなかった	させる形 (使役形) 使搖動	ゆれさせる
ます形 (連用形) 搖動	ゆれます	られる形 (被動形) 被搖動	ゆれられる
て形 搖動	ゆれて	命令形 快搖動	ゆれろ
た形 (過去形) 搖動了	ゆれた	可能形 可以搖動	ゆれられる
たら形 (條件形) 搖動的話	ゆれたら	う形 (意向形) 搖動吧	ゆれよう

 △地震で家が激しく揺れた／房屋因地震而劇烈的搖晃。

よごれる【汚れる】 髒污；齷齪

自下一 グループ2

よご　　　　　よご
汚れる・汚れます

辭書形(基本形) 髒污	よごれる	たり形 又是髒	よごれたり
ない形 (否定形) 沒髒	よごれない	ば形 (條件形) 髒的話	よごれれば
なかった形 (過去否定形) 過去沒髒	よごれなかった	させる形 (使役形) 使髒	よごれさせる
ます形 (連用形) 髒污	よごれます	られる形 (被動形) 被弄髒	よごれられる
て形 髒污	よごれて	命令形 快弄髒	よごれろ
た形 (過去形) 髒了	よごれた	可能形 會弄髒	よごれられる
たら形 (條件形) 髒的話	よごれたら	う形 (意向形) 弄髒吧	よごれよう

　　　　よご　　　　　　　　　　あら
△汚れたシャツを洗ってもらいました／
我請他幫我把髒的襯衫拿去送洗了。

よろこぶ【喜ぶ】 高興

自五 グループ1

よろこ　　　　よろこ
喜ぶ・喜びます

辭書形(基本形) 高興	よろこぶ	たり形 又是高興	よろこんだり
ない形 (否定形) 不高興	よろこばない	ば形 (條件形) 高興的話	よろこべば
なかった形 (過去否定形) 過去不高興	よろこばなかった	させる形 (使役形) 使高興	よろこばせる
ます形 (連用形) 高興	よろこびます	られる形 (被動形) 被喜歡	よろこばれる
て形 高興	よろこんで	命令形 快高興	よろこべ
た形 (過去形) 高興了	よろこんだ	可能形 會高興	よろこべる
たら形 (條件形) 高興的話	よろこんだら	う形 (意向形) 高興吧	よろこぼう

　　　おとうと　あそ　　　　　　　　　　　　　　よろこ
△弟と遊んでやったら、とても喜びました／
我陪弟弟玩，結果他非常高興。

わかす【沸かす】 煮沸；使沸騰

他五　グループ1

沸かす・沸かします

辞書形(基本形) 煮沸	わかす	たり形 又是煮沸	わかしたり
ない形(否定形) 沒煮沸	わかさない	ば形(條件形) 煮沸的話	わかせば
なかった形(過去否定形) 過去沒煮沸	わかさなかった	させる形(使役形) 使煮沸	わかさせる
ます形(連用形) 煮沸	わかします	られる形(被動形) 被煮沸	わかされる
て形 煮沸	わかして	命令形 快煮沸	わかせ
た形(過去形) 煮沸了	わかした	可能形 可以煮沸	わかせる
たら形(條件形) 煮沸的話	わかしたら	う形(意向形) 煮沸吧	わかそう

 △ここでお湯が沸かせます／這裡可以將水煮開。

わかれる【別れる】 分別・分開

自下一　グループ2

別れる・別れます

辞書形(基本形) 分開	わかれる	たり形 又是分開	わかれたり
ない形(否定形) 沒分開	わかれない	ば形(條件形) 分開的話	わかれれば
なかった形(過去否定形) 過去沒分開	わかれなかった	させる形(使役形) 使分開	わかれさせる
ます形(連用形) 分開	わかれます	られる形(被動形) 被分開	わかれられる
て形 分開	わかれて	命令形 快分開	わかれろ
た形(過去形) 分開了	わかれた	可能形 會分開	わかれられる
たら形(條件形) 分開的話	わかれたら	う形(意向形) 分開吧	わかれよう

 △若い二人は、両親に別れさせられた／
兩位年輕人，被父母給強行拆散了。

わく【沸く】 煮沸・煮開；興奮

自五 グループ1

沸く・沸きます

辞書形(基本形) 煮沸	わく	たり形 又是煮沸	わいたり
ない形（否定形） 沒煮沸	わかない	ば形（條件形） 煮沸的話	わけば
なかった形（過去否定形） 過去沒煮沸	わかなかった	させる形（使役形） 使煮沸	わかせる
ます形（連用形） 煮沸	わきます	られる形（被動形） 被煮沸	わかれる
て形 煮沸	わいて	命令形 快煮沸	わけ
た形（過去形） 煮沸了	わいた	可能形	———
たら形（條件形） 煮沸的話	わいたら	う形（意向形） 煮沸吧	わこう

△お湯が沸いたら、ガスをとめてください／熱水開了，就請把瓦斯關掉。

わらう【笑う】 笑：譏笑

自五 グループ1

笑う・笑います

辞書形(基本形) 笑	わらう	たり形 又是笑	わらったり
ない形（否定形） 沒笑	わらわない	ば形（條件形） 笑的話	わらえば
なかった形（過去否定形） 過去沒笑	わらわなかった	させる形（使役形） 使笑	わらわせる
ます形（連用形） 笑	わらいます	られる形（被動形） 被笑	わらわれる
て形 笑	わらって	命令形 快笑	わらえ
た形（過去形） 笑了	わらった	可能形 會笑	わらえる
たら形（條件形） 笑的話	わらったら	う形（意向形） 笑吧	わらおう

△失敗して、みんなに笑われました／因失敗而被大家譏笑。

われる【割れる】 破掉，破裂；分裂；暴露；整除

自下一 グループ2

割れる・割れます

辞書形(基本形)		たり形	
破掉	われる	又是破掉	われたり
ない形 (否定形)		ば形 (條件形)	
沒破掉	われない	破掉的話	われれば
なかった形 (過去否定形)		させる形 (使役形)	
過去沒破掉	われなかった	使破掉	われさせる
ます形 (連用形)		られる形 (被動形)	
破掉	われます	被弄破	われられる
て形		命令形	
破掉	われて	快弄破	われろ
た形 (過去形)		可能形	
破掉了	われた		———
たら形 (條件形)		う形 (意向形)	
破掉的話	われたら	弄破吧	われよう

△鈴木さんにいただいたカップが、割れてしまいました／
鈴木送我的杯子，破掉了。

する 做・幹

自他サ グループ3

する・します

辞書形(基本形)		たり形	
做	する	又是做	したり
ない形 (否定形)		ば形 (條件形)	
沒做	しない	做的話	すれば
なかった形 (過去否定形)		させる形 (使役形)	
過去沒做	しなかった	使做	させる
ます形 (連用形)		られる形 (被動形)	
做	します	被做	される
て形		命令形	
做	して	快做	しろ
た形 (過去形)		可能形	
做了	した	可以做	できる
たら形 (條件形)		う形 (意向形)	
做的話	したら	做吧	しよう

△ ゆっくりしてください／請慢慢做。

動詞單字
N3

あう【合う】 正確・適合；一致・符合；對・準；合得來；合算 自五 グループ1

合う・合います

辭書形(基本形)		たり形	
符合	あう	又是符合	あったり
ない形 (否定形)		ば形 (條件形)	
不符合	あわない	符合的話	あえば
なかった形 (過去否定形)		させる形 (使役形)	
過去不符合	あわなかった	使符合	あわせる
ます形 (連用形)		られる形 (被動形)	
符合	あいます	被對準	あわれる
て形		命令形	
符合	あって	快符合	あえ
た形 (過去形)		可能形	
符合了	あった		————
たら形 (條件形)		う形 (意向形)	
符合的話	あったら	符合吧	あおう

△ ワインは、洋食ばかりでなく和食にも合う／
葡萄酒不但可以搭配西餐，與日本料理也很合適。

あきる【飽きる】 夠・滿足；厭煩・煩膩 自上一 グループ2

飽きる・飽きます

辭書形(基本形)		たり形	
滿足	あきる	又是滿足	あきたり
ない形 (否定形)		ば形 (條件形)	
不滿足	あきない	滿足的話	あきれば
なかった形 (過去否定形)		させる形 (使役形)	
過去不滿足	あきなかった	使滿足	あきさせる
ます形 (連用形)		られる形 (被動形)	
滿足	あきます	被滿足	あきられる
て形		命令形	
滿足	あきて	快滿足	あきろ
た形 (過去形)		可能形	
滿足了	あきた		————
たら形 (條件形)		う形 (意向形)	
滿足的話	あきたら	滿足吧	あきよう

△ 付き合ってまだ３か月だけど、もう彼氏に飽きちゃった／
雖然和男朋友才交往三個月而已，但是已經膩了。

あける【空ける】 倒出・空出；騰出（時間） 他下一 グループ2

あ
空ける・空けます

辞書形（基本形） 倒出	あける	より形 又是倒出	あけたり
ない形（否定形） 沒倒出	あけない	ば形（條件形） 倒出的話	あければ
なかった形（過去否定形） 過去沒倒出	あけなかった	させる形（使役形） 使倒出	あけさせる
ます形（連用形） 倒出	あけます	られる形（被動形） 被倒出	あけられる
て形 倒出	あけて	命令形 快倒出	あけろ
た形（過去形） 倒出了	あけた	可能形 可以倒出	あけられる
たら形（條件形） 倒出的話	あけたら	う形（意向形） 倒出吧	あけよう

 △ 10時までに会議室を空けてください／請十點以後把會議室空出來。

あける【明ける】 （天）明・亮；過年；（期間）結束・期滿 自下一 グループ2

あ
明ける・明けます

辞書形（基本形） （天）亮	あける	た形り 又是（天）亮	あけたり
ない形（否定形） （天）沒亮	あけない	ば形（條件形） （天）亮的話	あければ
なかった形（過去否定形） 過去（天）沒亮	あけなかった	させる形（使役形） 使（天）亮	あけさせる
ます形（連用形） （天）亮	あけます	られる形（被動形） 被結束	あけられる
て形 （天）亮	あけて	命令形 快（天）亮	あけろ
た形（過去形） （天）亮了	あけた	可能形 （天）會亮	あけられる
たら形（條件形） （天）亮的話	あけたら	う形（意向形） （天）亮吧	あけよう

 △ あけましておめでとうございます／元旦開春・恭賀新禧。

あげる【揚げる】 炸・油炸；舉・抬；提高；進步 他下一 グループ2

揚げる・揚げます

辞書形(基本形)		たり形	
炸	あげる	又是炸	あげたり
ない形（否定形）		ば形（條件形）	
沒炸	あげない	炸的話	あげれば
なかった形（過去否定形）		させる形（使役形）	
過去沒炸	あげなかった	使炸	あげさせる
ます形（連用形）		られる形（被動形）	
炸	あげます	被炸	あげられる
て形		命令形	
炸	あげて	快炸	あげろ
た形（過去形）		可能形	
炸了	あげた	會炸	あげられる
たら形（條件形）		う形（意向形）	
炸的話	あげたら	炸吧	あげよう

△ これが天ぷらを上手に揚げるコツです／這是炸天婦羅的技巧。

あずかる【預かる】 收存・（代人）保管；擔任・管理・負 他五 グループ1
責處理；保留，暫不公開

預かる・預かります

辞書形(基本形)		たり形	
保管	あずかる	又是保管	あずかったり
ない形（否定形）		ば形（條件形）	
沒保管	あずからない	保管的話	あずかれば
なかった形（過去否定形）		させる形（使役形）	
過去沒保管	あずからなかった	使保管	あずからせる
ます形（連用形）		られる形（被動形）	
保管	あずかります	被保管	あずかられる
て形		命令形	
保管	あずかって	快保管	あずかれ
た形（過去形）		可能形	
保管了	あずかった	會保管	あずかれる
たら形（條件形）		う形（意向形）	
保管的話	あずかったら	保管吧	あずかろう

△ 人から預かった金を、使ってしまった／把別人託我保管的錢用掉了。

あずける【預ける】 寄放，存放；委託，託付 　他下一　グループ2

預ける・預けます

辞書形(基本形)		たり形	
寄放	あずける	又是寄放	あずけたり
ない形 (否定形)		ば形 (條件形)	
沒寄放	あずけない	寄放的話	あずければ
なかった形 (過去否定形)		させる形 (使役形)	
過去沒寄放	あずけなかった	使寄放	あずけさせる
ます形 (連用形)		られる形 (被動形)	
寄放	あずけます	被寄放	あずけられる
て形		命令形	
寄放	あずけて	快寄放	あずけろ
た形 (過去形)		可能形	
寄放了	あずけた	可以寄放	あずけられる
たら形 (條件形)		う形 (意向形)	
寄放的話	あずけたら	寄放吧	あずけよう

△ あんな銀行に、お金を預けるものか／我絕不把錢存到那種銀行！

あたえる【与える】 給與，供給；授與；使蒙受；分配 　他下一　グループ2

与える・与えます

辞書形(基本形)		たり形	
供給	あたえる	又是供給	あたえたり
ない形 (否定形)		ば形 (條件形)	
沒供給	あたえない	供給的話	あたえれば
なかった形 (過去否定形)		させる形 (使役形)	
過去沒供給	あたえなかった	使供給	あたえさせる
ます形 (連用形)		られる形 (被動形)	
供給	あたえます	被供給	あたえられる
て形		命令形	
供給	あたえて	快供給	あたえろ
た形 (過去形)		可能形	
供給了	あたえた	可以供給	あたえられる
たら形 (條件形)		う形 (意向形)	
供給的話	あたえたら	供給吧	あたえよう

△ 手塚治虫は、後の漫画家に大きな影響を与えた／
手塚治虫帶給了漫畫家後進極大的影響。

あたたまる【暖まる】 暖・暖和；感到溫暖 自五 グループ1

暖（あたた）まる・暖（あたた）まります

辭書形(基本形)		たり形	
暖和	あたたまる	又是暖和	あたたまったり
ない形（否定形）		ば形（條件形）	
沒暖和	あたたまらない	暖和的話	あたたまれば
なかった形（過去否定形）		させる形（使役形）	
過去沒暖和	あたたまらなかった	使暖和	あたたまらせる
ます形（連用形）		られる形（被動形）	
暖和	あたたまります	被暖和	あたたまられる
て形		命令形	
暖和	あたたまって	快暖和	あたたまれ
た形（過去形）		可能形	
暖和了	あたたまった	會暖和	あたたまれる
たら形（條件形）		う形（意向形）	
暖和的話	あたたまったら	暖和吧	あたたまろう

 △これだけ寒（さむ）いと、部屋（へや）が暖（あたた）まるのにも時間（じかん）がかかる／
像現在這麼冷，必須等上一段時間才能讓房間變暖和。

あたたまる【温まる】 暖・暖和；感到心情溫暖；充裕 自五 グループ1

温（あたた）まる・温（あたた）まります

辭書形(基本形)		たり形	
暖和	あたたまる	又是暖和	あたたまったり
ない形（否定形）		ば形（條件形）	
不暖和	あたたまらない	暖和的話	あたたまれば
なかった形（過去否定形）		させる形（使役形）	
過去不暖和	あたたまらなかった	使暖和	あたたまらせる
ます形（連用形）		られる形（被動形）	
暖和	あたたまります	被暖和	あたたまられる
て形		命令形	
暖和	あたたまって	快暖和	あたたまれ
た形（過去形）		可能形	
暖和了	あたたまった	會暖和	あたたまれる
たら形（條件形）		う形（意向形）	
暖和的話	あたたまったら	暖和吧	あたたまろう

 △外（そと）は寒（さむ）かったでしょう。早（はや）くお風呂（ふろ）に入（はい）って温（あたた）まりなさい／
想必外頭很冷吧。請快點洗個熱水澡暖暖身子。

あたためる【暖める】 使溫暖；重溫，恢復 他下一 グループ2

あたた あたた
暖める・暖めます

辞書形 (基本形)		たり形	
使溫暖	あたためる	又是使溫暖	あたためたり
ない形 (否定形)		ば形 (條件形)	
沒使溫暖	あたためない	使溫暖的話	あたためれば
なかった形 (過去否定形)		させる形 (使役形)	
過去沒使溫暖	あたためなかった	使重溫	あたためさせる
ます形 (連用形)		られる形 (被動形)	
使溫暖	あたためます	被重溫	あたためられる
て形		命令形	
使溫暖	あたためて	快重溫	あたためろ
た形 (過去形)		可能形	
使溫暖了	あたためた	可以重溫	あたためられる
たら形 (條件形)		う形 (意向形)	
使溫暖的話	あたためたら	重溫吧	あたためよう

△ストーブと扇風機を一緒に使うと、部屋が早く暖められる／
只要同時開啟暖爐和電風扇，房間就會比較快變暖和。

あたためる【温める】 溫・熱・加熱；使溫暖；擱置不發表 他下一 グループ2

あたた あたた
温める・温めます

辞書形 (基本形)		たり形	
加熱	あたためる	又是加熱	あたためたり
ない形 (否定形)		ば形 (條件形)	
沒加熱	あたためない	加熱的話	あたためれば
なかった形 (過去否定形)		させる形 (使役形)	
過去沒加熱	あたためなかった	使加熱	あたためさせる
ます形 (連用形)		られる形 (被動形)	
加熱	あたためます	被加熱	あたためられる
て形		命令形	
加熱	あたためて	快加熱	あたためろ
た形 (過去形)		可能形	
加熱了	あたためた	可以加熱	あたためられる
たら形 (條件形)		う形 (意向形)	
加熱的話	あたためたら	加熱吧	あたためよう

△冷めた料理を温めて食べました／我把已經變涼了的菜餚加熱後吃了。

あたる【当たる】

碰撞；擊中；太陽照射；取暖・吹（風）；（大致）位於；當…時候；（粗暴）對待

自他五　グループ1

当たる・当たります

辭書形(基本形) 擊中	あたる	たり形 又是擊中	あたったり
ない形 (否定形) 沒擊中	あたらない	ば形 (條件形) 擊中的話	あたれば
なかった形 (過去否定形) 過去沒擊中	あたらなかった	させる形 (使役形) 使擊中	あたらせる
ます形 (連用形) 擊中	あたります	られる形 (被動形) 被擊中	あたられる
て形 擊中	あたって	命令形 快擊中	あたれ
た形 (過去形) 擊中了	あたった	可能形 可以擊中	あたれる
たら形 (條件形) 擊中的話	あたったら	う形 (意向形) 擊中吧	あたろう

△ この花は、よく日の当たるところに置いてください／
請把這盆花放在容易曬到太陽的地方。

あてる【当てる】

碰撞・接觸；命中；猜・預測；貼上・放上；測量；對著，朝向

他下一　グループ2

当てる・当てます

辭書形(基本形) 碰撞	あてる	たり形 又是碰撞	あてたり
ない形 (否定形) 沒碰撞	あてない	ば形 (條件形) 碰撞的話	あてれば
なかった形 (過去否定形) 過去沒碰撞	あてなかった	させる形 (使役形) 使碰撞	あてさせる
ます形 (連用形) 碰撞	あてます	られる形 (被動形) 被碰撞	あてられる
て形 碰撞	あてて	命令形 快碰撞	あてろ
た形 (過去形) 碰撞了	あてた	可能形 會碰撞	あてられる
たら形 (條件形) 碰撞的話	あてたら	う形 (意向形) 碰撞吧	あてよう

△ 布団を日に当てると、ふかふかになる／
把棉被拿去曬太陽，就會變得很膨鬆。

あらそう【争う】

争奪；爭辯；奮鬥・對抗・競爭

他五　グループ1

争う・争います

辞書形(基本形) 爭奪	あらそう	たり形 又是爭奪	あらそったり
沒爭奪	あらそわない	ば形(條件形) 爭奪的話	あらそえば
なかった形(過去否定形) 過去沒爭奪	あらそわ なかった	させる形(使役形) 使爭奪	あらそわせる
ます形(連用形) 爭奪	あらそいます	られる形(被動形) 被奪取	あらそわれる
て形 爭奪	あらそって	命令形 快爭奪	あらそえ
た形(過去形) 爭奪了	あらそった	可能形 可以爭奪	あらそえる
たら形(條件形) 爭奪的話	あらそったら	う形(意向形) 爭奪吧	あらそおう

 △ 各地区の代表、計6チームが優勝を争う／
将由各地區代表總共六隊來爭奪冠軍。

あらわす【表す】

表現出・表達；象徵

他五　グループ1

表す・表します

あ

あらそう・あらわす

辞書形(基本形) 表達	あらわす	たり形 又是表達	あらわしたり
沒表達	あらわさない	ば形(條件形) 表達的話	あらわせば
なかった形(過去否定形) 過去沒表達	あらわさ なかった	させる形(使役形) 使表達	あらわさせる
ます形(連用形) 表達	あらわします	られる形(被動形) 被象徵	あらわされる
て形 表達	あらわして	命令形 快表達	あらわせ
た形(過去形) 表達了	あらわした	可能形 可以表達	あらわせる
たら形(條件形) 表達的話	あらわしたら	う形(意向形) 表達吧	あらわそう

△ 計画を図で表して説明した／透過圖表說明了計畫。

あらわす【現す】 現・顯現・顯露 他五 グループ1

現す・現します

辭書形(基本形)		たり形	
顯露	あらわす	又是顯露	あらわしたり
ない形(否定形)		ば形(條件形)	
沒顯露	あらわさない	顯露的話	あらわせば
なかった形(過去否定形)		させる形(使役形)	
過去沒顯露	あらわさなかった	使顯露	あらわさせる
ます形(連用形)		られる形(被動形)	
顯露	あらわします	被顯露	あらわされる
て形		命令形	
顯露	あらわして	快顯露	あらわせ
た形(過去形)		可能形	
顯露了	あらわした	會顯露	あらわせる
たら形(條件形)		う形(意向形)	
顯露的話	あらわしたら	顯露吧	あらわそう

△ 彼は、8時ぎりぎりに、ようやく姿を現した／
快到八點時・他才終於出現了。

あらわれる【表れる】 出現・出來；表現・顯出；表露 自下一 グループ2

表れる・表れます

辭書形(基本形)		たり形	
出現	あらわれる	又是出現	あらわれたり
ない形(否定形)		ば形(條件形)	
沒出現	あらわれない	出現的話	あらわれれば
なかった形(過去否定形)		させる形(使役形)	
過去沒出現	あらわれなかった	使出現	あらわれさせる
ます形(連用形)		られる形(被動形)	
出現	あらわれます	被表露	あらわれられる
て形		命令形	
出現	あらわれて	快出現	あらわれろ
た形(過去形)		可能形	
出現了	あらわれた		————
たら形(條件形)		う形(意向形)	
出現的話	あらわれたら	出現吧	あらわれよう

△ 彼は何も言わなかったが、不満が顔に表れていた／
他雖然什麼都沒說・但臉上卻露出了不服氣的神情。

あらわれる【現れる】 出現，呈現，顯露

自下一 グループ2

現れる・現れます

辞書形(基本形) 出現	あらわれる	た形 又是出現	あらわれたり
ない形(否定形) 沒出現	あらわれない	ば形(條件形) 出現的話	あらわれれば
なかった形(過去否定形) 過去沒出現	あらわれなかった	させる形(使役形) 使出現	あらわれさせる
ます形(連用形) 出現	あらわれます	られる形(被動形) 被出現	あらわれられる
て形 出現	あらわれて	命令形 快出現	あらわれろ
た形(過去形) 出現了	あらわれた	可能形	――――
たら形(條件形) 出現的話	あらわれたら	う形(意向形) 出現吧	あらわれよう

△ 意外な人が突然現れた／突然出現了一位意想不到的人。

あわせる【合わせる】 合併；核對，對照；加在一起，混合；配合，調合

他下一 グループ2

合わせる・合わせます

辞書形(基本形) 合併	あわせる	た形 又是合併	あわせたり
ない形(否定形) 沒合併	あわせない	ば形(條件形) 合併的話	あわせれば
なかった形(過去否定形) 過去沒合併	あわせなかった	させる形(使役形) 使合併	あわせさせる
ます形(連用形) 合併	あわせます	られる形(被動形) 被合併	あわせられる
て形 合併	あわせて	命令形 快合併	あわせろ
た形(過去形) 合併了	あわせた	可能形 可以合併	あわせられる
たら形(條件形) 合併的話	あわせたら	う形(意向形) 合併吧	あわせよう

△ みんなで力を合わせたとしても、彼に勝つことはできない／
就算大家聯手，也是沒辦法贏過他。

あわてる【慌てる】

驚慌・急急忙忙・匆忙・不穩定　　自下一　グループ2

慌てる・慌てます

辭書形（基本形）		たり形	
驚慌	あわてる	又是驚慌	あわてたり
ない形（否定形）		ば形（條件形）	
沒驚慌	あわてない	驚慌的話	あわてれば
なかった形（過去否定形）		させる形（使役形）	
過去沒驚慌	あわてなかった	使驚慌	あわてさせる
ます形（連用形）		られる形（被動形）	
驚慌	あわてます	被弄緊張	あわてられる
て形		命令形	
驚慌	あわてて	快驚慌	あわてろ
た形（過去形）		可能形	
驚慌了	あわてた		———
たら形（條件形）		う形（意向形）	
驚慌的話	あわてたら	驚慌吧	あわてよう

△突然質問されて、少し慌ててしまった／
突然被問了問題，顯得有點慌張。

いためる【傷める・痛める】

使（身體）疼痛・損傷；
使（心裡）痛苦　　他下一　グループ2

傷める・傷めます

辭書形（基本形）		たり形	
使疼痛	いためる	又是使疼痛	いためたり
ない形（否定形）		ば形（條件形）	
沒使疼痛	いためない	使疼痛的話	いためれば
なかった形（過去否定形）		させる形（使役形）	
過去沒使疼痛	いためなかった	使損傷	いためさせる
ます形（連用形）		られる形（被動形）	
使疼痛	いためます	被損傷	いためられる
て形		命令形	
使疼痛	いためて	快損傷	いためろ
た形（過去形）		可能形	
使疼痛了	いためた	可能損傷	いためられる
たら形（條件形）		う形（意向形）	
使疼痛的話	いためたら	損傷吧	いためよう

△桃をうっかり落として傷めてしまった／不小心把桃子掉到地上摔傷了。

いわう【祝う】 祝賀・慶祝；祝福；送賀禮；致賀詞

祝う・祝います

辭書形(基本形) 祝賀	いわう	た形 又是祝賀	いわったり
ない形(否定形) 沒祝賀	いわわない	ば形(條件形) 祝賀的話	いわえば
なかった形(過去否定形) 過去沒祝賀	いわわなかった	使役形(使役形) 使祝賀	いわわせる
ます形(連用形) 祝賀	いわいます	られる形(被動形) 被祝賀	いわわれる
て形 祝賀	いわって	命令形 快祝賀	いわえ
た形(過去形) 祝賀了	いわった	可能形 可以祝賀	いわえる
たら形(條件形) 祝賀的話	いわったら	意向形(意向形) 祝賀吧	いわおう

△ みんなで彼の合格を祝おう／大家一起來慶祝他上榜吧！

うごかす【動かす】 移動・挪動・活動；搖動・搖撼；給予影響，使其變化，感動

動かす・動かします

辭書形(基本形) 移動	うごかす	た形 又是移動	うごかしたり
ない形(否定形) 沒移動	うごかさない	ば形(條件形) 移動的話	うごかせば
なかった形(過去否定形) 過去沒移動	うごかさなかった	使役形(使役形) 使移動	うごかさせる
ます形(連用形) 移動	うごかします	られる形(被動形) 被移動	うごかされる
て形 移動	うごかして	命令形 快移動	うごかせ
た形(過去形) 移動了	うごかした	可能形 可以移動	うごかせる
たら形(條件形) 移動的話	うごかしたら	意向形(意向形) 移動吧	うごかそう

△ たまには体を動かした方がいい／偶爾活動一下筋骨比較好。

うつす【写す】 抄襲・抄寫；照相；摹寫 | 他五 | グループ1

写す・写します

辞書形(基本形)		たり形	
抄寫	うつす	又是抄寫	うつしたり
ない形(否定形)		ば形 (條件形)	
沒抄寫	うつさない	抄寫的話	うつせば
なかった形 (過去否定形)		させる形 (使役形)	
過去沒抄寫	うつさなかった	使抄寫	うつさせる
ます形 (連用形)		られる形 (被動形)	
抄寫	うつします	被抄寫	うつされる
て形		命令形	
抄寫	うつして	快抄寫	うつせ
た形 (過去形)		可能形	
抄寫了	うつした	可以抄寫	うつせる
たら形 (條件形)		う形 (意向形)	
抄寫的話	うつしたら	抄寫吧	うつそう

△友達に宿題を写させてもらったら、間違いだらけだった／
我抄了朋友的作業，結果他的作業卻是錯誤連篇。

うつす【移す】 移・搬；使傳染；度過時間 | 他五 | グループ1

移す・移します

辞書形(基本形)		たり形	
搬移	うつす	又是搬移	うつしたり
ない形(否定形)		ば形 (條件形)	
沒搬移	うつさない	搬移的話	うつせば
なかった形 (過去否定形)		させる形 (使役形)	
過去沒搬移	うつさなかった	使搬移	うつさせる
ます形 (連用形)		られる形 (被動形)	
搬移	うつします	被搬移	うつされる
て形		命令形	
搬移	うつして	快搬移	うつせ
た形 (過去形)		可能形	
搬移了	うつした	會搬移	うつせる
たら形 (條件形)		う形 (意向形)	
搬移的話	うつしたら	搬移吧	うつそう

△鼻水が止まらない。弟に風邪を移されたに違いない／
鼻水流個不停。一定是被弟弟傳染了感冒，錯不了。

うつる【写る】　照相・映顯；顯像；（穿透某物）看到　[自五]　グループ1

写る・写ります

辞書形（基本形）			
照相	うつる	又是照相	うつったり
沒照相	うつらない	照相的話	うつれば
過去沒照相	うつらなかった	使照相	うつらせる
照相	うつります	被拍照	うつられる
照相	うつって	快照相	うつれ
照了相	うつった	可以照相	うつれる
照相的話	うつったら	照相吧	うつろう

△ 私の隣に写っているのは姉です／照片中，在我旁邊的是姊姊。

うつる【映る】　映・照；顯得；映入；相配・相稱；照相・映現　[自五]　グループ1

映る・映ります

辞書形（基本形）			
映照	うつる	又是映照	うつったり
沒映照	うつらない	映照的話	うつれば
過去沒映照	うつらなかった	使映照	うつらせる
映照	うつります	被照	うつられる
映照	うつって	快照	うつれ
映照了	うつった	會照	うつれる
映照的話	うつったら	照吧	うつろう

△ 山が湖の水に映っています／山影倒映在湖面上。

うつる【移る】 移動；推移；沾到 自五 グループ1
移る・移ります

辞書形(基本形)		たり形	
移動	うつる	又是移動	うつったり
ない形(否定形)		ば形(條件形)	
沒移動	うつらない	移動的話	うつれば
なかった形(過去否定形)		させる形(使役形)	
過去沒移動	うつらなかった	使移動	うつらせる
ます形(連用形)		られる形(被動形)	
移動	うつります	被移動	うつられる
て形		命令形	
移動	うつって	快移動	うつれ
た形(過去形)		可能形	
移動了	うつった	可以移動	うつれる
たら形(條件形)		う形(意向形)	
移動的話	うつったら	移動吧	うつろう

△都会は家賃が高いので、引退してから郊外に移った／
由於大都市的房租很貴，退下第一線以後就搬到郊區了。

うまる【埋まる】 被埋上；填滿，堵住；彌補，補齊 自五 グループ1
埋まる・埋まります

辞書形(基本形)		たり形	
被埋	うまる	又是被埋	うまったり
ない形(否定形)		ば形(條件形)	
沒被埋	うまらない	被埋的話	うまれば
なかった形(過去否定形)		させる形(使役形)	
過去沒被埋	うまらなかった	使彌補	うまらせる
ます形(連用形)		られる形(被動形)	
被埋	うまります	被埋	うまられる
て形		命令形	
被埋	うまって	快埋	うまれ
た形(過去形)		可能形	
被埋了	うまった	可以埋	うまれる
たら形(條件形)		う形(意向形)	
被埋的話	うまったら	埋吧	うまろう

△小屋は雪に埋まっていた／小屋被雪覆蓋住。

うむ【生む】 産生・産出

他五 グループ1

生む・生みます

辞書形(基本形) 産生	うむ	た列形 又是産生	うんだり
ない形 (否定形) 沒産生	うまない	仮定形 (條件形) 産生的話	うめば
なかった形 (過去否定形) 過去沒産生	うまなかった	使役形 (使役形) 使生産	うませる
ます形 (連用形) 産生	うみます	られる形 (被動形) 被生産	うまれる
て形 産生	うんで	命令形 快生	うめ
た形 (過去形) 産生了	うんだ	可能形 會生	うめる
たら形 (條件形) 産生的話	うんだら	意向形 (意量形) 生吧	うもう

△その発言は誤解を生む可能性がありますよ／
你那發言可能會產生誤解喔！

うむ【産む】 生・産

他五 グループ1

産む・産みます

辞書形(基本形) 生產	うむ	た列形 又是生	うんだり
ない形 (否定形) 沒生	うまない	仮定形 (條件形) 生的話	うめば
なかった形 (過去否定形) 過去沒生	うまなかった	使役形 (使役形) 使生	うませる
ます形 (連用形) 生產	うみます	られる形 (被動形) 被生出	うまれる
て形 生產	うんで	命令形 快生	うめ
た形 (過去形) 生了	うんだ	可能形 會生	うめる
たら形 (條件形) 生的話	うんだら	意向形 (意量形) 生吧	うもう

△彼女は女の子を産んだ／她生了女娃兒。

うめる【埋める】 埋・掩埋；填補、彌補；佔滿 他下一 グループ2

埋める・埋めます

辭書形(基本形) 掩埋	うめる	たり形 又是掩埋	うめたり
ない形 (否定形) 沒掩埋	うめない	ば形 (條件形) 掩埋的話	うめれば
なかった形 (過去否定形) 過去沒掩埋	うめなかった	させる形 (使役形) 使掩埋	うめさせる
ます形 (連用形) 掩埋	うめます	られる形 (被動形) 被埋	うめられる
て形 掩埋	うめて	命令形 快埋	うめろ
た形 (過去形) 掩埋了	うめた	可能形 可以埋	うめられる
たら形 (條件形) 掩埋的話	うめたら	う形 (意向形) 埋吧	うめよう

△ 犯人は、木の下にお金を埋めたと言っている／
犯人自白說他將錢埋在樹下。

えがく【描く】 畫，描繪；以…為形式，描寫；想像 他五 グループ1

描く・描きます

辭書形(基本形) 描繪	えがく	たり形 又是畫	えがいたり
ない形 (否定形) 沒畫	えがかない	ば形 (條件形) 畫的話	えがけば
なかった形 (過去否定形) 過去沒畫	えがかなかった	させる形 (使役形) 使描繪	えがかせる
ます形 (連用形) 描繪	えがきます	られる形 (被動形) 被畫	えがかれる
て形 描繪	えがいて	命令形 快畫	えがけ
た形 (過去形) 畫了	えがいた	可能形 會畫	えがける
たら形 (條件形) 畫的話	えがいたら	う形 (意向形) 畫吧	えがこう

△ この絵は、心に浮かんだものを描いたにすぎません／
這幅畫只是將內心所想像的東西，畫出來的而已。

える【得る】 得・得到；領悟，理解；能夠 他下一 グループ2

得る・得ます

得到	える	又是得到	えたり
沒得到	えない	得到的話	えれば
過去沒得到	えなかった	使得到	えさせる
得到	えます	被理解	えられる
得到	えて	快得到	えろ
得到了	えた	可以得到	える
得到的話	えたら	得到吧	えよう

△ そんな簡単に大金が得られるわけがない／
怎麼可能那麼容易就得到一大筆錢。

おいこす【追い越す】 超過，趕過去 他五 グループ1

追い越す・追い越します

超過	おいこす	又是超過	おいこしたり
沒超過	おいこさない	超過的話	おいこせば
過去沒超過	おいこさなかった	使超過	おいこさせる
超過	おいこします	被超過	おいこされる
超過	おいこして	快超過	おいこせ
超過了	おいこした	會超過	おいこせる
超過的話	おいこしたら	超過吧	おいこそう

△ トラックなんか、追い越しちゃえ／我們快追過那卡車吧！

おきる【起きる】 （倒著的東西）起來・立起來；起床；不睡；發生 自上一 グループ2

起きる・起きます

辞書形(基本形) 起來	おきる	たり形 又是起來	おきたり
ない形 (否定形) 沒起來	おきない	ば形 (條件形) 起來的話	おきれば
なかった形 (過去否定形) 過去沒起來	おきなかった	させる形 (使役形) 使立起來	おきさせる
ます形 (連用形) 起來	おきます	られる形 (被動形) 被立起來	おきられる
て形 起來	おきて	命令形 快立起來	おきろ
た形 (過去形) 起來了	おきた	可能形 可以立起來	おきられる
たら形 (條件形) 起來的話	おきたら	う形 (意向形) 起來吧	おきよう

△ 昨夜はずっと起きていた／昨天晚上一直都醒著。

おこす【起こす】 扶起；叫醒；引起 他五 グループ1

起こす・起こします

辞書形(基本形) 扶起	おこす	たり形 又是扶起	おこしたり
ない形 (否定形) 沒扶起	おこさない	ば形 (條件形) 扶起的話	おこせば
なかった形 (過去否定形) 過去沒扶起	おこさなかった	させる形 (使役形) 使扶起	おこさせる
ます形 (連用形) 扶起	おこします	られる形 (被動形) 被扶起	おこされる
て形 扶起	おこして	命令形 快扶起	おこせ
た形 (過去形) 扶起了	おこした	可能形 可以扶起	おこせる
たら形 (條件形) 扶起的話	おこしたら	う形 (意向形) 扶起吧	おこそう

△ 父は、「明日の朝、6時に起こしてくれ」と言った／
父親說：「明天早上六點叫我起床」。

おこる【起こる】 發生・鬧；興起・興盛；（火）著旺 　自五　グループ1

起こる・起こります

辞書形（基本形）發生	おこる	たり形 又是發生	おこったり
ない形（否定形）沒發生	おこらない	ば形（條件形）發生的話	おこれば
なかった形（過去否定形）過去沒發生	おこらなかった	させる形（使役形）使發生	おこらせる
ます形（連用形）發生	おこります	られる形（被動形）被興起	おこられる
て形 發生	おこって	命令形 快發生	おこれ
た形（過去形）發生了	おこった	可能形	———
たら形（條件形）發生的話	おこったら	う形（意向形）發生吧	おころう

 △世界の地震の約1割が日本で起こっている／
全世界的地震大約有一成發生在日本。

おごる【奢る】 請客・作東；奢侈・過於講究 　自他五　グループ1

おごる・おごります

辞書形（基本形）請客	おごる	たり形 又是請客	おごったり
ない形（否定形）沒請客	おごらない	ば形（條件形）請客的話	おごれば
なかった形（過去否定形）過去沒請客	おごらなかった	させる形（使役形）使請客	おごらせる
ます形（連用形）請客	おごります	られる形（被動形）被請客	おごられる
て形 請客	おごって	命令形 快請客	おごれ
た形（過去形）請了客	おごった	可能形 可以請客	おごれる
たら形（條件形）請客的話	おごったら	う形（意向形）請客吧	おごろう

 △ここは私がおごります／這回就讓我作東了。

おさえる【押さえる】

按・壓；扣住，勒住；控制，阻止；捉住；扣留；超群出眾

 他下一 グループ2

押さえる・押さえます

辞書形(基本形)		たり形	
按住	おさえる	又是按住	おさえたり
ない形 (否定形)		ば形 (條件形)	
沒按住	おさえない	按住的話	おさえれば
なかった形 (過去否定形)		させる形 (使役形)	
過去沒按住	おさえなかった	使按住	おさえさせる
ます形 (連用形)		られる形 (被動形)	
按住	おさえます	被按住	おさえられる
て形		命令形	
按住	おさえて	快按住	おさえろ
た形 (過去形)		可能形	
按住了	おさえた	可以按住	おさえられる
たら形 (條件形)		う形 (意向形)	
按住的話	おさえたら	按住吧	おさえよう

△ この釘を押さえていてください／請按住這個釘子。

おさめる【納める】

繳交，繳納；接受，認可

他下一 グループ2

納める・納めます

辞書形(基本形)		たり形	
繳納	おさめる	又是繳納	おさめたり
ない形 (否定形)		ば形 (條件形)	
沒繳納	おさめない	繳納的話	おさめれば
なかった形 (過去否定形)		させる形 (使役形)	
過去沒繳納	おさめなかった	使繳納	おさめさせる
ます形 (連用形)		られる形 (被動形)	
繳納	おさめます	被接受	おさめられる
て形		命令形	
繳納	おさめて	快繳納	おさめろ
た形 (過去形)		可能形	
繳納了	おさめた	可以繳納	おさめられる
たら形 (條件形)		う形 (意向形)	
繳納的話	おさめたら	繳納吧	おさめよう

△ 税金を納めるのは国民の義務です／繳納税金是國民的義務。

おそわる【教わる】 受教・跟…學習

他五　グループ1

教わる・教わります

辭書形 (基本形) 受教	おそわる	たり形 又是受教	おそわったり
ない形 (否定形) 沒受教	おそわらない	ば形 (條件形) 受教的話	おそわれば
なかった形 (過去否定形) 過去沒受教	おそわらなかった	させる形 (使役形) 使受教	おそわらせる
ます形 (連用形) 受教	おそわります	られる形 (被動形) 被教導	おそわられる
て形 受教	おそわって	命令形 快受教	おそわれ
た形 (過去形) 受教了	おそわった	可能形 可以受教	おそわれる
たら形 (條件形) 受教的話	おそわったら	う形 (意向形) 受教吧	おそわろう

△ パソコンの使い方を教わったとたんに、もう忘れてしまった／
才剛請別人教我電腦的操作方式，現在就已經忘了。

おもいえがく【思い描く】 在心裡描繪・想像

他五　グループ1

思い描く・思い描きます

辭書形 (基本形) 描繪	おもいえがく	たり形 又是描繪	おもいえがいたり
ない形 (否定形) 沒描繪	おもいえがかない	ば形 (條件形) 描繪的話	おもいえがけば
なかった形 (過去否定形) 過去沒描繪	おもいえがかなかった	させる形 (使役形) 使描繪	おもいえがかせる
ます形 (連用形) 描繪	おもいえがきます	られる形 (被動形) 被描繪	おもいえがかれる
て形 描繪	おもいえがいて	命令形 快描繪	おもいえがけ
た形 (過去形) 描繪了	おもいえがいた	可能形 可以描繪	おもいえがける
たら形 (條件形) 描繪的話	おもいえがいたら	う形 (意向形) 描繪吧	おもいえがこう

△ 将来の生活を思い描く／在心裡描繪未來的生活。

おもいつく【思い付く】 （忽然）想起・想起來　自他五　グループ1

思い付く・思い付きます

辞書形（基本形） 想起	おもいつく	たり形 又是想起	おもいついたり
ない形（否定形） 沒想起	おもいつかない	ば形（條件形） 想起的話	おもいつけば
なかった形（過去否定形） 過去沒想起	おもいつか なかった	させる形（使役形） 使想起	おもいつかせる
ます形（連用形） 想起	おもいつきます	られる形（被動形） 被想起	おもいつかれる
て形 想起	おもいついて	命令形 快想起	おもいつけ
た形（過去形） 想起了	おもいついた	可能形 會想起	おもいつける
たら形（條件形） 想起的話	おもいついたら	う形（意向形） 想起吧	おもいつこう

 △いいアイディアが思い付くたびに、会社に提案しています／
每當我想到好點子，就提案給公司。

おもいやる【思いやる】 體諒・表同情；想像・推測　他五　グループ1

思いやる・思いやります

辞書形（基本形） 體諒	おもいやる	たり形 又是體諒	おもいやったり
ない形（否定形） 沒體諒	おもいやらない	ば形（條件形） 體諒的話	おもいやれば
なかった形（過去否定形） 過去沒體諒	おもいやら なかった	させる形（使役形） 使體諒	おもいやらせる
ます形（連用形） 體諒	おもいやります	られる形（被動形） 被體諒	おもいやられる
て形 體諒	おもいやって	命令形 快體諒	おもいやれ
た形（過去形） 體諒了	おもいやった	可能形 可以體諒	おもいやれる
たら形（條件形） 體諒的話	おもいやったら	う形（意向形） 體諒吧	おもいやろう

 △夫婦は、お互いに思いやることが大切です／夫妻間相互體貼很重要。

おろす【下ろす・降ろす】

（從高處）取下・拿下・降下・弄下；開始使用（新東西）；砍下　他五　グループ1

下ろす・下ろします

辞書形(基本形) 取下	おろす	たり形 又是取下	おろしたり
ない形(否定形) 沒取下	おろさない	ば形(條件形) 取下的話	おろせば
なかった形(過去否定形) 過去沒取下	おろさなかった	させる形(使役形) 使取下	おろさせる
ます形(連用形) 取下	おろします	られる形(被動形) 被取下	おろされる
て形 取下	おろして	命令形 快取下	おろせ
た形(過去形) 取下了	おろした	可能形 可以取下	おろせる
たら形(條件形) 取下的話	おろしたら	う形(意向形) 取下吧	おろそう

 △ 車から荷物を降ろすとき、腰を痛めた／
從車上搬行李下來的時候弄痛了腰。

かう【飼う】

飼養（動物等）　他五　グループ1

飼う・飼います

辞書形(基本形) 飼養	かう	たり形 又是飼養	かったり
ない形(否定形) 沒飼養	かわない	ば形(條件形) 飼養的話	かえば
なかった形(過去否定形) 過去沒飼養	かわなかった	させる形(使役形) 使飼養	かわせる
ます形(連用形) 飼養	かいます	られる形(被動形) 被飼養	かわれる
て形 飼養	かって	命令形 快飼養	かえ
た形(過去形) 飼養了	かった	可能形 可以飼養	かえる
たら形(條件形) 飼養的話	かったら	う形(意向形) 飼養吧	かおう

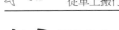 △ うちではダックスフントを飼っています／我家裡有養臘腸犬。

かえる【代える・換える・替える】 代替・代理；改變・變更・變換 他下一 グループ2

代える・代えます

辞書形（基本形）		たり形	
代替	かえる	又是代替	かえたり
ない形（否定形）		ば形（條件形）	
沒代替	かえない	代替的話	かえれば
なかった形（過去否定形）		させる形（使役形）	
過去沒代替	かえなかった	使代替	かえさせる
ます形（連用形）		られる形（被動形）	
代替	かえます	被代替	かえられる
て形		命令形	
代替	かえて	快代替	かえろ
た形（過去形）		可能形	
代替了	かえた	可以代替	かえられる
たら形（條件形）		う形（意向形）	
代替的話	かえたら	代替吧	かえよう

 △窓を開けて空気を換える／打開窗戶透氣。

かえる【返る】 復原；返回；回應 自五 グループ1

返る・返ります

辞書形（基本形）		たり形	
復原	かえる	又是復原	かえったり
ない形（否定形）		ば形（條件形）	
沒復原	かえらない	復原的話	かえれば
なかった形（過去否定形）		させる形（使役形）	
過去沒復原	かえらなかった	使復原	かえらせる
ます形（連用形）		られる形（被動形）	
復原	かえります	被復原	かえられる
て形		命令形	
復原	かえって	快復原	かえれ
た形（過去形）		可能形	
復原了	かえった	可以復原	かえれる
たら形（條件形）		う形（意向形）	
復原的話	かえったら	復原吧	かえろう

△友達に貸したお金が、なかなか返ってこない／
借給朋友的錢，遲遲沒能拿回來。

かかる 生病；遭受災難

自五 グループ1

かかる・かかります

辞書形(基本形) 生病	かかる	たり形 又是生病	かかったり
ない形 (否定形) 沒生病	かからない	ば形 (條件形) 生病的話	かかれば
なかった形 (過去否定形) 過去沒生病	かからなかった	させる形 (使役形) 使生病	かからせる
ます形 (連用形) 生病	かかります	られる形 (被動形) 被染病	かかられる
て形 生病	かかって	命令形 生病	かかれ
た形 (過去形) 生病了	かかった	可能形	——
たら形 (條件形) 生病的話	かかったら	う形 (意向形) 生病吧	かかろう

△小さい子供は病気にかかりやすい／年紀小的孩子容易生病。

かく【掻く】 (用手或爪) 搔・撥；拔，推；攪拌，攪和

他五 グループ1

掻く・掻きます

辞書形(基本形) 掻	かく	たり形 又是掻	かいたり
ない形 (否定形) 沒掻	かかない	ば形 (條件形) 掻的話	かけば
なかった形 (過去否定形) 過去沒掻	かかなかった	させる形 (使役形) 使掻	かかせる
ます形 (連用形) 掻	かきます	られる形 (被動形) 被掻癢	かかれる
て形 掻	かいて	命令形 快掻	かけ
た形 (過去形) 掻了	かいた	可能形 會掻	かける
たら形 (條件形) 掻的話	かいたら	う形 (意向形) 掻吧	かこう

△失敗して恥ずかしくて、頭を掻いていた／
因失敗感到不好意思，而掻起頭來。

かぐ【嗅ぐ】 （用鼻子）聞・嗅 他五 グループ1

嗅ぐ・嗅ぎます

辭書形(基本形)		たり形	
聞	かぐ	又是聞	かいだり
ない形（否定形）		ば形（條件形）	
沒聞	かがない	聞的話	かげば
なかった形（過去否定形）		させる形（使役形）	
過去沒聞	かがなかった	使聞	かがせる
ます形（連用形）		られる形（被動形）	
聞	かぎます	被聞	かがれる
て形		命令形	
聞	かいで	快聞	かげ
た形（過去形）		可能形	
聞了	かいだ	會聞	かげる
たら形（條件形）		う形（意向形）	
聞的話	かいだら	聞吧	かごう

 △ この花の香りをかいでごらんなさい／請聞一下這花的香味。

かくす【隠す】 藏起來・隱瞞・掩蓋 他五 グループ1

隠す・隠します

辭書形(基本形)		たり形	
藏起來	かくす	又是藏起來	かくしたり
ない形（否定形）		ば形（條件形）	
沒藏起來	かくさない	藏起來的話	かくせば
なかった形（過去否定形）		させる形（使役形）	
過去沒藏起來	かくさなかった	使藏起來	かくさせる
ます形（連用形）		られる形（被動形）	
藏起來	かくします	被藏起來	かくされる
て形		命令形	
藏起來	かくして	快藏起來	かくせ
た形（過去形）		可能形	
藏起來了	かくした	會藏起來	かくせる
たら形（條件形）		う形（意向形）	
藏起來的話	かくしたら	藏起來吧	かくそう

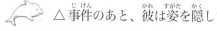 △ 事件のあと、彼は姿を隠してしまった／案件發生後，他就躲了起來。

かくれる【隠れる】 躲藏・隱藏；隱遁；不為人知・潛在的 自下一 グループ2

隠れる・隠れます

辞書形(基本形)		たり形	
隱藏	かくれる	又是隱藏	かくれたり
ない形 (否定形)		ば形 (條件形)	
沒隱藏	かくれない	隱藏的話	かくれれば
なかった形 (過去否定形)		させる形 (使役形)	
過去沒隱藏	かくれなかった	使隱藏	かくれさせる
ます形 (連用形)		られる形 (被動形)	
隱藏	かくれます	被隱藏	かくれられる
て形		命令形	
隱藏	かくれて	快隱藏	かくれろ
た形 (過去形)		可能形	
隱藏了	かくれた	會隱藏	かくれられる
たら形 (條件形)		う形 (意向形)	
隱藏的話	かくれたら	隱藏吧	かくれよう

 △息子が親に隠れてたばこを吸っていた／兒子以前瞞著父母偷偷抽菸。

かける【掛ける】 坐；懸掛；蓋上；放上；放在…之上；澆；花費；寄託；鎖上；(數學)乘 他下一・接尾 グループ2

掛ける・掛けます

辞書形(基本形)		たり形	
坐	かける	又是坐	かけたり
ない形 (否定形)		ば形 (條件形)	
沒坐	かけない	坐的話	かければ
なかった形 (過去否定形)		させる形 (使役形)	
過去沒坐	かけなかった	使坐	かけさせる
ます形 (連用形)		られる形 (被動形)	
坐	かけます	被蓋上	かけられる
て形		命令形	
坐	かけて	快坐	かけろ
た形 (過去形)		可能形	
坐了	かけた	可以坐	かけられる
たら形 (條件形)		う形 (意向形)	
坐的話	かけたら	坐吧	かけよう

 △椅子に掛けて話をしよう／讓我們坐下來講吧！

かこむ【囲む】 圍上・包圍；圍攻 他五 グループ1

囲む・囲みます

辞書形(基本形) 包圍	かこむ	たり形 又是包圍	かこんだり
ない形(否定形) 沒包圍	かこまない	ば形(條件形) 包圍的話	かこめば
なかった形(過去否定形) 過去沒包圍	かこまなかった	させる形(使役形) 使包圍	かこませる
ます形(連用形) 包圍	かこみます	られる形(被動形) 被包圍	かこまれる
て形 包圍	かこんで	命令形 快包圍	かこめ
た形(過去形) 包圍了	かこんだ	可能形 會包圍	かこめる
たら形(條件形) 包圍的話	かこんだら	う形(意向形) 包圍吧	かこもう

 △やっぱり、庭があって自然に囲まれた家がいいわ／
我還是比較想住在那種有庭院，能沐浴在大自然之中的屋子耶。

かさねる【重ねる】 重疊堆放；再加上・蓋上；反覆・重複・屢次 他下一 グループ2

重ねる・重ねます

辞書形(基本形) 重疊堆放	かさねる	たり形 又是重疊堆放	かさねたり
ない形(否定形) 沒重疊堆放	かさねない	ば形(條件形) 重疊堆放的話	かさねれば
なかった形(過去否定形) 過去沒重疊堆放	かさねなかった	させる形(使役形) 使重疊堆放	かさねさせる
ます形(連用形) 重疊堆放	かさねます	られる形(被動形) 被重疊堆放	かさねられる
て形 重疊堆放	かさねて	命令形 快重疊堆放	かさねろ
た形(過去形) 重疊堆放了	かさねた	可能形 可以重疊堆放	かさねられる
たら形(條件形) 重疊堆放的話	かさねたら	う形(意向形) 重疊堆放吧	かさねよう

 △本がたくさん重ねてある／書堆了一大疊。

かぞえる【数える】 數，計算；列舉，枚舉 他下一 グループ2

数える・数えます

辞書形（基本形）		たり形	
計算	かぞえる	又是計算	かぞえたり
ない形（否定形）		ば形（條件形）	
沒計算	かぞえない	計算的話	かぞえれば
なか・た形（過去否定形）		させる形（使役形）	
過去沒計算	かぞえなかった	使計算	かぞえさせる
ます形（連用形）		られる形（被動形）	
計算	かぞえます	被計算	かぞえられる
て形		命令形	
計算	かぞえて	快計算	かぞえろ
た形（過去形）		可能形	
計算了	かぞえた	可以計算	かぞえられる
たら形（條件形）		う形（意向形）	
計算的話	かぞえたら	計算吧	かぞえよう

 △10から1まで逆に数える／從10倒數到1。

かたづく【片付く】 收拾，整理好；得到解決，處裡好；出嫁 自五 グループ1

片付く・片付きます

辞書形（基本形）		たり形	
收拾	かたづく	又是收拾	かたづいたり
ない形（否定形）		ば形（條件形）	
沒收拾	かたづかない	收拾的話	かたづけば
なか・た形（過去否定形）		させる形（使役形）	
過去沒收拾	かたづかなかった	使收拾	かたづかせる
ます形（連用形）		られる形（被動形）	
收拾	かたづきます	被收拾	かたづかれる
て形		命令形	
收拾	かたづいて		———
た形（過去形）		可能形	
收拾了	かたづいた		———
たら形（條件形）		う形（意向形）	
收拾的話	かたづいたら	收拾吧	かたづこう

 △母親によると、彼女の部屋はいつも片付いているらしい／
就她母親所言，她的房間好像都有整理。

か
た
づ
け
る
・
か
ま
う

かたづける【片付ける】 収拾・打掃；解決　他下一　グループ2

片付ける・片付けます

辞書形 (基本形)		たり形	
収拾	かたづける	又是收拾	かたづけたり
ない形 (否定形)		ば形 (條件形)	
沒收拾	かたづけない	收拾的話	かたづければ
なかった形 (過去否定形)		させる形 (使役形)	
過去沒收拾	かたづけなかった	使收拾	かたづけさせる
ます形 (連用形)		られる形 (被動形)	
收拾	かたづけます	被收拾	かたづけられる
て形		命令形	
收拾	かたづけて	快收拾	かたづけろ
た形 (過去形)		可能形	
收拾了	かたづけた	可以收拾	かたづけられる
たら形 (條件形)		う形 (意向形)	
收拾的話	かたづけたら	收拾吧	かたづけよう

△ 教室を片付けようとしていたら、先生が来た／
正打算整理教室的時候，老師來了。

かまう【構う】 介意・顧忌・理睬；照顧・招待；調戲・逗弄；放逐　自他五　グループ1

構う・構います

辞書形 (基本形)		たり形	
介意	かまう	又是介意	かまったり
ない形 (否定形)		ば形 (條件形)	
不介意	かまわない	介意的話	かまえば
なかった形 (過去否定形)		させる形 (使役形)	
過去不介意	かまわなかった	使介意	かまわせる
ます形 (連用形)		られる形 (被動形)	
介意	かまいます	被理會	かまわれる
て形		命令形	
介意	かまって	快介意	かまえ
た形 (過去形)		可能形	
介意了	かまった	會介意	かまえる
たら形 (條件形)		う形 (意向形)	
介意的話	かまったら	介意吧	かまおう

△ あの人は、あまり服装に構わない人です／那個人不大在意自己的穿著。

かわかす【乾かす】 曬乾；晾乾；烤乾

他五 グループ1

かわ
乾かす・乾かします

辞書形(基本形) 曬乾	かわかす	たり形 又是曬乾	かわかしたり
ない形 (否定形) 沒曬乾	かわかさない	ば形 (條件形) 曬乾的話	かわかせば
なかった形 (過去否定形) 過去沒曬乾	かわかさ なかった	させる形 (使役形) 使曬乾	かわかさせる
ます形 (連用形) 曬乾	かわかします	られる形 (被動形) 被曬乾	かわかされる
て形 曬乾	かわかして	命令形 快曬乾	かわかせ
た形 (過去形) 曬乾了	かわかした	可能形 會曬乾	かわかせる
たら形 (條件形) 曬乾的話	かわかしたら	う形 (意向形) 曬乾吧	かわかそう

N3
か

かわかす・かわく

△雨でぬれたコートを吊るして乾かす／把淋到雨的濕外套掛起來風乾。

かわく【乾く】 乾・乾燥

自五 グループ1

かわ
乾く・乾きます

辞書形(基本形) 乾	かわく	たり形 又是乾	かわいたり
ない形 (否定形) 沒乾	かわかない	ば形 (條件形) 乾的話	かわけば
なかった形 (過去否定形) 過去沒乾	かわかなかった	させる形 (使役形) 使乾	かわかせる
ます形 (連用形) 乾	かわきます	られる形 (被動形) 被弄乾	かわかれる
て形 乾	かわいて	命令形 快乾	かわけ
た形 (過去形) 乾了	かわいた	可能形	——
たら形 (條件形) 乾的話	かわいたら	う形 (意向形) 乾吧	かわこう

△雨が少ないので、土が乾いている／因雨下得少，所以地面很乾。

かわく【渇く】 渇・乾渇；渇望・內心的要求 自五 グループ1

渇く・渇きます

か

かわく・かわる

辞書形(基本形)		たり形	
渇	かわく	又是渇	かわいたり
ない形 (否定形)		ば形 (條件形)	
沒渇	かわかない	渇的話	かわけば
なかった形 (過去否定形)		させる形 (使役形)	
過去沒渇	かわかなかった	使渇	かわかせる
ます形 (連用形)		られる形 (被動形)	
渇	かわきます	被弄渇	かわかれる
て形		命令形	
渇	かわいて	快渇	かわけ
た形 (過去形)		可能形	
渇了	かわいた		——
たら形 (條件形)		う形 (意向形)	
渇的話	かわいたら	渇吧	かわこう

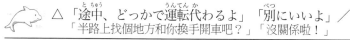 △ のどが渇いた。何か飲み物ない／我好渇，有什麼什麼可以喝的？

かわる【代わる】 代替・代理・代理 自五 グループ1

代わる・代わります

辞書形(基本形)		たり形	
代替	かわる	又是代替	かわったり
ない形 (否定形)		ば形 (條件形)	
沒代替	かわらない	代替的話	かわれば
なかった形 (過去否定形)		させる形 (使役形)	
過去沒代替	かわらなかった	使代替	かわらせる
ます形 (連用形)		られる形 (被動形)	
代替	かわります	被代替	かわられる
て形		命令形	
代替	かわって	快代替	かわれ
た形 (過去形)		可能形	
代替了	かわった	可以代替	かわれる
たら形 (條件形)		う形 (意向形)	
代替的話	かわったら	代替吧	かわろう

とちゅう うんてん か
△ 「途中、どっかで運転代わるよ」「別にいいよ」／
「半路上找個地方和你換手開車吧？」「沒關係啦！」

かわる【替わる】 更換・交替・交換

替わる・替わります

辭書形(基本形) 更換	かわる	た切形 又是更換	かわっ**たり**
ない形(否定形) 沒更換	かわら**ない**	ば形(條件形) 更換的話	かわれ**ば**
なかった形(過去否定形) 過去沒更換	かわら**なかった**	させる形(使役形) 使更換	かわら**せる**
ます形(連用形) 更換	かわり**ます**	られる形(被動形) 被更換	かわら**れる**
て形 更換	かわっ**て**	命令形 快更換	かわれ
た形(過去形) 更換了	かわっ**た**	可能形 可以更換	かわれる
たら形(條件形) 更換的話	かわっ**たら**	う形(意向形) 更換吧	かわろ**う**

△ 石油に替わる新しいエネルギーはなんですか／
請問可用來替代石油的新能源是什麼呢？

かわる【換わる】 更換・更替

換わる・換わります

辭書形(基本形) 更換	かわる	た切形 又是更換	かわっ**たり**
ない形(否定形) 沒更換	かわら**ない**	ば形(條件形) 更換的話	かわれ**ば**
なかった形(過去否定形) 過去沒更換	かわら**なかった**	させる形(使役形) 使更換	かわら**せる**
ます形(連用形) 更換	かわり**ます**	られる形(被動形) 被更換	かわら**れる**
て形 更換	かわっ**て**	命令形 快更換	かわれ
た形(過去形) 更換了	かわっ**た**	可能形 可以更換	かわれる
たら形(條件形) 更換的話	かわっ**たら**	う形(意向形) 更換吧	かわろ**う**

△ すみませんが、席を換わってもらえませんか／
不好意思，請問可以和您換個位子嗎？

かわる【変わる】 變化；與眾不同；改變時間地點、遷居、調任　自五　グループ1

変わる・変わります

辭書形(基本形) 變化	かわる	たり形 又是變化	かわったり
ない形(否定形) 沒變化	かわらない	ば形(條件形) 變化的話	かわれば
なかった形(過去否定形) 過去沒變化	かわらなかった	させる形(使役形) 使變化	かわらせる
ます形(連用形) 變化	かわります	られる形(被動形) 被調任	かわられる
て形 變化	かわって	命令形 快變化	かわれ
た形(過去形) 變化了	かわった	可能形 會變化	かわれる
たら形(條件形) 變化的話	かわったら	う形(意向形) 變化吧	かわろう

△ 人の考え方は、変わるものだ／人的想法，是會變的。

かんじる・かんずる【感じる・感ずる】 感覺・感到；感動・感觸・有所感　自他上一　グループ2

感じる・感じます

辭書形(基本形) 感覺	かんじる	たり形 又是感覺	かんじたり
ない形(否定形) 沒感覺	かんじない	ば形(條件形) 感覺的話	かんじれば
なかった形(過去否定形) 過去沒感覺	かんじなかった	させる形(使役形) 使感覺	かんじさせる
ます形(連用形) 感覺	かんじます	られる形(被動形) 被感動	かんじられる
て形 感覺	かんじて	命令形 快感覺	かんじろ
た形(過去形) 感覺了	かんじた	可能形 可以感覺	かんじられる
たら形(條件形) 感覺的話	かんじたら	う形(意向形) 感覺吧	かんじよう

△ 子供が生まれてうれしい反面、責任も感じる／
孩子出生後很高興，但相對地也感受到責任。

きがえる・きかえる【着替える】 換衣服 他下一 グループ2

着替える・着替えます

辞書形（基本形）		たり形	
換衣服	きがえる	又是換衣服	きがえたり
ない形（否定形）		ば形（條件形）	
沒換衣服	きがえない	換衣服的話	きがえれば
なかった形（過去否定形）		させる形（使役形）	
過去沒換衣服	きがえなかった	使換衣服	きがえさせる
ます形（連用形）		られる形（被動形）	
換衣服	きがえます	被換衣服	きがえられる
て形		命令形	
換衣服	きがえて	快換衣服	きがえろ
た形（過去形）		可能形	
換了衣服	きがえた	可以換衣服	きがえられる
たら形（條件形）		う形（意向形）	
換衣服的話	きがえたら	換衣服吧	きがえよう

 △ 着物を着替える／換衣服。

きく【効く】 有効・奏効；好用・能幹；可以・能夠；起作用 自五 グループ1

効く・効きます

辞書形（基本形）		たり形	
有効	きく	又是有効	きいたり
ない形（否定形）		ば形（條件形）	
沒効	きかない	有効的話	きけば
なかった形（過去否定形）		させる形（使役形）	
過去沒効	きかなかった	使有効	きかせる
ます形（連用形）		られる形（被動形）	
有効	ききます	被奏効	きかれる
て形		命令形	
有効	きいて	快有効	きけ
た形（過去形）		可能形	
有効了	きいた		——
たら形（條件形）		う形（意向形）	
有効的話	きいたら	有効吧	きこう

 △ この薬は、高かったわりに効かない／這服藥雖然昂貴，卻沒什麼效用。

きれる【切れる】 断掉；用盡 　自下一　グループ2

切れる・切れます

辭書形(基本形) 斷掉	きれる	たり形 又是斷掉	きれたり
ない形 (否定形) 沒斷掉	きれない	ば形 (條件形) 斷掉的話	きれれば
なかった形 (過去否定形) 過去沒斷掉	きれなかった	させる形 (使役形) 使斷掉	きれさせる
ます形 (連用形) 斷掉	きれます	られる形 (被動形) 被弄斷	きれられる
て形 斷掉	きれて	命令形 快斷掉	きれろ
た形 (過去形) 斷掉了	きれた	可能形	——
たら形 (條件形) 斷掉的話	きれたら	う形 (意向形) 斷掉吧	きれよう

 △たこの糸が切れてしまった／風箏線斷掉了。

くさる【腐る】 腐臭・腐爛；金屬鏽・爛；墮落・腐敗；消沉・氣餒　自五　グループ1

腐る・腐ります

辭書形(基本形) 腐臭	くさる	たり形 又是腐臭	くさったり
ない形 (否定形) 沒腐臭	くさらない	ば形 (條件形) 腐臭的話	くされば
なかった形 (過去否定形) 過去沒腐臭	くさらなかった	させる形 (使役形) 使腐臭	くさらせる
ます形 (連用形) 腐臭	くさります	られる形 (被動形) 被弄臭	くさられる
て形 腐臭	くさって	命令形 快腐臭	くされ
た形 (過去形) 腐臭了	くさった	可能形	——
たら形 (條件形) 腐臭的話	くさったら	う形 (意向形) 腐臭吧	くさろう

 △それ、腐りかけてるみたいだね。捨てた方がいいんじゃない／
那東西好像開始腐敗了，還是丟了比較好吧。

くだる【下る】　下降，下去；下野，脱離公職；由中央到地方；下達；往河的下游去　　自五　グループ1

下る・下ります

辭書形(基本形)		たり形	
下降	くだる	又是下降	くだったり
ない形 (否定形)		ば形 (條件形)	
沒下降	くだらない	下降的話	くだれば
なかった形 (過去否定形)		させる形 (使役形)	
過去沒下降	くだらなかった	使下降	くだらせる
ます形 (連用形)		られる形 (被動形)	
下降	くだります	被下放	くだられる
て形		命令形	
下降	くだって	快下降	くだれ
た形 (過去形)		可能形	
下降了	くだった	可以下降	くだれる
たら形 (條件形)		う形 (意向形)	
下降的話	くだったら	下降吧	くだろう

 △この坂を下っていくと、1時間ぐらいで麓の町に着きます／
只要下了這條坡道，大約一個小時就可以到達山腳下的城鎮了。

くらす【暮らす】　生活，度日；消磨歲月　　自他五　グループ1

暮らす・暮らします

辭書形(基本形)		たり形	
生活	くらす	又是過著	くらしたり
ない形 (否定形)		ば形 (條件形)	
沒過著	くらさない	過著的話	くらせば
なかった形 (過去否定形)		させる形 (使役形)	
過去沒過著	くらさなかった	使過著	くらさせる
ます形 (連用形)		られる形 (被動形)	
生活	くらします	被過著	くらされる
て形		命令形	
生活	くらして	快過著	くらせ
た形 (過去形)		可能形	
生活了	くらした	會過著	くらせる
たら形 (條件形)		う形 (意向形)	
生活的話	くらしたら	過著吧	くらそう

 △親子3人で楽しく暮らしています／親子三人過著快樂的生活。

くりかえす・ける

くりかえす【繰り返す】 反覆・重覆 他五 グループ1

繰り返す・繰り返します

辞書形(基本形) 重覆	くりかえす	たり形 又是重覆	くりかえしたり
ない形（否定形） 沒重覆	くりかえさない	ば形（條件形） 重覆的話	くりかえせば
なかった形（過去否定形） 過去沒重覆	くりかえさ なかった	させる形（使役形） 使重覆	くりかえさせる
ます形（連用形） 重覆	くりかえします	られる形（被動形） 被重覆	くりかえされる
て形 重覆	くりかえして	命令形 快重覆	くりかえせ
た形（過去形） 重覆了	くりかえした	可能形 會重覆	くりかえせる
たら形（條件形） 重覆的話	くりかえしたら	う形（意向形） 重覆吧	くりかえそう

△同じ失敗を繰り返すなんて、私はばかだ／
竟然犯了相同的錯誤，我真是個笨蛋。

ける【蹴る】 踢；沖破（浪等）；拒絕・駁回 他五 グループ1

蹴る・蹴ります

辞書形(基本形) 踢	ける	たり形 又是踢	けったり
ない形（否定形） 沒踢	けらない	ば形（條件形） 踢的話	ければ
なかった形（過去否定形） 過去沒踢	けらなかった	させる形（使役形） 使踢	けらせる
ます形（連用形） 踢	けります	られる形（被動形） 被踢	けられる
て形 踢	けって	命令形 快踢	けれ
た形（過去形） 踢了	けった	可能形 會踢	けれる
たら形（條件形） 踢的話	けったら	う形（意向形） 踢吧	けろう

△ボールを蹴ったら、隣のうちに入ってしまった／
球一踢就飛到隔壁的屋裡去了。

こえる【越える・超える】 越過；度過；超出，超過 自下一 グループ2

越える・越えます

辞書形(基本形) 越過	こえる	た り形 又是越過	こえたり
ない形(否定形) 沒越過	こえない	ば形(條件形) 越過的話	こえれば
なかった形(過去否定形) 過去沒越過	こえなかった	させる形(使役形) 使越過	こえさせる
ます形(連用形) 越過	こえます	られる形(被動形) 被越過	こえられる
て形 越過	こえて	命令形 快越過	こえよ
た形(過去形) 越過了	こえた	可能形 可以越過	こえられる
たら形(條件形) 越過的話	こえたら	う形(意向形) 越過吧	こえよう

△国境を越えたとしても、見つかったら殺される恐れがある／
就算成功越過了國界，要是被發現了，可能還是會遭到殺害。

ことわる【断る】 謝絶；預先通知，事前請示 他五 グループ1

断る・断ります

辞書形(基本形) 謝絶	ことわる	た り形 又是謝絶	ことわったり
ない形(否定形) 沒謝絶	ことわらない	ば形(條件形) 謝絶的話	ことわれば
なかった形(過去否定形) 過去沒謝絶	ことわらなかった	させる形(使役形) 使謝絶	ことわらせる
ます形(連用形) 謝絶	ことわります	られる形(被動形) 被謝絶	ことわられる
て形 謝絶	ことわって	命令形 快謝絶	ことわれ
た形(過去形) 謝絶了	ことわった	可能形 會謝絶	ことわれる
たら形(條件形) 謝絶的話	ことわったら	う形(意向形) 謝絶吧	ことわろう

△借金は断ることにしている／拒絶借錢給別人是我的原則。

こぼす【溢す】 灑・漏・溢（液體）・落（粉末）；發牢騷・抱怨 他五 グループ1

こぼす・こぼします

辭書形(基本形)		たり形	
灑	こぼす	又是灑	こぼしたり
ない形 (否定形)		ば形 (條件形)	
沒灑	こぼさない	灑的話	こぼせば
なかった形 (過去否定形)		させる形 (使役形)	
過去沒灑	こぼさなかった	使灑落	こぼさせる
ます形 (連用形)		られる形 (被動形)	
灑	こぼします	被灑落	こぼされる
て形		命令形	
灑	こぼして	快灑	こぼせ
た形 (過去形)		可能形	
灑了	こぼした	可以灑	こぼせる
たら形 (條件形)		う形 (意向形)	
灑的話	こぼしたら	灑吧	こぼそう

△あっ、またこぼして。ちゃんとお茶碗を持って食べなさい／
啊・又打翻了！吃飯時把碗端好！

こぼれる【零れる】 灑落・流出；溢出・漾出；（花）掉落 自下一 グループ2

こぼれる・こぼれます

辭書形(基本形)		たり形	
灑落	こぼれる	又是灑落	こぼれたり
ない形 (否定形)		ば形 (條件形)	
沒灑落	こぼれない	灑落的話	こぼれれば
なかった形 (過去否定形)		させる形 (使役形)	
過去沒灑落	こぼれなかった	使灑落	こぼれさせる
ます形 (連用形)		られる形 (被動形)	
灑落	こぼれます	被灑落	こぼれられる
て形		命令形	
灑落	こぼれて	快灑落	こぼれろ
た形 (過去形)		可能形	
灑落了	こぼれた		———
たら形 (條件形)		う形 (意向形)	
灑落的話	こぼれたら	灑落吧	こぼれよう

△悲しくて、涙がこぼれてしまった／難過得眼淚掉了出來。

こむ【込む・混む】 擁擠，混雜；費事，精緻，複雜　自五・接尾　グループ1

込む・込みます

辞書形(基本形) 擁擠	こむ	た 又是擁擠	こんだり
ない形 (否定形) 不擁擠	こまない	ば形 (條件形) 擁擠的話	こめば
なかった形 (過去否定形) 過去不擁擠	こまなかった	させる形 (使役形) 使擁擠	こませる
ます形 (連用形) 擁擠	こみます	られる形 (被動形) 被擠	こまれる
て形 擁擠	こんで	命令形 快擁擠	こめ
た形 (過去形) 擁擠了	こんだ	可能形	———
たら形 (條件形) 擁擠的話	こんだら	う形 (意向形) 擁擠吧	こもう

△ 2時ごろは、電車はそれほど混まない／
在兩點左右的時段搭電車，比較沒有那麼擁擠。

ころす【殺す】 殺死，致死；抑制，忍住，消除；埋沒；殺，（棒球）使出局　他五　グループ1

殺す・殺します

辞書形(基本形) 殺死	ころす	た形 又是殺死	ころしたり
ない形 (否定形) 沒殺死	ころさない	ば形 (條件形) 殺死的話	ころせば
なかった形 (過去否定形) 過去沒殺死	ころさなかった	させる形 (使役形) 使殺死	ころさせる
ます形 (連用形) 殺死	ころします	られる形 (被動形) 被殺死	ころされる
て形 殺死	ころして	命令形 快殺死	ころせ
た形 (過去形) 殺死了	ころした	可能形 會殺死	ころせる
たら形 (條件形) 殺死的話	ころしたら	う形 (意向形) 殺死吧	ころそう

△ 別れるくらいなら、殺してください／
如果真要和我分手，不如殺了我吧！

さがる【下がる】 後退；下降 自五 グループ1

下がる・下がります

辞書形(基本形) 後退	さがる	たり形 又是後退	さがったり
ない形(否定形) 沒後退	さがらない	ば形(條件形) 後退的話	さがれば
なかった形(過去否定形) 過去沒後退	さがらなかった	せる形(使役形) 使後退	さがらせる
ます形(連用形) 後退	さがります	られる形(被動形) 被下降	さがられる
て形 後退	さがって	命令形 快後退	さがれ
た形(過去形) 後退了	さがった	可能形 可以後退	さがれる
たら形(條件形) 後退的話	さがったら	う形(意向形) 後退吧	さがろう

△危ないですから、後ろに下がっていただけますか／
很危險，可以請您往後退嗎？

さけぶ【叫ぶ】 喊叫，呼叫，大聲叫；呼喊，呼籲 自五 グループ1

叫ぶ・叫びます

辞書形(基本形) 喊叫	さけぶ	たり形 又是喊叫	さけんだり
ない形(否定形) 沒喊叫	さけばない	ば形(條件形) 喊叫的話	さけべば
なかった形(過去否定形) 過去沒喊叫	さけばなかった	せる形(使役形) 使喊叫	さけばせる
ます形(連用形) 喊叫	さけびます	られる形(被動形) 被叫	さけばれる
て形 喊叫	さけんで	命令形 快喊叫	さけべ
た形(過去形) 喊叫了	さけんだ	可能形 會喊叫	さけべる
たら形(條件形) 喊叫的話	さけんだら	う形(意向形) 喊叫吧	さけぼう

△試験の最中に教室に鳥が入ってきて、思わず叫んでしまった／
正在考試時有鳥飛進教室裡，忍不住尖叫了起來。

さける【避ける】 躲避・避開・逃避；避免・忌諱

他下一 グループ2

避ける・避けます

辞書形（基本形） 躲避	さける	た方り 又是躲避	さけ**たり**
ない形（否定形） 沒躲避	さけ**ない**	ば形（條件形） 躲避的話	さけ**れ**ば
なかった形（過去否定形） 過去沒躲避	さけ**なかった**	させる形（使役形） 使躲避	さけ**させる**
ます形（敬體形） 躲避	さけ**ます**	られる形（被動形） 被逃避	さけ**られる**
て形 躲避	さけ**て**	命令形 快躲避	さけ**ろ**
た形（過去形） 躲避了	さけ**た**	可能形 可以躲避	さけ**られる**
たら形（條件形） 躲避的話	さけ**たら**	う形（意向形） 躲避吧	さけ**よう**

△ なんだかこのごろ、彼氏が私を避けてるみたい／
最近怎麼覺得男友好像在躲我。

さげる【下げる】 向下；掛；收走

他下一 グループ2

下げる・下げます

辞書形（基本形） 向下	さげる	た方り 又是向下	さげ**たり**
ない形（否定形） 沒向下	さげ**ない**	ば形（條件形） 向下的話	さげ**れ**ば
なかった形（過去否定形） 過去沒向下	さげ**なかった**	させる形（使役形） 使收走	さげ**させる**
ます形（敬體形） 向下	さげ**ます**	られる形（被動形） 被收走	さげ**られる**
て形 向下	さげ**て**	命令形 快收走	さげ**ろ**
た形（過去形） 向下了	さげ**た**	可能形 可以收走	さげ**られる**
たら形（條件形） 向下的話	さげ**たら**	う形（意向形） 收走吧	さげ**よう**

△ 飲み終わったら、コップを台所に下げてください／
喝完以後，請把杯子放到廚房。

ささる【刺さる】 刺在…在・扎進・刺入 　自五 グループ1

刺さる・刺さります

辞書形(基本形) 刺入	ささる	たり形 又是刺入	ささったり
ない形 (否定形) 沒刺入	ささらない	ば形 (條件形) 刺入的話	さされば
なかった形 (過去否定形) 過去沒刺入	ささらなかった	させる形 (使役形) 使刺入	ささらせる
ます形 (連用形) 刺入	ささります	られる形 (被動形) 被刺入	ささられる
て形 刺入	ささって	命令形 快刺入	さされ
た形 (過去形) 刺入了	ささった	可能形	————
たら形 (條件形) 刺入的話	ささったら	う形 (意向形) 刺入吧	ささろう

 △指にガラスの破片が刺さってしまった／手指被玻璃碎片給刺傷了。

さす【刺す】 刺・穿・扎；螫・咬・釘；縫綴・衲；捉住　他五 グループ1

刺す・刺します

辞書形(基本形) 刺	さす	たり形 又是刺	さしたり
ない形 (否定形) 沒刺	ささない	ば形 (條件形) 刺的話	させば
なかった形 (過去否定形) 過去沒刺	ささなかった	させる形 (使役形) 使刺	ささせる
ます形 (連用形) 刺	さします	られる形 (被動形) 被刺	さされる
て形 刺	さして	命令形 快刺	させ
た形 (過去形) 刺了	さした	可能形 會刺	させる
たら形 (條件形) 刺的話	さしたら	う形 (意向形) 刺吧	さそう

 △蜂に刺されてしまった／我被蜜蜂給螫到了。

さす【指す】 指・指示；使・叫・令・命令做… 他五 グループ1

指す・指します

辞書形(基本形) 指示	さす	たり形 又是指示	さしたり
ない形(否定形) 沒指示	ささない	ば形(條件形) 指示的話	させば
なかった形(過去否定形) 過去沒指示	ささなかった	させる形(使役形) 使指示	ささせる
ます形(連用形) 指示	さします	られる形(被動形) 被指示	さされる
て形 指示	さして	命令形 快指示	させ
た形(過去形) 指示了	さした	可能形 會指示	させる
たら形(條件形) 指示的話	さしたら	う形(意向形) 指示吧	さそう

△甲と乙というのは、契約者を指しています／
所謂甲乙指的是簽約的雙方。

さそう【誘う】 約・邀請；勸誘・會同；誘惑・勾引；引誘・引起 他五 グループ1

誘う・誘います

辞書形(基本形) 邀請	さそう	たり形 又是邀請	さそったり
ない形(否定形) 沒邀請	さそわない	ば形(條件形) 邀請的話	さそえば
なかった形(過去否定形) 過去沒邀請	さそわなかった	させる形(使役形) 使邀請	さそわせる
ます形(連用形) 邀請	さそいます	られる形(被動形) 被邀請	さそわれる
て形 邀請	さそって	命令形 快邀請	さそえ
た形(過去形) 邀請了	さそった	可能形 可以邀請	さそえる
たら形(條件形) 邀請的話	さそったら	う形(意向形) 邀請吧	さそおう

△友達を誘って台湾に行った／揪朋友一起去了台灣。

さ
さす・さそう

さます【冷ます】 冷却・弄涼；（使熱情、興趣）降低・減低 他五 グループ1

冷ます・冷まします

辞書形（基本形）弄涼	さます	たり形 又是弄涼	さましたり
ない形（否定形）沒弄涼	さまさない	ば形（條件形）弄涼的話	さませば
なかった形（過去否定形）過去沒弄涼	さまさなかった	させる形（使役形）使弄涼	さまさせる
ます形（連用形）弄涼	さまします	られる形（被動形）被弄涼	さまされる
て形 弄涼	さまして	命令形 快弄涼	さませ
た形（過去形）弄涼了	さました	可能形 可以弄涼	さませる
たら形（條件形）弄涼的話	さましたら	う形（意向形）弄涼吧	さまそう

 △熱いので、冷ましてから食べてください／很燙的！請吹涼後再享用。

さます【覚ます】 （從睡夢中）弄醒，喚醒；（從迷惑、錯誤中）清醒，醒酒；使清醒，使覺醒 他五 グループ1

覚ます・覚まします

辞書形（基本形）弄醒	さます	たり形 又是弄醒	さましたり
ない形（否定形）沒弄醒	さまさない	ば形（條件形）弄醒的話	さませば
なかった形（過去否定形）過去沒弄醒	さまさなかった	させる形（使役形）使弄醒	さまさせる
ます形（連用形）弄醒	さまします	られる形（被動形）被弄醒	さまされる
て形 弄醒	さまして	命令形 快弄醒	さませ
た形（過去形）弄醒了	さました	可能形 可以弄醒	さませる
たら形（條件形）弄醒的話	さましたら	う形（意向形）弄醒吧	さまそう

 △赤ちゃんは、もう目を覚ましましたか／嬰兒已經醒了嗎？

さめる【冷める】

（熱的東西）變冷，涼；（熱情、興趣等）降低，減退

自下一 グループ2

冷める・冷めます

辞書形（基本形）變冷	さめる	たり形 又是變冷	さめたり
ない形（否定形）沒變冷	さめない	ば形（條件形）變冷的話	さめれば
なかった形（過去否定形）過去沒變冷	さめなかった	させる形（使役形）使變冷	さめさせる
ます形（連用形）變冷	さめます	られる形（被動形）被弄冷	さめられる
て形 變冷	さめて	命令形 快變冷	さめろ
た形（過去形）變冷了	さめた	可能形	——
たら形（條件形）變冷的話	さめたら	う形（意向形）變冷吧	さめよう

 △ スープが冷めてしまった／湯冷掉了。

さめる【覚める】

（從睡夢中）醒，醒過來；（從迷惑、錯誤、沉醉中）醒悟，清醒

自下一 グループ2

覚める・覚めます

辞書形（基本形）醒	さめる	たり形 又是醒	さめたり
ない形（否定形）沒醒	さめない	ば形（條件形）醒的話	さめれば
なかった形（過去否定形）過去沒醒	さめなかった	させる形（使役形）使醒過來	さめさせる
ます形（連用形）醒	さめます	られる形（被動形）被弄醒	さめられる
て形 醒	さめて	命令形 快醒	さめろ
た形（過去形）醒了	さめた	可能形	——
たら形（條件形）醒的話	さめたら	う形（意向形）醒吧	さめよう

 △ 夜中に地震が来て、びっくりして目が覚めた／半夜來了一場地震，把我嚇醒了。

すぎる【過ぎる】 超過；過於；經過 自上一 グループ2

過ぎる・過ぎます

辞書形(基本形) 超過	すぎる	たり形 又是超過	すぎたり
ない形 (否定形) 沒超過	すぎない	ば形 (條件形) 超過的話	すぎれば
なかった形 (過去否定形) 過去沒超過	すぎなかった	させる形 (使役形) 使超過	すぎさせる
ます形 (連用形) 超過	すぎます	られる形 (被動形) 被超過	すぎられる
て形 超過	すぎて	命令形 快超過	すぎろ
た形 (過去形) 超過了	すぎた	可能形 可以超過	すぎられる
たら形 (條件形) 超過的話	すぎたら	う形 (意向形) 超過吧	すぎよう

△ 5時を過ぎたので、もううちに帰ります／已經五點多了，我要回家了。

すごす【過ごす】 度（日子、時間），過生活；熬過；過渡；放過，不管 他五・接尾 グループ1

過ごす・過ごします

辞書形(基本形) 過生活	すごす	たり形 又是過生活	すごしたり
ない形 (否定形) 沒過生活	すごさない	ば形 (條件形) 過生活的話	すごせば
なかった形 (過去否定形) 過去沒過生活	すごさなかった	させる形 (使役形) 使過生活	すごさせる
ます形 (連用形) 過生活	すごします	られる形 (被動形) 被熬過	すごされる
て形 過生活	すごして	命令形 快過	すごせ
た形 (過去形) 過了	すごした	可能形 可以過生活	すごせる
たら形 (條件形) 過生活的話	すごしたら	う形 (意向形) 過生活吧	すごそう

△ たとえ外国に住んでいても、お正月は日本で過ごしたいです／
就算是住在外國，新年還是想在日本過。

すすむ【進む】

進，前進；進步，先進；進展；升級；進
入，到達；繼續下去；惡化，加重

自五・接尾　グループ1

進む・進みます

辞書形(基本形) 前進	すすむ	た形 又是前進	すすんだり
ない形(否定形) 沒前進	すすまない	ば形(條件形) 前進的話	すすめば
なかった形(過去否定形) 過去沒前進	すすまなかった	させる形(使役形) 使前進	すすませる
ます形(連用形) 前進	すすみます	られる形(被動形) 被惡化	すすまれる
て形 前進	すすんで	命令形 快前進	すすめ
た形(過去形) 前進了	すすんだ	可能形 可以前進	すすめる
たら形(條件形) 前進的話	すすんだら	意向形 前進吧	すすもう

△行列はゆっくりと寺へ向かって進んだ／隊伍緩慢地往寺廟前進。

すすめる【進める】

使向前推進・使前進；推進・發展、開展；
進行・舉行；提升、晉級；增進、使旺盛

他下一　グループ2

進める・進めます

辞書形(基本形) 使前進	すすめる	た形 又是推進	すすめたり
ない形(否定形) 沒推進	すすめない	ば形(條件形) 使前進的話	すすめれば
なかった形(過去否定形) 過去沒推進	すすめなかった	させる形(使役形) 使推進	すすめさせる
ます形(連用形) 使前進	すすめます	られる形(被動形) 被推進	すすめられる
て形 使前進	すすめて	命令形 快推進	すすめろ
た形(過去形) 使前進了	すすめた	可能形 可以推進	すすめられる
たら形(條件形) 使前進的話	すすめたら	意向形 推進吧	すすめよう

△企業向けの宣伝を進めています／我在推廣以企業為對象的宣傳。

すすめる【勧める】 勧告，勧誘；勧・進（煙茶酒等） 他下一 グループ2

勧める・勧めます

辞書形（基本形）勧告	すすめる	たり形 又是勧告	すすめたり
ない形（否定形）沒勧告	すすめない	ば形（條件形）勧告的話	すすめれば
なかった形（過去否定形）過去沒勧告	すすめなかった	させる形（使役形）使勧誘	すすめさせる
ます形（連用形）勧告	すすめます	られる形（被動形）被勧誘	すすめられる
て形 勧告	すすめて	命令形 快勧誘	すすめろ
た形（過去形）勧告了	すすめた	可能形 會勧誘	すすめられる
たら形（條件形）勧告的話	すすめたら	う形（意向形）勧誘吧	すすめよう

△ これは医者が勧める健康法の一つです／這是醫師建議的保健法之一。

すすめる【薦める】 勧告，勧誘；勧・敬（煙、酒、茶、座等） 他下一 グループ2

薦める・薦めます

辞書形（基本形）勧誘	すすめる	たり形 又是勧誘	すすめたり
ない形（否定形）沒勧誘	すすめない	ば形（條件形）勧誘的話	すすめれば
なかった形（過去否定形）過去沒勧誘	すすめなかった	させる形（使役形）使勧誘	すすめさせる
ます形（連用形）勧誘	すすめます	られる形（被動形）被勧誘	すすめられる
て形 勧誘	すすめて	命令形 快勧誘	すすめろ
た形（過去形）勧誘了	すすめた	可能形 會勧誘	すすめられる
たら形（條件形）勧誘的話	すすめたら	う形（意向形）勧誘吧	すすめよう

△ 彼はA大学の出身だから、A大学を薦めるわけだ／
他是從A大學畢業的，難怪會推薦A大學。

すます【済ます】 弄完・辦完；償還・還清・對付・將就・湊合 他五・接尾 グループ1

済ます・済まします

辞書形(基本形) 辦完	すます	た切形 又是辦完	すましたり
ない形 (否定形) 沒辦完	すまさない	ば形 (條件形) 辦完的話	すませば
なかった形 (過去否定形) 過去沒辦完	すまさなかった	させる形 (使役形) 使辦完	すまさせる
ます形 (連用形) 辦完	すします	られる形 (被動形) 被辦完	すまされる
て形 辦完	すまして	命令形 快辦完	すませ
た形 (過去形) 辦完了	すました	可能形 可以辦完	すませる
たら形 (條件形) 辦完的話	すましたら	う形 (意向形) 辦完吧	すまそう

△犬の散歩のついでに、郵便局に寄って用事を済ました／
遛狗時順道去郵局辦了事。

すませる【済ませる】 弄完・辦完；償還・還清；將就・湊合 他下一・接尾 グループ2

済ませる・済ませます

辞書形(基本形) 辦完	すませる	た切形 又是辦完	すませたり
ない形 (否定形) 沒辦完	すませない	ば形 (條件形) 辦完的話	すませれば
なかった形 (過去否定形) 過去沒辦完	すませなかった	させる形 (使役形) 使辦完	すませさせる
ます形 (連用形) 辦完	すませます	られる形 (被動形) 被辦完	すませられる
て形 辦完	すませて	命令形 快辦完	すませろ
た形 (過去形) 辦完了	すませた	可能形 可以辦完	すませられる
たら形 (條件形) 辦完的話	すませたら	う形 (意向形) 辦完吧	すませよう

△もう手続きを済ませたから、ほっとしているわけだ／
因為手續都辦完了，怪不得這麼輕鬆。

すれちがう【擦れ違う】

交錯，錯過去；不一致，不吻合，互相分歧；錯車

自五　グループ1

すれ違う・すれ違います

辞書形（基本形）錯過	すれちがう	たり形 又是錯過	すれちがったり
ない形（否定形）沒錯過	すれちがわない	ば形（條件形）錯過的話	すれちがえば
なかった形（過去否定形）過去沒錯過	すれちがわなかった	させる形（使役形）使錯過	すれちがわせる
ます形（連用形）錯過	すれちがいます	られる形（被動形）被錯過	すれちがわれる
て形 錯過	すれちがって	命令形 快錯過	すれちがえ
た形（過去形）錯過了	すれちがった	可能形 會錯過	すれちがえる
たら形（條件形）錯過的話	すれちがったら	う形（意向形）錯過吧	すれちがおう

△街ですれ違った美女には必ず声をかける／
每當在街上和美女擦身而過，一定會出聲搭訕。

そだつ【育つ】

成長，長大，發育；發展壯大

自五　グループ1

育つ・育ちます

辞書形（基本形）成長	そだつ	たり形 又是成長	そだったり
ない形（否定形）沒成長	そだたない	ば形（條件形）成長的話	そだてば
なかった形（過去否定形）過去沒成長	そだたなかった	させる形（使役形）使成長	そだたせる
ます形（連用形）成長	そだちます	られる形（被動形）被發展壯大	そだたれる
て形 成長	そだって	命令形 快成長	そだて
た形（過去形）成長了	そだった	可能形	――――
たら形（條件形）成長的話	そだったら	う形（意向形）成長吧	そだとう

△子どもたちは、元気に育っています／孩子們健康地成長著。

そろう【揃う】

（成套的東西）備齊；成套；一致，（全部）一樣，整齊；（人）到齊，齊聚

自五 グループ1

揃う・揃います

辭書形(基本形) 備齊	そろう	たり形 又是備齊	そろったり
ない形(否定形) 沒備齊	そろわない	ば形(條件形) 備齊的話	そろえば
なかった形(過去否定形) 過去沒備齊	そろわなかった	させる形(使役形) 使備齊	そろわせる
ます形(連用形) 備齊	そろいます	られる形(被動形) 被備齊	そろわれる
て形 備齊	そろって	命令形 快備齊	そろえ
た形(過去形) 備齊了	そろった	可能形	————
たら形(條件形) 備齊的話	そろったら	う形(意向形) 備齊吧	そろおう

△全員揃ったから、試合を始めよう／等所有人到齊以後就開始比賽吧。

そろえる【揃える】

使…備齊；使…一致；湊齊・弄齊・使成對

他下一 グループ2

揃える・揃えます

辭書形(基本形) 弄齊	そろえる	たり形 又是弄齊	そろえたり
ない形(否定形) 沒弄齊	そろえない	ば形(條件形) 弄齊的話	そろえれば
なかった形(過去否定形) 過去沒弄齊	そろえなかった	させる形(使役形) 使弄齊	そろえさせる
ます形(連用形) 弄齊	そろえます	られる形(被動形) 被備齊	そろえられる
て形 弄齊	そろえて	命令形 快弄齊	そろえろ
た形(過去形) 弄齊了	そろえた	可能形 可以弄齊	そろえられる
たら形(條件形) 弄齊的話	そろえたら	う形(意向形) 弄齊吧	そろえよう

△必要なものを揃えてからでなければ、出発できません／
如果沒有準備齊必需品，就沒有辦法出發。

たおす【倒す】

倒・放倒・推倒・翻倒；推翻，打倒；毀壊・拆毀；打敗・撃敗；殺死・撃斃；頼帳

他五　グループ1

倒す・倒します

辞書形(基本形) 放倒	たおす	たり形 又是放倒	たおしたり
ない形 (否定形) 没放倒	たおさない	ば形 (條件形) 放倒的話	たおせば
なかった形 (過去否定形) 過去没放倒	たおさなかった	させる形 (使役形) 使推倒	たおさせる
ます形 (連用形) 放倒	たおします	られる形 (被動形) 被推倒	たおされる
て形 放倒	たおして	命令形 快推倒	たおせ
た形 (過去形) 放倒了	たおした	可能形 可以推倒	たおせる
たら形 (條件形) 放倒的話	たおしたら	う形 (意向形) 推倒吧	たおそう

△山の木を倒して団地を造る／砍掉山上的樹木造鎮。

たかまる【高まる】

高漲・提高，増長；興奮

自五　グループ1

高まる・高まります

辞書形(基本形) 提高	たかまる	たり形 又是提高	たかまったり
ない形 (否定形) 没提高	たかまらない	ば形 (條件形) 提高的話	たかまれば
なかった形 (過去否定形) 過去没提	たかまらなかった	させる形 (使役形) 使提高	たかまらせる
ます形 (連用形) 提高	たかまります	られる形 (被動形) 被提高	たかまられる
て形 提高	たかまって	命令形 快提高	たかまれ
た形 (過去形) 提高了	たかまった	可能形 可以提高	たかまれる
たら形 (條件形) 提高的話	たかまったら	う形 (意向形) 提高吧	たかまろう

△地球温暖化問題への関心が高まっている／
人們愈來愈關心地球暖化問題。

たかめる【高める】 提高・抬高・加高

<他下一> グループ2

高める・高めます

辞書形(基本形)		たり形	
提高	たかめる	又是提高	たかめたり
ない形 (否定形)		ば形 (條件形)	
沒提高	たかめない	提高的話	たかめれば
なかった形 (過去否定形)		させる形 (使役形)	
過去沒提高	たかめなかった	使提高	たかめさせる
ます形 (連用形)		られる形 (被動形)	
提高	たかめます	被提高	たかめられる
て形		命令形	
提高	たかめて	快提高	たかめろ
た形 (過去形)		可能形	
提高了	たかめた	可以提高	たかめられる
たら形 (條件形)		う形 (意向形)	
提高的話	たかめたら	提高吧	たかめよう

△ 発電所の安全性を高めるべきだ／有必要加強發電廠的安全性。

たく【炊く】 點火・燒著；燃燒；煮飯・燒菜

<他五> グループ1

炊く・炊きます

辞書形(基本形)		たり形	
點火	たく	又是點火	たいたり
ない形 (否定形)		ば形 (條件形)	
沒點火	たかない	點火的話	たけば
なかった形 (過去否定形)		させる形 (使役形)	
過去沒點火	たかなかった	使點火	たかせる
ます形 (連用形)		られる形 (被動形)	
點火	たきます	被點燃	たかれる
て形		命令形	
點火	たいて	快點火	たけ
た形 (過去形)		可能形	
點火了	たいた	可以點火	たける
たら形 (條件形)		う形 (意向形)	
點火的話	たいたら	點火吧	たこう

△ ご飯は炊いてあったっけ／煮飯了嗎？

だく【抱く】 抱；孵卵；心懷・懷抱

他五 グループ1

抱く・抱きます

辭書形（基本形）		たり形	
抱	だく	又是抱	だいたり
ない形（否定形）		ば形（條件形）	
沒抱	だかない	抱的話	だけば
なかった形（過去否定形）		させる形（使役形）	
過去沒抱	だかなかった	使抱	だかせる
ます形（連用形）		られる形（被動形）	
抱	だきます	被抱	だかれる
て形		命令形	
抱	だいて	快抱	だけ
た形（過去形）		可能形	
抱了	だいた	可以抱	だける
たら形（條件形）		う形（意向形）	
抱的話	だいたら	抱吧	だこう

△赤ちゃんを抱いている人は誰ですか／那位抱著小嬰兒的是誰？

たく【炊く】 煮・燒飯

他五 グループ1

炊く・炊きます

辭書形（基本形）		たり形	
煮	たく	又是煮	たいたり
ない形（否定形）		ば形（條件形）	
沒煮	たかない	煮的話	たけば
なかった形（過去否定形）		させる形（使役形）	
過去沒煮	たかなかった	使煮	たかせる
ます形（連用形）		られる形（被動形）	
煮	たきます	被煮	たかれる
て形		命令形	
煮	たいて	快煮	たけ
た形（過去形）		可能形	
煮了	たいた	會煮	たける
たら形（條件形）		う形（意向形）	
煮的話	たいたら	煮吧	たこう

△ご飯が炊けたので、夕食にしましょう／
飯已經煮熟了，我們來吃晚餐吧。

たしかめる【確かめる】 査明，確認，弄清 他下一 グループ2

確かめる・確かめます

辭書形(基本形) 査明	たしかめる	たり形 又是査明	たしかめたり
ない形(否定形) 沒査明	たしかめない	ば形(假定形) 査明吧	たしかめれば
なかった形(過去否定形) 過去沒査明	たしかめなかった	させる形(使役形) 使査明	たしかめさせる
ます形(連用形) 査明	たしかめます	られる形(被動形) 被査明	たしかめられる
て形 査明	たしかめて	命令形 快査明	たしかめろ
た形(過去形) 査明了	たしかめた	可能形 可以査明	たしかめられる
たら形(條件形) 査明的話	たしかめたら	う形(意向形) 査明吧	たしかめよう

 △ 彼に聞いて、事実を確かめることができました／
與他確認實情後，真相才大白。

たすかる【助かる】 得救，脱險；有幫助・輕鬆；節省（時間、費用、麻煩等） 自五 グループ1

助かる・助かります

辭書形(基本形) 得救	たすかる	たり形 又是得救	たすかったり
ない形(否定形) 沒得救	たすからない	ば形(條件形) 得救的話	たすかれば
なかった形(過去否定形) 過去沒得救	たすから・なかった	させる形(使役形) 使獲救	たすからせる
ます形(連用形) 得救	たすかります	られる形(被動形) 被救	たすかられる
て形 得救	たすかって	命令形 快脱險	たすかれ
た形(過去形) 得救了	たすかった	可能形	———
たら形(條件形) 得救的話	たすかったら	う形(意向形) 得救吧	たすかろう

 △ 乗客は全員助かりました／乗客全都得救了。

たすける【助ける】 幫助・援助；救・救助；輔佐；救濟・資助 他下一 グループ2

助ける・助けます

辞書形(基本形)		たり形	
幫助	たすける	又是幫助	たすけたり
ない形 (否定形)		ば形 (條件形)	
沒幫助	たすけない	幫助的話	たすければ
なかった形 (過去否定形)		させる形 (使役形)	
過去沒幫助	たすけなかった	使幫助	たすけさせる
ます形 (連用形)		られる形 (被動形)	
幫助	たすけます	被援助	たすけられる
て形		命令形	
幫助	たすけて	快幫助	たすけろ
た形 (過去形)		可能形	
幫助了	たすけた	可以幫助	たすけられる
たら形 (條件形)		う形 (意向形)	
幫助的話	たすけたら	幫助吧	たすけよう

 △ おぼれかかった人を助ける／救起了差點溺水的人。

たたく【叩く】 敲・叩；打；詢問・徵求；拍・鼓掌；攻擊・駁斥；花完・用光 他五 グループ1

叩く・叩きます

辞書形(基本形)		たり形	
打	たたく	又是打	たたいたり
ない形 (否定形)		ば形 (條件形)	
沒打	たたかない	打的話	たたけば
なかった形 (過去否定形)		させる形 (使役形)	
過去沒打	たたかなかった	使敲打	たたかせる
ます形 (連用形)		られる形 (被動形)	
打	たたきます	被打	たたかれる
て形		命令形	
打	たたいて	快打	たたけ
た形 (過去形)		可能形	
打了	たたいた	可以打	たたける
たら形 (條件形)		う形 (意向形)	
打的話	たたいたら	打吧	たたこう

 △ 向こうから太鼓をドンドンたたく音が聞こえてくる／
可以聽到那邊有人敲擊太鼓的咚咚聲響。

たたむ【畳む】 畳・折；關・闔上；關閉・結束；藏在心裡 　他五　グループ1

畳む・畳みます

辞書形(基本形)		たり形	
畳起	たたむ	又是畳	たたんだり
沒畳	たたまない	畳的話	たためば
過去沒畳	たたまなかった	使畳起	たたませる
畳起	たたみます	被畳起	たたまれる
畳起	たたんで	快畳	たため
畳起了	たたんだ	可以畳	たためる
畳的話	たたんだら	畳吧	たたもう

 △布団を畳んで、押入れに上げる／疊起被子收進壁櫥裡。

たつ【経つ】 經・過；（炭火等）燒盡 　自五　グループ1

経つ・経ちます

辞書形(基本形)		たり形	
經過	たつ	又是經過	たったり
沒經過	たたない	經過的話	たてば
過去沒經過	たたなかった	使經過	たたせる
經過	たちます	被燒盡	たたれる
經過	たって	快過	たて
經過了	たった	可能形	———
經過的話	たったら	經過吧	たとう

△あと20年たったら、一般の人でも月に行けるかもしれない／
再過二十年，說不定一般民眾也能登上月球。

たつ【建つ】 蓋・建

自五 グループ1

建つ・建ちます

辭書形(基本形)		たり形	
建蓋	たつ	又是蓋	たったり
ない形（否定形）		ば形（條件形）	
沒蓋	たたない	蓋的話	たてば
なかった形（過去否定形）		させる形（使役形）	
過去沒蓋	たたなかった	使建蓋	たたせる
ます形（連用形）		られる形（被動形）	
建蓋	たちます	被建造	たたれる
て形		命令形	
建蓋	たって	快蓋	たて
た形（過去形）		可能形	
蓋了	たった		————
たら形（條件形）		う形（意向形）	
蓋的話	たったら	蓋吧	たとう

△駅の隣に大きなビルが建った／在車站旁邊蓋了一棟大樓。

たつ【発つ】 立・站；冒・升；離開；出發；奮起；飛・飛走

自五 グループ1

発つ・発ちます

辭書形(基本形)		たり形	
出發	たつ	又是出發	たったり
ない形（否定形）		ば形（條件形）	
沒出發	たたない	出發的話	たてば
なかった形（過去否定形）		させる形（使役形）	
過去沒出發	たたなかった	使出發	たたせる
ます形（連用形）		られる形（被動形）	
出發	たちます	被飛走	たたれる
て形		命令形	
出發	たって	快出發	たて
た形（過去形）		可能形	
出發了	たった	可以出發	たてる
たら形（條件形）		う形（意向形）	
出發的話	たったら	出發吧	たとう

△夜8時半の夜行バスで青森を発つ／搭乘晚上八點半從青森發車的巴士。

たてる【立てる】 立起；訂立

立てる・立てます

辞書形(基本形)		たり形	
立起	たてる	又是立起	たてたり
ない形 (否定形)		ば形 (條件形)	
沒立起	たてない	立起的話	たてれば
なかった形 (過去否定形)		させる形 (使役形)	
過去沒立起	たてなかった	使立起	たてさせる
ます形 (連用形)		られる形 (被動形)	
立起	たてます	被立起	たてられる
て形		命令形	
立起	たてて	快立起	たてろ
た形 (過去形)		可能形	
立起了	たてた	可以立起	たてられる
たら形 (條件形)		う形 (意向形)	
立起的話	たてたら	立起吧	たてよう

△ 夏休みの計画を立てる／規劃暑假計畫。

たてる【建てる】 建造・蓋

建てる・建てます

辞書形(基本形)		たり形	
建造	たてる	又是建造	たてたり
ない形 (否定形)		ば形 (條件形)	
沒建造	たてない	建造的話	たてれば
なかった形 (過去否定形)		させる形 (使役形)	
過去沒建造	たてなかった	使建造	たてさせる
ます形 (連用形)		られる形 (被動形)	
建造	たてます	被建造	たてられる
て形		命令形	
建造	たてて	快建造	たてろ
た形 (過去形)		可能形	
建造了	たてた	可以建造	たてられる
たら形 (條件形)		う形 (意向形)	
建造的話	たてたら	建造吧	たてよう

△ こんな家を建てたいと思います／我想蓋這樣的房子。

たまる【溜まる】 累積，事情積壓；積存，囤積，停滯 自五 グループ1

溜まる・溜まります

辞書形 (基本形) 累積	たまる	たり形 又是累積	たまったり
ない形 (否定形) 沒累積	たまらない	ば形 (條件形) 累積的話	たまれば
なかった形 (過去否定形) 過去沒累積	たまらなかった	させる形 (使役形) 使累積	たまらせる
ます形 (連用形) 累積	たまります	られる形 (被動形) 被累積	たまられる
て形 累積	たまって	命令形 快累積	たまれ
た形 (過去形) 累積了	たまった	可能形	———
たら形 (條件形) 累積的話	たまったら	う形 (意向形) 累積吧	たまろう

 △最近、ストレスが溜まっている／最近累積了不少壓力。

だまる【黙る】 沉默，不說話；不理，不聞不問 自五 グループ1

黙る・黙ります

辞書形 (基本形) 沉默	だまる	たり形 又是沉默	だまったり
ない形 (否定形) 沒沉默	だまらない	ば形 (條件形) 沉默的話	だまれば
なかった形 (過去否定形) 過去沒沉默	だまらなかった	させる形 (使役形) 使沉默	だまらせる
ます形 (連用形) 沉默	だまります	られる形 (被動形) 被不聞不問	だまられる
て形 沉默	だまって	命令形 快沉默	だまれ
た形 (過去形) 沉默了	だまった	可能形 會沉默	だまれる
たら形 (條件形) 沉默的話	だまったら	う形 (意向形) 沉默吧	だまろう

△それを言われたら、私は黙るほかない／
被你這麼一說，我只能無言以對。

ためる【溜める】 積，存，蓄；積壓，停滯

他下一 グループ2

溜める・溜めます

辞書形（基本形）積存	ためる	た形又是積存	ため**たり**
ない形（否定形）沒積存	ため**ない**	ば形積存的話	ため**れば**
なかった形（過去否定形）過去沒積存	ため**なかった**	させる形（使役形）使積存	ため**させる**
ます形（連用形）積存	ため**ます**	られる形（被動形）被積存	ため**られる**
て形積存	ため**て**	命令形快積存	ため**ろ**
た形（過去形）積存了	ため**た**	可能形可以積存	ため**られる**
たら形（條件形）積存的話	ため**たら**	意向形積存吧	ため**よう**

△ お金をためてからでないと、結婚なんてできない／
不先存些錢怎麼能結婚。

ちかづく【近づく】 臨近，靠近；接近，交往；幾乎，近似

自五 グループ1

近付く・近付きます

辞書形（基本形）靠近	ちかづく	た形又是靠近	ちかづい**たり**
ない形（否定形）沒靠近	ちかづか**ない**	ば形靠近的話	ちかづけ**ば**
なかった形（過去否定形）過去沒靠近	ちかづか**なかった**	させる形（使役形）使靠近	ちかづか**せる**
ます形（連用形）靠近	ちかづき**ます**	られる形（被動形）被靠近	ちかづか**れる**
て形靠近	ちかづい**て**	命令形快靠近	ちかづけ
た形（過去形）靠近了	ちかづい**た**	可能形可以靠近	ちかづける
たら形（條件形）靠近的話	ちかづい**たら**	意向形靠近吧	ちかづこ**う**

△ 夏休みも終わりが近づいてから、やっと宿題をやり始めた／
直到暑假快要結束才終於開始寫作業了。

ちかづける【近付ける】 使…接近・使…靠近　他下一　グループ2

近付ける・近付けます

辞書形（基本形）使…接近	ちかづける	たり形 又是使…接近	ちかづけたり
ない形（否定形）沒使…接近	ちかづけない	ば形（條件形）使…接近的話	ちかづければ
なかった形（過去否定形）過去沒使…接近	ちかづけなかった	させる形（使役形）使…接近	ちかづけさせる
ます形（連用形）使…接近	ちかづけます	られる形（被動形）被靠近	ちかづけられる
て形 使…接近	ちかづけて	命令形 快使…接近	ちかづけろ
た形（過去形）使…接近了	ちかづけた	可能形 可以使…接近	ちかづけられる
たら形（條件形）使…接近的話	ちかづけたら	う形（意向形）使…接近吧	ちかづけよう

△この薬品は、火を近づけると燃えるので、注意してください／
這藥只要接近火就會燃燒，所以要小心。

ちぢめる【縮める】 縮小・縮短・縮減；縮回・捲縮・起皺紋　他下一　グループ2

縮める・縮めます

辞書形（基本形）縮小	ちぢめる	たり形 又是縮小	ちぢめたり
ない形（否定形）沒縮小	ちぢめない	ば形（條件形）縮小的話	ちぢめれば
なかった形（過去否定形）過去沒縮小	ちぢめなかった	させる形（使役形）使縮小	ちぢめさせる
ます形（連用形）縮小	ちぢめます	られる形（被動形）被縮小	ちぢめられる
て形 縮小	ちぢめて	命令形 快縮小	ちぢめろ
た形（過去形）縮小了	ちぢめた	可能形 可以縮小	ちぢめられる
たら形（條件形）縮小的話	ちぢめたら	う形（意向形）縮小吧	ちぢめよう

△この亀はいきなり首を縮めます／這隻烏龜突然縮回脖子。

ちらす【散らす】 弄散・弄開；吹散・灑散；散佈・傳播；消腫 他五・接尾 グループ1

散らす・散らします

辞書形(基本形) 弄散	ちらす	た形 又是弄散	ちらしたり
ない形 (否定形) 沒弄散	ちらさない	ば形 (條件形) 弄散的話	ちらせば
なかった形 (過去否定形) 過去沒弄散	ちらさなかった	させる形 (使役形) 使弄散	ちらさせる
ます形 (連用形) 弄散	ちらします	られる形 (被動形) 被弄散	ちらされる
て形 弄散	ちらして	命令形 快弄散	ちらせ
た形 (過去形) 弄散了	ちらした	可能形 可以弄散	ちらせる
たら形 (條件形) 弄散的話	ちらしたら	う形 (意向形) 弄散吧	ちらそう

△ ご飯の上に、ごまやのりが散らしてあります／
白米飯上，灑著芝麻和海苔。

ちる【散る】 凋謝・散漫，落；離散・分散；遍佈；消腫；渙散 自五 グループ1

散る・散ります

辞書形(基本形) 凋謝	ちる	た形 又是凋謝	ちったり
ない形 (否定形) 沒凋謝	ちらない	ば形 (條件形) 凋謝的話	ちれば
なかった形 (過去否定形) 過去沒凋謝	ちらなかった	させる形 (使役形) 使凋謝	ちらせる
ます形 (連用形) 凋謝	ちります	られる形 (被動形) 被分散	ちられる
て形 凋謝	ちって	命令形 快凋謝	ちれ
た形 (過去形) 凋謝了	ちった	可能形	——
たら形 (條件形) 凋謝的話	ちったら	う形 (意向形) 凋謝吧	ちろう

△ 桜の花びらがひらひらと散る／櫻花落英繽紛。

つうじる・つうずる【通じる・通ずる】 自他上一 グループ2

通；通到・通往；通曉，精通；明白，理解；使…通；在整個期間內

通じる・通じます

辞書形(基本形) 通到	つうじる	た形 又是通到	つうじたり
ない形 (否定形) 沒通到	つうじない	ば形 (條件形) 通到的話	つうじれば
なかった形 (過去否定形) 過去沒通到	つうじなかった	させる形 (使役形) 使通到	つうじさせる
ます形 (連用形) 通到	つうじます	られる形 (被動形) 被理解	つうじられる
て形 通到	つうじて	命令形 快通	つうじろ
た形 (過去形) 通到了	つうじた	可能形	———
たら形 (條件形) 通到的話	つうじたら	う形 (意向形) 通吧	つうじよう

 △ 日本では、英語が通じますか／在日本英語能通嗎？

つかまる【捕まる】 抓住・被捉住・逮捕；抓緊・揪住 自五 グループ1

捕まる・捕まります

辞書形(基本形) 抓住	つかまる	たり形 又是抓住	つかまったり
ない形 (否定形) 沒抓住	つかまらない	ば形 (條件形) 抓住的話	つかまれば
なかった形 (過去否定形) 過去沒抓住	つかまらなかった	させる形 (使役形) 使抓住	つかまらせる
ます形 (連用形) 抓住	つかまります	られる形 (被動形) 被抓住	つかまられる
て形 抓住	つかまって	命令形 快抓住	つかまれ
た形 (過去形) 抓住了	つかまった	可能形 會抓住	つかまれる
たら形 (條件形) 抓住的話	つかまったら	う形 (意向形) 抓住吧	つかまろう

 △ 犯人、早く警察に捕まるといいのになあ／
真希望警察可以早日把犯人緝捕歸案呀。

つかむ【掴む】 抓，抓住，揪住，握住；掌握到，瞭解到 他五 グループ1

つか　　つか
掴む・掴みます

辭書形(見未形) 抓住	つかむ	た口形 又是抓住	つかんだり
ない形 (否定形) 沒抓住	つかまない	ば形 (條件形) 抓住的話	つかめば
なかった形 (過去否定形) 過去沒抓住	つかまなかった	せる形 (使役形) 使抓住	つかませる
ます形 (連用形) 抓住	つかみます	られる形 (被動形) 被抓住	つかまれる
て形 抓住	つかんで	命令形 快抓住	つかめ
た形 (過去形) 抓住了	つかんだ	可能形 可以抓住	つかめる
たら形 (條件形) 抓住的話	つかんだら	う形 (意向形) 抓住吧	つかもう

だれ　　たよ　　　　　　じぶん　せいこう
△ 誰にも頼らないで、自分で成功をつかむほかない／
不依賴任何人，只能靠自己去掌握成功。

つきあう【付き合う】 交際，往來；陪伴，奉陪，應酬 自五 グループ1

つ　　あ　　　　　つ　　あ
付き合う・付き合います

辭書形(見未形) 交往	つきあう	た口形 又是交往	つきあったり
ない形 (否定形) 沒交往	つきあわない	ば形 (條件形) 交往的話	つきあえば
なかった形 (過去否定形) 過去沒交往	つきあわなかった	せる形 (使役形) 使交往	つきあわせる
ます形 (連用形) 交往	つきあいます	られる形 (被動形) 被迫陪伴	つきあわれる
て形 交往	つきあって	命令形 快交往	つきあえ
た形 (過去形) 交往了	つきあった	可能形 可以交往	つきあえる
たら形 (條件形) 交往的話	つきあったら	う形 (意向形) 交往吧	つきあおう

となりきんじょ　　　した　　　つ　あ
△ 隣近所と親しく付き合う／敦親睦鄰。

つく【付く】

附著・沾上；長・添增；跟隨・隨從・聽隨；偏坦；設 有；連接著 　自五 グループ1

付く・付きます

辭書形(基本形)		たり形	
沾上	つく	又是沾上	ついたり
ない形（否定形）		ば形（條件形）	
沒沾上	つかない	沾上的話	つけば
なかった形（過去否定形）		させる形（使役形）	
過去沒沾上	つかなかった	使沾上	つかせる
ます形（連用形）		られる形（被動形）	
沾上	つきます	被沾上	つかれる
て形		命令形	
沾上	ついて	快沾上	つけ
た形（過去形）		可能形	
沾上了	ついた		———
たら形（條件形）		う形（意向形）	
沾上的話	ついたら	沾上吧	つこう

△ ご飯粒が顔に付いてるよ／臉上黏了飯粒喔。

つける【点ける】

點燃；打開（家電類）　他下一 グループ2

点ける・点けます

辭書形(基本形)		たり形	
點燃	つける	又是點燃	つけたり
ない形（否定形）		ば形（條件形）	
沒點燃	つけない	點燃的話	つければ
なかった形（過去否定形）		させる形（使役形）	
過去沒點燃	つけなかった	使點燃	つけさせる
ます形（連用形）		られる形（被動形）	
點燃	つけます	被點燃	つけられる
て形		命令形	
點燃	つけて	快點燃	つけろ
た形（過去形）		可能形	
點燃了	つけた	可以點燃	つけられる
たら形（條件形）		う形（意向形）	
點燃的話	つけたら	點燃吧	つけよう

△ クーラーをつけるより、窓を開けるほうがいいでしょう／
與其開冷氣，不如打開窗戶來得好吧！

つける【付ける・着ける】

掛上；裝上；安裝；穿上・配戴；寫上・記上；評定・決定；定（價）・出（價）；養成；分配・派；附加；抹上

付ける・付けます

辞書形(基本形)		たり形	
掛上	つける	又是掛上	つけたり
ない形 (否定形)		ば形 (條件形)	
沒掛上	つけない	掛上的話	つければ
なかった形 (過去否定形)		させる形 (使役形)	
過去沒掛上	つけなかった	使掛上	つけさせる
ます形 (連用形)		られる形 (被動形)	
掛上	つけます	被掛上	つけられる
て形		命令形	
掛上	つけて	快掛上	つけろ
た形 (過去形)		可能形	
掛上了	つけた	可以掛上	つけられる
たら形 (條件形)		う形 (意向形)	
掛上的話	つけたら	掛上吧	つけよう

 △生まれた子供に名前をつける／為生下來的孩子取名字。

つたえる【伝える】　傳達・轉告；傳導

伝える・伝えます

辞書形(基本形)		たり形	
傳達	つたえる	又是傳達	つたえたり
ない形 (否定形)		ば形 (條件形)	
沒傳達	つたえない	傳達的話	つたえれば
なかった形 (過去否定形)		させる形 (使役形)	
過去沒傳達	つたえなかった	使傳達	つたえさせる
ます形 (連用形)		られる形 (被動形)	
傳達	つたえます	被傳達	つたえられる
て形		命令形	
傳達	つたえて	快傳達	つたえろ
た形 (過去形)		可能形	
傳達了	つたえた	可以傳達	つたえられる
たら形 (條件形)		う形 (意向形)	
傳達的話	つたえたら	傳達吧	つたえよう

 △私が忙しいということを、彼に伝えてください／請轉告他我很忙。

つづく【続く】 繼續‧延續‧連續；接連發生‧接連不斷；隨後發生‧接著‧連著‧通到‧與…接連；接得上‧夠用；後繼‧跟上；次於‧居次位

自五 グループ1

続く・続きます

辞書形(基本形) 繼續	つづく	たり形 又是繼續	つづいたり
ない形 (否定形) 沒繼續	つづかない	ば形 (條件形) 繼續的話	つづけば
なかった形 (過去否定形) 過去沒繼續	つづかなかった	させる形 (使役形) 使繼續	つづかせる
ます形 (連用形) 繼續	つづきます	られる形 (被動形) 被延續	つづかれる
て形 繼續	つづいて	命令形 快繼續	つづけ
た形 (過去形) 繼續了	つづいた	可能形 可以繼續	つづける
たら形 (條件形) 繼續的話	つづいたら	う形 (意向形) 繼續吧	つづこう

 △ このところ晴天が続いている／最近一連好幾天都是晴朗的好天氣。

つつむ【包む】 包裹‧打包‧包上；蒙蔽‧遮蔽‧籠罩；藏在心中‧隱瞞；包圍

他五 グループ1

包む・包みます

辞書形(基本形) 打包	つつむ	たり形 又是打包	つつんだり
ない形 (否定形) 沒打包	つつまない	ば形 (條件形) 打包的話	つつめば
なかった形 (過去否定形) 過去沒打包	つつまなかった	させる形 (使役形) 使打包	つつませる
ます形 (連用形) 打包	つつみます	られる形 (被動形) 被打包	つつまれる
て形 打包	つつんで	命令形 快打包	つつめ
た形 (過去形) 打包了	つつんだ	可能形 可以打包	つつめる
たら形 (條件形) 打包的話	つつんだら	う形 (意向形) 打包吧	つつもう

 △ プレゼント用に包んでください／請包裝成送禮用的。

つながる【繋がる】

相連・連接・聯繋；（人）排隊・排列；有（血緣、親屬）關係，牽連

　N3

自五　グループ1

繋がる・繋がります

辭書形（基本形）		た り形	
連接	つながる	又是連接	つながっ**たり**
ない形（否定形）		ば形（條件形）	
沒連接	つながら**ない**	連接的話	つながれ**ば**
なかった形（過去否定形）		せる形（使役形）	
過去沒連接	つながら**なかった**	使連接	つながら**せる**
ます形（連用形）		られる形（被動形）	
連接	つながり**ます**	被連接	つながら**れる**
て形		命令形	
連接	つながっ**て**	快連接	つながれ
た形（過去形）		可能形	
連接了	つながっ**た**	可以連接	つながれる
たら形（條件形）		う形（意向形）	
連接的話	つながっ**たら**	連接吧	つながろ**う**

△電話がようやく繋がった／電話終於通了。

つながぐ【繋ぐ】

拴結・繋；連起・接上；延續・維繋（生命等）

他五　グループ1

繋ぐ・繋ぎます

辭書形（基本形）		たり形	
拴上	つなぐ	又是拴上	つない**だり**
ない形（否定形）		ば形（條件形）	
沒拴上	つなが**ない**	拴上的話	つなげ**ば**
なかった形（過去否定形）		させる形（使役形）	
過去沒拴上	つなが**なかった**	使拴上	つなが**せる**
ます形（連用形）		られる形（被動形）	
拴上	つなぎ**ます**	被拴上	つなが**れる**
て形		命令形	
拴上	つない**で**	快拴上	つなげ
た形（過去形）		可能形	
拴上了	つない**だ**	可以拴上	つなげる
たら形（條件形）		う形（意向形）	
拴上的話	つない**だら**	拴上吧	つなご**う**

△テレビとビデオを繋いで録画した／我將電視和錄影機接上來錄影。

つなげる【繋る】 連接・維繫

繋げる・繋げます

辞書形(基本形)		たり形	
連接	つなげる	又是連接	つなげたり
ない形(否定形)		ば形(條件形)	
沒連接	つなげない	連接的話	つなげれば
なかった形(過去否定形)		させる形(使役形)	
過去沒連接	つなげなかった	使連接	つなげさせる
ます形(連用形)		られる形(被動形)	
連接	つなげます	被連接	つなげられる
て形		命令形	
連接	つなげて	快連接	つなげろ
た形(過去形)		可能形	
連接了	つなげた	可以連接	つなげられる
たら形(條件形)		う形(意向形)	
連接的話	つなげたら	連接吧	つなげよう

△インターネットは、世界の人々を繋げる／
網路將這世上的人接繫了起來。

つぶす【潰す】 毀壞・弄碎；熔毀、熔化；消磨、消耗；宰殺；堵死、填滿

潰す・潰します

辞書形(基本形)		たり形	
毀壞	つぶす	又是毀壞	つぶしたり
ない形(否定形)		ば形(條件形)	
沒毀壞	つぶさない	毀壞的話	つぶせば
なかった形(過去否定形)		させる形(使役形)	
過去沒毀壞	つぶさなかった	使毀壞	つぶさせる
ます形(連用形)		られる形(被動形)	
毀壞	つぶします	被毀壞	つぶされる
て形		命令形	
毀壞	つぶして	快毀壞	つぶせ
た形(過去形)		可能形	
毀壞了	つぶした	可以毀壞	つぶせる
たら形(條件形)		う形(意向形)	
毀壞的話	つぶしたら	毀壞吧	つぶそう

△会社を潰さないように、一生懸命がんばっている／
為了不讓公司倒閉而拼命努力。

つまる【詰まる】

擠滿，塞滿；堵塞，不通；窘困，窘迫；縮短，緊小；停頓，擱淺

自五 グループ1

詰まる・詰まります

辭書形(基本形) 塞滿	つまる	た り形 又是塞滿	つまったり
ない形(否定形) 沒塞滿	つまらない	ば形(條件形) 塞滿的話	つまれば
なかった形(過去否定形) 過去沒塞滿	つまらなかった	させる形(使役形) 使塞滿	つまらせる
ます形(連用形) 塞滿	つまります	られる形(被動形) 被塞滿	つまられる
て形 塞滿	つまって	命令形 快塞滿	つまれ
た形(過去形) 塞滿了	つまった	可能形	——
たら形(條件形) 塞滿的話	つまったら	う形(意向形) 塞滿吧	つまろう

△ 食べ物がのどに詰まって、せきが出た／因食物卡在喉嚨裡而咳嗽。

つむ【積む】

累積，堆積；裝載；積蓄，積累

自他五 グループ1

積む・積みます

辭書形(基本形) 累積	つむ	た り形 又是累積	つんだり
ない形(否定形) 沒累積	つまない	ば形(條件形) 累積的話	つめば
なかった形(過去否定形) 過去沒累積	つまなかった	させる形(使役形) 使累積	つませる
ます形(連用形) 累積	つみます	られる形(被動形) 被累積	つまれる
て形 累積	つんで	命令形 快累積	つめ
た形(過去形) 累積了	つんだ	可能形 可以累積	つめる
たら形(條件形) 累積的話	つんだら	う形(意向形) 累積吧	つもう

△ 荷物をトラックに積んだ／我將貨物裝到卡車上。

つめる【詰める】

塞進・裝入；不停的工作；節約；深究；守候・值勤

自他下一　グループ2

詰める・詰めます

辭書形(基本形)		たり形	
裝入	つめる	又是裝入	つめたり
ない形 (否定形)		ば形 (條件形)	
沒裝入	つめない	裝入的話	つめれば
なかった形 (過去否定形)		させる形 (使役形)	
過去沒裝入	つめなかった	使裝入	つめさせる
ます形 (連用形)		られる形 (被動形)	
裝入	つめます	被裝入	つめられる
て形		命令形	
裝入	つめて	快裝入	つめろ
た形 (過去形)		可能形	
裝入了	つめた	可以裝入	つめられる
たら形 (條件形)		う形 (意向形)	
裝入的話	つめたら	裝入吧	つめよう

△スーツケースに服や本を詰めた／我將衣服和書塞進行李箱。

つもる【積もる】

積・堆積；累積；估計；計算；推測

自他五　グループ1

積もる・積もります

辭書形(基本形)		たり形	
堆積	つもる	又是堆積	つもったり
ない形 (否定形)		ば形 (條件形)	
沒堆積	つもらない	堆積的話	つもれば
なかった形 (過去否定形)		させる形 (使役形)	
過去沒堆積	つもらなかった	使堆積	つもらせる
ます形 (連用形)		られる形 (被動形)	
堆積	つもります	被堆積	つもられる
て形		命令形	
堆積	つもって	快堆積	つもれ
た形 (過去形)		可能形	
堆積了	つもった		――
たら形 (條件形)		う形 (意向形)	
堆積的話	つもったら	堆積吧	つもろう

△この辺りは、雪が積もったとしてもせいぜい3センチくらいだ／這一帶就算積雪，深度也頂多只有三公分左右。

つよまる【強まる】 強起來・加強・增強

自五 グループ1

強まる・強まります

加強	つよまる	又是加強	つよまったり
沒加強	つよまらない	加強的話	つよまれば
過去沒加強	つよまらなかった	使加強	つよまらせる
加強	つよまります	被加強	つよまられる
加強	つよまって	快加強	つよまれ
加強了	つよまった	可以加強	つよまれる
加強的話	つよまったら	加強吧	つよまろう

 △台風が近づくにつれ、徐々に雨が強まってきた／
随著颱風的暴風範圍逼近，雨勢亦逐漸增強。

つよめる【強める】 加強・增強

他下一 グループ2

強める・強めます

加強	つよめる	又是加強	つよめたり
沒加強	つよめない	加強的話	つよめれば
過去沒加強	つよめなかった	使加強	つよめさせる
加強	つよめます	被加強	つよめられる
加強	つよめて	快加強	つよめろ
加強了	つよめた	可以加強	つよめられる
加強的話	つよめたら	加強吧	つよめよう

△天ぷらを揚げるときは、最後に少し火を強めるといい／
在炸天婦羅時，起鍋前把火力調大一點比較好。

であう【出会う】

遇見，碰見，偶遇；約會，幽會；（顏色等）協調，相稱

自五 グループ1

であ　　　　　であ
出会う・出会います

辭書形(基本形) 遇見	であう	たり形 又是遇見	であったり
ない形（否定形） 沒遇見	であわない	ば形（條件形） 遇見的話	であえば
なかった形（過去否定形） 過去沒遇見	であわなかった	させる形（使役形） 使遇見	であわせる
ます形（連用形） 遇見	であいます	られる形（被動形） 被碰見	であわれる
て形 遇見	であって	命令形 快遇見	であえ
た形（過去形） 遇見了	であった	可能形 會遇見	であえる
たら形（條件形） 遇見的話	であったら	う形（意向形） 遇見吧	であおう

ふたり　　さいしょ　　　　であ
△二人は、最初どこで出会ったのですか／兩人最初是在哪裡相遇的？

できる

完成；能夠

自上一 グループ2

で　き　　　　で　き
出来る・出来ます

辭書形(基本形) 完成	できる	たり形 又是完成	できたり
ない形（否定形） 沒完成	できない	ば形（條件形） 完成的話	できれば
なかった形（過去否定形） 過去沒完成	できなかった	させる形（使役形） 使完成	できさせる
ます形（連用形） 完成	できます	られる形（被動形）	——
て形 完成	できて	命令形 快完成	できろ
た形（過去形） 完成了	できた	可能形	——
たら形（條件形） 完成的話	できたら	う形（意向形） 完成吧	できよう

しゅうかん
△1週間でできるはずだ／一星期應該就可以完成的。

とおす【通す】

穿通・貫穿;滲透・透過;連續・貫徹;（把客人）讓到裡邊;一直・連續……到底

他五・接尾　グループ1

通す・通します

辞書形(基本形) 貫穿	とおす	た形 又是貫穿	とおしたり
ない形(否定形) 沒貫穿	とおさない	ば形(條件形) 貫穿的話	とおせば
なかった形(過去否定形) 過去沒貫穿	とおさなかった	せる形(使役形) 使貫穿	とおさせる
ます形(連用形) 貫穿	とおします	られる形(被動形) 被貫穿	とおされる
て形 貫穿	とおして	命令形 快貫穿	とおせ
た形(過去形) 貫穿了	とおした	可能形 可以貫穿	とおせる
たら形(條件形) 貫穿的話	とおしたら	よう形(意向形) 貫穿吧	とおそう

△彼は、自分の意見を最後まで通す人だ／他是個貫徹自己的主張的人。

とおりこす【通り越す】

通過・越過

自五　グループ1

通り越す・通り越します

辞書形(基本形) 通過	とおりこす	た形 又是通過	とおりこしたり
ない形(否定形) 沒通過	とおりこさない	ば形(條件形) 通過的話	とおりこせば
なかった形(過去否定形) 過去沒通過	とおりこさなかった	せる形(使役形) 使通過	とおりこさせる
ます形(連用形) 通過	とおりこします	られる形(被動形) 被通過	とおりこされる
て形 通過	とおりこして	命令形 快通過	とおりこせ
た形(過去形) 通過了	とおりこした	可能形 可以通過	とおりこせる
たら形(條件形) 通過的話	とおりこしたら	よう形(意向形) 通過吧	とおりこそう

△ぼんやり歩いていて、バス停を通り越してしまった／
心不在焉地走著，都過了巴士站牌還繼續往前走。

239

とおる【通る】 經過；穿過；合格

自五 グループ1

通る・通ります

辭書形(基本形)		たり形	
經過	とおる	又是經過	とおったり
ない形 (否定形)		ば形 (條件形)	
沒經過	とおらない	經過的話	とおれば
なかった形 (過去否定形)		させる形 (使役形)	
過去沒經過	とおらなかった	使經過	とおらせる
ます形 (連用形)		られる形 (被動形)	
經過	とおります	被穿過	とおられる
て形		命令形	
經過	とおって	快經過	とおれ
た形 (過去形)		可能形	
經過了	とおった	可以經過	とおれる
たら形 (條件形)		う形 (意向形)	
經過的話	とおったら	經過吧	とおろう

△ ときどき、あなたの家の前を通ることがあります／
我有時會經過你家前面。

とかす【溶かす】 溶解，化開，溶入

他五 グループ1

溶かす・溶かします

辭書形(基本形)		たり形	
溶解	とかす	又是溶解	とかしたり
ない形 (否定形)		ば形 (條件形)	
沒溶解	とかさない	溶解的話	とかせば
なかった形 (過去否定形)		させる形 (使役形)	
過去沒溶解	とかさなかった	使溶解	とかさせる
ます形 (連用形)		られる形 (被動形)	
溶解	とかします	被溶解	とかされる
て形		命令形	
溶解	とかして	快溶解	とかせ
た形 (過去形)		可能形	
溶解了	とかした	可以溶解	とかせる
たら形 (條件形)		う形 (意向形)	
溶解的話	とかしたら	溶解吧	とかそう

△ お湯に溶かすだけで、おいしいコーヒーができます／
只要加熱水沖泡，就可以做出一杯美味的咖啡。

とく【溶く】 溶解・化開・溶入 他五 グループ1

溶く・溶きます

辞書形(基本形) 溶解	とく	た り形 又是溶解	といたり
ない形(否定形) 沒溶解	とかない	ば形(條件形) 溶解的話	とけば
なかった形(過去否定形) 過去沒溶解	とかなかった	させる形(使役形) 使溶解	とかせる
ます形(使用形) 溶解	ときます	られる形(被動形) 被溶解	とかれる
て形 溶解	といて	命令形 快溶解	とけ
た形(過去形) 溶解了	といた	可能形 可以溶解	とける
たら形(條件形) 溶解的話	といたら	う形(意向形) 溶解吧	とこう

△ この薬は、お湯に溶いて飲んでください／
這服藥請用熱開水沖泡開後再服用。

とく【解く】 解開；拆開（衣服）；消除・解除（禁令、條約等）；解答 他五 グループ1

解く・解きます

辞書形(基本形) 解開	とく	た り形 又是解開	といたり
ない形(否定形) 沒解開	とかない	ば形(條件形) 解開的話	とけば
なかった形(過去否定形) 過去沒解開	とかなかった	させる形(使役形) 使解開	とかせる
ます形(使用形) 解開	ときます	られる形(被動形) 被解開	とかれる
て形 解開	といて	命令形 快解開	とけ
た形(過去形) 解開了	といた	可能形 可以解開	とける
たら形(條件形) 解開的話	といたら	う形(意向形) 解開吧	とこう

△ もっと時間があったとしても、あんな問題は解けなかった／
就算有更多的時間，也沒有辦法解出那麼困難的問題。

とける【溶ける】 溶解・融化 　　自下一 グループ2

溶ける・溶けます

辞書形(基本形) 溶解	とける	たり形 又是溶解	とけたり
ない形(否定形) 沒溶解	とけない	ば形(條件形) 溶解的話	とければ
なかった形(過去否定形) 過去沒溶解	とけなかった	させる形(使役形) 使溶解	とけさせる
ます形(連用形) 溶解	とけます	られる形(被動形) 被溶解	とけられる
て形 溶解	とけて	命令形 快溶解	とけろ
た形(過去形) 溶解了	とけた	可能形	———
たら形(條件形) 溶解的話	とけたら	う形(意向形) 溶解吧	とけよう

 △ この物質は、水に溶けません／這個物質不溶於水。

とける【解ける】 解開・鬆開（綁著的東西）；消・解消（怒氣等）；解除（職責、契約等）；解開（疑問等）　　自下一 グループ2

解ける・解けます

辞書形(基本形) 解開	とける	たり形 又是解開	とけたり
ない形(否定形) 沒解開	とけない	ば形(條件形) 解開的話	とければ
なかった形(過去否定形) 過去沒解開	とけなかった	させる形(使役形) 使解開	とけさせる
ます形(連用形) 解開	とけます	られる形(被動形) 被解開	とけられる
て形 解開	とけて	命令形 快解開	とけろ
た形(過去形) 解開了	とけた	可能形	———
たら形(條件形) 解開的話	とけたら	う形(意向形) 解開吧	とけよう

 △ あと10分あったら、最後の問題解けたのに／
如果再多給十分鐘，就可以解出最後一題了呀。

とじる【閉じる】 閉・關閉；結束 自上一 グループ2

閉じる・閉じます

辭書形(基本形)		又是關閉	
關閉	とじる	又是關閉	とじたり
沒關閉	とじない	關閉的話	とじれば
過去沒關閉	とじなかった	使關閉	とじさせる
關閉	とじます	被關閉	とじられる
關閉	とじて	快關閉	とじろ
關閉了	とじた	可以關閉	とじられる
關閉的話	とじたら	關閉吧	とじよう

△目を閉じて、子どものころを思い出してごらん／
請試著閉上眼睛，回想兒時的記憶。

とどく【届く】 及・達到；（送東西）到達；周到；達到（希望） 自五 グループ1

届く・届きます

辭書形(基本形)		又是達到	
達到	とどく	又是達到	とどいたり
沒達到	とどかない	達到的話	とどけば
過去沒達到	とどかなかった	使達到	とどかせる
達到	とどきます	被送達	とどかれる
達到	とどいて	快達到	とどけ
達到了	とどいた		――――
達到的話	とどいたら	到達吧	とどこう

△昨日、いなかの母から手紙が届きました／
昨天，收到了住在鄉下的母親寫來的信。

とどける【届ける】 送達；送交；報告 他下一 グループ2

届ける・届けます

辞書形(基本形)		たり形	
送達	とどける	又是送達	とどけたり
ない形 (否定形)		ば形 (條件形)	
沒送達	とどけない	送達的話	とどければ
なかった形 (過去否定形)		させる形 (使役形)	
過去沒送達	とどけなかった	使送達	とどけさせる
ます形 (連用形)		られる形 (被動形)	
送達	とどけます	被送達	とどけられる
て形		命令形	
送達	とどけて	快送達	とどけろ
た形 (過去形)		可能形	
送達了	とどけた	可以送達	とどけられる
たら形 (條件形)		う形 (意向形)	
送達的話	とどけたら	送達吧	とどけよう

△ あれ、財布が落ちてる。交番に届けなくちゃ／
咦，有人掉了錢包？得送去派出所才行。

とばす【飛ばす】 使…飛・使飛起；（風等）吹起，吹 他五・接尾 グループ1
跑；飛濺，濺起

飛ばす・飛ばします

辞書形(基本形)		たり形	
吹起	とばす	又是吹起	とばしたり
ない形 (否定形)		ば形 (條件形)	
沒吹起	とばさない	吹起的話	とばせば
なかった形 (過去否定形)		させる形 (使役形)	
過去沒吹起	とばさなかった	使吹起	とばさせる
ます形 (連用形)		られる形 (被動形)	
吹起	とばします	被吹起	とばされる
て形		命令形	
吹起	とばして	快吹起	とばせ
た形 (過去形)		可能形	
吹起了	とばした	可以吹起	とばせる
たら形 (條件形)		う形 (意向形)	
吹起的話	とばしたら	吹起吧	とばそう

△ 友達に向けて紙飛行機を飛ばしたら、先生にぶつかっちゃった／
把紙飛機射向同學，結果射中了老師。

とぶ【跳ぶ】 跳・跳起；跳過（順序、號碼等） 自五 グループ1

と
飛ぶ・飛びます

辭書形(基本形)		た形	
跳起	とぶ	又是跳起	とんだり
ない形 (否定形)		ば形 (條件形)	
沒跳起	とばない	跳起的話	とべば
なかった形 (過去否定形)		させる形 (使役形)	
過去沒跳起	とばなかった	使跳起	とばせる
ます形 (連用形)		られる形 (被動形)	
跳起	とびます	被跳過	とばれる
て形		命令形	
跳起	とんで	快跳起	とべ
た形 (過去形)		可能形	
跳起了	とんだ	可以跳起	とべる
たら形 (條件形)		う形 (意向形)	
跳起的話	とんだら	跳起吧	とぼう

△ お母さん、今日ね、はじめて跳び箱8段跳べたよ／
媽媽，我今天練習跳箱，第一次成功跳過八層喔！

なおす【直す】 修理；改正；治療 他五 グループ1

なお
直す・直します

辭書形(基本形)		た形	
修理	なおす	又是修理	なおしたり
ない形 (否定形)		ば形 (條件形)	
沒修理	なおさない	修理的話	なおせば
なかった形 (過去否定形)		させる形 (使役形)	
過去沒修理	なおさなかった	使修理	なおさせる
ます形 (連用形)		られる形 (被動形)	
修理	なおします	被修理	なおされる
て形		命令形	
修理	なおして	快修理	なおせ
た形 (過去形)		可能形	
修理了	なおした	可以修理	なおせる
たら形 (條件形)		う形 (意向形)	
修理的話	なおしたら	修理吧	なおそう

△ 自転車を直してやるから、持ってきなさい／
我幫你修理腳踏車，去把它騎過來。

なおす【治す】 醫治・治療 他五 グループ1

治す・治します

辭書形(基本形)		たり形	
醫治	なおす	又是醫治	なおしたり
ない形(否定形)		ば形(條件形)	
沒醫治	なおさない	醫治的話	なおせば
なかった形(過去否定形)		させる形(使役形)	
過去沒醫治	なおさなかった	使醫治	なおさせる
ます形(連用形)		られる形(被動形)	
醫治	なおします	被醫治	なおされる
て形		命令形	
醫治	なおして	快醫治	なおせ
た形(過去形)		可能形	
醫治了	なおした	可以醫治	なおせる
たら形(條件形)		う形(意向形)	
醫治的話	なおしたら	醫治吧	なおそう

△早く病気を治して働きたい／我真希望早日把病治好，快點去工作。

ながす【流す】 使流動・沖走；使漂走；流（出）；放逐；使流產；傳播；洗掉（汙垢）；不放在心上 他五 グループ1

流す・流します

辭書形(基本形)		たり形	
沖走	ながす	又是沖走	ながしたり
ない形(否定形)		ば形(條件形)	
沒沖走	ながさない	沖走的話	ながせば
なかった形(過去否定形)		させる形(使役形)	
過去沒沖走	ながさなかった	使沖走	ながさせる
ます形(連用形)		られる形(被動形)	
沖走	ながします	被沖走	ながされる
て形		命令形	
沖走	ながして	快沖走	ながせ
た形(過去形)		可能形	
沖走了	ながした	可以沖走	ながせる
たら形(條件形)		う形(意向形)	
沖走的話	ながしたら	沖走吧	ながそう

△トイレットペーパー以外は流さないでください／
請勿將廁紙以外的物品丟入馬桶內沖掉。

ながれる【流れる】

流動；漂流；飄動；傳佈；流逝；流浪；（壞的）傾向；流產；作罷

自下一　グループ2

流れる・流れます

辞書形(基本形) 流動	ながれる	たり形 又是流動	ながれたり
ない形 (否定形) 沒流動	ながれない	ば形 (條件形) 流動的話	ながれれば
なかった形 (過去否定形) 過去沒流動	ながれなかった	させる形 (使役形) 使流動	ながれさせる
ます形 (連用形) 流動	ながれます	られる形 (被動形) 被散佈	ながれられる
て形 流動	ながれて	命令形 快流動	ながれろ
た形 (過去形) 流動了	ながれた	可能形 可以流動	ながれられる
たら形 (條件形) 流動的話	ながれたら	う形 (意向形) 流動吧	ながれよう

 △日本で一番長い信濃川は、長野県から新潟県へと流れている／
日本最長的河流信濃川，是從長野縣流到新潟縣的。

なくなる【亡くなる】

去世・死亡

自五　グループ1

亡くなる・亡くなります

辞書形(基本形) 去世	なくなる	たり形 又是去世	なくなったり
ない形 (否定形) 沒去世	なくならない	ば形 (條件形) 去世的話	なくなれば
なかった形 (過去否定形) 過去沒去世	なくならなかった	させる形 (使役形) 使去世	なくならせる
ます形 (連用形) 去世	なくなります	られる形 (被動形) 被去世	なくなられる
て形 去世	なくなって	命令形 快死	なくなれ
た形 (過去形) 去世了	なくなった	可能形	———
たら形 (條件形) 去世的話	なくなったら	う形 (意向形) 死吧	なくなろう

 △おじいちゃんが亡くなって、みんな悲しんでいる／
爺爺過世了，大家都很哀傷。

なぐる【殴る】 毆打・揍

他五 グループ1

殴る・殴ります

辞書形(基本形)		たり形	
毆打	なぐる	又是毆打	なぐったり
ない形 (否定形)		ば形 (條件形)	
沒毆打	なぐらない	毆打的話	なぐれば
なかった形 (過去否定形)		させる形 (使役形)	
過去沒毆打	なぐらなかった	使毆打	なぐらせる
ます形 (連用形)		られる形 (被動形)	
毆打	なぐります	被毆打	なぐられる
て形		命令形	
毆打	なぐって	快毆打	なぐれ
た形 (過去形)		可能形	
毆打了	なぐった	可以毆打	なぐれる
たら形 (條件形)		う形 (意向形)	
毆打的話	なぐったら	毆打吧	なぐろう

 △彼が人を殴るわけがない／他不可能會打人。

なやむ【悩む】 煩惱・苦惱・憂愁；感到痛苦

自五 グループ1

悩む・悩みます

辞書形(基本形)		たり形	
苦惱	なやむ	又是苦惱	なやんだり
ない形 (否定形)		ば形 (條件形)	
沒苦惱	なやまない	苦惱的話	なやめば
なかった形 (過去否定形)		させる形 (使役形)	
過去沒苦惱	なやまなかった	使苦惱	なやませる
ます形 (連用形)		られる形 (被動形)	
苦惱	なやみます	被為難	なやまれる
て形		命令形	
苦惱	なやんで	快苦惱	なやめ
た形 (過去形)		可能形	
苦惱了	なやんだ	會苦惱	なやめる
たら形 (條件形)		う形 (意向形)	
苦惱的話	なやんだら	苦惱吧	なやもう

△あんなひどい女のことで、悩むことはないですよ／
用不著為了那種壞女人煩惱啊！

N3
な
なぐる・なやむ

ならす【鳴らす】 鳴・啼・叫；（使）出名；燃放；放響屁　他五 グループ1

な
鳴らす・鳴らします

辭書形(基本形)		たり形	
鳴啼	ならす	又是鳴啼	ならしたり
ない形 (否定形) 沒鳴啼	ならさない	已形 (條件形) 鳴啼的話	ならせば
なかった形 (過去否定形) 過去沒鳴啼	ならさなかった	させる形 (使役形) 使啼叫	ならさせる
ます形 (連用形) 鳴啼	ならします	られる形 (被動形) 被燃放	ならされる
て形 鳴啼	ならして	命令形 快啼叫	ならせ
た形 (過去形) 鳴啼了	ならした	可能形 會啼叫	ならせる
たら形 (條件形) 鳴啼的話	ならしたら	う形 (意向形) 啼叫吧	ならそう

△ 日本では、大晦日には除夜の鐘を108回鳴らす／
在日本・除夕夜要敲鐘一百零八回。

なる【鳴る】 響・叫；聞名　自五 グループ1

な
鳴る・鳴ります

辭書形(基本形)		たり形	
響起	なる	又是響起	なったり
ない形 (否定形) 沒響起	ならない	已形 (條件形) 響起的話	なれば
なかった形 (過去否定形) 過去沒響起	ならなかった	させる形 (使役形) 使響起	ならせる
ます形 (連用形) 響起	なります	られる形 (被動形) 被響起	なられる
て形 響起	なって	命令形 快響起	なれ
た形 (過去形) 響起了	なった	可能形	———
たら形 (條件形) 響起的話	なったら	う形 (意向形) 響起吧	なろう

△ ベルが鳴ったら、書くのをやめてください／鈴聲一響起・就請停筆。

にあう【似合う】 合適・相稱・調和　自五　グループ1

似合う・似合います

辭書形(基本形) 合適	にあう	たり形 又是合適	にあったり
ない形 (否定形) 不合適	にあわない	ば形 (條件形) 合適的話	にあえば
なかった形 (過去否定形) 過去不合適	にあわなかった	させる形 (使役形) 使合適	にあわせる
ます形 (連用形) 合適	にあいます	られる形 (被動形) 被調和	にあわれる
て形 合適	にあって	命令形 快合適	にあえ
た形 (過去形) 合適了	にあった	可能形	———
たら形 (條件形) 合適的話	にあったら	う形 (意向形) 合適吧	にあおう

 △福井さん、黄色が似合いますね／福井小姐真適合穿黄色的衣服呀！

にえる【煮える】 煮熟・煮爛；水燒開；固體融化（成泥狀）；發怒，非常氣憤　自下一　グループ2

煮える・煮えます

辭書形(基本形) 煮熟	にえる	たり形 又是煮熟	にえたり
ない形 (否定形) 沒煮熟	にえない	ば形 (條件形) 煮熟的話	にえれば
なかった形 (過去否定形) 過去沒煮熟	にえなかった	させる形 (使役形) 使煮熟	にえさせる
ます形 (連用形) 煮熟	にえます	られる形 (被動形) 被煮熟	にえられる
て形 煮熟	にえて	命令形 快煮熟	にえろ
た形 (過去形) 煮熟了	にえた	可能形	———
たら形 (條件形) 煮熟的話	にえたら	う形 (意向形) 煮熟吧	にえよう

 △もう芋は煮えましたか／芋頭已經煮熟了嗎？

にぎる【握る】 握・抓；握飯團或壽司；掌握・抓住

他五 グループ1

握る・握ります

辭書形(基本形) 抓	にぎる	た·り形 又是抓	にぎったり
ない形 (古定形) 沒抓	にぎらない	ば形 (條件形) 抓的話	にぎれば
なかった形 (過去否定形) 過去沒抓	にぎらなかった	させる形 (使役形) 使抓	にぎらせる
ます形 (連用形) 抓	にぎります	られる形 (被動形) 被抓	にぎられる
て形 抓	にぎって	命令形 快抓	にぎれ
た形 (過去形) 抓了	にぎった	可能形 可以抓	にぎれる
たら形 (條件形) 抓的話	にぎったら	う形 (意向形) 抓吧	にぎろう

△運転中は、車のハンドルを両手でしっかり握ってください／
開車時請雙手緊握方向盤。

にせる【似せる】 模仿・仿效；偽造

他下一 グループ2

似せる・似せます

辭書形(基本形) 模仿	にせる	た·り形 又是模仿	にせたり
ない形 (古定形) 沒模仿	にせない	ば形 (條件形) 模仿的話	にせれば
なかった形 (過去否定形) 過去沒模仿	にせなかった	させる形 (使役形) 使模仿	にせさせる
ます形 (連用形) 模仿	にせます	られる形 (被動形) 被模仿	にせられる
て形 模仿	にせて	命令形 快模仿	にせろ
た形 (過去形) 模仿了	にせた	可能形	———
たら形 (條件形) 模仿的話	にせたら	う形 (意向形) 模仿吧	にせよう

△本物に似せて作ってありますが、色が少し違います／
雖然做得與真物非常相似，但是顏色有些微不同。

にる【煮る】 煮・燉・熬

他上一 グループ2

煮る・煮ます

辞書形 (基本形)		たり形	
煮	にる	又是煮	にたり
ない形 (否定形)		ば形 (條件形)	
沒煮	にない	煮的話	にれば
なかった形 (過去否定形)		させる形 (使役形)	
過去沒煮	になかった	使煮	にさせる
ます形 (連用形)		られる形 (被動形)	
煮	にます	被煮	にられる
て形		命令形	
煮	にて	快煮	にろ
た形 (過去形)		可能形	
煮了	にた	可以煮	にられる
たら形 (條件形)		う形 (意向形)	
煮的話	にたら	煮吧	によう

△醤油を入れて、もう少し煮ましょう／加醤油再煮一下吧！

ぬう【縫う】 縫・縫補；刺繡；穿過・穿行；(醫) 縫合 (傷口)

他五 グループ1

縫う・縫います

辞書形 (基本形)		たり形	
縫補	ぬう	又是縫補	ぬったり
ない形 (否定形)		ば形 (條件形)	
沒縫補	ぬわない	縫補的話	ぬえば
なかった形 (過去否定形)		させる形 (使役形)	
過去沒縫補	ぬわなかった	使縫補	ぬわせる
ます形 (連用形)		られる形 (被動形)	
縫補	ぬいます	被縫補	ぬわれる
て形		命令形	
縫補	ぬって	快縫補	ぬえ
た形 (過去形)		可能形	
縫補了	ぬった	可以縫補	ぬえる
たら形 (條件形)		う形 (意向形)	
縫補的話	ぬったら	縫補吧	ぬおう

△母親は、子どものために思いをこめて服を縫った／
母親滿懷愛心地為孩子縫衣服。

ぬく【抜く】

抽出，拔去；選出，摘引；消除，排除；省去，減少；超越

抜く・抜きます

辭書形(基本形)		た切形	
抽出	ぬく	又是抽出	ぬいたり
ない形 (否定形)		ば形 (條件形)	
沒抽出	ぬかない	抽出的話	ぬけば
なかった形 (過去否定形)		させる形 (使役形)	
過去沒抽出	ぬかなかった	使抽出	ぬかせる
ます形 (連用形)		られる形 (被動形)	
抽出	ぬきます	被抽出	ぬかれる
て形		命令形	
抽出	ぬいて	快抽出	ぬけ
た形 (過去形)		可能形	
抽出了	ぬいた	可以抽出	ぬける
たら形 (條件形)		う形 (意向形)	
抽出的話	ぬいたら	抽出吧	ぬこう

 △ この虫歯は、もう抜くしかありません／這顆蛀牙已經非拔不可了。

ぬける【抜ける】

脫落，掉落；遺漏；脫；離，離開，消失，散掉；溜走，逃脫

抜ける・抜けます

辭書形(基本形)		た切形	
脫落	ぬける	又是脫落	ぬけたり
ない形 (否定形)		ば形 (條件形)	
沒脫落	ぬけない	脫落的話	ぬければ
なかった形 (過去否定形)		させる形 (使役形)	
過去沒脫落	ぬけなかった	使脫落	ぬけさせる
ます形 (連用形)		られる形 (被動形)	
脫落	ぬけます	被弄掉	ぬけられる
て形		命令形	
脫落	ぬけて	快脫落	ぬけろ
た形 (過去形)		可能形	
脫落了	ぬけた	可以脫落	ぬけられる
たら形 (條件形)		う形 (意向形)	
脫落的話	ぬけたら	脫落吧	ぬけよう

 △ 自転車のタイヤの空気が抜けたので、空気入れで入れた／
腳踏車的輪胎已經扁了，用打氣筒灌了空氣。

ぬらす【濡らす】 浸濕・淋濕・沾濕

他五　グループ1

濡らす・濡らします

辞書形(基本形)		たり形	
淋濕	ぬらす	又是淋濕	ぬらしたり
ない形(否定形)		ば形(條件形)	
沒淋濕	ぬらさない	淋濕的話	ぬらせば
なかった形(過去否定形)		させる形(使役形)	
過去沒淋濕	ぬらさなかった	使淋濕	ぬらさせる
ます形(連用形)		られる形(被動形)	
淋濕	ぬらします	被淋濕	ぬらされる
て形		命令形	
淋濕	ぬらして	快淋濕	ぬらせ
た形(過去形)		可能形	
淋濕了	ぬらした	會淋濕	ぬらせる
たら形(條件形)		う形(意向形)	
淋濕的話	ぬらしたら	淋濕吧	ぬらそう

 △ この機械は、濡らすと壊れるおそれがある／
這機器一碰水，就有可能故障。

ねむる【眠る】 睡覺；埋藏

自五　グループ1

眠る・眠ります

辞書形(基本形)		たり形	
睡覺	ねむる	又是睡覺	ねむったり
ない形(否定形)		ば形(條件形)	
沒睡覺	ねむらない	睡覺的話	ねむれば
なかった形(過去否定形)		させる形(使役形)	
過去沒睡覺	ねむらなかった	使睡覺	ねむらせる
ます形(連用形)		られる形(被動形)	
睡覺	ねむります	被埋藏	ねむられる
て形		命令形	
睡覺	ねむって	快睡覺	ねむれ
た形(過去形)		可能形	
睡覺了	ねむった	可以睡覺	ねむれる
たら形(條件形)		う形(意向形)	
睡覺的話	ねむったら	睡覺吧	ねむろう

 △ 薬を使って、眠らせた／用藥讓他入睡。

のこす【残す】

留下，剩下；存留；遺留；（相撲頂住對方的進攻）開腳站穩

他五　グループ1

N3

の

のこす・のせる

残す・残します

辞書形(基本形)		た り形	
留下	のこす	又是留下	のこしたり
ない形 (否定形)		ば形 (條件形)	
沒留下	のこさない	留下的話	のこせば
なかった形 (過去否定形)		させる形 (使役形)	
過去沒留下	のこさなかった	使留下	のこさせる
ます形 (連用形)		られる形 (被動形)	
留下	のこします	被留下	のこされる
て形		命令形	
留下	のこして	快留下	のこせ
た形 (過去形)		可能形	
留下了	のこした	可以留下	のこせる
たら形 (條件形)		う形 (意向形)	
留下的話	のこしたら	留下吧	のこそう

△好き嫌いはいけません。残さずに全部食べなさい／
不可以偏食，要把飯菜全部吃完。

のせる【乗せる】

裝上，裝載；使搭乘；使參加；騙人・誘拐；記載・刊登

他下一　グループ2

乗せる・乗せます

辞書形(基本形)		た り形	
裝上	のせる	又是裝上	のせたり
ない形 (否定形)		ば形 (條件形)	
沒裝上	のせない	裝上的話	のせれば
なかった形 (過去否定形)		させる形 (使役形)	
過去沒裝上	のせなかった	使裝上	のせさせる
ます形 (連用形)		られる形 (被動形)	
裝上	のせます	被裝上	のせられる
て形		命令形	
裝上	のせて	快裝上	のせろ
た形 (過去形)		可能形	
裝上了	のせた	可以裝上	のせられる
たら形 (條件形)		う形 (意向形)	
裝上的話	のせたら	裝上吧	のせよう

△子どもを電車に乗せる／送孩子上電車。

のせる【載せる】
放，托；裝載，裝運；納入，使參加；欺騙；刊登，刊載

他下一 グループ2

載せる・載せます

辭書形 (基本形) 刊登	のせる	たり形 又是刊登	のせたり
ない形 (否定形) 沒刊登	のせない	ば形 (條件形) 刊登的話	のせれば
なかった形 (過去否定形) 過去沒刊登	のせなかった	させる形 (使役形) 使刊登	のせさせる
ます形 (連用形) 刊登	のせます	られる形 (被動形) 被刊登	のせられる
て形 刊登	のせて	命令形 快刊登	のせろ
た形 (過去形) 刊登了	のせた	可能形 可以刊登	のせられる
たら形 (條件形) 刊登的話	のせたら	う形 (意向形) 刊登吧	のせよう

△ 新聞に広告を載せたところ、注文がたくさん来た／
在報上刊登廣告以後，結果訂單就如雪片般飛來了。

のぞむ【望む】
指望，希望；仰慕，景仰；遠望，眺望

他五 グループ1

望む・望みます

辭書形 (基本形) 希望	のぞむ	たり形 又是希望	のぞんだり
ない形 (否定形) 沒希望	のぞまない	ば形 (條件形) 希望的話	のぞめば
なかった形 (過去否定形) 過去沒希望	のぞまなかった	させる形 (使役形) 使指望	のぞませる
ます形 (連用形) 希望	のぞみます	られる形 (被動形) 被仰慕	のぞまれる
て形 希望	のぞんで	命令形 快指望	のぞめ
た形 (過去形) 希望了	のぞんだ	可能形 可以指望	のぞめる
たら形 (條件形) 希望的話	のぞんだら	う形 (意向形) 指望吧	のぞもう

△ あなたが望む結婚相手の条件は何ですか／
你希望的結婚對象，條件為何？

のばす【伸ばす】

伸展，擴展，放長；延緩（日期），推遲；發展，發揮；擴大，增加；稀釋；打倒

伸ばす・伸ばします

辭書形(基本形) 伸展	のばす	たり形 又是伸展	のばしたり
ない形 (否定形) 沒伸展	のばさない	ば形 (條件形) 伸展的話	のばせば
なかった形 (過去否定形) 過去沒伸展	のばさなかった	させる形 (使役形) 使伸展	のばさせる
ます形 (連用形) 伸展	のばします	られる形 (被動形) 被伸展	のばされる
て形 伸展	のばして	命令形 快伸展	のばせ
た形 (過去形) 伸展了	のばした	可能形 可以伸展	のばせる
たら形 (條件形) 伸展的話	のばしたら	う形 (意向形) 伸展吧	のばそう

△ 手を伸ばしてみたところ、木の枝に手が届きました／
我一伸手，結果就碰到了樹枝。

のびる【伸びる】

（長度等）變長、伸長；（皺摺等）伸展，擴展、到達；（勢力、才能等）擴大，增加、發展

伸びる・伸びます

辭書形(基本形) 變長	のびる	たり形 又是變長	のびたり
ない形 (否定形) 沒變長	のびない	ば形 (條件形) 變長的話	のびれば
なかった形 (過去否定形) 過去沒變長	のびなかった	させる形 (使役形) 使變長	のびさせる
ます形 (連用形) 變長	のびます	られる形 (被動形) 被變長	のびられる
て形 變長	のびて	命令形 快變長	のびろ
た形 (過去形) 變長了	のびた	可能形	———
たら形 (條件形) 變長的話	のびたら	う形 (意向形) 變長吧	のびよう

△ 中学生になって、急に背が伸びた／上了中學以後突然長高不少。

のぼる【上る】 爬・上・登；進京；晉級・高昇；（數量）達到・高達 　自五　グループ1

<ruby>上<rt>のぼ</rt></ruby>る・<ruby>上<rt>のぼ</rt></ruby>ります

辭書形（基本形）爬	のぼる	たり形 又是爬	のぼったり
ない形（否定形）沒爬	のぼらない	ば形（條件形）爬的話	のぼれば
なかった形（過去否定形）過去沒爬	のぼらなかった	させる形（使役形）使爬	のぼらせる
ます形（連用形）爬	のぼります	られる形（被動形）被晉級	のぼられる
て形 爬	のぼって	命令形 快爬	のぼれ
た形（過去形）爬了	のぼった	可能形 會爬	のぼれる
たら形（條件形）爬的話	のぼったら	う形（意向形）爬吧	のぼろう

△ <ruby>足<rt>あし</rt></ruby>が<ruby>悪<rt>わる</rt></ruby>くなって<ruby>階段<rt>かいだん</rt></ruby>を<ruby>上<rt>のぼ</rt></ruby>るのが<ruby>大変<rt>たいへん</rt></ruby>です／腳不好爬樓梯很辛苦。

のぼる【昇る】 上升；攀登 　自五　グループ1

<ruby>昇<rt>のぼ</rt></ruby>る・<ruby>昇<rt>のぼ</rt></ruby>ります

辭書形（基本形）上升	のぼる	たり形 又是上升	のぼったり
ない形（否定形）沒上升	のぼらない	ば形（條件形）上升的話	のぼれば
なかった形（過去否定形）過去沒上升	のぼらなかった	させる形（使役形）使上升	のぼらせる
ます形（連用形）上升	のぼります	られる形（被動形）被攀登	のぼられる
て形 上升	のぼって	命令形 快上升	のぼれ
た形（過去形）上升了	のぼった	可能形 可以上升	のぼれる
たら形（條件形）上升的話	のぼったら	う形（意向形）上升吧	のぼろう

△ <ruby>太陽<rt>たいよう</rt></ruby>が<ruby>昇<rt>のぼ</rt></ruby>るにつれて、<ruby>気温<rt>きおん</rt></ruby>も<ruby>上<rt>あ</rt></ruby>がってきた／
隨著日出，氣溫也跟著上升了。

はえる【生える】 （草、木）等生長

自下一 グループ2

は
生える・生えます

辞書形(基本形) 生長	はえる	たり形 又是生長	はえたり
ない形 (否定形) 沒生長	はえない	ば形 (條件形) 生長的話	はえれば
なかった形 (過去否定形) 過去沒生長	はえなかった	させる形 (使役形) 使生長	はえさせる
ます形 (連用形) 生長	はえます	られる形 (被動形) 被滋長	はえられる
て形 生長	はえて	命令形 快生長	はえろ
た形 (過去形) 生長了	はえた	可能形	——
たら形 (條件形) 生長的話	はえたら	う形 (意向形) 生長吧	はえよう

△ 雑草が生えてきたので、全部抜いてもらえますか／
雑草長出來了，可以幫我全部拔掉嗎？

はずす【外す】 摘下，解開，取下；錯過，錯開；落後，失掉；避開，躲過

他五 グループ1

外す・外します

辞書形(基本形) 摘下	はずす	たり形 又是摘下	はずしたり
ない形 (否定形) 沒摘下	はずさない	ば形 (條件形) 摘下的話	はずせば
なかった形 (過去否定形) 過去沒摘下	はずさなかった	させる形 (使役形) 使摘下	はずさせる
ます形 (連用形) 摘下	はずします	られる形 (被動形) 被摘下	はずされる
て形 摘下	はずして	命令形 快摘下	はずせ
た形 (過去形) 摘下了	はずした	可能形 可以摘下	はずせる
たら形 (條件形) 摘下的話	はずしたら	う形 (意向形) 摘下吧	はずそう

△ マンガでは、眼鏡を外したら実は美人、ということがよくある／
在漫畫中，經常出現女孩拿下眼鏡後其實是個美女的情節。

はずれる【外れる】

脱落・掉下；（希望）落空・不合（道理）；離開（某一範圍）

自下一 グループ2

外れる・外れます

辭書形(基本形) 脱落	はずれる	たり形 又是脱落	はずれたり
ない形（否定形） 沒脱落	はずれない	ば形（條件形） 脱落的話	はずれれば
なかった形（過去否定形） 過去沒脱落	はずれなかった	させる形（使役形） 使脱落	はずれさせる
ます形（連用形） 脱落	はずれます	られる形（被動形） 被脱落	はずれられる
て形 脱落	はずれて	命令形 快脱落	はずれろ
た形（過去形） 脱落了	はずれた	可能形	———
たら形（條件形） 脱落的話	はずれたら	う形（意向形） 脱落吧	はずれよう

△ 機械の部品が、外れるわけがない／機器的零件，是不可能會脱落的。

はなしあう【話し合う】

對話・談話；商量・協商・談判

自五 グループ1

話し合う・話し合います

辭書形(基本形) 對話	はなしあう	たり形 又是對話	はなしあったり
ない形（否定形） 沒對話	はなしあわない	ば形（條件形） 對話的話	はなしあえば
なかった形（過去否定形） 過去沒對話	はなしあわなかった	させる形（使役形） 使對話	はなしあわせる
ます形（連用形） 對話	はなしあいます	られる形（被動形） 被協商	はなしあわれる
て形 對話	はなしあって	命令形 快對話	はなしあえ
た形（過去形） 對話了	はなしあった	可能形 可以對話	はなしあえる
たら形（條件形） 對話的話	はなしあったら	う形（意向形） 對話吧	はなしあおう

△ 今後の計画を話し合って決めた／討論決定了往後的計畫。

はなす【離す】 分開，使…離開；放開；隔開，拉開距離 他五 グループ1

離す・離します

辞書形(基本形) 分開	はなす	たり形 又是分開	はなしたり
ない形 (否定形) 不分開	はなさない	ば形 (條件形) 分開的話	はなせば
なかった形 (過去否定形) 過去沒分開	はなさなかった	させる形 (使役形) 使分開	はなさせる
ます形 (連用形) 分開	はなします	られる形 (被動形) 被分開	はなされる
て形 分開	はなして	命令形 快分開	はなせ
た形 (過去形) 分開了	はなした	可能形 會分開	はなせる
たら形 (條件形) 分開的話	はなしたら	う形 (意向形) 分開吧	はなそう

△ 混雑しているので、お子さんの手を離さないでください／
目前人多擁擠，請牢牢牽住孩童的手。

はなれる【離れる】 離開，分開；離去；距離，相隔；脫離（關係），背離 自下一 グループ2

離れる・離れます

辞書形(基本形) 離開	はなれる	たり形 又是離開	はなれたり
ない形 (否定形) 沒離開	はなれない	ば形 (條件形) 離開的話	はなれれば
なかった形 (過去否定形) 過去沒離開	はなれなかった	させる形 (使役形) 使離開	はなれさせる
ます形 (連用形) 離開	はなれます	られる形 (被動形) 被分開	はなれられる
て形 離開	はなれて	命令形 快離開	はなれろ
た形 (過去形) 離開了	はなれた	可能形 會離開	はなれられる
たら形 (條件形) 離開的話	はなれたら	う形 (意向形) 離開吧	はなれよう

△ 故郷を離れる前に、みんなに挨拶をして回りました／
在離開故郷之前，和大家逐一話別了。

N3
は

はなす・はなれる

261

はやす【生やす】 使生長；留（鬍子）；培育

他五 グループ1

生やす・生やします

辞書形 (基本形) 使生長	はやす	たり形 又是使生長	はやしたり
ない形 (否定形) 沒使生長	はやさない	ば形 (條件形) 使生長的話	はやせば
なかった形 (過去否定形) 過去沒使生長	はやさなかった	させる形 (使役形) 使留	はやさせる
ます形 (連用形) 使生長	はやします	られる形 (被動形) 被培育	はやされる
て形 使生長	はやして	命令形 快留	はやせ
た形 (過去形) 使生長了	はやした	可能形 可以留	はやせる
たら形 (條件形) 使生長的話	はやしたら	う形 (意向形) 吧留	はやそう

△恋人にいくら文句を言われても、彼はひげを生やしている／
就算被女友抱怨，他依然堅持蓄鬍。

はやる【流行る】 流行・時興・蔓延；興旺・時運佳

自五 グループ1

流行る・流行ります

辞書形 (基本形) 流行	はやる	たり形 又是流行	はやったり
ない形 (否定形) 不流行	はやらない	ば形 (條件形) 流行的話	はやれば
なかった形 (過去否定形) 過去不流行	はやらなかった	させる形 (使役形) 使流行	はやらせる
ます形 (連用形) 流行	はやります	られる形 (被動形) 被蔓延	はやられる
て形 流行	はやって	命令形 快流行	はやれ
た形 (過去形) 流行了	はやった	可能形	————
たら形 (條件形) 流行的話	はやったら	う形 (意向形) 流行吧	はやろう

△こんな商品がはやるとは思えません／我不認為這種商品會流行。

はる【張る】 延伸，伸展；覆蓋；膨脹，負擔過重；展平；設置 自他五 グループ1

張る・張ります

辞書形(基本形)		たり形	
伸展	はる	又是伸展	はったり
ない形 (否定形)		ば形 (條件形)	
沒伸展	はらない	伸展的話	はれば
なかった形 (過去否定形)		させる形 (使役形)	
過去沒伸展	はらなかった	使伸展	はらせる
ます形 (<del>敬体</del>形)		られる形 (被動形)	
伸展	はります	被伸展開	はられる
て形		命令形	
伸展	はって	快伸展	はれ
た形 (過去形)		可能形	
伸展了	はった	可以伸展	はれる
たら形 (條件形)		う形 (意向形)	
伸展的話	はったら	伸展吧	はろう

 △今朝は寒くて、池に氷が張るほどだった／
今早好冷，冷到池塘都結了一層薄冰。

ひきうける【引き受ける】 承擔，負責；照應，照料；應付，對付；繼承 他下一 グループ2

引き受ける・引き受けます

辞書形(基本形)		たり形	
承擔	ひきうける	又是承擔	ひきうけたり
ない形 (否定形)		ば形 (條件形)	
沒承擔	ひきうけない	承擔的話	ひきうければ
なかった形 (過去否定形)		させる形 (使役形)	
過去沒承擔	ひきうけなかった	使照料	ひきうけさせる
ます形 (敬体形)		られる形 (被動形)	
承擔	ひきうけます	被照料	ひきうけられる
て形		命令形	
承擔	ひきうけて	快照料	ひきうけろ
た形 (過去形)		可能形	
承擔了	ひきうけた	會照料	ひきうけられる
たら形 (條件形)		う形 (意向形)	
承擔的話	ひきうけたら	照料吧	ひきうけよう

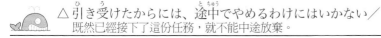 △引き受けたからには、途中でやめるわけにはいかない／
既然已經接下了這份任務，就不能中途放棄。

ひやす【冷やす】 使變涼・冰鎮；（喻）使冷静 他五 グループ1

冷やす・冷やします

辭書形(基本形)		たり形	
冰鎮	ひやす	又是冰鎮	ひやしたり
ない形（否定形）		ば形（條件形）	
沒冰鎮	ひやさない	冰鎮的話	ひやせば
なかった形（過去否定形）		させる形（使役形）	
過去沒冰鎮	ひやさなかった	使冰鎮	ひやさせる
ます形（連用形）		られる形（被動形）	
冰鎮	ひやします	被冰鎮	ひやされる
て形		命令形	
冰鎮	ひやして	快冰鎮	ひやせ
た形（過去形）		可能形	
冰鎮了	ひやした	可以冰鎮	ひやせる
たら形（條件形）		う形（意向形）	
冰鎮的話	ひやしたら	冰鎮吧	ひやそう

 △冷蔵庫に麦茶が冷やしてあります／冰箱裡冰著麥茶。

ひらく【開く】 綻放；開・拉開 自他五 グループ1

開く・開きます

辭書形(基本形)		たり形	
綻放	ひらく	又是綻放	ひらいたり
ない形（否定形）		ば形（條件形）	
沒綻放	ひらかない	綻放的話	ひらけば
なかった形（過去否定形）		させる形（使役形）	
過去沒綻放	ひらかなかった	使綻放	ひらかせる
ます形（連用形）		られる形（被動形）	
綻放	ひらきます	被綻放	ひらかれる
て形		命令形	
綻放	ひらいて	快綻放	ひらけ
た形（過去形）		可能形	
綻放了	ひらいた	會綻放	ひらける
たら形（條件形）		う形（意向形）	
綻放的話	ひらいたら	綻放吧	ひらこう

 △ばらの花が開きだした／玫瑰花綻放開來了。

ひろげる【広げる】

打開・展開；（面積、規模、範圍）擴張・發展

広げる・広げます

辭書形(基本形) 打開	ひろげる	たり形 又是打開	ひろげたり
ない形(否定形) 沒打開	ひろげない	ば形(條件形) 打開的話	ひろげれば
なかった形(過去否定形) 過去沒打開	ひろげなかった	させる形(使役形) 使打開	ひろげさせる
ます形(連用形) 打開	ひろげます	られる形(被動形) 被打開	ひろげられる
て形 打開	ひろげて	命令形 快打開	ひろげろ
た形(過去形) 打開了	ひろげた	可能形 可以打開	ひろげられる
たら形(條件形) 打開的話	ひろげたら	う形(意向形) 打開吧	ひろげよう

△犯人が見つからないので、捜査の範囲を広げるほかはない／
因為抓不到犯人，所以只好擴大搜查範圍了。

ひろまる【広まる】

（範圍）擴大；傳播・遍及

自五 グループ1

広まる・広まります

辭書形(基本形) 擴大	ひろまる	たり形 又是擴大	ひろまったり
ない形(否定形) 沒擴大	ひろまらない	ば形(條件形) 擴大的話	ひろまれば
なかった形(過去否定形) 過去沒擴大	ひろまらなかった	させる形(使役形) 使擴大	ひろまらせる
ます形(連用形) 擴大	ひろまります	られる形(被動形) 被擴大	ひろまられる
て形 擴大	ひろまって	命令形 快擴大	ひろまれ
た形(過去形) 擴大了	ひろまった	可能形	——
たら形(條件形) 擴大的話	ひろまったら	う形(意向形) 擴大吧	ひろまろう

△おしゃべりな友人のせいで、うわさが広まってしまった／
由於一個朋友的多嘴，使得謠言散播開來了。

265

ひろめる【広める】 擴大・增廣：普及・推廣：披漏・宣揚 他下一 グループ2

広める・広めます

辞書形(基本形)		たり形	
擴大	ひろめる	又是擴大	ひろめたり
ない形(否定形)		ば形(條件形)	
沒擴大	ひろめない	擴大的話	ひろめれば
なかった形(過去否定形)		させる形(使役形)	
過去沒擴大	ひろめなかった	使擴大	ひろめさせる
ます形(連用形)		られる形(被動形)	
擴大	ひろめます	被擴大	ひろめられる
て形		命令形	
擴大	ひろめて	快擴大	ひろめろ
た形(過去形)		可能形	
擴大了	ひろめた	會擴大	ひろめられる
たら形(條件形)		う形(意向形)	
擴大的話	ひろめたら	擴大吧	ひろめよう

 △祖母は日本舞踊を広める活動をしています／
祖母正在從事推廣日本舞踊的活動。

ふかまる【深まる】 加深・變深 自五 グループ1

深まる・深まります

辞書形(基本形)		たり形	
加深	ふかまる	又是加深	ふかまったり
ない形(否定形)		ば形(條件形)	
沒加深	ふかまらない	加深的話	ふかまれば
なかった形(過去否定形)		させる形(使役形)	
過去沒加深	ふかまらなかった	使加深	ふかまらせる
ます形(連用形)		られる形(被動形)	
加深	ふかまります	被加深	ふかまられる
て形		命令形	
加深	ふかまって	快加深	ふかまれ
た形(過去形)		可能形	
加深了	ふかまった		——————
たら形(條件形)		う形(意向形)	
加深的話	ふかまったら	加深吧	ふかまろう

 △このままでは、両国の対立は深まる一方だ／
再這樣下去，兩國的對立會愈來愈嚴重。

ふかめる【深める】 加深・加強

他下一 グループ2

深める・深めます

辞書形(基本形) 加深	ふかめる	た形 又是加深	ふかめたり
ない形(否定形) 沒加深	ふかめない	ば形(條件形) 加深的話	ふかめれば
なかった形(過去否定形) 過去沒加深	ふかめなかった	させる形(使役形) 使加深	ふかめさせる
ます形(連用形) 加深	ふかめます	られる形(被動形) 被加深	ふかめられる
て形 加深	ふかめて	命令形 快加深	ふかめろ
た形(過去形) 加深了	ふかめた	可能形 會加深	ふかめられる
たら形(條件形) 加深的話	ふかめたら	う形(意向形) 加深吧	ふかめよう

 △日本に留学して、知識を深めたい／我想去日本留學，研修更多學識。

ふく【拭く】 擦・抹

他五 グループ1

拭く・拭きます

辞書形(基本形) 擦	ふく	た形 又是擦	ふいたり
ない形(否定形) 沒擦	ふかない	ば形(條件形) 擦的話	ふけば
なかった形(過去否定形) 過去沒擦	ふかなかった	させる形(使役形) 使擦	ふかせる
ます形(連用形) 擦	ふきます	られる形(被動形) 被擦	ふかれる
て形 擦	ふいて	命令形 快擦	ふけ
た形(過去形) 擦了	ふいた	可能形 會擦	ふける
たら形(條件形) 擦的話	ふいたら	う形(意向形) 擦吧	ふこう

 △教室と廊下の床は雑巾で拭きます／用抹布擦拭教室和走廊的地板。

ふくむ【含む】 含（在嘴裡）；帶有，包含；瞭解，知道；含蓄；（花）含苞 　自他五　グループ1

含む・含みます

辞書形(基本形)		たり形	
包含	ふくむ	又是包含	ふくんだり
ない形 (否定形)		ば形 (條件形)	
沒包含	ふくまない	包含的話	ふくめば
なかった形 (過去否定形)		させる形 (使役形)	
過去沒包含	ふくまなかった	使包含	ふくませる
ます形 (連用形)		られる形 (被動形)	
包含	ふくみます	被包含	ふくまれる
て形		命令形	
包含	ふくんで	快包含	ふくめ
た形 (過去形)		可能形	
包含了	ふくんだ		———
たら形 (條件形)		う形 (意向形)	
包含的話	ふくんだら	包含吧	ふくもう

△料金は、税・サービス料を含んでいます／費用含稅和服務費。

ふくめる【含める】 包含，含括；囑咐，告知，指導 　他下一　グループ2

含める・含めます

辞書形(基本形)		たり形	
包含	ふくめる	又是包含	ふくめたり
ない形 (否定形)		ば形 (條件形)	
沒包含	ふくめない	包含的話	ふくめれば
なかった形 (過去否定形)		させる形 (使役形)	
過去沒包含	ふくめなかった	使包含	ふくめさせる
ます形 (連用形)		られる形 (被動形)	
包含	ふくめます	被包含	ふくめられる
て形		命令形	
包含	ふくめて	快包含	ふくめろ
た形 (過去形)		可能形	
包含了	ふくめた	可以包含	ふくめられる
たら形 (條件形)		う形 (意向形)	
包含的話	ふくめたら	包含吧	ふくめよう

△東京駅での乗り換えも含めて、片道約3時間かかります／
包括在東京車站換車的時間在內，單程大約要花三個小時。

ふける【更ける】 （秋）深；夜深・夜闌　自下一 グループ2

更ける・更けます

辞書形(基本形) 夜深	ふける	た切形 又是深	ふけたり
ない形(否定形) 不深	ふけない	ば形(条件形) 夜深的話	ふければ
なかった形(過去否定形) 過去不深	ふけなかった	させる形(使役形) 使深	ふけさせる
ます形(連用形) 夜深	ふけます	られる形(被動形) 被加深	ふけられる
て形 夜深	ふけて	命令形 快夜深	ふけろ
た形(過去形) 夜深了	ふけた	可能形	——
たら形(條件形) 夜深的話	ふけたら	う形(意向形) 夜深吧	ふけよう

△ 夜が更けるにつれて、気温は一段と下がってきた／
　随著夜色漸濃，氣溫也降得更低了。

ぶつける　扔・投；碰・撞・（偶然）碰上・遇上；正當・恰逢；衝突・矛盾　他下一 グループ2

ぶつける・ぶつけます

辞書形(基本形) 碰撞	ぶつける	た切形 又是碰撞	ぶつけたり
ない形(否定形) 沒碰撞	ぶつけない	ば形(條件形) 碰撞的話	ぶつければ
なかった形(過去否定形) 過去沒碰撞	ぶつけなかった	させる形(使役形) 使碰撞	ぶつけさせる
ます形(連用形) 碰撞	ぶつけます	られる形(被動形) 被碰撞	ぶつけられる
て形 碰撞	ぶつけて	命令形 快撞	ぶつけろ
た形(過去形) 碰撞了	ぶつけた	可能形 會碰撞	ぶつけられる
たら形(條件形) 碰撞的話	ぶつけたら	う形(意向形) 撞吧	ぶつけよう

△ 車をぶつけて、修理代を請求された／
　撞上了車，被對方要求求償修理費。

ふやす【増やす】 繁殖；増加・添加 他五 グループ1

増やす・増やします

辞書形(基本形)		たり形	
増加	ふやす	又是増加	ふやしたり
ない形 (否定形) 沒増加	ふやさない	ば形 (條件形) 増加的話	ふやせば
なかった形 (過去否定形) 過去沒増加	ふやさなかった	させる形 (使役形) 使増加	ふやさせる
ます形 (連用形) 増加	ふやします	られる形 (被動形) 被増加	ふやされる
て形 増加	ふやして	命令形 快増加	ふやせ
た形 (過去形) 増加了	ふやした	可能形 會増加	ふやせる
たら形 (條件形) 増加的話	ふやしたら	う形 (意向形) 増加吧	ふやそう

 △LINEの友達を増やしたい／我希望増加LINE裡面的好友。

ふる【振る】 揮・搖；撒・丟；（俗）放棄，犧牲（地位等）；謝 他五 グループ1
絕・拒絕；派分；在漢字上註假名；（使方向）偏於

振る・振ります

辞書形(基本形)		たり形	
搖	ふる	又是搖	ふったり
ない形 (否定形) 沒搖	ふらない	ば形 (條件形) 搖的話	ふれば
なかった形 (過去否定形) 過去沒搖	ふらなかった	させる形 (使役形) 使搖	ふらせる
ます形 (連用形) 搖	ふります	られる形 (被動形) 被放棄	ふられる
て形 搖	ふって	命令形 快搖	ふれ
た形 (過去形) 搖了	ふった	可能形 會搖	ふれる
たら形 (條件形) 搖的話	ふったら	う形 (意向形) 搖吧	ふろう

 △バスが見えなくなるまで手を振って見送った／
不停揮手目送巴士駛離，直到車影消失了為止。

へらす【減らす】 減・減少；削減，縮減；空（腹）

減らす・減らします

辞書形(基本形) 減少	へらす	たり形 又是減少	へらしたり
ない形 (否定形) 沒減少	へらさない	ば形 (條件形) 減少的話	へらせば
なかった形 (過去否定形) 過去沒減少	へらさなかった	させる形 (使役形) 使減少	へらさせる
ます形 (連用形) 減少	へらします	られる形 (被動形) 被減少	へらされる
て形 減少	へらして	命令形 快減少	へらせ
た形 (過去形) 減少了	へらした	可能形 會減少	へらせる
たら形 (條件形) 減少的話	へらしたら	う形 (意向形) 減少吧	へらそう

△ あまり急に体重を減らすと、体を壊すおそれがある／
如果急速減重，有可能把身體弄壞了。

へる【経る】 （時間、空間、事物）經過・通過

経る・経ます

辞書形(基本形) 通過	へる	たり形 又是通過	へたり
ない形 (否定形) 沒通過	へない	ば形 (條件形) 通過的話	へれば
なかった形 (過去否定形) 過去沒通過	へなかった	させる形 (使役形) 使通過	へさせる
ます形 (連用形) 通過	へます	られる形 (被動形) 被通過	へられる
て形 通過	へて	命令形 快通過	へろ
た形 (過去形) 通過了	へた	可能形	——
たら形 (條件形) 通過的話	へたら	う形 (意向形) 通過吧	へよう

△ 終戦から70年を経て、当時を知る人は少なくなった／
二戰結束過了七十年，經歷過當年那段日子的人已愈來愈少了。

へる【減る】 減・減少；磨損；（肚子）餓 　自五 グループ1

減る・減ります

辞書形(基本形)		たり形	
減少	へる	又是減少	へったり
ない形(否定形)		ば形(條件形)	
沒減少	へらない	減少的話	へれば
なかった形(過去否定形)		させる形(使役形)	
過去沒減少	へらなかった	使減少	へらせる
ます形(連用形)		られる形(被動形)	
減少	へります	被減少	へられる
て形		命令形	
減少	へって	快減少	へれ
た形(過去形)		可能形	
減少了	へった		————
たら形(條件形)		う形(意向形)	
減少的話	へったら	減少吧	へろう

 △運動しているのに、思ったほど体重が減らない／
明明有做運動，但體重減輕的速度卻不如預期。

まかせる【任せる】 委託・託付；聽任・隨意；盡力・盡量 　他下一 グループ2

任せる・任せます

辞書形(基本形)		たり形	
委託	まかせる	又是委託	まかせたり
ない形(否定形)		ば形(條件形)	
沒委託	まかせない	委託的話	まかせれば
なかった形(過去否定形)		させる形(使役形)	
過去沒委託	まかせなかった	使委託	まかせさせる
ます形(連用形)		られる形(被動形)	
委託	まかせます	被委託	まかせられる
て形		命令形	
委託	まかせて	快委託	まかせろ
た形(過去形)		可能形	
委託了	まかせた	可以委託	まかせられる
たら形(條件形)		う形(意向形)	
委託的話	まかせたら	委託吧	まかせよう

△この件については、あなたに任せます／關於這一件事，就交給你了。

まく【巻く】

捲，捲上；纏繞；上發條；捲起；包圍；（登山）迂迴繞過險處；（連歌，俳諧）連吟

自他五 グループ1

巻く・巻きます

辭書形(基本形)		た り形	
捲起	まく	又是捲起	まいたり
ない形 (否定形)		ば形 (條件形)	
沒捲起	まかない	捲起的話	まけば
なかった形 (過去否定形)		させる形 (使役形)	
過去沒捲起	まかなかった	使捲起	まかせる
ます形 (連用形)		られる形 (被動形)	
捲起	まきます	被捲起	まかれる
て形		命令形	
捲起	まいて	快捲起	まけ
た形 (過去形)		可能形	
捲起了	まいた	會捲起	まける
たら形 (條件形)		う形 (意向形)	
捲起的話	まいたら	捲起吧	まこう

△今日は寒いからマフラーを巻いていこう／
今天很冷，裏上圍巾再出門吧。

まげる【曲げる】

彎，曲；歪，傾斜；扭曲，歪曲；改變，放棄；（當舖裡的）典當；偷，竊

他下一 グループ2

曲げる・曲げます

辭書形(基本形)		た り形	
彎曲	まげる	又是彎曲	まげたり
ない形 (否定形)		ば形 (條件形)	
沒彎曲	まげない	彎曲的話	まげれば
なかった形 (過去否定形)		させる形 (使役形)	
過去沒彎曲	まげなかった	使彎曲	まげさせる
ます形 (連用形)		られる形 (被動形)	
彎曲	まげます	被扭曲	まげられる
て形		命令形	
彎曲	まげて	快彎曲	まげろ
た形 (過去形)		可能形	
彎曲了	まげた	會彎	まげられる
たら形 (條件形)		う形 (意向形)	
彎曲的話	まげたら	彎吧	まげよう

△膝を曲げると痛いので、病院に行った／膝蓋一彎就痛，因此去了醫院。

まざる【混ざる】 混雑 自五 グループ1

混ざる・混ざります

辞書形(基本形)		たり形	
混雜	まざる	又是混雜	まざったり
ない形 (否定形)		ば形 (條件形)	
沒混雜	まざらない	混雜的話	まざれば
なかった形 (過去否定形)		させる形 (使役形)	
過去沒混雜	まざらなかった	使混雜	まざらせる
ます形 (連用形)		られる形 (被動形)	
混雜	まざります	被混雜	まざられる
て形		命令形	
混雜	まざって	快混	まざれ
た形 (過去形)		可能形	
混雜了	まざった	會混雜	まざれる
たら形 (條件形)		う形 (意向形)	
混雜的話	まざったら	混吧	まざろう

△いろいろな絵の具が混ざって、不思議な色になった／
裡面夾帶著多種水彩，呈現出很奇特的色彩。

まざる【交ざる】 混雜・交雜 自五 グループ1

交ざる・交ざります

辭書形(基本形)		たり形	
交雜	まざる	又是交雜	まざったり
ない形 (否定形)		ば形 (條件形)	
沒交雜	まざらない	交雜的話	まざれば
なかった形 (過去否定形)		させる形 (使役形)	
過去沒交雜	まざらなかった	使交雜	まざらせる
ます形 (連用形)		られる形 (被動形)	
交雜	まざります	被交雜	まざられる
て形		命令形	
交雜	まざって	快交雜	まざれ
た形 (過去形)		可能形	
交雜了	まざった	會交雜	まざれる
たら形 (條件形)		う形 (意向形)	
交雜的話	まざったら	交雜吧	まざろう

△ハマグリのなかにアサリが一つ交ざっていました／
在這鍋蚌的裡面摻進了一顆蛤蜊。

まじる【混じる・交じる】 夾雜・混雜；加入・交往・交際　自五　グループ1

混じる・混じります

辞書形(基本形)混雜	まじる	た形又是混雜	まじったり
ない形(否定形)沒混雜	まじらない	ば形混雜的話	まじれば
なかった形(過去否定形)過去沒混雜	まじらなかった	使役形使混雜	まじらせる
ます形(連用形)混雜	まじります	被動形被混雜	まじられる
て形混雜	まじって	命令形快混雜	まじれ
た形(過去形)混雜了	まじった	可能形會混雜	まじれる
たら形(條件形)混雜的話	まじったら	う形(意向形)混雜吧	まじろう

△ご飯の中に石が交じっていた／米飯裡面摻雜著小的石子。

まぜる【混ぜる】 混入；加上・加進；攪・攪拌　他下一　グループ2

混ぜる・混ぜます

辞書形(基本形)混入	まぜる	た形又是混入	まぜたり
ない形(否定形)沒混入	まぜない	ば形混入的話	まぜれば
なかった形(過去否定形)過去沒混入	まぜなかった	使役形使混入	まぜさせる
ます形(連用形)混入	まぜます	被動形被混入	まぜられる
て形混入	まぜて	命令形快混入	まぜろ
た形(過去形)混入了	まぜた	可能形會混入	まぜられる
たら形(條件形)混入的話	まぜたら	う形(意向形)混入吧	まぜよう

△ビールとジュースを混ぜるとおいしいです／
將啤酒和果汁加在一起很好喝。

まちがう【間違う】 做錯・搞錯；錯誤

自他五　グループ1

間違う・間違います

辞書形(基本形) 搞錯	まちがう	たり形 又是搞錯	まちがったり
ない形 (否定形) 沒搞錯	まちがわない	ば形 (條件形) 搞錯的話	まちがえば
なかった形 (過去否定形) 過去沒搞錯	まちがわ なかった	させる形 (使役形) 使搞錯	まちがわせる
ます形 (連用形) 搞錯	まちがいます	られる形 (被動形) 被搞錯	まちがわれる
て形 搞錯	まちがって	命令形 快搞錯	まちがえ
た形 (過去形) 搞錯了	まちがった	可能形	———
たら形 (條件形) 搞錯的話	まちがったら	う形 (意向形) 搞錯吧	まちがおう

△ 緊張のあまり、字を間違ってしまいました／太過緊張，而寫錯了字。

まちがえる【間違える】 錯；弄錯

他下一　グループ2

間違える・間違えます

辞書形(基本形) 弄錯	まちがえる	たり形 又是弄錯	まちがえたり
ない形 (否定形) 沒弄錯	まちがえない	ば形 (條件形) 弄錯的話	まちがえれば
なかった形 (過去否定形) 過去沒弄錯	まちがえ なかった	させる形 (使役形) 使弄錯	まちがえさせる
ます形 (連用形) 弄錯	まちがえます	られる形 (被動形) 被弄錯	まちがえられる
て形 弄錯	まちがえて	命令形 快弄錯	まちがえろ
た形 (過去形) 弄錯了	まちがえた	可能形	———
たら形 (條件形) 弄錯的話	まちがえたら	う形 (意向形) 弄錯吧	まちがえよう

△ 先生は、間違えたところを直してくださいました／
老師幫我訂正了錯誤的地方。

まとまる【纏まる】

解決・商訂・完成・談妥；湊齊・湊在一起；集中起來・概括起來・有條理

まと
纏まる・纏まります

辞書形(基本形)		たり形	
解決	まとまる	又是解決	まとまったり
ない形 (否定形) 沒解決	まとまらない	ば形 (條件形) 解決的話	まとまれば
なかった形 (過去否定形) 過去沒解決	まとまらなかった	させる形 (使役形) 使解決	まとまらせる
ます形 (連用形) 解決	まとまります	られる形 (被動形) 被解決	まとまられる
て形 解決	まとまって	命令形 快解決	まとまれ
た形 (過去形) 解決了	まとまった	可能形 可以解決	まとまれる
たら形 (條件形) 解決的話	まとまったら	う形 (意向形) 解決吧	まとまろう

 △ みんなの意見がなかなかまとまらない／大家的意見遲遲無法整合。

まとめる【纏める】

解決・結束；總結・概括；匯集・收集；整理・收拾

まと   まと
纏める・纏めます

辞書形(基本形)		たり形	
解決	まとめる	又是解決	まとめたり
ない形 (否定形) 沒解決	まとめない	ば形 (條件形) 解決的話	まとめれば
なかった形 (過去否定形) 過去沒解決	まとめなかった	させる形 (使役形) 使解決	まとめさせる
ます形 (連用形) 解決	まとめます	られる形 (被動形) 被解決	まとめられる
て形 解決	まとめて	命令形 快解決	まとめろ
た形 (過去形) 解決了	まとめた	可能形 可以解決	まとめられる
たら形 (條件形) 解決的話	まとめたら	う形 (意向形) 解決吧	まとめよう

△ クラス委員を中心に、意見をまとめてください／
請以班級委員為中心，整理一下意見。

まにあう【間に合う】

來得及・趕得上；夠用；能起作用　自五　グループ1

間に合う・間に合います

辭書形(基本形) 來得及	まにあう	たり形 又是趕上	まにあったり
ない形(否定形) 沒趕上	まにあわない	ば形(條件形) 趕上的話	まにあえば
なかった形(過去否定形) 過去沒趕上	まにあわ なかった	せる形(使役形) 使趕上	まにあわせる
ます形(連用形) 來得及	まにあいます	られる形(被動形) 被趕上	まにあわれる
て形 來得及	まにあって	命令形 快趕上	まにあえ
た形(過去形) 趕上了	まにあった	可能形 可以趕上	まにあえる
たら形(條件形) 趕上的話	まにあったら	う形(意向形) 趕上吧	まにあおう

△ タクシーに乗らなくちゃ、間に合わないですよ／
要是不搭計程車，就來不及了唷！

まねく【招く】

（搖手、點頭）招呼；招待、宴請；招聘、聘請；招惹、招致　他五　グループ1

招く・招きます

辭書形(基本形) 招待	まねく	たり形 又是招待	まねいたり
ない形(否定形) 沒招待	まねかない	ば形(條件形) 招待的話	まねけば
なかった形(過去否定形) 過去沒招待	まねかなかった	せる形(使役形) 使招待	まねかせる
ます形(連用形) 招待	まねきます	られる形(被動形) 被招待	まねかれる
て形 招待	まねいて	命令形 快招待	まねけ
た形(過去形) 招待了	まねいた	可能形 可以招待	まねける
たら形(條件形) 招待的話	まねいたら	う形(意向形) 招待吧	まねこう

△ 大使館のパーティーに招かれた／我受邀到大使館的派對。

まねる【真似る】 模效・仿效

まね・まね
真似る・真似ます

辭書形(基本形)模效	まねる	たり形 又是模效	まねたり
ない形(否定形)沒模效	まねない	ば形(條件形)模效的話	まねれば
なかった形(過去否定形)過去沒模效	まねなかった	させる形(使役形)使模效	まねさせる
ます形(連用形)模效	まねます	られる形(被動形)被模仿	まねられる
て形 模效	まねて	命令形 快模效	まねろ
た形(過去形)模效了	まねた	可能形 可以模效	まねられる
たら形(條件形)模效的話	まねたら	う形(意向形)模效吧	まねよう

 △オウムは人の言葉をまねることができる／鸚鵡會學人說話。

まもる【守る】 保衛・守護；遵守・保守；保持(忠貞)；(文)凝視

まも・まも
守る・守ります

辭書形(基本形)守護	まもる	たり形 又是守護	まもったり
ない形(否定形)沒守護	まもらない	ば形(條件形)守護的話	まもれば
なかった形(過去否定形)過去沒守護	まもらなかった	させる形(使役形)使守護	まもらせる
ます形(連用形)守護	まもります	られる形(被動形)被守護	まもられる
て形 守護	まもって	命令形 快守護	まもれ
た形(過去形)守護了	まもった	可能形 可以守護	まもれる
たら形(條件形)守護的話	まもったら	う形(意向形)守護吧	まもろう

 △心配いらない。君は僕が守る／不必擔心,我會保護你。

まよう【迷う】 迷・迷失；困惑；迷戀；（佛）執迷；（古）（毛線、線繩等）架亂・錯亂 自五 グループ1

迷う・迷います

辭書形(基本形) 迷失	まよう	たり形 又是迷失	まよったり
ない形(否定形) 沒迷失	まよわない	ば形（條件形） 迷失的話	まよえば
なかった形（過去否定形） 過去沒迷失	まよわなかった	させる形（使役形） 使迷失	まよわせる
ます形（連用形） 迷失	まよいます	られる形（被動形） 被困惑	まよわれる
て形 迷失	まよって	命令形 快迷失	まよえ
た形（過去形） 迷失了	まよった	可能形 會迷失	まよえる
たら形（條件形） 迷失的話	まよったら	う形（意向形） 迷失吧	まよおう

△山の中で道に迷う／在山上迷路。

みおくる【見送る】 目送；送行・送別；送終；觀望・等待（機會） 他五 グループ1

見送る・見送ります

辭書形(基本形) 送行	みおくる	たり形 又是送行	みおくったり
ない形(否定形) 沒送行	みおくらない	ば形（條件形） 送行的話	みおくれば
なかった形（過去否定形） 過去沒送行	みおくらなかった	させる形（使役形） 使送行	みおくらせる
ます形（連用形） 送行	みおくります	られる形（被動形） 被送行	みおくられる
て形 送行	みおくって	命令形 快送行	みおくれ
た形（過去形） 送行了	みおくった	可能形 可以送行	みおくれる
たら形（條件形） 送行的話	みおくったら	う形（意向形） 送行吧	みおくろう

△私は彼女を見送るために、羽田空港へ行った／我去羽田機場給她送行。

みかける【見掛ける】 看到・看出・看見；開始看　[他下一] グループ2

見掛ける・見掛けます

辞書形(基本形) 看到	みかける	たり形 又是看到	みかけたり
ない形(否定形) 沒看到	みかけない	ば形(條件形) 看到的話	みかければ
なかった形(過去否定形) 過去沒看到	みかけなかった	させる形(使役形) 使看到	みかけさせる
ます形(連用形) 看到	みかけます	られる形(被動形) 被看到	みかけられる
て形 看到	みかけて	命令形 快看到	みかけろ
た形(過去形) 看到了	みかけた	可能形 會看到	みかけられる
たら形(條件形) 看到的話	みかけたら	う形(意向形) 看到吧	みかけよう

△あの赤い頭の人はよく駅で見かける／
常在車站裡看到那個頂著一頭紅髮的人。

みる【診る】 診察・診斷，看病　[他上一] グループ2

診る・診ます

辞書形(基本形) 診察	みる	たり形 又是診察	みたり
ない形(否定形) 沒診察	みない	ば形(條件形) 診察的話	みれば
なかった形(過去否定形) 過去沒診察	みなかった	させる形(使役形) 使診察	みさせる
ます形(連用形) 診察	みます	られる形(被動形) 被診斷	みられる
て形 診察	みて	命令形 快診察	みろ
た形(過去形) 診察了	みた	可能形 可以診察	みられる
たら形(條件形) 診察的話	みたら	う形(意向形) 診察吧	みよう

△風邪気味なので、医者に診てもらった／
覺得好像感冒了，所以去給醫師診察。

むく【向く】 朝・向・面；傾向・趨向；適合；面向，向著 自他五 グループ1

向く・向きます

辭書形(基本形)		たり形	
面向	むく	又是面向	むいたり
ない形 (否定形)		ば形 (條件形)	
沒面向	むかない	面向的話	むけば
なかった形 (過去否定形)		させる形 (使役形)	
過去沒面向	むかなかった	使面對	むかせる
ます形 (連用形)		られる形 (被動形)	
面向	むきます	被面對	むかれる
て形		命令形	
面向	むいて	快面對	むけ
た形 (過去形)		可能形	
面向了	むいた	可以面對	むける
たら形 (條件形)		う形 (意向形)	
面向的話	むいたら	面對吧	むこう

△下を向いてスマホを触りながら歩くのは事故のもとだ／
走路時低頭滑手機是導致意外發生的原因。

むける【向ける】 向・朝・對；差遣・派遣；撥用，用在 自他下一 グループ2

向ける・向けます

辭書形(基本形)		たり形	
朝向	むける	又是朝向	むけたり
ない形 (否定形)		ば形 (條件形)	
沒朝向	むけない	朝向的話	むければ
なかった形 (過去否定形)		させる形 (使役形)	
過去沒朝向	むけなかった	使朝向	むけさせる
ます形 (連用形)		られる形 (被動形)	
朝向	むけます	被差遣	むけられる
て形		命令形	
朝向	むけて	快朝向	むけろ
た形 (過去形)		可能形	
朝向了	むけた	可以朝向	むけられる
たら形 (條件形)		う形 (意向形)	
朝向的話	むけたら	朝向吧	むけよう

△銀行強盗は、銃を行員に向けた／銀行搶匪拿槍對準了行員。

むける【剥ける】 剝落・脱落

自下一 グループ2

剥ける・剥けます

辭書形(基本形) 脱落	むける	たり形 又是脱落	むけたり
ない形 (否定形) 沒脱落	むけない	ば形 (條件形) 脱落的話	むければ
なかった形 (過去否定形) 過去沒脱落	むけなかった	させる形 (使役形) 使脱落	むけさせる
ます形 (連用形) 脱落	むけます	られる形 (被動形) 被剝落	むけられる
て形 脱落	むけて	命令形 快剝	むけろ
た形 (過去形) 脱落了	むけた	可能形 會剝落	むけられる
たら形 (條件形) 脱落的話	むけたら	う形 (意向形) 剝吧	むけよう

 △ジャガイモの皮が簡単にむける方法を知っていますか／
你知道可以輕鬆剝除馬鈴薯皮的妙招嗎？

むす【蒸す】 蒸・熱（涼的食品）；（天氣）悶熱

自他五 グループ1

蒸す・蒸します

辭書形(基本形) 蒸	むす	たり形 又是蒸	むしたり
ない形 (否定形) 沒蒸	むさない	ば形 (條件形) 蒸的話	むせば
なかった形 (過去否定形) 過去沒蒸	むさなかった	させる形 (使役形) 使蒸	むさせる
ます形 (連用形) 蒸	むします	られる形 (被動形) 被蒸熱	むされる
て形 蒸	むして	命令形 快蒸	むせ
た形 (過去形) 蒸了	むした	可能形 會蒸	むせる
たら形 (條件形) 蒸的話	むしたら	う形 (意向形) 蒸吧	むそう

 △肉まんを蒸して食べました／我蒸了肉包來吃。

むすぶ【結ぶ】

連結，繋結；締結關係，結合，結盟；（嘴）閉緊，（手）握緊

自他五 グループ1

結ぶ・結びます

辞書形 (基本形) 連結	むすぶ	たり形 又是連結	むすんだり
ない形 (否定形) 沒連結	むすばない	ば形 (條件形) 連結的話	むすべば
なかった形 (過去否定形) 過去沒連結	むすばなかった	させる形 (使役形) 使連結	むすばせる
ます形 (連用形) 連結	むすびます	られる形 (被動形) 被連結	むすばれる
て形 連結	むすんで	命令形 快連結	むすべ
た形 (過去形) 連結了	むすんだ	可能形 可以連結	むすべる
たら形 (條件形) 連結的話	むすんだら	う形 (意向形) 連結吧	むすぼう

△髪にリボンを結ぶとき、後ろだからうまくできない／
在頭髮上綁蝴蝶結時因為是在後腦杓，所以很難綁得好看。

めくる【捲る】

翻，翻開；揭開，掀開

他五 グループ1

捲る・捲ります

辞書形(基本形) 翻開	めくる	たり形 又是翻開	めくったり
ない形 (否定形) 沒翻開	めくらない	ば形 (條件形) 翻開的話	めくれば
なかった形 (過去否定形) 過去沒翻開	めくらなかった	させる形 (使役形) 使翻開	めくらせる
ます形 (連用形) 翻開	めくります	られる形 (被動形) 被翻開	めくられる
て形 翻開	めくって	命令形 快翻開	めくれ
た形 (過去形) 翻開了	めくった	可能形 可以翻開	めくれる
たら形 (條件形) 翻開的話	めくったら	う形 (意向形) 翻開吧	めくろう

△彼女はさっきから、見るともなしに雑誌をぱらぱらめくっている／
她打從剛剛根本就沒在看雜誌，只是有一搭沒一搭地隨手翻閱。

もうしこむ【申し込む】 提議・提出；申請；報名；訂購；預約 他五 グループ1

申し込む・申し込みます

辞書形(基本形) 提出	もうしこむ	たり形 又是提出	もうしこんだり
ない形 (否定形) 沒提出	もうしこまない	ば形 (條件形) 提出的話	もうしこめば
なかった形 (過去否定形) 過去沒提出	もうしこまなかった	させる形 (使役形) 使提出	もうしこませる
ます形 (連用形) 提出	もうしこみます	られる形 (被動形) 被提出	もうしこまれる
て形 提出	もうしこんで	命令形 快提出	もうしこめ
た形 (過去形) 提出了	もうしこんだ	可能形 可以提出	もうしこめる
たら形 (條件形) 提出的話	もうしこんだら	う形 (意向形) 提出吧	もうしこもう

 △ 結婚を申し込んだが、断られた／我向他求婚，卻遭到了拒絕。

もえる【燃える】 燃燒・起火；（轉）熱情洋溢・滿懷希望；（轉）顔色鮮明 自下一 グループ2

燃える・燃えます

辞書形(基本形) 燃燒	もえる	たり形 又是燃燒	もえたり
ない形 (否定形) 沒燃燒	もえない	ば形 (條件形) 燃燒的話	もえれば
なかった形 (過去否定形) 過去沒燃燒	もえなかった	させる形 (使役形) 使燃燒	もえさせる
ます形 (連用形) 燃燒	もえます	られる形 (被動形) 被燃燒	もえられる
て形 燃燒	もえて	命令形 快燃燒	もえろ
た形 (過去形) 燃燒了	もえた	可能形	——
たら形 (條件形) 燃燒的話	もえたら	う形 (意向形) 燃燒吧	もえよう

 △ ガスが燃えるとき、酸素が足りないと、一酸化炭素が出る／
瓦斯燃燒時如果氧氣不足，就會釋放出一氧化碳。

もむ【揉む】

搓・揉；捏・按摩；（很多人）互相推擠；爭辯；（被動式型態）錘鍊，受磨練

他五　グループ1

揉む・揉みます

辞書形(基本形) 搓揉	もむ	たり形 又是搓揉	もんだり
ない形（否定形） 沒搓揉	もまない	ば形（條件形） 搓揉的話	もめば
なかった形（過去否定形） 過去沒搓揉	もまなかった	させる形（使役形） 使搓揉	もませる
ます形（連用形） 搓揉	もみます	られる形（被動形） 被搓揉	もまれる
て形 搓揉	もんで	命令形 快揉	もめ
た形（過去形） 搓揉了	もんだ	可能形 可以搓	もめる
たら形（條件形） 搓揉的話	もんだら	う形（意向形） 揉吧	ももう

△おばあちゃん、肩もんであげようか／奶奶，我幫您捏一捏肩膀吧？

もやす【燃やす】

燃燒；（把某種情感）燃燒起來，激起

他五　グループ1

燃やす・燃やします

辞書形(基本形) 燃燒	もやす	たり形 又是燃燒	もやしたり
ない形（否定形） 沒燃燒	もやさない	ば形（條件形） 燃燒的話	もやせば
なかった形（過去否定形） 過去沒燃燒	もやさなかった	させる形（使役形） 使燃燒	もやさせる
ます形（連用形） 燃燒	もやします	られる形（被動形） 被燃燒	もやされる
て形 燃燒	もやして	命令形 快燃燒	もやせ
た形（過去形） 燃燒了	もやした	可能形 可以燃燒	もやせる
たら形（條件形） 燃燒的話	もやしたら	う形（意向形） 燃燒吧	もやそう

△それを燃やすと、悪いガスが出るおそれがある／
燒那個的話，有可能會產生有毒氣體。

やくす【訳す】 翻譯；解釋

他五 グループ1

訳す・訳します

辞書形（基本形）		た形	
翻譯	やくす	又是翻譯	やくしたり
ない形（否定形）		ば形（條件形）	
沒翻譯	やくさない	翻譯的話	やくせば
なかった形（過去否定形）		させる形（使役形）	
過去沒翻譯	やくさなかった	使翻譯	やくさせる
ます形（連用形）		られる形（被動形）	
翻譯	やくします	被翻譯	やくされる
て形		命令形	
翻譯	やくして	快翻譯	やくせ
た形（過去形）		可能形	
翻譯了	やくした	會翻譯	やくせる
たら形（條件形）		う形（意向形）	
翻譯的話	やくしたら	翻譯吧	やくそう

△今、宿題で、英語を日本語に訳している最中だ／
現在正忙著做把英文翻譯成日文的作業。

やくだつ【役立つ】 有用・有益

自五 グループ1

役立つ・役立ちます

辞書形（基本形）		た形	
有用	やくだつ	又是有用	やくだったり
ない形（否定形）		ば形（條件形）	
沒用	やくだたない	有用的話	やくだてば
なかった形（過去否定形）		させる形（使役形）	
過去沒用	やくだたなかった	使有用	やくだたせる
ます形（連用形）		られる形（被動形）	
有用	やくだちます	被服務	やくだたれる
て形		命令形	
有用	やくだって	快有有幫助	やくだて
た形（過去形）		可能形	
有用了	やくだった	會有益	やくだてる
たら形（條件形）		う形（意向形）	
有用的話	やくだったら	有益吧	やくだとう

△パソコンの知識が就職に非常に役立った／電腦知識對就業很有幫助。

やくだてる【役立てる】 （供）使用・使…有用　他下一　グループ2

やくだ　　　　やくだ
役立てる・役立てます

辞書形（基本形） 使用	やくだてる	たり形 又是使用	やくだて**たり**
ない形（否定形） 不使用	やくだて**ない**	ば形（條件形） 使用的話	やくだてれ**ば**
なかった形（過去否定形） 過去不使用	やくだて**なかった**	させる形（使役形） 使其用	やくだて**させる**
ます形（連用形） 使用	やくだて**ます**	られる形（被役形） 被使用	やくだて**られる**
て形 使用	やくだて**て**	命令形 快使用	やくだて**ろ**
た形（過去形） 使用了	やくだて**た**	可能形 可以使用	やくだて**られる**
たら形（條件形） 使用的話	やくだて**たら**	う形（意向形） 使用吧	やくだて**よう**

 △これまでに学んだことを実社会で役立ててください／
　　　　請將過去所學到的知識技能，在真實社會裡充分展現發揮。

やぶる【破る】 弄破；破壞；違反；打敗；打破（記錄）　他五　グループ1

やぶ　　　　やぶ
破る・破ります

辞書形（基本形） 弄破	やぶる	たり形 又是弄破	やぶっ**たり**
ない形（否定形） 沒弄破	やぶら**ない**	ば形（條件形） 弄破的話	やぶれ**ば**
なかった形（過去否定形） 過去沒弄破	やぶら**なかった**	させる形（使役形） 使弄破	やぶら**せる**
ます形（連用形） 弄破	やぶり**ます**	られる形（被動形） 被弄破	やぶら**れる**
て形 弄破	やぶっ**て**	命令形 快弄破	やぶれ
た形（過去形） 弄破了	やぶっ**た**	可能形 會弄破	やぶれる
たら形（條件形） 弄破的話	やぶっ**たら**	う形（意向形） 弄破吧	やぶろ**う**

けいかん　　　　　　やぶ　　　　はい
△警官はドアを破って入った／警察破門而入。

やぶれる【破れる】 破損・損傷；破壞，破裂，被打破；失敗 　自下一 グループ2

破_{やぶ}れる・破_{やぶ}れます

辞書形（基本形）破損	やぶれる	たり形 又是破損	やぶれたり
ない形（否定形）沒破損	やぶれない	ば形（條件形）破損的話	やぶれれば
なかった形（過去否定形）過去沒破損	やぶれなかった	させる形（使役形）使破損	やぶれさせる
ます形（連用形）破損	やぶれます	られる形（被動形）被破壞	やぶれられる
て形 破損	やぶれて	命令形 快破壞	やぶれろ
た形（過去形）破損了	やぶれた	可能形	———
たら形（條件形）破損的話	やぶれたら	う形（意向形）破壞吧	やぶれよう

 △上着_{うわぎ}がくぎに引_ひっ掛_かかって破_{やぶ}れた／上衣被釘子鉤破了。

やめる【辞める】 辭職；休學 　他下一 グループ2

辞_やめる・辞_やめます

辞書形（基本形）辭職	やめる	たり形 又是辭職	やめたり
ない形（否定形）沒辭職	やめない	ば形（條件形）辭職的話	やめれば
なかった形（過去否定形）過去沒辭職	やめなかった	させる形（使役形）使辭職	やめさせる
ます形（連用形）辭職	やめます	られる形（被動形）被辭職	やめられる
て形 辭職	やめて	命令形 快辭職	やめろ
た形（過去形）辭職了	やめた	可能形 會辭職	やめられる
たら形（條件形）辭職的話	やめたら	う形（意向形）辭職吧	やめよう

 △仕事_{しごと}を辞_やめて以来_{いらい}、毎日_{まいにち}やることがない／
自從辭職以後，每天都無事可做。

ゆずる【譲る】 譲給・轉讓；謙讓・讓步；出讓・賣給；改日・延期　他五　グループ1

譲る・譲ります

辭書形(基本形)		たり形	
轉讓	ゆずる	又是轉讓	ゆずったり
ない形（否定形）		ば形（條件形）	
沒轉讓	ゆずらない	轉讓的話	ゆずれば
なかった形（過去否定形）		させる形（使役形）	
過去沒轉讓	ゆずらなかった	使轉讓	ゆずらせる
ます形（連用形）		られる形（被動形）	
轉讓	ゆずります	被轉讓	ゆずられる
て形		命令形	
轉讓	ゆずって	快轉讓	ゆずれ
た形（過去形）		可能形	
轉讓了	ゆずった	會轉讓	ゆずれる
たら形（條件形）		う形（意向形）	
轉讓的話	ゆずったら	轉讓吧	ゆずろう

△彼は老人じゃないから、席を譲ることはない／
他又不是老人，沒必要讓位給他。

ゆでる【茹でる】 （用開水）煮・燙　他下一　グループ2

茹でる・茹でます

辭書形(基本形)		たり形	
煮	ゆでる	又是煮	ゆでたり
ない形（否定形）		ば形（條件形）	
沒煮	ゆでない	煮的話	ゆでれば
なかった形（過去否定形）		させる形（使役形）	
過去沒煮	ゆでなかった	使煮	ゆでさせる
ます形（連用形）		られる形（被動形）	
煮	ゆでます	被煮	ゆでられる
て形		命令形	
煮	ゆでて	快煮	ゆでろ
た形（過去形）		可能形	
煮了	ゆでた	會煮	ゆでられる
たら形（條件形）		う形（意向形）	
煮的話	ゆでたら	煮吧	ゆでよう

△この麺は3分ゆでてください／這種麺請煮三分鐘。

ゆらす【揺らす】 搖擺・搖動

他五 グループ1

揺_ゆらす・揺_ゆらします

辞書形（基本形）搖動	ゆらす	たり形 又是搖動	ゆらしたり
ない形（否定形）沒搖動	ゆらさない	ば形（條件形）搖動的話	ゆらせば
なかった形（過去否定形）過去沒搖動	ゆらさなかった	させる形（使役形）使搖動	ゆらさせる
ます形（連用形）搖動	ゆらします	られる形（被動形）被搖動	ゆらされる
て形 搖動	ゆらして	命令形 快搖	ゆらせ
た形（過去形）搖動了	ゆらした	可能形 會搖	ゆらせる
たら形（條件形）搖動的話	ゆらしたら	う形（意向形）搖吧	ゆらそう

△ 揺_ゆりかごを揺_ゆらすと、赤_{あか}ちゃんが喜_{よろこ}びます／
只要推晃搖籃，小嬰兒就會很開心。

ゆるす【許す】 允許・批准；寬恕；免除；容許；承認；委託

他五 グループ1

許_{ゆる}す・許_{ゆる}します

辞書形（基本形）允許	ゆるす	たり形 又是允許	ゆるしたり
ない形（否定形）不允許	ゆるさない	ば形（條件形）允許的話	ゆるせば
なかった形（過去否定形）過去不允許	ゆるさなかった	させる形（使役形）使允許	ゆるさせる
ます形（連用形）允許	ゆるします	られる形（被動形）被允許	ゆるされる
て形 允許	ゆるして	命令形 快允許	ゆるせ
た形（過去形）允許了	ゆるした	可能形 會允許	ゆるせる
たら形（條件形）允許的話	ゆるしたら	う形（意向形）允許吧	ゆるそう

△ 私_{わたし}を捨_すてて若_{わか}い女_{おんな}と出_でて行_いった夫_{おっと}を絶対_{ぜったい}に許_{ゆる}すものか／
丈夫拋下我，和年輕女人一起離開了，絕不會原諒他這種人！

N3

ゆ

ゆらす・ゆるす

ゆれる【揺れる】 搖晃・搖動；躊躇 自下一 グループ2

揺れる・揺れます

辭書形(基本形)		たり形	
搖晃	ゆれる	又是搖晃	ゆれたり
ない形 (否定形)		ば形 (條件形)	
沒搖晃	ゆれない	搖晃的話	ゆれれば
なかった形 (過去否定形)		させる形 (使役形)	
過去沒搖晃	ゆれなかった	使搖晃	ゆれさせる
ます形 (連用形)		られる形 (被動形)	
搖晃	ゆれます	被搖晃	ゆれられる
て形		命令形	
搖晃	ゆれて	快搖晃	ゆれろ
た形 (過去形)		可能形	
搖晃了	ゆれた	會搖晃	ゆれられる
たら形 (條件形)		う形 (意向形)	
搖晃的話	ゆれたら	搖晃吧	ゆれよう

 △大きい船は、小さい船ほど揺れない／大船不像小船那麼會搖晃。

よせる【寄せる】 靠近，移近；聚集，匯集，集中；加；投靠，寄身 自他下一 グループ2

寄せる・寄せます

辭書形(基本形)		たり形	
靠近	よせる	又是靠近	よせたり
ない形 (否定形)		ば形 (條件形)	
沒靠近	よせない	靠近的話	よせれば
なかった形 (過去否定形)		させる形 (使役形)	
過去沒靠近	よせなかった	使靠近	よせさせる
ます形 (連用形)		られる形 (被動形)	
靠近	よせます	被靠近	よせられる
て形		命令形	
靠近	よせて	快靠近	よせろ
た形 (過去形)		可能形	
靠近了	よせた	會靠近	よせられる
たら形 (條件形)		う形 (意向形)	
靠近的話	よせたら	靠近吧	よせよう

 △皆様のご意見をお寄せください／請先彙整大家的意見。

よる【寄る】 順道去…；接近

 自五 グループ1

寄る・寄ります

辞書形(基本形) 順道去	よる	たり形 又是順道去	よったり
ない形(否定形) 沒順道去	よらない	ば形(條件形) 順道去的話	よれば
なかった形(過去否定形) 過去沒順道去	よらなかった	させる形(使役形) 使順道去	よらせる
ます形(連用形) 順道去	よります	られる形(被動形) 被接近	よられる
て形 順道去	よって	命令形 快順道去	よれ
た形(過去形) 順道去了	よった	可能形 可以順道去	よれる
たら形(條件形) 順道去的話	よったら	う形(意向形) 順道去吧	よろう

△ 彼は、会社の帰りに飲みに寄りたがります／
他下班回家時總喜歡順道去喝兩杯。

よわまる【弱まる】 變弱・衰弱

自五 グループ1

弱まる・弱まります

辞書形(基本形) 變弱	よわまる	たり形 又是變弱	よわまったり
ない形(否定形) 沒變弱	よわまらない	ば形(條件形) 變弱的話	よわまれば
なかった形(過去否定形) 過去沒變弱	よわまらなかった	させる形(使役形) 使變弱	よわまらせる
ます形(連用形) 變弱	よわまります	られる形(被動形) 被削弱	よわまられる
て形 變弱	よわまって	命令形 快變弱	よわまれ
た形(過去形) 變弱了	よわまった	可能形	———
たら形(條件形) 變弱的話	よわまったら	う形(意向形) 變弱吧	よわまろう

△ 雪は、夕方から次第に弱まるでしょう／
到了傍晚，雪勢應該會愈來愈小吧。

よわめる【弱める】 減弱・削弱 他下一 グループ2

弱める・弱めます

辞書形(基本形) 削弱	よわめる	たり形 又是削弱	よわめたり
ない形(否定形) 沒削弱	よわめない	ば形(條件形) 削弱的話	よわめれば
なかった形(過去否定形) 過去沒削弱	よわめられなかった	させる形(使役形) 使削弱	よわめさせる
ます形(連用形) 削弱	よわめます	られる形(被動形) 被削弱	よわめられる
て形 削弱	よわめて	命令形 快削弱	よわめろ
た形(過去形) 削弱了	よわめた	可能形 會削弱	よわめられる
たら形(條件形) 削弱的話	よわめたら	う形(意向形) 削弱吧	よわめよう

△水の量が多すぎると、洗剤の効果を弱めることになる／
如果水量太多，將會減弱洗潔劑的效果。

わかれる【分かれる】 分裂；分離・分開；區分・劃分；區別 自下一 グループ2

分かれる・分かれます

辞書形(基本形) 分裂	わかれる	たり形 又是分裂	わかれたり
ない形(否定形) 沒分裂	わかれない	ば形(條件形) 分裂的話	わかれれば
なかった形(過去否定形) 過去沒分裂	わかれなかった	させる形(使役形) 使分裂	わかれさせる
ます形(連用形) 分裂	わかれます	られる形(被動形) 被分裂	わかれられる
て形 分裂	わかれて	命令形 快分裂	わかれろ
た形(過去形) 分裂了	わかれた	可能形 會分裂	わかれられる
たら形(條件形) 分裂的話	わかれたら	う形(意向形) 分裂吧	わかれよう

△意見が分かれてしまい、とうとう結論が出なかった／
由於意見分歧，終究沒能做出結論。

わく【沸く】 煮沸，煮開；興奮　　[自五] グループ1

沸く・沸きます

辭書形(基本形) 煮開	わく	たり形 又是煮開	わいたり
ない形 (否定形) 沒煮開	わかない	ば形 (條件形) 煮開的話	わけば
なかった形 (過去否定形) 過去沒煮開	わかなかった	させる形 (使役形) 使煮開	わかせる
ます形 (連用形) 煮開	わきます	られる形 (被動形) 被煮開	わかれる
て形 煮開	わいて	命令形 快煮開	わけ
た形 (過去形) 煮開了	わいた	可能形	——
たら形 (條件形) 煮開的話	わいたら	う形 (意向形) 煮開吧	わこう

 △ お湯が沸いたから、ガスをとめてください／水煮開了，請把瓦斯關掉。

わける【分ける】 分・分開；區分，割分；分配・分給；分　　[他下一] グループ2
開・排開・擠開

分ける・分けます

辭書形(基本形) 分開	わける	たり形 又是分開	わけたり
ない形 (否定形) 沒分開	わけない	ば形 (條件形) 分開的話	わければ
なかった形 (過去否定形) 過去沒分開	わけなかった	させる形 (使役形) 使分開	わけさせる
ます形 (連用形) 分開	わけます	られる形 (被動形) 被分開	わけられる
て形 分開	わけて	命令形 快分開	わけろ
た形 (過去形) 分開了	わけた	可能形 可以分開	わけられる
たら形 (條件形) 分開的話	わけたら	う形 (意向形) 分開吧	わけよう

 △ 5回に分けて支払う／分五次支付。

わりこむ【割り込む】 擠進・插隊；闖進；插嘴 自五 グループ1

割り込む・割り込みます

辞書形 (基本形) 插隊	わりこむ	たり形 又是插隊	わりこんだり
ない形 (否定形) 沒插隊	わりこまない	ば形 (條件形) 插隊的話	わりこめば
なかった形 (過去否定形) 過去沒插隊	わりこまなかった	させる形 (使役形) 使插隊	わりこませる
ます形 (連用形) 插隊	わりこみます	られる形 (被動形) 被插隊	わりこまれる
て形 插隊	わりこんで	命令形 快插隊	わりこめ
た形 (過去形) 插隊了	わりこんだ	可能形 可以插隊	わりこめる
たら形 (條件形) 插隊的話	わりこんだら	う形 (意向形) 插隊吧	わりこもう

 △列に割り込まないでください／請不要插隊。

わる【割る】 劈・割・打破・劈開；分開；用除法計算 他五 グループ1

割る・割ります

辞書形 (基本形) 打破	わる	たり形 又是打破	わったり
ない形 (否定形) 沒打破	わらない	ば形 (條件形) 打破的話	われば
なかった形 (過去否定形) 過去沒打破	わらなかった	させる形 (使役形) 使打破	わらせる
ます形 (連用形) 打破	わります	られる形 (被動形) 被打破	わられる
て形 打破	わって	命令形 快打破	われ
た形 (過去形) 打破了	わった	可能形 會打破	われる
たら形 (條件形) 打破的話	わったら	う形 (意向形) 打破吧	わろう

 △卵を割って、よくかき混ぜてください／請打入蛋後攪拌均勻。

動詞單字
N2

あいする【愛する】 愛・愛慕；喜愛・有愛情・疼愛・愛護；喜好 他サ グループ3

愛する・愛します

辞書形（基本形） 愛	あいする	たり形 又是愛	あいしたり
ない形（否定形） 沒愛	あいさない	ば形（條件形） 愛的話	あいすれば
なかった形（過去否定形） 過去沒愛	あいさなかった	させる形（使役形） 使愛	あいさせる
ます形（連用形） 愛	あいします	られる形（被動形） 被愛	あいされる
て形 愛	あいして	命令形 快愛	あいせ
た形（過去形） 愛了	あいした	可能形 可以愛	あいせる
たら形（條件形） 愛的話	あいしたら	う形（意向形） 愛吧	あいそう

 △愛する人に手紙を書いた。／我寫了封信給我所愛的人。

あう【遭う】 遭遇・碰上 自五 グループ1

遭う・遭います

辞書形（基本形） 碰上	あう	たり形 又是碰上	あったり
ない形（否定形） 沒碰上	あわない	ば形（條件形） 碰上的話	あえば
なかった形（過去否定形） 過去沒碰上	あわなかった	させる形（使役形） 使碰上	あわせる
ます形（連用形） 碰上	あいます	られる形（被動形） 被碰上	あわれる
て形 碰上	あって	命令形 快碰上	あえ
た形（過去形） 碰上了	あった	可能形	———
たら形（條件形） 碰上的話	あったら	う形（意向形） 碰上吧	あおう

 △交通事故に遭ったにもかかわらず、幸い軽いけがで済んだ。／
雖然遇上了交通意外，所幸只受到了輕傷。

あおぐ【扇ぐ】 (用扇子)扇(風)

扇ぐ・扇ぎます

辞書形(基本形)		た り形	
扇	あおぐ	又是扇	あおいだり
ない形(否定形) 沒扇	あおがない	ば形(條件形) 扇的話	あおげば
なかった形(過去否定形) 過去沒扇	あおがなかった	させる形(使役形) 使扇	あおがせる
ます形(連用形) 扇	あおぎます	られる形(被動形) 被扇	あおがれる
て形 扇	あおいで	命令形 快扇	あおげ
た形(過去形) 扇了	あおいだ	可能形 可以扇	あおげる
たら形(條件形) 扇的話	あおいだら	う形(意向形) 扇吧	あおごう

△暑いので、うちわであおいでいる。／因為很熱，所以拿圓扇搧風。

あがる【上がる】 (效果、地位、價格等)上升、提高；上、登、進入；上漲；膽怯；加薪；吃、喝、吸(煙)；表示完了

上がる・上がります

辞書形(基本形)		た り形	
提高	あがる	又是提高	あがったり
ない形(否定形) 沒提高	あがらない	ば形(條件形) 提高的話	あがれば
なかった形(過去否定形) 過去沒提高	あがらなかった	させる形(使役形) 使提高	あがらせる
ます形(連用形) 提高	あがります	られる形(被動形) 被提高	あがられる
て形 提高	あがって	命令形 快提高	あがれ
た形(過去形) 提高了	あがった	可能形 可以提高	あがれる
たら形(條件形) 提高的話	あがったら	う形(意向形) 提高吧	あがろう

△ピアノの発表会で上がってしまって、思うように弾けなかった。／
在鋼琴發表會時緊張了，沒能彈得如預期中那麼好。

あきらめる【諦める】 死心・放棄；想開 他下一 グループ2

諦_{あきら}める・諦_{あきら}めます

辞書形(基本形)		たり形	
放棄	あきらめる	又是放棄	あきらめたり
ない形(否定形)		ば形(條件形)	
沒放棄	あきらめない	放棄的話	あきらめれば
なかった形(過去否定形)		させる形(使役形)	
過去沒放棄	あきらめなかった	使放棄	あきらめさせる
ます形(連用形)		られる形(被動形)	
放棄	あきらめます	被放棄	あきらめられる
て形		命令形	
放棄	あきらめて	快放棄	あきらめろ
た形(過去形)		可能形	
放棄了	あきらめた	可以放棄	あきらめられる
たら形(條件形)		う形(意向形)	
放棄的話	あきらめたら	放棄吧	あきらめよう

△彼_{かれ}は、諦_{あきら}めたかのようにため息_{いき}をついた。／
他彷彿死心了似的嘆了一口氣。

あきれる【呆れる】 吃驚・愕然・嚇呆・發愣 自下一 グループ2

呆_{あき}れる・呆_{あき}れます

辞書形(基本形)		たり形	
嚇呆	あきれる	又是嚇呆	あきれたり
ない形(否定形)		ば形(條件形)	
沒嚇呆	あきれない	嚇呆的話	あきれれば
なかった形(過去否定形)		させる形(使役形)	
過去沒嚇呆	あきれなかった	使嚇呆	あきれさせる
ます形(連用形)		られる形(被動形)	
嚇呆	あきれます	被嚇呆	あきれられる
て形		命令形	
嚇呆	あきれて	快嚇呆	あきれろ
た形(過去形)		可能形	
嚇呆了	あきれた		———
たら形(條件形)		う形(意向形)	
嚇呆的話	あきれたら	嚇呆吧	あきれよう

△あきれて物_{もの}が言_いえない。／我嚇到話都說不出來了。

あく【開く】 開・打開；（店舗）開始營業

開く・開きます

辭書形(基本形) 打開	あく	た形 又是打開	あいたり
ない形 (否定形) 沒打開	あかない	ば形 (條件形) 打開的話	あけば
なかった形 (過去否定形) 過去沒	あかなかった	させる形 (使役形) 使打開	あかせる
ます形 (連用形) 打開	あきます	られる形 (被動形) 被打開	あけられる
て形 打開	あいて	命令形 快打開	あけ
た形 (過去形) 打開了	あいた	可能形 可以打開	あけられる
たら形 (條件形) 打開的話	あいたら	う形 (意向形) 打開吧	あこう

△店が10時に開くとしても、まだ2時間もある。／
就算商店十點開始營業，也還有兩個小時呢。

あげる【上げる】 舉起・抬起・揚起・懸掛；（從船上）卸貨；增加；升遷；送入；表示做完

上げる・上げます

辭書形(基本形) 抬起	あげる	た形 又是抬起	あげたり
ない形 (否定形) 沒抬起	あげない	ば形 (條件形) 抬起的話	あげれば
なかった形 (過去否定形) 過去沒抬起	あげなかった	させる形 (使役形) 使抬起	あげさせる
ます形 (連用形) 抬起	あげます	られる形 (被動形) 被抬起	あげられる
て形 抬起	あげて	命令形 快抬起	あげろ
た形 (過去形) 抬起了	あげた	可能形 可以抬起	あげられる
たら形 (條件形) 抬起的話	あげたら	う形 (意向形) 抬起吧	あげよう

△分からない人は、手を上げてください。／有不懂的人，麻煩請舉手。

301

あこがれる【憧れる】 憧憬・憧憬・愛慕；眷戀 　自下一 グループ2

憧れる・憧れます

辭書形 (基本形)		たり形	
憧憬	あこがれる	又是憧憬	あこがれたり
ない形 (否定形)		ば形 (條件形)	
沒憧憬	あこがれない	憧憬的話	あこがれれば
なかった形 (過去否定形)		させる形 (使役形)	
過去沒憧憬	あこがれなかった	使憧憬	あこがれさせる
ます形 (連用形)		られる形 (被動形)	
憧憬	あこがれます	被憧憬	あこがれられる
て形		命令形	
憧憬	あこがれて	快憧憬	あこがれろ
た形 (過去形)		可能形	
憧憬了	あこがれた	可以憧憬	あこがれられる
たら形 (條件形)		う形 (意向形)	
憧憬的話	あこがれたら	憧憬吧	あこがれよう

△田舎でののんびりした生活に憧れています。／
很憧憬鄉下悠閒自在的生活。

あじわう【味わう】 品嘗；體驗・玩味・鑑賞 　他五 グループ1

味わう・味わいます

辭書形 (基本形)		たり形	
品嘗	あじわう	又是品嘗	あじわったり
ない形 (否定形)		ば形 (條件形)	
沒品嘗	あじわわない	品嘗的話	あじわえば
なかった形 (過去否定形)		させる形 (使役形)	
過去沒品嘗	あじわわなかった	使品嘗	あじわわせる
ます形 (連用形)		られる形 (被動形)	
品嘗	あじわいます	被品嘗	あじわわれる
て形		命令形	
品嘗	あじわって	快品嘗	あじわえ
た形 (過去形)		可能形	
品嘗了	あじわった	可以品嘗	あじわえる
たら形 (條件形)		う形 (意向形)	
品嘗的話	あじわったら	品嘗吧	あじわおう

△1枚5,000円もしたお肉だよ。よく味わって食べてね。／
這可是一片五千圓的肉呢！要仔細品嘗喔！

あつかう【扱う】 操作・使用；對待・待遇；調停・仲裁　他五　グループ1

扱う・扱います

辞書形(基本形) 操作	あつかう	た形 又是操作	あつかったり
ない形(否定形) 沒操作	あつかわない	ば形(條件形) 操作的話	あつかえば
なかった形(過去否定形) 過去沒操作	あつかわなかった	させる形(使役形) 使操作	あつかわせる
ます形(連用形) 操作	あつかいます	られる形(被動形) 被操作	あつかわれる
て形 操作	あつかって	命令形 快操作	あつかえ
た形(過去形) 操作了	あつかった	可能形 可以操作	あつかえる
たら形(條件形) 操作的話	あつかったら	う形(意向形) 操作吧	あつかおう

△この商品を扱うに際しては、十分気をつけてください。／
在使用這個商品時，請特別小心。

あてはまる【当てはまる】 適用・適合・合適・恰當　自五　グループ1

当てはまる・当てはまります

辞書形(基本形) 適用	あてはまる	た形 又是適用	あてはまったり
ない形(否定形) 沒適用	あてはまらない	ば形(條件形) 適用的話	あてはまれば
なかった形(過去否定形) 過去沒適用	あてはまらなかった	させる形(使役形) 使適用	あてはまらせる
ます形(連用形) 適用	あてはまります	られる形(被動形) 被適用	あてはまられる
て形 適用	あてはまって	命令形 快適用	あてはまれ
た形(過去形) 適用了	あてはまった	可能形	——
たら形(條件形) 適用的話	あてはまったら	う形(意向形) 適用吧	あてはまろう

△結婚したいけど、私が求める条件に当てはまる人が見つからない。／
我雖然想結婚，但是還沒有找到符合條件的人選。

あてはめる【当てはめる】 適用；應用 他下一 グループ2

当てはめる・当てはめます

辞書形(基本形)		たり形	
應用	あてはめる	又是應用	あてはめたり
ない形（否定形）	あてはめない	ば形（條件形）	あてはめれば
沒應用		應用的話	
なかった形（過去否定形）	あてはめなかった	させる形（使役形）	あてはめさせる
過去沒應用		使應用	
ます形（連用形）	あてはめます	られる形（被動形）	あてはめられる
應用		被應用	
て形	あてはめて	命令形	あてはめろ
應用		快應用	
た形（過去形）	あてはめた	可能形	あてはめられる
應用了		可以應用	
たら形（條件形）	あてはめたら	う形（意向形）	あてはめよう
應用的話		應用吧	

△その方法はすべての場合に当てはめることはできない。／
那個方法並不適用於所有情況。

あばれる【暴れる】 胡鬧；放蕩・橫衝直撞 自下一 グループ2

暴れる・暴れます

辞書形(基本形)		たり形	
胡鬧	あばれる	又是胡鬧	あばれたり
ない形（否定形）	あばれない	ば形（條件形）	あばれれば
沒胡鬧		胡鬧的話	
なかった形（過去否定形）	あばれなかった	させる形（使役形）	あばれさせる
過去沒胡鬧		使胡鬧	
ます形（連用形）	あばれます	られる形（被動形）	あばれられる
胡鬧		被吵鬧	
て形	あばれて	命令形	あばれろ
胡鬧		快鬧	
た形（過去形）	あばれた	可能形	あばれる
胡鬧了		可以鬧	
たら形（條件形）	あばれたら	う形（意向形）	あばれよう
胡鬧的話		鬧吧	

△彼は酒を飲むと、周りのこともかまわずに暴れる。／
他只要一喝酒，就會不顧周遭一切地胡鬧一番。

あびる【浴びる】 洗・浴；曬・照；遭受・蒙受 他上一 グループ2

浴びる・浴びます

辞書形〔基本形〕 洗	あびる	たり形 又是洗	あびたり
ない形〔否定形〕 沒洗	あびない	ば形〔條件形〕 洗的話	あびれば
なかった形〔過去否定形〕 過去沒洗	あびなかった	させる形〔使役形〕 使洗	あびさせる
ます形〔連用形〕 洗	あびます	られる形〔被動形〕 被洗	あびられる
て形 洗	あびて	命令形 快洗	あびろ
た形〔過去形〕 洗了	あびた	可能形 可以洗	あびられる
たら形〔條件形〕 洗的話	あびたら	う形〔意向形〕 洗吧	あびよう

△シャワーを浴びるついでに、頭も洗った。／
在沖澡的同時，也順便洗了頭。

あぶる【炙る・焙る】 烤；烘乾；取暖 他五 グループ1

炙る・炙ります

辞書形〔基本形〕 烤	あぶる	たり形 又是烤	あぶったり
ない形〔否定形〕 沒烤	あぶらない	ば形〔條件形〕 烤的話	あぶれば
なかった形〔過去否定形〕 過去沒烤	あぶらなかった	させる形〔使役形〕 使烤	あぶらせる
ます形〔連用形〕 烤	あぶります	られる形〔被動形〕 被烤	あぶられる
て形 烤	あぶって	命令形 快烤	あぶれ
た形〔過去形〕 烤了	あぶった	可能形 可以烤	あぶれる
たら形〔條件形〕 烤的話	あぶったら	う形〔意向形〕 烤吧	あぶろう

△魚をあぶる。／烤魚。

あふれる【溢れる】 溢出・漾出・充満 自下一 グループ2

溢れる・溢れます

辞書形(基本形) 充満	あふれる	たり形 又是充満	あふれたり
ない形 (否定形) 沒充満	あふれない	ば形 (條件形) 充満的話	あふれれば
なかった形 (過去否定形) 過去沒充満	あふれなかった	させる形 (使役形) 使充満	あふれさせる
ます形 (連用形) 充満	あふれます	られる形 (被動形) 被充満	あふれられる
て形 充満	あふれて	命令形 快充満	あふれろ
た形 (過去形) 充満了	あふれた	可能形	———
たら形 (條件形) 充満的話	あふれたら	う形 (意向形) 充満吧	あふれよう

△道に人が溢れているので、通り抜けようがない。／
道路擠滿了人，沒辦法通過。

あまやかす【甘やかす】 嬌生慣養・縦容放任；嬌養・嬌寵 他五 グループ1

甘やかす・甘やかします

辞書形(基本形) 嬌生慣養	あまやかす	たり形 又是嬌生慣養	あまやかしたり
ない形 (否定形) 沒嬌生慣養	あまやかさない	ば形 (條件形) 嬌生慣養的話	あまやかせば
なかった形 (過去否定形) 過去沒嬌生慣養	あまやかさなかった	させる形 (使役形) 使嬌寵	あまやかさせる
ます形 (連用形) 嬌生慣養	あまやかします	られる形 (被動形) 被嬌寵	あまやかされる
て形 嬌生慣養	あまやかして	命令形 快嬌寵	あまやかせ
た形 (過去形) 嬌生慣養了	あまやかした	可能形 會嬌寵	あまやかせる
たら形 (條件形) 嬌生慣養的話	あまやかしたら	う形 (意向形) 嬌寵吧	あまやかそう

△子どもを甘やかすなといっても、どうしたらいいかわからない。／
雖說不要寵小孩，但也不知道該如何是好。

あまる【余る】 剰餘；超過・過分・承擔不了

自五 グループ1

余る・余ります

辞書形（基本形）		た形	
超過	あまる	又是超過	あまったり
ない形（否定形）		ば形（條件形）	
沒超過	あまらない	超過的話	あまれば
なかった形（過去否定形）		させる形（使役形）	
過去沒超過	あまらなかった	使超過	あまらせる
ます形（連用形）		られる形（被動形）	
超過	あまります	被超過	あまられる
て形		命令形	
超過	あまって	快超過	あまれ
た形（過去形）		可能形	
超過了	あまった		———
たら形（條件形）		う形（意向形）	
超過的話	あまったら	超過吧	あまろう

△時間が余りぎみだったので、喫茶店に行った。／
看來還有時間，所以去了咖啡廳。

あむ【編む】 編・織；編輯・編纂

他五 グループ1

編む・編みます

辞書形（基本形）		た形	
編	あむ	又是編	あんだり
ない形（否定形）		ば形（條件形）	
沒編	あまない	編的話	あめば
なかった形（過去否定形）		させる形（使役形）	
過去沒編	あまなかった	使編	あませる
ます形（連用形）		られる形（被動形）	
編	あみます	被編	あまれる
て形		命令形	
編	あんで	快編	あめ
た形（過去形）		可能形	
編了	あんだ	可以編	あめる
たら形（條件形）		う形（意向形）	
編的話	あんだら	編吧	あもう

△お父さんのためにセーターを編んでいる。／為了爸爸在織毛衣。

あやまる【誤る】 錯誤・弄錯；耽誤

自他五　グループ1

誤る・誤ります

辭書形(基本形)		たり形	
弄錯	あやまる	又是弄錯	あやまったり
ない形 (否定形)		ば形 (條件形)	
沒弄錯	あやまらない	弄錯的話	あやまれば
なかった形 (過去否定形)		させる形 (使役形)	
過去沒弄錯	あやまらなかった	使弄錯	あやまらせる
ます形 (連用形)		られる形 (被動形)	
弄錯	あやまります	被弄錯	あやまられる
て形		命令形	
弄錯	あやまって	快弄錯	あやまれ
た形 (過去形)		可能形	
弄錯了	あやまった		———
たら形 (條件形)		う形 (意向形)	
弄錯的話	あやまったら	弄錯吧	あやまろう

△誤って違う薬を飲んでしまった。／不小心搞錯吃錯藥了。

あらためる【改める】 改正・修正・革新；檢查

他下一　グループ2

改める・改めます

辭書形(基本形)		たり形	
修正	あらためる	又是修正	あらためたり
ない形 (否定形)		ば形 (條件形)	
沒修正	あらためない	修正的話	あらためれば
なかった形 (過去否定形)		させる形 (使役形)	
過去沒修正	あらためなかった	使修正	あらためさせる
ます形 (連用形)		られる形 (被動形)	
修正	あらためます	被修正	あらためられる
て形		命令形	
修正	あらためて	快修正	あらためろ
た形 (過去形)		可能形	
修正了	あらためた	可以修正	あらためられる
たら形 (條件形)		う形 (意向形)	
修正的話	あらためたら	修正吧	あらためよう

△酒で失敗して以来、私は行動を改めることにした。／
自從飲酒誤事以後，我就決定檢討改進自己的行為。

ある【有る・在る】 有;持有・具有;舉行・發生;有過;在 自五 グループ1

ある・あります

辞書形(基本形) 持有	ある	たり形 又是持有	あったり
ない形(否定形) 沒持有	ない	ば形(條件形) 持有的話	あれば
なかった形(過去否定形) 過去沒持有	なかった	させる形(使役形) 使荒廢	——
ます形(連用形) 持有	あります	られる形(被動形)	——
て形 持有	あって	命令形 快持有	あれ
た形(過去形) 持有了	あった	可能形 可以持有	あられる
たら形(條件形) 持有的話	あったら	う形(意向形) 持有吧	あろう

 △あなたのうちに、コンピューターはありますか。／你家裡有電腦嗎？

あれる【荒れる】 天氣變壞;（皮膚）變粗糙;荒廢・荒蕪;暴戾・胡鬧;秩序混亂 自下一 グループ2

荒れる・荒れます

辞書形(基本形) 荒廢	あれる	たり形 又是荒廢	あれたり
ない形(否定形) 沒荒廢	あれない	ば形(條件形) 荒廢的話	あれれば
なかった形(過去否定形) 過去沒荒廢	あれなかった	させる形(使役形) 使荒廢	あれさせる
ます形(連用形) 荒廢	あれます	られる形(被動形) 被荒廢	あれられる
て形 荒廢	あれて	命令形 快荒廢	あれろ
た形(過去形) 荒廢了	あれた	可能形	——
たら形(條件形) 荒廢的話	あれたら	う形(意向形) 荒廢吧	あれよう

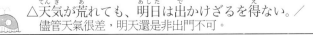 △天気が荒れても、明日は出かけざるを得ない。／
儘管天氣很差，明天還是非出門不可。

いいだす【言い出す】 開始說・說出口 他五 グループ1

言い出す・言い出します

辞書形(基本形)		たり形	
說出口	いいだす	又是說出口	いいだしたり
ない形 (否定形)		ば形 (條件形)	
沒說出口	いいださない	說出口的話	いいだせば
なかった形 (過去否定形)		させる形 (使役形)	
過去沒說出口	いいださなかった	使說出口	いいださせる
ます形 (連用形)		られる形 (被動形)	
說出口	いいだします	被說出口	いいだされる
て形		命令形	
說出口	いいだして	快說出口	いいだせ
た形 (過去形)		可能形	
說出口了	いいだした	可以說出口	いいだせる
たら形 (條件形)		う形 (意向形)	
說出口的話	いいだしたら	說出口吧	いいだそう

 △余計なことを言い出したばかりに、私が全部やることになった。／
都是因為我多嘴，所以現在所有事情都要我做了。

いいつける【言い付ける】 命令；告狀；說慣・常說 他下一 グループ2

言い付ける・言い付けます

辞書形(基本形)		たり形	
命令	いいつける	又是命令	いいつけたり
ない形 (否定形)		ば形 (條件形)	
沒命令	いいつけない	命令的話	いいつければ
なかった形 (過去否定形)		させる形 (使役形)	
過去沒命令	いいつけなかった	使命令	いいつけさせる
ます形 (連用形)		られる形 (被動形)	
命令	いいつけます	被命令	いいつけられる
て形		命令形	
命令	いいつけて	快命令	いいつけろ
た形 (過去形)		可能形	
命令了	いいつけた	可以命令	いいつけられる
たら形 (條件形)		う形 (意向形)	
命令的話	いいつけたら	命令吧	いいつけよう

 △あーっ。先生に言いつけてやる！／啊！我要去向老師告狀！

いだく【抱く】 抱；懷有・懷抱

抱く・抱きます

辭書形(基本形) 抱	いだく	たり形 又是抱	いだいたり
ない形(否定形) 沒抱	いだかない	ば形(條件形) 抱的話	いだけば
なかった形(過去否定形) 過去沒抱	いだかなかった	させる形(使役形) 使抱	いだかせる
ます形(連用形) 抱	いだきます	られる形(被動形) 被抱	いだかれる
て形 抱	いだいて	命令形 快抱	いだけ
た形(過去形) 抱了	いだいた	可能形 可以抱	いだける
たら形(條件形) 抱的話	いだいたら	う形(意向形) 抱吧	いだこう

 △彼は彼女に対して、憎しみさえ抱いている。／他對她甚至懷恨在心。

いたむ【痛む】 疼痛；苦惱；損壞

痛む・痛みます

辭書形(基本形) 損壞	いたむ	たり形 又是損壞	いたんだり
ない形(否定形) 沒損壞	いたまない	ば形(條件形) 損壞的話	いためば
なかった形(過去否定形) 過去沒損壞	いたまなかった	させる形(使役形) 使損壞	いたませる
ます形(連用形) 損壞	いたみます	られる形(被動形) 被損壞	いたまれる
て形 損壞	いたんで	命令形 快損壞	いため
た形(過去形) 損壞了	いたんだ	可能形	———
たら形(條件形) 損壞的話	いたんだら	う形(意向形) 損壞吧	いたもう

△傷が痛まないこともないが、まあ大丈夫です。／
傷口並不是不會痛，不過沒什麼大礙。

いたる【至る】 到・來臨；達到；周到

自五 グループ1

至る・至ります

辭書形(基本形) 到	いたる	たり形 又是到	いたったり
ない形（否定形） 沒到	いたらない	ば形（條件形） 到的話	いたれば
なかった形（過去否定形） 過去沒到	いたらなかった	させる形（使役形） 使達到	いたらせる
ます形（連用形） 到	いたります	られる形（被動形） 被達到	いたられる
て形 到	いたって	命令形 快達到	いたれ
た形（過去形） 到了	いたった	可能形 可以達到	いたれる
たら形（條件形） 到的話	いたったら	う形（意向形） 達到吧	いたろう

△国道1号は、東京から名古屋、京都を経て大阪へ至る。／
國道一號是從東京經過名古屋和京都，最後連結到大阪。

いばる【威張る】 誇耀・逞威風

自五 グループ1

威張る・威張ります

辭書形(基本形) 誇耀	いばる	たり形 又是誇耀	いばったり
ない形（否定形） 沒誇耀	いばらない	ば形（條件形） 誇耀的話	いばれば
なかった形（過去否定形） 過去沒誇耀	いばらなかった	させる形（使役形） 使誇耀	いばらせる
ます形（連用形） 誇耀	いばります	られる形（被動形） 被誇耀	いばられる
て形 誇耀	いばって	命令形 快誇耀	いばれ
た形（過去形） 誇耀了	いばった	可能形 可以誇耀	いばれる
たら形（條件形） 誇耀的話	いばったら	う形（意向形） 誇耀吧	いばろう

△上司にはぺこぺこし、部下にはいばる。／
對上司畢恭畢敬，對下屬盛氣凌人。

いやがる【嫌がる】 討厭・不願意・逃避

他五 グループ1

嫌がる・嫌がります

辞書形 (基本形) 討厭	いやがる	たり形 又是討厭	いやがったり
ない形 (否定形) 沒討厭	いやがらない	ば形 (條件形) 討厭的話	いやがれば
なかった形 (過去否定形) 過去沒討厭	いやがらなかった	させる形 (使役形) 使討厭	いやがらせる
ます形 (連用形) 討厭	いやがります	られる形 (被動形) 被討厭	いやがられる
て形 討厭	いやがって	命令形 快討厭	いやがれ
た形 (過去形) 討厭了	いやがった	可能形 可以討厭	いやがれる
たら形 (條件形) 討厭的話	いやがったら	う形 (意向形) 討厭吧	いやがろう

△彼女が嫌がるのもかまわず、何度もデートに誘う。／
不顧她的不願，一直要約她出去。

いる【煎る・炒る】 炒・煎

他五 グループ2

煎る・煎ります

辞書形 (基本形) 炒	いる	たり形 又是炒	いったり
ない形 (否定形) 沒炒	いない	ば形 (條件形) 炒的話	いれば
なかった形 (過去否定形) 過去沒炒	いなかった	させる形 (使役形) 使炒	いさせる
ます形 (連用形) 炒	いります	られる形 (被動形) 被炒	いられる
て形 炒	いって	命令形 快炒	いりろ
た形 (過去形) 炒了	いった	可能形 可以炒	いられる
たら形 (條件形) 炒的話	いったら	う形 (意向形) 炒吧	いろう

△ごまを鍋で煎ったら、いい香りがした。／
芝麻在鍋裡一炒，就香味四溢。

うえる【飢える】 飢餓・渇望

自下一 グループ2

飢える・飢えます

辞書形(基本形)		たり形	
渇望	うえる	又是渇望	うえたり
ない形（否定形）		ば形（條件形）	
沒渇望	うえない	渇望的話	うえれば
なかった形（過去否定形）		させる形（使役形）	
過去沒渇望	うえなかった	使渇望	うえらせる
ます形（連用形）		られる形（被動形）	
渇望	うえます	被渇望	うえられる
て形		命令形	
渇望	うえて	快渇望	うえろ
た形（過去形）		可能形	
渇望了	うえた		———
たら形（條件形）		う形（意向形）	
渇望的話	うえたら	渇望吧	うえよう

△生活に困っても、飢えることはないでしょう。／
就算為生活而苦，也不會挨餓吧！

うかぶ【浮かぶ】 漂・浮起；想起・浮現・露出；（佛）超度；出頭，擺脱困難

自五 グループ1

浮かぶ・浮かびます

辞書形(基本形)		たり形	
想起	うかぶ	又是想起	うかんだり
ない形（否定形）		ば形（條件形）	
沒想起	うかばない	想起的話	うかべば
なかった形（過去否定形）		させる形（使役形）	
過去沒想起	うかばなかった	使想起	うかばせる
ます形（連用形）		られる形（被動形）	
想起	うかびます	被想起	うかばれる
て形		命令形	
想起	うかんで	快想起	うかべ
た形（過去形）		可能形	
想起了	うかんだ	可以想起	うかべる
たら形（條件形）		う形（意向形）	
想起的話	うかんだら	想起吧	うかぼう

△そのとき、すばらしいアイデアが浮かんだ。／
就在那時，靈光一現，腦中浮現了好點子。

うかべる【浮かべる】 浮・泛・浮出；露出；想起

他下一 グループ2

浮かべる・浮かべます

辞書形(基本形) 浮出	うかべる	たり形 又是浮出	うかべたり
ない形 (否定形) 沒浮出	うかべない	ば形 (條件形) 浮出的話	うかべれば
なかった形 (過去否定形) 過去沒浮出	うかべなかった	させる形 (使役形) 使浮出	うかべさせる
ます形 (連用形) 浮出	うかべます	られる形 (被動形) 被浮出	うかべられる
て形 浮出	うかべて	命令形 快浮出	うかべろ
た形 (過去形) 浮出了	うかべた	可能形 可以浮出	うかべる
たら形 (條件形) 浮出的話	うかべたら	う形 (意向形) 浮出吧	うかべよう

△子供のとき、笹で作った小舟を川に浮かべて遊んだものです。／
小時候會用竹葉折小船，放到河上隨水漂流當作遊戲。

うく【浮く】 飄浮；動搖・鬆動；高興・愉快；結餘・剩餘；輕薄

自五 グループ1

浮く・浮きます

辞書形(基本形) 動搖	うく	たり形 又是動搖	ういたり
ない形 (否定形) 沒動搖	うかない	ば形 (條件形) 動搖的話	うけば
なかった形 (過去否定形) 過去沒動搖	うかなかった	させる形 (使役形) 使動搖	うかせる
ます形 (連用形) 動搖	うきます	られる形 (被動形) 被動搖	うかれる
て形 動搖	ういて	命令形 快動搖	うけ
た形 (過去形) 動搖了	ういた	可能形 可以動搖	うける
たら形 (條件形) 動搖的話	ういたら	う形 (意向形) 動搖吧	うこう

△面白い形の雲が、空に浮いている。／天空裡飄著一朵形狀有趣的雲。

315

うけたまわる【承る】

聴取・遵從・接受・知道・知悉・傳聞　 他五　グループ1

承る・承ります

辞書形(基本形) 接受	うけたまわる	たり形 又是接受	うけたまわったり
ない形（否定形） 沒接受	うけたまわらない	ば形（條件形） 接受的話	うけたまわれば
なかった形（過去否定形） 過去沒接受	うけたまわら なかった	させる形（使役形） 使接受	うけたまわらせる
ます形（連用形） 接受	うけたまわります	られる形（被動形） 被接受	うけたまわられる
て形 接受	うけたまわって	命令形 快接受	うけたまわれ
た形（過去形） 接受了	うけたまわった	可能形 可以接受	うけたまわれる
たら形（條件形） 接受的話	うけたまわったら	う形（意向形） 接受吧	うけたまわろう

△担当者にかわって、私が用件を承ります。／
由我來代替負責的人來承接這件事情。

うけとる【受け取る】

領・接收・理解・領會　他五　グループ1

受け取る・受け取ります

辞書形(基本形) 接收	うけとる	たり形 又是接收	うけとったり
ない形（否定形） 沒接收	うけとらない	ば形（條件形） 接收的話	うけとれば
なかった形（過去否定形） 過去沒接收	うけとらなかった	させる形（使役形） 使接收	うけとらせる
ます形（連用形） 接收	うけとります	られる形（被動形） 被接收	うけとられる
て形 接收	うけとって	命令形 快接收	うけとれ
た形（過去形） 接收了	うけとった	可能形 可以接收	うけとれる
たら形（條件形） 接收的話	うけとったら	う形（意向形） 接收吧	うけとろう

△好きな人にラブレターを書いたけれど、受け取ってくれなかった。／
雖然寫了情書送給喜歡的人，但是對方不願意收下。

N2
う

うけたまわる・うけとる

うけもつ【受け持つ】 擔任・擔當・掌管　他五　グループ1

受け持つ・受け持ちます

辞書形(基本形) 擔任	うけもつ	たり形 又是擔任	うけもったり
ない形 (否定形) 沒擔任	うけもたない	ば形 (條件形) 擔任的話	うけもてば
なかった形 (過去否定形) 過去沒擔任	うけもたなかった	させる形 (使役形) 使擔任	うけもたせる
ます形 (連用形) 擔任	うけもちます	られる形 (被動形) 被擔任	うけもたれる
て形 擔任	うけもって	命令形 快擔任	うけもて
た形 (過去形) 擔任了	うけもった	可能形 可以擔任	うけもてる
たら形 (條件形) 擔任的話	うけもったら	う形 (意向形) 擔任吧	うけもとう

 △1年生のクラスを受け持っています。／我擔任一年級的班導。

うしなう【失う】 失去・喪失；改變常態；喪・亡；迷失；錯過　他五　グループ1

失う・失います

辞書形(基本形) 失去	うしなう	たり形 又是失去	うしなったり
ない形 (否定形) 沒失去	うしなわない	ば形 (條件形) 失去的話	うしなえば
なかった形 (過去否定形) 過去沒失去	うしなわなかった	させる形 (使役形) 使失去	うしなわせる
ます形 (連用形) 失去	うしないます	られる形 (被動形) 被失去	うしなわれる
て形 失去	うしなって	命令形 快失去	うしなえ
た形 (過去形) 失去了	うしなった	可能形 可以失去	うしなえる
たら形 (條件形) 失去的話	うしなったら	う形 (意向形) 失去吧	うしなおう

 △事故のせいで、財産を失いました。／
都是因為事故的關係，而賠光了財產。

うすめる【薄める】 稀釋・弄淡

他下一 グループ2

薄める・薄めます

辞書形(基本形)		たり形	
稀釋	うすめる	又是稀釋	うすめたり
ない形 (否定形)		ば形 (條件形)	
沒稀釋	うすめない	稀釋的話	うすめれば
なかった形 (過去否定形)		させる形 (使役形)	
過去沒稀釋	うすめなかった	使稀釋	うすめさせる
ます形 (連用形)		られる形 (被動形)	
稀釋	うすめます	被稀釋	うすめられる
て形		命令形	
稀釋	うすめて	快稀釋	うすめろ
た形 (過去形)		可能形	
稀釋了	うすめた	可以稀釋	うすめられる
たら形 (條件形)		う形 (意向形)	
稀釋的話	うすめたら	稀釋吧	うすめよう

△この飲み物は、水で5倍に薄めて飲んでください。／
這種飲品請用水稀釋五倍以後飲用。

うたがう【疑う】 懷疑・疑惑・不相信・猜測

他五 グループ1

疑う・疑います

辞書形(基本形)		たり形	
懷疑	うたがう	又是懷疑	うたがったり
ない形 (否定形)		ば形 (條件形)	
沒懷疑	うたがわない	懷疑的話	うたがえば
なかった形 (過去否定形)		させる形 (使役形)	
過去沒懷疑	うたがわなかった	使懷疑	うたがわせる
ます形 (連用形)		られる形 (被動形)	
懷疑	うたがいます	被懷疑	うたがわれる
て形		命令形	
懷疑	うたがって	快懷疑	うたがえ
た形 (過去形)		可能形	
懷疑了	うたがった	可以懷疑	うたがえる
たら形 (條件形)		う形 (意向形)	
懷疑的話	うたがったら	懷疑吧	うたがおう

△彼のことは、友人でさえ疑っている。／他的事情，就連朋友也都在懷疑。

うちあわせる【打ち合わせる】 使…相碰・（預先）商量 他下一 グループ2

打ち合わせる・打ち合わせます

辞書形(基本形) 商量	うちあわせる	たり形 又是商量	うちあわせたり
ない形(否定形) 沒商量	うちあわせない	ば形(條件形) 商量的話	うちあわせれば
なかった形(過去否定形) 過去沒商量	うちあわせなかった	させる形(使役形) 使商量	うちあわせさせる
ます形(連用形) 商量	うちあわせます	られる形(被動形) 被商量	うちあわせられる
て形 商量	うちあわせて	命令形 快商量	うちあわせろ
た形(過去形) 商量了	うちあわせた	可能形 可以商量	うちあわせられる
たら形(條件形) 商量的話	うちあわせたら	う形(意向形) 商量吧	うちあわせよう

△あ、ついでに明日のことも打ち合わせておきましょう。／
啊！順便先商討一下明天的事情吧！

うちけす【打ち消す】 否定・否認；熄滅・消除 他五 グループ1

打ち消す・打ち消します

辞書形(基本形) 否認	うちけす	たり形 又是否認	うちけしたり
ない形(否定形) 沒否認	うちけさない	ば形(條件形) 否認的話	うちけせば
なかった形(過去否定形) 過去沒否認	うちけさなかった	させる形(使役形) 使否認	うちけさせる
ます形(連用形) 否認	うちけします	られる形(被動形) 被否認	うちけされる
て形 否認	うちけして	命令形 快否認	うちけせ
た形(過去形) 否認了	うちけした	可能形 可以否認	うちけせる
たら形(條件形) 否認的話	うちけしたら	う形(意向形) 否認吧	うちけそう

△夫は打ち消したけれど、私はまだ浮気を疑っている。／
丈夫雖然否認，但我還是懷疑他出軌了。

うつす【映す】 映・照；放映

他五 グループ1

映す・映します

辞書形（基本形）放映	うつす	たり形 又是放映	うつしたり
ない形（否定形）沒放映	うつさない	ば形（條件形）放映的話	うつせば
なかった形（過去否定形）過去沒放映	うつさなかった	させる形（使役形）使放映	うつさせる
ます形（連用形）放映	うつします	られる形（被動形）被放映	うつされる
て形 放映	うつして	命令形 快放映	うつせ
た形（過去形）放映了	うつした	可能形 可以放映	うつせる
たら形（條件形）放映的話	うつしたら	う形（意向形）放映吧	うつそう

△鏡に姿を映して、おかしくないかどうか見た。／
我照鏡子，看看樣子奇不奇怪。

うったえる【訴える】 控告・控訴・申訴；求助於；使…感動・打動

他下一 グループ2

訴える・訴えます

辞書形（基本形）控告	うったえる	たり形 又是控告	うったえたり
ない形（否定形）沒控告	うったえない	ば形（條件形）控告的話	うったえれば
なかった形（過去否定形）過去沒控告	うったえなかった	させる形（使役形）使控告	うったえさせる
ます形（連用形）控告	うったえます	られる形（被動形）被控告	うったえられる
て形 控告	うったえて	命令形 快控告	うったえろ
た形（過去形）控告了	うったえた	可能形 可以控告	うったえられる
たら形（條件形）控告的話	うったえたら	う形（意向形）控告吧	うったえよう

△彼が犯人と知った上は、警察に訴えるつもりです。／
既然知道他是犯人，我就打算向警察報案。

うなずく【頷く】 點頭同意・首肯　　自五　グループ1

うなず　　　うなず
頷く・頷きます

辞書形(基本形) 首肯	うなずく	たり形 又是首肯	うなずいたり
ない形(否定形) 沒首肯	うなずかない	ば形(條件形) 首肯的話	うなずけば
なかった形(過去否定形) 過去沒首肯	うなずかなかった	させる形(使役形) 使首肯	うなずかせる
ます形(連用形) 首肯	うなずきます	られる形(被動形) 被首肯	うなずかれる
て形 首肯	うなずいて	命令形 快首肯	うなずけ
た形(過去形) 首肯了	うなずいた	可能形 可以首肯	うなずける
たら形(條件形) 首肯的話	うなずいたら	う形(意向形) 首肯吧	うなずこう

　　わたし　いけん　い　　　　　かれ　だま
△私が意見を言うと、彼は黙ってうなずいた。／
　　我一說出意見，他就默默地點了頭。

うなる【唸る】 呻吟；(野獸)吼叫；發出鳴聲；吟・哼；贊同・喝彩　　自五　グループ1

うな　　　うな
唸る・唸ります

辞書形(基本形) 吼叫	うなる	たり形 又是吼叫	うなったり
ない形(否定形) 沒吼叫	うならない	ば形(條件形) 吼叫的話	うなれば
なかった形(過去否定形) 過去沒吼叫	うならなかった	させる形(使役形) 使吼叫	うならせる
ます形(連用形) 吼叫	うなります	られる形(被動形) 被喝彩	うなられる
て形 吼叫	うなって	命令形 快吼叫	うなれ
た形(過去形) 吼叫了	うなった	可能形 可以吼叫	うなれる
たら形(條件形) 吼叫的話	うなったら	う形(意向形) 喝彩吧	うなろう

　　　　　　　　　　　　　　　　うな
△ブルドッグがウーウー唸っている。／哈巴狗嗚嗚地叫著。

うばう【奪う】 剥奪；強烈吸引；除去

他五　グループ1

奪う・奪います

辞書形（基本形） 剥奪	うばう	たり形 又是剥奪	うばったり
ない形（否定形） 没剥奪	うばわない	ば形（條件形） 剥奪的話	うばえば
なかった形（過去否定形） 過去没剥奪	うばわなかった	させる形（使役形） 使剥奪	うばわせる
ます形（連用形） 剥奪	うばいます	られる形（被動形） 被剥奪	うばわれる
て形 剥奪	うばって	命令形 快剥奪	うばえ
た形（過去形） 剥奪了	うばった	可能形 可以剥奪	うばえる
たら形（條件形） 剥奪的話	うばったら	う形（意向形） 剥奪吧	うばおう

△戦争で家族も財産もすべて奪われてしまった。／
戦爭把我的家人和財産全都奪走了。

うやまう【敬う】 尊敬

他五　グループ1

敬う・敬います

辞書形（基本形） 尊敬	うやまう	たり形 又是尊敬	うやまったり
ない形（否定形） 没尊敬	うやまわない	ば形（條件形） 尊敬的話	うやまえば
なかった形（過去否定形） 過去没尊敬	うやまわなかった	させる形（使役形） 使尊敬	うやまわせる
ます形（連用形） 尊敬	うやまいます	られる形（被動形） 被尊敬	うやまわれる
て形 尊敬	うやまって	命令形 快尊敬	うやまえ
た形（過去形） 尊敬了	うやまった	可能形 可以尊敬	うやまえる
たら形（條件形） 尊敬的話	うやまったら	う形（意向形） 尊敬吧	うやまおう

△年長者を敬うことは大切だ。／尊敬年長長輩是很重要的。

うらがえす【裏返す】 翻過來；通敵・叛變

他五　グループ1

裏返す・裏返します

辞書形(基本形)		た゜り形	
叛變	うらがえす	又是叛變	うらがえったり
ない形(否定形)		ば形(條件形)	
沒叛變	うらがえさない	叛變的話	うらがえせば
なかった形(過去否定形)		させる形(使役形)	
過去沒叛變	うらがえさなかった	使叛變	うらがえさせる
ます形(連用形)		られる形(被動形)	
叛變	うらがえします	被叛變	うらがえされる
て形		命令形	
叛變	うらがえって	快叛變	うらがえせ
た形(過去形)		可能形	
叛變了	うらがえった	可以叛變	うらがえせる
たら形(條件形)		う形(意向形)	
叛變的話	うらがえったら	叛變吧	うらがえそう

△靴下を裏返して洗った。／我把襪子翻過來洗。

うらぎる【裏切る】 背叛・出賣・通敵；辜負・違背

他五　グループ1

裏切る・裏切ります

辞書形(基本形)		た゜り形	
出賣	うらぎる	又是出賣	うらぎったり
ない形(否定形)		ば形(條件形)	
沒出賣	うらぎらない	出賣的話	うらぎれば
なかった形(過去否定形)		させる形(使役形)	
過去沒出賣	うらぎらなかった	使出賣	うらぎらせる
ます形(連用形)		られる形(被動形)	
出賣	うらぎります	被出賣	うらぎられる
て形		命令形	
出賣	うらぎって	快出賣	うらぎれ
た形(過去形)		可能形	
出賣了	うらぎった	可以出賣	うらぎれる
たら形(條件形)		う形(意向形)	
出賣的話	うらぎったら	出賣吧	うらぎろう

△私というものがありながら、ほかの子とデートするなんて、裏切ったも同然だよ。／
他明明都已經有我這個女友了，卻居然和別的女生約會，簡直就是背叛嘛！

うらなう【占う】 占卜・占卦・算命

他五　グループ1

うらな　うらな
占う・占います

辞書形(基本形) 算命	うらなう	たり形 又是算命	うらなったり
ない形（否定形） 沒算命	うらなわない	ば形（條件形） 算命的話	うらなえば
なかった形（過去否定形） 過去沒算命	うらなわなかった	させる形（使役形） 使算命	うらなわせる
ます形（連用形） 算命	うらないます	られる形（被動形） 被算命	うらなわれる
て形 算命	うらなって	命令形 快算命	うらなえ
た形（過去形） 算了命	うらなった	可能形 可以算命	うらなえる
たら形（條件形） 算命的話	うらなったら	う形（意向形） 算命吧	うらなおう

れんあい　しごと　　　　　　　　　　　うらな
△恋愛と仕事について占ってもらった。／我請他幫我算愛情和工作的運勢。

うらむ【恨む】 抱怨・恨；感到遺憾・可惜；雪恨・報仇

他五　グループ1

うら　　　うら
恨む・恨みます

辞書形(基本形) 抱怨	うらむ	たり形 又是抱怨	うらんだり
ない形（否定形） 沒抱怨	うらまない	ば形（條件形） 抱怨的話	うらめば
なかった形（過去否定形） 過去沒抱怨	うらまなかった	させる形（使役形） 使抱怨	うらませる
ます形（連用形） 抱怨	うらみます	られる形（被動形） 被抱怨	うらまれる
て形 抱怨	うらんで	命令形 快抱怨	うらめ
た形（過去形） 抱怨了	うらんだ	可能形 可以抱怨	うらめる
たら形（條件形） 抱怨的話	うらんだら	う形（意向形） 抱怨吧	うらもう

しごと　ほうしゅう　　　　　　　どうりょう　うら
△仕事の報酬をめぐって、同僚に恨まれた。／
因為工作的報酬一事，被同事懷恨在心。

うらやむ【羨む】 羨慕・嫉妒

他五　グループ1

羨む・羨みます

辞書形(基本形)		た形	
嫉妒	うらやむ	又是嫉妒	うらやんだり
ない形(否定形)		ば形(條件形)	
沒嫉妒	うらやまない	嫉妒的話	うらやめば
なかった形(過去否定形)		させる形(使役形)	
過去沒嫉妒	うらやまなかった	使嫉妒	うらやませる
ます形(連用形)		られる形(被動形)	
嫉妒	うらやみます	被嫉妒	うらやまれる
て形		命令形	
嫉妒	うらやんで	快嫉妒	うらやめ
た形(過去形)		可能形	
嫉妒了	うらやんだ		———
たら形(條件形)		う形(意向形)	
嫉妒的話	うらやんだら	嫉妒吧	うらやもう

△彼女はきれいでお金持ちなので、みんなが羨んでいる。／
她人既漂亮又富有，大家都很羨慕她。

うりきれる【売り切れる】 賣完・賣光

自下一　グループ2

売り切れる・売り切れます

辞書形(基本形)		た形	
賣完	うりきれる	又是賣完	うりきれたり
ない形(否定形)		ば形(條件形)	
沒賣完	うりきれない	賣完的話	うりきれれば
なかった形(過去否定形)		させる形(使役形)	
過去沒賣完	うりきれなかった	使賣完	うりきれさせる
ます形(連用形)		られる形(被動形)	
賣完	うりきれます	被賣完	うりきれられる
て形		命令形	
賣完	うりきれて	快賣完	うりきれろ
た形(過去形)		可能形	
賣完了	うりきれた		———
たら形(條件形)		う形(意向形)	
賣完的話	うりきれたら	賣完吧	うりきれよう

△コンサートのチケットはすぐに売り切れた。／
演唱會的票馬上就賣完了。

うれる【売れる】 商品賣出・暢銷；變得廣為人知・出名・聞名 自下一 グループ2

売れる・売れます

辞書形 (基本形) 暢銷	うれる	たり形 又是暢銷	うれたり
ない形 (否定形) 沒暢銷	うれない	ば形 (條件形) 暢銷的話	うれれば
なかった形 (過去否定形) 過去沒暢銷	うれなかった	させる形 (使役形) 使暢銷	うれさせる
ます形 (連用形) 暢銷	うれます	られる形 (被動形) 被聞名	うれられる
て形 暢銷	うれて	命令形 快暢銷	うれろ
た形 (過去形) 暢銷了	うれた	可能形	——
たら形 (條件形) 暢銷的話	うれたら	う形 (意向形) 暢銷吧	うれよう

△この新製品はよく売れている。／這個新產品賣況奇佳。

うわる【植わる】 栽上・栽植 自五 グループ1

植わる・植わります

辞書形 (基本形) 栽植	うわる	たり形 又是栽植	うわったり
ない形 (否定形) 沒栽植	うわらない	ば形 (條件形) 栽植的話	うわれば
なかった形 (過去否定形) 過去沒栽植	うわらなかった	させる形 (使役形) 使栽植	うわらせる
ます形 (連用形) 栽植	うわります	られる形 (被動形) 被栽植	うわられる
て形 栽植	うわって	命令形 快栽植	うわれ
た形 (過去形) 栽植了	うわった	可能形	——
たら形 (條件形) 栽植的話	うわったら	う形 (意向形) 栽植吧	うわろう

△庭にはいろいろのばらが植わっていた。／庭院種植了各種野玫瑰。

えがく【描く】 畫・描繪；以…為形式・描寫；想像 　他五　グループ1

えが
描く・描きます

辭書形(基本形) 畫	えがく	たり形 又是畫	えがいたり
ない形 (否定形) 沒畫	えがかない	ば形 (條件形) 畫的話	えがけば
なかった形 (過去否定形) 過去沒畫	えがかなかった	させる形 (使役形) 使畫	えがかせる
ます形 (連用形) 畫	えがきます	られる形 (被動形) 被畫	えがかれる
て形 畫	えがいて	命令形 快畫	えがけ
た形 (過去形) 畫了	えがいた	可能形 可以畫	えがける
たら形 (條件形) 畫的話	えがいたら	う形 (意向形) 畫吧	えがこう

 △この絵は、心に浮かんだものを描いたにすぎません。／
這幅畫只是將內心所想像的東西，畫出來的而已。

おいかける【追い掛ける】 追趕；緊接著　　他下一　グループ2

お　か
追い掛ける・追い掛けます

辭書形(基本形) 追趕	おいかける	たり形 又是追趕	おいかけたり
ない形 (否定形) 沒追趕	おいかけない	ば形 (條件形) 追趕的話	おいかければ
なかった形 (過去否定形) 過去沒追趕	おいかけなかった	させる形 (使役形) 使追趕	おいかけさせる
ます形 (連用形) 追趕	おいかけます	られる形 (被動形) 被追趕	おいかけられる
て形 追趕	おいかけて	命令形 快追趕	おいかけろ
た形 (過去形) 追趕了	おいかけた	可能形 可以追趕	おいかけられる
たら形 (條件形) 追趕的話	おいかけたら	う形 (意向形) 追趕吧	おいかけよう

 △すぐに追いかけないことには、犯人に逃げられてしまう。／
要是不趕快追上去的話，會被犯人逃走的。

おいつく【追い付く】 追上・趕上；達到；來得及 自五 グループ1

追い付く・追い付きます

辞書形(基本形)		たり形	
追上	おいつく	又是追上	おいついたり
ない形（否定形）		ば形（條件形）	
沒追上	おいつかない	追上的話	おいつけば
なかった形（過去否定形）		させる形（使役形）	
過去沒追上	おいつかなかった	使追上	おいつかせる
ます形（連用形）		られる形（被動形）	
追上	おいつきます	被追上	おいつかれる
て形		命令形	
追上	おいついて	快追上	おいつけ
た形（過去形）		可能形	
追上了	おいついた	可以追上	おいつける
たら形（條件形）		う形（意向形）	
追上的話	おいついたら	追上吧	おいつこう

△一生懸命走って、やっと追いついた。／拚命地跑，終於趕上了。

おう【追う】 追；趕走；逼催・忙於；趨趕；追求；遵循・按照 他五 グループ1

追う・追います

辞書形(基本形)		たり形	
趕走	おう	又是趕走	おったり
ない形（否定形）		ば形（條件形）	
沒趕走	おわない	趕走的話	おえば
なかった形（過去否定形）		させる形（使役形）	
過去沒趕走	おわなかった	使趕走	おわせる
ます形（連用形）		られる形（被動形）	
趕走	おいます	被趕走	おわれる
て形		命令形	
趕走	おって	快趕走	おえ
た形（過去形）		可能形	
趕走了	おった	可以趕走	おえる
たら形（條件形）		う形（意向形）	
趕走的話	おったら	趕走吧	おおう

△刑事は犯人を追っている。／刑警正在追捕犯人。

おうじる・おうずる 【応じる・応ずる】 自上一 グループ2

響應；答應；允應；滿足；適應

応じる・応じます

辞書形(基本形) 答應	おうじる	たり形 又是答應	おうじたり
ない形 (否定形) 沒答應	おうじない	ば形 (條件形) 答應的話	おうじれば
なかった形 (過去否定形) 過去沒答應	おうじなかった	させる形 (使役形) 使允應	おうじさせる
ます形 (連用形) 答應	おうじます	られる形 (被動形) 被允應	おうじられる
て形 答應	おうじて	命令形 快答應	おうじろ
た形 (過去形) 答應了	おうじた	可能形 可以答應	おうじられる
たら形 (條件形) 答應的話	おうじたら	う形 (意向形) 答應吧	おうじよう

 △場合に応じて、いろいろなサービスがあります。／
隨著場合的不同，有各種不同的服務。

おえる 【終える】 做完・完成・結束 自他下一 グループ2

終える・終えます

辞書形(基本形) 完成	おえる	たり形 又是完成	おえたり
ない形 (否定形) 沒完成	おえない	ば形 (條件形) 完成的話	おえれば
なかった形 (過去否定形) 過去沒完成	おえなかった	させる形 (使役形) 使完成	おえさせる
ます形 (連用形) 完成	おえます	られる形 (被動形) 被完成	おえられる
て形 完成	おえて	命令形 快完成	おえろ
た形 (過去形) 完成了	おえた	可能形 可以完成	おえられる
たら形 (條件形) 完成的話	おえたら	う形 (意向形) 完成吧	おえよう

 △太郎は無事任務を終えた。／太郎順利地把任務完成了。

おおう【覆う】 覆蓋・籠罩；掩飾；籠罩・充滿；包含・蓋擴 他五 グループ1

覆う・覆います

辞書形（基本形） 覆蓋	おおう	たり形 又是覆蓋	おおったり
ない形（否定形） 沒覆蓋	おおわない	ば形（條件形） 覆蓋的話	おおえば
なかった形（過去否定形） 過去沒覆蓋	おおわなかった	させる形（使役形） 使覆蓋	おおわせる
ます形（連用形） 覆蓋	おおいます	られる形（被動形） 被覆蓋	おおわれる
て形 覆蓋	おおって	命令形 快覆蓋	おおえ
た形（過去形） 覆蓋了	おおった	可能形 可以覆蓋	おおえる
たら形（條件形） 覆蓋的話	おおったら	う形（意向形） 覆蓋吧	おおおう

 △車をカバーで覆いました。／用車套蓋住車子。

おがむ【拝む】 叩拜；合掌作揖；懇求・央求；瞻仰・見識 他五 グループ1

拝む・拝みます

辞書形（基本形） 叩拜	おがむ	たり形 又是叩拜	おがんだり
ない形（否定形） 沒叩拜	おがまない	ば形（條件形） 叩拜的話	おがめば
なかった形（過去否定形） 過去沒叩拜	おがまなかった	させる形（使役形） 使叩拜	おがませる
ます形（連用形） 叩拜	おがみます	られる形（被動形） 被叩拜	おがまれる
て形 叩拜	おがんで	命令形 快叩拜	おがめ
た形（過去形） 叩拜了	おがんだ	可能形 可以叩拜	おがめる
たら形（條件形） 叩拜的話	おがんだら	う形（意向形） 叩拜吧	おがもう

 △お寺に行って、仏像を拝んだ。／我到寺廟拜了佛像。

おぎなう【補う】 補償・彌補・貼補

他五 グループ1

補う・補います

辭書形(基本形)		た形	
補償	おぎなう	又是補償	おぎなったり
ない形(否定形)		ば形(條件形)	
沒補償	おぎなわない	補償的話	おぎなえば
なかった形(過去否定形)		させる形(使役形)	
過去沒補償	おぎなわなかった	使補償	おぎなわせる
ます形(連用形)		られる形(被動形)	
補償	おぎないます	被補償	おぎなわれる
て形		命令形	
補償	おぎなって	快補償	おぎなえ
た形(過去形)		可能形	
補償了	おぎなった	可以補償	おぎなえる
たら形(條件形)		う形(意向形)	
補償的話	おぎなったら	補償吧	おぎなおう

 △ビタミン剤で栄養を補っています。／我吃維他命錠來補充營養。

おくる【贈る】 贈送・餽贈；授與・贈給

他五 グループ1

贈る・贈ります

辭書形(基本形)		た形	
餽贈	おくる	又是餽贈	おくったり
ない形(否定形)		ば形(條件形)	
沒餽贈	おくらない	餽贈的話	おくれば
なかった形(過去否定形)		させる形(使役形)	
過去沒餽贈	おくらなかった	使餽贈	おくらせる
ます形(連用形)		られる形(被動形)	
餽贈	おくります	被餽贈	おくられる
て形		命令形	
餽贈	おくって	快餽贈	おくれ
た形(過去形)		可能形	
餽贈了	おくった	可以餽贈	おくれる
たら形(條件形)		う形(意向形)	
餽贈的話	おくったら	餽贈吧	おくろう

△日本には、夏に「お中元」、冬に「お歳暮」を贈る習慣がある。／
日本人習慣在夏季致送親友「中元禮品」，在冬季餽贈親友「歳暮禮品」。

おこたる【怠る】 怠慢・懶惰；疏忽・大意 他五 グループ1

怠る・怠ります

辞書形(基本形) 怠慢	おこたる	たり形 又是怠慢	おこたったり
沒怠慢	おこたらない	ば形(條件形) 怠慢的話	おこたれば
なかった形(過去否定形) 過去沒怠慢	おこたらなかった	させる形(使役形) 使怠慢	おこたらせる
ます形(連用形) 怠慢	おこたります	られる形(被動形) 被怠慢	おこたられる
て形 怠慢	おこたって	命令形 快怠慢	おこたれ
た形(過去形) 怠慢了	おこたった	可能形	———
たら形(條件形) 怠慢的話	おこたったら	う形(意向形) 怠慢吧	おこたろう

 △失敗したのは、努力を怠ったからだ。／失敗的原因是不夠努力。

おさめる【収める】 接受；取得；收藏・收存；收集・集中；繳納；供應・賣給；結束 他下一 グループ2

収める・収めます

辞書形(基本形) 接受	おさめる	たり形 又是接受	おさめたり
ない形(否定形) 沒接受	おさめない	ば形(條件形) 接受的話	おさめれば
なかった形(過去否定形) 過去沒接受	おさめなかった	させる形(使役形) 使接受	おさめさせる
ます形(連用形) 接受	おさめます	られる形(被動形) 被接受	おさめられる
て形 接受	おさめて	命令形 快接受	おさめろ
た形(過去形) 接受了	おさめた	可能形 可以接受	おさめられる
たら形(條件形) 接受的話	おさめたら	う形(意向形) 接受吧	おさめよう

 △プロジェクトは成功を収めた。／計畫成功了。

おさめる【治める】 治理；鎮壓

他下一 グループ2

治める・治めます

辞書形(基本形)治理	おさめる	た形又是治理	おさめたり
ない形(否定形)沒治理	おさめない	ば形(條件形)治理的話	おさめれば
なかった形(過去否定形)過去沒治理	おさめなかった	させる形(使役形)使治理	おさめさせる
ます形(敬体形)治理	おさめます.	られる形(被動形)被治理	おさめられる
て形治理	おさめて	命令形快治理	おさめろ
た形(過去形)治理了	おさめた	可能形可以治理	おさめられる
たら形(條件形)治理的話	おさめたら	う形(意向形)治理吧	おさめよう

 △わが国は、法によって国を治める法治国家である。／
我國是個依法治國的法治國家。

おそれる【恐れる】 害怕・恐懼；擔心

自下一 グループ2

恐れる・恐れます

辞書形(基本形)擔心	おそれる	た形又是擔心	おそれたり
ない形(否定形)沒擔心	おそれない	ば形(條件形)擔心的話	おそれれば
なかった形(過去否定形)過去沒擔心	おそれなかった	させる形(使役形)使擔心	おそれさせる
ます形(敬体形)擔心	おそれます	られる形(被動形)被擔心	おそれられる
て形擔心	おそれて	命令形快擔心	おそれろ
た形(過去形)擔心了	おそれた	可能形	——
たら形(條件形)擔心的話	おそれたら	う形(意向形)擔心吧	おそれよう

△私は挑戦したい気持ちがある半面、失敗を恐れている。／
在我想挑戰的同時，心裡也害怕會失敗。

おちつく【落ち着く】

（心神、情緒等）穩靜；鎮靜、安祥；穩坐、穩當；（長時間）定居；有頭緒；淡雅、協調　自五　グループ1

落ち着く・落ち着きます

辞書形(基本形)		たり形	
鎮靜	おちつく	又是鎮靜	おちついたり
ない形 (否定形)		ば形 (條件形)	
沒鎮靜	おちつかない	鎮靜的話	おちつけば
なかった形 (過去否定形)		させる形 (使役形)	
過去沒鎮靜	おちつかなかった	使鎮靜	おちつかせる
ます形 (連用形)		られる形 (被動形)	
鎮靜	おちつきます	被鎮靜	おちつかれる
て形		命令形	
鎮靜	おちついて	快鎮靜	おちつけ
た形 (過去形)		可能形	
鎮靜了	おちついた	可以鎮靜	おちつける
たら形 (條件形)		う形 (意向形)	
鎮靜的話	おちついたら	鎮靜吧	おちつこう

△引っ越し先に落ち着いたら、手紙を書きます。／
等搬完家安定以後，我就寫信給你。

おどかす【脅かす】

威脅・逼迫；嚇唬　他五　グループ1

脅かす・脅かします

辞書形(基本形)		たり形	
威脅	おどかす	又是威脅	おどかしたり
ない形 (否定形)		ば形 (條件形)	
沒威脅	おどかさない	威脅的話	おどかせば
なかった形 (過去否定形)		させる形 (使役形)	
過去沒威脅	おどかさなかった	使威脅	おどかさせる
ます形 (連用形)		られる形 (被動形)	
威脅	おどかします	被威脅	おどかされる
て形		命令形	
威脅	おどかして	快威脅	おどかせ
た形 (過去形)		可能形	
威脅了	おどかした	可以威脅	おどかせる
たら形 (條件形)		う形 (意向形)	
威脅的話	おどかしたら	威脅吧	おどかそう

△急に飛び出してきて、脅かさないでください。／
不要突然跳出來嚇人好不好！

おどりでる【躍り出る】 躍進到・跳到

自下一　グループ2

躍り出る・躍り出ます

辞書形 (基本形) 跳到	おどりでる	たり形 又是跳到	おどりでたり
ない形 (否定形) 沒跳到	おどりでない	ば形 (條件形) 跳到的話	おどりでれば
なかった形 (過去否定形) 過去沒跳到	おどりでなかった	させる形 (使役形) 使跳到	おどりでさせる
ます形 (連用形) 跳到	おどりでます	られる形 (被動形) 被跳出	おどりでられる
て形 跳到	おどりでて	命令形 快跳到	おどりでろ
た形 (過去形) 跳到了	おどりでた	可能形 可以跳到	おどりでられる
たら形 (條件形) 跳到的話	おどりでたら	う形 (意向形) 跳到吧	おどりでよう

△新製品がヒットし、わが社の売り上げは一躍業界トップに躍り出た。／
新產品大受歡迎・使得本公司的銷售額一躍而成業界第一。

おとる【劣る】 劣・不如・不及・比不上

自五　グループ1

劣る・劣ります

辞書形 (基本形) 不如	おとる	たり形 又是不如	おとったり
ない形 (否定形) 沒不如	おとらない	ば形 (條件形) 不如的話	おとれば
なかった形 (過去否定形) 過去沒不如	おとらなかった	させる形 (使役形) 使不如	おとらせる
ます形 (連用形) 不如	おとります	られる形 (被動形) 被比下去	おとられる
て形 不如	おとって	命令形 快不如	おとれ
た形 (過去形) 不如了	おとった	可能形	——
たら形 (條件形) 不如的話	おとったら	う形 (意向形) 不如吧	おとろう

△弟と比べて、英語力は私の方が劣っているが、国語力は私の方が勝っている。／
和弟弟比較起來，我的英文能力較差，但是國文能力則是我比較好。

おどろかす【驚かす】 使吃驚・驚動；嚇唬；驚喜；使驚覺　他五　グループ1

驚かす・驚かします

辞書形(基本形) 嚇唬	おどろかす	たり形 又是嚇唬	おどろかしたり
ない形 (否定形) 沒嚇唬	おどろかさない	ば形 (條件形) 嚇唬的話	おどろかせば
なかった形 (過去否定形) 過去沒嚇唬	おどろかさ なかった	させる形 (使役形) 使嚇唬	おどろかさせる
ます形 (連用形) 嚇唬	おどろかします	られる形 (被動形) 被嚇唬	おどろかされる
て形 嚇唬	おどろかして	命令形 快嚇唬	おどろかせ
た形 (過去形) 嚇唬了	おどろかした	可能形 可以嚇唬	おどろかせる
たら形 (條件形) 嚇唬的話	おどろかしたら	う形 (意向形) 嚇唬吧	おどろかそう

 △プレゼントを買っておいて驚かそう。／事先買好禮物，讓他驚喜一下！

おぼれる【溺れる】 溺水・淹死；沉溺於・迷戀於　自下一　グループ2

溺れる・溺れます

辞書形(基本形) 淹死	おぼれる	たり形 又是淹死	おぼれたり
ない形 (否定形) 沒淹死	おぼれない	ば形 (條件形) 淹死的話	おぼれれば
なかった形 (過去否定形) 過去沒淹死	おぼれなかった	させる形 (使役形) 使淹死	おぼれさせる
ます形 (連用形) 淹死	おぼれます	られる形 (被動形) 被淹死	おぼれられる
て形 淹死	おぼれて	命令形 快淹死	おぼれろ
た形 (過去形) 淹死了	おぼれた	可能形	———
たら形 (條件形) 淹死的話	おぼれたら	う形 (意向形) 淹死吧	おぼれよう

 △川でおぼれているところを助けてもらった。／
我溺水的時候，他救了我。

おもいこむ【思い込む】 確信不疑・深信；下決心　自五　グループ1

思い込む・思い込みます

辞書形(基本形)		た り 形	
深信	おもいこむ	又是深信	おもいこんだり
ない形(否定形)		ば形(條件形)	
沒深信	おもいこまない	深信的話	おもいこめば
なかった形(過去否定形)	おもいこまなかった	させる形(使役形)	
過去沒深信		使深信	おもいこませる
ます形(連用形)		られる形(被動形)	
深信	おもいこみます	被深信	おもいこまれる
て形		命令形	
深信	おもいこんで	快深信	おもいこめ
た形(過去形)		可能形	
深信了	おもいこんだ	可以深信	おもいこめる
たら形(條件形)		う形(意向形)	
深信的話	おもいこんだら	深信吧	おもいこもう

△彼女は、失敗したと思い込んだに違いありません。／
她一定是認為任務失敗了。

およぼす【及ぼす】 波及到・影響到・使遭到・帶來　他五　グループ1

及ぼす・及ぼします

辞書形(基本形)		た り 形	
波及到	およぼす	又是波及到	およぼしたり
ない形(否定形)		ば形(條件形)	
沒波及到	およぼさない	波及到的話	およぼせば
なかった形(過去否定形)	およぼさなかった	させる形(使役形)	
過去沒波及到		使波及到	およぼさせる
ます形(連用形)		られる形(被動形)	
波及到	およぼします	被波及到	およぼされる
て形		命令形	
波及到	およぼして	快波及到	およぼせ
た形(過去形)		可能形	
波及到了	およぼした	可以波及到	およぼせる
たら形(條件形)		う形(意向形)	
波及到的話	およぼしたら	波及到吧	およぼそう

△この事件は、精神面において彼に影響を及ぼした。／
他因這個案件在精神上受到了影響。

おろす【卸す】 批發・批售・批賣 他五 グループ1

卸す・卸します

辞書形(基本形)		たり形	
批售	おろす	又是批售	おろしたり
ない形 (否定形)		ば形 (條件形)	
沒批售	おろさない	批售的話	おろせば
なかった形 (過去否定形)		させる形 (使役形)	
過去沒批售	おろさなかった	使批售	おろさせる
ます形 (連用形)		られる形 (被動形)	
批售	おろします	被批售	おろされる
て形		命令形	
批售	おろして	快批售	おろせ
た形 (過去形)		可能形	
批售了	おろした	可以批售	おろされる
たら形 (條件形)		う形 (意向形)	
批售的話	おろしたら	批售吧	おろそう

 △定価の五掛けで卸す。／以定價的五折批售。

おわる【終わる】 完畢，結束，告終；做完，完結；（接於其他動詞連用形下）…完 自他五 グループ1

終わる・終わります

辞書形(基本形)		たり形	
結束	おわる	又是結束	おわったり
ない形 (否定形)		ば形 (條件形)	
沒結束	おわらない	結束的話	おわれば
なかった形 (過去否定形)		させる形 (使役形)	
過去沒結束	おわらなかった	使結束	おわらせる
ます形 (連用形)		られる形 (被動形)	
結束	おわります	被結束	おわられる
て形		命令形	
結束	おわって	快結束	おわれ
た形 (過去形)		可能形	
結束了	おわった	可以結束	おわれる
たら形 (條件形)		う形 (意向形)	
結束的話	おわったら	結束吧	おわろう

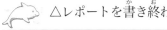 △レポートを書き終わった。／報告寫完了。

かえす【帰す】 讓…回去・打發回家

かえ・かえ
帰す・帰します

辞書形(基本形) 打發回家	かえす	たり形 又是打發回家	かえしたり
ない形(否定形) 沒打發回家	かえさない	ば形(條件形) 打發回家的話	かえせば
なかった形(過去否定形) 過去沒打發回家	かえさなかった	させる形(使役形) 使打發回家	かえさせる
ます形(連用形) 打發回家	かえします	られる形(被動形) 被打發回家	かえされる
て形 打發回家	かえして	命令形 快打發回家	かえせ
た形(過去形) 打發回家了	かえした	可能形 可以打發回家	かえせる
たら形(條件形) 打發回家的話	かえしたら	う形(意向形) 打發回家吧	かえそう

△もう遅いから、女性を一人で家に帰すわけにはいかない。／
已經太晚了，不能就這樣讓女性一人單獨回家。

かかえる【抱える】 (雙手)抱著・夾(在腋下)；擔當・負擔・雇佣

かか・かか
抱える・抱えます

辞書形(基本形) 抱著	かかえる	たり形 又是抱著	かかえたり
ない形(否定形) 沒抱著	かかえない	ば形(條件形) 抱著的話	かかえれば
なかった形(過去否定形) 過去沒抱著	かかえなかった	させる形(使役形) 使抱著	かかえさせる
ます形(連用形) 抱著	かかえます	られる形(被動形) 被抱著	かかえられる
て形 抱著	かかえて	命令形 快抱著	かかえろ
た形(過去形) 抱著了	かかえた	可能形 可以抱著	かかえられる
たら形(條件形) 抱著的話	かかえたら	う形(意向形) 抱著吧	かかえよう

△彼は、多くの問題を抱えつつも、がんばって勉強を続けています。／
他雖然有許多問題，但也還是奮力地繼續念書。

かがやく【輝く】 閃光・閃耀；洋溢；光榮・顯赫 自五 グループ1

輝く・輝きます

辞書形(基本形) 洋溢	かがやく	たり形 又是洋溢	かがやいたり
ない形(否定形) 沒洋溢	かがやかない	ば形(條件形) 洋溢的話	かがやけば
なかった形(過去否定形) 過去沒洋溢	かがやかなかった	させる形(使役形) 使洋溢	かがやかせる
ます形(連用形) 洋溢	かがやきます	られる形(被動形) 被洋溢	かがやかれる
て形 洋溢	かがやいて	命令形 快洋溢	かがやけ
た形(過去形) 洋溢了	かがやいた	可能形 可以洋溢	かがやける
たら形(條件形) 洋溢的話	かがやいたら	う形(意向形) 洋溢吧	かがやこう

△空に星が輝いています。／星星在夜空中閃閃發亮。

かかわる【係わる】 關係到・涉及到；有牽連・有瓜葛；拘泥 自五 グループ1

係わる・係わります

辞書形(基本形) 涉及到	かかわる	たり形 又是涉及到	かかわったり
ない形(否定形) 沒涉及到	かかわらない	ば形(條件形) 涉及到的話	かかわれば
なかった形(過去否定形) 過去沒涉及到	かかわらなかった	させる形(使役形) 使涉及到	かかわらせる
ます形(連用形) 涉及到	かかわります	られる形(被動形) 被涉及到	かかわられる
て形 涉及到	かかわって	命令形 快涉及到	かかわれ
た形(過去形) 涉及到了	かかわった	可能形 可以涉及到	かかわれる
たら形(條件形) 涉及到的話	かかわったら	う形(意向形) 涉及到吧	かかわろう

△私は環境問題に係わっています。／我有涉及到環境問題。

かぎる【限る】 限定・限制；限於；以…為限；再好不過

自他五　グループ1

限る・限ります

辭書形(基本形) 限制	かぎる	たり形 又是限制	かぎったり
ない形(否定形) 沒限制	かぎらない	ば形(條件形) 限制的話	かぎれば
なかった形(過去否定形) 過去沒限制	かぎらなかった	させる形(使役形) 使限制	かぎらせる
ます形(連用形) 限制	かぎります	られる形(被動形) 被限制	かぎられる
て形 限制	かぎって	命令形 快限制	かぎれ
た形(過去形) 限制了	かぎった	可能形 可以限制	かぎれる
たら形(條件形) 限制的話	かぎったら	う形(意向形) 限制吧	かぎろう

△この仕事は、二十歳以上の人に限ります。／
這份工作只限定20歳以上的成人才能做。

かけまわる【駆け回る】 到處亂跑；奔走・跑

自五　グループ1

駆け回る・駆け回ります

辭書形(基本形) 奔走	かけまわる	たり形 又是奔走	かけまわったり
ない形(否定形) 沒奔走	かけまわらない	ば形(條件形) 奔走的話	かけまわれば
なかった形(過去否定形) 過去沒奔走	かけまわら なかった	させる形(使役形) 使奔走	かけまわらせる
ます形(連用形) 奔走	かけまわります	られる形(被動形) 被奔走	かけまわられる
て形 奔走	かけまわって	命令形 快跑	かけまわれ
た形(過去形) 奔走了	かけまわった	可能形 可以跑	かけまわれる
たら形(條件形) 奔走的話	かけまわったら	う形(意向形) 跑吧	かけまわろう

△子犬が駆け回る。／小狗到處亂跑。

かさなる【重なる】 重疊・重複；(事情、日子) 趕在一起 自五 グループ1

重^{かさ}なる・重^{かさ}なります

辞書形(基本形)		たり形	
重複	かさなる	又是重複	かさなったり
ない形 (否定形)		ば形 (條件形)	
沒重複	かさならない	重複的話	かさなれば
なかった形 (過去否定形)		させる形 (使役形)	
過去沒重複	かさならなかった	使重複	かさならせる
ます形 (連用形)		られる形 (被動形)	
重複	かさなります	被重複	かさなられる
て形		命令形	
重複	かさなって	快重複	かさなれ
た形 (過去形)		可能形	
重複了	かさなった	可以重複	かさなれる
たら形 (條件形)		う形 (意向形)	
重複的話	かさなったら	重複吧	かさなろう

△いろいろな仕事^{しごと}が重^{かさ}なって、休^{やす}むどころではありません。／
同時有許多工作，哪能休息。

かじる【齧る】 咬・啃；一知半解；涉獵 他五 グループ1

齧^{かじ}る・齧^{かじ}ります

辞書形(基本形)		たり形	
咬	かじる	又是咬	かじったり
ない形 (否定形)		ば形 (條件形)	
沒咬	かじらない	咬的話	かじれば
なかった形 (過去否定形)		させる形 (使役形)	
過去沒咬	かじらなかった	使咬	かじらせる
ます形 (連用形)		られる形 (被動形)	
咬	かじります	被咬	かじられる
て形		命令形	
咬	かじって	快咬	かじれ
た形 (過去形)		可能形	
咬了	かじった	可以咬	かじれる
たら形 (條件形)		う形 (意向形)	
咬的話	かじったら	咬吧	かじろう

△一口^{ひとくち}かじったものの、あまりにまずいので吐^はき出^だした。／
雖然咬了一口，但實在是太難吃了，所以就吐了出來。

かす【貸す】 借出・出借；出租；提出策劃

貸す・貸します

辞書形(基本形) 借出	かす	たり形 又是借出	かしたり
ない形 (否定形) 沒借出	かさない	ば形 (條件形) 借出的話	かせば
なかった形 (過去否定形) 過去沒借出	かさなかった	させる形 (使役形) 使借出	かさせる
ます形 (連用形) 借出	かします	られる形 (被動形) 被借出	かされる
て形 借出	かして	命令形 快借出	かせ
た形 (過去形) 借出了	かした	可能形 可以借出	かせる
たら形 (條件形) 借出的話	かしたら	う形 (意向形) 借出吧	かそう

△伯父にかわって、伯母がお金を貸してくれた。／
嬸嬸代替叔叔，借了錢給我。

かせぐ【稼ぐ】 （為賺錢而）拼命的勞動；（靠工作、勞動）賺錢；爭取・獲得

稼ぐ・稼ぎます

辞書形(基本形) 賺錢	かせぐ	たり形 又是賺錢	かせいだり
ない形 (否定形) 沒賺錢	かせがない	ば形 (條件形) 賺錢的話	かせげば
なかった形 (過去否定形) 過去沒賺錢	かせがなかった	させる形 (使役形) 使賺錢	かせがせる
ます形 (連用形) 賺錢	かせぎます	られる形 (被動形) 被爭取	かせがれる
て形 賺錢	かせいで	命令形 快賺錢	かせげ
た形 (過去形) 賺錢了	かせいだ	可能形 可以賺錢	かせげる
たら形 (條件形) 賺錢的話	かせいだら	う形 (意向形) 賺錢吧	かせごう

△生活費を稼ぐ。／賺取生活費。

かたまる【固まる】

（粉末・顆粒・黏液等）變硬・凝固；固定・成形；集在一起・成群；熱中・篤信（宗教等）　自五　グループ1

固まる・固まります

辞書形（基本形） 凝固	かたまる	たり形 又是凝固	かたまったり
ない形（否定形） 沒凝固	かたまらない	ば形（條件形） 凝固的話	かたまれば
なかった形（過去否定形） 過去沒凝固	かたまらなかった	させる形（使役形） 使凝固	かたまらせる
ます形（連用形） 凝固	かたまります	られる形（被動形） 被凝固	かたまられる
て形 凝固	かたまって	命令形 快凝固	かたまれ
た形（過去形） 凝固了	かたまった	可能形	———
たら形（條件形） 凝固的話	かたまったら	う形（意向形） 凝固吧	かたまろう

△魚の煮汁が冷えて固まった。／魚湯冷卻以後凝結了。

かたむく【傾く】

傾斜；有…的傾向；（日月）偏西；衰弱・衰微 ；敗落　自五　グループ1

傾く・傾きます

辞書形（基本形） 傾斜	かたむく	たり形 又是傾斜	かたむいたり
ない形（否定形） 沒傾斜	かたむかない	ば形（條件形） 傾斜的話	かたむけば
なかった形（過去否定形） 過去沒傾斜	かたむかなかった	させる形（使役形） 使傾斜	かたむかせる
ます形（連用形） 傾斜	かたむきます	られる形（被動形） 被敗落	かたむかれる
て形 傾斜	かたむいて	命令形 快傾斜	かたむけ
た形（過去形） 傾斜了	かたむいた	可能形 可以傾斜	かたむける
たら形（條件形） 傾斜的話	かたむいたら	う形（意向形） 傾斜吧	かたむこう

△地震で、家が傾いた。／房屋由於地震而傾斜了。

かたよる【偏る・片寄る】 偏於・不公正・偏袒；失去平衡 [自五] グループ1

片寄る・片寄ります

辞書形(基本形) 偏袒	かたよる	たり形 又是偏袒	かたよったり
ない形 (否定形) 沒偏袒	かたよらない	ば形 (條件形) 偏袒的話	かたよれば
なかった形 (過去否定形) 過去沒偏袒	かたよらなかった	させる形 (使役形) 使偏袒	かたよらせる
ます形 (連用形) 偏袒	かたよります	られる形 (被動形) 被偏袒	かたよられる
て形 偏袒	かたよって	命令形 快偏袒	かたよれ
た形 (過去形) 偏袒了	かたよった	可能形	—————
たら形 (條件形) 偏袒的話	かたよったら	う形 (意向形) 偏袒吧	かたよろう

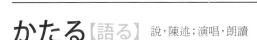
△ケーキが、箱の中で片寄ってしまった。／蛋糕偏到盒子的一邊去了。

かたる【語る】 說・陳述；演唱・朗讀 [他五] グループ1

語る・語ります

辞書形(基本形) 陳述	かたる	たり形 又是陳述	かたったり
ない形 (否定形) 沒陳述	かたらない	ば形 (條件形) 陳述的話	かたれば
なかった形 (過去否定形) 過去沒陳述	かたらなかった	させる形 (使役形) 使陳述	かたらせる
ます形 (連用形) 陳述	かたります	られる形 (被動形) 被述說	かたられる
て形 陳述	かたって	命令形 快陳述	かたれ
た形 (過去形) 陳述了	かたった	可能形 可以陳述	かたれる
たら形 (條件形) 陳述的話	かたったら	う形 (意向形) 陳述吧	かたろう

△戦争についてみんなで語った。／大家一起在說戰爭的事。

かつぐ【担ぐ】 扛・挑；推舉・擁戴；受騙　他五　グループ1

担ぐ・担ぎます

辞書形(基本形) 扛	かつぐ	たり形 又是扛	かついだり
ない形 (否定形) 沒扛	かつがない	ば形 (條件形) 扛的話	かつげば
なかった形 (過去否定形) 過去沒扛	かつがなかった	させる形 (使役形) 使扛	かつがせる
ます形 (連用形) 扛	かつぎます	られる形 (被動形) 被扛	かつがれる
て形 扛	かついで	命令形 快扛	かつげ
た形 (過去形) 扛了	かついだ	可能形 可以扛	かつげる
たら形 (條件形) 扛的話	かついだら	う形 (意向形) 扛吧	かつごう

△重い荷物を担いで、駅まで行った。／背著沈重的行李，來到車站。

かなしむ【悲しむ】 感到悲傷・痛心・可歎・哀悼　他五　グループ1

悲しむ・悲しみます

辞書形(基本形) 痛心	かなしむ	たり形 又是痛心	かなしんだり
ない形 (否定形) 沒痛心	かなしまない	ば形 (條件形) 痛心的話	かなしめば
なかった形 (過去否定形) 過去沒痛心	かなしまなかった	させる形 (使役形) 使痛心	かなしませる
ます形 (連用形) 痛心	かなしみます	られる形 (被動形) 被哀悼	かなしまれる
て形 痛心	かなしんで	命令形 快哀悼	かなしめ
た形 (過去形) 痛心了	かなしんだ	可能形 可以哀悼	かなしめる
たら形 (條件形) 痛心的話	かなしんだら	う形 (意向形) 哀悼吧	かなしもう

△それを聞いたら、お母さんがどんなに悲しむことか。／
如果媽媽聽到這話，會多麼傷心呀！

かねそなえる【兼ね備える】 両者兼備，兼備・兼具 他下一 グループ2

兼ね備える・兼ね備えます

辞書形(基本形) 兼備	かねそなえる	たり形 又是兼備	かねそなえたり
ない形(否定形) 沒兼備	かねそなえない	ば形 (條件形) 兼備的話	かねそなえれば
なかった形(過去否定形) 過去沒兼備	かねそなえ なかった	させる形 (使役形) 使兼備	かねそなえさせる
ます形(連用形) 兼備	かねそなえます	られる形 (被動形) 被兼備	かねそなえられる
て形 兼備	かねそなえて	命令形 快兼備	かねそなえろ
た形 (過去形) 兼備了	かねそなえた	可能形 可以兼備	かねそなえられる
たら形 (條件形) 兼備的話	かねそなえたら	う形 (意向形) 兼備吧	かねそなえよう

△知性と美貌を兼ね備える。／兼具智慧與美貌。

かねる【兼ねる】 兼備；顧慮；不能，無法 他下一・接尾 グループ2

兼ねる・兼ねます

辞書形(基本形) 兼備	かねる	たり形 又是兼備	かねたり
ない形(否定形) 沒兼備	かねない	ば形 (條件形) 兼備的話	かねれば
なかった形(過去否定形) 過去沒兼備	かねなかった	させる形 (使役形) 使兼備	かねさせる
ます形(連用形) 兼備	かねます	られる形 (被動形) 被兼備	かねられる
て形 兼備	かねて	命令形 快兼備	かねろ
た形 (過去形) 兼備了	かねた	可能形 可以兼備	かねられる
たら形 (條件形) 兼備的話	かねたら	う形 (意向形) 兼備吧	かねよう

△趣味と実益を兼ねて、庭で野菜を育てています。／
為了兼顧興趣和現實利益，目前在院子裡種植蔬菜。

かぶせる【被せる】 蓋上；(用水)澆沖；戴上(帽子等)；推卸 他下一 グループ2

被せる・被せます
かぶ　かぶ

辞書形 (基本形) 蓋上	かぶせる	たり形 又是蓋上	かぶせたり
ない形 (否定形) 沒蓋上	かぶせない	ば形 (條件形) 蓋上的話	かぶせれば
なかった形 (過去否定形) 過去沒蓋上	かぶせなかった	させる形 (使役形) 使蓋上	かぶせさせる
ます形 (連用形) 蓋上	かぶせます	られる形 (被動形) 被蓋上	かぶせられる
て形 蓋上	かぶせて	命令形 快蓋上	かぶせろ
た形 (過去形) 蓋上了	かぶせた	可能形 可以蓋上	かぶせられる
たら形 (條件形) 蓋上的話	かぶせたら	う形 (意向形) 蓋上吧	かぶせよう

△機械の上に布をかぶせておいた。／我在機器上面蓋了布。
き かい　うえ　ぬの

からかう 逗弄・調戲 他五 グループ1

からかう・からかいます

辞書形 (基本形) 調戲	からかう	たり形 又是調戲	からかったり
ない形 (否定形) 沒調戲	からかわない	ば形 (條件形) 調戲的話	からかえば
なかった形 (過去否定形) 過去沒調戲	からかわなかった	させる形 (使役形) 使調戲	からかわせる
ます形 (連用形) 調戲	からかいます	られる形 (被動形) 被調戲	からかわれる
て形 調戲	からかって	命令形 快調戲	からかえ
た形 (過去形) 調戲了	からかった	可能形 可以調戲	からかえる
たら形 (條件形) 調戲的話	からかったら	う形 (意向形) 調戲吧	からかおう

△そんなにからかわないでください。／請不要這樣開我玩笑。

かる【刈る】 割・剪・剃 他五 グループ1

刈る・刈ります

辞書形(基本形)		たり形	
割	かる	又是割	かったり
ない形 (否定形)		ば形 (條件形)	
沒割	からない	割的話	かれば
なかった形 (過去否定形)		させる形 (使役形)	
過去沒割	からなかった	使割	からせる
ます形 (連用形)		られる形 (被動形)	
割	かります	被割	かられる
て形		命令形	
割	かって	快割	かれ
た形 (過去形)		可能形	
割了	かった	可以割	かれる
たら形 (條件形)		う形 (意向形)	
割的話	かったら	割吧	かろう

△両親が草を刈っているところへ、手伝いに行きました。／
當爸媽正在割草時過去幫忙。

かれる【枯れる】 枯萎・乾枯；老練・造詣精深；（身材）枯瘦 自上一 グループ2

枯れる・枯れます

辞書形(基本形)		たり形	
枯萎	かれる	又是枯萎	かれたり
ない形 (否定形)		ば形 (條件形)	
沒枯萎	かれない	枯萎的話	かれれば
なかった形 (過去否定形)		させる形 (使役形)	
過去沒枯萎	かれなかった	使枯萎	かれさせる
ます形 (連用形)		られる形 (被動形)	
枯萎	かれます	被枯萎	かれられる
て形		命令形	
枯萎	かれて	快枯萎	かれろ
た形 (過去形)		可能形	
枯萎了	かれた		———
たら形 (條件形)		う形 (意向形)	
枯萎的話	かれたら	枯萎吧	かれよう

△庭の木が枯れてしまった。／庭院的樹木枯了。

かわいがる・かんする

かわいがる【可愛がる】 喜愛・疼愛；嚴加管教・教訓　他五　グループ1

<ruby>可愛<rt>かわい</rt></ruby>がる・<ruby>可愛<rt>かわい</rt></ruby>がります

辭書形(基本形) 疼愛	かわいがる	たり形 又是疼愛	かわいがったり
ない形 (否定形) 沒疼愛	かわいがらない	ば形 (條件形) 疼愛的話	かわいがれば
なかった形 (過去否定形) 過去沒疼愛	かわいがらなかった	させる形 (使役形) 使疼愛	かわいがらせる
ます形 (連用形) 疼愛	かわいがります	られる形 (被動形) 被疼愛	かわいがられる
て形 疼愛	かわいがって	命令形 快疼愛	かわいがれ
た形 (過去形) 疼愛了	かわいがった	可能形 可以疼愛	かわいがれる
たら形 (條件形) 疼愛的話	かわいがったら	う形 (意向形) 疼愛吧	かわいがろう

△<ruby>死<rt>し</rt></ruby>んだ<ruby>妹<rt>いもうと</rt></ruby>にかわって、<ruby>叔母<rt>おば</rt></ruby>の<ruby>私<rt>わたし</rt></ruby>がこの<ruby>子<rt>こ</rt></ruby>をかわいがります。／
由我這阿姨，代替往生的妹妹疼愛這個小孩。

かんする【関する】 關於・與…有關　自サ　グループ3

<ruby>関<rt>かん</rt></ruby>する・<ruby>関<rt>かん</rt></ruby>します

辭書形(基本形) 關於	かんする	たり形 又是關於	かんしたり
ない形 (否定形) 無關於	かんしない	ば形 (條件形) 關於的話	かんすれば
なかった形 (過去否定形) 過去沒關於	かんした	させる形 (使役形) 使與…有關	かんさせる
ます形 (連用形) 關於	かんします	られる形 (被動形) 被弄與…有關	かんされる
て形 關於	かんして	命令形 快與…有關	かんしろ
た形 (過去形) 關於了	かんした	可能形	——
たら形 (條件形) 關於的話	かんしたら	う形 (意向形) 關於吧	かんしよう

△<ruby>日本<rt>にほん</rt></ruby>に<ruby>関<rt>かん</rt></ruby>する<ruby>研究<rt>けんきゅう</rt></ruby>をしていたわりに、<ruby>日本<rt>にほん</rt></ruby>についてよく<ruby>知<rt>し</rt></ruby>らない。／
雖然之前從事日本相關的研究，但卻對日本的事物一知半解。

きざむ【刻む】 切碎；雕刻；分成段；銘記・牢記

刻む・刻みます

辞書形 (基本形) 切碎	きざむ	たり形 又是切碎	きざんだり
ない形 (否定形) 沒切碎	きざまない	ば形 (條件形) 切碎的話	きざめば
なかった形 (過去否定形) 過去沒切碎	きざまなかった	させる形 (使役形) 使切碎	きざませる
ます形 (連用形) 切碎	きざみます	られる形 (被動形) 被切碎	きざまれる
て形 切碎	きざんで	命令形 快切碎	きざめ
た形 (過去形) 切碎了	きざんだ	可能形 可以切碎	きざめる
たら形 (條件形) 切碎的話	きざんだら	う形 (意向形) 切碎吧	きざもう

△指輪に二人の名前を刻んだ。／在戒指上刻下了兩人的名字。

きせる【着せる】 給穿上（衣服）；鍍上；嫁禍・加罪

着せる・着せます

辞書形 (基本形) 給穿上	きせる	たり形 又是給穿上	きせたり
ない形 (否定形) 沒給穿上	きせない	ば形 (條件形) 給穿上的話	きせれば
なかった形 (過去否定形) 過去沒給穿上	きせなかった	させる形 (使役形) 使嫁禍	きせさせる
ます形 (連用形) 給穿上	きせます	られる形 (被動形) 被嫁禍	きせられる
て形 給穿上	きせて	命令形 快給穿上	きせろ
た形 (過去形) 給穿上了	きせた	可能形 可以給穿上	きせられる
たら形 (條件形) 給穿上的話	きせたら	う形 (意向形) 給穿上吧	きせよう

△夕方、寒くなってきたので娘にもう1枚着せた。／
傍晚變冷了，因此讓女兒多加了一件衣服。

きづく【気付く】 察覺・注意到・意識到；（神志昏迷後）甦醒過來 　自五　グループ1

気付く・気付きます

辭書形（基本形） 察覺	きづく	たり形 又是察覺	きづいたり
ない形（否定形） 沒察覺	きづかない	ば形（條件形） 察覺的話	きづけば
なかった形（過去否定形） 過去沒察覺	きづかなかった	させる形（使役形） 使察覺	きづかせる
ます形（連用形） 察覺	きづきます	られる形（被動形） 被察覺	きづかれる
て形 察覺	きづいて	命令形 快察覺	きづけ
た形（過去形） 察覺了	きづいた	可能形 可以察覺	きづける
たら形（條件形） 察覺的話	きづいたら	う形（意向形） 察覺吧	きづこう

△自分の間違いに気付いたものの、なかなか謝ることができない。／
雖然發現自己不對，但還是很難開口道歉。

きらう【嫌う】 嫌惡・厭惡；憎惡；區別 　他五　グループ1

嫌う・嫌います

辭書形（基本形） 嫌惡	きらう	たり形 又是嫌惡	きらったり
ない形（否定形） 沒嫌惡	きらわない	ば形（條件形） 嫌惡的話	きらえば
なかった形（過去否定形） 過去沒嫌惡	きらわなかった	させる形（使役形） 使嫌惡	きらわせる
ます形（連用形） 嫌惡	きらいます	られる形（被動形） 被嫌惡	きらわれる
て形 嫌惡	きらって	命令形 快嫌惡	きらえ
た形（過去形） 嫌惡了	きらった	可能形 可以嫌惡	きらえる
たら形（條件形） 嫌惡的話	きらったら	う形（意向形） 嫌惡吧	きらおう

△彼を嫌ってはいるものの、口をきかないわけにはいかない。／
雖說我討厭他，但也不能完全不跟他說話。

きる【斬る】 砍;切

斬る・斬ります

辞書形(基本形)		たり形	
砍	きる	又是砍	きったり
ない形 (否定形)		ば形 (條件形)	
沒砍	きらない	砍的話	きれば
なかった形 (過去否定形)		させる形 (使役形)	
過去沒砍	きらなかった	使砍	きらせる
ます形 (連用形)		られる形 (被動形)	
砍	きります	被砍	きられる
て形		命令形	
砍	きって	快砍	きれ
た形 (過去形)		可能形	
砍了	きった	可以砍	きれる
たら形 (條件形)		う形 (意向形)	
砍的話	きったら	砍吧	きろう

 △人を斬る。／砍人。

くう【食う】 (俗)吃，(蟲)咬

他五 グループ1

食う・食います

辞書形(基本形)		たり形	
吃	くう	又是吃	くったり
ない形 (否定形)		ば形 (條件形)	
沒吃	くわない	吃的話	くえば
なかった形 (過去否定形)		させる形 (使役形)	
過去沒吃	くわなかった	使吃	くわせる
ます形 (連用形)		られる形 (被動形)	
吃	くいます	被吃	くわれる
て形		命令形	
吃	くって	快吃	くえ
た形 (過去形)		可能形	
吃了	くった	可以吃	くえる
たら形 (條件形)		う形 (意向形)	
吃的話	くったら	吃吧	くおう

 △これ、食ってみなよ。うまいから。／要不要吃吃看這個？很好吃喔。

くぎる【区切る】 (把文章)斷句・分段 他四 グループ1

区切る・区切ります

辞書形(基本形) 分段	くぎる	たり形 又是分段	くぎったり
ない形(否定形) 沒分段	くぎらない	ば形(條件形) 分段的話	くぎれば
なかった形(過去否定形) 過去沒分段	くぎらなかった	させる形(使役形) 使分段	くぎらせる
ます形(連用形) 分段	くぎります	られる形(被動形) 被分段	くぎられる
て形 分段	くぎって	命令形 快分段	くぎれ
た形(過去形) 分段了	くぎった	可能形 可以分段	くぎれる
たら形(條件形) 分段的話	くぎったら	う形(意向形) 分段吧	くぎろう

△単語を一つずつ区切って読みました。／我將單字逐一分開來唸。

くずす【崩す】 拆毀・粉碎 他五 グループ1

崩す・崩します

辞書形(基本形) 拆毀	くずす	たり形 又是拆毀	くずしたり
ない形(否定形) 沒拆毀	くずさない	ば形(條件形) 拆毀的話	くずせば
なかった形(過去否定形) 過去沒拆毀	くずさなかった	させる形(使役形) 使拆毀	くずさせる
ます形(連用形) 拆毀	くずします	られる形(被動形) 被拆毀	くずされる
て形 拆毀	くずして	命令形 快拆毀	くずせ
た形(過去形) 拆毀了	くずした	可能形 可以拆毀	くずせる
たら形(條件形) 拆毀的話	くずしたら	う形(意向形) 拆毀吧	くずそう

△私も以前体調を崩しただけに、あなたの辛さはよくわかります。／
正因為我之前也搞壞過身體，所以特別能了解你的痛苦。

ぐずつく【愚図つく】 陰天；磨蹭・動作遅緩拖延；撒嬌 　自五　グループ1

愚図つく・愚図つきます

辞書形(基本形)		たり形	
磨蹭	ぐずつく	又是磨蹭	ぐずついたり
ない形 (否定形)		ば形 (條件形)	
沒磨蹭	ぐずつかない	磨蹭的話	ぐずつけば
なかった形 (過去否定形)		させる形 (使役形)	
過去沒磨蹭	ぐずつかなかった	使磨蹭	ぐずつかせる
ます形 (連用形)		られる形 (被動形)	
磨蹭	ぐずつきます	被撒嬌	ぐずつかれる
て形		命令形	
磨蹭	ぐずついて	快磨蹭	ぐずつけ
た形 (過去形)		可能形	
磨蹭了	ぐずついた		———
たら形 (條件形)		う形 (意向形)	
磨蹭的話	ぐずついたら	磨蹭吧	ぐずつこう

 △天気が愚図つく。／天氣總不放晴。

くずれる【崩れる】 崩潰；散去；潰敗・粉碎 　自下一　グループ2

崩れる・崩れます

辞書形(基本形)		たり形	
崩潰	くずれる	又是崩潰	くずれたり
ない形 (否定形)		ば形 (條件形)	
沒崩潰	くずれない	崩潰的話	くずれれば
なかった形 (過去否定形)		させる形 (使役形)	
過去沒崩潰	くずれなかった	使粉碎	くずれさせる
ます形 (連用形)		られる形 (被動形)	
崩潰	くずれます	被粉碎	くずれられる
て形		命令形	
崩潰	くずれて	快粉碎	くずれろ
た形 (過去形)		可能形	
崩潰了	くずれた	可以粉碎	くずれられる
たら形 (條件形)		う形 (意向形)	
崩潰的話	くずれたら	粉碎吧	くずれよう

 △雨が降り続いたので、山が崩れた。／因持續下大雨而山崩了。

くだく【砕く】 打碎・弄碎

他五　グループ1

砕く・砕きます

辞書形(基本形) 打碎	くだく	たり形 又是打碎	くだいたり
ない形 (否定形) 沒打碎	くだかない	ば形 (條件形) 打碎的話	くだけば
なかった形 (過去否定形) 過去沒打碎	くだかなかった	させる形 (使役形) 使打碎	くだかせる
ます形 (連用形) 打碎	くだきます	られる形 (被動形) 被打碎	くだかれる
て形 打碎	くだいて	命令形 快打碎	くだけ
た (過去形) 打碎了	くだいた	可能形 可以打碎	くだける
たら形 (條件形) 打碎的話	くだいたら	う形 (意向形) 打碎吧	くだこう

△家事をきちんとやるとともに、子どもたちのことにも心を砕いている。／
在確實做好家事的同時，也為孩子們的事情費心勞力。

くだける【砕ける】 破碎・粉碎

自下一　グループ2

砕ける・砕けます

辞書形(基本形) 粉碎	くだける	たり形 又是粉碎	くだけたり
ない形 (否定形) 沒粉碎	くだけない	ば形 (條件形) 粉碎的話	くだければ
なかった形 (過去否定形) 過去沒粉碎	くだけなかった	させる形 (使役形) 使粉碎	くだけさせる
ます形 (連用形) 粉碎	くだけます	られる形 (被動形) 被粉碎	くだけられる
て形 粉碎	くだけて	命令形 快粉碎	くだけろ
た形 (過去形) 粉碎了	くだけた	可能形 可以粉碎	くだけられる
たら形 (條件形) 粉碎的話	くだけたら	う形 (意向形) 粉碎吧	くだけよう

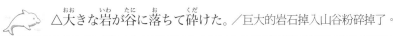

△大きな岩が谷に落ちて砕けた。／巨大的岩石掉入山谷粉碎掉了。

くたびれる【草臥れる】 疲勞・疲乏；厭倦 　自下一　グループ2

くたびれる・くたびれます

辭書形(基本形) 疲勞	くたびれる	たり形 又是疲勞	くたびれたり
ない形 (否定形) 沒疲勞	くたびれない	ば形 (條件形) 疲勞的話	くたびれれば
なかった形 (過去否定形) 過去沒疲勞	くたびれなかった	させる形 (使役形) 使厭倦	くたびれさせる
ます形 (連用形) 疲勞	くたびれます	られる形 (被動形) 被厭倦	くたびれられる
て形 疲勞	くたびれて	命令形 快厭倦	くたびれろ
た形 (過去形) 疲勞了	くたびれた	可能形 可以厭倦	くたびれられる
たら形 (條件形) 疲勞的話	くたびれたら	う形 (意向形) 厭倦吧	くたびれよう

△今日はお客さんが来て、掃除やら料理やらですっかりくたびれた。／
今天有人要來作客，又是打掃又是做菜的，累得要命。

くっつく【くっ付く】 緊貼在一起・附著 　自五　グループ1

くっ付く・くっ付きます

辭書形(基本形) 附著	くっつく	たり形 又是附著	くっついたり
ない形 (否定形) 沒附著	くっつかない	ば形 (條件形) 附著的話	くっつけば
なかった形 (過去否定形) 過去沒附著	くっつかなかった	させる形 (使役形) 使附著	くっつかせる
ます形 (連用形) 附著	くっつきます	られる形 (被動形) 被附著	くっつかれる
て形 附著	くっついて	命令形 快附著	くっつけ
た形 (過去形) 附著了	くっついた	可能形	———
たら形 (條件形) 附著的話	くっついたら	う形 (意向形) 附著吧	くっつこう

△ジャムの瓶の蓋がくっ付いてしまって、開かない。／
果醬的瓶蓋太緊了，打不開。

くっつける【くっ付ける】 把…粘上・把…貼上・使靠近；拉攏，撮合 他下一 グループ2

くっ付ける・くっ付けます

辞書形(基本形) 把…粘上	くっつける	たり形 又是拉攏	くっつけたり
ない形 (否定形) 沒把…粘上	くっつけない	ば形 (條件形) 拉攏的話	くっつければ
なかった形 (過去否定形) 過去沒把…粘上	くっつけなかった	させる形 (使役形) 使拉攏	くっつけさせる
ます形 (連用形) 把…粘上	くっつけます	られる形 (被動形) 被拉攏	くっつけられる
て形 把…粘上	くっつけて	命令形 快拉攏	くっつけろ
た形 (過去形) 把…粘上了	くっつけた	可能形 可以拉攏	くっつけられる
たら形 (條件形) 拉攏的話	くっつけたら	う形 (意向形) 拉攏吧	くっつけよう

△部品を接着剤でしっかりくっ付けた。／我用黏著劑將零件牢牢地黏上。

くぼむ【窪む・凹む】 凹下・塌陷 自五 グループ1

凹む・凹みます

辞書形(基本形) 塌陷	くぼむ	たり形 又是塌陷	くぼんだり
ない形 (否定形) 沒塌陷	くぼまない	ば形 (條件形) 塌陷的話	くぼめば
なかった形 (過去否定形) 過去沒塌陷	くぼまなかった	させる形 (使役形) 使塌陷	くぼませる
ます形 (連用形) 塌陷	くぼみます	られる形 (被動形) 被塌陷	くぼまれる
て形 塌陷	くぼんで	命令形 快塌陷	くぼめ
た形 (過去形) 塌陷了	くぼんだ	可能形	——
たら形 (條件形) 塌陷的話	くぼんだら	う形 (意向形) 塌陷吧	くぼもう

△山に登ったら、日陰のくぼんだところにまだ雪が残っていた。／
爬到山上以後，看到許多山坳處還有殘雪未融。

くみたてる【組み立てる】 組織・組裝

他下一 グループ2

組み立てる・組み立てます

辞書形(基本形)		たり形	
組裝	くみたてる	又是組裝	くみたてたり
ない形(否定形)		ば形(條件形)	
沒組裝	くみたてない	組裝的話	くみたてれば
なかった形(過去否定形)		させる形(使役形)	
過去沒組裝	くみたてなかった	使組裝	くみたてさせる
ます形(連用形)		られる形(被動形)	
組裝	くみたてます	被組裝	くみたてられる
て形		命令形	
組裝	くみたてて	快組裝	くみたてろ
た形(過去形)		可能形	
組裝了	くみたてた	可以組裝	くみたてられる
たら形(條件形)		う形(意向形)	
組裝的話	くみたてたら	組裝吧	くみたてよう

△先輩の指導をぬきにして、機器を組み立てることはできない。／
要是沒有前輩的指導，我就沒辦法組裝好機器。

くむ【汲む】 打水・取水 ；體察・推測；吸收

他五 グループ1

汲む・汲みます

辞書形(基本形)		たり形	
吸收	くむ	又是吸收	くんだり
ない形(否定形)		ば形(條件形)	
沒吸收	くまない	吸收的話	くめば
なかった形(過去否定形)		させる形(使役形)	
過去沒吸收	くまなかった	使吸收	くませる
ます形(連用形)		られる形(被動形)	
吸收	くみます	被吸收	くまれる
て形		命令形	
吸收	くんで	快吸收	くめ
た形(過去形)		可能形	
吸收了	くんだ	可以吸收	くめる
たら形(條件形)		う形(意向形)	
吸收的話	くんだら	吸收吧	くもう

△ここは水道がないので、毎日川の水を汲んでくるということだ。／
這裡沒有自來水，所以每天都從河川打水回來。

くむ【組む】 聯合・組織起來；聯手・結盟；安裝

自五 グループ1

組む・組みます

辞書形(基本形) 安裝	くむ	たり形 又是安裝	くんだり
ない形(否定形) 沒安裝	くまない	ば形(條件形) 安裝的話	くめば
なかった形(過去否定形) 過去沒安裝	くまなかった	させる形(使役形) 使安裝	くませる
ます形(連用形) 安裝	くみます	られる形(被動形) 被安裝	くまれる
て形 安裝	くんで	命令形 快安裝	くめ
た形(過去形) 安裝了	くんだ	可能形 可以安裝	くめる
たら形(條件形) 安裝的話	くんだら	う形(意向形) 安裝吧	くもう

△今度のプロジェクトは、他の企業と組んでいます。／
這次的企畫，是和其他企業合作進行的。

くもる【曇る】 天氣陰・朦朧；鬱悶・黯淡

自五 グループ1

曇る・曇ります

辞書形(基本形) 鬱悶	くもる	たり形 又是鬱悶	くもったり
ない形(否定形) 沒鬱悶	くもらない	ば形(條件形) 鬱悶的話	くもれば
なかった形(過去否定形) 過去沒鬱悶	くもらなかった	させる形(使役形) 使鬱悶	くもらせる
ます形(連用形) 鬱悶	くもります	られる形(被動形) 被鬱悶	くもられる
て形 鬱悶	くもって	命令形 快鬱悶	くもれ
た形(過去形) 鬱悶了	くもった	可能形	——
たら形(條件形) 鬱悶的話	くもったら	う形(意向形) 鬱悶吧	くもろう

△空がだんだん曇ってきた。／天色漸漸暗了下來。

くやむ【悔やむ】 懊悔的・後悔的；哀悼

悔やむ・悔やみます

辞書形 (基本形) 哀悼	くやむ	た り形 又是哀悼	くやんだり
ない形 (否定形) 沒哀悼	くやまない	ば形 (條件形) 哀悼的話	くやめば
なかった形 (過去否定形) 過去沒哀悼	くやまなかった	させる形 (使役形) 使哀悼	くやませる
ます形 (連用形) 哀悼	くやみます	られる形 (被動形) 被哀悼	くやまれる
て形 哀悼	くやんで	命令形 快哀悼	くやめ
た形 (過去形) 哀悼了	くやんだ	可能形 可以哀悼	くやめる
たら形 (條件形) 哀悼的話	くやんだら	う形 (意向形) 哀悼吧	くやもう

△失敗を悔やむどころか、ますますやる気が出てきた。／
失敗了不僅不懊惱，反而更有幹勁了。

くるう【狂う】 發狂，發瘋，失常，不準確，有毛病；落空，錯誤；過度著迷，沉迷

狂う・狂います

辞書形 (基本形) 發瘋	くるう	た り形 又是發瘋	くるったり
ない形 (否定形) 沒發瘋	くるわない	ば形 (條件形) 發瘋的話	くるえば
なかった形 (過去否定形) 過去沒發瘋	くるわなかった	させる形 (使役形) 使發瘋	くるわせる
ます形 (連用形) 發瘋	くるいます	られる形 (被動形) 被沉迷	くるわれる
て形 發瘋	くるって	命令形 快發瘋	くるえ
た形 (過去形) 發瘋了	くるった	可能形 可以發瘋	くるえる
たら形 (條件形) 發瘋的話	くるったら	う形 (意向形) 發瘋吧	くるおう

△失恋して気が狂った。／因失戀而發狂。

くるしむ【苦しむ】 感到痛苦・感到難受；憂慮・心痛　自五　グループ1

苦しむ・苦しみます

辞書形(基本形) 憂慮	くるしむ	たり形 又是憂慮	くるしんだり
ない形 (否定形) 沒憂慮	くるしまない	ば形 (條件形) 憂慮的話	くるしめば
なかった形 (過去否定形) 過去沒憂慮	くるしまなかった	させる形 (使役形) 使憂慮	くるしませる
ます形 (連用形) 憂慮	くるしみます	られる形 (被動形) 被憂慮	くるしまれる
て形 憂慮	くるしんで	命令形 快憂慮	くるしめ
た形 (過去形) 憂慮了	くるしんだ	可能形 可以憂慮	くるしめる
たら形 (條件形) 憂慮的話	くるしんだら	う形 (意向形) 憂慮吧	くるしもう

△彼は若い頃、病気で長い間苦しんだ。／他年輕時因生病而長年受苦。

くるしめる【苦しめる】 使痛苦・欺負　他下一　グループ2

苦しめる・苦しめます

辞書形(基本形) 欺負	くるしめる	たり形 又是欺負	くるしめたり
ない形 (否定形) 沒欺負	くるしめない	ば形 (條件形) 欺負的話	くるしめれば
なかった形 (過去否定形) 過去沒欺負	くるしめなかった	させる形 (使役形) 使欺負	くるしめさせる
ます形 (連用形) 欺負	くるしめます	られる形 (被動形) 被欺負	くるしめられる
て形 欺負	くるしめて	命令形 快欺負	くるしめろ
た形 (過去形) 欺負了	くるしめた	可能形 可以欺負	くるしめられる
たら形 (條件形) 欺負的話	くるしめたら	う形 (意向形) 欺負吧	くるしめよう

△そんなに私のことを苦しめないでください。／請不要這樣折騰我。

くるむ【包む】 包・裹

包む・包みます

辞書形(基本形)		た形	
包	くるむ	又是包	くるんだり
ない形 (否定形)		ば形 (條件形)	
沒包	くるまない	包的話	くるめば
なかった形 (過去否定形)		させる形 (使役形)	
過去沒包	くるまなかった	使包	くるませる
ます形 (連用形)		られる形 (被動形)	
包	くるみます	被包	くるまれる
て形		命令形	
包	くるんで	快包	くるめ
た形 (過去形)		可能形	
包了	くるんだ	可以包	くるめる
たら形 (條件形)		う形 (意向形)	
包的話	くるんだら	包吧	くるもう

△赤ちゃんを清潔なタオルでくるんだ。／我用乾淨的毛巾包住小嬰兒。

くわえる【加える】 加・加上

加える・加えます

辞書形(基本形)		た形	
加上	くわえる	又是加上	くわえたり
ない形 (否定形)		ば形 (條件形)	
沒加上	くわえない	加上的話	くわえれば
なかった形 (過去否定形)		させる形 (使役形)	
過去沒加上	くわえなかった	使加上	くわえさせる
ます形 (連用形)		られる形 (被動形)	
加上	くわえます	被加上	くわえられる
て形		命令形	
加上	くわえて	快加上	くわえろ
た形 (過去形)		可能形	
加上了	くわえた	可以加上	くわえられる
たら形 (條件形)		う形 (意向形)	
加上的話	くわえたら	加上吧	くわえよう

△だしに醤油と砂糖を加えます。／在湯汁裡加上醬油跟砂糖。

くわえる【銜える】 叼・銜 　他下一 グループ2

銜える・銜えます

辞書形(基本形) 叼	くわえる	たり形 又是叼	くわえたり
ない形 (否定形) 沒叼	くわえない	ば形 (條件形) 叼的話	くわえれば
なかった形 (過去否定形) 過去沒叼	くわえなかった	させる形 (使役形) 使叼	くわえさせる
ます形 (連用形) 叼	くわえます	られる形 (被動形) 被叼	くわえられる
て形 叼	くわえて	命令形 快叼	くわえろ
た形 (過去形) 叼了	くわえた	可能形 可以叼	くわえられる
たら形 (條件形) 叼的話	くわえたら	う形 (意向形) 叼吧	くわえよう

△楊枝をくわえる。／叼根牙籤。

くわわる【加わる】 加上・添上 　自五 グループ1

加わる・加わります

辞書形(基本形) 加上	くわわる	たり形 又是加上	くわわったり
ない形 (否定形) 沒加上	くわわらない	ば形 (條件形) 加上的話	くわわれば
なかった形 (過去否定形) 過去沒加上	くわわらなかった	させる形 (使役形) 使加上	くわわらせる
ます形 (連用形) 加上	くわわります	られる形 (被動形) 被加上	くわわられる
て形 加上	くわわって	命令形 快加上	くわわれ
た形 (過去形) 加上了	くわわった	可能形 可以加上	くわわれる
たら形 (條件形) 加上的話	くわわったら	う形 (意向形) 加上吧	くわわろう

△メンバーに加わったからは、一生懸命努力します。／
既然加入了團隊，就會好好努力。

けずる【削る】 削・刨・刮；刪減・削去・削減

削る・削ります

辞書形（基本形） 削	けずる	た形 又是削	けずったり
ない形（否定形） 沒削	けずらない	ば形（條件形） 削的話	けずれば
なかった形（過去否定形） 過去沒削	けずらなかった	させる形（使役形） 使削	けずらせる
ます形（連用形） 削	けずります	られる形（被動形） 被削	けずられる
て形 削	けずって	命令形 快削	けずれ
た形（過去形） 削了	けずった	可能形 可以削	けずれる
たら形（條件形） 削的話	けずったら	う形（意向形） 削吧	けずろう

△木の皮を削り取る。／刨去樹皮。

こう【請う】 請求・希望

請う・請います

辞書形（基本形） 請求	こう	た形 又是請求	こうたり
ない形（否定形） 沒請求	こわない	ば形（條件形） 請求的話	こえば
なかった形（過去否定形） 過去沒請求	こわなかった	させる形（使役形） 使請求	こわせる
ます形（連用形） 請求	こいます	られる形（被動形） 被請求	こわれる
て形 請求	こうて	命令形 快請求	こえ
た形（過去形） 請求了	こうた	可能形 可以請求	こえる
たら形（條件形） 請求的話	こうたら	う形（意向形） 請求吧	こおう

△許しを請う。／請求原諒。

こえる【肥える】 肥・胖；土地肥沃；豐富；（識別力）提高，（鑑賞力）強 　自下一　グループ2

肥える・肥えます

辞書形(基本形)		たり形	
提高	こえる	又是提高	こえたり
ない形（否定形）		ば形（條件形）	
沒提高	こえない	提高的話	こえれば
なかった形（過去否定形）		させる形（使役形）	
過去沒提高	こえなかった	使提高	こえさせる
ます形（連用形）		られる形（被動形）	
提高	こえます	被提高	こえられる
て形		命令形	
提高	こえて	快提高	こえよ
た形（過去形）		可能形	
提高了	こえた	可以提高	こえられる
たら形（條件形）		う形（意向形）	
提高的話	こえたら	提高吧	こえよう

△このあたりの土地はとても肥えている。／這附近的土地非常的肥沃。

こがす【焦がす】 弄糊・烤焦・燒焦；（心情）焦急・焦慮；用香薰　他五　グループ1

焦がす・焦がします

辞書形(基本形)		たり形	
烤焦	こがす	又是烤焦	こがしたり
ない形（否定形）		ば形（條件形）	
沒烤焦	こがさない	烤焦的話	こがせば
なかった形（過去否定形）		させる形（使役形）	
過去沒烤焦	こがさなかった	使烤焦	こがさせる
ます形（連用形）		られる形（被動形）	
烤焦	こがします	被烤焦	こがされる
て形		命令形	
烤焦	こがして	快烤焦	こがせ
た形（過去形）		可能形	
烤焦了	こがした	可以烤焦	こがせる
たら形（條件形）		う形（意向形）	
烤焦的話	こがしたら	烤焦吧	こがそう

△料理を焦がしたものだから、部屋の中がにおいます。／
因為菜燒焦了，所以房間裡會有焦味。

こぐ【漕ぐ】 划船・搖櫓・蕩槳；蹬（自行車）・打（鞦韆） 他五 グループ1

漕ぐ・漕ぎます

辞書形(基本形) 蹬	こぐ	たり形 又是蹬	こいだり
ない形 (否定形) 沒蹬	こがない	ば形 (條件形) 蹬的話	こげば
なかった形 (過去否定形) 過去沒蹬	こがなかった	させる形 (使役形) 使蹬	こがせる
ます形 (連用形) 蹬	こぎます	られる形 (被動形) 被蹬	こがれる
て形 蹬	こいで	命令形 快蹬	こげ
た形 (過去形) 蹬了	こいだ	可能形 可以蹬	こげる
たら形 (條件形) 蹬的話	こいだら	う形 (意向形) 蹬吧	こごう

△岸にそって船を漕いだ。／沿著岸邊划船。

こげる【焦げる】 烤焦・燒焦・焦・糊；曬褪色 自下一 グループ2

焦げる・焦げます

辞書形(基本形) 烤焦	こげる	たり形 又是烤焦	こげたり
ない形 (否定形) 沒烤焦	こげない	ば形 (條件形) 烤焦的話	こげれば
なかった形 (過去否定形) 過去沒烤焦	こげなかった	させる形 (使役形) 使烤焦	こげさせる
ます形 (連用形) 烤焦	こげます	られる形 (被動形) 被烤焦	こげられる
て形 烤焦	こげて	命令形 快烤焦	こげろ
た形 (過去形) 烤焦了	こげた	可能形	——
たら形 (條件形) 烤焦的話	こげたら	う形 (意向形) 烤焦吧	こげよう

△変な匂いがしますが、何か焦げていませんか。／
這裡有怪味，是不是什麼東西燒焦了？

こごえる【凍える】
凍僵・受凍・凍住

自下一 グループ2

凍える・凍えます

辞書形(基本形)		たり形	
凍僵	こごえる	又是凍僵	こごえたり
ない形 (否定形)		ば形 (條件形)	
沒凍僵	こごえない	凍僵的話	こごえれば
なかった形 (過去否定形)		させる形 (使役形)	
過去沒凍僵	こごえなかった	使凍僵	こごえさせる
ます形 (連用形)		られる形 (被動形)	
凍僵	こごえます	被凍僵	こごえられる
て形		命令形	
凍僵	こごえて	快凍僵	こごえろ
た形 (過去形)		可能形	
凍僵了	こごえた		———
たら形 (條件形)		う形 (意向形)	
凍僵的話	こごえたら	凍僵吧	こごえよう

△北海道の冬は寒くて、凍えるほどだ。／北海道的冬天冷得幾乎要凍僵了。

こころえる【心得る】
懂得，領會，理解；有體驗；答應，應允記在心上的

他下一 グループ2

心得る・心得ます

辞書形(基本形)		たり形	
領會	こころえる	又是領會	こころえたり
ない形 (否定形)		ば形 (條件形)	
沒領會	こころえない	領會的話	こころえれば
なかった形 (過去否定形)		させる形 (使役形)	
過去沒領會	こころえなかった	使領會	こころえさせる
ます形 (連用形)		られる形 (被動形)	
領會	こころえます	被領會	こころえられる
て形		命令形	
領會	こころえて	快領會	こころえろ
た形 (過去形)		可能形	
領會了	こころえた	可以領會	こころえられる
たら形 (條件形)		う形 (意向形)	
領會的話	こころえたら	領會吧	こころえよう

△仕事がうまくいったのは、彼女が全て心得ていたからにほかならない。／
工作之所以會順利，全都是因為她懂得要領的關係。

こしかける【腰掛ける】 坐下

こしか　　　　　こしか
腰掛ける・腰掛けます

辭書形(基本形)		た形	
坐下	こしかける	又是坐下	こしかけたり
ない形(否定形)		ば形(條件形)	
沒坐下	こしかけない	坐下的話	こしかければ
なかった形(過去否定形)		させる形(使役形)	
過去沒坐下	こしかけなかった	使坐下	こしかけさせる
ます形(禮貌形)		られる形(被動形)	
坐下	こしかけます	被坐下	こしかけられる
て形		命令形	
坐下	こしかけて	快坐下	こしかけろ
た形(過去形)		可能形	
坐下了	こしかけた	可以坐下	こしかけられる
たら形(條件形)		う形(意向形)	
坐下的話	こしかけたら	坐下吧	こしかけよう

こし か　　　　　はなし
△ソファーに腰掛けて話をしましょう。／讓我們坐沙發上聊天吧！

こしらえる【拵える】

做，製造；捏造，虛構；化妝，打扮；籌措，填補

こしらえる・こしらえます

辭書形(基本形)		た形	
製造	こしらえる	又是製造	こしらえたり
ない形(否定形)		ば形(條件形)	
沒製造	こしらえない	製造的話	こしらえれば
なかった形(過去否定形)		させる形(使役形)	
過去沒製造	こしらえなかった	使製造	こしらえさせる
ます形(禮貌形)		られる形(被動形)	
製造	こしらえます	被製造	こしらえられる
て形		命令形	
製造	こしらえて	快製造	こしらえろ
た形(過去形)		可能形	
製造了	こしらえた	可以製造	こしらえられる
たら形(條件形)		う形(意向形)	
製造的話	こしらえたら	製造吧	こしらえよう

えんそく
△遠足なので、みんなでおにぎりをこしらえた。／
因為遠足，所以大家一起做了飯糰。

こす【越す・超す】 越過・跨越・渡過；超越・勝於；過・度過；遷居・轉移

自他五 グループ1

越す・越します

辞書形(基本形)		たり形	
越過	こす	又是越過	こしたり
ない形 (否定形)		ば形 (條件形)	
沒越過	こさない	越過的話	こせば
なかった形 (過去否定形)		させる形 (使役形)	
過去沒越過	こさなかった	使越過	こさせる
ます形 (連用形)		られる形 (被動形)	
越過	こします	被越過	こされる
て形		命令形	
越過	こして	快越過	こせ
た形 (過去形)		可能形	
越過了	こした	可以越過	こせる
たら形 (條件形)		う形 (意向形)	
越過的話	こしたら	越過吧	こそう

△熊たちは、冬眠して寒い冬を越します。／熊靠著冬眠來過寒冬。

こする【擦る】 擦・揉・搓；摩擦

他五 グループ1

擦る・擦ります

辞書形(基本形)		たり形	
擦	こする	又是擦	こすったり
ない形 (否定形)		ば形 (條件形)	
沒擦	こすらない	擦的話	こすれば
なかった形 (過去否定形)		させる形 (使役形)	
過去沒擦	こすらなかった	使擦	こすらせる
ます形 (連用形)		られる形 (被動形)	
擦	こすります	被擦	こすられる
て形		命令形	
擦	こすって	快擦	こすれ
た形 (過去形)		可能形	
擦了	こすった	可以擦	こすれる
たら形 (條件形)		う形 (意向形)	
擦的話	こすったら	擦吧	こすろう

△汚れは、布で擦れば落ちます。／這污漬用布擦就會掉了。

ことづける【言付ける】 託帶口信・託付 他下一 グループ2

言付ける・言付けます

辭書形(基本形) 託付	ことづける	た形 又是託付	ことづけたり
ない形(否定形) 沒託付	ことづけない	ば形(條件形) 託付的話	ことづければ
なかった形(過去否定形) 過去沒託付	ことづけなかった	させる形(使役形) 使託付	ことづけさせる
ます形(連用形) 託付	ことづけます	られる形(被動形) 被託付	ことづけられる
て形 託付	ことづけて	命令形 快託付	ことづけろ
た形(過去形) 託付了	ことづけた	可能形 可以託付	ことづけられる
たら形(條件形) 託付的話	ことづけたら	う形(意向形) 託付吧	ことづけよう

△社長はいなかったので、秘書に言付けておいた。／
社長不在，所以請秘書代替傳話。

N2
こ

ことづける・ことなる

ことなる【異なる】 不同・不一樣 ；特別・不尋常；改變的 自五 グループ1

異なる・異なります

辭書形(基本形) 特別	ことなる	た形 又是特別	ことなったり
ない形(否定形) 沒特別	ことならない	ば形(條件形) 特別的話	ことなれば
なかった形(過去否定形) 過去沒特別	ことならなかった	させる形(使役形) 使特別	ことならせる
ます形(連用形) 特別	ことなります	られる形(被動形) 被改變的	ことなられる
て形 特別	ことなって	命令形 快特別	ことなれ
た形(過去形) 特別了	ことなった	可能形	———
たら形(條件形) 特別的話	ことなったら	う形(意向形) 特別吧	ことなろう

△やり方は異なるにせよ、二人の方針は大体同じだ。／
即使做法不同，不過兩人的方針是大致相同的。

ことわる【断る】 拒詞；謝絕 ・拒絕；預先通知・事前請示；警告 他五 グループ1

断る・断ります

辞書形(基本形)		たり形	
拒絕	ことわる	又是拒絕	ことわったり
ない形 (否定形)		ば形 (條件形)	
沒拒絕	ことわらない	拒絕的話	ことわれば
なかった形 (過去否定形)		させる形 (使役形)	
過去沒拒絕	ことわらなかった	使拒絕	ことわらせる
ます形 (連用形)		られる形 (被動形)	
拒絕	ことわります	被拒絕	ことわられる
て形		命令形	
拒絕	ことわって	快拒絕	ことわれ
た形 (過去形)		可能形	
拒絕了	ことわった	可以拒絕	ことわれる
たら形 (條件形)		う形 (意向形)	
拒絕的話	ことわったら	拒絕吧	ことわろう

△借金を断られる。／借錢被拒絕。

このむ【好む】 愛好・喜歡・願意；挑選・希望；流行・時尚 他五 グループ1

好む・好みます

辞書形(基本形)		たり形	
喜歡	このむ	又是喜歡	このんだり
ない形 (否定形)		ば形 (條件形)	
沒喜歡	このまない	喜歡的話	このめば
なかった形 (過去否定形)		させる形 (使役形)	
過去沒喜歡	このまなかった	使喜歡	このませる
ます形 (連用形)		られる形 (被動形)	
喜歡	このみます	被喜歡	このまれる
て形		命令形	
喜歡	このんで	快喜歡	このめ
た形 (過去形)		可能形	
喜歡了	このんだ		———
たら形 (條件形)		う形 (意向形)	
喜歡的話	このんだら	喜歡吧	このもう

△ごぼうを好んで食べる民族は少ないそうだ。／
聽說喜歡食用牛蒡的民族並不多。

こらえる【堪える】 忍耐・忍受；忍住・抑制住；容忍・寛恕 他下一 グループ2

堪える・堪えます

辞書形 (基本形) 忍耐	こらえる	たり形 又是忍耐	こらえたり
ない形 (否定形) 沒忍耐	こらえない	ば形 (條件形) 忍耐的話	こらえれば
なかった形 (過去否定形) 過去沒忍耐	こらえなかった	させる形 (使役形) 使忍耐	こらえさせる
ます形 (連用形) 忍耐	こらえます	られる形 (被動形) 被寛恕	こらえられる
て形 忍耐	こらえて	命令形 快忍耐	こらえろ
た形 (過去形) 忍耐了	こらえた	可能形 可以忍耐	こらえられる
たら形 (條件形) 忍耐的話	こらえたら	う形 (意向形) 忍耐吧	こらえよう

△歯の痛みを一晩必死にこらえた。／一整晩拚命忍受了牙痛。

こる【凝る】 凝固・凝集；（因血行不周、肌肉僵硬等）酸痛；狂熱・入迷；講究・精緻 自五 グループ1

凝る・凝ります

辞書形 (基本形) 凝固	こる	たり形 又是凝固	こったり
ない形 (否定形) 沒凝固	こらない	ば形 (條件形) 凝固的話	これば
なかった形 (過去否定形) 過去沒凝固	こらなかった	させる形 (使役形) 使凝固	こらせる
ます形 (連用形) 凝固	こります	られる形 (被動形) 被凝固	こられる
て形 凝固	こって	命令形 快凝固	これ
た形 (過去形) 凝固了	こった	可能形 可以凝固	これる
たら形 (條件形) 凝固的話	こったら	う形 (意向形) 凝固吧	ころう

△つりに凝っている。／熱中於釣魚。

ころがす【転がす】 滾動・轉動；開動(車)，推進；轉賣；弄倒・搬倒 他五 グループ1

転がす・転がします

辞書形(基本形)		たり形	
滾動	ころがす	又是滾動	ころがしたり
ない形 (否定形)		ば形 (條件形)	
沒滾動	ころがさない	滾動的話	ころがせば
なかった形 (過去否定形)		させる形 (使役形)	
過去沒滾動	ころがさなかった	使滾動	ころがさせる
ます形 (連用形)		られる形 (被動形)	
滾動	ころがします	被滾動	ころがされる
て形		命令形	
滾動	ころがして	快滾動	ころがせ
た形 (過去形)		可能形	
滾動了	ころがした	可以滾動	ころがせる
たら形 (條件形)		う形 (意向形)	
滾動的話	ころがしたら	滾動吧	ころがそう

 △これは、ボールを転がすゲームです。／這是滾大球競賽。

ころがる【転がる】 滾動・轉動；倒下，躺下；擺著，放著 自五 グループ1

転がる・転がります

辞書形(基本形)		たり形	
滾動	ころがる	又是滾動	ころがったり
ない形 (否定形)		ば形 (條件形)	
沒滾動	ころがらない	滾動的話	ころがれば
なかった形 (過去否定形)		させる形 (使役形)	
過去沒滾動	ころがらなかった	使滾動	ころがらせる
ます形 (連用形)		られる形 (被動形)	
滾動	ころがります	被滾動	ころがられる
て形		命令形	
滾動	ころがって	快滾動	ころがれ
た形 (過去形)		可能形	
滾動了	ころがった	可以滾動	ころがれる
たら形 (條件形)		う形 (意向形)	
滾動的話	ころがったら	滾動吧	ころがろう

 △山の上から、石が転がってきた。／有石頭從山上滾了下來。

ころぶ【転ぶ】 跌倒・倒下；滾轉；趨勢發展・事態變化　　自五　グループ1

転ぶ・転びます

辞書形(基本形) 跌倒	ころぶ	たり形 又是跌倒	ころんだり
ない形 (否定形) 沒跌倒	ころばない	ば形 (條件形) 跌倒的話	ころべば
なかった形 (過去否定形) 過去沒跌倒	ころばなかった	させる形 (使役形) 使跌倒	ころばせる
ます形 (連用形) 跌倒	ころびます	られる形 (被動形) 被滾轉	ころばれる
て形 跌倒	ころんで	命令形 快跌倒	ころべ
た形 (過去形) 跌倒了	ころんだ	可能形 可以跌倒	ころべる
たら形 (條件形) 跌倒的話	ころんだら	う形 (意向形) 跌倒吧	ころぼう

 △道で転んで、ひざ小僧を怪我した。／在路上跌了一跤，膝蓋受了傷。

こわがる【怖がる】 害怕・恐懼　　自五　グループ1

怖がる・怖がります

辞書形(基本形) 害怕	こわがる	たり形 又是害怕	こわがったり
ない形 (否定形) 沒害怕	こわがらない	ば形 (條件形) 害怕的話	こわがれば
なかった形 (過去否定形) 過去沒害怕	こわがらなかった	させる形 (使役形) 使害怕	こわがらせる
ます形 (連用形) 害怕	こわがります	られる形 (被動形) 被恐懼	こわがられる
て形 害怕	こわがって	命令形 快害怕	こわがれ
た形 (過去形) 害怕了	こわがった	可能形	———
たら形 (條件形) 害怕的話	こわがったら	う形 (意向形) 害怕吧	こわがろう

 △お化けを怖がる。／懼怕妖怪。

さかのぼる【遡る】 溯・逆流而上；追溯・回溯 自五 グループ1

遡る・遡ります

辞書形(基本形) 追溯	さかのぼる	たり形 又是追溯	さかのぼったり
ない形 (否定形) 沒追溯	さかのぼらない	ば形（條件形） 追溯的話	さかのぼれば
なかった形 (過去否定形) 過去沒追溯	さかのぼら なかった	させる形（使役形） 使追溯	さかのぼらせる
ます形 (連用形) 追溯	さかのぼります	られる形（被動形） 被追溯	さかのぼられる
て形 追溯	さかのぼって	命令形 快追溯	さかのぼれ
た形 (過去形) 追溯了	さかのぼった	可能形 可以追溯	さかのぼれる
たら形 (條件形) 追溯的話	さかのぼったら	う形 (意向形) 追溯吧	さかのぼろう

 △歴史を遡る。／回溯歴史。

さからう【逆らう】 逆・反方向；違背・違抗・抗拒・違拗 自五 グループ1

逆らう・逆らいます

辞書形(基本形) 違背	さからう	たり形 又是違背	さからったり
ない形 (否定形) 沒違背	さからわない	ば形（條件形） 違背的話	さからえば
なかった形 (過去否定形) 過去沒違背	さからわなかった	させる形（使役形） 使違背	さからわせる
ます形 (連用形) 違背	さからいます	られる形（被動形） 被違背	さからわれる
て形 違背	さからって	命令形 快違背	さからえ
た形 (過去形) 違背了	さからった	可能形 可以違背	さからえる
たら形 (條件形) 違背的話	さからったら	う形 (意向形) 違背吧	さからおう

 △風に逆らって進む。／逆風前進。

さく【裂く】 撕開・切開；扯散；分出・擠出・勻出；破裂・分裂 他五 グループ1

裂く・裂きます

辞書形(基本形) 撕開	さく	たり形 又是撕開	さいたり
ない形 (否定形) 沒撕開	さかない	ば形 (條件形) 撕開的話	さけば
なかった形 (過去否定形) 過去沒撕開	さかなかった	させる形 (使役形) 使撕開	さかせる
ます形 (連用形) 撕開	さきます	られる形 (被動形) 被撕開	さかれる
て形 撕開	さいて	命令形 快撕開	さけ
た形 (過去形) 撕開了	さいた	可能形 可以撕開	さける
たら形 (條件形) 撕開的話	さいたら	う形 (意向形) 撕開吧	さこう

△小さな問題が、二人の間を裂いてしまった。／
為了一個問題，使得兩人之間產生了裂痕。

さぐる【探る】 (用手腳等)探・摸；探聽・試探・偵查；探索・探求・探訪 他五 グループ1

探る・探ります

辞書形(基本形) 摸	さぐる	たり形 又是摸	さぐったり
ない形 (否定形) 沒摸	さぐらない	ば形 (條件形) 摸的話	さぐれば
なかった形 (過去否定形) 過去沒摸	さぐらなかった	させる形 (使役形) 使摸	さぐらせる
ます形 (連用形) 摸	さぐります	られる形 (被動形) 被摸	さぐられる
て形 摸	さぐって	命令形 快摸	さぐれ
た形 (過去形) 摸了	さぐった	可能形 可以摸	さぐれる
たら形 (條件形) 摸的話	さぐったら	う形 (意向形) 摸吧	さぐろう

△事件の原因を探る。／探究事件的原因。

ささえる【支える】 支撐；維持・支持；阻止・防止 他下一 グループ2

支える・支えます

辭書形(基本形) 支持	ささえる	たり形 又是支持	ささえたり
ない形（否定形） 沒支持	ささえない	ば形（條件形） 支持的話	ささえれば
なかった形（過去否定形） 過去沒支持	ささえなかった	させる形（使役形） 使支持	ささえさせる
ます形（連用形） 支持	ささえます	られる形（被動形） 被支持	ささえられる
て形 支持	ささえて	命令形 快支持	ささえろ
た形（過去形） 支持了	ささえた	可能形 可以支持	ささえられる
たら形（條件形） 支持的話	ささえたら	う形（意向形） 支持吧	ささえよう

 △私は、資金において彼を支えようと思う。／在資金方面，我想支援他。

ささやく【囁く】 低聲自語・小聲說話・耳語 自五 グループ1

囁く・囁きます

辭書形(基本形) 耳語	ささやく	たり形 又是耳語	ささやいたり
ない形（否定形） 沒耳語	ささやかない	ば形（條件形） 耳語的話	ささやけば
なかった形（過去否定形） 過去沒耳語	ささやかなかった	させる形（使役形） 使耳語	ささやかせる
ます形（連用形） 耳語	ささやきます	られる形（被動形） 被耳語	ささやかれる
て形 耳語	ささやいて	命令形 快耳語	ささやけ
た形（過去形） 耳語了	ささやいた	可能形 可以耳語	ささやける
たら形（條件形） 耳語的話	ささやいたら	う形（意向形） 耳語吧	ささやこう

 △カッコイイ人に壁ドンされて、耳元であんなことやこんなことをささやかれたい。／
我希望能讓一位型男壁咚，並且在耳邊對我輕聲細訴濃情蜜意。

さしひく【差し引く】

扣除・減去；抵補・相抵（的餘額）；
（潮水的）漲落，（體溫的）升降

差し引く・差し引きます

辞書形(基本形) 扣除	さしひく	た列形 又是扣除	さしひいたり
ない形 (否定形) 沒扣除	さしひかない	ば形 (條件形) 扣除的話	さしひけば
なかった形 (過去否定形) 過去沒扣除	さしひかなかった	させる形 (使役形) 使扣除	さしひかせる
ます形 (連用形) 扣除	さしひきます	られる形 (被動形) 被扣除	さしひかれる
て形 扣除	さしひいて	命令形 快扣除	さしひけ
た形 (過去形) 扣除了	さしひいた	可能形 可以扣除	さしひける
たら形 (條件形) 扣除的話	さしひいたら	う形 (意向形) 扣除吧	さしひこう

△給与から税金が差し引かれるとか。／聽說會從薪水裡扣除稅金。

さす【差す】

指・指示；使・叫・令・命令做…

助動・五型　グループ1

差す・差します

辞書形(基本形) 指示	さす	た列形 又是指示	さしたり
ない形 (否定形) 沒指示	ささない	ば形 (條件形) 指示的話	させば
なかった形 (過去否定形) 過去沒指示	ささなかった	させる形 (使役形) 使指示	させる
ます形 (連用形) 指示	さします	られる形 (被動形) 被指示	さされる
て形 指示	さして	命令形 快指示	させ
た形 (過去形) 指示了	さした	可能形 可以指示	させる
たら形 (條件形) 指示的話	さしたら	う形 (意向形) 指示吧	さそう

△戸がキイキイ鳴るので、油を差した。／
由於開關門時嘎嘎作響，因此倒了潤滑油。

さびる【錆びる】 生鏽・長鏽；(聲音) 蒼老

自上一 グループ2

錆びる・錆びます

辞書形(基本形) 生鏽	さびる	たり形 又是生鏽	さびたり
ない形 (否定形) 沒生鏽	さびない	ば形 (條件形) 生鏽的話	さびれば
なかった形(過去否定形) 過去沒生鏽	さびなかった	させる形 (使役形) 使生鏽	さびさせる
ます形 (連用形) 生鏽	さびます	られる形 (被動形) 被長鏽	さびられる
て形 生鏽	さびて	命令形 快生鏽	さびろ
た形 (過去形) 生鏽了	さびた	可能形	———
たら形 (條件形) 生鏽的話	さびたら	う形 (意向形) 生鏽吧	さびよう

△鉄棒が赤く錆びてしまった。／鐵棒生鏽變紅了。

さまたげる【妨げる】 阻礙・防礙・阻攔・阻撓

他下一 グループ2

妨げる・妨げます

辞書形(基本形) 阻礙	さまたげる	たり形 又是阻礙	さまたげたり
ない形 (否定形) 沒阻礙	さまたげない	ば形 (條件形) 阻礙的話	さまたげれば
なかった形(過去否定形) 過去沒阻礙	さまたげなかった	させる形 (使役形) 使阻礙	さまたげさせる
ます形 (連用形) 阻礙	さまたげます	られる形 (被動形) 被阻礙	さまたげられる
て形 阻礙	さまたげて	命令形 快阻礙	さまたげろ
た形 (過去形) 阻礙了	さまたげた	可能形 可以阻礙	さまたげられる
たら形 (條件形) 阻礙的話	さまたげたら	う形 (意向形) 阻礙吧	さまたげよう

△あなたが留学するのを妨げる理由はない。／我沒有理由阻止你去留學。

さる【去る】 離開；經過・結束；(空間、時間)距離；消除・去掉 自他五・連體 グループ1

去る・去ります

辞書形(基本形) 經過	さる	たり形 又是經過	さったり
ない形(否定形) 沒經過	さらない	ば形(條件形) 經過的話	されば
なかった形(過去否定形) 過去沒經過	さらなかった	させる形(使役形) 使經過	さらせる
ます形(連用形) 經過	さります	られる形(被動形) 被結束	さられる
て形 經過	さって	命令形 快經過	され
た形(過去形) 經過了	さった	可能形 可以經過	される
たら形(條件形) 經過的話	さったら	う形(意向形) 經過吧	さろう

 △彼らは、黙って去っていきました。／他們默默地離去了。

しあがる【仕上がる】 做完・完成；做成的情形 自五 グループ1

仕上がる・仕上がります

辞書形(基本形) 完成	しあがる	たり形 又是完成	しあがったり
ない形(否定形) 沒完成	しあがらない	ば形(條件形) 完成的話	しあがれば
なかった形(過去否定形) 過去沒完成	しあがらなかった	させる形(使役形) 使完成	しあがらせる
ます形(連用形) 完成	しあがります	られる形(被動形) 被完成	しあがられる
て形 完成	しあがって	命令形 快完成	しあがれ
た形(過去形) 完成了	しあがった	可能形	——
たら形(條件形) 完成的話	しあがったら	う形(意向形) 完成吧	しあがろう

 △作品が仕上がったら、展示場に運びます。／
作品一完成，就馬上送到展覽場。

しく【敷く】

撲上一層，（作接尾詞用）舖滿，遍佈，落滿舖墊，舖設；布置，發佈

自他五　グループ1

敷く・敷きます

辭書形 (基本形)		たり形	
舖滿	しく	又是舖滿	しいたり
ない形 (否定形)		ば形 (條件形)	
沒舖滿	しかない	舖滿的話	しけば
なかった形 (過去否定形)		させる形 (使役形)	
過去沒舖滿	しかなかった	使舖滿	しかせる
ます形 (連用形)		られる形 (被動形)	
舖滿	しきます	被舖滿	しかれる
て形		命令形	
舖滿	しいて	快舖滿	しけ
た形 (過去形)		可能形	
舖滿了	しいた	可以舖滿	しける
たら形 (條件形)		う形 (意向形)	
舖滿的話	しいたら	舖滿吧	しこう

△どうぞ座布団を敷いてください。／煩請鋪一下坐墊。

しくじる

失敗・失策；（俗）被解雇 ；跌交

他五　グループ1

しくじる・しくじります

辭書形 (基本形)		たり形	
失策	しくじる	又是失策	しくじったり
ない形 (否定形)		ば形 (條件形)	
沒失策	しくじらない	失策的話	しくじれば
なかった形 (過去否定形)		させる形 (使役形)	
過去沒失策	しくじらなかった	使失策	しくじらせる
ます形 (連用形)		られる形 (被動形)	
失策	しくじります	被解雇	しくじられる
て形		命令形	
失策	しくじって	快失策	しくじれ
た形 (過去形)		可能形	
失策了	しくじった	可以失策	しくじれる
たら形 (條件形)		う形 (意向形)	
失策的話	しくじったら	失策吧	しくじろう

△就職の面接で、しくじったと思ったけど、採用になった。／
原本以為沒有通過求職面試，結果被錄取了。

しげる【茂る】　（草木）繁茂・茂密・茂盛　自五　グループ1

茂る・茂ります

辭書形(基本形) 繁茂	しげる	たり形 又是繁茂	しげったり
ない形 (否定形) 沒繁茂	しげらない	ば形 (條件形) 繁茂的話	しげれば
なかった形 (過去否定形) 過去沒繁茂	しげらなかった	させる形 (使役形) 使繁茂	しげらせる
ます形 (連用形) 繁茂	しげります	られる形 (被動形) 被繁茂	しげられる
て形 繁茂	しげって	命令形 快繁茂	しげれ
た形 (過去形) 繁茂了	しげった	可能形 可以繁茂	しげれる
たら形 (條件形) 繁茂的話	しげったら	う形 (意向形) 繁茂吧	しげろう

△桜の葉が茂る。／櫻花樹的葉子開得很茂盛。

しずまる【静まる】　變平靜；平靜・平息；減弱；平靜的(存在)　自五　グループ1

静まる・静まります

辭書形(基本形) 平靜	しずまる	たり形 又是平靜	しずまったり
ない形 (否定形) 沒平靜	しずまらない	ば形 (條件形) 平靜的話	しずまれば
なかった形 (過去否定形) 過去沒平靜	しずまらなかった	させる形 (使役形) 使平靜	しずまらせる
ます形 (連用形) 平靜	しずまります	られる形 (被動形) 被減弱	しずまられる
て形 平靜	しずまって	命令形 快平靜	しずまれ
た形 (過去形) 平靜了	しずまった	可能形 可以平靜	しずまれる
たら形 (條件形) 平靜的話	しずまったら	う形 (意向形) 平靜吧	しずまろう

△先生が大きな声を出したものだから、みんなびっくりして静まった。／
因為老師突然大聲講話，所以大家都嚇得鴉雀無聲。

しずむ【沈む】 沉没・沈入；西沈・下山；消沈・落魄・氣餒；沈淪 自五 グループ1

沈む・沈みます

辞書形（基本形） 沉没	しずむ	たり形 又是沉没	しずんだり
ない形（否定形） 沒沉没	しずまない	ば形（條件形） 沉没的話	しずめば
なかった形（過去否定形） 過去沒沉没	しずまなかった	させる形（使役形） 使沉没	しずませる
ます形（連用形） 沉没	しずみます	られる形（被動形） 被沉没	しずまれる
て形 沉没	しずんで	命令形 快沉没	しずめ
た形（過去形） 沉没了	しずんだ	可能形 可以沉没	しずめる
たら形（條件形） 沉没的話	しずんだら	う形（意向形） 沉没吧	しずもう

△夕日が沈むのを、ずっと見ていた。／我一直看著夕陽西沈。

したがう【従う】 跟隨；服從・遵從；按照；順著・沿著・隨著・伴隨 自五 グループ1

従う・従います

辞書形（基本形） 服從	したがう	たり形 又是服從	したがったり
ない形（否定形） 沒服從	したがわない	ば形（條件形） 服從的話	したがえば
なかった形（過去否定形） 過去沒服從	したがわなかった	させる形（使役形） 使服從	したがわせる
ます形（連用形） 服從	したがいます	られる形（被動形） 被服從	したがわれる
て形 服從	したがって	命令形 快服從	したがえ
た形（過去形） 服從了	したがった	可能形 可以服從	したがえる
たら形（條件形） 服從的話	したがったら	う形（意向形） 服從吧	したがおう

△先生が言えば、みんな従うにきまっています。／
只要老師一說話，大家就肯定會服從的。

しはらう【支払う】 支付・付款

支払う・支払います

辭書形 (基本形) 支付	しはらう	たり形 又是支付	しはらったり
ない形 (否定形) 沒支付	しはらわない	ば形 (條件形) 支付的話	しはらえば
なかった形 (過去否定形) 過去沒支付	しはらわなかった	させる形 (使役形) 使支付	しはらわせる
ます形 (連用形) 支付	しはらいます	られる形 (被動形) 被支付	しはらわれる
て形 支付	しはらって	命令形 快支付	しはらえ
た形 (過去形) 支付了	しはらった	可能形 可以支付	しはらえる
たら形 (條件形) 支付的話	しはらったら	う形 (意向形) 支付吧	しはらおう

△請求書が来たので、支払うほかない。／
繳款通知單寄來了，所以只好乖乖付款。

N2
し

しはらう・しばる

しばる【縛る】 綁・捆・縛；拘束・限制；逮捕

他五 グループ1

縛る・縛ります

辭書形 (基本形) 綁	しばる	たり形 又是綁	しばったり
ない形 (否定形) 沒綁	しばらない	ば形 (條件形) 綁的話	しばれば
なかった形 (過去否定形) 過去沒綁	しばらなかった	させる形 (使役形) 使綁	しばらせる
ます形 (連用形) 綁	しばります	られる形 (被動形) 被綁	しばられる
て形 綁	しばって	命令形 快綁	しばれ
た形 (過去形) 綁了	しばった	可能形 可以綁	しばれる
たら形 (條件形) 綁的話	しばったら	う形 (意向形) 綁吧	しばろう

△ひもをきつく縛ってあったものだから、靴がすぐ脱げない。／
因為鞋帶綁太緊了，所以沒辦法馬上脫掉鞋子。

しびれる【痺れる】 麻木；(俗)因強烈刺激而興奮　自下一 グループ2

痺れる・痺れます

辞書形(基本形) 麻木	しびれる	たり形 又是麻木	しびれたり
ない形 (否定形) 沒麻木	しびれない	ば形 (條件形) 麻木的話	しびれれば
なかった形 (過去否定形) 過去沒麻木	しびれなかった	させる形 (使役形) 使麻木	しびれさせる
ます形 (連用形) 麻木	しびれます	られる形 (被動形) 被麻木	しびれられる
て形 麻木	しびれて	命令形 快麻木	しびれろ
た形 (過去形) 麻木了	しびれた	可能形	——
たら形 (條件形) 麻木的話	しびれたら	う形 (意向形) 麻木吧	しびれよう

△足が痺れたものだから、立てませんでした。／
因為腳麻所以沒辦法站起來。

しぼむ【萎む・凋む】 枯萎・凋謝；扁掉　自五 グループ1

萎む・萎みます

辞書形(基本形) 枯萎	しぼむ	たり形 又是枯萎	しぼんだり
ない形 (否定形) 沒枯萎	しぼまない	ば形 (條件形) 枯萎的話	しぼめば
なかった形 (過去否定形) 過去沒枯萎	しぼまなかった	させる形 (使役形) 使枯萎	しぼませる
ます形 (連用形) 枯萎	しぼみます	られる形 (被動形) 被扁掉	しぼまれる
て形 枯萎	しぼんで	命令形 快枯萎	しぼめ
た形 (過去形) 枯萎了	しぼんだ	可能形	——
たら形 (條件形) 枯萎的話	しぼんだら	う形 (意向形) 枯萎吧	しぼもう

△花は、しぼんでしまったのやら、開き始めたのやら、いろいろです。／
花會凋謝啦、綻放啦，有多種面貌。

しぼる【絞る】

扭・搾；引人（流淚）；拼命發出（高聲），絞 盡（腦汁）；剝削，勒索；拉開（幕）　他五　グループ1

絞る・絞ります

辞書形（基本形） 扭	しぼる	たり形 又是扭	しぼったり
ない形（否定形） 沒扭	しぼらない	ば形（條件形） 扭的話	しぼれば
なかった形（過去否定形） 過去沒扭	しぼらなかった	せる形（使役形） 使扭	しぼらせる
ます形（連用形） 扭	しぼります	られる形（被動形） 被扭	しぼられる
て形 扭	しぼって	命令形 快扭	しぼれ
た形（過去形） 扭了	しぼった	可能形 可以扭	しぼれる
たら形（條件形） 扭的話	しぼったら	う形（意向形） 扭吧	しぼろう

 △雑巾をしっかり絞りましょう。／抹布要用力扭乾。

しまう【仕舞う】

結束・完了・收拾；收拾起來；關閉； 表不能恢復原狀　自他五・補動　グループ1

仕舞う・仕舞います

辞書形（基本形） 收拾	しまう	たり形 又是收拾	しまったり
ない形（否定形） 沒收拾	しまわない	ば形（條件形） 收拾的話	しまえば
なかった形（過去否定形） 過去沒收拾	しまわなかった	せる形（使役形） 使收拾	しまわせる
ます形（連用形） 收拾	しまいます	られる形（被動形） 被收拾	しまわれる
て形 收拾	しまって	命令形 快收拾	しまえ
た形（過去形） 收拾了	しまった	可能形 可以收拾	しまえる
たら形（條件形） 收拾的話	しまったら	う形（意向形） 收拾吧	しまおう

 △通帳は金庫にしまっている。／存摺收在金庫裡。

しめきる【締切る】 （期限）屆滿・截止・結束 他五 グループ1

締切る・締切ります

辞書形(基本形) 截止	しめきる	たり形 又是截止	しめきったり
ない形（否定形） 沒截止	しめきらない	ば形（條件形） 截止的話	しめきれば
なかった形（過去否定形） 過去沒截止	しめきらなかった	させる形（使役形） 使截止	しめきらせる
ます形（連用形） 截止	しめきります	られる形（被動形） 被截止	しめきられる
て形 截止	しめきって	命令形 快截止	しめきれ
た形（過去形） 截止了	しめきった	可能形 可以截止	しめきれる
たら形（條件形） 截止的話	しめきったら	う形（意向形） 截止吧	しめきろう

△申し込みは５時で締め切られるとか。／聽說報名是到五點。

しめす【示す】 出示，拿出來給對方看；表示，表明；指示，指 他五 グループ1
點，開導；呈現，顯示

示す・示します

辞書形(基本形) 指點	しめす	たり形 又是指點	しめしたり
ない形（否定形） 沒指點	しめさない	ば形（條件形） 指點的話	しめせば
なかった形（過去否定形） 過去沒指點	しめさなかった	させる形（使役形） 使指點	しめさせる
ます形（連用形） 指點	しめします	られる形（被動形） 被指點	しめされる
て形 指點	しめして	命令形 快指點	しめせ
た形（過去形） 指點了	しめした	可能形 可以指點	しめせる
たら形（條件形） 指點的話	しめしたら	う形（意向形） 指點吧	しめそう

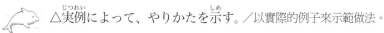

△実例によって、やりかたを示す。／以實際的例子來示範做法。

しめる【占める】

占有・佔據・佔領；（只用於特殊形）表得到（重要的位置）

他下一　グループ2

占める・占めます

辞書形(基本形)		られ形	
占有	しめる	又是占有	しめたり
ない形 (否定形)		ば形 (條件形)	
沒占有	しめない	占有的話	しめれば
なかった形 (過去否定形)		させる形 (使役形)	
過去沒占有	しめなかった	使占有	しめさせる
ます形 (連用形)		られる形 (被動形)	
占有	しめます	被占有	しめられる
て形		命令形	
占有	しめて	快占有	しめろ
た形 (過去形)		可能形	
占有了	しめた		———
たら形 (條件形)		う形 (意向形)	
占有的話	しめたら	占有吧	しめよう

 △公園は町の中心部を占めている。／公園據於小鎮的中心。

しめる【湿る】

濕・受潮・濡濕；（火）熄滅，（勢頭）漸消

自五　グループ1

湿る・湿ります

辞書形(基本形)		たり形	
熄滅	しめる	又是熄滅	しめったり
ない形 (否定形)		ば形 (條件形)	
沒熄滅	しめらない	熄滅的話	しめれば
なかった形 (過去否定形)		させる形 (使役形)	
過去沒熄滅	しめらなかった	使熄滅	しめらせる
ます形 (連用形)		られる形 (被動形)	
熄滅	しめります	被熄滅	しめられる
て形		命令形	
熄滅	しめって	快熄滅	しめれ
た形 (過去形)		可能形	
熄滅了	しめった		———
たら形 (條件形)		う形 (意向形)	
熄滅的話	しめったら	熄滅吧	しめろう

△今日は午後に干したから、木綿はともかく、ポリエステルもまだ湿ってる。／今天是下午才晾衣服的，所以純棉的就不用說了，連人造纖維的都還是濕的。

しゃがむ 蹲・蹲下

しゃがむ・しゃがみます

辞書形(基本形) 蹲下	しゃがむ	たり形 又是蹲下	しゃがんだり
ない形（否定形） 沒蹲下	しゃがまない	ば形（條件形） 蹲下的話	しゃがめば
なかった形（過去否定形） 過去沒蹲下	しゃがまなかった	させる形（使役形） 使蹲下	しゃがませる
ます形（連用形） 蹲下	しゃがみます	られる形（被動形） 被蹲下	しゃがまれる
て形 蹲下	しゃがんで	命令形 快蹲下	しゃがめ
た形（過去形） 蹲下了	しゃがんだ	可能形 可以蹲下	しゃがめる
たら形（條件形） 蹲下的話	しゃがんだら	う形（意向形） 蹲下吧	しゃがもう

△疲れたので、道端にしゃがんで休んだ。／
因為累了，所以在路邊蹲下來休息。

しゃぶる （放入口中）含・吸吮

しゃぶる・しゃぶります

辞書形(基本形) 吸吮	しゃぶる	たり形 又是吸吮	しゃぶったり
ない形（否定形） 沒吸吮	しゃぶらない	ば形（條件形） 吸吮的話	しゃぶれば
なかった形（過去否定形） 過去沒吸吮	しゃぶらなかった	させる形（使役形） 使吸吮	しゃぶらせる
ます形（連用形） 吸吮	しゃぶります	られる形（被動形） 被吸吮	しゃぶられる
て形 吸吮	しゃぶって	命令形 快吸吮	しゃぶれ
た形（過去形） 吸吮了	しゃぶった	可能形 可以吸吮	しゃぶれる
たら形（條件形） 吸吮的話	しゃぶったら	う形（意向形） 吸吮吧	しゃぶろう

△赤ちゃんは、指もしゃぶれば、玩具もしゃぶる。／
小嬰兒既會吸手指頭，也會用嘴含玩具。

すきとおる【透き通る】

通明・透亮・透過去；清澈；清脆（的聲音）

透き通る・透き通ります

辞書形 (基本形) 透亮	すきとおる	たり形 又是透亮	すきとおったり
ない形 (否定形) 沒透亮	すきとおらない	ば形 (條件形) 透亮的話	すきとおれば
なかった形 (過去否定形) 過去沒透亮	すきとおらなかった	させる形 (使役形) 使透亮	すきとおらせる
ます形 (連用形) 透亮	すきとおります	られる形 (被動形) 被透過去	すきとおられる
て形 透亮	すきとおって	命令形 快透亮	すきとおれ
た形 (過去形) 透亮了	すきとおった	可能形	———
たら形 (條件形) 透亮的話	すきとおったら	う形 (意向形) 透亮吧	すきとおろう

 △この魚は透き通っていますね。／這條魚的色澤真透亮。

すくう【救う】

拯救・搭救・救援・解救；救濟，賑災；挽救

救う・救います

辞書形 (基本形) 拯救	すくう	たり形 又是拯救	すくったり
ない形 (否定形) 沒拯救	すくわない	ば形 (條件形) 拯救的話	すくえば
なかった形 (過去否定形) 過去沒拯救	すくわなかった	させる形 (使役形) 使拯救	すくわせる
ます形 (連用形) 拯救	すくいます	られる形 (被動形) 被拯救	すくわれる
て形 拯救	すくって	命令形 快拯救	すくえ
た形 (過去形) 拯救了	すくった	可能形 可以拯救	すくえる
たら形 (條件形) 拯救的話	すくったら	う形 (意向形) 拯救吧	すくおう

 △政府の援助なくして、災害に遭った人々を救うことはできない。／要是沒有政府的援助，就沒有辦法幫助那些受災的人們。

すぐれる【優れる】

（才能、價值等）出色、優越、傑出、精湛；凌駕、勝過；（身體、精神、天氣）好、爽朗、舒暢

優れる・優れます

辞書形（基本形） 凌駕	すぐれる	たり形 又是凌駕	すぐれたり
ない形（否定形） 沒凌駕	すぐれない	ば形（條件形） 凌駕的話	すぐれれば
なかった形（過去否定形） 過去沒凌駕	すぐれなかった	させる形（使役形） 使凌駕	すぐれさせる
ます形（連用形） 凌駕	すぐれます	られる形（被動形） 被凌駕	すぐれられる
て形 凌駕	すぐれて	命令形 快凌駕	すぐれろ
た形（過去形） 凌駕了	すぐれた	可能形	――――
たら形（條件形） 凌駕的話	すぐれたら	う形（意向形） 凌駕吧	すぐれよう

△彼女は美人であるとともに、スタイルも優れている。／
她人既美，身材又好。

すずむ【涼む】　乗涼・納涼

自五　グループ1

涼む・涼みます

辞書形（基本形） 納涼	すずむ	たり形 又是納涼	すずんだり
ない形（否定形） 沒納涼	すずまない	ば形（條件形） 納涼的話	すずめば
なかった形（過去否定形） 過去沒納涼	すずまなかった	させる形（使役形） 使納涼	すずませる
ます形（連用形） 納涼	すずみます	られる形（被動形） 被納涼	すずまれる
て形 納涼	すずんで	命令形 快納涼	すずめ
た形（過去形） 納涼了	すずんだ	可能形 可以納涼	すずめる
たら形（條件形） 納涼的話	すずんだら	う形（意向形） 納涼吧	すずもう

△ちょっと外に出て涼んできます。／我到外面去乘涼一下。

自下一　グループ2

すぐれる・すずむ

すむ【澄む】 清澈；澄清；晶瑩，光亮；（聲音）清脆悅耳；清靜，寧靜 　自五　グループ1

澄む・澄みます

辭書形(基本形) 澄清	すむ	たり形 又是澄清	すんだり
ない形 (否定形) 沒澄清	すまない	ば形 (條件形) 澄清的話	すめば
なかった形 (過去否定形) 過去沒澄清	すまなかった	させる形 (使役形) 使澄清	すませる
ます形 (連用形) 澄清	すみます	られる形 (被動形) 被澄清	すまれる
て形 澄清	すんで	命令形 快澄清	すめ
た形 (過去形) 澄清了	すんだ	可能形	———
たら形 (條件形) 澄清的話	すんだら	う形 (意向形) 澄清吧	すもう

△川の水は澄んでいて、底までよく見える。／
由於河水非常清澈，河底清晰可見。

ずらす 挪開・錯開・差開 　他五　グループ1

ずらす・ずらします

辭書形(基本形) 挪開	ずらす	たり形 又是挪開	ずらしたり
ない形 (否定形) 沒挪開	ずらさない	ば形 (條件形) 挪開的話	ずらせば
なかった形 (過去否定形) 過去沒挪開	ずらさなかった	させる形 (使役形) 使挪開	ずらさせる
ます形 (連用形) 挪開	ずらします	られる形 (被動形) 被挪開	ずらされる
て形 挪開	ずらして	命令形 快挪開	ずらせ
た形 (過去形) 挪開了	ずらした	可能形 可以挪開	ずらせる
たら形 (條件形) 挪開的話	ずらしたら	う形 (意向形) 挪開吧	ずらそう

△ここちょっと狭いから、このソファーをこっちにずらさない。／
這裡有點窄，要不要把這座沙發稍微往這邊移一下？

する【刷る】 印刷　他五　グループ1

刷る・刷ります

辞書形(基本形) 印刷	する	たり形 又是印刷	すったり
ない形 (否定形) 沒印刷	すらない	ば形 (條件形) 印刷的話	すれば
なかった形 (過去否定形) 過去沒印刷	すらなかった	させる形 (使役形) 使印刷	すらせる
ます形 (連用形) 印刷	すります	られる形 (被役形) 被印刷	すられる
て形 印刷	すって	命令形 快印刷	すれ
た形 (過去形) 印刷了	すった	可能形 可以印刷	すれる
たら形 (條件形) 印刷的話	すったら	う形 (意向形) 印刷吧	すろう

△招待のはがきを100枚刷りました。／我印了100張邀請用的明信片。

ずれる （從原來或正確的位置）錯位・移動；離題・背離（主題、正路等）　自下一　グループ2

ずれる・ずれます

辞書形(基本形) 移動	ずれる	たり形 又是移動	ずれたり
ない形 (否定形) 沒移動	ずれない	ば形 (條件形) 移動的話	ずれれば
なかった形 (過去否定形) 過去沒移動	ずれなかった	させる形 (使役形) 使移動	ずれさせる
ます形 (連用形) 移動	ずれます	られる形 (被役形) 被移動	ずれられる
て形 移動	ずれて	命令形 快移動	ずれろ
た形 (過去形) 移動了	ずれた	可能形	———
たら形 (條件形) 移動的話	ずれたら	う形 (意向形) 移動吧	ずれよう

△印刷が少しずれてしまった。／印刷版面有點對位不正。

せおう【背負う】 背；擔負・承擔・肩負

他五 グループ1

背負う・背負います

辞書形(基本形)		たり形	
背	せおう	又是背	せおったり
ない形(否定形)		ば形(條件形)	
沒背	せおわない	背的話	せおえば
なかった形(過去否定形)		させる形(使役形)	
過去沒背	せおわなかった	使背	せおわせる
ます形(連用形)		られる形(被動形)	
背	せおいます	被背	せおわれる
て形		命令形	
背	せおって	快背	せおえ
た形(過去形)		可能形	
背了	せおった	可以背	せおえる
たら形(條件形)		う形(意向形)	
背的話	せおったら	背吧	せおおう

△この重い荷物を、背負えるものなら背負ってみろよ。／
你要能背這個沈重的行李，你就背看看啊！

せまる【迫る】 強迫，逼迫；臨近，迫近；變狹窄，縮短；陷於困境，窘困

自他五 グループ1

迫る・迫ります

辞書形(基本形)		たり形	
強迫	せまる	又是強迫	せまったり
ない形(否定形)		ば形(條件形)	
沒強迫	せまらない	強迫的話	せまれば
なかった形(過去否定形)		させる形(使役形)	
過去沒強迫	せまらなかった	使強迫	せまらせる
ます形(連用形)		られる形(被動形)	
強迫	せまります	被強迫	せまられる
て形		命令形	
強迫	せまって	快強迫	せまれ
た形(過去形)		可能形	
強迫了	せまった	可以強迫	せまれる
たら形(條件形)		う形(意向形)	
強迫的話	せまったら	強迫吧	せまろう

△彼女に結婚しろと迫られた。／她強迫我要結婚。

せめる【攻める】 攻・攻打

他下一 グループ2

攻める・攻めます

辞書形(基本形)		たり形	
攻打	せめる	又是攻打	せめたり
ない形 (否定形)		ば形 (條件形)	
沒攻打	せめない	攻打的話	せめれば
なかった形 (過去否定形)		させる形 (使役形)	
過去沒攻打	せめなかった	使攻打	せめさせる
ます形 (連用形)		られる形 (被動形)	
攻打	せめます	被攻打	せめられる
て形		命令形	
攻打	せめて	快攻打	せめろ
た形 (過去形)		可能形	
攻打了	せめた	可以攻打	せめられる
たら形 (條件形)		う形 (意向形)	
攻打的話	せめたら	攻打吧	せめよう

△城を攻める。／攻打城堡。

せめる【責める】 責備・責問；苛責・折磨・摧殘；嚴加催討；馴服馬匹

他下一 グループ2

責める・責めます

辞書形(基本形)		たり形	
責備	せめる	又是責備	せめたり
ない形 (否定形)		ば形 (條件形)	
沒責備	せめない	責備的話	せめれば
なかった形 (過去否定形)		させる形 (使役形)	
過去沒責備	せめなかった	使責備	せめさせる
ます形 (連用形)		られる形 (被動形)	
責備	せめます	被責備	せめられる
て形		命令形	
責備	せめて	快責備	せめろ
た形 (過去形)		可能形	
責備了	せめた	可以責備	せめられる
たら形 (條件形)		う形 (意向形)	
責備的話	せめたら	責備吧	せめよう

△そんなに自分を責めるべきではない。／你不應該那麼的自責。

そそぐ【注ぐ】

（水不斷地）注入・流入；（雨、雪等）落下；
（把液體等）注入、倒入；澆、灑

自他五　グループ1

注ぐ・注ぎます

辭書形(基本形) 注入	そそぐ	たり形 又是注入	そそいだり
ない形 (否定形) 沒注入	そそがない	ば形 (條件形) 注入的話	そそげば
なかった形 (過去否定形) 過去沒注入	そそがなかった	させる形 (使役形) 使注入	そそがせる
ます形 (連用形) 注入	そそぎます	られる形 (被動形) 被注入	そそがれる
て形 注入	そそいで	命令形 快注入	そそげ
た形 (過去形) 注入了	そそいだ	可能形 可以注入	そそげる
たら形 (條件形) 注入的話	そそいだら	う形 (意向形) 注入吧	そそごう

 △カップにコーヒーを注ぎました。／我將咖啡倒進了杯中。

そなえる【備える】

準備・防備；配置・裝置；天生具備

他下一　グループ2

備える・備えます

辭書形(基本形) 裝置	そなえる	たり形 又是裝置	そなえたり
ない形 (否定形) 沒裝置	そなえない	ば形 (條件形) 裝置的話	そなえれば
なかった形 (過去否定形) 過去沒裝置	そなえなかった	させる形 (使役形) 使裝置	そなえさせる
ます形 (連用形) 裝置	そなえます	られる形 (被動形) 被裝置	そなえられる
て形 裝置	そなえて	命令形 快裝置	そなえろ
た形 (過去形) 裝置了	そなえた	可能形 可以裝置	そなえられる
たら形 (條件形) 裝置的話	そなえたら	う形 (意向形) 裝置吧	そなえよう

 △災害に対して、備えなければならない。／要預防災害。

そる【剃る】 剃（頭），刮（臉）

他五 グループ1

剃る・剃ります

辞書形 (基本形)		たり形	
剃	そる	又是剃	そったり
ない形 (否定形)		ば形 (條件形)	
沒剃	そらない	剃的話	それば
なかった形 (過去否定形)		させる形 (使役形)	
過去沒剃	そらなかった	使剃	そらせる
ます形 (連用形)		られる形 (被動形)	
剃	そります	被剃	そられる
て形		命令形	
剃	そって	快剃	それ
た形 (過去形)		可能形	
剃了	そった	可以剃	それる
たら形 (條件形)		う形 (意向形)	
剃的話	そったら	剃吧	そろう

△ひげを剃ってからでかけます。／我刮了鬍子之後便出門。

それる【逸れる】 偏離正軌，歪向一旁；不合調，走調；走向一邊，轉過去

自下一 グループ2

逸れる・逸れます

辞書形 (基本形)		たり形	
走調	それる	又是走調	それたり
ない形 (否定形)		ば形 (條件形)	
沒走調	それない	走調的話	それれば
なかった形 (過去否定形)		させる形 (使役形)	
過去沒走調	それなかった	使走調	それさせる
ます形 (連用形)		られる形 (被動形)	
走調	それます	被走調	それられる
て形		命令形	
走調	それて	快走調	それろ
た形 (過去形)		可能形	
走調了	それた		——
たら形 (條件形)		う形 (意向形)	
走調的話	それたら	走調吧	それよう

△ピストルの弾が、目標から逸れました。／手槍的子彈，偏離了目標。

たがやす【耕す】 耕作・耕耘・耕田

たがや
耕す・耕します

辞書形(基本形)		たり形	
耕田	たがやす	又是耕田	たがやしたり
ない形(否定形) 沒耕田	たがやさない	ば形(條件形) 耕田的話	たがやせば
なかった形(過去否定形) 過去沒耕田	たがやさなかった	させる形(使役形) 使耕田	たがやさせる
ます形(連用形) 耕田	たがやします	られる形(被動形) 被耕耘	たがやされる
て形 耕田	たがやして	命令形 快耕田	たがやせ
た形(過去形) 耕田了	たがやした	可能形 可以耕耘	たがやせる
たら形(條件形) 耕田的話	たがやしたら	う形(意向形) 耕耘吧	たがやそう

 △我が家は畑を耕して生活しています。／我家靠耕田過生活。

たくわえる【蓄える・貯える】 儲蓄，積蓄；保存，儲備；留，留存

たくわ
蓄える・蓄えます

辞書形(基本形) 保存	たくわえる	たり形 又是保存	たくわえたり
ない形(否定形) 沒保存	たくわえない	ば形(條件形) 保存的話	たくわえれば
なかった形(過去否定形) 過去沒保存	たくわえなかった	させる形(使役形) 使保存	たくわえさせる
ます形(連用形) 保存	たくわえます	られる形(被動形) 被保存	たくわえられる
て形 保存	たくわえて	命令形 快保存	たくわえろ
た形(過去形) 保存了	たくわえた	可能形 可以保存	たくわえられる
たら形(條件形) 保存的話	たくわえたら	う形(意向形) 保存吧	たくわえよう

 △給料が安くて、お金を貯えるどころではない。／
薪水太少了，哪能存錢啊！

たたかう【戦う・闘う】

（進行）作戦・戦爭；鬥爭；競賽　自五　グループ1

戦う・戦います

辞書形（基本形）		たり形	
鬥爭	たたかう	又是鬥爭	たたかったり
ない形（否定形）		ば形（條件形）	
沒鬥爭	たたかわない	鬥爭的話	たたかえば
なかった形（過去否定形）		させる形（使役形）	
過去沒鬥爭	たたかわなかった	使鬥爭	たたかわせる
ます形（連用形）		られる形（被動形）	
鬥爭	たたかいます	被鬥爭	たたかわれる
て形		命令形	
鬥爭	たたかって	快鬥爭	たたかえ
た形（過去形）		可能形	
鬥爭了	たたかった	可以鬥爭	たたかえる
たら形（條件形）		う形（意向形）	
鬥爭的話	たたかったら	鬥爭吧	たたかおう

△勝敗はともかく、私は最後まで戦います。／
姑且不論勝敗，我會奮戰到底。

たちあがる【立ち上がる】

站起・起來；升起・冒起；重振・恢復；著手・開始行動　自五　グループ1

立ち上がる・立ち上がります

辞書形（基本形）		たり形	
升起	たちあがる	又是升起	たちあがったり
ない形（否定形）		ば形（條件形）	
沒升起	たちあがらない	升起的話	たちあがれば
なかった形（過去否定形）		させる形（使役形）	
過去沒升起	たちあがらなかった	使升起	たちあがらせる
ます形（連用形）		られる形（被動形）	
升起	たちあがります	被升起	たちあがられる
て形		命令形	
升起	たちあがって	快升起	たちあがれ
た形（過去形）		可能形	
升起了	たちあがった	可以升起	たちあがれる
たら形（條件形）		う形（意向形）	
升起的話	たちあがったら	升起吧	たちあがろう

△急に立ち上がったものだから、コーヒーをこぼしてしまった。／
因為突然站了起來，所以弄翻了咖啡。

たちどまる【立ち止まる】 站住・停步・停下

自五　グループ1

立ち止まる・立ち止まります

辞書形(基本形) 停下	たちどまる	た•り形 又是停下	たちどまったり
ない形(否定形) 沒停下	たちどまらない	ば形(條件形) 停下的話	たちどまれば
なかった形(過去否定形) 過去沒停下	たちどまら なかった	させる形(使役形) 使停下	たちどまらせる
ます形(連用形) 停下	たちどまります	られる形(被動形) 被停下	たちどまられる
て形 停下	たちどまって	命令形 快停下	たちどまれ
た形(過去形) 停下了	たちどまった	可能形 可以停下	たちどまれる
たら形(條件形) 停下的話	たちどまったら	う形(意向形) 停下吧	たちどまろう

△立ち止まることなく、未来に向かって歩いていこう。／
不要停下來，向未來邁進吧！

たつ【絶つ】 切・斷；絕・斷絕；斷絕・消滅；斷・切斷

他五　グループ1

絶つ・絶ちます

辞書形(基本形) 切斷	たつ	た•り形 又是切斷	たったり
ない形(否定形) 沒切斷	たたない	ば形(條件形) 切斷的話	たてば
なかった形(過去否定形) 過去沒切斷	たたなかった	させる形(使役形) 使切斷	たたせる
ます形(連用形) 切斷	たちます	られる形(被動形) 被切斷	たたれる
て形 切斷	たって	命令形 快切斷	たて
た形(過去形) 切斷了	たった	可能形 可以切斷	たてる
たら形(條件形) 切斷的話	たったら	う形(意向形) 切斷吧	たとう

△登山に行った男性が消息を絶っているということです。／
聽說那位登山的男性已音信全無了。

たとえる【例える】 比喩・比方

他下一 グループ2

例える・例えます

辞書形(基本形) 比喩	たとえる	たり形 又是比喩	たとえたり
ない形(否定形) 沒比喩	たとえない	ば形(條件形) 比喩的話	たとえれば
なかった形(過去否定形) 過去沒比喩	たとえなかった	させる形(使役形) 使比喩	たとえさせる
ます形(連用形) 比喩	たとえます	られる形(被動形) 被比喩	たとえられる
て形 比喩	たとえて	命令形 快比喩	たとえろ
た形(過去形) 比喩了	たとえた	可能形 可以比喩	たとえられる
たら形(條件形) 比喩的話	たとえたら	う形(意向形) 比喩吧	たとえよう

△この物語は、例えようがないほど面白い。／
這個故事，有趣到無法形容。

ダブる 重複；撞期。名詞「ダブル（double）」之動詞化。

自五 グループ1

ダブる・ダブります

辞書形(基本形) 重複	ダブる	たり形 又是重複	ダブったり
ない形(否定形) 沒重複	ダブらない	ば形(條件形) 重複的話	ダブれば
なかった形(過去否定形) 過去沒重複	ダブらなかった	させる形(使役形) 使重複	ダブらせる
ます形(連用形) 重複	ダブります	られる形(被動形) 被重複	ダブられる
て形 重複	ダブって	命令形 快重複	ダブれ
た形(過去形) 重複了	ダブった	可能形 可以重複	ダブれる
たら形(條件形) 重複的話	ダブったら	う形(意向形) 重複吧	ダブろう

△おもかげがダブる。／雙影。

ためす【試す】 試,試驗,試試,考驗

他五　グループ1

試す・試します

辭書形(基本形)			
試驗	ためす	又是試驗	ためしたり
沒試驗	ためさない	試驗的話	ためせば
過去沒試驗	ためさなかった	使試驗	ためさせる
試驗	ためします	被考驗	ためされる
試驗	ためして	快考驗	ためせ
試驗了	ためした	可以考驗	ためせる
試驗的話	ためしたら	考驗吧	ためそう

△体力の限界を試す。／考驗體能的極限。

ためらう【躊躇う】 猶豫,躊躇,遲疑,踟躕不前

自五　グループ1

ためらう・ためらいます

辭書形(基本形)			
遲疑	ためらう	又是遲疑	ためらったり
沒遲疑	ためらわない	遲疑的話	ためらえば
過去沒遲疑	ためらわなかった	使遲疑	ためらわせる
遲疑	ためらいます	被遲疑	ためらわれる
遲疑	ためらって	快遲疑	ためらえ
遲疑了	ためらった		———
遲疑的話	ためらったら	遲疑吧	ためらおう

△ちょっと躊躇ったばかりに、シュートを失敗してしまった。／
就因為猶豫了一下，結果球沒投進。

たよる【頼る】 依靠・依賴・仰仗；拄著；投靠・找門路　自他五　グループ1

頼る・頼ります

辭書形(基本形) 依靠	たよる	たり形 又是依靠	たよったり
ない形 (否定形) 沒依靠	たよらない	ば形 (條件形) 依靠的話	たよれば
なかった形 (過去否定形) 過去沒依靠	たよらなかった	させる形 (使役形) 使依靠	たよらせる
ます形 (連用形) 依靠	たよります	られる形 (被動形) 被依靠	たよられる
て形 依靠	たよって	命令形 快依靠	たよれ
た形 (過去形) 依靠了	たよった	可能形 可以依靠	たよれる
たら形 (條件形) 依靠的話	たよったら	う形 (意向形) 依靠吧	たよろう

△あなたなら、誰にも頼ることなく仕事をやっていくでしょう。／
如果是你的話，工作不靠任何人也能進行吧！

たる【足る】 足夠・充足；值得・滿足　自五　グループ1

足る・足ります

辭書形(基本形) 滿足	たる	たり形 又是滿足	たったり
ない形 (否定形) 沒滿足	たらない	ば形 (條件形) 滿足的話	たれば
なかった形 (過去否定形) 過去沒滿足	たらなかった	させる形 (使役形) 使滿足	たらせる
ます形 (連用形) 滿足	たります	られる形 (被動形) 被滿足	たられる
て形 滿足	たって	命令形 快滿足	たれ
た形 (過去形) 滿足了	たった	可能形	———
たら形 (條件形) 滿足的話	たったら	う形 (意向形) 滿足吧	たろう

△彼は、信じるに足る人だ。／他是個值得信賴的人。

たれさがる【垂れ下がる】 下垂・垂下

垂れ下がる・垂れ下がります

辞書形(基本形)		たり形	
垂下	たれさがる	又是垂下	たれさがったり
ない形(否定形)		ば形(條件形)	
沒垂下	たれさがらない	垂下的話	たれさがれば
なかった形(過去否定形)		させる形(使役形)	
過去沒垂下	たれさがらなかった	使垂下	たれさがらせる
ます形(連用形)		られる形(被動形)	
垂下	たれさがります	被垂下	たれさがられる
て形		命令形	
垂下	たれさがって	快垂下	たれさがれ
た形(過去形)		可能形	
垂下了	たれさがった	可以垂下	たれさがれる
たら形(條件形)		う形(意向形)	
垂下的話	たれさがったら	垂下吧	たれさがろう

 △ひもが垂れ下がる。／帶子垂下。

ちかう【誓う】 發誓・起誓・宣誓

他五 グループ1

誓う・誓います

辞書形(基本形)		たり形	
發誓	ちかう	又是發誓	ちかったり
ない形(否定形)		ば形(條件形)	
沒發誓	ちかわない	發誓的話	ちかえば
なかった形(過去否定形)		させる形(使役形)	
過去沒發誓	ちかわなかった	使發誓	ちかわせる
ます形(連用形)		られる形(被動形)	
發誓	ちかいます	被發誓	ちかわれる
て形		命令形	
發誓	ちかって	快發誓	ちかえ
た形(過去形)		可能形	
發誓了	ちかった	可以發誓	ちかえる
たら形(條件形)		う形(意向形)	
發誓的話	ちかったら	發誓吧	ちかおう

 △正月になるたびに、今年はがんばるぞと誓う。／
一到元旦・我就會許諾今年要更加努力。

ちかよる【近寄る】 走進・靠近・接近

自五 グループ1

近寄る・近寄ります

辞書形(基本形)			たり形	
靠近	ちかよる		又是靠近	ちかよったり
ない形(否定形)			ば形(條件形)	
沒靠近	ちかよらない		靠近的話	ちかよれば
なかった形(過去否定形)			させる形(使役形)	
過去沒靠近	ちかよらなかった		使靠近	ちかよらせる
ます形(連用形)			られる形(被動形)	
靠近	ちかよります		被靠近	ちかよられる
て形			命令形	
靠近	ちかよって		快靠近	ちかよれ
た形(過去形)			可能形	
靠近了	ちかよった		可以靠近	ちかよれる
たら形(條件形)			う形(意向形)	
靠近的話	ちかよったら		靠近吧	ちかよろう

△あんなに危ない場所には、近寄れっこない。／
那麼危險的地方不可能靠近的。

ちぎる 撕碎（成小段）；摘取・揪下

他五・接尾 グループ1

ちぎる・ちぎります

辞書形(基本形)			たり形	
摘取	ちぎる		又是摘取	ちぎったり
ない形(否定形)			ば形(條件形)	
沒摘取	ちぎらない		摘取的話	ちぎれば
なかった形(過去否定形)			させる形(使役形)	
過去沒摘取	ちぎらなかった		使摘取	ちぎらせる
ます形(連用形)			られる形(被動形)	
摘取	ちぎります		被摘取	ちぎられる
て形			命令形	
摘取	ちぎって		快摘取	ちぎれ
た形(過去形)			可能形	
摘取了	ちぎった		可以摘取	ちぎれる
たら形(條件形)			う形(意向形)	
摘取的話	ちぎったら		摘取吧	ちぎろう

△紙をちぎってゴミ箱に捨てる。／將紙張撕碎丟進垃圾桶。

ちぢむ【縮む】

縮，縮小，抽縮；起皺紋，出摺；畏縮，退縮，惶恐；縮回去，縮進去

縮む・縮みます

辞書形(基本形) 縮小	ちぢむ	たり形 又是縮小	ちぢんだり
ない形 (否定形) 沒縮小	ちぢまない	ば形 (條件形) 縮小的話	ちぢめば
なかった形 (過去否定形) 過去沒縮小	ちぢまなかった	させる形 (使役形) 使縮小	ちぢませる
ます形 (連用形) 縮小	ちぢみます	られる形 (被動形) 被縮小	ちぢまれる
て形 縮小	ちぢんで	命令形 快縮小	ちぢめ
た形 (過去形) 縮小了	ちぢんだ	可能形 可以縮小	ちぢめる
たら形 (條件形) 縮小的話	ちぢんだら	う形 (意向形) 縮小吧	ちぢもう

 △これは洗っても縮まない。／這個洗了也不會縮水的。

ちぢめる【縮める】

縮小・縮短・縮減；縮回・捲縮・起皺紋

縮める・縮めます

辞書形(基本形) 縮小	ちぢめる	たり形 又是縮小	ちぢめたり
ない形 (否定形) 沒縮小	ちぢめない	ば形 (條件形) 縮小的話	ちぢめれば
なかった形 (過去否定形) 過去沒縮小	ちぢめなかった	させる形 (使役形) 使縮小	ちぢめさせる
ます形 (連用形) 縮小	ちぢめます	られる形 (被動形) 被縮小	ちぢめられる
て形 縮小	ちぢめて	命令形 快縮小	ちぢめろ
た形 (過去形) 縮小了	ちぢめた	可能形 可以縮小	ちぢめられる
たら形 (條件形) 縮小的話	ちぢめたら	う形 (意向形) 縮小吧	ちぢめよう

 △この亀はいきなり首を縮めます。／這隻烏龜突然縮回脖子。

ちぢれる【縮れる】 捲曲；起皺、出摺 自下一 グループ2

縮れる・縮れます

辞書形（基本形） 捲曲	ちぢれる	たり形 又是捲曲	ちぢれたり
ない形（否定形） 沒捲曲	ちぢれない	ば形（條件形） 捲曲的話	ちぢれれば
なかった形（過去否定形） 過去沒捲曲	ちぢれなかった	させる形（使役形） 使捲曲	ちぢれさせる
ます形（連用形） 捲曲	ちぢれます	られる形（被動形） 被捲曲	ちぢれられる
て形 捲曲	ちぢれて	命令形 快捲曲	ちぢれろ
た形（過去形） 捲曲了	ちぢれた	可能形	———
たら形（條件形） 捲曲的話	ちぢれたら	う形（意向形） 捲曲吧	ちぢれよう

△彼女は髪が縮れている。／她的頭髮是捲曲的。

ちらかす【散らかす】 弄得亂七八糟；到處亂放、亂扔 他五 グループ1

散らかす・散らかします

辞書形（基本形） 亂扔	ちらかす	たり形 又是亂扔	ちらかしたり
ない形（否定形） 沒亂扔	ちらかさない	ば形（條件形） 亂扔的話	ちらかせば
なかった形（過去否定形） 過去沒亂扔	ちらかさなかった	させる形（使役形） 使亂扔	ちらかさせる
ます形（連用形） 亂扔	ちらかします	られる形（被動形） 被亂扔	ちらかされる
て形 亂扔	ちらかして	命令形 快亂扔	ちらかせ
た形（過去形） 亂扔了	ちらかした	可能形 可以亂扔	ちらかせる
たら形（條件形） 亂扔的話	ちらかしたら	う形（意向形） 亂扔吧	ちらかそう

△部屋を散らかしたきりで、片付けてくれません。／
他將房間弄得亂七八糟後，就沒幫我整理。

ちらかる【散らかる】 凌亂・亂七八糟・散亂

自五 グループ1

散らかる・散らかります

辞書形(基本形) 散亂	ちらかる	たり形 又是散亂	ちらかったり
ない形 (否定形) 沒散亂	ちらからない	ば形 (條件形) 散亂的話	ちらかれば
なかった形 (過去否定形) 過去沒散亂	ちらからなかった	させる形 (使役形) 使散亂	ちらからせる
ます形 (連用形) 散亂	ちらかります	られる形 (被動形) 被弄亂	ちらかられる
て形 散亂	ちらかって	命令形 快弄亂	ちらかれ
た形 (過去形) 散亂了	ちらかった	可能形 	———
たら形 (條件形) 散亂的話	ちらかったら	う形 (意向形) 弄亂吧	ちらかろう

△部屋が散らかっていたので、片付けざるをえなかった。／
因為房間內很凌亂，所以不得不整理。

ちらばる【散らばる】 分散；散亂

自五 グループ1

散らばる・散らばります

辞書形(基本形) 分散	ちらばる	たり形 又是分散	ちらばったり
ない形 (否定形) 沒分散	ちらばらない	ば形 (條件形) 分散的話	ちらばれば
なかった形 (過去否定形) 過去沒分散	ちらばらなかった	させる形 (使役形) 使分散	ちらばらせる
ます形 (連用形) 分散	ちらばります	られる形 (被動形) 被分散	ちらばられる
て形 分散	ちらばって	命令形 快分散	ちらばれ
た形 (過去形) 分散了	ちらばった	可能形 	———
たら形 (條件形) 分散的話	ちらばったら	う形 (意向形) 分散吧	ちらばろう

△辺り一面、花びらが散らばっていた。／
這一帶落英繽紛，猶如鋪天蓋地。

つきあたる【突き当たる】 撞上・碰上；走到道路的盡頭；(轉)遇上・碰到(問題)　自五　グループ1

突き当たる・突き当たります

辞書形(基本形)		たり形	
碰上	つきあたる	又是碰上	つきあたったり
ない形(否定形)		ば形(條件形)	
沒碰上	つきあたらない	碰上的話	つきあたれば
なかった形(過去否定形)		させる形(使役形)	
過去沒碰上	つきあたらなかった	使碰上	つきあたらせる
ます形(連用形)		られる形(被動形)	
碰上	つきあたります	被碰上	つきあたられる
て形		命令形	
碰上	つきあたって	快碰上	つきあたれ
た形(過去形)		可能形	
碰上了	つきあたった		———
たら形(條件形)		う形(意向形)	
碰上的話	つきあたったら	碰撞吧	つきあたろう

△研究が壁に突き当たってしまい、悩んでいる。／
研究陷入瓶頸，十分煩惱。

つく【突く】 扎・刺・戳；撞・頂；支撐；冒著・不顧；沖・撲(鼻)；攻擊・打中　他五　グループ1

突く・突きます

辞書形(基本形)		たり形	
刺	つく	又是刺	ついたり
ない形(否定形)		ば形(條件形)	
沒刺	つかない	刺的話	つけば
なかった形(過去否定形)		させる形(使役形)	
過去沒刺	つかなかった	使刺	つかせる
ます形(連用形)		られる形(被動形)	
刺	つきます	被刺	つかれる
て形		命令形	
刺	ついて	快刺	つけ
た形(過去形)		可能形	
刺了	ついた	可以刺	つける
たら形(條件形)		う形(意向形)	
刺的話	ついたら	刺吧	つこう

△試合で、相手は私の弱点を突いてきた。／
對方在比賽中攻擊了我的弱點。

つく【就く】 就位；登上；就職；跟…學習；起程；屈居；對應 　自五　グループ1

就く・就きます

辞書形(基本形) 就位	つく	たり形 又是就位	ついたり
ない形 (否定形) 沒就位	つかない	ば形 (條件形) 就位的話	つけば
なかった形 (過去否定形) 過去沒就位	つかなかった	せる形 (使役形) 使就位	つかせる
ます形 (連用形) 就位	つきます	られる形 (被動形) 被屈居	つかれる
て形 就位	ついて	命令形 快就位	つけ
た形 (過去形) 就位了	ついた	可能形	———
たら形 (條件形) 就位的話	ついたら	う形 (意向形) 就位吧	つこう

 △王座に就く。／登上王位。

つぐ【次ぐ】 緊接著・接著；繼…之後；次於・並於 　自五　グループ1

次ぐ・次ぎます

辞書形(基本形) 接著	つぐ	たり形 又是接著	ついだり
ない形 (否定形) 沒接著	つがない	ば形 (條件形) 接著的話	つげば
なかった形 (過去否定形) 過去沒接著	つがなかった	せる形 (使役形) 使接著	つがせる
ます形 (連用形) 接著	つぎます	られる形 (被動形) 被接著	つがれる
て形 接著	ついで	命令形 快接著	つげ
た形 (過去形) 接著了	ついだ	可能形	———
たら形 (條件形) 接著的話	ついだら	う形 (意向形) 接著吧	つごう

 △彼の実力は、世界チャンピオンに次ぐほどだ。／
他的實力，幾乎好到僅次於世界冠軍的程度。

つぐ【注ぐ】 注入・斟・倒入（茶、酒等） 他五 グループ1

注ぐ・注ぎます

辞書形（基本形） 倒入	つぐ	たり形 又是倒入	ついだり
ない形（否定形） 沒倒入	つがない	ば形（條件形） 倒入的話	つげば
なかった形（過去否定形） 過去沒倒入	つがなかった	させる形（使役形） 使倒入	つがせる
ます形（連用形） 倒入	つぎます	られる形（被動形） 被倒入	つがれる
て形 倒入	ついで	命令形 快倒入	つげ
た形（過去形） 倒入了	ついだ	可能形 可以倒入	つげる
たら形（條件形） 倒入的話	ついだら	う形（意向形） 倒入吧	つごう

△ついでに、もう1杯お酒を注いでください。／請順便再幫我倒一杯酒。

つけくわえる【付け加える】 添加・附帶 他下一 グループ2

付け加える・付け加えます

辞書形（基本形） 附帶	つけくわえる	たり形 又是附帶	つけくわえたり
ない形（否定形） 沒附帶	つけくわえない	ば形（條件形） 附帶的話	つけくわえれば
なかった形（過去否定形） 過去沒附帶	つけくわえなかった	させる形（使役形） 使附帶	つけくわえさせる
ます形（連用形） 附帶	つけくわえます	られる形（被動形） 被附帶	つけくわえられる
て形 附帶	つけくわえて	命令形 快附帶	つけくわえろ
た形（過去形） 附帶了	つけくわえた	可能形 可以附帶	つけくわえられる
たら形（條件形） 附帶的話	つけくわえたら	う形（意向形） 附帶吧	つけくわえよう

△説明を付け加える。／附帶說明。

つける【着ける】 佩帶・穿上；掌握・養成 他下一 グループ2

着ける・着けます

辭書形(基本形) 佩帶	つける	たり形 又是佩帶	つけたり
ない形 (否定形) 沒佩帶	つけない	ば形 (條件形) 佩帶的話	つければ
なかった形 (過去否定形) 過去沒佩帶	つけなかった	させる形 (使役形) 使佩帶	つけさせる
ます形 (連用形) 佩帶	つけます	られる形 (被動形) 被佩帶	つけられる
て形 佩帶	つけて	命令形 快佩帶	つけろ
た形 (過去形) 佩帶了	つけた	可能形 可以佩帶	つけられる
たら形 (條件形) 佩帶的話	つけたら	う形 (意向形) 佩帶吧	つけよう

 △服を身につける。／穿上衣服。

N2

つ

つける・つっこむ

つっこむ【突っ込む】 衝入・闖入；深入；塞進・插入；沒入；深入追究 自他五 グループ1

突っ込む・突っ込みます

辭書形(基本形) 闖入	つっこむ	たり形 又是闖入	つっこんだり
ない形 (否定形) 沒闖入	つっこまない	ば形 (條件形) 闖入的話	つっこめば
なかった形 (過去否定形) 過去沒闖入	つっこまなかった	させる形 (使役形) 使闖入	つっこませる
ます形 (連用形) 闖入	つっこみます	られる形 (被動形) 被闖入	つっこまれる
て形 闖入	つっこんで	命令形 快闖入	つっこめ
た形 (過去形) 闖入了	つっこんだ	可能形 可以闖入	つっこめる
たら形 (條件形) 闖入的話	つっこんだら	う形 (意向形) 闖入吧	つっこもう

 △事故で、車がコンビニに突っ込んだ。／由於事故，車子撞進了超商。

つとめる・つとめる

つとめる【努める】 努力・為…奮鬥・奮力・盡力；勉強忍住 [他下一] [グループ2]

<ruby>努<rt>つと</rt></ruby>める・<ruby>努<rt>つと</rt></ruby>めます

辞書形(基本形) 努力	つとめる	たり形 又是努力	つとめたり
ない形(否定形) 沒努力	つとめない	ば形(條件形) 努力的話	つとめれば
なかった形(過去否定形) 過去沒努力	つとめなかった	させる形(使役形) 使努力	つとめさせる
ます形(連用形) 努力	つとめます	られる形(被動形) 被奮鬥	つとめられる
て形 努力	つとめて	命令形 快努力	つとめろ
た形(過去形) 努力了	つとめた	可能形 可以努力	つとめられる
たら形(條件形) 努力的話	つとめたら	う形(意向形) 努力吧	つとめよう

 △<ruby>看護<rt>かんご</rt></ruby>に<ruby>努<rt>つと</rt></ruby>める。／盡心看護病患。

つとめる【務める】 任職・工作；擔任(職務)；扮演(角色) [他下一] [グループ2]

<ruby>務<rt>つと</rt></ruby>める・<ruby>務<rt>つと</rt></ruby>めます

辞書形(基本形) 工作	つとめる	たり形 又是工作	つとめたり
ない形(否定形) 沒工作	つとめない	ば形(條件形) 工作的話	つとめれば
なかった形(過去否定形) 過去沒工作	つとめなかった	させる形(使役形) 使工作	つとめさせる
ます形(連用形) 工作	つとめます	られる形(被動形) 被扮演	つとめられる
て形 工作	つとめて	命令形 快工作	つとめろ
た形(過去形) 工作了	つとめた	可能形 可以工作	つとめられる
たら形(條件形) 工作的話	つとめたら	う形(意向形) 工作吧	つとめよう

 △<ruby>主役<rt>しゅやく</rt></ruby>を<ruby>務<rt>つと</rt></ruby>める。／扮演主角。

つぶす【潰す】 毀壞・弄碎；熔毀・熔化；消磨・消耗；宰殺；堵死・填滿 他五 グループ1

潰す・潰します

辭書形（基本形） 毀壞	つぶす	たり形 又是毀壞	つぶしたり
ない形（否定形） 沒毀壞	つぶさない	ば形（條件形） 毀壞的話	つぶせば
なかった形（過去否定形） 過去沒毀壞	つぶさなかった	させる形（使役形） 使毀壞	つぶさせる
ます形（連用形） 毀壞	つぶします	られる形（被動形） 被毀壞	つぶされる
て形 毀壞	つぶして	命令形 快毀壞	つぶせ
た形（過去形） 毀壞了	つぶした	可能形 可以毀壞	つぶせる
たら形（條件形） 毀壞的話	つぶしたら	う形（意向形） 毀壞吧	つぶそう

△会社を潰さないように、一生懸命がんばっている。／
為了不讓公司倒閉而拼命努力。

つぶれる【潰れる】 壓壞・壓碎；坍塌・倒塌；倒產・破產；磨損・磨鈍；（耳）聾・（眼）瞎 自下一 グループ2

潰れる・潰れます

辭書形（基本形） 壓壞	つぶれる	たり形 又是壓壞	つぶれたり
ない形（否定形） 沒壓壞	つぶれない	ば形（條件形） 壓壞的話	つぶれれば
なかった形（過去否定形） 過去沒壓壞	つぶれなかった	させる形（使役形） 使壓壞	つぶれさせる
ます形（連用形） 壓壞	つぶれます	られる形（被動形） 被壓壞	つぶれられる
て形 壓壞	つぶれて	命令形 快壓壞	つぶれろ
た形（過去形） 壓壞了	つぶれた	可能形	———
たら形（條件形） 壓壞的話	つぶれたら	う形（意向形） 壓壞吧	つぶれよう

△あの会社が、潰れるわけがない。／那間公司，不可能會倒閉的。

つまずく【躓く】 跌倒・絆倒；（中途遇障礙而）失敗・受挫　自五　グループ1

躓く・躓きます

辞書形 (基本形) 跌倒	つまずく	たり形 又是跌倒	つまずいたり
ない形 (否定形) 沒跌倒	つまずかない	ば形 (條件形) 跌倒的話	つまずけば
なかった形 (過去否定形) 過去沒跌倒	つまずかなかった	させる形 (使役形) 使跌倒	つまずかせる
ます形 (連用形) 跌倒	つまずきます	られる形 (被動形) 被絆倒	つまずかれる
て形 跌倒	つまずいて	命令形 快跌倒	つまずけ
た形 (過去形) 跌倒了	つまずいた	可能形 	———
たら形 (條件形) 跌倒的話	つまずいたら	う形 (意向形) 跌倒吧	つまずこう

△石に躓いて転んだ。／絆到石頭而跌了一跤。

つりあう【釣り合う】 平衡・均衡；匀稱・相稱　自五　グループ1

釣り合う・釣り合います

辞書形 (基本形) 平衡	つりあう	たり形 又是平衡	つりあったり
ない形 (否定形) 沒平衡	つりあわない	ば形 (條件形) 平衡的話	つりあえば
なかった形 (過去否定形) 過去沒平衡	つりあわなかった	させる形 (使役形) 使平衡	つりあわせる
ます形 (連用形) 平衡	つりあいます	られる形 (被動形) 被平衡	つりあわれる
て形 平衡	つりあって	命令形 快平衡	つりあえ
た形 (過去形) 平衡了	つりあった	可能形 可以平衡	つりあえる
たら形 (條件形) 平衡的話	つりあったら	う形 (意向形) 平衡吧	つりあおう

△あの二人は釣り合わないから、結婚しないだろう。／
　那兩人不相配，應該不會結婚吧！

つる【吊る】 吊・懸掛・佩帶

他五 グループ1

吊る・吊ります

辭書形(基本形)		たり形	
懸掛	つる	又是懸掛	つったり
ない形(古定形)		ば形(條件形)	
沒懸掛	つらない	懸掛的話	つれば
なかった形(過去否定形)		させる形(使役形)	
過去沒懸掛	つらなかった	使懸掛	つらせる
ます形(連用形)		られる形(被動形)	
懸掛	つります	被懸掛	つられる
て形		命令形	
懸掛	つって	快懸掛	つれ
た形(過去形)		可能形	
懸掛了	つった	可以懸掛	つれる
たら形(條件形)		う形(意向形)	
懸掛的話	つったら	懸掛吧	つろう

△クレーンで吊って、ピアノを2階に運んだ。／
用起重機吊起鋼琴搬到二樓去。

つるす【吊るす】 懸起・吊起・掛著

他五 グループ1

吊るす・吊るします

辭書形(基本形)		たり形	
吊起	つるす	又是吊起	つるしたり
ない形(古定形)		ば形(條件形)	
沒吊起	つるさない	吊起的話	つるせば
なかった形(過去否定形)		させる形(使役形)	
過去沒吊起	つるさなかった	使吊起	つるさせる
ます形(連用形)		られる形(被動形)	
吊起	つるします	被吊起	つるされる
て形		命令形	
吊起	つるして	快吊起	つるせ
た形(過去形)		可能形	
吊起了	つるした	可以吊起	つるせる
たら形(條件形)		う形(意向形)	
吊起的話	つるしたら	吊起吧	つるそう

△スーツは、そこに吊るしてあります。／西裝掛在那邊。

でかける【出かける】

出門・出去・到…去；剛要走，
要出去；剛要…；前往；離去

 自下一　グループ2

でかける・でかけます

辭書形 (基本形) 出門	でかける	たり形 又是出門	でかけたり
ない形 (否定形) 沒出門	でかけない	ば形 (條件形) 出門的話	でかければ
なかった形 (過去否定形) 過去沒出門	でかけなかった	させる形 (使役形) 使出門	でかけさせる
ます形 (連用形) 出門	でかけます	られる形 (被動形) 被叫前往	でかけられる
て形 出門	でかけて	命令形 快出門	でかけろ
た形 (過去形) 出門了	でかけた	可能形 可以出門	でかけられる
たら形 (條件形) 出門的話	でかけたら	う形 (意向形) 出門吧	でかけよう

 △兄は、出かけたきり戻ってこない。／
自從哥哥出去之後，就再也沒回來過。

できあがる【出来上がる】　完成・做好

自五　グループ1

出来上がる・出来上がります

辭書形 (基本形) 完成	できあがる	たり形 又是完成	できあがったり
ない形 (否定形) 沒完成	できあがらない	ば形 (條件形) 完成的話	できあがれば
なかった形 (過去否定形) 過去沒完成	できあがらなかった	させる形 (使役形) 使完成	できあがらせる
ます形 (連用形) 完成	できあがります	られる形 (被動形) 被完成	できあがられる
て形 完成	できあがって	命令形 快完成	できあがれ
た形 (過去形) 完成了	できあがった	可能形	———
たら形 (條件形) 完成的話	できあがったら	う形 (意向形) 完成吧	できあがろう

 △作品は、もう出来上がっているにきまっている。／
作品一定已經完成了。

てっする【徹する】 貫徹・貫穿；通宵・徹夜；徹底・貫徹始終 自サ グループ3

てっ　　　てっ
徹する・徹します

辞書形(基本形) 貫徹	てっする	た形 又是貫徹	てっしたり
ない形 (否定形) 沒貫徹	てっしない	ば形 (條件形) 貫徹的話	てっすれば
なかった形 (過去否定形) 過去沒貫徹	てっしなかった	させる形 (使役形) 使貫徹	てっしさせる
ます形 (連用形) 貫徹	てっします	られる形 (被動形) 被貫徹	てっしされる
て形 貫徹	てっして	命令形 快貫徹	てっしろ
た形 (過去形) 貫徹了	てっした	可能形 可以貫徹	てっしられる
たら形 (條件形) 貫徹的話	てっしたら	う形 (意向形) 貫徹吧	てっしよう

よ　てっ　　　かた　あ
△夜を徹して語り合う。／徹夜交談。

でむかえる【出迎える】 迎接 他下一 グループ2

で むか　　　　で むか
出迎える・出迎えます

辞書形(基本形) 迎接	でむかえる	た形 又是迎接	でむかえたり
ない形 (否定形) 沒迎接	でむかえない	ば形 (條件形) 迎接的話	でむかえれば
なかった形 (過去否定形) 過去沒迎接	でむかえなかった	させる形 (使役形) 使迎接	でむかえさせる
ます形 (連用形) 迎接	でむかえます	られる形 (被動形) 被迎接	でむかえられる
て形 迎接	でむかえて	命令形 快迎接	でむかえろ
た形 (過去形) 迎接了	でむかえた	可能形 可以迎接	でむかえられる
たら形 (條件形) 迎接的話	でむかえたら	う形 (意向形) 迎接吧	でむかえよう

きゃく　えき　で むか
△客を駅で出迎える。／在火車站迎接客人。

てらす【照らす】 照耀・曬 他五 グループ1

照らす・照らします

辞書形(基本形) 照耀	てらす	たり形 又是照耀	てらしたり
ない形(否定形) 沒照耀	てらさない	ば形(條件形) 照耀的話	てらせば
なかった形(過去否定形) 過去沒照耀	てらさなかった	させる形(使役形) 使照耀	てらさせる
ます形(連用形) 照耀	てらします	られる形(被動形) 被照耀	てらされる
て形 照耀	てらして	命令形 快照耀	てらせ
た形(過去形) 照耀了	てらした	可能形 可以照耀	てらせる
たら形(條件形) 照耀的話	てらしたら	う形(意向形) 照耀吧	てらそう

△足元を照らすライトを取り付けましょう。／
安裝照亮腳邊的照明用燈吧！

てる【照る】 照耀・曬・晴天 自五 グループ1

照る・照ります

辞書形(基本形) 照耀	てる	たり形 又是照耀	てったり
ない形(否定形) 沒照耀	てらない	ば形(條件形) 照耀的話	てれば
なかった形(過去否定形) 過去沒照耀	てらなかった	させる形(使役形) 使照耀	てらせる
ます形(連用形) 照耀	てります	られる形(被動形) 被照耀	てられる
て形 照耀	てって	命令形 快照耀	てれ
た形(過去形) 照耀了	てった	可能形	———
たら形(條件形) 照耀的話	てったら	う形(意向形) 照耀吧	てろう

△今日は太陽が照って暑いね。／今天太陽高照真是熱啊！

とおりがかる【通りがかる】　碰巧路過

自五　グループ1

通りがかる・通りがかります

辞書形（基本形） 路過	とおりがかる	たり形 又是路過	とおりがかったり
ない形（否定形） 沒路過	とおりがからない	ば形（條件形） 路過的話	とおりがかれば
なかった形（過去否定形） 過去沒路過	とおりがからなかった	させる形（使役形） 使路過	とおりがからせる
ます形（連用形） 路過	とおりがかります	られる形（被動形） 被路過	とおりがかられる
て形 路過	とおりがかって	命令形 快路過	とおりがかれ
た形（過去形） 路過了	とおりがかった	可能形 可以路過	とおりがかれる
たら形（條件形） 路過的話	とおりがかったら	う形（意向形） 路過吧	とおりがかろう

△ジョン万次郎は、遭難したところを通りかかったアメリカの船に救助された。／
約翰萬次郎遭逢海難時，被經過的美國船給救上船了。

とおりすぎる【通り過ぎる】　走過・越過

自上一　グループ2

通り過ぎる・通り過ぎます

辞書形（基本形） 越過	とおりすぎる	たり形 又是越過	とおりすぎたり
ない形（否定形） 沒越過	とおりすぎない	ば形（條件形） 越過的話	とおりすぎれば
なかった形（過去否定形） 過去沒越過	とおりすぎなかった	させる形（使役形） 使越過	とおりすぎさせる
ます形（連用形） 越過	とおりすぎます	られる形（被動形） 被越過	とおりすぎられる
て形 越過	とおりすぎて	命令形 快越過	とおりすぎろ
た形（過去形） 越過了	とおりすぎた	可能形 可以越過	とおりすぎられる
たら形（條件形） 越過的話	とおりすぎたら	う形（意向形） 越過吧	とおりすぎよう

△手を上げたのに、タクシーは通り過ぎてしまった。／
我明明招了手，計程車卻開了過去。

とがる【尖る】 尖；發怒・生氣；神經過敏・神經緊張 | 自五 | グループ1

尖る・尖ります

辞書形(基本形) 生氣	とがる	たり形 又是生氣	とがったり
ない形 (否定形) 沒生氣	とがらない	ば形 (條件形) 生氣的話	とがれば
なかった形 (過去否定形) 過去沒生氣	とがらなかった	させる形 (使役形) 使生氣	とがらせる
ます形 (連用形) 生氣	とがります	られる形 (被動形) 被生氣	とがられる
て形 生氣	とがって	命令形 快生氣	とがれ
た形 (過去形) 生氣了	とがった	可能形 	———
たら形 (條件形) 生氣的話	とがったら	う形 (意向形) 生氣吧	とがろう

△教会の塔の先が尖っている。／教堂的塔的頂端是尖的。

どく【退く】 讓開・離開・躲開 | 自五 | グループ1

退く・退きます

辞書形(基本形) 躲開	どく	たり形 又是躲開	どいたり
ない形 (否定形) 沒躲開	どかない	ば形 (條件形) 躲開的話	どけば
なかった形 (過去否定形) 過去沒躲開	どかなかった	させる形 (使役形) 使躲開	どかせる
ます形 (連用形) 躲開	どきます	られる形 (被動形) 被躲開	どかれる
て形 躲開	どいて	命令形 快躲開	どけ
た形 (過去形) 躲開了	どいた	可能形 可以躲開	どける
たら形 (條件形) 躲開的話	どいたら	う形 (意向形) 躲開吧	どこう

△車が通るから、退かないと危ないよ。／
車子要通行，不讓開是很危險唷！

とけこむ【溶け込む】 (理、化)融化・溶解・熔化；融合・融 自五 グループ1

溶け込む・溶け込みます

辞書形(基本形) 溶解	とけこむ	たり形 又是溶解	とけこんだり
ない形 (否定形) 沒溶解	とけこまない	ば形 (條件形) 溶解的話	とけこめば
なかった形 (過去否定形) 過去沒溶解	とけこまなかった	させる形 (使役形) 使溶解	とけこませる
ます形 (連用形) 溶解	とけこみます	られる形 (被動形) 被溶解	とけこまれる
て形 溶解	とけこんで	命令形 快溶解	とけこめ
た形 (過去形) 溶解了	とけこんだ	可能形 可以溶解	とけこめる
たら形 (條件形) 溶解的話	とけこんだら	う形 (意向形) 溶解吧	とけこもう

△だんだんクラスの雰囲気に溶け込んできた。／
越來越能融入班上的氣氛。

どける【退ける】 移開 他下一 グループ2

退ける・退けます

辞書形(基本形) 移開	どける	たり形 又是移開	どけたり
ない形 (否定形) 沒移開	どけない	ば形 (條件形) 移開的話	どければ
なかった形 (過去否定形) 過去沒移開	どけなかった	させる形 (使役形) 使移開	どけさせる
ます形 (連用形) 移開	どけます	られる形 (被動形) 被移開	どけられる
て形 移開	どけて	命令形 快移開	どけろ
た形 (過去形) 移開了	どけた	可能形 可以移開	どけられる
たら形 (條件形) 移開的話	どけたら	う形 (意向形) 移開吧	どけよう

△ちょっと、椅子に新聞おかないで、どけてよ、座れないでしょ。／
欸，不要把報紙扔在椅子上，拿走開啦，這樣怎麼坐啊！

ととのう【整う】 齊備・完整；整齊端正・協調；（協議等）達成・談妥 自五 グループ1

整<ruby>整<rt>ととの</rt></ruby>う・<ruby>整<rt>ととの</rt></ruby>います

辞書形(基本形) 齊備	ととのう	たり形 又是齊備	ととのったり
ない形（否定形） 沒齊備	ととのわない	ば形（條件形） 齊備的話	ととのえば
なかった形（過去否定形） 過去沒齊備	ととのわなかった	させる形（使役形） 使齊備	ととのわせる
ます形（連用形） 齊備	ととのいます	られる形（被動形） 被談妥	ととのわれる
て形 齊備	ととのって	命令形 快齊備	ととのえ
た形（過去形） 齊備了	ととのった	可能形	———
たら形（條件形） 齊備的話	ととのったら	う形（意向形） 齊備吧	ととのおう

△<ruby>準備<rt>じゅんび</rt></ruby>が<ruby>整<rt>ととの</rt></ruby>いさえすれば、すぐに<ruby>出発<rt>しゅっぱつ</rt></ruby>できる。／
只要全都準備好了，就可以馬上出發。

とどまる【留まる】 停留・停頓；留下・停留；止於・限於 自五 グループ1

<ruby>留<rt>とど</rt></ruby>まる・<ruby>留<rt>とど</rt></ruby>まります

辞書形(基本形) 留下	とどまる	たり形 又是留下	とどまったり
ない形（否定形） 沒留下	とどまらない	ば形（條件形） 留下的話	とどまれば
なかった形（過去否定形） 過去沒留下	とどまらなかった	させる形（使役形） 使留下	とどまらせる
ます形（連用形） 留下	とどまります	られる形（被動形） 被留下	とどまられる
て形 留下	とどまって	命令形 快留下	とどまれ
た形（過去形） 留下了	とどまった	可能形 可以留下	とどまれる
たら形（條件形） 留下的話	とどまったら	う形（意向形） 留下吧	とどまろう

△<ruby>隊長<rt>たいちょう</rt></ruby>が<ruby>来<rt>く</rt></ruby>るまで、ここに<ruby>留<rt>とど</rt></ruby>まることになっています。／
在隊長來到之前，要一直留在這裡待命。

どなる【怒鳴る】 叱責・大聲喊叫・大聲申訴 　自五　グループ1

怒鳴る・怒鳴ります

辞書形 (基本形) 叱責	どなる	たり形 又是叱責	どなったり
ない形 (否定形) 沒叱責	どならない	ば形 (條件形) 叱責的話	どなれば
なかった形 (過去否定形) 過去沒叱責	どならなかった	させる形 (使役形) 使叱責	どならせる
ます形 (連用形) 叱責	どなります	られる形 (被動形) 被叱責	どなられる
て形 叱責	どなって	命令形 快叱責	どなれ
た形 (過去形) 叱責了	どなった	可能形 可以叱責	どなれる
たら形 (條件形) 叱責的話	どなったら	う形 (意向形) 叱責吧	どなろう

 △そんなに怒鳴ることはないでしょう。／不需要這麼大聲吼叫吧！

とびこむ【飛び込む】 跳進；飛入；突然闖入；(主動)投入・加入 自五　グループ1

飛び込む・飛び込みます

辞書形 (基本形) 飛入	とびこむ	たり形 又是飛入	とびこんだり
ない形 (否定形) 沒飛入	とびこまない	ば形 (條件形) 飛入的話	とびこめば
なかった形 (過去否定形) 過去沒飛入	とびこまなかった	させる形 (使役形) 使飛入	とびこませる
ます形 (連用形) 飛入	とびこみます	られる形 (被動形) 被飛入	とびこまれる
て形 飛入	とびこんで	命令形 快飛入	とびこめ
た形 (過去形) 飛入了	とびこんだ	可能形 可以飛入	とびこめる
たら形 (條件形) 飛入的話	とびこんだら	う形 (意向形) 飛入吧	とびこもう

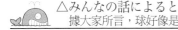 △みんなの話によると、窓からボールが飛び込んできたのだそうだ。／據大家所言，球好像是從窗戶飛進來的。

とびだす【飛び出す】

飛出・飛起來・起飛；跑出；（猛然）跳出；突然出現

飛び出す・飛び出します

辞書形(基本形) 飛出	とびだす	たり形 又是飛出	とびだしたり
ない形（否定形） 沒飛出	とびださない	ば形（條件形） 飛出的話	とびだせば
なかった形（過去否定形） 過去沒飛出	とびださなかった	させる形（使役形） 使飛出	とびださせる
ます形（連用形） 飛出	とびだします	られる形（被動形） 被飛出	とびだされる
て形 飛出	とびだして	命令形 快飛出	とびだせ
た形（過去形） 飛出了	とびだした	可能形 可以飛出	とびだせる
たら形（條件形） 飛出的話	とびだしたら	う形（意向形） 飛出吧	とびだそう

△角から子どもが飛び出してきたので、びっくりした。／
小朋友從轉角跑出來，嚇了我一跳。

とびはねる【飛び跳ねる】

跳躍，蹦跳

飛び跳ねる・飛び跳ねます

辞書形(基本形) 跳躍	とびはねる	たり形 又是跳躍	とびはねたり
ない形（否定形） 沒跳躍	とびはねない	ば形（條件形） 跳躍的話	とびはねれば
なかった形（過去否定形） 過去沒跳躍	とびはねなかった	させる形（使役形） 使跳躍	とびはねさせる
ます形（連用形） 跳躍	とびはねます	られる形（被動形） 被跳躍	とびはねられる
て形 跳躍	とびはねて	命令形 快跳躍	とびはねろ
た形（過去形） 跳躍了	とびはねた	可能形 可以跳躍	とびはねられる
たら形（條件形） 跳躍的話	とびはねたら	う形（意向形） 跳躍吧	とびはねよう

△飛び跳ねて喜ぶ。／欣喜而跳躍。

とめる【泊める】(讓…)住・過夜；(讓旅客)投宿；(讓船隻)停泊 他下一 グループ2

泊める・泊めます

辞書形(基本形) 過夜	とめる	たり形 又是過夜	とめたり
ない形(否定形) 沒過夜	とめない	ば形(條件形) 過夜的話	とめれば
なかった形(過去否定形) 過去沒過夜	とめなかった	させる形(使役形) 使過夜	とめさせる
ます形(連用形) 過夜	とめます	られる形(被動形) 被停泊	とめられる
て形 過夜	とめて	命令形 快過夜	とめろ
た形(過去形) 過夜了	とめた	可能形 可以過夜	とめられる
たら形(條件形) 過夜的話	とめたら	う形(意向形) 過夜吧	とめよう

△ひと晩泊めてもらう。／讓我投宿一晚。

とらえる【捕らえる】捕捉・逮捕；緊緊抓住；捕捉・掌握；令陷入…狀態 他下一 グループ2

捕らえる・捕らえます

辞書形(基本形) 逮捕	とらえる	たり形 又是逮捕	とらえたり
ない形(否定形) 沒逮捕	とらえない	ば形(條件形) 逮捕的話	とらえれば
なかった形(過去否定形) 過去沒逮捕	とらえなかった	させる形(使役形) 使逮捕	とらえさせる
ます形(連用形) 逮捕	とらえます	られる形(被動形) 被逮捕	とらえられる
て形 逮捕	とらえて	命令形 快逮捕	とらえろ
た形(過去形) 逮捕了	とらえた	可能形 可以逮捕	とらえられる
たら形(條件形) 逮捕的話	とらえたら	う形(意向形) 逮捕吧	とらえよう

△懸命な捜査のかいがあって、犯人グループ全員を捕らえることができた。／
不枉費警察拚了命地捜査，終於把犯罪集團全部緝捕歸案了。

とりあげる【取り上げる】

拿起・舉起；採納・受理；奪取・剝奪；沒收（財產），徵收（稅金）

他下一　グループ2

取り上げる・取り上げます

辞書形(基本形) 舉起	とりあげる	たり形 又是舉起	とりあげたり
ない形 (否定形) 沒舉起	とりあげない	ば形 (條件形) 舉起的話	とりあげれば
なかった形 (過去否定形) 過去沒舉起	とりあげなかった	させる形 (使役形) 使舉起	とりあげさせる
ます形 (連用形) 舉起	とりあげます	られる形 (被動形) 被舉起	とりあげられる
て形 舉起	とりあげて	命令形 快舉起	とりあげろ
た形 (過去形) 舉起了	とりあげた	可能形 可以舉起	とりあげられる
たら形 (條件形) 舉起的話	とりあげたら	う形 (意向形) 舉起吧	とりあげよう

△環境問題を取り上げて、みんなで話し合いました。／
提出環境問題來和大家討論一下。

とりいれる【取り入れる】

收穫・收割；收進，拿入；採用，引進，採納

他下一　グループ2

取り入れる・取り入れます

辞書形(基本形) 收穫	とりいれる	たり形 又是收穫	とりいれたり
ない形 (否定形) 沒收穫	とりいれない	ば形 (條件形) 收穫的話	とりいれれば
なかった形 (過去否定形) 過去沒收穫	とりいれなかった	させる形 (使役形) 使收穫	とりいれさせる
ます形 (連用形) 收穫	とりいれます	られる形 (被動形) 被採用	とりいれられる
て形 收穫	とりいれて	命令形 快收穫	とりいれろ
た形 (過去形) 收穫了	とりいれた	可能形 可以收穫	とりいれられる
たら形 (條件形) 收穫的話	とりいれたら	う形 (意向形) 收穫吧	とりいれよう

△新しい意見を取り入れなければ、改善は行えない。／
要是不採用新的意見，就無法改善。

とりけす【取り消す】 取消・撤銷・作廢

取り消す・取り消します

辞書形(基本形) 取消	とりけす	た形 又是取消	とりけしたり
ない形 (否定形) 沒取消	とりけさない	ば形 (條件形) 取消的話	とりけせば
なかった形 (過去否定形) 過去沒取消	とりけさなかった	させる形 (使役形) 使取消	とりけさせる
ます形 (連用形) 取消	とりけします	られる形 (被動形) 被取消	とりけされる
て形 取消	とりけして	命令形 快取消	とりけせ
た形 (過去形) 取消了	とりけした	可能形 可以取消	とりけせる
たら形 (條件形) 取消的話	とりけしたら	う形 (意向形) 取消吧	とりけそう

△責任者の協議のすえ、許可証を取り消すことにしました。／
和負責人進行協議，最後決定撤銷證照。

とりこわす【取り壊す】 拆除

取り壊す・取り壊します

辞書形(基本形) 拆除	とりこわす	た形 又是拆除	とりこわしたり
ない形 (否定形) 沒拆除	とりこわさない	ば形 (條件形) 拆除的話	とりこわせば
なかった形 (過去否定形) 過去沒拆除	とりこわさ なかった	させる形 (使役形) 使拆除	とりこわさせる
ます形 (連用形) 拆除	とりこわします	られる形 (被動形) 被拆除	とりこわされる
て形 拆除	とりこわして	命令形 快拆除	とりこわせ
た形 (過去形) 拆除了	とりこわした	可能形 可以拆除	とりこわせる
たら形 (條件形) 拆除的話	とりこわしたら	う形 (意向形) 拆除吧	とりこわそう

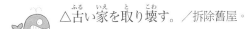

△古い家を取り壊す。／拆除舊屋。

とりだす【取り出す】

（用手從裡面）取出・拿出；
（從許多東西中）挑出・抽出

他五　グループ1

取り出す・取り出します

辞書形(基本形) 取出	とりだす	たり形 又是取出	とりだしたり
ない形 (否定形) 沒取出	とりださない	ば形 (條件形) 取出的話	とりだせば
なかった形 (過去否定形) 過去沒取出	とりださなかった	させる形 (使役形) 使取出	とりださせる
ます形 (連用形) 取出	とりだします	られる形 (被動形) 被取出	とりだされる
て形 取出	とりだして	命令形 快取出	とりだせ
た形 (過去形) 取出了	とりだした	可能形 可以取出	とりだせる
たら形 (條件形) 取出的話	とりだしたら	う形 (意向形) 取出吧	とりだそう

△彼は、ポケットから財布を取り出した。／他從口袋裡取出錢包。

とる【捕る】

抓・捕捉・逮捕

他五　グループ1

捕る・捕ります

辞書形(基本形) 逮捕	とる	たり形 又是逮捕	とったり
ない形 (否定形) 沒逮捕	とらない	ば形 (條件形) 逮捕的話	とれば
なかった形 (過去否定形) 過去沒逮捕	とらなかった	させる形 (使役形) 使逮捕	とらせる
ます形 (連用形) 逮捕	とります	られる形 (被動形) 被逮捕	とられる
て形 逮捕	とって	命令形 快逮捕	とれ
た形 (過去形) 逮捕了	とった	可能形 可以逮捕	とれる
たら形 (條件形) 逮捕的話	とったら	う形 (意向形) 逮捕吧	とろう

△鼠を捕る。／抓老鼠。

とる【採る】 採取・採用・錄取;採集;採光 他五 グループ1

採る・採ります

辞書形(基本形)		たり形	
採用	とる	又是採用	とったり
ない形 (否定形) 沒採用	とらない	ば形 (條件形) 採用的話	とれば
なかった形 (過去否定形) 過去沒採用	とらなかった	させる形 (使役形) 使採用	とらせる
ます形 (連用形) 採用	とります	られる形 (被動形) 被採用	とられる
て形 採用	とって	命令形 快採用	とれ
た形 (過去形) 採用了	とった	可能形 可以採用	とれる
たら形 (條件形) 採用的話	とったら	う形 (意向形) 採用吧	とろう

 △この企画を採ることにした。／已決定採用這個企畫案。

とれる【取れる】 （附著物）脫落・掉下;需要,花費（時間等）;去掉;刪除;協調,均衡 自下一 グループ2

取れる・取れます

辞書形(基本形)		た形	
脫落	とれる	又是脫落	とれたり
ない形 (否定形) 沒脫落	とれない	ば形 (條件形) 脫落的話	とれれば
なかった形 (過去否定形) 過去沒脫落	とれなかった	させる形 (使役形) 使脫落	とれさせる
ます形 (連用形) 脫落	とれます	られる形 (被動形) 被脫落	とれられる
て形 脫落	とれて	命令形 快脫落	とれろ
た形 (過去形) 脫落了	とれた	可能形	——
たら形 (條件形) 脫落的話	とれたら	う形 (意向形) 脫落吧	とれよう

 △ボタンが取れてしまいました。／鈕釦掉了。

N2
と
とる・とれる

ながびく【長引く】 拖長・延長 自五 グループ1

長引く・長引きます

辞書形(基本形) 延長	ながびく	たり形 又是延長	ながびいたり
ない形(否定形) 沒延長	ながびかない	ば形(條件形) 延長的話	ながびけば
なかった形(過去否定形) 過去沒延長	ながびかなかった	させる形(使役形) 使延長	ながびかせる
ます形(連用形) 延長	ながびきます	られる形(被動形) 被延長	ながびかれる
て形 延長	ながびいて	命令形 快延長	ながびけ
た形(過去形) 延長了	ながびいた	可能形	———
たら形(條件形) 延長的話	ながびいたら	う形(意向形) 延長吧	ながびこう

 △社長の話は、いつも長引きがちです。／社長講話總是會拖得很長。

ながめる【眺める】 眺望；凝視・注意看；（商）觀望 他下一 グループ2

眺める・眺めます

辞書形(基本形) 眺望	ながめる	たり形 又是眺望	ながめたり
ない形(否定形) 沒眺望	ながめない	ば形(條件形) 眺望的話	ながめれば
なかった形(過去否定形) 過去沒眺望	ながめなかった	させる形(使役形) 使眺望	ながめさせる
ます形(連用形) 眺望	ながめます	られる形(被動形) 被眺望	ながめられる
て形 眺望	ながめて	命令形 快眺望	ながめろ
た形(過去形) 眺望了	ながめた	可能形 可以眺望	ながめられる
たら形(條件形) 眺望的話	ながめたら	う形(意向形) 眺望吧	ながめよう

△窓から、美しい景色を眺めていた。／我從窗戶眺望美麗的景色。

なぐさめる【慰める】 安慰・慰問；使舒暢；慰勞・撫慰 他下一 グループ2

慰める・慰めます

辞書形(基本形) 慰問	なぐさめる	たり形 又是慰問	なぐさめたり
ない形 (否定形) 沒慰問	なぐさめない	ば形 (條件形) 慰問的話	なぐさめれば
なかった形 (過去否定形) 過去沒慰問	なぐさめなかった	させる形 (使役形) 使慰問	なぐさめさせる
ます形 (連用形) 慰問	なぐさめます	られる形 (被動形) 被慰問	なぐさめられる
て形 慰問	なぐさめて	命令形 快慰問	なぐさめろ
た形 (過去形) 慰問了	なぐさめた	可能形 可以慰問	なぐさめられる
たら形 (條件形) 慰問的話	なぐさめたら	う形 (意向形) 慰問吧	なぐさめよう

 △私には、慰める言葉もありません。／我找不到安慰的言語。

なす【為す】 （文）做・為；著手・動手 他五 グループ1

為す・為します

辞書形(基本形) 做	なす	たり形 又是做	なしたり
ない形 (否定形) 沒做	なさない	ば形 (條件形) 做的話	なせば
なかった形 (過去否定形) 過去沒做	なさなかった	させる形 (使役形) 使做	なさせる
ます形 (連用形) 做	なします	られる形 (被動形) 被著手	なされる
て形 做	なして	命令形 快做	なせ
た形 (過去形) 做了	なした	可能形 可以做	なせる
たら形 (條件形) 做的話	なしたら	う形 (意向形) 吧做	なそう

 △奴は乱暴者なので、みんな恐れをなしている。／
那傢伙的脾氣非常火爆，大家都對他恐懼有加。

なでる【撫でる】 摸・撫摸；梳理（頭髮）；撫慰・安撫 他下一 グループ2

撫でる・撫でます

辞書形（基本形）撫摸	なでる	たり形 又是撫摸	なでたり
ない形（否定形）沒撫摸	なでない	ば形（條件形）撫摸的話	なでれば
なかった形（過去否定形）過去沒撫摸	なでなかった	させる形（使役形）使撫摸	なでさせる
ます形（連用形）撫摸	なでます	られる形（被動形）被撫摸	なでられる
て形 撫摸	なでて	命令形 快撫摸	なでろ
た形（過去形）撫摸了	なでた	可能形 可以撫摸	なでられる
たら形（條件形）撫摸的話	なでたら	う形（意向形）撫摸吧	なでよう

△彼は、白髪だらけの髪をなでながらつぶやいた。／
他邊摸著滿頭白髮，邊喃喃自語。

なまける【怠ける】 懶惰・怠惰 自他下一 グループ2

怠ける・怠けます

辞書形（基本形）怠惰	なまける	たり形 又是怠惰	なまけたり
ない形（否定形）沒怠惰	なまけない	ば形（條件形）怠惰的話	なまければ
なかった形（過去否定形）過去沒怠惰	なまけなかった	させる形（使役形）使怠惰	なまけさせる
ます形（連用形）怠惰	なまけます	られる形（被動形）被怠惰	なまけられる
て形 怠惰	なまけて	命令形 快怠惰	なまけろ
た形（過去形）怠惰了	なまけた	可能形 可以怠惰	なまけられる
たら形（條件形）怠惰的話	なまけたら	う形（意向形）怠惰吧	なまけよう

△仕事を怠ける。／他不認真工作。

ならう【倣う】 仿效・學

なら　なら
倣う・倣います

辞書形（基本形） 仿效	ならう	た形 又是仿效	ならったり
ない形（否定形） 沒仿效	ならわない	ば形（條件形） 仿效的話	ならえば
なかった形（過去否定形） 過去沒仿效	ならわなかった	させる形（使役形） 使仿效	ならわせる
ます形（敬體） 仿效	ならいます	られる形（被動形） 被仿效	ならわれる
て形 仿效	ならって	命令形 快仿效	ならえ
た形（過去形） 仿效了	ならった	可能形 可以仿效	ならえる
たら形（條件形） 仿效的話	ならったら	う形（意向形） 仿效吧	ならおう

せんれい　なら
△先例に倣う。／仿照前例。

なる【生る】 （植物）結果；生・產出

自五 グループ1

な　　な
生る・生ります

辞書形（基本形） 產出	なる	た形 又是產出	なったり
ない形（否定形） 沒產出	ならない	ば形（條件形） 產出的話	なれば
なかった形（過去否定形） 過去沒產出	ならなかった	させる形（使役形） 使產出	ならせる
ます形（敬體） 產出	なります	られる形（被動形） 被產出	なられる
て形 產出	なって	命令形 快產出	なれ
た形（過去形） 產出了	なった	可能形	——
たら形（條件形） 產出的話	なったら	う形（意向形） 產出吧	なろう

ことし　　　　　　　　　な
△今年はミカンがよく生るね。／今年的橘子結實纍纍。

なる【成る】 成功・完成；組成・構成；允許・能忍受 〔自五〕 グループ1

なる・なります

辞書形(基本形) 完成	なる	たり形 又是完成	なったり
ない形（否定形） 沒完成	ならない	ば形（條件形） 完成的話	なれば
なかった形（過去否定形） 過去沒完成	ならなかった	させる形（使役形） 使完成	ならせる
ます形（連用形） 完成	なります	られる形（被動形） 被完成	なられる
て形 完成	なって	命令形 快完成	なれ
た形（過去形） 完成了	なった	可能形 可以完成	なれる
たら形（條件形） 完成的話	なったら	う形（意向形） 完成吧	なろう

 △今年こそ、初優勝なるか。／今年究竟能否首度登上冠軍寶座呢？

なれる【馴れる】 熟練；熟悉；習慣；馴熟 〔自下一〕 グループ2

馴れる・馴れます

辞書形(基本形) 熟悉	なれる	たり形 又是熟悉	なれたり
ない形（否定形） 沒熟悉	なれない	ば形（條件形） 熟悉的話	なれれば
なかった形（過去否定形） 過去沒熟悉	なれなかった	させる形（使役形） 使熟悉	なれさせる
ます形（連用形） 熟悉	なれます	られる形（被動形） 被熟悉	なれられる
て形 熟悉	なれて	命令形 快熟悉	なれろ
た形（過去形） 熟悉了	なれた	可能形 可以熟悉	なれられる
たら形（條件形） 熟悉的話	なれたら	う形（意向形） 熟悉吧	なれよう

 △この馬は人に馴れている。／這匹馬很親人。

におう【匂う】

散發香味，有香味；（顏色）鮮豔美麗；隱約發出，使人感到似乎… 自五 グループ1

匂う・匂います

辭書形(基本形) 有香味	におう	たり形 又是有香味	におったり
ない形 (否定形) 沒有香味	におわない	ば形 (條件形) 有香味的話	におえば
なかった形 (過去否定形) 過去沒有香味	におわなかった	させる形 (使役形) 使散發出	におわせる
ます形 (連用形) 有香味	においます	られる形 (被動形) 被散發出	におわれる
て形 有香味	におって	命令形 快散發出	におえ
た形 (過去形) 有了香味	におった	可能形	——
たら形 (條件形) 有香味的話	におったら	う形 (意向形) 散發出吧	におおう

△何か匂いますが、何の匂いでしょうか。／
好像有什麼味道，到底是什麼味道呢？

にがす【逃がす】

放掉，放跑；使跑掉，沒抓住；錯過，丟失 他五 グループ1

逃がす・逃がします

辭書形(基本形) 放掉	にがす	たり形 又是放掉	にがしたり
ない形 (否定形) 沒放掉	にがさない	ば形 (條件形) 放掉的話	にがせば
なかった形 (過去否定形) 過去沒放掉	にがさなかった	させる形 (使役形) 使放掉	にがさせる
ます形 (連用形) 放掉	にがします	られる形 (被動形) 被放掉	にがされる
て形 放掉	にがして	命令形 快放掉	にがせ
た形 (過去形) 放掉了	にがした	可能形 可以放掉	にがせる
たら形 (條件形) 放掉的話	にがしたら	う形 (意向形) 放掉吧	にがそう

△犯人を懸命に追ったが、逃がしてしまった。／
雖然拚命追趕犯嫌，無奈還是被他逃掉了。

にくむ【憎む】 憎恨・厭惡；嫉妬

他五 グループ1

憎む・憎みます

辞書形（基本形）		たり形	
嫉妬	にくむ	又是嫉妬	にくんだり
ない形（否定形）		ば形（條件形）	
沒嫉妬	にくまない	嫉妬的話	にくめば
なかった形（過去否定形）		させる形（使役形）	
過去沒嫉妬	にくまなかった	使嫉妬	にくませる
ます形（連用形）		られる形（被動形）	
嫉妬	にくみます	被嫉妬	にくまれる
て形		命令形	
嫉妬	にくんで	快嫉妬	にくめ
た形（過去形）		可能形	
嫉妬了	にくんだ	可以嫉妬	にくめる
たら形（條件形）		う形（意向形）	
嫉妬的話	にくんだら	嫉妬吧	にくもう

 △今でも彼を憎んでいますか。／你現在還恨他嗎？

にげきる【逃げ切る】 （成功地）逃跑

自五 グループ1

逃げ切る・逃げ切ります

辞書形（基本形）		たり形	
逃跑	にげきる	又是逃跑	にげきったり
ない形（否定形）		ば形（條件形）	
沒逃跑	にげきらない	逃跑的話	にげきれば
なかった形（過去否定形）		させる形（使役形）	
過去沒逃跑	にげきらなかった	使逃跑	にげきらせる
ます形（連用形）		られる形（被動形）	
逃跑	にげきります	被逃跑	にげきられる
て形		命令形	
逃跑	にげきって	快逃跑	にげきれ
た形（過去形）		可能形	
逃跑了	にげきった	可以逃跑	にげきれる
たら形（條件形）		う形（意向形）	
逃跑的話	にげきったら	逃跑吧	にげきろう

 △危なかったが、逃げ切った。／雖然危險但脫逃成功。

にごる【濁る】

混濁，不清晰；（聲音）嘶啞；（顏色）不鮮明；（心靈）污濁，起邪念

濁る・濁ります

辭書形 (基本形) 混濁	にごる	た り形 又是混濁	にごったり
ない形 (否定形) 沒混濁	にごらない	ば形 (條件形) 混濁的話	にごれば
なかった形 (過去否定形) 過去沒混濁	にごらなかった	させる形 (使役形) 使混濁	にごらせる
ます形 (連用形) 混濁	にごります	られる形 (被動形) 被弄混濁	にごられる
て形 混濁	にごって	命令形 快混濁	にごれ
た形 (過去形) 混濁了	にごった	可能形	———
たら形 (條件形) 混濁的話	にごったら	う形 (意向形) 混濁吧	にごろう

△連日の雨で、川の水が濁っている。／連日的降雨造成河水渾濁。

にらむ【睨む】

瞪著眼看，怒目而視；盯著，注視，仔細觀察；估計，揣測，意料；盯上

睨む・睨みます

辭書形 (基本形) 盯著	にらむ	た り形 又是盯著	にらんだり
ない形 (否定形) 沒盯著	にらまない	ば形 (條件形) 盯著的話	にらめば
なかった形 (過去否定形) 過去沒盯著	にらまなかった	させる形 (使役形) 使盯著	にらませる
ます形 (連用形) 盯著	にらみます	られる形 (被動形) 被盯著	にらまれる
て形 盯著	にらんで	命令形 快注視	にらめ
た形 (過去形) 盯著了	にらんだ	可能形 可以注視	にらめる
たら形 (條件形) 盯著的話	にらんだら	う形 (意向形) 注視吧	にらもう

△隣のおじさんは、私が通るたびに睨む。／我每次經過隔壁的伯伯就會瞪我一眼。

ねがう・ねらう

ねがう【願う】 請求・請願・懇求；願望・希望；祈禱・許願　　他五　グループ1

願う・願います

辞書形(基本形)		たり形	
請求	ねがう	又是請求	ねがったり
ない形 (否定形)		ば形 (條件形)	
沒請求	ねがわない	請求的話	ねがえば
なかった形 (過去否定形)		させる形 (使役形)	
過去沒請求	ねがわなかった	使請求	ねがわせる
ます形 (連用形)		られる形 (被動形)	
請求	ねがいます	被請求	ねがわれる
て形		命令形	
請求	ねがって	快請求	ねがえ
た形 (過去形)		可能形	
請求了	ねがった	可以請求	ねがえる
たら形 (條件形)		う形 (意向形)	
請求的話	ねがったら	請求吧	ねがおう

△二人の幸せを願わないではいられません。／
不得不為他兩人的幸福祈禱呀！

ねらう【狙う】 看準・把…當做目標；把…弄到手；伺機而動　　他五　グループ1

狙う・狙います

辞書形(基本形)		たり形	
看準	ねらう	又是看準	ねらったり
ない形 (否定形)		ば形 (條件形)	
沒看準	ねらわない	看準的話	ねらえば
なかった形 (過去否定形)		させる形 (使役形)	
過去沒看準	ねらわなかった	使當做目標	ねらわせる
ます形 (連用形)		られる形 (被動形)	
看準	ねらいます	被當做目標	ねらわれる
て形		命令形	
看準	ねらって	快當做目標	ねらえ
た形 (過去形)		可能形	
看準了	ねらった	可以當做目標	ねらえる
たら形 (條件形)		う形 (意向形)	
看準的話	ねらったら	當做目標吧	ねらおう

△狙った以上、彼女を絶対ガールフレンドにします。／
既然看中了她，就絕對要讓她成為自己的女友。

のせる【載せる】 刊登；載運；放到高處；和著音樂拍子 他下一 グループ2

載せる・載せます

辞書形(基本形) 刊登	のせる	たり形 又是刊登	のせたり
ない形 (否定形) 沒刊登	のせない	ば形 (條件形) 刊登的話	のせれば
なかった形 (過去否定形) 過去沒刊登	のせなかった	させる形 (使役形) 使刊登	のせさせる
ます形 (連用形) 刊登	のせます	られる形 (被動形) 被刊登	のせられる
て形 刊登	のせて	命令形 快刊登	のせろ
た形 (過去形) 刊登了	のせた	可能形 可以刊登	のせられる
たら形 (條件形) 刊登的話	のせたら	う形 (意向形) 刊登吧	のせよう

△雑誌に記事を載せる。／在雑誌上刊登報導。

のぞく【除く】 消除・刪除・除外・剷除；除了……除外；殺死 他五 グループ1

除く・除きます

辞書形(基本形) 刪除	のぞく	たり形 又是刪除	のぞいたり
ない形 (否定形) 沒刪除	のぞかない	ば形 (條件形) 刪除的話	のぞけば
なかった形 (過去否定形) 過去沒刪除	のぞかなかった	させる形 (使役形) 使刪除	のぞかせる
ます形 (連用形) 刪除	のぞきます	られる形 (被動形) 被刪除	のぞかれる
て形 刪除	のぞいて	命令形 快刪除	のぞけ
た形 (過去形) 刪除了	のぞいた	可能形 可以刪除	のぞける
たら形 (條件形) 刪除的話	のぞいたら	う形 (意向形) 刪除吧	のぞこう

△私を除いて、家族は全員乙女座です。／
除了我之外，我們家全都是處女座。

のぞく【覗く】

露出（物體的一部份）；窺視，探視；往下看；晃一眼；窺探他人秘密

自他五　グループ1

覗く・覗きます

辞書形(基本形) 窺視	のぞく	たり形 又是窺視	のぞいたり
ない形 (否定形) 沒窺視	のぞかない	ば形 (條件形) 窺視的話	のぞけば
なかった形 (過去否定形) 過去沒窺視	のぞかなかった	させる形 (使役形) 使窺視	のぞかせる
ます形 (連用形) 窺視	のぞきます	られる形 (被動形) 被窺視	のぞかれる
て形 窺視	のぞいて	命令形 快窺視	のぞけ
た形 (過去形) 窺視了	のぞいた	可能形 可以窺視	のぞける
たら形 (條件形) 窺視的話	のぞいたら	う形 (意向形) 窺視吧	のぞこう

△家の中を覗いているのは誰だ。／是誰在那裡偷看屋内？

のべる【述べる】

敘述・陳述・說明・談論

他下一　グループ2

述べる・述べます

辞書形(基本形) 談論	のべる	たり形 又是談論	のべたり
ない形 (否定形) 沒談論	のべない	ば形 (條件形) 談論的話	のべれば
なかった形 (過去否定形) 過去沒談論	のべなかった	させる形 (使役形) 使談論	のべさせる
ます形 (連用形) 談論	のべます	られる形 (被動形) 被談論	のべられる
て形 談論	のべて	命令形 快談論	のべろ
た形 (過去形) 談論了	のべた	可能形 可以談論	のべられる
たら形 (條件形) 談論的話	のべたら	う形 (意向形) 談論吧	のべよう

△この問題に対して、意見を述べてください。／
請針對這個問題，發表一下意見。

のる【載る】 登上・放上；乘・坐・騎；參與；上當・受騙；刊載・刊登 他五 グループ1

載る・載ります

辞書形(基本形) 登上	のる	たり形 又是登上	のったり
ない形 (否定形) 沒登上	のらない	ば形 (條件形) 登上的話	のれば
なかった形 (過去否定形) 過去沒登上	のらなかった	させる形 (使役形) 使登上	のらせる
ます形 (連用形) 登上	のります	られる形 (被動形) 被登上	のられる
て形 登上	のって	命令形 快登上	のれ
た形 (過去形) 登上了	のった	可能形 可以登上	のれる
たら形 (條件形) 登上的話	のったら	う形 (意向形) 登上吧	のろう

 △その記事は、何ページに載っていましたっけ。／
這個報導，記得是刊在第幾頁來著？

はう【這う】 爬・爬行；(植物)攀纏・緊貼；(趴)下 自五 グループ1

這う・這います

辞書形(基本形) 爬行	はう	たり形 又是爬行	はったり
ない形 (否定形) 沒爬行	はわない	ば形 (條件形) 爬行的話	はえば
なかった形 (過去否定形) 過去沒爬行	はわなかった	させる形 (使役形) 使爬行	はわせる
ます形 (連用形) 爬行	はいます	られる形 (被動形) 被攀纏	はわれる
て形 爬行	はって	命令形 快爬行	はえ
た形 (過去形) 爬行了	はった	可能形 可以爬行	はえる
たら形 (條件形) 爬行的話	はったら	う形 (意向形) 爬行吧	はおう

 △赤ちゃんが、一生懸命這ってきた。／小嬰兒努力地爬到了這裡。

はがす【剥がす】 剝下

他五 グループ1

剥がす・剥がします

辞書形(基本形) 剝下	はがす	たり形 又是剝下	はがしたり
ない形 (否定形) 沒剝下	はがさない	ば形 (條件形) 剝下的話	はがせば
なかった形 (過去否定形) 過去沒剝下	はがさなかった	させる形 (使役形) 使剝下	はがさせる
ます形 (連用形) 剝下	はがします	られる形 (被動形) 被剝下	はがされる
て形 剝下	はがして	命令形 快剝下	はがせ
た形 (過去形) 剝下了	はがした	可能形 可以剝下	はがせる
たら形 (條件形) 剝下的話	はがしたら	う形 (意向形) 剝下吧	はがそう

 △ペンキを塗る前に、古い塗料を剥がしましょう。／
在塗上油漆之前，先將舊的漆剝下來吧！

はかる【計る】 測量；計量；推測・揣測；徵詢・諮詢

他五 グループ1

計る・計ります

辞書形(基本形) 測量	はかる	たり形 又是測量	はかったり
ない形 (否定形) 沒測量	はからない	ば形 (條件形) 測量的話	はかれば
なかった形 (過去否定形) 過去沒測量	はからなかった	させる形 (使役形) 使測量	はからせる
ます形 (連用形) 測量	はかります	られる形 (被動形) 被揣測	はかられる
て形 測量	はかって	命令形 快測量	はかれ
た形 (過去形) 測量了	はかった	可能形 可以測量	はかれる
たら形 (條件形) 測量的話	はかったら	う形 (意向形) 測量吧	はかろう

 △何分ぐらいかかるか、時間を計った。／我量了大概要花多少時間。

はく【吐く】 吐・吐出・說出・吐露出；冒出・噴出 　　他五 グループ1

吐く・吐きます

辞書形(基本形)		たり形	
說出	はく	又是說出	はいたり
ない形 (否定形)		ば形 (條件形)	
沒說出	はかない	說出的話	はけば
なかった形 (過去否定形)		させる形 (使役形)	
過去沒說出	はかなかった	使說出	はかせる
ます形 (連用形)		られる形 (被動形)	
說出	はきます	被說出	はかれる
て形		命令形	
說出	はいて	快說出	はけ
た形 (過去形)		可能形	
說出了	はいた	可以說出	はける
たら形 (條件形)		う形 (意向形)	
說出的話	はいたら	說出吧	はこう

△寒くて、吐く息が白く見える。／天氣寒冷，吐出來的氣都是白的。

はく【掃く】 掃・打掃；（拿刷子）輕塗　　　他五 グループ1

掃く・掃きます

辞書形(基本形)		たり形	
打掃	はく	又是打掃	はいたり
ない形 (否定形)		ば形 (條件形)	
沒打掃	はかない	打掃的話	はけば
なかった形 (過去否定形)		させる形 (使役形)	
過去沒打掃	はかなかった	使打掃	はかせる
ます形 (連用形)		られる形 (被動形)	
打掃	はきます	被打掃	はかれる
て形		命令形	
打掃	はいて	快打掃	はけ
た形 (過去形)		可能形	
打掃了	はいた	可以打掃	はける
たら形 (條件形)		う形 (意向形)	
打掃的話	はいたら	打掃吧	はこう

△部屋を掃く。／打掃房屋。

はさまる【挟まる】 夾・(物體)夾在中間；夾在(對立雙方中間) 自五 グループ1

挟まる・挟まります

辭書形(基本形) 夾	はさまる	たり形 又是夾	はさまったり
ない形 (否定形) 沒夾	はさまらない	ば形 (條件形) 夾的話	はさまれば
なかった形 (過去否定形) 過去沒夾	はさまらなかった	させる形 (使役形) 使夾	はさまらせる
ます形 (連用形) 夾	はさまります	られる形 (被動形) 被夾	はさまられる
て形 夾	はさまって	命令形 快夾	はさまれ
た形 (過去形) 夾了	はさまった	可能形	———
たら形 (條件形) 夾的話	はさまったら	う形 (意向形) 夾吧	はさまろう

△歯の間に食べ物が挟まってしまった。／食物塞在牙縫裡了。

はさむ【挟む】 夾・夾住；隔；夾進・夾入；插 他五 グループ1

挟む・挟みます

辭書形(基本形) 夾住	はさむ	たり形 又是夾住	はさんだり
ない形 (否定形) 沒夾住	はさまない	ば形 (條件形) 夾住的話	はさめば
なかった形 (過去否定形) 過去沒夾住	はさまなかった	させる形 (使役形) 使夾住	はさませる
ます形 (連用形) 夾住	はさみます	られる形 (被動形) 被夾住	はさまれる
て形 夾住	はさんで	命令形 快夾住	はさめ
た形 (過去形) 夾住了	はさんだ	可能形 可以夾住	はさめる
たら形 (條件形) 夾住的話	はさんだら	う形 (意向形) 夾住吧	はさもう

△ドアに手を挟んで、大声を出さないではいられないぐらい痛かった。／
門夾到手，痛得我禁不住放聲大叫。

ばっする【罰する】 處罰・處分・責罰;（法）定罪・判罪　他サ　グループ3

罰する・罰します

辞書形（基本形） 處罰	ばっする	たり形 又是處罰	ばっしたり
ない形（否定形） 沒處罰	ばっしない	ば形（條件形） 處罰的話	ばっすれば
なかった形（過去否定形） 過去沒處罰	ばっしなかった	させる形（使役形） 使處罰	ばっしさせる
ます形（連用形） 處罰	ばっします	られる形（被動形） 被處罰	ばっせられる
て形 處罰	ばっして	命令形 快處罰	ばっしろ
た形（過去形） 處罰了	ばっした	可能形 可以處罰	ばっせられる
たら形（條件形） 處罰的話	ばっしたら	う形（意向形） 處罰吧	ばっしよう

 △あなたが罪を認めた以上、罰しなければなりません。／
既然你認了罪，就得接受懲罰。

はなしあう【話し合う】 對話・談話;商量・協商・談判　自五　グループ1

話し合う・話し合います

辞書形（基本形） 協商	はなしあう	たり形 又是協商	はなしあったり
ない形（否定形） 沒協商	はなしあわない	ば形（條件形） 協商的話	はなしあえば
なかった形（過去否定形） 過去沒協商	はなしあわ なかった	させる形（使役形） 使協商	はなしあわせる
ます形（連用形） 協商	はなしあいます	られる形（被動形） 被談判	はなしあわれる
て形 協商	はなしあって	命令形 快協商	はなしあえ
た形（過去形） 協商了	はなしあった	可能形 可以協商	はなしあえる
たら形（條件形） 協商的話	はなしあったら	う形（意向形） 協商吧	はなしあおう

 △多数決でなく、話し合いで決めた。／
不是採用多數決，而是經過討論之後做出了決定。

はなしかける【話しかける】

（主動）跟人說話，攀談；開始談，開始說

自下一　グループ2

話しかける・話しかけます

辭書形（基本形） 攀談	はなしかける	たり形 又是攀談	はなしかけたり
ない形（否定形） 沒攀談	はなしかけない	ば形（條件形） 攀談的話	はなしかければ
なかった形（過去否定形） 過去沒攀談	はなしかけなかった	させる形（使役形） 使攀談	はなしかけさせる
ます形（連用形） 攀談	はなしかけます	られる形（被動形） 被攀談	はなしかけられる
て形 攀談	はなしかけて	命令形 快攀談	はなしかけろ
た形（過去形） 攀談了	はなしかけた	可能形 可以攀談	はなしかけられる
たら形（條件形） 攀談的話	はなしかけたら	う形（意向形） 攀談吧	はなしかけよう

△英語で話しかける。／用英語跟他人交談。

はねる【跳ねる】

跳・蹦起；飛濺；散開・散場；爆・裂開

自下一　グループ2

跳ねる・跳ねます

辭書形（基本形） 散開	はねる	たり形 又是散開	はねたり
ない形（否定形） 沒散開	はねない	ば形（條件形） 散開的話	はねれば
なかった形（過去否定形） 過去沒散開	はねなかった	させる形（使役形） 使散開	はねさせる
ます形（連用形） 散開	はねます	られる形（被動形） 散開被	はねられる
て形 散開	はねて	命令形 快散開	はねろ
た形（過去形） 散開了	はねた	可能形 可以散開	はねられる
たら形（條件形） 散開的話	はねたら	う形（意向形） 散開吧	はねよう

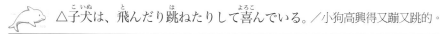

△子犬は、飛んだり跳ねたりして喜んでいる。／小狗高興得又蹦又跳的。

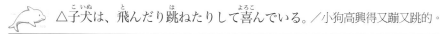

はぶく【省く】 省・省略・精簡・簡化；節省 他五 グループ1

く・省きます

辞書形(基本形)		た形	
省略	はぶく	又是省略	はぶいたり
ない形 (否定形) 沒省略	はぶかない	ば形 (條件形) 省略的話	はぶけば
なかった形 (過去否定形) 過去沒省略	はぶかなかった	させる形 (使役形) 使省略	はぶかせる
ます形 (連用形) 省略	はぶきます	られる形 (被動形) 被省略	はぶかれる
て形 省略	はぶいて	命令形 快省略	はぶけ
た形 (過去形) 省略了	はぶいた	可能形 可以省略	はぶける
たら形 (條件形) 省略的話	はぶいたら	う形 (意向形) 省略吧	はぶこう

△詳細は省いて単刀直入に申し上げると、予算が50万円ほど足りません。／
容我省略細節、開門見山直接報告：預算還差五十萬圓。

はめる【嵌める】 嵌上・鑲上；使陷入・欺騙；擲入・使沈入 他下一 グループ2

はめる・はめます

辞書形(基本形)		たり形	
鑲上	はめる	又是鑲上	はめたり
ない形 (否定形) 沒鑲上	はめない	ば形 (條件形) 鑲上的話	はめれば
なかった形 (過去否定形) 過去沒鑲上	はめなかった	させる形 (使役形) 使鑲上	はめさせる
ます形 (連用形) 鑲上	はめます	られる形 (被動形) 被鑲上	はめられる
て形 鑲上	はめて	命令形 快鑲上	はめろ
た形 (過去形) 鑲上了	はめた	可能形 可以鑲上	はめられる
たら形 (條件形) 鑲上的話	はめたら	う形 (意向形) 鑲上吧	はめよう

△金属の枠にガラスを嵌めました。／在金屬框裡・嵌上了玻璃。

はらいこむ【払い込む】 繳納

他五 グループ1

はら こ　はら こ
払い込む・払い込みます

辞書形(基本形) 繳納	はらいこむ	たり形 又是繳納	はらいこんだり
ない形(否定形) 沒繳納	はらいこまない	ば形(條件形) 繳納的話	はらいこめば
なかった形(過去否定形) 過去沒繳納	はらいこまなかった	させる形(使役形) 使繳納	はらいこませる
ます形(連用形) 繳納	はらいこみます	られる形(被動形) 被繳納	はらいこまれる
て形 繳納	はらいこんで	命令形 快繳納	はらいこめ
た形(過去形) 繳納了	はらいこんだ	可能形 可以繳納	はらいこめる
たら形(條件形) 繳納的話	はらいこんだら	う形(意向形) 繳納吧	はらいこもう

ぜいきん　はら こ
△税金を払い込む。／繳納稅金。

はらいもどす【払い戻す】 退還（多餘的錢）、退費；（銀行）付還（存戶存款）

他五 グループ1

はら もど　はら もど
払い戻す・払い戻します

辞書形(基本形) 退還	はらいもどす	たり形 又是退還	はらいもどしたり
ない形(否定形) 沒退還	はらいもどさない	ば形(條件形) 退還的話	はらいもどせば
なかった形(過去否定形) 過去沒退還	はらいもどさなかった	させる形(使役形) 使退還	はらいもどさせる
ます形(連用形) 退還	はらいもどします	られる形(被動形) 被退還	はらいもどされる
て形 退還	はらいもどして	命令形 快退還	はらいもどせ
た形(過去形) 退還了	はらいもどした	可能形 可以退還	はらいもどせる
たら形(條件形) 退還的話	はらいもどしたら	う形(意向形) 退還吧	はらいもどそう

ふ りょうひん　　　　　　こう ぎ　　　　　　りょうきん　はら　もど
△不良品だったので、抗議のすえ、料金を払い戻してもらいました。／
因為是瑕疵品，經過抗議之後，最後費用就退給我了。

はりきる【張り切る】 拉緊・緊張・幹勁十足・精神百倍 自五 グループ1

張り切る・張り切ります

辞書形(基本形) 拉緊	はりきる	たり形 又是拉緊	はりきったり
ない形 (否定形) 沒拉緊	はりきらない	ば形 (條件形) 拉緊的話	はりきれば
なかった形 (過去否定形) 過去沒拉緊	はりきらなかった	させる形 (使役形) 使拉緊	はりきらせる
ます形 (連用形) 拉緊	はりきります	られる形 (被動形) 被拉緊	はりきられる
て形 拉緊	はりきって	命令形 快拉緊	はりきれ
た形 (過去形) 拉緊了	はりきった	可能形 可以拉緊	はりきれる
たら形 (條件形) 拉緊的話	はりきったら	う形 (意向形) 吧拉緊	はりきろう

△妹は、幼稚園の劇で主役をやるので張り切っています。／
妹妹將在幼稚園的話劇裡擔任主角，為此盡了全力準備。

ひきかえす【引き返す】 返回・折回 他五 グループ1

引き返す・引き返します

辞書形(基本形) 返回	ひきかえす	たり形 又是返回	ひきかえしたり
ない形 (否定形) 沒返回	ひきかえさない	ば形 (條件形) 返回的話	ひきかえせば
なかった形 (過去否定形) 過去沒返回	ひきかえさなかった	させる形 (使役形) 使返回	ひきかえさせる
ます形 (連用形) 返回	ひきかえします	られる形 (被動形) 被返回	ひきかえされる
て形 返回	ひきかえして	命令形 快返回	ひきかえせ
た形 (過去形) 返回了	ひきかえした	可能形 可以返回	ひきかえせる
たら形 (條件形) 返回的話	ひきかえしたら	う形 (意向形) 返回吧	ひきかえそう

△橋が壊れていたので、引き返さざるをえなかった。／
因為橋壞了，所以不得不掉頭回去。

ひきだす【引き出す】

抽出・拉出；引誘出・誘騙；（從銀行）提取・提出　　他五　グループ1

引き出す・引き出します

辭書形(基本形)		たり形	
抽出	ひきだす	又是抽出	ひきだしたり
ない形 (否定形)		ば形 (條件形)	
沒抽出	ひきださない	抽出的話	ひきだせば
なかった形 (過去否定形)		させる形 (使役形)	
過去沒抽出	ひきださなかった	使抽出	ひきださせる
ます形 (連用形)		られる形 (被動形)	
抽出	ひきだします	被抽出	ひきだされる
て形		命令形	
抽出	ひきだして	快抽出	ひきだせ
た形 (過去形)		可能形	
抽出了	ひきだした	可以抽出	ひきだせる
たら形 (條件形)		う形 (意向形)	
抽出的話	ひきだしたら	抽出吧	ひきだそう

△部長は、部下のやる気を引き出すのが上手だ。／
部長對激發部下的工作幹勁，很有一套。

ひきとめる【引き止める】

留・挽留；制止・拉住　　他下一　グループ2

引き止める・引き止めます

辭書形(基本形)		たり形	
挽留	ひきとめる	又是挽留	ひきとめたり
ない形 (否定形)		ば形 (條件形)	
沒挽留	ひきとめない	挽留的話	ひきとめれば
なかった形 (過去否定形)		させる形 (使役形)	
過去沒挽留	ひきとめなかった	使挽留	ひきとめさせる
ます形 (連用形)		られる形 (被動形)	
挽留	ひきとめます	被挽留	ひきとめられる
て形		命令形	
挽留	ひきとめて	快挽留	ひきとめろ
た形 (過去形)		可能形	
挽留了	ひきとめた	可以挽留	ひきとめられる
たら形 (條件形)		う形 (意向形)	
挽留的話	ひきとめたら	挽留吧	ひきとめよう

△一生懸命引き止めたが、彼は会社を辞めてしまった。／
我努力挽留但他還是辭職了。

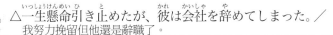

ひく【轢く】 （車）壓・軋（人等）

轢く・轢きます

辭書形（基本形） 壓	ひく	たり形 又是壓	ひいたり
ない形（否定形） 沒壓	ひかない	ば形（條件形） 壓的話	ひけば
なかった形（過去否定形） 過去沒壓	ひかなかった	させる形（使役形） 使壓	ひかせる
ます形（連用形） 壓	ひきます	られる形（被動形） 被壓	ひかれる
て形 壓	ひいて	命令形 快壓	ひけ
た形（過去形） 壓了	ひいた	可能形 可以壓	ひける
たら形（條件形） 壓的話	ひいたら	う形（意向形） 壓吧	ひこう

△人を轢きそうになって、びっくりした。／
差一點就壓傷了人，嚇死我了。

ひっかかる【引っ掛かる】 掛起來・掛上・卡住・連累・牽累；
受騙・上當；心裡不痛快 他五 グループ1

引っ掛かる・引っ掛かります

辭書形（基本形） 卡住	ひっかかる	たり形 又是卡住	ひっかかったり
ない形（否定形） 沒卡住	ひっかからない	ば形（條件形） 卡住的話	ひっかかれば
なかった形（過去否定形） 過去沒卡住	ひっかからなかった	させる形（使役形） 使卡住	ひっかからせる
ます形（連用形） 卡住	ひっかかります	られる形（被動形） 被卡住	ひっかかられる
て形 卡住	ひっかかって	命令形 快卡住	ひっかかれ
た形（過去形） 卡住了	ひっかかった	可能形	———
たら形（條件形） 卡住的話	ひっかかったら	う形（意向形） 卡住吧	ひっかかろう

△凧が木に引っ掛かってしまった。／風箏纏到樹上去了。

ひっくりかえす【引っくり返す】

推倒・弄倒・碰倒；顛倒過來；推翻・否決 　他五　グループ1

引っ繰り返す・引っ繰り返します

辞書形(基本形) 推倒	ひっくりかえす	たり形 又是推倒	ひっくりかえし たり
ない形 (否定形) 沒推倒	ひっくりかえさ ない	ば形 (條件形) 推倒的話	ひっくりかえせば
なかった形 (過去否定形) 過去沒推倒	ひっくりかえさ なかった	させる形 (使役形) 使推倒	ひっくりかえさ せる
ます形 (連用形) 推倒	ひっくりかえし ます	られる形 (被動形) 被推倒	ひっくりかえさ れる
て形 推倒	ひっくりかえして	命令形 快推倒	ひっくりかえせ
た形 (過去形) 推倒了	ひっくりかえした	可能形 可以推倒	ひっくりかえせる
たら形 (條件形) 推倒的話	ひっくりかえし たら	う形 (意向形) 推倒吧	ひっくりかえそう

△箱を引っくり返して、中のものを調べた。／
把箱子翻出來，查看了裡面的東西。

ひっくりかえる【引っくり返る】

翻倒・顛倒・翻過來；逆轉・顛倒過來 　他五　グループ1

引っ繰り返る・引っ繰り返ります

辞書形(基本形) 翻倒	ひっくりかえる	たり形 又是翻倒	ひっくりかえっ たり
ない形 (否定形) 沒翻倒	ひっくりかえら ない	ば形 (條件形) 翻倒的話	ひっくりかえれば
なかった形 (過去否定形) 過去沒翻倒	ひっくりかえら なかった	させる形 (使役形) 使翻倒	ひっくりかえら せる
ます形 (連用形) 翻倒	ひっくりかえり ます	られる形 (被動形) 被翻倒	ひっくりかえら れる
て形 翻倒	ひっくりかえって	命令形 快翻倒	ひっくりかえれ
た形 (過去形) 翻倒了	ひっくりかえった	可能形 可以翻倒	ひっくりかえれる
たら形 (條件形) 翻倒的話	ひっくりかえっ たら	う形 (意向形) 翻倒吧	ひっくりかえろう

△ニュースを聞いて、ショックのあまり引っくり返ってしまった。／
聽到這消息，由於太過吃驚，結果翻了一跤。

ひっこむ【引っ込む】

引退・隱居；縮進・縮入；拉入・拉進；拉攏

引っ込む・引っ込みます

辞書形 (基本形) 拉進	ひっこむ	たり形 又是拉進	ひっこんだり
ない形 (否定形) 沒拉進	ひっこまない	ば形 (條件形) 拉進的話	ひっこめば
なかった形 (過去否定形) 過去沒拉進	ひっこまなかった	させる形 (使役形) 使拉進	ひっこませる
ます形 (連用形) 拉進	ひっこみます	られる形 (被動形) 被拉進	ひっこまれる
て形 拉進	ひっこんで	命令形 快拉進	ひっこめ
た形 (過去形) 拉進了	ひっこんだ	可能形 會拉進	ひっこめる
たら形 (條件形) 拉進的話	ひっこんだら	う形 (意向形) 拉進吧	ひっこもう

△あなたは関係ないんだから、引っ込んでいてください。／
這跟你沒關係，請你走開！

ひっぱる【引っ張る】

（用力）拉；拉上・拉緊；強拉走；引誘；拖長；拖延；拉（電線等）

引っ張る・引っ張ります

辞書形 (基本形) 拉	ひっぱる	たり形 又是拉	ひっぱったり
ない形 (否定形) 沒拉	ひっぱらない	ば形 (條件形) 拉的話	ひっぱれば
なかった形 (過去否定形) 過去沒拉	ひっぱらなかった	させる形 (使役形) 使拉	ひっぱらせる
ます形 (連用形) 拉	ひっぱります	られる形 (被動形) 被拉	ひっぱられる
て形 拉	ひっぱって	命令形 快拉	ひっぱれ
た形 (過去形) 拉了	ひっぱった	可能形 可以拉	ひっぱれる
たら形 (條件形) 拉的話	ひっぱったら	う形 (意向形) 拉吧	ひっぱろう

△人の耳を引っ張る。／拉人的耳朵。

ひねる【捻る】 （用手）扭・擰；（俗）打敗・撃敗；費盡心思 他五 グループ1

捻る・捻ります

辞書形(基本形)		たり形	
扭	ひねる	又是扭	ひねったり
ない形（否定形）		ば形（條件形）	
沒扭	ひねらない	扭的話	ひねれば
なかった形（過去否定形）		させる形（使役形）	
過去沒扭	ひねらなかった	使扭	ひねらせる
ます形（連用形）		られる形（被動形）	
扭	ひねります	被扭	ひねられる
て形		命令形	
扭	ひねって	快扭	ひねれ
た形（過去形）		可能形	
扭了	ひねった	可以扭	ひねれる
たら形（條件形）		う形（意向形）	
扭的話	ひねったら	扭吧	ひねろう

△足首をひねったので、体育の授業は見学させてもらった。／
由於扭傷了腳踝，體育課時被允許在一旁觀摩。

ひびく【響く】 響・發出聲音；發出回音・震響；傳播震動；波及；出名 他五 グループ1

響く・響きます

辞書形(基本形)		たり形	
波及	ひびく	又是波及	ひびいたり
ない形（否定形）		ば形（條件形）	
沒波及	ひびかない	波及的話	ひびけば
なかった形（過去否定形）		させる形（使役形）	
過去沒波及	ひびかなかった	使波及	ひびかせる
ます形（連用形）		られる形（被動形）	
波及	ひびきます	被波及	ひびかれる
て形		命令形	
波及	ひびいて	快波及	ひびけ
た形（過去形）		可能形	
波及了	ひびいた		———
たら形（條件形）		う形（意向形）	
波及的話	ひびいたら	震動吧	ひびこう

△銃声が響いた。／槍聲響起。

ふきとばす【吹き飛ばす】 吹跑；吹牛；趕走 他五 グループ1

吹き飛ばす・吹き飛ばします

辞書形(基本形)		たり形	
趕走	ふきとばす	又是趕走	ふきとばしたり
ない形 (否定形)		ば形 (條件形)	
沒趕走	ふきとばさない	趕走的話	ふきとばせば
なかった形 (過去否定形)		させる形 (使役形)	
過去沒趕走	ふきとばさなかった	使趕走	ふきとばさせる
ます形 (連用形)		られる形 (被動形)	
趕走	ふきとばします	被趕走	ふきとばされる
て形		命令形	
趕走	ふきとばして	快趕走	ふきとばせ
た形 (過去形)		可能形	
趕走了	ふきとばした	可以趕走	ふきとばせる
たら形 (條件形)		う形 (意向形)	
趕走的話	ふきとばしたら	趕走吧	ふきとばそう

△机の上に置いておいた資料が扇風機に吹き飛ばされてごちゃまぜになってしまった。／
原本擺在桌上的資料被電風扇吹跑了，落得到處都是。

ふく【吹く】 （風）刮・吹；（用嘴）吹；吹（笛等）；吹牛・說大話 自他五 グループ1

吹く・吹きます

辞書形(基本形)		たり形	
吹	ふく	又是吹	ふいたり
ない形 (否定形)		ば形 (條件形)	
沒吹	ふかない	吹的話	ふけば
なかった形 (過去否定形)		させる形 (使役形)	
過去沒吹	ふかなかった	使吹	ふかせる
ます形 (連用形)		られる形 (被動形)	
吹	ふきます	被吹	ふかれる
て形		命令形	
吹	ふいて	快吹	ふけ
た形 (過去形)		可能形	
吹了	ふいた	可以吹	ふける
たら形 (條件形)		う形 (意向形)	
吹的話	ふいたら	吹吧	ふこう

△強い風が吹いてきましたね。／吹起了強風呢。

ふくらます【膨らます】 （使）弄鼓・吹鼓 他五 グループ1

膨らます・膨らまします

辞書形（基本形）弄鼓	ふくらます	たり形 又是弄鼓	ふくらましたり
ない形（否定形）没弄鼓	ふくらまさない	ば形（條件形）弄鼓的話	ふくらませば
なかった形（過去否定形）過去没弄鼓	ふくらまさなかった	させる形（使役形）使弄鼓	ふくらまさせる
ます形（連用形）弄鼓	ふくらまします	られる形（被動形）被弄鼓	ふくらまされる
て形 弄鼓	ふくらまして	命令形 快弄鼓	ふくらませ
た形（過去形）弄鼓了	ふくらました	可能形 可以弄鼓	ふくらませる
たら形（條件形）弄鼓的話	ふくらましたら	う形（意向形）弄鼓吧	ふくらまそう

△風船を膨らまして、子どもたちに配った。／吹鼓氣球分給了小朋友們。

ふくらむ【膨らむ】 鼓起・膨脹；（因為不開心而）噘嘴 他五 グループ1

膨らむ・膨らみます

辞書形（基本形）鼓起	ふくらむ	たり形 又是鼓起	ふくらんだり
ない形（否定形）没鼓起	ふくらまない	ば形（條件形）鼓起的話	ふくらめば
なかった形（過去否定形）過去没鼓起	ふくらまなかった	させる形（使役形）使鼓起	ふくらませる
ます形（連用形）鼓起	ふくらみます	られる形（被動形）被鼓起	ふくらまれる
て形 鼓起	ふくらんで	命令形 快鼓起	ふくらめ
た形（過去形）鼓起了	ふくらんだ	可能形	———
たら形（條件形）鼓起的話	ふくらんだら	う形（意向形）膨脹吧	ふくらもう

△お姫様みたいなスカートがふくらんだドレスが着てみたい。／
我想穿像公主那種蓬蓬裙的洋裝。

ふける【老ける】 上年紀・老

老ける・老けます

辞書形 (基本形)		たり形	
老	ふける	又是老	ふけたり
ない形 (否定形)		ば形 (條件形)	
沒老	ふけない	老的話	ふければ
なかった形 (過去否定形)		させる形 (使役形)	
過去沒老	ふけなかった	使老	ふけさせる
ます形 (連用形)		られる形 (被動形)	
老	ふけます	被弄老	ふけられる
て形		命令形	
老	ふけて	快老	ふけろ
た形 (過去形)		可能形	
老了	ふけた		――――
たら形 (條件形)		う形 (意向形)	
老的話	ふけたら	老吧	ふけよう

△彼女はなかなか老けない。／她都不會老。

ふさがる【塞がる】 阻塞；關閉；佔用・佔滿

他五 グループ1

塞がる・塞がります

辞書形 (基本形)		たり形	
阻塞	ふさがる	又是阻塞	ふさがったり
ない形 (否定形)		ば形 (條件形)	
沒阻塞	ふさがらない	阻塞的話	ふさがれば
なかった形 (過去否定形)		させる形 (使役形)	
過去沒阻塞	ふさがらなかった	使阻塞	ふさがらせる
ます形 (連用形)		られる形 (被動形)	
阻塞	ふさがります	被阻塞	ふさがられる
て形		命令形	
阻塞	ふさがって	快阻塞	ふさがれ
た形 (過去形)		可能形	
阻塞了	ふさがった		――――
たら形 (條件形)		う形 (意向形)	
阻塞的話	ふさがったら	阻塞吧	ふさがろう

△トイレは今塞がっているので、後で行きます。／
現在廁所擠滿了人，待會我再去。

ふさぐ【塞ぐ】 塞閉；阻塞・堵；佔用；不舒服・鬱悶

自他五　グループ1

塞ぐ・塞ぎます

辭書形(基本形)		たり形	
阻塞	ふさぐ	又是阻塞	ふさいだり
ない形(否定形)		ば形(條件形)	
沒阻塞	ふさがない	阻塞的話	ふさげば
なかった形(過去否定形)		させる形(使役形)	
過去沒阻塞	ふさがなかった	使阻塞	ふさがせる
ます形(連用形)		られる形(被動形)	
阻塞	ふさぎます	被阻塞	ふさがれる
て形		命令形	
阻塞	ふさいで	快阻塞	ふさげ
た形(過去形)		可能形	
阻塞了	ふさいだ	會阻塞	ふさげる
たら形(條件形)		う形(意向形)	
阻塞的話	ふさいだら	阻塞吧	ふさごう

△大きな荷物で道を塞がないでください。／請不要將龐大貨物堵在路上。

ふざける【巫山戯る】 開玩笑，戲謔；愚弄人，戲弄人；（男女）調情，調戲；（小孩）吵鬧

自下一　グループ2

ふざける・ふざけます

辭書形(基本形)		たり形	
調戲	ふざける	又是調戲	ふざけたり
ない形(否定形)		ば形(條件形)	
沒調戲	ふざけない	調戲的話	ふざければ
なかった形(過去否定形)		させる形(使役形)	
過去沒調戲	ふざけなかった	使調戲	ふざけさせる
ます形(連用形)		られる形(被動形)	
調戲	ふざけます	被調戲	ふざけられる
て形		命令形	
調戲	ふざけて	快調戲	ふざけろ
た形(過去形)		可能形	
調戲了	ふざけた	可以調戲	ふざけられる
たら形(條件形)		う形(意向形)	
調戲的話	ふざけたら	調戲吧	ふざけよう

△ちょっとふざけただけだから、怒らないで。／
只是開個小玩笑，別生氣。

ふせぐ【防ぐ】 防禦・防守・防止；預防・防備

他五　グループ1

防ぐ・防ぎます

辞書形(基本形) 防守	ふせぐ	た切形 又是防守	ふせいだり
ない形(否定形) 沒防守	ふせがない	打消(條件形) 防守的話	ふせげば
なかった形(過去否定形) 過去沒防守	ふせがなかった	させる形(使役形) 使防守	ふせがせる
ます形(連用形) 防守	ふせぎます	られる形(被動形) 被防守	ふせがれる
て形 防守	ふせいで	命令形 快防守	ふせげ
た形(過去形) 防守了	ふせいだ	可能形 可以防守	ふせげる
たら形(條件形) 防守的話	ふせいだら	う形(意向形) 防守吧	ふせごう

△窓を二重にして寒さを防ぐ。／安裝兩層的窗戶，以禦寒。

ぶつ【打つ】 （「うつ」的強調説法）打・敲

他五　グループ1

打つ・打ちます

辞書形(基本形) 打	ぶつ	た切形 又是打	ぶったり
ない形(否定形) 沒打	ぶたない	打消(條件形) 打的話	ぶてば
なかった形(過去否定形) 過去沒打	ぶたなかった	させる形(使役形) 使打	ぶたせる
ます形(連用形) 打	ぶちます	られる形(被動形) 被打	ぶたれる
て形 打	ぶって	命令形 快打	ぶて
た形(過去形) 打了	ぶった	可能形 可以打	ぶてる
たら形(條件形) 打的話	ぶったら	う形(意向形) 打吧	ぶとう

△後頭部を強く打つ。／重撃後腦杓。

ぶつかる 碰・撞；偶然遇上；起衝突 他五 グループ1

ぶつかる・ぶつかります

辞書形(基本形) 撞	ぶつかる	たり形 又是撞	ぶつかったり
ない形（否定形） 沒撞	ぶつからない	ば形（條件形） 撞的話	ぶつかれば
なかった形（過去否定形） 過去沒撞	ぶつから なかった	させる形（使役形） 使撞	ぶつからせる
ます形（連用形） 撞	ぶつかります	られる形（被動形） 被撞	ぶつかられる
て形 撞	ぶつかって	命令形 快撞	ぶつかれ
た形（過去形） 撞了	ぶつかった	可能形 可以撞	ぶつかれる
たら形（條件形） 撞的話	ぶつかったら	う形（意向形） 撞吧	ぶつかろう

△自転車にぶつかる。／撞上腳踏車。

ぶらさげる【ぶら下げる】 佩帶・懸掛；手提・拎 他下一 グループ2

ぶら下げる・ぶら下げます

辞書形(基本形) 懸掛	ぶらさげる	たり形 又是懸掛	ぶらさげたり
ない形（否定形） 沒懸掛	ぶらさげない	ば形（條件形） 懸掛的話	ぶらさげれば
なかった形（過去否定形） 過去沒懸掛	ぶらさげなかった	させる形（使役形） 使懸掛	ぶらさげさせる
ます形（連用形） 懸掛	ぶらさげます	られる形（被動形） 被懸掛	ぶらさげられる
て形 懸掛	ぶらさげて	命令形 快懸掛	ぶらさげろ
た形（過去形） 懸掛了	ぶらさげた	可能形 可以懸掛	ぶらさげられる
たら形（條件形） 懸掛的話	ぶらさげたら	う形（意向形） 懸掛吧	ぶらさげよう

△腰に何をぶら下げているの。／你腰那裡佩帶著什麼東西啊？

ふりむく【振り向く】 (向後)回頭過去看；回顧・理睬 他五 グループ1

振り向く・振り向きます

辞書形 (基本形) 理睬	ふりむく	た形 又是理睬	ふりむいたり
ない形 (古定形) 沒理睬	ふりむかない	ば形 (條件形) 理睬的話	ふりむけば
なかった形 (過去否定形) 過去沒理睬	ふりむかなかった	させる形 (使役形) 使理睬	ふりむかせる
ます形 (連用形) 理睬	ふりむきます	られる形 (被動形) 被理睬	ふりむかれる
て形 理睬	ふりむいて	命令形 快理睬	ふりむけ
た形 (過去形) 理睬了	ふりむいた	可能形 可以理睬	ふりむける
たら形 (條件形) 理睬的話	ふりむいたら	う形 (意向形) 理會吧	ふりむこう

△後ろを振り向いてごらんなさい。／請轉頭看一下後面。

ふるえる【震える】 顫抖・發抖・震動 自下一 グループ2

震える・震えます

辞書形(基本形) 震動	ふるえる	た形 又是震動	ふるえたり
ない形 (古定形) 沒震動	ふるえない	ば形 (條件形) 震動的話	ふるえれば
なかった形 (過去否定形) 過去沒震動	ふるえなかった	させる形 (使役形) 使震動	ふるえさせる
ます形 (連用形) 震動	ふるえます	られる形 (被動形) 被震動	ふるえられる
て形 震動	ふるえて	命令形 快震動	ふるえろ
た形 (過去形) 震動了	ふるえた	可能形	——
たら形 (條件形) 震動的話	ふるえたら	う形 (意向形) 震動吧	ふるえよう

△地震で窓ガラスが震える。／窗戶玻璃因地震而震動。

ふるまう【振舞う】 （在人面前的）行為・動作；請客・招待・款待 自他五 グループ1

振舞う・振舞います

辞書形(基本形)		たり形	
招待	ふるまう	又是招待	ふるまったり
ない形(否定形)		ば形(條件形)	
沒招待	ふるまわない	招待的話	ふるまえば
なかった形(過去否定形)		させる形(使役形)	
過去沒招待	ふるまわなかった	使招待	ふるまわせる
ます形(連用形)		られる形(被動形)	
招待	ふるまいます	被招待	ふるまわれる
て形		命令形	
招待	ふるまって	快招待	ふるまえ
た形(過去形)		可能形	
招待了	ふるまった	可以招待	ふるまえる
たら形(條件形)		う形(意向形)	
招待的話	ふるまったら	招待吧	ふるまおう

△彼女は、映画女優のように振る舞った。／她的舉止有如電影女星。

ふれる【触れる】 接觸，觸摸（身體）；涉及，提到；感觸 自他下一 グループ2
到；抵觸，觸犯；通知

触れる・触れます

辞書形(基本形)		たり形	
觸摸	ふれる	又是觸摸	ふれたり
ない形(否定形)		ば形(條件形)	
沒觸摸	ふれない	觸摸的話	ふれれば
なかった形(過去否定形)		させる形(使役形)	
過去沒觸摸	ふれなかった	使觸摸	ふれさせる
ます形(連用形)		られる形(被動形)	
觸摸	ふれます	被觸摸	ふれられる
て形		命令形	
觸摸	ふれて	快觸摸	ふれろ
た形(過去形)		可能形	
觸摸了	ふれた	可以觸摸	ふれられる
たら形(條件形)		う形(意向形)	
觸摸的話	ふれたら	觸摸吧	ふれよう

△触れることなく、箱の中にあるものが何かを知ることができます。／
用不著碰觸，我就可以知道箱子裡面裝的是什麼。

へこむ【凹む】 凹下・潰下；屈服・認輸；虧空・赤字 　他五 グループ1

凹む・凹みます

辞書形(基本形) 虧空	へこむ	たり形 又是虧空	へこんだり
ない形 (否定形) 沒虧空	へこまない	ば形 (條件形) 虧空的話	へこめば
なかった形 (過去否定形) 過去沒虧空	へこまなかった	させる形 (使役形) 使虧空	へこませる
ます形 (連用形) 虧空	へこみます	られる形 (被動形) 被虧空	へこまれる
て形 虧空	へこんで	命令形 快屈服	へこめ
た形 (過去形) 虧空了	へこんだ	可能形	———
たら形 (條件形) 虧空的話	へこんだら	う形 (意向形) 屈服吧	へこもう

△表面が凹んだことから、この箱は安物だと知った。／
從表面凹陷來看，知道這箱子是便宜貨。

へだてる【隔てる】 隔開・分開；（時間）相隔；遮擋；離間；不同・有差別 　他下一 グループ2

隔てる・隔てます

辞書形(基本形) 分開	へだてる	たり形 又是分開	へだてたり
ない形 (否定形) 沒分開	へだてない	ば形 (條件形) 分開的話	へだてれば
なかった形 (過去否定形) 過去沒分開	へだてなかった	させる形 (使役形) 使分開	へだてさせる
ます形 (連用形) 分開	へだてます	られる形 (被動形) 被分開	へだてられる
て形 分開	へだてて	命令形 快分開	へだてろ
た形 (過去形) 分開了	へだてた	可能形 可以分開	へだてられる
たら形 (條件形) 分開的話	へだてたら	う形 (意向形) 分開吧	へだてよう

△道を隔てて向こう側は隣の国です。／以這條道路為分界，另一邊是鄰國。

へる【経る】 （時間・空間・事物）經過、通過 ；貫穿　自下一 グループ2

経る・経ます

辞書形（基本形） 通過	へる	たり形 又是通過	へたり
ない形（否定形） 沒通過	へない	ば形（條件形） 通過的話	へれば
なかった形（過去否定形） 過去沒通過	へなかった	させる形（使役形） 使通過	へさせる
ます形（連用形） 通過	へます	られる形（被動形） 被穿過	へられる
て形 通過	へて	命令形 快通過	へろ
た形（過去形） 通過了	へた	可能形	———
たら形（條件形） 通過的話	へたら	う形（意向形） 貫穿吧	へよう

△10年の歳月を経て、ついに作品が完成した。／
歴經十年的歲月，作品終於完成了。

ほうる【放る】 拋・扔；中途放棄・棄置不顧・不加理睬　他五 グループ1

放る・放ります

辞書形（基本形） 扔	ほうる	たり形 又是扔	ほうったり
ない形（否定形） 沒扔	ほうらない	ば形（條件形） 扔的話	ほうれば
なかった形（過去否定形） 過去沒扔	ほうらなかった	させる形（使役形） 使扔	ほうらせる
ます形（連用形） 扔	ほうります	られる形（被動形） 被扔	ほうられる
て形 扔	ほうって	命令形 快扔	ほうれ
た形（過去形） 扔了	ほうった	可能形 可以扔	ほうれる
たら形（條件形） 扔的話	ほうったら	う形（意向形） 扔吧	ほうろう

△ボールを放ったら、隣の塀の中に入ってしまった。／
我將球扔了出去，結果掉進隔壁的圍牆裡。

ほえる【吠える】 （狗、犬獸等）吠・吼；（人）大聲哭喊・喊叫　自下一　グループ2

吠える・吠えます

辞書形(基本形)		たり形	
吼	ほえる	又是吼	ほえたり
ない形 (否定形)		ば形 (條件形)	
沒吼	ほえない	吼的話	ほえれば
なかった形 (過去否定形)		させる形 (使役形)	
過去沒吼	ほえなかった	使吼	ほえさせる
ます形 (連用形)		られる形 (被動形)	
吼	ほえます	被吼	ほえられる
て形		命令形	
吼	ほえて	快吼	ほえろ
た形 (過去形)		可能形	
吼了	ほえた	可以吼	ほえられる
たら形 (條件形)		う形 (意向形)	
吼的話	ほえたら	吼吧	ほえよう

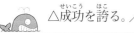

△小さな犬が大きな犬に出会って、恐怖のあまりワンワン吠えている。／
小狗碰上了大狗，太過害怕而嚇得汪汪叫。

ほこる【誇る】 誇耀・自豪　他五　グループ1

誇る・誇ります

辞書形(基本形)		たり形	
誇耀	ほこる	又是誇耀	ほこったり
ない形 (否定形)		ば形 (條件形)	
沒誇耀	ほこらない	誇耀的話	ほこれば
なかった形 (過去否定形)		させる形 (使役形)	
過去沒誇耀	ほこらなかった	使誇耀	ほこらせる
ます形 (連用形)		られる形 (被動形)	
誇耀	ほこります	被誇耀	ほこられる
て形		命令形	
誇耀	ほこって	快誇耀	ほこれ
た形 (過去形)		可能形	
誇耀了	ほこった	可以誇耀	ほこれる
たら形 (條件形)		う形 (意向形)	
誇耀的話	ほこったら	誇耀吧	ほころう

△成功を誇る。／以成功自豪。

ほころびる【綻びる】 脱線；使微微地張開・綻放 自下一 グループ1

綻びる・綻びます

辞書形（基本形）綻放	ほころびる	たり形 又是綻放	ほころびたり
ない形（否定形）没綻放	ほころばない	ば形（條件形）綻放的話	ほころべば
なかった形（過去否定形）過去没綻放	ほころばなかった	させる形（使役形）使綻放	ほころばせる
ます形（連用形）綻放	ほころびます	られる形（被動形）被綻放	ほころばれる
て形 綻放	ほころびて	命令形 快綻放	ほころべ
た形（過去形）綻放了	ほころびた	可能形	———
たら形（條件形）綻放的話	ほころびたら	う形（意向形）綻放吧	ほころぼう

△桜が綻びる。／櫻花綻放。

ほころ

ほす【干す】 曬乾；把（池）水弄乾；乾杯 他五 グループ1

干す・干します

辞書形（基本形）曬乾	ほす	たり形 又是曬乾	ほしたり
ない形（否定形）没曬乾	ほさない	ば形（條件形）曬乾的話	ほせば
なかった形（過去否定形）過去没曬乾	ほさなかった	させる形（使役形）使曬乾	ほさせる
ます形（連用形）曬乾	ほします	られる形（被動形）被曬乾	ほされる
て形 曬乾	ほして	命令形 快曬乾	ほせ
た形（過去形）曬乾了	ほした	可能形 可以曬乾	ほせる
たら形（條件形）曬乾的話	ほしたら	う形（意向形）曬乾吧	ほそう

△洗濯物を干す。／曬衣服。

ほどく【解く】 解開（繩結等）；拆解（縫的東西）

他五　グループ1

解く・解きます

辞書形(基本形) 解開	ほどく	た゛り形 又是解開	ほどいたり
ない形(否定形) 沒解開	ほどかない	ば形(條件形) 解開的話	ほどけば
なかった形(過去否定形) 過去沒解開	ほどかなかった	させる形(使役形) 使解開	ほどかせる
ます形(連用形) 解開	ほどきます	られる形(被動形) 被解開	ほどかれる
て形 解開	ほどいて	命令形 快解開	ほどけ
た形(過去形) 解開了	ほどいた	可能形 可以解開	ほどける
たら形(條件形) 解開的話	ほどいたら	う形(意向形) 解開吧	ほどこう

△この紐を解いてもらえますか。／我可以請你幫我解開這個繩子嗎？

ほほえむ【微笑む】 微笑・含笑；（花）微開・乍開・初放

他五　グループ1

微笑む・微笑みます

辞書形(基本形) 微笑	ほほえむ	た゛り形 又是微笑	ほほえんだり
ない形(否定形) 沒微笑	ほほえまない	ば形(條件形) 微笑的話	ほほえめば
なかった形(過去否定形) 過去沒微笑	ほほえまなかった	させる形(使役形) 使乍開	ほほえませる
ます形(連用形) 微笑	ほほえみます	られる形(被動形) 被乍開	ほほえまれる
て形 微笑	ほほえんで	命令形 快微笑	ほほえめ
た形(過去形) 微笑了	ほほえんだ	可能形 可以微笑	ほほえめる
たら形(條件形) 微笑的話	ほほえんだら	う形(意向形) 微笑吧	ほほえもう

△彼女は、何もなかったかのように微笑んでいた。／
她微笑著，就好像什麼事都沒發生過一樣。

ほる【掘る】 掘・挖・刨；挖出・掘出 　他五　グループ1

ほ
ほ
る
・
ほ
る

掘る・掘ります

辭書形(基本形)		たり形	
挖出	ほる	又是挖出	ほったり
ない形 (否定形)		ば形 (條件形)	
沒挖出	ほらない	挖出的話	ほれば
なかった形 (過去否定形)		させる形 (使役形)	
過去沒挖出	ほらなかった	使挖出	ほらせる
ます形 (連用形)		られる形 (被動形)	
挖出	ほります	被挖出	ほられる
て形		命令形	
挖出	ほって	快挖出	ほれ
た形 (過去形)		可能形	
挖出了	ほった	可以挖出	ほれる
たら形 (條件形)		う形 (意向形)	
挖出的話	ほったら	挖出吧	ほろう

△土を掘ったら、昔の遺跡が出てきた。／
挖土的時候，出現了古代的遺跡。

ほる【彫る】 雕刻；紋身 　他五　グループ1

彫る・彫ります

辭書形(基本形)		たり形	
雕刻	ほる	又是雕刻	ほったり
ない形 (否定形)		ば形 (條件形)	
沒雕刻	ほらない	雕刻的話	ほれば
なかった形 (過去否定形)		させる形 (使役形)	
過去沒雕刻	ほらなかった	使雕刻	ほらせる
ます形 (連用形)		られる形 (被動形)	
雕刻	ほります	被雕刻	ほられる
て形		命令形	
雕刻	ほって	快雕刻	ほれ
た形 (過去形)		可能形	
雕刻了	ほった	可以雕刻	ほれる
たら形 (條件形)		う形 (意向形)	
雕刻的話	ほったら	雕刻吧	ほろう

△寺院の壁に、いろいろな模様が彫ってあります。／
寺院裡，刻著各式各樣的圖騰。

まいる【参る】 （敬）去・來；參拜（神佛）；認輸；受不了，吃不消；（俗）死 自他五 グループ1

参る・参ります

辞書形(基本形) 參拜	まいる	たり形 又是參拜	まいったり
ない形 (否定形) 沒參拜	まいらない	ば形 (條件形) 參拜的話	まいれば
なかった形 (過去否定形) 過去沒參拜	まいらなかった	させる形 (使役形) 使參拜	まいらせる
ます形 (連用形) 參拜	まいります	られる形 (被動形) 被參拜	まいられる
て形 參拜	まいって	命令形 快參拜	まいれ
た形 (過去形) 參拜了	まいった	可能形 可以參拜	まいれる
たら形 (條件形) 參拜的話	まいったら	う形 (意向形) 參拜吧	まいろう

 △はい、ただいま参ります。／好的，我馬上到。

まう【舞う】 飛舞・飄盪；舞蹈 他五 グループ1

舞う・舞います

辞書形(基本形) 飛舞	まう	たり形 又是飛舞	まったり
ない形 (否定形) 沒飛舞	まわない	ば形 (條件形) 飛舞的話	まえば
なかった形 (過去否定形) 過去沒飛舞	まわなかった	させる形 (使役形) 使飄盪	まわせる
ます形 (連用形) 飛舞	まいます	られる形 (被動形) 被飄盪	まわれる
て形 飛舞	まって	命令形 快飛舞	まえ
た形 (過去形) 飛舞了	まった	可能形 可以飛舞	まえる
たら形 (條件形) 飛舞的話	まったら	う形 (意向形) 飛舞吧	まおう

 △花びらが風に舞っていた。／花瓣在風中飛舞著。

まかなう【賄う】 供給飯食；供給・供應；維持　他五　グループ1

賄う・賄います

辭書形(基本形)		たり形	
供給	まかなう	又是供給	まかなったり
ない形 (否定形)		ば形 (條件形)	
沒供給	まかなわない	供給的話	まかなえば
なかった形 (過去否定形)		させる形 (使役形)	
過去沒供給	まかなわなかった	使供給	まかなわせる
ます形 (連用形)		られる形 (被動形)	
供給	まかないます	被供給	まかなわれる
て形		命令形	
供給	まかなって	快供給	まかなえ
た形 (過去形)		可能形	
供給了	まかなった	可以供給	まかなえる
たら形 (條件形)		う形 (意向形)	
供給的話	まかなったら	供給吧	まかなおう

△原発は廃止して、その分の電力は太陽光や風力による発電で賄おうではないか。／
廃止核能發電後，那部分的電力不是可以由太陽能發電或風力發電來補足嗎？

まく【蒔く】 播種；(在漆器上)畫泥金畫　他五　グループ1

蒔く・蒔きます

辭書形(基本形)		たり形	
播種	まく	又是播種	まいたり
ない形 (否定形)		ば形 (條件形)	
沒播種	まかない	播種的話	まけば
なかった形 (過去否定形)		させる形 (使役形)	
過去沒播種	まかなかった	使播種	まかせる
ます形 (連用形)		られる形 (被動形)	
播種	まきます	被播種	まかれる
て形		命令形	
播種	まいて	快播種	まけ
た形 (過去形)		可能形	
播種了	まいた	可以播種	まける
たら形 (條件形)		う形 (意向形)	
播種的話	まいたら	吧播種	まこう

△寒くならないうちに、種をまいた。／趁氣候未轉冷之前播了種。

ます【増す】

（數量）增加・增長・增多；（程度）增進・增高；勝過，變的更甚

自他五　グループ1

増す・増します

辞書形(基本形) 増加	ます	た形 又是增加	ましたり
ない形 (否定形) 沒增加	まさない	ば形 (條件形) 增加的話	ませば
なかった形 (過去否定形) 過去沒增加	まさなかった	させる形 (使役形) 使增加	まさせる
ます形 (連用形) 增加	まします	られる形 (被動形) 被增加	まされる
て形 增加	まして	命令形 快增加	ませ
た形 (過去形) 增加了	ました	可能形	———
たら形 (條件形) 增加的話	ましたら	う形 (意向形) 增加吧	まそう

 △あの歌手の人気は、勢いを増している。／那位歌手的支持度節節上升。

またぐ【跨ぐ】

跨立・叉開腿站立；跨過・跨越

他五　グループ1

跨ぐ・跨ぎます

辞書形(基本形) 跨過	またぐ	た形 又是跨過	またいだり
ない形 (否定形) 沒跨過	またがない	ば形 (條件形) 跨過的話	またげば
なかった形 (過去否定形) 過去沒跨過	またがなかった	させる形 (使役形) 使跨過	またがせる
ます形 (連用形) 跨過	またぎます	られる形 (被動形) 被跨過	またがれる
て形 跨過	またいで	命令形 快跨過	またげ
た形 (過去形) 跨過了	またいだ	可能形 可以跨過	またげる
たら形 (條件形) 跨過的話	またいだら	う形 (意向形) 跨過吧	またごう

 △本の上をまたいではいけないと母に言われた。／媽媽叫我不要跨過書本。

まちあわせる【待ち合わせる】 （事先約定的時間、地點）等候・會面・碰頭 自他下一 グループ2

待ち合わせる・待ち合わせます

辞書形（基本形）等候	まちあわせる	たり形 又是等候	まちあわせたり
ない形（否定形）沒等候	まちあわせない	ば形（條件形）等候的話	まちあわせれば
なかった形（過去否定形）過去沒等候	まちあわせなかった	させる形（使役形）使等候	まちあわせさせる
ます形（連用形）等候	まちあわせます	られる形（被動形）被等候	まちあわせられる
て形 等候	まちあわせて	命令形 快等候	まちあわせろ
た形（過去形）等候了	まちあわせた	可能形 可以等候	まちあわせられる
たら形（條件形）等候的話	まちあわせたら	う形（意向形）等候吧	まちあわせよう

△渋谷のハチ公のところで待ち合わせている。／
我約在澀谷的八公犬銅像前碰面。

まつる【祭る】 祭祀・祭奠；供奉 他五 グループ1

祭る・祭ります

辞書形（基本形）祭祀	まつる	たり形 又是祭祀	まつったり
ない形（否定形）沒祭祀	まつらない	ば形（條件形）祭祀的話	まつれば
なかった形（過去否定形）過去沒祭祀	まつらなかった	させる形（使役形）使祭祀	まつらせる
ます形（連用形）祭祀	まつります	られる形（被動形）被祭祀	まつられる
て形 祭祀	まつって	命令形 快祭祀	まつれ
た形（過去形）祭祀了	まつった	可能形 可以祭祀	まつれる
たら形（條件形）祭祀的話	まつったら	う形（意向形）祭祀吧	まつろう

△この神社では、どんな神様を祭っていますか。／這神社祭拜哪種神明？

まなぶ【学ぶ】 學習；掌握；體會

まな まな
学ぶ・学びます

辞書形(基本形)		たり形	
學習	まなぶ	又是學習	まなんだり
ない形(否定形)		ば形(條件形)	
沒學習	まなばない	學習的話	まなべば
なかった形(過去否定形)		させる形(使役形)	
過去沒學習	まなばなかった	使體會	まなばせる
ます形(連用形)		られる形(被動形)	
學習	まなびます	被體會	まなばれる
て形		命令形	
學習	まなんで	快學習	まなべ
た形(過去形)		可能形	
學習了	まなんだ	可以學習	まなべる
たら形(條件形)		う形(意向形)	
學習的話	まなんだら	學習吧	まなぼう

△大学の先生を中心にして、漢詩を学ぶ会を作った。／
以大學的教師為主，成立了一個研讀漢詩的讀書會。

まねく【招く】 (搖手、點頭)招呼；招待、宴請；招聘、聘請；招惹、招致 他五 グループ1

まね まね
招く・招きます

辞書形(基本形)		たり形	
招待	まねく	又是招待	まねいたり
ない形(否定形)		ば形(條件形)	
沒招待	まねかない	招待的話	まねけば
なかった形(過去否定形)		させる形(使役形)	
過去沒招待	まねかなかった	使招待	まねかせる
ます形(連用形)		られる形(被動形)	
招待	まねきます	被招待	まねかれる
て形		命令形	
招待	まねいて	快招待	まねけ
た形(過去形)		可能形	
招待了	まねいた	可以招待	まねける
たら形(條件形)		う形(意向形)	
招待的話	まねいたら	招待吧	まねこう

△大使館のパーティーに招かれた。／我受邀到大使館的派對。

まわす【回す】

転・転動；（依次）傳遞；傳送；調職；各處活動奔走；想辦法；運用；投資；（前接某些動詞連用形）表示遍布四周

他五・接尾　グループ1

回す・回します

辞書形（基本形）		たり形	
轉動	まわす	又是轉動	まわしたり
ない形（否定形）		ば形（條件形）	
沒轉動	まわさない	轉動的話	まわせば
なかった形（過去否定形）		させる形（使役形）	
過去沒轉動	まわさなかった	使轉動	まわさせる
ます形（連用形）		られる形（被動形）	
轉動	まわします	被轉動	まわされる
て形		命令形	
轉動	まわして	快轉動	まわせ
た形（過去形）		可能形	
轉動了	まわした	可以轉動	まわせる
たら形（條件形）		う形（意向形）	
轉動的話	まわしたら	轉動吧	まわそう

 △こまを回す。／轉動陀螺（打陀螺）。

みあげる【見上げる】

仰視・仰望；欽佩・尊敬・景仰

他下一　グループ2

見上げる・見上げます

辞書形（基本形）		たり形	
仰望	みあげる	又是仰望	みあげたり
ない形（否定形）		ば形（條件形）	
沒仰望	みあげない	仰望的話	みあげれば
なかった形（過去否定形）		させる形（使役形）	
過去沒仰望	みあげなかった	使仰望	みあげさせる
ます形（連用形）		られる形（被動形）	
仰望	みあげます	被仰望	みあげられる
て形		命令形	
仰望	みあげて	快仰望	みあげろ
た形（過去形）		可能形	
仰望了	みあげた	可以仰望	みあげられる
たら形（條件形）		う形（意向形）	
仰望的話	みあげたら	仰望吧	みあげよう

 △彼は、見上げるほどに背が高い。／他個子高到需要抬頭看的程度。

みおくる【見送る】

目送；送別；（把人）送到（某的地方）；觀望，擱置，暫緩考慮；送葬

他五　グループ1

見送る・見送ります

辞書形(基本形) 送到	みおくる	たり形 又是送到	みおくったり
ない形（否定形） 沒送到	みおくらない	ば形（條件形） 送到的話	みおくれば
なかった形（過去否定形） 過去沒送到	みおくらなかった	させる形（使役形） 使送到	みおくらせる
ます形（連用形） 送到	みおくります	られる形（被動形） 被送到	みおくられる
て形 送到	みおくって	命令形 快送到	みおくれ
た形（過去形） 送到了	みおくった	可能形 可以送到	みおくれる
たら形（條件形） 送到的話	みおくったら	う形（意向形） 送到吧	みおくろう

△門の前で客を見送った。／在門前送客。

みおろす【見下ろす】

俯視，往下看；輕視，藐視，看不起；視線從上往下移動

他五　グループ1

見下ろす・見下ろします

辞書形(基本形) 俯視	みおろす	たり形 又是俯視	みおろしたり
ない形（否定形） 沒俯視	みおろさない	ば形（條件形） 俯視的話	みおろせば
なかった形（過去否定形） 過去沒俯視	みおろさなかった	させる形（使役形） 使俯視	みおろさせる
ます形（連用形） 俯視	みおろします	られる形（被動形） 被俯視	みおろされる
て形 俯視	みおろして	命令形 快俯視	みおろせ
た形（過去形） 俯視了	みおろした	可能形 可以俯視	みおろせる
たら形（條件形） 俯視的話	みおろしたら	う形（意向形） 俯視吧	みおろそう

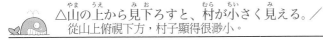
△山の上から見下ろすと、村が小さく見える。／從山上俯視下方，村子顯得很渺小。

N2
み

みおくる・みおろす

477

みちる【満ちる】 充満；月盈・月圓；（期限）満・到期；潮漲 自上一 グループ2

満ちる・満ちます

辞書形(基本形)		たり形	
充満	みちる	又是充満	みちたり
ない形（否定形）		ば形（條件形）	
沒充満	みちない	充満的話	みちれば
なかった形（過去否定形）		させる形（使役形）	
過去沒充満	みちなかった	使充満	みちさせる
ます形（連用形）		られる形（被動形）	
充満	みちます	被充満	みちられる
て形		命令形	
充満	みちて	快充満	みちろ
た形（過去形）		可能形	
充満了	みちた		———
たら形（條件形）		う形（意向形）	
充満的話	みちたら	充満吧	みちよう

△潮がだんだん満ちてきた。／潮水逐漸漲了起來。

みつめる【見詰める】 凝視・注視・盯著 他下一 グループ2

見詰める・見詰めます

辞書形(基本形)		たり形	
注視	みつめる	又是注視	みつめたり
ない形（否定形）		ば形（條件形）	
沒注視	みつめない	注視的話	みつめれば
なかった形（過去否定形）		させる形（使役形）	
過去沒注視	みつめなかった	使注視	みつめさせる
ます形（連用形）		られる形（被動形）	
注視	みつめます	被注視	みつめられる
て形		命令形	
注視	みつめて	快注視	みつめろ
た形（過去形）		可能形	
注視了	みつめた	可以注視	みつめられる
たら形（條件形）		う形（意向形）	
注視的話	みつめたら	注視吧	みつめよう

△あの人に壁ドンされてじっと見つめられたい。／
好想讓那個人壁咚，深情地凝望著我。

みとめる【認める】

看出・看到；認識，賞識，器重；承認；斷定，認為；許可，同意

他下一 グループ2

認める・認めます

辞書形(基本形) 看到	みとめる	たり形 又是看到	みとめたり
ない形(否定形) 沒看到	みとめない	ば形(條件形) 看到的話	みとめれば
なかった形(過去否定形) 過去沒看到	みとめなかった	させる形(使役形) 使看到	みとめさせる
ます形(連用形) 看到	みとめます	られる形(被動形) 被看到	みとめられる
て形 看到	みとめて	命令形 快看到	みとめろ
た形(過去形) 看到了	みとめた	可能形 可以看到	みとめられる
たら形(條件形) 看到的話	みとめたら	う形(意向形) 看到吧	みとめよう

 △これだけ証拠があっては、罪を認めざるをえません。／
有這麼多的證據，不認罪也不行。

みなおす【見直す】

（見）起色，（病情）轉好；重看，重新看；重新評估，重新認識

自他五 グループ1

見直す・見直します

辞書形(基本形) 重看	みなおす	たり形 又是重看	みなおしたり
ない形(否定形) 沒重看	みなおさない	ば形(條件形) 重看的話	みなおせば
なかった形(過去否定形) 過去沒重看	みなおさなかった	させる形(使役形) 使重看	みなおさせる
ます形(連用形) 重看	みなおします	られる形(被動形) 被重看	みなおされる
て形 重看	みなおして	命令形 快重看	みなおせ
た形(過去形) 重看了	みなおした	可能形 可以重看	みなおせる
たら形(條件形) 重看的話	みなおしたら	う形(意向形) 重看吧	みなおそう

 △今会社の方針を見直している最中です。／
現在正在重新檢討公司的方針中。

みなれる【見慣れる】 看慣・眼熟・熟識 　自下一 グループ2

見慣れる・見慣れます

辞書形(基本形)		たり形	
熟識	みなれる	又是熟識	みなれたり
ない形 (否定形)		ば形 (條件形)	
沒熟識	みなれない	熟識的話	みなれれば
なかった形 (過去否定形)		させる形 (使役形)	
過去沒熟識	みなれなかった	使熟識	みなれさせる
ます形 (連用形)		られる形 (被動形)	
熟識	みなれます	被熟識	みなれられる
て形		命令形	
熟識	みなれて	快熟識	みなれろ
た形 (過去形)		可能形	
熟識了	みなれた		―――――
たら形 (條件形)		う形 (意向形)	
熟識的話	みなれたら	熟識吧	みなれよう

△日本では外国人を見慣れていない人が多い。／
在日本，許多人很少看到外國人。

みのる【実る】 (植物)成熟・結果；取得成績・獲得成果・結果實 　他五 グループ1

実る・実ります

辞書形(基本形)		たり形	
結成果實	みのる	又是結成果實	みのったり
ない形 (否定形)		ば形 (條件形)	
沒結成果實	みのらない	結成果實的話	みのれば
なかった形 (過去否定形)		させる形 (使役形)	
過去沒結成果實	みのらなかった	使結成果實	みのらせる
ます形 (連用形)		られる形 (被動形)	
結成果實	みのります	被結成果實	みのられる
て形		命令形	
結成果實	みのって	快結成果實	みのれ
た形 (過去形)		可能形	
結成果實了	みのった	可以結成果實	みのれる
たら形 (條件形)		う形 (意向形)	
結成果實的話	みのったら	結成果實吧	みのろう

△農民たちの努力のすえに、すばらしい作物が実りました。／
經過農民的努力後，最後長出了優良的農作物。

みまう【見舞う】 訪問・看望；問候・探望；遭受・蒙受（災害等） 他五 グループ1

<ruby>見<rt>み</rt></ruby><ruby>舞<rt>ま</rt></ruby>う・<ruby>見<rt>み</rt></ruby><ruby>舞<rt>ま</rt></ruby>います

辞書形（基本形） 探望	みまう	たり形 又是探望	みまったり
ない形（否定形） 沒探望	みまわない	ば形（條件形） 探望的話	みまえば
なかった形（過去否定形） 過去沒探望	みまわなかった	させる形（使役形） 使探望	みまわせる
ます形（使用形） 探望	みまいます	られる形（被動形） 被探望	みまわれる
て形 探望	みまって	命令形 快探望	みまえ
た形（過去形） 探望了	みまった	可能形 可以探望	みまえる
たら形（條件形） 探望的話	みまったら	う形（意向形） 探望吧	みまおう

△<ruby>友達<rt>ともだち</rt></ruby>が<ruby>入院<rt>にゅういん</rt></ruby>したので、<ruby>見舞<rt>みま</rt></ruby>いに<ruby>行<rt>い</rt></ruby>きました。／
因朋友住院了，所以前往探病。

むかう【向かう】 向著・朝著；面向；往…去・向…去；趨向・轉向 他五 グループ1

<ruby>向<rt>む</rt></ruby>かう・<ruby>向<rt>む</rt></ruby>かいます

辞書形（基本形） 向著	むかう	たり形 又是向著	むかったり
ない形（否定形） 沒向著	むかわない	ば形（條件形） 向著的話	むかえば
なかった形（過去否定形） 過去沒向著	むかわなかった	させる形（使役形） 使轉向	むかわせる
ます形（使用形） 向著	むかいます	られる形（被動形） 被轉向	むかわれる
て形 向著	むかって	命令形 快轉向	むかえ
た形（過去形） 向著了	むかった	可能形 可以轉向	むかえる
たら形（條件形） 向著的話	むかったら	う形（意向形） 轉向吧	むかおう

△<ruby>向<rt>む</rt></ruby>かって<ruby>右側<rt>みぎがわ</rt></ruby>が<ruby>郵便局<rt>ゆうびんきょく</rt></ruby>です。／面對它的右手邊就是郵局。

めいじる・めいずる【命じる・命ずる】 他上一・他サ グループ2

命令・吩咐；任命・委派；命名

命じる・命じます

辞書形(基本形)		たり形	
命令	めいじる	又是命令	めいじたり
ない形（否定形）		ば形（條件形）	
沒命令	めいじない	命令的話	めいじれば
なかった形（過去否定形）		させる形（使役形）	
過去沒命令	めいじなかった	使命令	めいじさせる
ます形（連用形）		られる形（被動形）	
命令	めいじます	被命令	めいじられる
て形		命令形	
命令	めいじて	快命令	めいじろ
た形（過去形）		可能形	
命令了	めいじた	可以命令	めいじられる
たら形（條件形）		う形（意向形）	
命令的話	めいじたら	命令吧	めいじよう

△上司は彼にすぐ出発するように命じた。／上司命令他立刻出發。

めぐまれる【恵まれる】 得天獨厚・被賦予・受益・受到恩惠 自下一 グループ2

恵まれる・恵まれます

辞書形(基本形)		たり形	
受益	めぐまれる	又是受益	めぐまれたり
ない形（否定形）		ば形（條件形）	
沒受益	めぐまれない	受益的話	めぐまれれば
なかった形（過去否定形）		させる形（使役形）	
過去沒受益	めぐまれなかった	使受益	めぐまれさせる
ます形（連用形）		られる形（被動形）	
受益	めぐまれます	被受益	めぐまれられる
て形		命令形	
受益	めぐまれて	快受益	めぐまれろ
た形（過去形）		可能形	
受益了	めぐまれた		———
たら形（條件形）		う形（意向形）	
受益的話	めぐまれたら	受益吧	めぐまれよう

△環境に恵まれるか恵まれないかにかかわらず、努力すれば成功できる。／無論環境的好壞，只要努力就能成功。

めぐる【巡る】 循環・轉回・旋轉；巡遊；環繞，圍繞 他五 グループ1

巡る・巡ります

辞書形(基本形) 旋轉	めぐる	たり形 又是旋轉	めぐったり
ない形 (否定形) 沒旋轉	めぐらない	ば形 (條件形) 旋轉的話	めぐれば
なかった形 (過去否定形) 過去沒旋轉	めぐらなかった	させる形 (使役形) 使旋轉	めぐらせる
ます形 (連用形) 旋轉	めぐります	られる形 (被動形) 被旋轉	めぐられる
て形 旋轉	めぐって	命令形 快旋轉	めぐれ
た形 (過去形) 旋轉了	めぐった	可能形 可以旋轉	めぐれる
たら形 (條件形) 旋轉的話	めぐったら	う形 (意向形) 旋轉吧	めぐろう

 △東ヨーロッパを巡る旅に出かけました。／我到東歐去環遊了。

めざす【目指す】 指向・以…為努力目標・瞄準 他五 グループ1

目指す・目指します

辞書形(基本形) 瞄準	めざす	たり形 又是瞄準	めざしたり
ない形 (否定形) 沒瞄準	めざさない	ば形 (條件形) 瞄準的話	めざせば
なかった形 (過去否定形) 過去沒瞄準	めざさなかった	させる形 (使役形) 使瞄準	めざさせる
ます形 (連用形) 瞄準	めざします	られる形 (被動形) 被瞄準	めざされる
て形 瞄準	めざして	命令形 快瞄準	めざせ
た形 (過去形) 瞄準了	めざした	可能形 可以瞄準	めざせる
たら形 (條件形) 瞄準的話	めざしたら	う形 (意向形) 瞄準吧	めざそう

 △もしも試験に落ちたら、弁護士を目指すどころではなくなる。／要是落榜了，就不是在那裡妄想當律師的時候了。

めだつ【目立つ】 顯眼・引人注目・明顯

他五 グループ1

目立つ・目立ちます

辭書形(基本形)		たり形	
引人注目	めだつ	又是引人注目	めだったり
ない形 (否定形)		ば形 (條件形)	
沒引人注目	めだたない	引人注目的話	めだてば
なかった形 (過去否定形)		させる形 (使役形)	
過去沒引人注目	めだたなかった	使引人注目	めだたせる
ます形 (連用形)		られる形 (被動形)	
引人注目	めだちます	被注目	めだたれる
て形		命令形	
引人注目	めだって	快引人注目	めだて
た形 (過去形)		可能形	
引人注目了	めだった	會引人注目	めだてる
たら形 (條件形)		う形 (意向形)	
引人注目的話	めだったら	引人注目吧	めだとう

△彼女は華やかなので、とても目立つ。／她打扮華麗，所以很引人側目。

もうかる【儲かる】 賺到・得利；賺得到便宜・撿便宜

他五 グループ1

儲かる・儲かります

辭書形(基本形)		たり形	
得利	もうかる	又是得利	もうかったり
ない形 (否定形)		ば形 (條件形)	
沒得利	もうからない	得利的話	もうかれば
なかった形 (過去否定形)		させる形 (使役形)	
過去沒得利	もうからなかった	使得利	もうからせる
ます形 (連用形)		られる形 (被動形)	
得利	もうかります	被賺	もうかられる
て形		命令形	
得利	もうかって	快撿便宜	もうかれ
た形 (過去形)		可能形	
得利了	もうかった		———
たら形 (條件形)		う形 (意向形)	
得利的話	もうかったら	賺吧	もうかろう

△儲かるからといって、そんな危ない仕事はしない方がいい。／
雖說會賺大錢，那種危險的工作還是不做的好。

もうける【設ける】 預備・準備・設立・制定；生・得（子女） 他下一 グループ2

設ける・設けます

辞書形（基本形） 設立	もうける	たり形 又是設立	もうけたり
ない形（否定形） 沒設立	もうけない	ば形（條件形） 設立的話	もうければ
なかった形（過去否定形） 過去沒設立	もうけなかった	させる形（使役形） 使設立	もうけさせる
ます形（連用形） 設立	もうけます	られる形（被動形） 被設立	もうけられる
て形 設立	もうけて	命令形 快設立	もうけろ
た形（過去形） 設立了	もうけた	可能形 可以設立	もうけられる
たら形（條件形） 設立的話	もうけたら	う形（意向形） 設立吧	もうけよう

 △スポーツ大会に先立ち、簡易トイレを設けた。／
在運動會之前，事先設置了臨時公廁。

もうける【儲ける】 賺錢・得利；（轉）撿便宜・賺到 他下一 グループ2

儲ける・儲けます

辞書形（基本形） 賺錢	もうける	たり形 又是賺錢	もうけたり
ない形（否定形） 沒賺錢	もうけない	ば形（條件形） 賺錢的話	もうければ
なかった形（過去否定形） 過去沒賺錢	もうけなかった	させる形（使役形） 使賺錢	もうけさせる
ます形（連用形） 賺錢	もうけます	られる形（被動形） 被撿便宜	もうけられる
て形 賺錢	もうけて	命令形 快賺錢	もうけろ
た形（過去形） 賺錢了	もうけた	可能形 可以賺錢	もうけられる
たら形（條件形） 賺錢的話	もうけたら	う形（意向形） 賺錢吧	もうけよう

 △彼はその取り引きで大金をもうけた。／他在那次交易上賺了大錢。

もぐる【潜る】

潜入（水中）；鑽進，藏入，躲入；潛伏活動，違法從事活動　　他五　グループ1

潜る・潜ります

辞書形(基本形) 潛入	もぐる	たり形 又是潛入	もぐったり
ない形（否定形） 沒潛入	もぐらない	ば形（條件形） 潛入的話	もぐれば
なかった形（過去否定形） 過去沒潛入	もぐらなかった	させる形（使役形） 使潛入	もぐらせる
ます形（連用形） 潛入	もぐります	られる形（被動形） 被潛入	もぐられる
て形 潛入	もぐって	命令形 快潛入	もぐれ
た形（過去形） 潛入了	もぐった	可能形 可以潛入	もぐれる
たら形（條件形） 潛入的話	もぐったら	う形（意向形） 潛入吧	もぐろう

△海に潜ることにかけては、彼はなかなかすごいですよ。／
在潛海這方面，他相當厲害唷。

もたれる【凭れる・靠れる】

依靠，憑靠；消化不良　　自下一　グループ2

もたれる・もたれます

辞書形(基本形) 依靠	もたれる	たり形 又是依靠	もたれたり
ない形（否定形） 沒依靠	もたれない	ば形（條件形） 依靠的話	もたれれば
なかった形（過去否定形） 過去沒依靠	もたれなかった	させる形（使役形） 使依靠	もたれさせる
ます形（連用形） 依靠	もたれます	られる形（被動形） 被依靠	もたれられる
て形 依靠	もたれて	命令形 快依靠	もたれろ
た形（過去形） 依靠了	もたれた	可能形 可以依靠	もたれられる
たら形（條件形） 依靠的話	もたれたら	う形（意向形） 依靠吧	もたれよう

△相手の迷惑もかまわず、電車の中で隣の人にもたれて寝ている。／
也不管會不會造成對方的困擾，在電車上靠著旁人的肩膀睡覺。

もちあげる【持ち上げる】

（用手）舉起・抬起；阿諛奉承・吹捧；抬頭 　他下一 グループ2

持ち上げる・持ち上げます

辞書形(基本形) 抬起	もちあげる	たり形 又是抬起	もちあげたり
ない形 (否定形) 沒抬起	もちあげない	ば形 (條件形) 抬起的話	もちあげれば
なかった形 (過去否定形) 過去沒抬起	もちあげなかった	させる形 (使役形) 使抬起	もちあげさせる
ます形 (連用形) 抬起	もちあげます	られる形 (被動形) 被抬起	もちあげられる
て形 抬起	もちあげて	命令形 快抬起	もちあげろ
た形 (過去形) 抬起了	もちあげた	可能形 可以抬起	もちあげられる
たら形 (條件形) 抬起的話	もちあげたら	う形 (意向形) 抬起吧	もちあげよう

△こんな重いものが、持ち上げられるわけはない。／
這麼重的東西，怎麼可能抬得起來。

もちいる【用いる】

使用；採用・採納；任用・錄用 　他五 グループ2

用いる・用います

辞書形(基本形) 採用	もちいる	たり形 又是採用	もちいたり
ない形 (否定形) 沒採用	もちいない	ば形 (條件形) 採用的話	もちいれば
なかった形 (過去否定形) 過去沒採用	もちいなかった	させる形 (使役形) 使採用	もちいさせる
ます形 (連用形) 採用	もちいます	られる形 (被動形) 被採用	もちいられる
て形 採用	もちいて	命令形 快採用	もちいろ
た形 (過去形) 採用了	もちいた	可能形 可以採用	もちいられる
たら形 (條件形) 採用的話	もちいたら	う形 (意向形) 採用吧	もちいよう

△これは、DVDの製造に用いる機械です。／
這台是製作DVD時會用到的機器。

もどす【戻す】 退還，歸還；送回，退回；使倒退；（經）市場價格急遽遽回升 | 自他五 | グループ1

もどす・もどします

辞書形(基本形) 退回	もどす	たり形 又是退回	もどしたり
ない形（否定形） 沒退回	もどさない	ば形（條件形） 退回的話	もどせば
なかった形（過去否定形） 過去沒退回	もどさなかった	させる形（使役形） 使退回	もどさせる
ます形（連用形） 退回	もどします	られる形（被動形） 被退回	もどされる
て形 退回	もどして	命令形 快退回	もどせ
た形（過去形） 退回了	もどした	可能形 可以退回	もどせる
たら形（條件形） 退回的話	もどしたら	う形（意向形） 退回吧	もどそう

△本を読み終わったら、棚に戻してください。／
書如果看完了，就請放回書架。

もとづく【基づく】 根據，按照；由…而來，因為，起因 | 他五 | グループ1

もとづく・もとづきます

辞書形(基本形) 按照	もとづく	たり形 又是按照	もとづいたり
ない形（否定形） 沒按照	もとづかない	ば形（條件形） 按照的話	もとづけば
なかった形（過去否定形） 過去沒按照	もとづかなかった	させる形（使役形） 使按照	もとづかせる
ます形（連用形） 按照	もとづきます	られる形（被動形） 被作為依據	もとづかれる
て形 按照	もとづいて	命令形 快按照	もとづけ
た形（過去形） 按照了	もとづいた	可能形	———
たら形（條件形） 按照的話	もとづいたら	う形（意向形） 按照吧	もとづこう

△去年の支出に基づいて、今年の予算を決めます。／
根據去年的支出，來決定今年度的預算。

もとめる【求める】 想要，渴望，需要；謀求，探求；征求，要求；購買 他下一 グループ2

求める・求めます

辞書形(基本形) 渴望	もとめる	たり形 又是渴望	もとめたり
ない形 (否定形) 沒渴望	もとめない	ば形 (條件形) 渴望的話	もとめれば
なかった形 (過去否定形) 過去沒渴望	もとめなかった	させる形 (使役形) 使渴望	もとめさせる
ます形 (連用形) 渴望	もとめます	られる形 (被動形) 被渴望	もとめられる
て形 渴望	もとめて	命令形 快渴望	もとめろ
た形 (過去形) 渴望了	もとめた	可能形 可以需要	もとめられる
たら形 (條件形) 渴望的話	もとめたら	う形 (意向形) 渴望吧	もとめよう

△私たちは株主として、経営者に誠実な答えを求めます。／
作為股東的我們，要求經營者要給真誠的答覆。

ものがたる【物語る】 談・講述；說明・表明 他五 グループ1

物語る・物語ります

辞書形(基本形) 說明	ものがたる	たり形 又是說明	ものがたったり
ない形 (否定形) 沒說明	ものがたらない	ば形 (條件形) 說明的話	ものがたれば
なかった形 (過去否定形) 過去沒說明	ものがたら なかった	させる形 (使役形) 使說明	ものがたらせる
ます形 (連用形) 說明	ものがたります	られる形 (被動形) 被說明	ものがたられる
て形 說明	ものがたって	命令形 快說明	ものがたれ
た形 (過去形) 說明了	ものがたった	可能形 可以說明	ものがたれる
たら形 (條件形) 說明的話	ものがたったら	う形 (意向形) 說明吧	ものがたろう

△血だらけの服が、事件のすごさを物語っている。／
滿是血跡的衣服，述說著案件的嚴重性。

もむ【揉む】

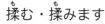

搓，揉；捏，按摩；（很多人）互相推擠；爭辯；（被動式型態）錘鍊，受磨練

他五　グループ1

揉む・揉みます

辭書形 (基本形) 搓	もむ	たり形 又是搓	もんだり
ない形 (否定形) 沒搓	もまない	ば形 (條件形) 搓的話	もめば
なかった形 (過去否定形) 過去沒搓	もまなかった	させる形 (使役形) 使搓	もませる
ます形 (連用形) 搓	もみます	られる形 (被動形) 被搓	もまれる
て形 搓	もんで	命令形 快搓	もめ
た形 (過去形) 搓了	もんだ	可能形 可以搓	もめる
たら形 (條件形) 搓的話	もんだら	う形 (意向形) 搓吧	ももう

△肩をもんであげる。／我幫你按摩肩膀。

もる【盛る】

盛滿，裝滿；堆滿，堆高；配藥，下毒；刻劃，標刻度

他五　グループ1

盛る・盛ります

辭書形 (基本形) 裝滿	もる	たり形 又是裝滿	もったり
ない形 (否定形) 沒裝滿	もらない	ば形 (條件形) 裝滿的話	もれば
なかった形 (過去否定形) 過去沒裝滿	もらなかった	させる形 (使役形) 使裝滿	もらせる
ます形 (連用形) 裝滿	もります	られる形 (被動形) 被裝滿	もられる
て形 裝滿	もって	命令形 快裝滿	もれ
た形 (過去形) 裝滿了	もった	可能形 可以裝滿	もれる
たら形 (條件形) 裝滿的話	もったら	う形 (意向形) 裝滿吧	もろう

△果物が皿に盛ってあります。／盤子上堆滿了水果。

やっつける【遣っ付ける】

（俗）幹完（工作等・「やる」的強調表現）；教訓一頓；幹掉；打敗・撃敗

他下一 グループ2

やっつける・やっつけます

辞書形（基本形）打敗	やっつける	たり形 又是打敗	やっつけたり
ない形（古定形）沒打敗	やっつけない	ば形（條件形）打敗的話	やっつければ
なかった形（過去古定形）過去沒打敗	やっつけなかった	させる形（使役形）使打敗	やっつけさせる
ます形（連用形）打敗	やっつけます	られる形（被動形）被打敗	やっつけられる
て形 打敗	やっつけて	命令形 快打敗	やっつけろ
た形（過去形）打敗了	やっつけた	可能形 可以打敗	やっつけられる
たら形（條件形）打敗的話	やっつけたら	う形（意向形）打敗吧	やっつけよう

 △手ひどくやっつけられる。／被修理得很慘。

やとう【雇う】 雇用

他五 グループ1

雇う・雇います

辞書形（基本形）雇用	やとう	たり形 又是雇用	やとったり
ない形（古定形）沒雇用	やとわない	ば形（條件形）雇用的話	やとえば
なかった形（過去古定形）過去沒雇用	やとわなかった	させる形（使役形）使雇用	やとわせる
ます形（連用形）雇用	やといます	られる形（被動形）被雇用	やとわれる
て形 雇用	やとって	命令形 快雇用	やとえ
た形（過去形）雇用了	やとった	可能形 可以雇用	やとえる
たら形（條件形）雇用的話	やとったら	う形（意向形）雇用吧	やとおう

△大きなプロジェクトに先立ち、アルバイトをたくさん雇いました。／進行盛大的企劃前，事先雇用了很多打工的人。

やぶく【破く】 撕破・弄破

他五　グループ1

破く・破きます

辞書形(基本形) 撕破	やぶく	たり形 又是撕破	やぶいたり
ない形 (否定形) 沒撕破	やぶかない	ば形 (條件形) 撕破的話	やぶけば
なかった形 (過去否定形) 過去沒撕破	やぶかなかった	させる形 (使役形) 使撕破	やぶかせる
ます形 (連用形) 撕破	やぶきます	られる形 (被動形) 被撕破	やぶかれる
て形 撕破	やぶいて	命令形 快撕破	やぶけ
た形 (過去形) 撕破了	やぶいた	可能形 會撕破	やぶける
たら形 (條件形) 撕破的話	やぶいたら	う形 (意向形) 撕破吧	やぶこう

 △ズボンを破いてしまった。／弄破褲子了。

やむ【病む】 得病・患病；煩惱・憂慮

自他五　グループ1

病む・病みます

辞書形(基本形) 患病	やむ	たり形 又是患病	やんだり
ない形 (否定形) 沒患病	やまない	ば形 (條件形) 患病的話	やめば
なかった形 (過去否定形) 過去沒患病	やまなかった	させる形 (使役形) 使憂慮	やませる
ます形 (連用形) 患病	やみます	られる形 (被動形) 被憂慮	やまれる
て形 患病	やんで	命令形 快煩惱	やめ
た形 (過去形) 患病了	やんだ	可能形	———
たら形 (條件形) 患病的話	やんだら	う形 (意向形)	———

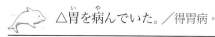 △胃を病んでいた。／得胃病。

よう【酔う】 醉・酒醉；暈（車、船）；（吃魚等）中毒；陶醉 他五 グループ1

酔う・酔います

辞書形（基本形） 醉	よう	た形 又是醉	よったり
ない形（否定形） 沒醉	よわない	ば形（條件形） 醉的話	よえば
なかった形（過去否定形） 過去沒醉	よわなかった	させる形（使役形） 使陶醉	よわせる
ます形（連用形） 醉	よいます	られる形（被動形） 被陶醉	よわれる
て形 醉	よって	命令形 快陶醉	よえ
た形（過去形） 醉了	よった	可能形 可以陶醉	よえる
たら形（條件形） 醉的話	よったら	う形（意向形） 陶醉吧	よおう

 △彼は酔っても乱れない。／他喝醉了也不會亂來。

よくばる【欲張る】 貪婪・貪心・貪得無厭 他五 グループ1

欲張る・欲張ります

辞書形（基本形） 貪婪	よくばる	た形 又是貪婪	よくばったり
ない形（否定形） 沒貪婪	よくばらない	ば形（條件形） 貪婪的話	よくばれば
なかった形（過去否定形） 過去沒貪婪	よくばらなかった	させる形（使役形） 使貪婪	よくばらせる
ます形（連用形） 貪婪	よくばります	られる形（被動形） 被貪婪	よくばられる
て形 貪婪	よくばって	命令形 快貪婪	よくばれ
た形（過去形） 貪婪了	よくばった	可能形 會貪婪	よくばれる
たら形（條件形） 貪婪的話	よくばったら	う形（意向形） 貪婪吧	よくばろう

 △彼が失敗したのは、欲張ったせいにほかならない。／他之所以會失敗，無非是他太過貪心了。

よこぎる【横切る】 横越・横跨

他五 グループ1

横切る・横切ります

辞書形(基本形) 横越	よこぎる	たり形 又是横越	よこぎったり
ない形 (否定形) 沒横越	よこぎらない	ば形 (條件形) 横越的話	よこぎれば
なかった形 (過去否定形) 過去沒横越	よこぎらなかった	させる形 (使役形) 使横越	よこぎらせる
ます形 (連用形) 横越	よこぎります	られる形 (被動形) 被横越	よこぎられる
て形 横越	よこぎって	命令形 快横越	よこぎれ
た形 (過去形) 横越了	よこぎった	可能形 可以横越	よこぎれる
たら形 (條件形) 横越的話	よこぎったら	う形 (意向形) 横越吧	よこぎろう

 △道路を横切る。／横越馬路。

よす【止す】 停止・做罷；戒掉；辭掉

他五 グループ1

止す・止します

辞書形(基本形) 停止	よす	たり形 又是停止	よしたり
ない形 (否定形) 沒停止	よさない	ば形 (條件形) 停止的話	よせば
なかった形 (過去否定形) 過去沒停止	よさなかった	させる形 (使役形) 使停止	よさせる
ます形 (連用形) 停止	よします	られる形 (被動形) 被停止	よされる
て形 停止	よして	命令形 快停止	よせ
た形 (過去形) 停止了	よした	可能形 可以停止	よせる
たら形 (條件形) 停止的話	よしたら	う形 (意向形) 停止吧	よそう

 △そんなことをするのは止しなさい。／不要做那種蠢事。

よびかける【呼び掛ける】

招呼・呼喚；號召・呼籲 他下一 グループ2

呼び掛ける・呼び掛けます

辞書形(基本形) 呼喚	よびかける	た形 又是呼喚	よびかけたり
ない形(否定形) 沒呼喚	よびかけない	ば形(條件形) 呼喚的話	よびかければ
なかった形(過去否定形) 過去沒呼喚	よびかけなかった	せる形(使役形) 使呼喚	よびかけさせる
ます形(連用形) 呼喚	よびかけます	られる形(被動形) 被號召	よびかけられる
て形 呼喚	よびかけて	命令形 快呼喚	よびかけろ
た形(過去形) 呼喚了	よびかけた	可能形 可以呼喚	よびかけられる
たら形(條件形) 呼喚的話	よびかけたら	う形(意向形) 呼喚吧	よびかけよう

△ここにゴミを捨てないように、呼びかけようじゃないか。／
我們來呼籲大眾，不要在這裡亂丟垃圾吧！

よびだす【呼び出す】

喚出・叫出；叫來・喚來・邀請；傳訊 他五 グループ1

呼び出す・呼び出します

辞書形(基本形) 喚出	よびだす	た形 又是喚出	よびだしたり
ない形(否定形) 沒喚出	よびださない	ば形(條件形) 喚出的話	よびだせば
なかった形(過去否定形) 過去沒喚出	よびださなかった	せる形(使役形) 使喚出	よびださせる
ます形(連用形) 喚出	よびだします	られる形(被動形) 被邀請	よびだされる
て形 喚出	よびだして	命令形 快邀請	よびだせ
た形(過去形) 喚出了	よびだした	可能形 可以邀請	よびだせる
たら形(條件形) 喚出的話	よびだしたら	う形(意向形) 邀請吧	よびだそう

△こんな夜遅くに呼び出して、何の用ですか。／
那麼晚了還叫我出來，到底是有什麼事？

よみがえる【蘇る】 甦醒・復活；復興・復甦・回復；重新想起 　他五　グループ1

蘇る・蘇ります

辞書形(基本形)		たり形	
復興	よみがえる	又是復興	よみがえったり
ない形 (否定形)		ば形 (條件形)	
沒復興	よみがえらない	復興的話	よみがえれば
なかった形 (過去否定形)		させる形 (使役形)	
過去沒復興	よみがえら なかった	使復興	よみがえらせる
ます形 (連用形)		られる形 (被動形)	
復興	よみがえります	被復興	よみがえられる
て形		命令形	
復興	よみがえって	快復興	よみがえれ
た形 (過去形)		可能形	
復興了	よみがえった	可以復興	よみがえれる
たら形 (條件形)		う形 (意向形)	
復興的話	よみがえったら	復興吧	よみがえろう

△しばらくしたら、昔の記憶が蘇るに相違ない。／
過一陣子後，以前的記憶一定會想起來的。

よる【因る】 由於・因為；任憑・取決於；依靠・依頼；按照・根據　他五　グループ1

因る・因ります

辞書形(基本形)		たり形	
依靠	よる	又是依靠	よったり
ない形 (否定形)		ば形 (條件形)	
沒依靠	よらない	依靠的話	よれば
なかった形 (過去否定形)		させる形 (使役形)	
過去沒依靠	よらなかった	使依靠	よらせる
ます形 (連用形)		られる形 (被動形)	
依靠	よります	被依靠	よられる
て形		命令形	
依靠	よって	快依靠	よれ
た形 (過去形)		可能形	
依靠了	よった		——
たら形 (條件形)		う形 (意向形)	
依靠的話	よったら	依靠吧	よろう

△理由によっては、許可することができる。／
因理由而定，來看是否批准。

りゃくす【略す】 簡略；省略・略去；攻佔・奪取

他サ グループ3

略す・略します

辞書形(基本形) 省略	りゃくす	た形 又是省略	りゃくしたり
ない形(否定形) 沒省略	りゃくさない	ば形(條件形) 省略的話	りゃくせば
なかった形(過去否定形) 過去沒省略	りゃくさなかった	させる形(使役形) 使省略	りゃくさせる
ます形(連用形) 省略	りゃくします	られる形(被動形) 被省略	りゃくされる
て形 省略	りゃくして	命令形 快省略	りゃくせ
た形(過去形) 省略了	りゃくした	可能形 可以省略	りゃくせる
たら形(條件形) 省略的話	りゃくしたら	う形(意向形) 省略吧	りゃくそう

△国際連合は、略して国連と言います。／聯合國際組織又簡稱聯合國。

わく【湧く】 湧出；產生（某種感情）；大量湧現

他五 グループ1

湧く・湧きます

辞書形(基本形) 產生	わく	た形 又是產生	わいたり
ない形(否定形) 沒產生	わかない	ば形(條件形) 產生的話	わけば
なかった形(過去否定形) 過去沒產生	わかなかった	させる形(使役形) 使產生	わかせる
ます形(連用形) 產生	わきます	られる形(被動形) 被產生	わかれる
て形 產生	わいて	命令形 快產生	わけ
た形(過去形) 產生了	わいた	可能形	———
たら形(條件形) 產生的話	わいたら	う形(意向形) 產生吧	わこう

△清水が湧く。／清水泉湧。

わびる【詫びる】 道歉・賠不是・謝罪　他上一　グループ2

詫びる・詫びます

辞書形 (基本形)		たり形	
謝罪	わびる	又是謝罪	わび**たり**
ない形 (否定形)		ば形 (条件形)	
沒謝罪	わび**ない**	謝罪的話	わび**れ**ば
なかった形 (過去否定形)		させる形 (使役形)	
過去沒謝罪	わび**なかった**	使賠不是	わび**させる**
ます形 (連用形)		られる形 (被動形)	
謝罪	わび**ます**	被賠不是	わび**られる**
て形		命令形	
謝罪	わび**て**	快賠不是	わび**ろ**
た形 (過去形)		可能形	
謝罪了	わび**た**	可以謝罪	わび**られる**
たら形 (条件形)		う形 (意向形)	
謝罪的話	わび**たら**	謝罪吧	わび**よう**

 △みなさんに対して、詫びなければならない。／我得向大家道歉才行。

わる【割る】 打・劈開；用除法計算　他五　グループ1

割る・割ります

辞書形 (基本形)		たり形	
劈開	わる	又是劈開	わっ**たり**
ない形 (否定形)		ば形 (条件形)	
沒劈開	わら**ない**	劈開的話	われ**ば**
なかった形 (過去否定形)		させる形 (使役形)	
過去沒劈開	わら**なかった**	使劈開	わら**せる**
ます形 (連用形)		られる形 (被動形)	
劈開	わり**ます**	被劈開	わら**れる**
て形		命令形	
劈開	わっ**て**	快劈開	われ
た形 (過去形)		可能形	
劈開了	わっ**た**	可以劈開	われる
たら形 (条件形)		う形 (意向形)	
劈開的話	わっ**たら**	劈開吧	わろ**う**

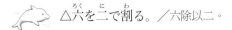 △六を二で割る。／六除以二。

動詞單字
N1

あいつぐ【相次ぐ・相継ぐ】

（文）接二連三・連續・連續
不斷・持續不中斷

自五 グループ1

相次ぐ・相次ぎます

辭書形(基本形)		たり形	
連續	あいつぐ	又是連續	あいついだり
ない形(否定形)		ば形(條件形)	
沒連續	あいつがない	連續的話	あいつげば
なかった形(過去否定形)		させる形(使役形)	
過去沒連續	あいつがなかった	使連續	あいつがせる
ます形(連用形)		られる形(被動形)	
連續	あいつぎます	被連續	あいつがれる
て形		命令形	
連續	あいついで	快串連	あいつげ
た形(過去形)		可能形	
連續了	あいついだ		———
たら形(條件形)		う形(意向形)	
連續的話	あいついだら	連續吧	あいつごう

△今年は相次ぐ災難に見舞われた。／今年遭逢接二連三的天災人禍。

あおぐ【仰ぐ】

仰・抬頭；尊敬；仰賴・依靠；請・求；飲・服用

他五 グループ1

仰ぐ・仰ぎます

辭書形(基本形)		たり形	
依靠	あおぐ	又是依靠	あおいだり
ない形(否定形)		ば形(條件形)	
沒依靠	あおがない	依靠的話	あおげば
なかった形(過去否定形)		させる形(使役形)	
過去沒依靠	あおがなかった	使依靠	あおがせる
ます形(連用形)		られる形(被動形)	
依靠	あおぎます	被依靠	あおがれる
て形		命令形	
依靠	あおいで	快依靠	あおげ
た形(過去形)		可能形	
依靠了	あおいだ	可以依靠	あおげる
たら形(條件形)		う形(意向形)	
依靠的話	あおいだら	依靠吧	あおごう

△彼は困ったときに空を仰ぐ癖がある。／
他在不知所措時，總會習慣性地抬頭仰望天空。

あがく　　挣扎；手腳亂動；刨地

あがく・あがきます

辞書形(基本形)		たり形	
挣扎	あがく	又是挣扎	あがいたり
ない形 (否定形) 沒挣扎	あがかない	ば形 (條件形) 挣扎的話	あがけば
なかった形 (過去否定形) 過去沒挣扎	あがかなかった	させる形 (使役形) 使挣扎	あがかせる
ます形 (連用形) 挣扎	あがきます	られる形 (被動形) 被挣脱而出	あがかれる
て形 挣扎	あがいて	命令形 快挣扎	あがけ
た形 (過去形) 挣扎了	あがいた	可能形 可以挣扎	あがける
たら形 (條件形) 挣扎的話	あがいたら	う形 (意向形) 挣扎吧	あがこう

△水中で必死にあがいて、何とか助かった。／在水裡拚命挣扎，總算得救了。

あかす【明かす】　　說出來；揭露；過夜・通宵；證明

明かす・明かします

辞書形(基本形)		たり形	
揭露	あかす	又是揭露	あかしたり
ない形 (否定形) 沒揭露	あかさない	ば形 (條件形) 揭露的話	あかせば
なかった形 (過去否定形) 過去沒揭露	あかさなかった	させる形 (使役形) 使揭露	あかさせる
ます形 (連用形) 揭露	あかします	られる形 (被動形) 被揭露	あかされる
て形 揭露	あかして	命令形 快揭露	あかせ
た形 (過去形) 揭露了	あかした	可能形 可以揭露	あかせる
たら形 (條件形) 揭露的話	あかしたら	う形 (意向形) 揭露吧	あかそう

△記者会見で新たな離婚の理由が明かされた。／
在記者會上揭露了新的離婚的原因。

あからむ【赤らむ】 變紅・發紅・變紅了起來；臉紅　自五　グループ1

赤_{あか}らむ・赤_{あか}らみます

辭書形(基本形) 發紅	あからむ	たり形 又是發紅	あからんだり
沒發紅	あからまない	ば形（條件形） 發紅的話	あからめば
なかった形（過去否定形） 過去沒發紅	あからまなかった	させる形（使役形） 使發紅	あからませる
ます形（連用形） 發紅	あからみます	られる形（被動形） 迫使臉紅	あからまれる
て形 發紅	あからんで	命令形 快發紅	あからめ
た形（過去形） 發紅了	あからんだ	可能形	———
たら形（條件形） 發紅的話	あからんだら	う形（意向形） 發紅吧	あからもう

△恥_はずかしさに、彼女_{かのじょ}の頬_{ほほ}がさっと赤_{あか}らんだ。／她因為難為情而臉頰倏然變紅。

あからめる【赤らめる】 使…變紅・發紅；染紅　他下一　グループ2

赤_{あか}らめる・赤_{あか}らめます

辭書形(基本形) 發紅	あからめる	たり形 又是發紅	あからめたり
ない形（否定形） 沒發紅	あからめない	ば形（條件形） 發紅的話	あからめれば
なかった形（過去否定形） 過去沒發紅	あからめなかった	させる形（使役形） 使發紅	あからめさせる
ます形（連用形） 發紅	あからめます	られる形（被動形） 被染紅	あからめられる
て形 發紅	あからめて	命令形 快染紅	あかめろ
た形（過去形） 發紅了	あからめた	可能形 可以染紅	あかめられる
たら形（條件形） 發紅的話	あからめたら	う形（意向形） 染紅吧	あかめよう

△顔_{かお}を赤_{あか}らめる。／漲紅了臉。

あざむく【欺く】 欺騙；混淆；誘惑

他五 グループ1

欺（あざむ）く・欺（あざむ）きます

辞書形(基本形)		たり形	
誘惑	あざむく	又是誘惑	あざむいたり
ない形(否定形) 沒誘惑	あざむかない	ば形(條件形) 誘惑的話	あざむけば
なかった形(過去否定形) 過去沒誘惑	あざむかなかった	させる形(使役形) 使誘惑	あざむかせる
ます形(連用形) 誘惑	あざむきます	られる形(被動形) 被誘惑	あざむかれる
て形 誘惑	あざむいて	命令形 快誘惑	あざむけ
た形(過去形) 誘惑了	あざむいた	可能形 可以誘惑	あざむける
たら形(條件形) 誘惑的話	あざむいたら	う形(意向形) 誘惑吧	あざむこう

△彼（かれ）の巧（たく）みな話術（わじゅつ）にまんまと欺（あざむ）かれた。／完全被他那三寸不爛之舌給騙了。

あざわらう【嘲笑う】 嘲笑・譏笑

他五 グループ1

嘲笑（あざわら）う・嘲笑（あざわら）います

辞書形(基本形)		たり形	
譏笑	あざわらう	又是譏笑	あざわらったり
ない形(否定形) 沒譏笑	あざわらわない	ば形(條件形) 譏笑的話	あざわらえば
なかった形(過去否定形) 過去沒譏笑	あざわらわなかった	させる形(使役形) 使譏笑	あざわらわせる
ます形(連用形) 譏笑	あざわらいます	られる形(被動形) 被譏笑	あざわらわれる
て形 譏笑	あざわらって	命令形 快譏笑	あざわらえ
た形(過去形) 譏笑了	あざわらった	可能形 可以譏笑	あざわらえる
たら形(條件形) 譏笑的話	あざわらったら	う形(意向形) 譏笑吧	あざわらおう

△彼（かれ）の格好（かっこう）を見（み）てみんなあざ笑（わら）った。／看到他的模樣，惹來大家一陣訕笑。

あせる【焦る】 急躁・著急・勿忙

焦る・焦ります

辞書形(基本形)		たり形	
著急	あせる	又是著急	あせったり
ない形 (否定形)		ば形 (條件形)	
沒著急	あせらない	著急的話	あせれば
なかった形 (過去否定形)		させる形 (使役形)	
過去沒著急	あせらなかった	使著急	あせらせる
ます形 (連用形)		られる形 (被動形)	
著急	あせります	在著急下	あせられる
て形		命令形	
著急	あせって	快著急	あせれ
た形 (過去形)		可能形	
著急了	あせった		———
たら形 (條件形)		う形 (意向形)	
著急的話	あせったら	著急吧	あせろう

△あなたが焦りすぎたからこのような結果になったのです。／
都是因為你太過躁進了，才會導致這樣的結果。

あせる【褪せる】 褪色・掉色；減弱・衰退

褪せる・褪せます

辞書形(基本形)		たり形	
褪色	あせる	又是褪色	あせたり
ない形 (否定形)		ば形 (條件形)	
沒褪色	あせない	褪色的話	あせれば
なかった形 (過去否定形)		させる形 (使役形)	
過去沒褪色	あせなかった	使褪色	あせさせる
ます形 (連用形)		られる形 (被動形)	
褪色	あせます	被減弱	あせられる
て形		命令形	
褪色	あせて	快減弱	あせろ
た形 (過去形)		可能形	
褪色了	あせた		———
たら形 (條件形)		う形 (意向形)	
褪色的話	あせたら	減弱吧	あせよう

△どこ製の服か分からないから、すぐに色が褪せても仕方がない。／
不知道是哪裡製的服裝，會馬上褪色也是沒辦法的。

あつらえる【誂える】 點・訂做

誂える・誂えます

辞書形(基本形) 訂做	あつらえる	たり形 又是訂做	あつらえたり
ない形 (否定形) 沒訂做	あつらえない	ば形 (條件形) 訂做的話	あつらえれば
なかった形 (過去否定形) 過去沒訂做	あつらえなかった	させる形 (使役形) 使訂做	あつらえさせる
ます形 (連用形) 訂做	あつらえます	られる形 (被動形) 被訂做	あつらえられる
て形 訂做	あつらえて	命令形 快訂做	あつらえろ
た形 (過去形) 訂做了	あつらえた	可能形 可以訂做	あつらえられる
たら形 (條件形) 訂做的話	あつらえたら	う形 (意向形) 訂做吧	あつらえよう

△父がこのスーツをあつらえてくれた。／父親為我訂做了這套西裝。

あてる【宛てる】 寄・寄給

他下一 グループ2

宛てる・宛てます

辞書形(基本形) 寄	あてる	たり形 又是寄	あてたり
ない形 (否定形) 沒寄	あてない	ば形 (條件形) 寄的話	あてれば
なかった形 (過去否定形) 過去沒寄	あてなかった	させる形 (使役形) 使寄	あてさせる
ます形 (連用形) 寄	あてます	られる形 (被動形) 被寄	あてられる
て形 寄	あてて	命令形 快寄	あてろ
た形 (過去形) 寄了	あてた	可能形 可以寄	あてられる
たら形 (條件形) 寄的話	あてたら	う形 (意向形) 寄吧	あてよう

△以前の上司に宛ててお歳暮を送りました。／
寄了一份年節禮物給以前的上司。

あまえる【甘える】 撒嬌；利用…的機會，既然…就順從 　自下一　グループ2

甘える・甘えます

辞書形(基本形)		たり形	
撒嬌	あまえる	又是撒嬌	あまえたり
ない形（否定形）		ば形（條件形）	
沒撒嬌	あまえない	撒嬌的話	あまえれば
なかった形（過去否定形）		させる形（使役形）	
過去沒撒嬌	あまえなかった	任憑撒嬌	あまえさせる
ます形（連用形）		られる形（被動形）	
撒嬌	あまえます	被撒嬌	あまえられる
て形		命令形	
撒嬌	あまえて	快撒嬌	あまえろ
た形（過去形）		可能形	
撒嬌了	あまえた	可以撒嬌	あまえられる
たら形（條件形）		う形（意向形）	
撒嬌的話	あまえたら	撒嬌吧	あまえよう

 △子どもは甘えるように母親にすり寄った。／孩子依近媽媽的身邊撒嬌。

あやつる【操る】 操控・操縱；駕駛，駕馭；掌握，精通（語言）　他五　グループ1

操る・操ります

辞書形(基本形)		たり形	
操縱	あやつる	又是操縱	あやつったり
ない形（否定形）		ば形（條件形）	
沒操縱	あやつらない	操縱的話	あやつれば
なかった形（過去否定形）		させる形（使役形）	
過去沒操縱	あやつらなかった	使操縱	あやつらせる
ます形（連用形）		られる形（被動形）	
操縱	あやつります	被操縱	あやつられる
て形		命令形	
操縱	あやつって	快操縱	あやつれ
た形（過去形）		可能形	
操縱了	あやつった	可以操縱	あやつれる
たら形（條件形）		う形（意向形）	
操縱的話	あやつったら	操縱吧	あやつろう

 △あの大きな機械を操るには三人の大人がいる。／
必須要有三位成年人共同操作那部大型機器才能運作。

あやぶむ【危ぶむ】 擔心；認為靠不住，有風險；懷疑 他五 グループ1

危ぶむ・危ぶみます

辭書形（基本形） 懷疑	あやぶむ	たり形 又是懷疑	あやぶんだり
ない形（否定形） 沒懷疑	あやぶまない	ば形（條件形） 懷疑的話	あやぶまれば
なかった形（過去否定形） 過去沒懷疑	あやぶまなかった	させる形（使役形） 使懷疑	あやぶませる
ます形（連用形） 懷疑	あやぶみます	られる形（被動形） 被懷疑	あやぶまれる
て形 懷疑	あやぶんで	命令形 快懷疑	あやぶめ
た形（過去形） 懷疑了	あやぶんだ	可能形 可以懷疑	あやぶめる
たら形（條件形） 懷疑的話	あやぶんだら	う形（意向形） 懷疑吧	あやぶもう

△オリンピックの開催を危ぶむ声があったのも事実です。／
有人認為舉辦奧林匹克是有風險的，這也是事實。

あゆむ【歩む】 行走；向前進・邁進 自五 グループ1

歩む・歩みます

辭書形（基本形） 行走	あゆむ	たり形 又是行走	あゆんだり
ない形（否定形） 沒行走	あゆまない	ば形（條件形） 行走的話	あゆめば
なかった形（過去否定形） 過去沒行走	あゆまなかった	させる形（使役形） 使前進	あゆませる
ます形（連用形） 行走	あゆみます	られる形（被動形） 被走進	あゆまれる
て形 行走	あゆんで	命令形 快行走	あゆめ
た形（過去形） 行走了	あゆんだ	可能形 可以行走	あゆめる
たら形（條件形） 行走的話	あゆんだら	う形（意向形） 行走吧	あゆもう

△核兵器が地球上からなくなるその日まで、我々はこの険しい道を歩み続ける。／
直到核武從地球上消失的那一天，我們仍須在這條艱險的路上繼續邁進。

あらす【荒らす】 破壞・毀掉；損傷・糟蹋；擾亂；偷竊・行搶 他五 グループ1

荒らす・荒らします

辞書形 (基本形) 破壞	あらす	たり形 又是破壞	あらしたり
ない形 (否定形) 沒破壞	あらさない	ば形 (條件形) 破壞的話	あらせば
なかった形 (過去否定形) 過去沒破壞	あらさなかった	させる形 (使役形) 使破壞	あらさせる
ます形 (連用形) 破壞	あらします	られる形 (被動形) 被破壞	あらされる
て形 破壞	あらして	命令形 快破壞	あらせ
た形 (過去形) 破壞了	あらした	可能形 可以破壞	あらせる
たら形 (條件形) 破壞的話	あらしたら	う形 (意向形) 破壞吧	あらそう

 △酔っ払いが店内を荒らした。／醉漢搗毀了店裡的裝潢陳設。

あらたまる【改まる】 改變；更新；革新・一本正經・故 裝嚴肅・鄭重其事 自五 グループ1

改まる・改まります

辞書形 (基本形) 改變	あらたまる	たり形 又是改變	あらたまったり
ない形 (否定形) 沒改變	あらたまらない	ば形 (條件形) 改變的話	あらたまれば
なかった形 (過去否定形) 過去沒改變	あらたまらなかった	させる形 (使役形) 使改變	あらたまらせる
ます形 (連用形) 改變	あらたまります	られる形 (被動形) 被改變	あらたまられる
て形 改變	あらたまって	命令形 快改變	あらたまれ
た形 (過去形) 改變了	あらたまった	可能形	———
たら形 (條件形) 改變的話	あらたまったら	う形 (意向形) 改變吧	あらたまろう

△1989年、年号が改まり平成と称されるようになった。／
在1989年・年號改為「平成」了。

ありふれる

常有・不稀奇・平凡的・司空見慣的；普遍

ありふれる・ありふれます

辞書形(基本形) 平凡的	ありふれる	たり形 又是平凡的	ありふれたり
ない形 (否定形) 沒平凡的	ありふれない	ば形 (條件形) 平凡的話	ありふれれば
なかった形 (過去否定形) 過去沒平凡的	ありふれなかった	させる形 (使役形) 使常見	ありふれさせる
ます形 (連用形) 平凡的	ありふれます	られる形 (被動形) 被司空見慣	ありふれられる
て形 平凡的	ありふれて	命令形 快普及	ありふれろ
た形 (過去形) 不稀奇了	ありふれた	可能形	———
たら形 (條件形) 平凡的話	ありふれたら	う形 (意向形) 平凡的吧	ありふれよう

△君の企画はありふれたものばかりだ。／
你提出的企畫案淨是些平淡無奇的主意。

あわす【合わす】

合在一起・合併；總加起來；混合・配在一起；
配合・使適應；對照・核對

合わす・合わします

辞書形(基本形) 混合	あわす	たり形 又是混合	あわしたり
ない形 (否定形) 沒混合	あわさない	ば形 (條件形) 混合的話	あわせば
なかった形 (過去否定形) 過去沒混合	あわさなかった	させる形 (使役形) 使混合	あわさせる
ます形 (連用形) 混合	あわします	られる形 (被動形) 被混合	あわされる
て形 混合	あわして	命令形 快混合	あわせ
た形 (過去形) 混合了	あわした	可能形 可以混合	あわせられる
たら形 (條件形) 混合的話	あわしたら	う形 (意向形) 混合吧	あわそう

△ラジオの周波数を合わす。／調準收音機的收聽頻道。

あんじる【案じる】 掛念・擔心；（文）思索・思考 　他上一 グループ2

案じる・案じます

辭書形（基本形）掛念	あんじる	たり形 又是掛念	あんじたり
ない形（否定形）沒掛念	あんじない	ば形（條件形）掛念的話	あんじれば
なかった形（過去否定形）過去沒掛念	あんじなかった	させる形（使役形）使掛念	あんじさせる
ます形（連用形）掛念	あんじます	られる形（被動形）被掛念	あんじられる
て形 掛念	あんじて	命令形 快思考	あんじろ
た形（過去形）掛念了	あんじた	可能形	———
たら形（條件形）掛念的話	あんじたら	う形（意向形）思考吧	あんじよう

△娘はいつも父の健康を案じている。／女兒心中總是掛念著父親的身體健康。

いいはる【言い張る】 咬定・堅持主張・固執己見 　他五 グループ1

言い張る・言い張ります

辭書形（基本形）咬定	いいはる	たり形 又是咬定	いいはったり
ない形（否定形）沒咬定	いいはらない	ば形（條件形）咬定的話	いいはれば
なかった形（過去否定形）過去沒咬定	いいはらなかった	させる形（使役形）使咬定	いいはらせる
ます形（連用形）咬定	いいはります	られる形（被動形）被咬定	いいはられる
て形 咬定	いいはって	命令形 快咬定	いいはれ
た形（過去形）咬定了	いいはった	可能形 可以咬定	いいはれる
たら形（條件形）咬定的話	いいはったら	う形（意向形）咬定吧	いいはろう

△防犯カメラにしっかり写っているのに、盗んだのは自分じゃないと言い張っている。／監控攝影機分明拍得一清二楚，還是堅持不是他偷的。

いかす【生かす】

留活口；弄活・救活；活用・利用；恢復；
讓食物變美味；使變生動

他五 グループ1

生かす・生かします

辭書形(基本形) 活用	いかす	たり形 又是活用	いかしたり
ない形 (否定形) 沒活用	いかさない	ば形 (條件形) 活用的話	いかせば
なかった形 (過去否定形) 過去沒活用	いかさなかった	させる形 (使役形) 使活用	いかさせる
ます形 (連用形) 活用	いかします	られる形 (被動形) 被活用	いかされる
て形 活用	いかして	命令形 快活用	いかせ
た形 (過去形) 活用了	いかした	可能形 可以活用	いかせる
たら形 (條件形) 活用的話	いかしたら	う形 (意向形) 活用吧	いかそう

△あんなやつを生かしておけるもんか。／那種傢伙豈可留他活口！

いかれる

破舊・(機能)衰退，不正常；輸

自下一 グループ2

いかれる・いかれます

辭書形(基本形) 衰退	いかれる	たり形 又是衰退	いかれたり
ない形 (否定形) 沒衰退	いかれない	ば形 (條件形) 衰退的話	いかれれば
なかった形 (過去否定形) 過去沒衰退	いかれなかった	させる形 (使役形) 使衰退	いかれさせる
ます形 (連用形) 衰退	いかれます	られる形 (被動形) 被打敗	いかれられる
て形 衰退	いかれて	命令形 快衰退	いかれろ
た形 (過去形) 衰退了	いかれた	可能形 	———
たら形 (條件形) 衰退的話	いかれたら	う形 (意向形) 衰退吧	いかれよう

△エンジンがいかれる。／引擎破舊。

いきごむ【意気込む】 振奮・幹勁十足・踴躍 自五 グループ1

意気込む・意気込みます

辞書形（基本形） 振奮	いきごむ	たり形 又是振奮	いきごんだり
ない形（否定形） 沒振奮	いきごまない	ば形（條件形） 振奮的話	いきごめば
なかった形（過去否定形） 過去沒振奮	いきごまなかった	させる形（使役形） 使振奮	いきごませる
ます形（連用形） 振奮	いきごみます	られる形（被動形） 被鼓起幹勁	いきごまれる
て形 振奮	いきごんで	命令形 快振奮	いきごめ
た形（過去形） 振奮了	いきごんだ	可能形 可以振奮	いきごめる
たら形（條件形） 振奮的話	いきごんだら	う形（意向形） 振奮吧	いきごもう

△今年こそ全国大会で優勝するぞと、チーム全員意気込んでいる。／
全體隊員都信心滿滿地誓言今年一定要奪得全國大賽的冠軍。

いける【生ける】 插花・把鮮花、樹枝等插到容器裡；栽種 他下一 グループ2

生ける・生けます

辞書形（基本形） 栽種	いける	たり形 又是栽種	いけたり
ない形（否定形） 沒栽種	いけない	ば形（條件形） 栽種的話	いければ
なかった形（過去否定形） 過去沒栽種	いけなかった	させる形（使役形） 使栽種	いけさせる
ます形（連用形） 栽種	いけます	られる形（被動形） 被栽種	いけられる
て形 栽種	いけて	命令形 快栽種	いけろ
た形（過去形） 栽種了	いけた	可能形 可以栽種	いけられる
たら形（條件形） 栽種的話	いけたら	う形（意向形） 栽種吧	いけよう

△床の間に花を生ける。／在壁龕處插花裝飾。

N1
い
いきごむ・いける

いじる【弄る】

（俗）（毫無目的地）玩弄，擺弄；（做為娛樂消遣）玩弄，玩賞；隨便調動，改動（機構）　他五　グループ1

いじ・いじ
弄る・弄ります

辞書形（基本形）玩弄	いじる	たり形 又是玩弄	いじったり
ない形（否定形）沒玩弄	いじらない	ば形（條件形）玩弄的話	いじれば
なかった形（過去否定形）過去沒玩弄	いじらなかった	させる形（使役形）使玩弄	いじらせる
ます形（連用形）玩弄	いじります	られる形（被動形）被玩弄	いじられる
て形 玩弄	いじって	命令形 快玩弄	いじれ
た形（過去形）玩弄了	いじった	可能形 可以玩弄	いじれる
たら形（條件形）玩弄的話	いじったら	う形（意向形）玩弄吧	いじろう

△髪をいじらないの！／不要玩弄頭髮了！

いためる【炒める】

炒（菜、飯等）；油炸　他下一　グループ2

いた・いた
炒める・炒めます

辞書形（基本形）炒	いためる	たり形 又是炒	いためたり
ない形（否定形）沒炒	いためない	ば形（條件形）炒的話	いためれば
なかった形（過去否定形）過去沒炒	いためなかった	させる形（使役形）使炒	いためさせる
ます形（連用形）炒	いためます	られる形（被動形）被炒	いためられる
て形 炒	いためて	命令形 快炒	いためろ
た形（過去形）炒了	いためた	可能形 可以炒	いためられる
たら形（條件形）炒的話	いためたら	う形（意向形）炒吧	いためよう

△中華料理を作る際は、強火で手早く炒めることが大切だ。／
做中國菜時，重要的訣竅是大火快炒。

いたわる【労る】 照顧・關懷；功勞；慰勞・安慰；（文）患病　他五　グループ1

労る・労ります

辭書形（基本形）		たり形	
安慰	いたわる	又是安慰	いたわったり
ない形（否定形）		ば形（條件形）	
沒安慰	いたわらない	安慰的話	いたわれば
なかった形（過去否定形）		させる形（使役形）	
過去沒安慰	いたわらなかった	使慰勞	いたわらせる
ます形（連用形）		られる形（被動形）	
安慰	いたわります	被安慰	いたわられる
て形		命令形	
安慰	いたわって	快安慰	いたわれ
た形（過去形）		可能形	
安慰了	いたわった	可以安慰	いたわれる
たら形（條件形）		う形（意向形）	
安慰的話	いたわったら	安慰吧	いたわろう

△心と体をいたわるレシピ本が発行された。／
已經出版了一本身體保健與療癒心靈的飲食指南書。

いとなむ【営む】 舉辦・從事；經營；準備；建造　他五　グループ1

営む・営みます

辭書形（基本形）		たり形	
經營	いとなむ	又是經營	いとなんだり
ない形（否定形）		ば形（條件形）	
沒經營	いとなまない	經營的話	いとなめば
なかった形（過去否定形）		させる形（使役形）	
過去沒經營	いとなまなかった	使經營	いとなませる
ます形（連用形）		られる形（被動形）	
經營	いとなみます	被經營	いとなまれる
て形		命令形	
經營	いとなんで	快經營	いとなめ
た形（過去形）		可能形	
經營了	いとなんだ	可以經營	いとなめる
たら形（條件形）		う形（意向形）	
經營的話	いとなんだら	經營吧	いとなもう

△山田家は、代々この地で大きな呉服屋を営む名家だった。／
山田家在當地曾是歷代經營和服店的名門。

いどむ【挑む】 挑戦；找碴；打破紀錄・征服；挑逗・調情 自他五 グループ1

挑む・挑みます

辭書形(基本形) 征服	いどむ	たり形 又是征服	いどんだり
ない形(否定形) 沒征服	いどまない	ば形(條件形) 征服的話	いどめば
なかった形(過去否定形) 過去沒征服	いどまなかった	させる形(使役形) 使征服	いどませる
ます形(連用形) 征服	いどみます	られる形(被動形) 被征服	いどまれる
て形 征服	いどんで	命令形 快征服	いどめ
た形(過去形) 征服了	いどんだ	可能形 可以征服	いどめる
たら形(條件形) 征服的話	いどんだら	う形(意向形) 征服吧	いどもう

△日本男児たる者、この難関に挑まないでなんとする。／
身為日本男兒，豈可不迎戰這道難關呢！

うかる【受かる】 考上・及格・上榜 自五 グループ1

受かる・受かります

辭書形(基本形) 考上	うかる	たり形 又是考上	うかったり
ない形(否定形) 沒考上	うからない	ば形(條件形) 考上的話	うかれば
なかった形(過去否定形) 過去沒考上	うからなかった	させる形(使役形) 使考上	うからせる
ます形(連用形) 考上	うかります	られる形(被動形) 被考上	うB…れる
て形 考上	うかって	命令形 快考上	うかれ
た形(過去形) 考上了	うかった	可能形	——
たら形(條件形) 考上的話	うかったら	う形(意向形) 考上吧	うかろう

△今年こそＮ１に受かってみせる。／今年一定要通過Ｎ１級測驗給你看！

うけいれる【受け入れる】

収・収下；収容・接納；採納・接受

他下一 グループ2

受け入れる・受け入れます

辞書形(基本形)		たり形	
接受	うけいれる	又是接受	うけいれたり
ない形(否定形)		ば形(條件形)	
沒接受	うけいれない	接受的話	うけいれれば
なかった形(過去否定形)		させる形(使役形)	
過去沒接受	うけいれなかった	使接受	うけいれさせる
ます形(連用形)		られる形(被動形)	
接受	うけいれます	被接受	うけいれられる
て形		命令形	
接受	うけいれて	快接受	うけいれろ
た形(過去形)		可能形	
接受了	うけいれた	可以接受	うけいれられる
たら形(條件形)		う形(意向形)	
接受的話	うけいれたら	接受吧	うけいれよう

△会社は従業員の要求を受け入れた。／公司接受了員工的要求。

うけつぐ【受け継ぐ】

繼承・後繼

他五 グループ1

受け継ぐ・受け継ぎます

辞書形(基本形)		たり形	
繼承	うけつぐ	又是繼承	うけついだり
ない形(否定形)		ば形(條件形)	
沒繼承	うけつがない	繼承的話	うけつげば
なかった形(過去否定形)		させる形(使役形)	
過去沒繼承	うけつがなかった	使繼承	うけつがせる
ます形(連用形)		られる形(被動形)	
繼承	うけつぎます	被繼承	うけつがれる
て形		命令形	
繼承	うけついで	快繼承	うけつげ
た形(過去形)		可能形	
繼承了	うけついだ	可以繼承	うけつげる
たら形(條件形)		う形(意向形)	
繼承的話	うけついだら	繼承吧	うけつごう

△卒業したら、父の事業を受け継ぐつもりだ。／
我計畫在畢業之後接掌父親的事業。

うけつける【受け付ける】

受理・接受；容納（特指吃藥、東西不嘔吐） 他下一 グループ2

受け付ける・受け付けます

辞書形(基本形) 接受	うけつける	たり形 又是接受	うけつけたり
ない形 (否定形) 沒接受	うけつけない	ば形 (條件形) 接受的話	うけつければ
なかった形 (過去否定形) 過去沒接受	うけつけなかった	させる形 (使役形) 使接受	うけつけさせる
ます形 (連用形) 接受	うけつけます	られる形 (被動形) 被接受	うけつけられる
て形 接受	うけつけて	命令形 快接受	うけつけろ
た形 (過去形) 接受了	うけつけた	可能形 可以接受	うけつけられる
たら形 (條件形) 接受的話	うけつけたら	う形 (意向形) 接受吧	うけつけよう

 △願書は２月１日から受け付ける。／從二月一日起受理申請。

うけとめる【受け止める】

接住・擋下；阻止・防止；理解・認識 他下一 グループ2

受け止める・受け止めます

辞書形(基本形) 理解	うけとめる	たり形 又是理解	うけとめたり
ない形 (否定形) 沒理解	うけとめない	ば形 (條件形) 理解的話	うけとめれば
なかった形 (過去否定形) 過去沒理解	うけとめなかった	させる形 (使役形) 使理解	うけとめさせる
ます形 (連用形) 理解	うけとめます	られる形 (被動形) 被理解	うけとめられる
て形 理解	うけとめて	命令形 快理解	うけとめろ
た形 (過去形) 理解了	うけとめた	可能形 可以理解	うけとめられる
たら形 (條件形) 理解的話	うけとめたら	う形 (意向形) 理解吧	うけとめよう

 △彼はボールを片手で受け止めた。／他以單手接住了球。

うずめる【埋める】 掩埋・填上；充滿・擠滿 他下一 グループ2

埋める・埋めます

辞書形(基本形) 掩埋	うずめる	たり形 又是掩埋	うずめたり
沒掩埋	うずめない	ば形（條件形） 掩埋的話	うずめれば
なかった形（過去否定形） 過去沒掩埋	うずめなかった	させる形（使役形） 使充滿	うずめさせる
ます形（連用形） 掩埋	うずめます	られる形（被動形） 被掩埋	うずめられる
て形 掩埋	うずめて	命令形 快掩埋	うずめろ
た形（過去形） 掩埋了	うずめた	可能形 可以掩埋	うずめられる
たら形（條件形） 掩埋的話	うずめたら	う形（意向形） 掩埋吧	うずめよう

△彼女は私の胸に顔を埋めた。／她將臉埋進了我的胸膛。

うちあける【打ち明ける】 吐露・坦白・老實說 他下一 グループ2

打ち明ける・打ち明けます

辞書形(基本形) 坦白	うちあける	たり形 又是坦白	うちあけたり
沒坦白	うちあけない	ば形（條件形） 坦白的話	うちあければ
なかった形（過去否定形） 過去沒坦白	うちあけなかった	させる形（使役形） 使坦白	うちあけさせる
ます形（連用形） 坦白	うちあけます	られる形（被動形） 被開誠布公說出	うちあけられる
て形 坦白	うちあけて	命令形 快坦白	うちあけろ
た形（過去形） 坦白了	うちあけた	可能形 可以坦白	うちあけられる
たら形（條件形） 坦白的話	うちあけたら	う形（意向形） 坦白吧	うちあけよう

△彼は私に秘密を打ち明けた。／他向我坦承了秘密。

うちあげる【打ち上げる】 （往高處）打上去・發射　他下一　グループ2

打ち上げる・打ち上げます

辞書形(基本形) 發射	うちあげる	たり形 又是發射	うちあげたり
ない形 (否定形) 沒發射	うちあげない	ば形 (條件形) 發射的話	うちあげれば
なかった形 (過去否定形) 過去沒發射	うちあげなかった	させる形 (使役形) 予以發射	うちあげさせる
ます形 (連用形) 發射	うちあげます	られる形 (被動形) 被發射	うちあげられる
て形 發射	うちあげて	命令形 快發射	うちあげろ
た形 (過去形) 發射了	うちあげた	可能形 可以發射	うちあげられる
たら形 (條件形) 發射的話	うちあげたら	う形 (意向形) 發射吧	うちあげよう

△今年の夏祭りでは、花火を1万発打ち上げる。／
今年的夏日祭典將會發射一萬發焰火。

うちきる【打ち切る】 （「切る」的強調說法）砍・切；停止・截止・中止；（圍棋）下完一局　他五　グループ1

打ち切る・打ち切ります

辞書形(基本形) 中止	うちきる	たり形 又是中止	うちきったり
ない形 (否定形) 沒中止	うちきらない	ば形 (條件形) 中止的話	うちきれば
なかった形 (過去否定形) 過去沒中止	うちきらなかった	させる形 (使役形) 使中止	うちきらせる
ます形 (連用形) 中止	うちきります	られる形 (被動形) 被中止	うちきられる
て形 中止	うちきって	命令形 快中止	うちきれ
た形 (過去形) 中止了	うちきった	可能形 可以中止	うちきれる
たら形 (條件形) 中止的話	うちきったら	う形 (意向形) 中止吧	うちきろう

△安売りは正午で打ち切られた。／大拍賣到中午就結束了。

うちこむ【打ち込む】 他五 打進・釘進・射進・扣殺・用力扔到・猛撲・（圍棋）攻入對方陣地・灌水泥 自五 熱衷・埋頭努力・迷戀 グループ1

打ち込む・打ち込みます

辞書形（基本形）打進	うちこむ	たり形 又是打進	うちこんだり
ない形（否定形）沒打進	うちこまない	ば形（條件形）打進的話	うちこめば
なかった形（過去否定形）過去沒打進	うちこまなかった	させる形（使役形）令打進	うちこませる
ます形（連用形）打進	うちこみます	られる形（被動形）被打進	うちこまれる
て形 打進	うちこんで	命令形 快打進	うちこめ
た形（過去形）打進了	うちこんだ	可能形 可以打進	うちこめる
たら形（條件形）打進的話	うちこんだら	う形（意向形）打進吧	うちこもう

△工事のため、地面に杭を打ち込んだ。／在地面施工打樁。

うつむく【俯く】 低頭・臉朝下；垂下來・向下彎 自五 グループ1

俯く・俯きます

辞書形（基本形）臉朝下	うつむく	たり形 又是臉朝下	うつむいたり
ない形（否定形）沒臉朝下	うつむかない	ば形（條件形）臉朝下的話	うつむけば
なかった形（過去否定形）過去沒臉朝下	うつむかなかった	させる形（使役形）使臉朝下	うつむかせる
ます形（連用形）臉朝下	うつむきます	られる形（被動形）被迫臉朝下	うつむかれる
て形 臉朝下	うつむいて	命令形 臉快朝下	うつむけ
た形（過去形）臉朝下了	うつむいた	可能形 臉可以朝下	うつむける
たら形（條件形）臉朝下的話	うつむいたら	う形（意向形）臉朝下吧	うつむこう

△少女は恥ずかしそうにうつむいた。／那位少女害羞地低下了頭。

うながす【促す】 促使・促進

促す・促します

辞書形(基本形) 促進	うながす	た形 又是促進	うながしたり
ない形(否定形) 沒促進	うながさない	ば形(條件形) 促進的話	うながせば
なかった形(過去否定形) 過去沒促進	うながさなかった	させる形(使役形) 使促進	うながさせる
ます形(連用形) 促進	うながします	られる形(被動形) 被促進	うながされる
て形 促進	うながして	命令形 快促進	うながせ
た形(過去形) 促進了	うながした	可能形 可以促進	うながせる
たら形(條件形) 促進的話	うながしたら	う形(意向形) 促進吧	うながそう

△父に促されて私は部屋を出た。／在家父催促下，我走出了房間。

うめたてる【埋め立てる】 填拓(海・河)・填海(河)造地

埋め立てる・埋め立てます

辞書形(基本形) 填拓	うめたてる	た形 又是填拓	うめたてたり
ない形(否定形) 沒填拓	うめたてない	ば形(條件形) 填拓的話	うめたてれば
なかった形(過去否定形) 過去沒填拓	うめたてなかった	させる形(使役形) 使填拓	うめたてさせる
ます形(連用形) 填拓	うめたてます	られる形(被動形) 被填拓	うめたてられる
て形 填拓	うめたてて	命令形 快填拓	うめたてろ
た形(過去形) 填拓了	うめたてた	可能形 可以填拓	うめたてられる
たら形(條件形) 填拓的話	うめたてたら	う形(意向形) 填拓吧	うめたてよう

△東京の「夢の島」は、もともと海をごみで埋め立ててできた人工の島だ。／東京的「夢之島」其實是用垃圾填海所造出來的人工島嶼。

うりだす【売り出す】 上市・出售；出名・紅起來

他五 グループ1

売り出す・売り出します

辞書形(基本形) 上市	うりだす	たり形 又是上市	うりだしたり
ない形（否定形） 沒上市	うりださない	ば形（條件形） 上市的話	うりだせば
なかった形（過去否定形） 過去沒上市	うりださなかった	させる形（使役形） 使上市	うりださせる
ます形（連用形） 上市	うりだします	られる形（被動形） 被出售	うりだされる
て形 上市	うりだして	命令形 快上市	うりだせ
た形（過去形） 上市了	うりだした	可能形 可以上市	うりだせる
たら形（條件形） 上市的話	うりだしたら	う形（意向形） 上市吧	うりだそう

△あの会社は建て売り住宅を売り出す予定だ。／那家公司準備出售新成屋。

うるおう【潤う】 潤濕；手頭寬裕；受惠・沾光

自五 グループ1

潤う・潤います

辞書形(基本形) 沾光	うるおう	たり形 又是沾光	うるおったり
ない形（否定形） 沒沾光	うるおわない	ば形（條件形） 沾光的話	うるおえば
なかった形（過去否定形） 過去沒沾光	うるおわなかった	させる形（使役形） 使沾光	うるおわせる
ます形（連用形） 沾光	うるおいます	られる形（被動形） 被滋潤	うるおわれる
て形 沾光	うるおって	命令形 快沾光	うるおえ
た形（過去形） 沾光了	うるおった	可能形	———
たら形（條件形） 沾光的話	うるおったら	う形（意向形） 沾光吧	うるおおう

△久々の雨に草木も潤った。／期盼已久的一場大雨使花草樹木也得到了滋潤。

うわまわる【上回る】　超過・超出；(能力) 優越　自五　グループ1

上回る・上回ります

辞書形(基本形)		たり形	
超過	うわまわる	又是超過	うわまわったり
ない形 (否定形)		ば形 (條件形)	
沒超過	うわまわらない	超過的話	うわまわれば
なかった形 (過去否定形)		させる形 (使役形)	
過去沒超過	うわまわらなかった	予以超過	うわまわらせる
ます形 (連用形)		られる形 (被動形)	
超過	うわまわります	被超過	うわまわられる
て形		命令形	
超過	うわまわって	快超過	うわまわれ
た形 (過去形)		可能形	
超過了	うわまわった	可以超過	うわまわれる
たら形 (條件形)		う形 (意向形)	
超過的話	うわまわったら	超過吧	うわまわろう

△ここ数年、出生率が死亡率を上回っている。／近幾年之出生率超過死亡率。

うわむく【上向く】　(臉) 朝上・仰；(行市等) 上漲・高漲　自五　グループ1

上向く・上向きます

辞書形(基本形)		たり形	
高漲	うわむく	又是高漲	うわむいたり
ない形 (否定形)		ば形 (條件形)	
沒高漲	うわむかない	高漲的話	うわむけば
なかった形 (過去否定形)		させる形 (使役形)	
過去沒高漲	うわむかなかった	使高漲	うわむかせる
ます形 (連用形)		られる形 (被動形)	
高漲	うわむきます	被迫朝上	うわむかれる
て形		命令形	
高漲	うわむいて	快高漲	うわむけ
た形 (過去形)		可能形	
高漲了	うわむいた	可以高漲	うわむける
たら形 (條件形)		う形 (意向形)	
高漲的話	うわむいたら	高漲吧	うわむこう

△景気が上向くとスカート丈が短くなると言われている。／
據說景氣愈好，裙子的長度就愈短。

えぐる【抉る】 挖：深挖・追究；（喻）挖苦・刺痛；絞割

他五　グループ1

抉る・抉ります

辞書形(基本形) 追究	えぐる	たり形 又是追究	えぐったり
ない形(否定形) 沒追究	えぐらない	ば形(條件形) 追究的話	えぐれば
なかった形(過去否定形) 過去沒追究	えぐらなかった	させる形(使役形) 予以追究	えぐらせる
ます形(連用形) 追究	えぐります	られる形(被動形) 被追究	えぐられる
て形 追究	えぐって	命令形 快追究	えぐれ
た形(過去形) 追究了	えぐった	可能形 可以追究	えぐれる
たら形(條件形) 追究的話	えぐったら	う形(意向形) 追究吧	えぐろう

△彼は決して抉る口調ではなかったが、その一言には心をえぐられた。／
他的語氣中絕對不帶有責備，但那句話卻刺傷了對方的心。

えんじる【演じる】 扮演・演出；做出

他上一　グループ2

演じる・演じます

辞書形(基本形) 演出	えんじる	たり形 又是演出	えんじたり
ない形(否定形) 沒演出	えんじない	ば形(條件形) 演出的話	えんじれば
なかった形(過去否定形) 過去沒演出	えんじなかった	させる形(使役形) 准許演出	えんじさせる
ます形(連用形) 演出	えんじます	られる形(被動形) 被演出	えんじられる
て形 演出	えんじて	命令形 快演出	えんじろ
た形(過去形) 演出了	えんじた	可能形 可以演出	えんじられる
たら形(條件形) 演出的話	えんじたら	う形(意向形) 演出吧	えんじよう

△彼はハムレットを演じた。／他扮演了哈姆雷特。

おいこむ【追い込む】

趕進；逼到・迫陷入；緊要・最後關頭加把勁；緊排・縮排（文字）；讓（病毒等）內攻

他五　グループ1

追い込む・追い込みます

辭書形（基本形） 逼到	おいこむ	た形 又是逼到	おいこんだり
ない形（否定形） 沒逼到	おいこまない	ば形（條件形） 逼到的話	おいこめば
なかった形（過去否定形） 過去沒逼到	おいこまなかった	させる形（使役形） 任憑逼到	おいこませる
ます形（連用形） 逼到	おいこみます	られる形（被動形） 被逼到	おいこまれる
て形 逼到	おいこんで	命令形 快加把勁	おいこめ
た形（過去形） 逼到了	おいこんだ	可能形 可以加把勁	おいこめる
たら形（條件形） 逼到的話	おいこんだら	う形（意向形） 加把勁吧	おいこもう

△牛を囲いに追い込んだ。／將牛隻趕進柵欄裡。

おいだす【追い出す】

趕出・驅逐；解雇

他五　グループ1

追い出す・追い出します

辭書形（基本形） 解雇	おいだす	た形 又是解雇	おいだしたり
ない形（否定形） 沒解雇	おいださない	ば形（條件形） 解雇的話	おいだせば
なかった形（過去否定形） 過去沒解雇	おいださなかった	させる形（使役形） 予以解雇	おいださせる
ます形（連用形） 解雇	おいだします	られる形（被動形） 被解雇	おいだされる
て形 解雇	おいだして	命令形 快解雇	おいだせ
た形（過去形） 解雇了	おいだした	可能形 可以解雇	おいだせる
たら形（條件形） 解雇的話	おいだしたら	う形（意向形） 解雇吧	おいだそう

△猫を家から追い出した。／將貓兒逐出家門。

おいる【老いる】 老・上年紀；衰老；(雅)(季節)將盡 自上一 グループ2

老いる・老います

辞書形(基本形) 衰老	おいる	たり形 又是衰老	おいたり
ない形(否定形) 沒衰老	おいない	ば形(條件形) 衰老的話	おいれば
なかった形(過去否定形) 過去沒衰老	おいなかった	させる形(使役形) 使衰老	おいさせる
ます形(連用形) 衰老	おいます	られる形(被動形) 在衰老下	おいられる
て形 衰老	おいて	命令形 快衰老	おいろ
た形(過去形) 衰老了	おいた	可能形	———
たら形(條件形) 衰老的話	おいたら	う形(意向形) 衰老吧	おいられよう

 △彼は老いてますます盛んだ。／他真是老當益壯呀！

おう【負う】 負責；背負・遭受；多虧・借重 他五 グループ1

負う・負います

辞書形(基本形) 借重	おう	たり形 又是借重	おったり
ない形(否定形) 沒借重	おわない	ば形(條件形) 借重的話	おえば
なかった形(過去否定形) 過去沒借重	おわなかった	させる形(使役形) 使借重	おわせる
ます形(連用形) 借重	おいます	られる形(被動形) 被借重	おわれる
て形 借重	おって	命令形 快借重	おえ
た形(過去形) 借重了	おった	可能形 可以借重	おえる
たら形(條件形) 借重的話	おったら	う形(意向形) 借重吧	おおう

△この責任は、ひとり松本君のみならず、我々全員が負うべきものだ。／
這件事的責任，不單屬於松本一個人，而是我們全體都必須共同承擔。

N1
お

おいる・おう

おかす【犯す】 犯錯；冒犯；汙辱

他五 グループ1

おか おか
犯す・犯します

辞書形(基本形) 冒犯	おかす	た形 又是冒犯	おかしたり
ない形(否定形) 沒冒犯	おかさない	ば形(條件形) 冒犯的話	おかせば
なかった形(過去否定形) 過去沒冒犯	おかさなかった	させる形(使役形) 使冒犯	おかさせる
ます形(連用形) 冒犯	おかします	られる形(被動形) 被冒犯	おかされる
て形 冒犯	おかして	命令形 快冒犯	おかせ
た形(過去形) 冒犯了	おかした	可能形 可以冒犯	おかせる
たら形(條件形) 冒犯的話	おかしたら	う形(意向形) 冒犯吧	おかそう

 △僕は取り返しのつかない過ちを犯してしまった。／
我犯下了無法挽回的嚴重錯誤。

おかす【侵す】 侵犯・侵害；侵襲；患・得（病）

他五 グループ1

おか おか
侵す・侵します

辞書形(基本形) 侵犯	おかす	た形 又是侵犯	おかしたり
ない形(否定形) 沒侵犯	おかさない	ば形(條件形) 侵犯的話	おかせば
なかった形(過去否定形) 過去沒侵犯	おかさなかった	させる形(使役形) 使侵犯	おかさせる
ます形(連用形) 侵犯	おかします	られる形(被動形) 被侵犯	おかされる
て形 侵犯	おかして	命令形 快侵犯	おかせ
た形(過去形) 侵犯了	おかした	可能形 可以侵犯	おかせる
たら形(條件形) 侵犯的話	おかしたら	う形(意向形) 侵犯吧	おかそう

△国籍不明の航空機がわが国の領空を侵した。／
國籍不明的飛機侵犯了我國的領空。

おかす【冒す】 冒著・不顧；冒充　他五 グループ1

冒す・冒します

辞書形（基本形）冒充	おかす	たり形 又是冒充	おかしたり
ない形（否定形）沒冒充	おかさない	ば形（條件形）冒充的話	おかせば
なかった形（過去否定形）過去沒冒充	おかさなかった	させる形（使役形）予以冒充	おかさせる
ます形（連用形）冒充	おかします	られる形（被動形）被冒充	おかされる
て形 冒充	おかして	命令形 快冒充	おかせ
た形（過去形）冒充了	おかした	可能形 可以冒充	おかせる
たら形（條件形）冒充的話	おかしたら	う形（意向形）冒充吧	おかそう

△それは命の危険を冒してもする価値のあることか。／
那件事值得冒著生命危險去做嗎？

おくらす【遅らす】 延遲・拖延；（時間）調慢・調回　他五 グループ1

遅らす・遅らせます

辞書形（基本形）拖延	おくらす	たり形 又是拖延	おくらせたり
ない形（否定形）沒拖延	おくらせない	ば形（條件形）拖延的話	おくらせれば
なかった形（過去否定形）過去沒拖延	おくらせなかった	させる形（使役形）任憑拖延	おくらせさせる
ます形（連用形）拖延	おくらせます	られる形（被動形）被拖延	おくらせられる
て形 拖延	おくらせて	命令形 快拖延	おくらせろ
た形（過去形）拖延了	おくらせた	可能形 可以拖延	おくらせられる
たら形（條件形）拖延的話	おくらせたら	う形（意向形）拖延吧	おくらせよう

△来週の会議を一日ほど遅らせていただけないでしょうか。／
請問下週的會議可否順延一天舉行呢？

おさまる【治まる】 安定・平息

自五 グループ1

おさ　　　　　おさ
治まる・治まります

辭書形(基本形) 平息	おさまる	た形 又是平息	おさまったり
ない形 (否定形) 沒平息	おさまらない	ば形 (條件形) 平息的話	おさまれば
なかった形 (過去否定形) 過去沒平息	おさまらなかった	させる形 (使役形) 使平息	おさまらせる
ます形 (連用形) 平息	おさまります	られる形 (被動形) 被平息	おさまられる
て形 平息	おさまって	命令形 快平息	おさまれ
た形 (過去形) 平息了	おさまった	可能形 可以平息	おさまれる
たら形 (條件形) 平息的話	おさまったら	う形 (意向形) 平息吧	おさまろう

せい び　　　　　　　　　　　くに　おさ
△インフラの整備なくして、国が治まることはない。／
沒有做好基礎建設，根本不用談治理國家了。

おさまる【収まる・納まる】 容納；（被）繳納；解決・結束；滿意・泰然自若；復原

自五 グループ1

おさ　　　　　おさ
収まる・収まります

辭書形(基本形) 滿意	おさまる	た形 又是滿意	おさまったり
ない形 (否定形) 沒滿意	おさまらない	ば形 (條件形) 滿意的話	おさまれば
なかった形 (過去否定形) 過去沒滿意	おさまらなかった	させる形 (使役形) 使滿意	おさまらせる
ます形 (連用形) 滿意	おさまります	られる形 (被動形) 被滿意	おさまられる
て形 滿意	おさまって	命令形 快滿意	おさまれ
た形 (過去形) 滿意了	おさまった	可能形 可以滿意	おさまれる
たら形 (條件形) 滿意的話	おさまったら	う形 (意向形) 滿意吧	おさまろう

ほん　ぜんぶ　　　　　　　　　はこ　おさ
△本は全部この箱に収まるだろう。／所有的書應該都能收得進這個箱子裡吧！

おしきる【押し切る】 切斷；排除（困難、反對） 他五 グループ1

押し切る・押し切ります

辭書形(基本形) 排除	おしきる	たり形 又是排除	おしきったり
ない形（否定形） 沒排除	おしきらない	ば形（條件形） 排除的話	おしきれば
なかった形（過去否定形） 過去沒排除	おしきらなかった	させる形（使役形） 使排除	おしきらせる
ます形（連用形） 排除	おしきります	られる形（被動形） 被排除	おしきられる
て形 排除	おしきって	命令形 快排除	おしきれ
た形（過去形） 排除了	おしきった	可能形 可以排除	おしきれる
たら形（條件形） 排除的話	おしきったら	う形（意向形） 排除吧	おしきろう

△親の反対を押し切って、彼と結婚した。／她不顧父母的反對，與他結婚了。

おしこむ【押し込む】 自五 闖入、硬擠；闖進去行搶 他五 塞進、硬往裡塞 グループ1

押し込む・押し込みます

辭書形(基本形) 闖入	おしこむ	たり形 又是闖入	おしこんだり
ない形（否定形） 沒闖入	おしこまない	ば形（條件形） 闖入的話	おしこめば
なかった形（過去否定形） 過去沒闖入	おしこまなかった	させる形（使役形） 任憑闖入	おしこませる
ます形（連用形） 闖入	おしこみます	られる形（被動形） 被闖入	おしこまれる
て形 闖入	おしこんで	命令形 快闖入	おしこめ
た形（過去形） 闖入了	おしこんだ	可能形 可以闖入	おしこめる
たら形（條件形） 闖入的話	おしこんだら	う形（意向形） 闖入吧	おしこもう

△駅員が満員電車に乗客を押し込んでいる。／
火車站的站務人員，硬把乘客往擁擠的火車中塞。

おしむ【惜しむ】 吝惜・捨不得；惋惜・可惜　他五　グループ1

惜しむ・惜しみます

辞書形(基本形) 惋惜	おしむ	た形 又是惋惜	おしんだり
ない形(否定形) 沒惋惜	おしまない	ば形(條件形) 惋惜的話	おしめば
なかった形(過去否定形) 過去沒惋惜	おしまなかった	せる形(使役形) 令…惋惜	おしませる
ます形(連用形) 惋惜	おしみます	られる形(被動形) 被惋惜	おしまれる
て形 惋惜	おしんで	命令形 快惋惜	おしめ
た形(過去形) 惋惜了	おしんだ	可能形 可以惋惜	おしめる
たら形(條件形) 惋惜的話	おしんだら	う形(意向形) 惋惜吧	おしもう

△彼との別れを惜しんで、たくさんの人が集まった。／
由於捨不得跟他離別，聚集了許多人（來跟他送行）。

おしよせる【押し寄せる】 自下一 湧進來；蜂擁而來　他下一 挪到一旁　グループ2

押し寄せる・押し寄せます

辞書形(基本形) 蜂擁而來	おしよせる	た形 又是蜂擁而來	おしよせたり
ない形(否定形) 沒蜂擁而來	おしよせない	ば形(條件形) 蜂擁而來的話	おしよせれば
なかった形(過去否定形) 過去沒蜂擁而來	おしよせなかった	せる形(使役形) 任憑蜂擁而來	おしよせさせる
ます形(連用形) 蜂擁而來	おしよせます	られる形(被動形) 被湧入	おしよせられる
て形 蜂擁而來	おしよせて	命令形 快蜂擁而來	おしよせろ
た形(過去形) 蜂擁而來了	おしよせた	可能形 可以蜂擁而來	おしよせられる
たら形(條件形) 蜂擁而來的話	おしよせたら	う形(意向形) 蜂擁而來吧	おしよせよう

△津波が海岸に押し寄せてきた。／海嘯洶湧撲至岸邊。

おそう【襲う】 襲撃・侵襲；繼承・沿襲；衝到・闖到

他五 グループ1

襲う・襲います

辞書形(基本形) 侵襲	おそう	たり形 又是侵襲	おそったり
ない形 (否定形) 沒侵襲	おそわない	ば形 (條件形) 侵襲的話	おそえば
なかった形 (過去否定形) 過去沒侵襲	おそわなかった	させる形 (使役形) 予以侵襲	おそわせる
ます形 (連用形) 侵襲	おそいます	られる形 (被動形) 被侵襲	おそわれる
て形 侵襲	おそって	命令形 快侵襲	おそえ
た形 (過去形) 侵襲了	おそった	可能形 可以侵襲	おそえる
たら形 (條件形) 侵襲的話	おそったら	う形 (意向形) 侵襲吧	おそおう

 △恐ろしい伝染病が町を襲った。／可怕的傳染病侵襲了全村。

おそれいる【恐れ入る】 真對不起；非常感激；佩服・認輸；感到意外；吃不消・為難

自五 グループ1

恐れ入る・恐れ入ります

辞書形(基本形) 為難	おそれいる	たり形 又是為難	おそれいったり
ない形 (否定形) 沒為難	おそれいらない	ば形 (條件形) 為難的話	おそれいれば
なかった形 (過去否定形) 過去沒為難	おそれいら なかった	させる形 (使役形) 讓…為難	おそれいらせる
ます形 (連用形) 為難	おそれいります	られる形 (被動形) 被為難	おそれいられる
て形 為難	おそれいって	命令形 快為難	おそれいれ
た形 (過去形) 為難了	おそれいった	可能形	———
たら形 (條件形) 為難的話	おそれいったら	う形 (意向形) 為難吧	おそれいろう

△たびたびの電話で大変恐れ入ります。／多次跟您打電話，深感惶恐。

おだてる　慫恿・搧動；高捧・拍　　他下一　グループ2

おだてる・おだてます

辞書形(基本形)		又り形	
搧動	おだてる	又是搧動	おだてたり
ない形 (否定形)		ば形 (條件形)	
沒搧動	おだてない	搧動的話	おだてれば
なかった形 (過去否定形)		させる形 (使役形)	
過去沒搧動	おだてなかった	予以搧動	おだてさせる
ます形 (連用形)		られる形 (被動形)	
搧動	おだてます	被搧動	おだてられる
て形		命令形	
搧動	おだてて	快搧動	おだてろ
た形 (過去形)		可能形	
搧動了	おだてた	可以搧動	おだてられる
たら形 (條件形)		う形 (意向形)	
搧動的話	おだてたら	搧動吧	おだてよう

△おだてたって駄目よ。何もでないから。／
就算你拍馬屁也沒有用，你得不到什麼好處的。

おちこむ【落ち込む】　掉進・陷入；下陷；（成績、行情）下跌；落到手裡　　自五　グループ1

落ち込む・落ち込みます

辞書形(基本形)		又り形	
陷入	おちこむ	又是陷入	おちこんだり
ない形 (否定形)		ば形 (條件形)	
沒陷入	おちこまない	陷入的話	おちこめば
なかった形 (過去否定形)		させる形 (使役形)	
過去沒陷入	おちこまなかった	使陷入	おちこませる
ます形 (連用形)		られる形 (被動形)	
陷入	おちこみます	被陷入	おちこまれる
て形		命令形	
陷入	おちこんで	快陷入	おちこめ
た形 (過去形)		可能形	
陷入了	おちこんだ		———
たら形 (條件形)		う形 (意向形)	
陷入的話	おちこんだら	陷入吧	おちこもう

△昨日の地震で地盤が落ち込んだ。／昨天的那場地震造成地表下陷。

おどす【脅す・威す】 威嚇，恐嚇，嚇唬　　他五　グループ1

脅す・脅します

辞書形(基本形)		たり形	
恐嚇	おどす	又是恐嚇	おどしたり
ない形 (否定形)		ば形 (條件形)	
沒恐嚇	おどさない	恐嚇的話	おどせば
なかった形 (過去否定形)		させる形 (使役形)	
過去沒恐嚇	おどさなかった	予以恐嚇	おどさせる
ます形 (連用形)		られる形 (被動形)	
恐嚇	おどします	被恐嚇	おどされる
て形		命令形	
恐嚇	おどして	快恐嚇	おどせ
た形 (過去形)		可能形	
恐嚇了	おどした	可以恐嚇	おどせる
たら形 (條件形)		う形 (意向形)	
恐嚇的話	おどしたら	恐嚇吧	おどそう

△殺すぞと脅されて金を出した。／對方威脅要宰了他，逼他交出了錢財。

おとずれる【訪れる】 拜訪・訪問；來臨；通信問候　　自下一　グループ2

訪れる・訪れます

辞書形(基本形)		たり形	
訪問	おとずれる	又是訪問	おとずれたり
ない形 (否定形)		ば形 (條件形)	
沒訪問	おとずれない	訪問的話	おとずれれば
なかった形 (過去否定形)		させる形 (使役形)	
過去沒訪問	おとずれなかった	准許訪問	おとずれさせる
ます形 (連用形)		られる形 (被動形)	
訪問	おとずれます	被訪問	おとずれられる
て形		命令形	
訪問	おとずれて	快訪問	おとずれろ
た形 (過去形)		可能形	
訪問了	おとずれた	可以訪問	おとずれられる
たら形 (條件形)		う形 (意向形)	
訪問的話	おとずれたら	訪問吧	おとずれよう

△チャンスが訪れるのを待っているだけではだめですよ。／
只有等待機會的來臨，是不行的。

おとろえる【衰える】 衰落・衰退；削弱

衰_{おとろ}える・衰_{おとろ}えます

衰退	おとろえる	又是衰退	おとろえたり
沒衰退	おとろえない	衰退的話	おとろえれば
過去沒衰退	おとろえなかった	使衰退	おとろえさせる
衰退	おとろえます	遭受削弱	おとろえられる
衰退	おとろえて	快衰退	おとろえろ
衰退了	おとろえた		——
衰退的話	おとろえたら	衰退吧	おとろえよう

△どうもここ2年間、体力がめっきり衰えたようだ。／
覺得這兩年來，體力明顯地衰退。

おびえる【怯える】 害怕・懼怕；做惡夢感到害怕

怯_{おび}える・怯_{おび}えます

懼怕	おびえる	又是懼怕	おびえたり
沒懼怕	おびえない	懼怕的話	おびえれば
過去沒懼怕	おびえなかった	使恐懼	おびえさせる
懼怕	おびえます	被…魘住	おびえられる
懼怕	おびえて	快懼怕	おびえろ
懼怕了	おびえた		——
懼怕的話	おびえたら	懼怕吧	おびえよう

△子どもはその光景におびえた。／小孩子看到那幅景象感到十分害怕。

おびやかす【脅かす】 威脅；威嚇・嚇唬；危及・威脅到 他五 グループ1

脅かす・脅かします

辞書形(基本形) 威脅	おびやかす	たり形 又是威脅	おびやかしたり
ない形 (否定形) 沒威脅	おびやかさない	ば形 (條件形) 威脅的話	おびやかせば
なかった形 (過去否定形) 過去沒威脅	おびやかさなかった	させる形 (使役形) 任憑威脅	おびやかさせる
ます形 (連用形) 威脅	おびやかします	られる形 (被動形) 被威脅	おびやかされる
て形 威脅	おびやかして	命令形 快威脅	おびやかせ
た形 (過去形) 威脅了	おびやかした	可能形 可以威脅	おびやかせる
たら形 (條件形) 威脅的話	おびやかしたら	う形 (意向形) 威脅吧	おびやかそう

△あの法律が通れば、表現の自由が脅かされる恐れがある。／
那個法律通過的話，恐怕會威脅到表現的自由。

おびる【帯びる】 帶・佩帶；承擔・負擔；帶有・帶著 他上一 グループ2

帯びる・帯びます

辞書形(基本形) 承擔	おびる	たり形 又是承擔	おびたり
ない形 (否定形) 沒承擔	おびない	ば形 (條件形) 承擔的話	おびれば
なかった形 (過去否定形) 過去沒承擔	おびなかった	させる形 (使役形) 使承擔	おびさせる
ます形 (連用形) 承擔	おびます	られる形 (被動形) 被迫承擔	おびられる
て形 承擔	おびて	命令形 快承擔	おびろ
た形 (過去形) 承擔了	おびた	可能形	———
たら形 (條件形) 承擔的話	おびたら	う形 (意向形) 承擔吧	おびよう

△夢のような計画だったが、ついに現実味を帯びてきた。／
如夢般的計畫，終於有實現的可能了。

おもいきる【思い切る】 断念・死心　他五　グループ1

思い切る・思い切ります

辞書形(基本形) 断念	おもいきる	たり形 又是断念	おもいきったり
ない形(否定形) 没断念	おもいきらない	ば形(條件形) 断念的話	おもいきれば
なかった形(過去否定形) 過去没断念	おもいきらなかった	させる形(使役形) 使断念	おもいきらせる
ます形(連用形) 断念	おもいきります	られる形(被動形) 被迫死心	おもいきられる
て形 断念	おもいきって	命令形 快断念	おもいきれ
た形(過去形) 断念了	おもいきった	可能形 可以断念	おもいきれる
たら形(條件形) 断念的話	おもいきったら	う形(意向形) 断念吧	おもいきろう

△いい加減思い切ればいいものを、いつまでもうじうじして。／
乾脆死了心就没事了，卻還是一直無法割捨。

おもいつめる【思い詰める】 想不開・鑽牛角尖・過度思考　他下一　グループ2

思い詰める・思い詰めます

辞書形(基本形) 過度思考	おもいつめる	たり形 又是過度思考	おもいつめたり
ない形(否定形) 没過度思考	おもいつめない	ば形(條件形) 過度思考的話	おもいつめれば
なかった形(過去否定形) 過去没過度思考	おもいつめなかった	させる形(使役形) 使過度思考	おもいつめさせる
ます形(連用形) 過度思考	おもいつめます	られる形(被動形) 被迫鑽牛角尖	おもいつめられる
て形 過度思考	おもいつめて	命令形 快過度思考	おもいつめろ
た形(過去形) 過度思考了	おもいつめた	可能形 可以過度思考	おもいつめられる
たら形(條件形) 過度思考的話	おもいつめたら	う形(意向形) 過度思考吧	おもいつめよう

△あまり思い詰めないで。／別想不開。

おもむく・おもんじる・おもんずる

おもむく【赴く】 赴・往・前往；趨向・趨於

自五　グループ1

赴く・赴きます

辞書形(基本形)		たり形	
前往	おもむく	又是前往	おもむいたり
ない形 (否定形)		ば形 (條件形)	
沒前往	おもむかない	前往的話	おもむけば
なかった形 (過去否定形)		させる形 (使役形)	
過去沒前往	おもむかなかった	使前往	おもむかせる
ます形 (連用形)		られる形 (被動形)	
前往	おもむきます	被令前往	おもむかれる
て形		命令形	
前往	おもむいて	快前往	おもむけ
た形 (過去形)		可能形	
前往了	おもむいた	可以前往	おもむける
たら形 (條件形)		う形 (意向形)	
前往的話	おもむいたら	前往吧	おもむこう

△彼はただちに任地に赴いた。／他隨即走馬上任。

おもんじる・おもんずる【重んじる・重んずる】

他上一
他サ　グループ2

注重・重視；尊重・器重・敬重

重んじる・重んじます

辞書形(基本形)		たり形	
器重	おもんじる	又是器重	おもんじたり
ない形 (否定形)		ば形 (條件形)	
沒器重	おもんじない	器重的話	おもんじれば
なかった形 (過去否定形)		させる形 (使役形)	
過去沒器重	おもんじなかった	使器重	おもんじさせる
ます形 (連用形)		られる形 (被動形)	
器重	おもんじます	被器重	おもんじられる
て形		命令形	
器重	おもんじて	快器重	おもんじろ
た形 (過去形)		可能形	
器重了	おもんじた	可以器重	おもんじられる
たら形 (條件形)		う形 (意向形)	
器重的話	おもんじたら	器重吧	おもんじよう

△お見合い結婚では、家柄や学歴が重んじられることが多い。／
透過相親方式的婚姻，通常相當重視雙方的家境與學歷。

およぶ【及ぶ】 到・到達；趕上・及於 自五 グループ1

及ぶ・及びます

辞書形（基本形）趕上	およぶ	た り形 又是趕上	およんだり
ない形（否定形）沒趕上	およばない	ば形（條件形）趕上的話	およべば
なかった形（過去否定形）過去沒趕上	およばなかった	させる形（使役形）予以趕上	およばせる
ます形（連用形）趕上	およびます	られる形（被動形）被趕上	およばれる
て形 趕上	およんで	命令形 快趕上	およべ
た形（過去形）趕上了	およんだ	可能形	———
たら形（條件形）趕上的話	およんだら	う形（意向形）趕上吧	およぼう

 △家の建て替え費用は1億円にも及んだ。／重建自宅的費用高達一億日圓。

おりかえす【折り返す】 折回；翻回；反覆；折回去 自他五 グループ1

折り返す・折り返します

辞書形（基本形）折回	おりかえす	た り形 又是折回	おりかえしたり
ない形（否定形）沒折回	おりかえさない	ば形（條件形）折回的話	おりかえせば
なかった形（過去否定形）過去沒折回	おりかえさなかった	させる形（使役形）使折回	おりかえさせる
ます形（連用形）折回	おりかえします	られる形（被動形）被折返	おりかえされる
て形 折回	おりかえして	命令形 快折回	おりかえせ
た形（過去形）折回了	おりかえした	可能形 可以折回	おりかえせる
たら形（條件形）折回的話	おりかえしたら	う形（意向形）折回吧	おりかえそう

 △5分後に、折り返しお電話差し上げます。／五分鐘後，再回您電話。

おる【織る】 織・編・編織；組合・交織 他五 グループ1

織る・織ります

辞書形(基本形)		たり形	
組合	おる	又是組合	おったり
ない形 (否定形)		ば形 (條件形)	
沒組合	おらない	組合的話	おれば
なかった形 (過去否定形)		させる形 (使役形)	
過去沒組合	おらなかった	予以編織	おらせる
ます形 (連用形)		られる形 (被動形)	
組合	おります	被組合	おられる
て形		命令形	
組合	おって	快組合	おれ
た形 (過去形)		可能形	
組合了	おった	可以組合	おれる
たら形 (條件形)		う形 (意向形)	
組合的話	おったら	組合吧	おろう

 △絹糸で布地を織る。／以絹絲織成布料。

かいこむ【買い込む】 （大量）買進・購買 他五 グループ1

買い込む・買い込みます

辞書形(基本形)		たり形	
購買	かいこむ	又是購買	かいこんだり
ない形 (否定形)		ば形 (條件形)	
沒購買	かいこまない	購買的話	かいこめば
なかった形 (過去否定形)		させる形 (使役形)	
過去沒購買	かいこまなかった	予以購買	かいこませる
ます形 (連用形)		られる形 (被動形)	
購買	かいこみます	被購買	かいこまれる
て形		命令形	
購買	かいこんで	快購買	かいこめ
た形 (過去形)		可能形	
購買了	かいこんだ		———
たら形 (條件形)		う形 (意向形)	
購買的話	かいこんだら	購買吧	かいこもう

 △正月の準備で食糧を買い込んだ。／為了過新年而採買了大量的糧食。

がいする【害する】 損害・危害・傷害；殺害

他サ グループ3

害する・害します

辞書形（基本形）		たり形	
殺害	がいする	又是殺害	がいしたり
ない形（否定形）		ば形（條件形）	
沒殺害	がいさない	殺害的話	がいせば
なかった形（過去否定形）		させる形（使役形）	
過去沒殺害	がいさなかった	任憑殺害	がいさせる
ます形（連用形）		られる形（被動形）	
殺害	がいします	被殺害	がいされる
て形		命令形	
殺害	がいして	快殺害	がいせ
た形（過去形）		可能形	
殺害了	がいした	可以殺害	がいせる
たら形（條件形）		う形（意向形）	
殺害的話	がいしたら	殺害吧	がいそう

△新人の店員が失礼をしてしまい、お客様はご気分を害して帰ってしまわれた。／新進店員做了失禮的舉動，使得客人很不高興地回去了。

かえりみる【省みる】 反省・反躬・自問

他上一 グループ2

省みる・省みます

辞書形（基本形）		たり形	
反省	かえりみる	又是反省	かえりみたり
ない形（否定形）		ば形（條件形）	
沒反省	かえりみない	反省的話	かえりみれば
なかった形（過去否定形）		させる形（使役形）	
過去沒反省	かえりみなかった	使反省	かえりみさせる
ます形（連用形）		られる形（被動形）	
反省	かえりみます	被迫反省	かえりみられる
て形		命令形	
反省	かえりみて	快反省	かえりみろ
た形（過去形）		可能形	
反省了	かえりみた	可以反省	かえりみられる
たら形（條件形）		う形（意向形）	
反省的話	かえりみたら	反省吧	かえりみよう

△自己を省みることなくして、成長することはない。／不自我反省就無法成長。

かえりみる【顧みる】 往回看·回頭看;回顧;顧慮;關心·照顧 他上一 グループ2

かえり かえり
顧みる・顧みます

辞書形(基本形)回顧	かえりみる	たり形 又是回顧	かえりみたり
ない形(否定形)沒回顧	かえりみない	ば形(條件形)回顧的話	かえりみれば
なかった形(過去否定形)過去沒回顧	かえりみなかった	させる形(使役形)使回顧	かえりみさせる
ます形(連用形)回顧	かえりみます	られる形(被動形)被回顧	かえりみられる
て形回顧	かえりみて	命令形快回顧	かえりみろ
た形(過去形)回顧了	かえりみた	可能形可以回顧	かえりみられる
たら形(條件形)回顧的話	かえりみたら	う形(意向形)回顧吧	かえりみよう

おっと しごと しゅみ ぜんぜん か てい かえり
△夫は仕事が趣味で、全然家庭を顧みない。／
我先生只喜歡工作，完全不照顧家人。

かかえこむ【抱え込む】 雙手抱·抱入;過度負擔 他五 グループ1

かか こ かか こ
抱え込む・抱え込みます

辞書形(基本形)過度負擔	かかえこむ	たり形 又是過度負擔	かかえこんだり
ない形(否定形)沒過度負擔	かかえこまない	ば形(條件形)過度負擔的話	かかえこめば
なかった形(過去否定形)過去沒過度負擔	かかえこまなかった	させる形(使役形)使過度負擔	かかえこませる
ます形(連用形)過度負擔	かかえこみます	られる形(被動形)被抱入	かかえこまれる
て形過度負擔	かかえこんで	命令形快過度負擔	かかえこめ
た形(過去形)過度負擔了	かかえこんだ	可能形	———
たら形(條件形)過度負擔的話	かかえこんだら	う形(意向形)過度負擔吧	かかえこもう

なや ひとり かか こ
△悩みを一人で抱え込む。／一個人獨自懷抱著煩惱。

かかげる【掲げる】

懸・掛・升起；舉起・打著；挑・掀起・撩起；刊登・刊載；提出・揭出・指出

他下一 グループ2

掲げる・掲げます

辭書形[基本形] 舉起	かかげる	た句形 又是舉起	かかげたり
ない形（否定形） 沒舉起	かかげない	ば形（條件形） 舉起的話	かかげれば
なかった形（過去否定形） 過去沒舉起	かかげなかった	させる形（使役形） 使舉起	かかげさせる
ます形（禮貌形） 舉起	かかげます	られる形（被動形） 被舉起	かかげられる
て形 舉起	かかげて	命令形 快舉起	かかげろ
た形（過去形） 舉起了	かかげた	可能形 可以舉起	かかげられる
たら形（條件形） 舉起的話	かかげたら	う形（意向形） 舉起吧	かかげよう

△掲げられた公約が必ずしも実行されるとは限らない。／
已經宣布的公約，未必就能付諸實行。

かきとる【書き取る】

（把文章字句等）記下來・紀錄・抄錄
他五 グループ1

書き取る・書き取ります

辭書形[基本形] 紀錄	かきとる	た句形 又是紀錄	かきとったり
ない形（否定形） 沒紀錄	かきとらない	ば形（條件形） 紀錄的話	かきとれば
なかった形（過去否定形） 過去沒紀錄	かきとらなかった	させる形（使役形） 予以紀錄	かきとらせる
ます形（禮貌形） 紀錄	かきとります	られる形（被動形） 被紀錄	かきとられる
て形 紀錄	かきとって	命令形 快紀錄	かきとれ
た形（過去形） 紀錄了	かきとった	可能形 可以紀錄	かきとれる
たら形（條件形） 紀錄的話	かきとったら	う形（意向形） 紀錄吧	かきとろう

△発言を一言も漏らさず書き取ります。／將發言一字不漏地完整記錄。

かきまわす【掻き回す】

攪和・攪拌・混合；亂翻・翻弄・翻攪；攪亂・擾亂・胡作非為

他五　グループ1

掻き回す・掻き回します

辞書形 (基本形) 翻弄	かきまわす	たり形 又是翻弄	かきまわしたり
ない形 (否定形) 沒翻弄	かきまわさない	ば形 (條件形) 翻弄的話	かきまわせば
なかった形 (過去否定形) 過去沒翻弄	かきまわさ なかった	させる形 (使役形) 任憑翻弄	かきまわさせる
ます形 (連用形) 翻弄	かきまわします	られる形 (被動形) 被翻弄	かきまわされる
て形 翻弄	かきまわして	命令形 快翻弄	かきまわせ
た形 (過去形) 翻弄了	かきまわした	可能形 可以翻弄	かきまわせる
たら形 (條件形) 翻弄的話	かきまわしたら	う形 (意向形) 翻弄吧	かきまわそう

△変な新入社員に社内をかき回されて、迷惑千万だ。／
奇怪的新進員工在公司裡到處攪亂，讓人困擾極了。

かく【欠く】

缺・缺乏・缺少；弄壞・少 (一部分)；欠・欠缺・怠慢

他五　グループ1

欠く・欠きます

辞書形 (基本形) 怠慢	かく	たり形 又是怠慢	かいたり
ない形 (否定形) 沒怠慢	かかない	ば形 (條件形) 怠慢的話	かけば
なかった形 (過去否定形) 過去沒怠慢	かかなかった	させる形 (使役形) 放任怠慢	かかせる
ます形 (連用形) 怠慢	かきます	られる形 (被動形) 被怠慢	かかれる
て形 怠慢	かいて	命令形 快怠慢	かけ
た形 (過去形) 怠慢了	かいた	可能形	———
たら形 (條件形) 怠慢的話	かいたら	う形 (意向形) 怠慢吧	かこう

△彼はこのプロジェクトに欠くべからざる人物だ。／
他是這項企劃案中不可或缺的人物！

かける【賭ける】 打賭・賭輸贏

他下一　グループ2

賭ける・賭けます

辞書形(基本形) 打賭	かける	た(り形 又是打賭	かけたり
ない形(否定形) 沒打賭	かけない	ば形(條件形) 打賭的話	かければ
なかった形(過去否定形) 過去沒打賭	かけなかった	させる形(使役形) 讓打賭	かけさせる
ます形(連用形) 打賭	かけます	られる形(被動形) 被賭上	かけられる
て形 打賭	かけて	命令形 快打賭	かけろ
た形(過去形) 打賭了	かけた	可能形 可以打賭	かけられる
たら形(條件形) 打賭的話	かけたら	う形(意向形) 打賭吧	かけよう

△私は君が勝つ方に賭けます。／我賭你會贏。

かさばる【かさ張る】（體積、數量等）增大・體積大・增多　自五　グループ1

かさ張る・かさ張ります

辞書形(基本形) 增大	かさばる	た(り形 又是增大	かさばったり
ない形(否定形) 沒增大	かさばらない	ば形(條件形) 增大的話	かさばれば
なかった形(過去否定形) 過去沒增大	かさばらなかった	させる形(使役形) 予以增大	かさばらせる
ます形(連用形) 增大	かさばります	られる形(被動形) 被擴大	かさばられる
て形 增大	かさばって	命令形 快增大	かさばれ
た形(過去形) 增大了	かさばった	可能形	———
たら形(條件形) 增大的話	かさばったら	う形(意向形) 增大吧	かさばろう

△冬の服はかさばるので収納しにくい。／冬天的衣物膨鬆而佔空間，不容易收納。

かさむ (體積、數量等)增多

自五 グループ1

かさむ・かさみます

辭書形(基本形)		たり形	
增多	かさむ	又是增多	かさんだり
ない形(否定形)		ば形(條件形)	
沒增多	かさまない	增多的話	かさめば
なかった形(過去否定形)		させる形(使役形)	
過去沒增多	かさまなかった	使增多	かさませる
ます形(連用形)		られる形(被動形)	
增多	かさみます	被增加	かさまれる
て形		命令形	
增多	かさんで	快增多	かさめ
た形(過去形)		可能形	
增多了	かさんだ		———
たら形(條件形)		う形(意向形)	
增多的話	かさんだら	增多吧	かさもう

△今月は洗濯機やパソコンが壊れたので、修理で出費がかさんだ。／由於洗衣機及電腦故障，本月份的修繕費用大增。

かすむ【霞む】 有霞・有薄霧・雲霧朦朧・朦朧・看不清

自五 グループ1

霞む・霞みます

辭書形(基本形)		たり形	
看不清	かすむ	又是看不清	かすんだり
ない形(否定形)		ば形(條件形)	
沒看不清	かすまない	看不清的話	かすめば
なかった形(過去否定形)		させる形(使役形)	
過去沒看不清	かすまなかった	使看不清	かすませる
ます形(連用形)		られる形(被動形)	
看不清	かすみます	被混淆	かすまれる
て形		命令形	
看不清	かすんで	快看不清	かすめ
た形(過去形)		可能形	
看不清了	かすんだ	可以看不清	———
たら形(條件形)		う形(意向形)	
看不清的話	かすんだら	看不清吧	かすもう

△霧で霞んで運転しにくい。／雲霧瀰漫導致視線不清，有礙行車安全。

かする　掠過・擦過；揩油・剝削；（書法中）寫出飛白；暗示　他五　グループ1

かする・かすります

辞書形（基本形） 擦過	かする	た形 又是擦過	かすったり
ない形（否定形） 沒擦過	かすらない	ば形（條件形） 擦過的話	かすれば
なかった形（過去否定形） 過去沒擦過	かすらなかった	せる形（使役形） 使擦過	かすらせる
ます形（連用形） 擦過	かすります	られる形（被動形） 被擦過	かすられる
て形 擦過	かすって	命令形 快擦過	かすれ
た形（過去形） 擦過了	かすった	可能形 可以擦過	かすれる
たら形（條件形） 擦過的話	かすったら	う形（意向形） 擦過吧	かすろう

△ちょっとかすっただけで、たいした怪我(けが)ではない。／
只不過稍微擦傷罷了，不是什麼嚴重的傷勢。

かたむける【傾ける】　使…傾斜・使…歪偏；飲（酒）等；傾注；倒空；敗（家），使（國家）滅亡　他下一　グループ2

傾(かたむ)ける・傾(かたむ)けます

辞書形（基本形） 傾注	かたむける	た形 又是傾注	かたむけたり
ない形（否定形） 沒傾注	かたむけない	ば形（條件形） 傾注的話	かたむければ
なかった形（過去否定形） 過去沒傾注	かたむけなかった	せる形（使役形） 使滅亡	かたむけさせる
ます形（連用形） 傾注	かたむけます	られる形（被動形） 被倒空	かたむけられる
て形 傾注	かたむけて	命令形 快傾注	かたむけろ
た形（過去形） 傾注了	かたむけた	可能形 可以傾注	かたむけられる
たら形（條件形） 傾注的話	かたむけたら	う形（意向形） 傾注吧	かたむけよう

△有権者(ゆうけんしゃ)あっての政治家(せいじか)なのだから、有権者(ゆうけんしゃ)の声(こえ)に耳(みみ)を傾(かたむ)けるべきだ。／
有投票者才能產生政治家，所以應當聆聽投票人的心聲才是。

かためる【固める】

（使物質等）凝固・堅硬；堆集到一處；堅定・使鞏固；加強防守；使安定・使走上正軌；組成

他下一　グループ2

固_{かた}める・固_{かた}めます

辭書形(基本形)		たり形	
堅定	かためる	又是堅定	かためたり
ない形 (否定形)		ば形 (條件形)	
沒堅定	かためない	堅定的話	かためれば
なかった形 (過去否定形)		させる形 (使役形)	
過去沒堅定	かためなかった	使堅定	かためさせる
ます形 (連用形)		られる形 (被動形)	
堅定	かためます	被奠定	かためられる
て形		命令形	
堅定	かためて	快奠定	かためろ
た形 (過去形)		可能形	
堅定了	かためた	可以奠定	かためられる
たら形 (條件形)		う形 (意向形)	
堅定的話	かためたら	奠定吧	かためよう

△基礎_{きそ}をしっかり固_{かた}めてから応用問題_{おうようもんだい}に取_とり組_くんだ方_{ほう}がいい。／
先打好穩固的基礎，再挑戰應用問題較為恰當。

かなう【叶う】

適合・符合・合乎；能・能做到；（希望等）能實現・能如願以償

自五　グループ1

叶_{かな}う・叶_{かな}います

辭書形(基本形)		たり形	
符合	かなう	又是符合	かなったり
ない形 (否定形)		ば形 (條件形)	
沒符合	かなわない	符合的話	かなえば
なかった形 (過去否定形)		させる形 (使役形)	
過去沒符合	かなわなかった	使符合	かなわせる
ます形 (連用形)		られる形 (被動形)	
符合	かないます	被實現	かなわれる
て形		命令形	
符合	かなって	快符合	かなえ
た形 (過去形)		可能形	
符合了	かなった	——	——
たら形 (條件形)		う形 (意向形)	
符合的話	かなったら	符合吧	かなおう

△夢_{ゆめ}が叶_{かな}おうが叶_{かな}うまいが、夢_{ゆめ}があるだけすばらしい。／
無論夢想能否實現，心裡有夢就很美了。

かなえる【叶える】 使…達到（目的），満足…的願望　他下一 グループ2

叶える・叶えます

辞書形(基本形) 満足…的願望	かなえる	たり形 又是満足…的願望	かなえたり
ない形 (否定形) 沒満足…的願望	かなえない	ば形 (條件形) 満足…的願望的話	かなえれば
なかった形 (過去否定形) 過去沒満足…的願望	かなえなかった	させる形 (使役形) 使満足…的願望	かなえさせる
ます形 (連用形) 満足…的願望	かなえます	られる形 (被動形) 被満足…的願望	かなえられる
て形 満足…的願望	かなえて	命令形 快満足…的願望	かなえろ
た形 (過去形) 満足…的願望了	かなえた	可能形 可以満足…的願望	かなえられる
たら形 (條件形) 満足…的願望的話	かなえたら	う形 (意向形) 満足…的願望吧	かなえよう

 △夢を叶えるためとあれば、どんな努力も惜しまない。／
若為實現夢想，不惜付出任何努力。

かばう【庇う】 庇護・袒護・保護　他五 グループ1

庇う・庇います

辞書形(基本形) 庇護	かばう	たり形 又是庇護	かばったり
ない形 (否定形) 沒庇護	かばわない	ば形 (條件形) 庇護的話	かばえば
なかった形 (過去否定形) 過去沒庇護	かばわなかった	させる形 (使役形) 予以庇護	かばわせる
ます形 (連用形) 庇護	かばいます	られる形 (被動形) 受到庇護	かばわれる
て形 庇護	かばって	命令形 快庇護	かばえ
た形 (過去形) 庇護了	かばった	可能形 可以庇護	かばえる
たら形 (條件形) 庇護的話	かばったら	う形 (意向形) 庇護吧	かばおう

 △左足を怪我したので、かばいながらしか歩けない。／
由於左腳受傷，只能小心翼翼地走路。

かぶれる【気触れる】

（由於漆、膏藥等的過敏與中毒而）發炎・起疹子；（受某種影響而）熱中・著迷

自下一 グループ2

気触れる・気触れます

辞書形(基本形) 著迷	かぶれる	たり形 又是著迷	かぶれたり
ない形（否定形） 沒著迷	かぶれない	ば形（條件形） 著迷的話	かぶれれば
なかった形（過去否定形） 過去沒著迷	かぶれなかった	させる形（使役形） 使著迷	かぶれさせる
ます形（連用形） 著迷	かぶれます	られる形（被動形） 被熱中	かぶれられる
て形 著迷	かぶれて	命令形 快著迷	かぶれろ
た形（過去形） 著迷了	かぶれた	可能形	———
たら形（條件形） 著迷的話	かぶれたら	う形（意向形） 著迷吧	かぶれよう

△新しいシャンプーでかぶれた。肌に合わないみたい。／
對新的洗髮精過敏了，看來不適合我的皮膚。

かまえる【構える】

修建・修築；(轉)自立門戶・住在(獨立的房屋)；採取某種姿勢・擺出姿態；準備好；假造・裝作・假托

他下一 グループ2

構える・構えます

辞書形(基本形) 修建	かまえる	たり形 又是修建	かまえたり
ない形（否定形） 沒修建	かまえない	ば形（條件形） 修建的話	かまえれば
なかった形（過去否定形） 過去沒修建	かまえなかった	させる形（使役形） 予以修建	かまえさせる
ます形（連用形） 修建	かまえます	られる形（被動形） 得到修建	かまえられる
て形 修建	かまえて	命令形 快修建	かまえろ
た形（過去形） 修建了	かまえた	可能形 可以修建	かまえられる
たら形（條件形） 修建的話	かまえたら	う形（意向形） 修建吧	かまえよう

△彼女は何事も構えすぎるきらいがある。／
她對任何事情總是有些防範過度。

かみきる【噛み切る】 咬斷・咬破

他五 グループ1

噛み切る・噛み切ります

辭書形(基本形)		たり形	
咬斷	かみきる	又是咬斷	かみきったり
ない形(否定形) 沒咬斷	かみきらない	ば形(條件形) 咬斷的話	かみきれば
なかった形(過去否定形) 過去沒咬斷	かみきらなかった	させる形(使役形) 使咬斷	かみきらせる
ます形(連用形) 咬斷	かみきります	られる形(被動形) 被咬斷	かみきられる
て形 咬斷	かみきって	命令形 快咬斷	かみきれ
た形(過去形) 咬斷了	かみきった	可能形 可以咬斷	かみきれる
たら形(條件形) 咬斷的話	かみきったら	う形(意向形) 咬斷吧	かみきろう

 △この肉、硬くてかみ切れないよ。／這塊肉好硬，根本咬不斷嘛！

からむ【絡む】 纏在…上；糾纏・無理取鬧・找碴；密切相關・緊密糾纏

自五 グループ1

絡む・絡みます

辭書形(基本形)		たり形	
糾纏	からむ	又是糾纏	からんだり
ない形(否定形) 沒糾纏	からまない	ば形(條件形) 糾纏的話	からめば
なかった形(過去否定形) 過去沒糾纏	からまなかった	させる形(使役形) 任憑糾纏	からませる
ます形(連用形) 糾纏	からみます	られる形(被動形) 被糾纏	からまれる
て形 糾纏	からんで	命令形 快糾纏	からめ
た形(過去形) 糾纏了	からんだ	可能形 可以糾纏	からめる
たら形(條件形) 糾纏的話	からんだら	う形(意向形) 糾纏吧	からもう

 △贈収賄事件に絡んだ人が相次いで摘発された。／
與賄賂事件有所牽連的人士，一個接著一個遭到舉發。

かれる【枯れる・涸れる】 (水分)乾涸;(能力·才能等)涸竭;(草木)

自下一 グループ2

涸零·枯萎·枯死(木材)乾燥;(修養·藝術等)純熟·老練;(身體等)枯瘦·乾癟;(機能等)衰萎

枯れる・枯れます

辭書形(基本形) 涸零	かれる	たり形 又是涸零	かれたり
ない形 (否定形) 沒涸零	かれない	ば形 (條件形) 涸零的話	かれれば
なかった形 (過去否定形) 過去沒涸零	かれなかった	させる形 (使役形) 使涸零	かれさせる
ます形 (連用形) 涸零	かれます	られる形 (被動形) 被涸竭	かれられる
て形 涸零	かれて	命令形 快涸零	かれろ
た形 (過去形) 涸零了	かれた	可能形	———
たら形 (條件形) 涸零的話	かれたら	う形 (意向形) 涸零吧	かれよう

 △井戸の水が涸れ果ててしまった。／井裡的水已經乾涸了。

かわす【交わす】 交·交換;交結·交叉·互相…

他五 グループ1

交わす・交わします

辭書形(基本形) 交換	かわす	たり形 又是交換	かわしたり
ない形 (否定形) 沒交換	かわさない	ば形 (條件形) 交換的話	かわせば
なかった形 (過去否定形) 過去沒交換	かわさなかった	させる形 (使役形) 予以交換	かわさせる
ます形 (連用形) 交換	かわします	られる形 (被動形) 被交換	かわされる
て形 交換	かわして	命令形 快交換	かわせ
た形 (過去形) 交換了	かわした	可能形 可以交換	かわせる
たら形 (條件形) 交換的話	かわしたら	う形 (意向形) 交換吧	かわそう

 △二人はいつも視線を交わして合図を送り合っている。／
他們兩人總是四目相交、眉目傳情。

きかざる【着飾る】 盛装・打扮

着飾る・着飾ります

辞書形(基本形) 打扮	きかざる	たり形 又是打扮	きかざったり
ない形(否定形) 沒打扮	きかざらない	ば形(條件形) 打扮的話	きかざれば
なかった形(過去否定形) 過去沒打扮	きかざらなかった	せる形(使役形) 讓打扮	きかざらせる
ます形(禮貌形) 打扮	きかざります	られる形(被動形) 被打扮	きかざられる
て形 打扮	きかざって	命令形 快打扮	きかざれ
た形(過去形) 打扮了	きかざった	可能形 可以打扮	きかざれる
たら形(條件形) 打扮的話	きかざったら	う形(意向形) 打扮吧	きかざろう

△どんなに着飾ろうが、人間中身は変えられない。／
不管再怎麼裝扮，人的內在都是沒辦法改變的。

きしむ【軋む】 （兩物相摩擦）吱吱嘎嘎響・發澀

軋む・軋みます

辞書形(基本形) 發澀	きしむ	たり形 又是發澀	きしんだり
ない形(否定形) 沒發澀	きしまない	ば形(條件形) 發澀的話	きしめば
なかった形(過去否定形) 過去沒發澀	きしまなかった	せる形(使役形) 任憑發澀	きしませる
ます形(禮貌形) 發澀	きしみます	られる形(被動形) 在發澀之下	きしまれる
て形 發澀	きしんで	命令形 快發澀	きしめ
た形(過去形) 發澀了	きしんだ	可能形	——
たら形(條件形) 發澀的話	きしんだら	う形(意向形) 發澀吧	きしもう

△この家は古いので、床がきしんで音がする。／
這間房子的屋齡已久，在屋內踏走時，地板會發出嘎吱聲響。

きずく【築く】 築・建築・修建；構成・（逐步）形成・累積 他五 グループ1

築く・築きます

辞書形（基本形） 累積	きずく	たり形 又是累積	きずいたり
ない形（否定形） 沒累積	きずかない	ば形（條件形） 累積的話	きずけば
なかった形（過去否定形） 過去沒累積	きずかなかった	させる形（使役形） 予以累積	きずかせる
ます形（連用形） 累積	きずきます	られる形（被動形） 被累積	きずかれる
て形 累積	きずいて	命令形 快累積	きずけ
た形（過去形） 累積了	きずいた	可能形 可以累積	きずける
たら形（條件形） 累積的話	きずいたら	う形（意向形） 累積吧	きずこう

△同僚といい関係を築けば、より良い仕事ができるでしょう。／
如果能建立良好的同事情誼，應該可以提昇工作成效吧！

きずつく【傷つく】 受傷・負傷；弄出瑕疵・缺陷・毛病（威信、名聲等）遭受損害或敗壞、（精神）受到創傷 自五 グループ1

傷つく・傷つきます

辞書形（基本形） 負傷	きずつく	たり形 又是負傷	きずついたり
ない形（否定形） 沒負傷	きずつかない	ば形（條件形） 負傷的話	きずつけば
なかった形（過去否定形） 過去沒負傷	きずつかなかった	させる形（使役形） 使負傷	きずつかせる
ます形（連用形） 負傷	きずつきます	られる形（被動形） 遭受創傷	きずつかれる
て形 負傷	きずついて	命令形 快負傷	きずつけ
た形（過去形） 負傷了	きずついた	可能形	——
たら形（條件形） 負傷的話	きずついたら	う形（意向形） 負傷吧	きずつこう

△相手が傷つこうが、言わなければならないことは言います。／
即使會讓對方受傷，該說的話還是要說。

きずつける【傷つける】

弄傷；弄出瑕疵、缺陷、毛病，傷痕・損害・損傷；敗壞

他下一　グループ2

傷つける・傷つけます

辞書形(基本形) 損害	きずつける	たり形 又是損害	きずつけたり
ない形 (否定形) 沒損害	きずつけない	ば形 (條件形) 損害的話	きずつければ
なかった形 (過去否定形) 過去沒損害	きずつけなかった	させる形 (使役形) 任憑損害	きずつけさせる
ます形 (連用形) 損害	きずつけます	られる形 (被動形) 被弄傷	きずつけられる
て形 損害	きずつけて	命令形 快損害	きずつけろ
た形 (過去形) 損害了	きずつけた	可能形 可以損害	きずつけられる
たら形 (條件形) 損害的話	きずつけたら	う形 (意向形) 損害吧	きずつけよう

△子どもは知らず知らずのうちに相手を傷つけてしまうことがある。／
小孩子或許會在不自覺的狀況下，傷害到其他同伴。

きたえる【鍛える】

鍛，錘錬；鍛錬

他下一　グループ2

鍛える・鍛えます

辞書形(基本形) 鍛錬	きたえる	たり形 又是鍛錬	きたえたり
ない形 (否定形) 沒鍛錬	きたえない	ば形 (條件形) 鍛錬的話	きたえれば
なかった形 (過去否定形) 過去沒鍛錬	きたえなかった	させる形 (使役形) 予以鍛錬	きたえさせる
ます形 (連用形) 鍛錬	きたえます	られる形 (被動形) 被鍛錬	きたえられる
て形 鍛錬	きたえて	命令形 快鍛錬	きたえろ
た形 (過去形) 鍛錬了	きたえた	可能形 可以鍛錬	きたえられる
たら形 (條件形) 鍛錬的話	きたえたら	う形 (意向形) 鍛錬吧	きたえよう

△ふだんどれだけ体を鍛えていようが、風邪をひくときはひく。／
無論平常再怎麼鍛錬身體，還是沒法避免感冒。

きょうじる【興じる】 (同「興ずる」)感覺有趣・愉快・以‥自娛・取樂 〔自上一〕 グループ2

きょう きょう
興じる・興じます

辭書形(基本形)		たり形	
感覺有趣	きょうじる	又是感覺有趣	きょうじたり
ない形(否定形)		ば形(條件形)	
沒感覺有趣	きょうじない	感覺有趣的話	きょうじれば
なかった形(過去否定形)		させる形(使役形)	
過去沒感覺有趣	きょうじなかった	使感覺有趣	きょうじさせる
ます形(連用形)		られる形(被動形)	
感覺有趣	きょうじます	被以…自娛	きょうじられる
て形		命令形	
感覺有趣	きょうじて	快感覺有趣	きょうじろ
た形(過去形)		可能形	
感覺有趣了	きょうじた	可以感覺有趣	きょうじられる
たら形(條件形)		う形(意向形)	
感覺有趣的話	きょうじたら	感覺有趣吧	きょうじよう

　　　しゅみ　きょう　　　　　　　ぜんぜん か てい　かえり
△趣味に興じるばかりで、全然家庭を顧みない。／
一直沈迷於自己的興趣，完全不顧家庭。

きりかえる【切り替える】 轉換・改換・掉換；兌換 〔他下一〕 グループ2

き　か　　　　　　き　か
切り替える・切り替えます

辭書形(基本形)		たり形	
掉換	きりかえる	又是掉換	きりかえたり
ない形(否定形)		ば形(條件形)	
沒掉換	きりかえない	掉換的話	きりかえれば
なかった形(過去否定形)		させる形(使役形)	
過去沒掉換	きりかえなかった	使掉換	きりかえさせる
ます形(連用形)		られる形(被動形)	
掉換	きりかえます	被掉換	きりかえられる
て形		命令形	
掉換	きりかえて	快掉換	きりかえろ
た形(過去形)		可能形	
掉換了	きりかえた	可以掉換	きりかえられる
たら形(條件形)		う形(意向形)	
掉換的話	きりかえたら	掉換吧	きりかえよう

　　　　しごと　　　　　　　　　　　　じかん　き　か　　ほう
△仕事とプライベートの時間は切り替えた方がいい。／
工作的時間與私人的時間都要適度調配轉換比較好。

キレる （俗）突然生氣・發怒

キレる・キレます

辭書形(基本形) 突然生氣	キレる	たり形 又是突然生氣	キレたり
ない形(否定形) 沒突然生氣	キレない	ば形(條件形) 突然生氣的話	キレれば
なかった形(過去否定形) 過去沒突然生氣	キレなかった	させる形(使役形) 使突然生氣	キレさせる
ます形(連用形) 突然生氣	キレます	られる形(被動形) 被叱責	キレられる
て形 突然生氣	キレて	命令形 快生氣	キレろ
た形(過去形) 突然生氣了	キレた	可能形	——
たら形(條件形) 突然生氣的話	キレたら	う形(意向形) 生氣吧	キレよう

△大人、とりわけ親の問題なくして、子供がキレることはない。／
如果大人都沒有問題，尤其是父母沒有問題，孩子就不會出現暴怒的情緒。

きわめる【極める】 查究；到達極限

極める・極めます

辭書形(基本形) 查究	きわめる	たり形 又是查究	きわめたり
ない形(否定形) 沒查究	きわめない	ば形(條件形) 查究的話	きわめれば
なかった形(過去否定形) 過去沒查究	きわめなかった	させる形(使役形) 使查究	きわめさせる
ます形(連用形) 查究	きわめます	られる形(被動形) 被查究	きわめられる
て形 查究	きわめて	命令形 快查究	きわめろ
た形(過去形) 查究了	きわめた	可能形 可以查究	きわめられる
たら形(條件形) 查究的話	きわめたら	う形(意向形) 查究吧	きわめよう

△道を極めた達人の言葉だけに、重みがある。／
追求極致這句話出自專家之口中，尤其具有權威性。

きんじる【禁じる】 禁止・不准；禁忌・戒除；抑制・控制 他上一 グループ2

禁じる・禁じます

辞書形(基本形)		たり形	
禁止	きんじる	又是禁止	きんじたり
ない形(否定形)		ば形(條件形)	
沒禁止	きんじない	禁止的話	きんじれば
なかった形(過去否定形)		させる形(使役形)	
過去沒禁止	きんじなかった	使禁止	きんじさせる
ます形(連用形)		られる形(被動形)	
禁止	きんじます	被禁止	きんじられる
て形		命令形	
禁止	きんじて	快禁止	きんじろ
た形(過去形)		可能形	
禁止了	きんじた	可以禁止	きんじられる
たら形(條件形)		う形(意向形)	
禁止的話	きんじたら	禁止吧	きんじよう

 △機内での喫煙は禁じられています。／禁止在飛機內吸菸。

くいちがう【食い違う】 不一致・有分歧；交錯・錯位 自五 グループ1

食い違う・食い違います

辞書形(基本形)		たり形	
交錯	くいちがう	又是交錯	くいちがったり
ない形(否定形)		ば形(條件形)	
沒交錯	くいちがわない	交錯的話	くいちがえば
なかった形(過去否定形)		させる形(使役形)	
過去沒交錯	くいちがわなかった	使矛盾	くいちがわせる
ます形(連用形)		られる形(被動形)	
交錯	くいちがいます	被交叉	くいちがわれる
て形		命令形	
交錯	くいちがって	快交錯	くいちがえ
た形(過去形)		可能形	
交錯了	くいちがった		———
たら形(條件形)		う形(意向形)	
交錯的話	くいちがったら	交錯吧	くいちがおう

△ただその一点のみ、双方の意見が食い違っている。／
雙方的意見僅就那一點相左。

くぐる【潜る】 通過，走過；潛水；猜測 他五 グループ1

潜（くぐ）る・潜（くぐ）ります

辭書形（基本形） 通過	くぐる	たり形 又是通過	くぐったり
ない形（否定形） 沒通過	くぐらない	ば形（條件形） 通過的話	くぐれば
なかった形（過去否定形） 過去沒通過	くぐらなかった	させる形（使役形） 使通過	くぐらせる
ます形（連用形） 通過	くぐります	られる形（被動形） 被通過	くぐられる
て形 通過	くぐって	命令形 快通過	くぐれ
た形（過去形） 通過了	くぐった	可能形 可以通過	くぐれる
たら形（條件形） 通過的話	くぐったら	う形（意向形） 通過吧	くぐろう

△門（もん）をくぐると、宿（やど）の女将（おかみ）さんが出迎（でむか）えてくれた。／
走進旅館大門後，老闆娘迎上前來歡迎我們。

くちずさむ【口ずさむ】 （隨興之所致）吟，詠，誦，吟詠 他五 グループ1

口（くち）ずさむ・口（くち）ずさみます

辭書形（基本形） 吟詠	くちずさむ	たり形 又是吟詠	くちずさんだり
ない形（否定形） 沒吟詠	くちずさまない	ば形（條件形） 吟詠的話	くちずさめば
なかった形（過去否定形） 過去沒吟詠	くちずさまなかった	させる形（使役形） 予以吟詠	くちずさませる
ます形（連用形） 吟詠	くちずさみます	られる形（被動形） 被吟詠	くちずさまれる
て形 吟詠	くちずさんで	命令形 快吟詠	くちずさめ
た形（過去形） 吟詠了	くちずさんだ	可能形 可以吟詠	くちずさめる
たら形（條件形） 吟詠的話	くちずさんだら	う形（意向形） 吟詠吧	くちずさもう

△今日（きょう）はご機嫌（きげん）らしく、父（ちち）は朝（あさ）から歌（うた）を口（くち）ずさんでいる。／
爸爸今天的心情似乎很好，打從大清早就一直哼唱著歌曲。

くちる【朽ちる】 腐朽・腐爛・腐壞；默默無聞而終・埋沒一生；（轉）衰敗・衰亡

自上一　グループ2

朽ちる・朽ちます

辭書形 (基本形)		たり形	
埋沒一生	くちる	又是埋沒一生	くちたり
ない形 (否定形)		ば形 (條件形)	
沒埋沒一生	くちない	埋沒一生的話	くちれば
なかった形 (過去否定形)		させる形 (使役形)	
過去沒埋沒一生	くちなかった	任憑埋沒一生	くちさせる
ます形 (連用形)		られる形 (被動形)	
埋沒一生	くちます	被埋沒一生	くちられる
て形		命令形	
埋沒一生	くちて	快埋沒一生	くちろ
た形 (過去形)		可能形	
埋沒一生了	くちた		——
たら形 (條件形)		う形 (意向形)	
埋沒一生的話	くちたら	埋沒一生吧	くちよう

△校舎が朽ち果てて、廃墟と化している。／校舎已經殘破不堪，變成廢墟。

くつがえす【覆す】 打翻・弄翻・翻轉；（將政權、國家）推翻・打倒；徹底改變・推翻（學說等）

他五　グループ1

覆す・覆します

辭書形 (基本形)		たり形	
推翻	くつがえす	又是推翻	くつがえしたり
ない形 (否定形)		ば形 (條件形)	
沒推翻	くつがえさない	推翻的話	くつがえせば
なかった形 (過去否定形)		させる形 (使役形)	
過去沒推翻	くつがえさなかった	使推翻	くつがえさせる
ます形 (連用形)		られる形 (被動形)	
推翻	くつがえします	被推翻	くつがえされる
て形		命令形	
推翻	くつがえして	快推翻	くつがえせ
た形 (過去形)		可能形	
推翻了	くつがえした	可以推翻	くつがえせる
たら形 (條件形)		う形 (意向形)	
推翻的話	くつがえしたら	推翻吧	くつがえそう

△一審の判決を覆し、二審では無罪となった。／
二審改判無罪，推翻了一審的判決結果。

くみあわせる【組み合わせる】

編在一起・交叉在一起・搭在一起;配合;編組

組み合わせる・組み合わせます

辞書形(基本形) 編在一起	くみあわせる	たり形 又是編在一起	くみあわせたり
ない形(否定形) 沒編在一起	くみあわせない	ば形(條件形) 編在一起的話	くみあわせれば
なかった形(過去否定形) 過去沒編在一起	くみあわせなかった	させる形(使役形) 使編在一起	くみあわせさせる
ます形(連用形) 編在一起	くみあわせます	られる形(被動形) 被編在一起	くみあわせられる
て形 編在一起	くみあわせて	命令形 快編在一起	くみあわせろ
た形(過去形) 編在一起了	くみあわせた	可能形 可以編在一起	くみあわせられる
たら形(條件形) 編在一起的話	くみあわせたら	う形(意向形) 編在一起吧	くみあわせよう

 △上と下の数字を組み合わせて、それぞれ合計10になるようにしてください。／請加總上列與下列的數字，使每組數字的總和均為10。

くみこむ【組み込む】

編入;入伙;(印)排入

組み込む・組み込みます

辞書形(基本形) 編入	くみこむ	たり形 又是編入	くみこんだり
ない形(否定形) 沒編入	くみこまない	ば形(條件形) 編入的話	くみこめば
なかった形(過去否定形) 過去沒編入	くみこまなかった	させる形(使役形) 使編入	くみこませる
ます形(連用形) 編入	くみこみます	られる形(被動形) 被編入	くみこまれる
て形 編入	くみこんで	命令形 快編入	くみこめ
た形(過去形) 編入了	くみこんだ	可能形 可以編入	くみこめる
たら形(條件形) 編入的話	くみこんだら	う形(意向形) 編入吧	くみこもう

△この部品を組み込めば、製品が小型化できる。／只要將這個零件組裝上去，就可以將產品縮小。

けがす【汚す】 弄髒・玷污；拌和　他五　グループ1

汚す・汚します

辭書形(基本形)		たり形	
弄髒	けがす	又是弄髒	けがしたり
ない形 (否定形)		ば形 (條件形)	
沒弄髒	けがさない	弄髒的話	けがせば
なかった形 (過去否定形)		させる形 (使役形)	
過去沒弄髒	けがさなかった	使弄髒	けがさせる
ます形 (連用形)		られる形 (被動形)	
弄髒	けがします	被弄髒	けがされる
て形		命令形	
弄髒	けがして	快弄髒	けがせ
た形 (過去形)		可能形	
弄髒了	けがした	可以弄髒	けがせる
たら形 (條件形)		う形 (意向形)	
弄髒的話	けがしたら	弄髒吧	けがそう

△週刊誌のでたらめな記事で私の名誉が汚された。／
週刊的不實報導玷汙了我的名譽。

けがれる【汚れる】 骯髒；受奸污・失去貞操；不純潔；污染・弄髒　自下一　グループ2

汚れる・汚れます

辭書形(基本形)		たり形	
弄髒	けがれる	又是弄髒	けがれたり
ない形 (否定形)		ば形 (條件形)	
沒弄髒	けがれない	弄髒的話	けがれれば
なかった形 (過去否定形)		させる形 (使役形)	
過去沒弄髒	けがれなかった	使弄髒	けがれさせる
ます形 (連用形)		られる形 (被動形)	
弄髒	けがれます	被弄髒	けがれられる
て形		命令形	
弄髒	けがれて	快弄髒	けがれろ
た形 (過去形)		可能形	
弄髒了	けがれた	可以弄髒	けがれられる
たら形 (條件形)		う形 (意向形)	
弄髒的話	けがれたら	弄髒吧	けがれよう

△私がそんな汚れた金を受け取ると思っているんですか。／
難道你認為我會收那種骯髒錢嗎？

けしさる【消し去る】 消滅・消除

辞書形(基本形) 消滅	けしさる	た9形 又是消滅	けしさったり
ない形 (否定形) 沒消滅	けしさらない	ば形 (條件形) 消滅的話	けしされば
なかった形 (過去否定形) 過去沒消滅	けしさらなかった	させる形 (使役形) 予以消滅	けしさらせる
ます形 (連用形) 消滅	けしさります	られる形 (被動形) 被消滅	けしさられる
て形 消滅	けしさって	命令形 快消滅	けしされ
た形 (過去形) 消滅了	けしさった	可能形 可以消滅	けしされる
たら形 (條件形) 消滅的話	けしさったら	う形 (意向形) 消滅吧	けしさろう

△記憶を消し去る。／消除記憶。

けとばす【蹴飛ばす】 蹴：踢開・踢散・踢倒；拒絕

辞書形(基本形) 拒絕	けとばす	た9形 又是拒絕	けとばしたり
ない形 (否定形) 沒拒絕	けとばさない	ば形 (條件形) 拒絕的話	けとばせば
なかった形 (過去否定形) 過去沒拒絕	けとばさなかった	させる形 (使役形) 予以拒絕	けとばさせる
ます形 (連用形) 拒絕	けとばします	られる形 (被動形) 被拒絕	けとばされる
て形 拒絕	けとばして	命令形 快拒絕	けとばせ
た形 (過去形) 拒絕了	けとばした	可能形 可以拒絕	けとばせる
たら形 (條件形) 拒絕的話	けとばしたら	う形 (意向形) 拒絕吧	けとばそう

△ボールを力の限り蹴とばすと、スカッとする。／
將球猛力踢飛出去，可以宣洩情緒。

N1
け
けしさる・けとばす

けなす【貶す】 譏笑・貶低・排斥

貶す・貶します

辞書形 (基本形)		たり形	
排斥	けなす	又是排斥	けなしたり
ない形 (否定形)		ば形 (條件形)	
沒排斥	けなさない	排斥的話	けなせば
なかった形 (過去否定形)		させる形 (使役形)	
過去沒排斥	けなさなかった	任憑排斥	けなさせる
ます形 (連用形)		られる形 (被動形)	
排斥	けなします	被排斥	けなされる
て形		命令形	
排斥	けなして	快排斥	けなせ
た形 (過去形)		可能形	
排斥了	けなした	可以排斥	けなせる
たら形 (條件形)		う形 (意向形)	
排斥的話	けなしたら	排斥吧	けなそう

△彼は確かに優秀だが、すぐ人をけなす嫌いがある。／
他的確很優秀，卻有動不動就挖苦人的毛病。

けむる【煙る】 冒煙；模糊不清・朦朧・看不清楚

煙る・煙ります

辞書形 (基本形)		たり形	
模糊不清	けむる	又是模糊不清	けむったり
ない形 (否定形)		ば形 (條件形)	
沒模糊不清	けむらない	模糊不清的話	けむれば
なかった形 (過去否定形)		させる形 (使役形)	
過去沒模糊不清	けむらなかった	使看不清楚	けむらせる
ます形 (連用形)		られる形 (被動形)	
模糊不清	けむります	在冒煙下	けむられる
て形		命令形	
模糊不清	けむって	快模糊不清	けむれ
た形 (過去形)		可能形	
模糊不清了	けむった		——
たら形 (條件形)		う形 (意向形)	
模糊不清的話	けむったら	模糊不清吧	けむろう

△雨煙る兼六園は非常に趣があります。／煙雨迷濛中的兼六園極具另番風情。

こころがける【心掛ける】 留心・注意・記在心裡 他下一 グループ2

心掛ける・心掛けます

辞書形(基本形) 記在心裡	こころがける	た り形 又是記在心裡	こころがけたり
ない形(否定形) 沒記在心裡	こころがけない	ば形(條件形) 記在心裡的話	こころがければ
なかった形(過去否定形) 過去沒記在心裡	こころがけなかった	せる形(使役形) 使記在心裡	こころがけさせる
ます形(連用形) 記在心裡	こころがけます	られる形(被動形) 被記在心裡	こころがけられる
て形 記在心裡	こころがけて	命令形 快記在心裡	こころがけろ
た形(過去形) 記在心裡了	こころがけた	可能形 可以記在心裡	こころがけられる
たら形(條件形) 記在心裡的話	こころがけたら	う形(意向形) 記在心裡吧	こころがけよう

△ミスを防ぐため、最低２回はチェックするよう心掛けている。／
為了避免錯誤發生，特別謹慎小心地至少檢查過兩次。

こころざす【志す】 立志・志向・志願；瞄準 自他五 グループ1

志す・志します

辞書形(基本形) 立志	こころざす	た り形 又是立志	こころざしたり
ない形(否定形) 沒立志	こころざさない	ば形(條件形) 立志的話	こころざせば
なかった形(過去否定形) 過去沒立志	こころざさなかった	せる形(使役形) 使立志	こころざさせる
ます形(連用形) 立志	こころざします	される形(被動形) 被瞄準	こころざされる
て形 立志	こころざして	命令形 快立志	こころざせ
た形(過去形) 立志了	こころざした	可能形 可以立志	こころざせる
たら形(條件形) 立志的話	こころざしたら	う形(意向形) 立志吧	こころざそう

△幼い時重病にかかり、その後医者を志すようになった。／
小時候曾罹患重病，病癒後就立志成為醫生。

こころみる【試みる】 試試・試驗一下・嘗試 他上一 グループ2

<ruby>試<rt>こころ</rt></ruby>みる・<ruby>試<rt>こころ</rt></ruby>みます

辞書形(基本形)		たり形	
嘗試	こころみる	又是嘗試	こころみたり
ない形(否定形)		ば形(條件形)	
沒嘗試	こころみない	嘗試的話	こころみれば
なかった形(過去否定形)		させる形(使役形)	
過去沒嘗試	こころみなかった	使嘗試	こころみさせる
ます形(連用形)		られる形(被動形)	
嘗試	こころみます	被嘗試	こころみられる
て形		命令形	
嘗試	こころみて	快嘗試	こころみろ
た形(過去形)		可能形	
嘗試了	こころみた	可以嘗試	こころみられる
たら形(條件形)		う形(意向形)	
嘗試的話	こころみたら	嘗試吧	こころみよう

△<ruby>突撃取材<rt>とつげきしゅざい</rt></ruby>を<ruby>試<rt>こころ</rt></ruby>みたが、<ruby>警備員<rt>けいびいん</rt></ruby>に<ruby>阻<rt>はば</rt></ruby>まれ<ruby>失敗<rt>しっぱい</rt></ruby>に<ruby>終<rt>お</rt></ruby>わった。／
儘管試圖突擊採訪，卻在保全人員的阻攔下未能完成任務。

こじれる【拗れる】 彆扭・執拗；(事物)複雜化・惡化・(病)纏綿不癒 自下一 グループ2

<ruby>拗<rt>こじ</rt></ruby>れる・<ruby>拗<rt>こじ</rt></ruby>れます

辞書形(基本形)		たり形	
彆扭	こじれる	又是彆扭	こじれたり
ない形(否定形)		ば形(條件形)	
沒彆扭	こじれない	彆扭的話	こじれれば
なかった形(過去否定形)		させる形(使役形)	
過去沒彆扭	こじれなかった	使複雜化	こじれさせる
ます形(連用形)		られる形(被動形)	
彆扭	こじれます	被複雜化	こじれられる
て形		命令形	
彆扭	こじれて	快彆扭	こじれろ
た形(過去形)		可能形	
彆扭了	こじれた		———
たら形(條件形)		う形(意向形)	
彆扭的話	こじれたら	彆扭吧	こじれよう

△<ruby>早<rt>はや</rt></ruby>いうちに<ruby>話<rt>はな</rt></ruby>し<ruby>合<rt>あ</rt></ruby>わないから、<ruby>仲<rt>なか</rt></ruby>がこじれて<ruby>取<rt>と</rt></ruby>り<ruby>返<rt>かえ</rt></ruby>しがつかなくなった。／
就因為不趁早協商好，所以才落到關係惡化最後無法收拾的下場。

こだわる【拘る】 拘泥；妨礙・阻礙・抵觸

自五 グループ1

拘る・拘ります

辞書形(基本形) 妨礙	こだわる	たり形 又是妨礙	こだわったり
ない形 (否定形) 沒妨礙	こだわらない	ば形 (條件形) 妨礙的話	こだわれば
なかった形 (過去否定形) 過去沒妨礙	こだわらなかった	させる形 (使役形) 使妨礙	こだわらせる
ます形 (連用形) 妨礙	こだわります	られる形 (被動形) 被妨礙	こだわられる
て形 妨礙	こだわって	命令形 快妨礙	こだわれ
た形 (過去形) 妨礙了	こだわった	可能形 可以妨礙	こだわれる
たら形 (條件形) 妨礙的話	こだわったら	う形 (意向形) 妨礙吧	こだわろう

△これは私の得意分野ですから、こだわらずにはいられません。／
這是我擅長的領域，所以會比較執著。

ことづける【言付ける】 他下一 託付・帶口信 自下一 假託・藉口 グループ2

言付ける・言付けます

辞書形(見本形) 假託	ことづける	たり形 又是假託	ことづけたり
ない形 (否定形) 沒假託	ことづけない	ば形 (條件形) 假託的話	ことづければ
なかった形 (過去否定形) 過去沒假託	ことづけなかった	させる形 (使役形) 使假託	ことづけさせる
ます形 (連用形) 假託	ことづけます	られる形 (被動形) 被假託	ことづけられる
て形 假託	ことづけて	命令形 快假託	ことづけろ
た形 (過去形) 假託了	ことづけた	可能形 可以假託	ことづけられる
たら形 (條件形) 假託的話	ことづけたら	う形 (意向形) 假託吧	ことづけよう

△いつものことなので、あえて彼に言付けるまでもない。／
已經犯過很多次了，無須特地向他告狀。

こみあげる【込み上げる】 往上湧・油然而生・湧現；作嘔 自下一 グループ2

込み上げる・込み上げます

辞書形(基本形)		たり形	
往上湧	こみあげる	又是往上湧	こみあげたり
ない形 (否定形)		ば形 (條件形)	
沒往上湧	こみあげない	往上湧的話	こみあげれば
なかった形 (過去否定形)		させる形 (使役形)	
過去沒往上湧	こみあげなかった	使往上湧	こみあげさせる
ます形 (連用形)		られる形 (被動形)	
往上湧	こみあげます	被湧現	こみあげられる
て形		命令形	
往上湧	こみあげて	快往上湧	こみあげろ
た形 (過去形)		可能形	
往上湧了	こみあげた	可以往上湧	こみあげられる
たら形 (條件形)		う形 (意向形)	
往上湧的話	こみあげたら	往上湧吧	こみあげよう

△涙がこみあげる。／涙水盈眶。

こめる【込める】 裝填；包括在內・計算在內・集中(精力)・貫注(全神) 他下一 グループ2

込める・込めます

辞書形(基本形)		たり形	
集中	こめる	又是集中	こめたり
ない形 (否定形)		ば形 (條件形)	
沒集中	こめない	集中的話	こめれば
なかった形 (過去否定形)		させる形 (使役形)	
過去沒集中	こめなかった	使集中	こめさせる
ます形 (連用形)		られる形 (被動形)	
集中	こめます	被集中	こめられる
て形		命令形	
集中	こめて	快集中	こめろ
た形 (過去形)		可能形	
集中了	こめた	可以集中	こめられる
たら形 (條件形)		う形 (意向形)	
集中的話	こめたら	集中吧	こめよう

△心を込めてこの歌を歌いたいと思います。／
請容我竭誠為各位演唱這首歌曲。

こもる【籠る】 閉門不出；包含，含蓄；（煙氣等）停滯，充滿，（房間等）不通風 自五 グループ1

籠る・籠ります

辭書形(基本形) 停滯	こもる	たり形 又是停滯	こもったり
ない形 (否定形) 沒停滯	こもらない	ば形 (條件形) 停滯的話	こもれば
なかった形 (過去否定形) 過去沒停滯	こもらなかった	させる形 (使役形) 使停滯	こもらせる
ます形 (連用形) 停滯	こもります	られる形 (被動形) 被停滯	こもられる
て形 停滯	こもって	命令形 快停滯	こもれ
た形 (過去形) 停滯了	こもった	可能形 可以停滯	こもれる
たら形 (條件形) 停滯的話	こもったら	う形 (意向形) 停滯吧	こもろう

△娘は恥ずかしがって部屋の奥にこもってしまった。／
女兒因為害羞怕生而躲在房裡不肯出來。

こらす【凝らす】 凝集・集中 他五 グループ1

凝らす・凝らします

辭書形(基本形) 集中	こらす	たり形 又是集中	こらしたり
ない形 (否定形) 沒集中	こらさない	ば形 (條件形) 集中的話	こらせば
なかった形 (過去否定形) 過去沒集中	こらさなかった	させる形 (使役形) 使集中	こらさせる
ます形 (連用形) 集中	こらします	られる形 (被動形) 被集中	こらされる
て形 集中	こらして	命令形 快集中	こらせ
た形 (過去形) 集中了	こらした	可能形 可以集中	こらせる
たら形 (條件形) 集中的話	こらしたら	う形 (意向形) 集中吧	こらそう

△素人なりに工夫を凝らしてみました。／以外行人來講，算是相當費盡心思了。

こりる【懲りる】 （因為吃過苦頭）不敢再嘗試；得…教訓；厭煩 〔自上一〕 グループ2

懲りる・懲ります

辞書形（基本形）		たり形	
不敢再嘗試	こりる	又是不敢再嘗試	こりたり
ない形（否定形）		ば形 （條件形）	
沒厭煩	こりない	不敢再嘗試的話	こりれば
なかった形（過去否定形）		させる形（使役形）	
過去沒厭煩	こりなかった	使不敢再嘗試	こりさせる
ます形（連用形）		られる形（被動形）	
不敢再嘗試	こります	被厭煩	こりられる
て形		命令形	
不敢再嘗試	こりて	快厭煩	こりろ
た形 （過去形）		可能形	
不敢再嘗試了	こりた		———
たら形（條件形）		う形 （意向形）	
不敢再嘗試的話	こりたら	不敢再嘗試吧	こりよう

△これに懲りて、もう二度と同じ失敗をしないようにしてください。／
請以此為戒，勿再犯同樣的錯誤。

さえぎる【遮る】 遮擋・遮住・遮蔽；遮斷・遮攔・阻擋 〔他五〕 グループ1

遮る・遮ります

辞書形（基本形）		たり形	
阻擋	さえぎる	又是阻擋	さえぎったり
ない形（否定形）		ば形 （條件形）	
沒阻擋	さえぎらない	阻擋的話	さえぎれば
なかった形（過去否定形）		させる形（使役形）	
過去沒阻擋	さえぎらなかった	使阻擋	さえぎらせる
ます形（連用形）		られる形（被動形）	
阻擋	さえぎります	被阻擋	さえぎられる
て形		命令形	
阻擋	さえぎって	快阻擋	さえぎれ
た形 （過去形）		可能形	
阻擋了	さえぎった	可以阻擋	さえぎれる
たら形 （條件形）		う形 （意向形）	
阻擋的話	さえぎったら	阻擋吧	さえぎろう

△彼の話があまりにしつこいので、とうとう遮った。／
他實在講得又臭又長，終於忍不住打斷了。

さえずる (小鳥)婉轉地叫・嘰嘰喳喳地叫・歌唱 自五 グループ1

さえずる・さえずります

辞書形(基本形) 婉轉地叫	さえずる	たり形 又是婉轉地叫	さえずったり
ない形(否定形) 沒婉轉地叫	さえずらない	ば形(條件形) 婉轉地叫的話	さえずれば
なかった形(過去否定形) 過去沒婉轉地叫	さえずらなかった	させる形(使役形) 使婉轉地叫	さえずらせる
ます形(連用形) 婉轉地叫	さえずります	られる形(被動形) 被嘰嘰喳喳地叫	さえずられる
て形 婉轉地叫	さえずって	命令形 快婉轉地叫	さえずれ
た形(過去形) 婉轉地叫了	さえずった	可能形 可以婉轉地叫	さえずれる
たら形(條件形) 婉轉地叫的話	さえずったら	う形(意向形) 婉轉地叫吧	さえずろう

△小鳥がさえずる声で目が覚めるのは、本当に気持ちがいい。／
在小鳥啁啾聲中醒來，使人感覺十分神清氣爽。

さえる【冴える】 寒冷・冷峭；清澈・鮮明；(心情、目光等)清醒・
清爽；(頭腦、手腕等)靈敏・精巧・純熟 自下一 グループ2

冴える・冴えます

辞書形(基本形) 清醒	さえる	たり形 又是清醒	さえたり
ない形(否定形) 沒清醒	さえない	ば形(條件形) 清醒的話	さえれば
なかった形(過去否定形) 過去沒清醒	さえなかった	させる形(使役形) 使清醒	させる
ます形(連用形) 清醒	さえます	られる形(被動形) 被喚醒	さえられる
て形 清醒	さえて	命令形 快清醒	さえろ
た形(過去形) 清醒了	さえた	可能形	———
たら形(條件形) 清醒的話	さえたら	う形(意向形) 清醒吧	さえよう

△コーヒーの飲みすぎで、頭がさえて眠れません。／
喝了過量的咖啡，頭腦極度清醒，完全無法入睡。

さかえる【栄える】 繁榮・興盛・昌盛；榮華・顯赫

自下一 グループ2

栄える・栄えます

辞書形（基本形） 繁榮	さかえる	たり形 又是繁榮	さかえたり
ない形（否定形） 沒繁榮	さかえない	ば形（條件形） 繁榮的話	さかえれば
なかった形（過去否定形） 過去沒繁榮	さかえなかった	させる形（使役形） 使繁榮	さかえさせる
ます形（連用形） 繁榮	さかえます	られる形（被動形） 得到繁榮	さかえられる
て形 繁榮	さかえて	命令形 快繁榮	さかえろ
た形（過去形） 繁榮了	さかえた	可能形	———
たら形（條件形） 繁榮的話	さかえたら	う形（意向形） 繁榮吧	さかえよう

△どんなに国が栄えようと、栄えまいと、貧富の差はなくならない。／
不論國家繁容與否，貧富之差終究還是會存在。

さかる【盛る】 旺盛；繁榮；（動物）發情

自五 グループ1

盛る・盛ります

辞書形（基本形） 旺盛	さかる	たり形 又是旺盛	さかったり
ない形（否定形） 沒旺盛	さからない	ば形（條件形） 旺盛的話	さかれば
なかった形（過去否定形） 過去沒旺盛	さからなかった	させる形（使役形） 使旺盛	さからせる
ます形（連用形） 旺盛	さかります	られる形（被動形） 得到繁榮	さかられる
て形 旺盛	さかって	命令形 快旺盛	さかれ
た形（過去形） 旺盛了	さかった	可能形 可以旺盛	さかれる
たら形（條件形） 旺盛的話	さかったら	う形（意向形） 旺盛吧	さかろう

△中にいる人を助けようとして、消防士は燃え盛る火の中に飛び込んだ。／
消防員為了救出被困在裡面的人而衝進了熊熊燃燒的火場。

さける【裂ける】 裂・裂開・破裂

裂ける・裂けます

辞書形(基本形) 裂開	さける	たり形 又是裂開	さけたり
ない形 (否定形) 沒裂開	さけない	ば形 (條件形) 裂開的話	さければ
なかった形 (過去否定形) 過去沒裂開	さけなかった	させる形 (使役形) 使裂開	さけさせる
ます形 (連用形) 裂開	さけます	られる形 (被動形) 被裂開	さけられる
て形 裂開	さけて	命令形 快裂開	さけろ
た形 (過去形) 裂開了	さけた	可能形 可以裂開	さけられる
たら形 (條件形) 裂開的話	さけたら	う形 (意向形) 裂開吧	さけよう

△冬になると乾燥のため唇が裂けることがある。／
到了冬天，有時會因氣候乾燥而嘴唇乾裂。

ささげる【捧げる】 雙手抱拳・捧拳；供・供奉・敬獻・獻出・貢獻

捧げる・捧げます

辞書形(基本形) 獻出	ささげる	たり形 又是獻出	ささげたり
ない形 (否定形) 沒獻出	ささげない	ば形 (條件形) 獻出的話	ささげれば
なかった形 (過去否定形) 過去沒獻出	ささげなかった	させる形 (使役形) 使獻出	ささげさせる
ます形 (連用形) 獻出	ささげます	られる形 (被動形) 被獻出	ささげられる
て形 獻出	ささげて	命令形 快獻出	ささげろ
た形 (過去形) 獻出了	ささげた	可能形 可以獻出	ささげられる
たら形 (條件形) 獻出的話	ささげたら	う形 (意向形) 獻出吧	ささげよう

△この歌は、愛する妻に捧げます。／僅以這首歌曲獻給深愛的妻子。

さしかかる【差し掛かる】

來到・路過(某處)・靠近；(日期等)臨近・逼近・緊迫；垂掛・籠罩在…之上 自五 グループ1

差し掛かる・差し掛かります

辞書形(基本形) 垂掛	さしかかる	たり形 又是垂掛	さしかかったり
ない形(否定形) 沒垂掛	さしかからない	ば形(條件形) 垂掛的話	さしかかれば
なかった形(過去否定形) 過去沒垂掛	さしかから なかった	させる形(使役形) 使垂掛	さしかからせる
ます形(連用形) 垂掛	さしかかります	られる形(被動形) 被垂掛	さしかかられる
て形 垂掛	さしかかって	命令形 快垂掛	さしかかれ
た形(過去形) 垂掛了	さしかかった	可能形 	———
たら形(條件形) 垂掛的話	さしかかったら	う形(意向形) 垂掛吧	さしかかろう

△企業の再建計画は正念場に差し掛かっている。／
企業的重建計畫正面臨最重要的關鍵時刻。

さしだす【差し出す】

(向前)伸出・探出；(把信件等)寄出・發出；提出・交出・獻出；派出・派遣・打發 他五 グループ1

差し出す・差し出します

辞書形(基本形) 打發	さしだす	たり形 又是打發	さしだしたり
ない形(否定形) 沒打發	さしださない	ば形(條件形) 打發的話	さしだせば
なかった形(過去否定形) 過去沒打發	さしださなかった	させる形(使役形) 使打發	さしださせる
ます形(連用形) 打發	さしだします	られる形(被動形) 被打發	さしだされる
て形 打發	さしだして	命令形 快打發	さしだせ
た形(過去形) 打發了	さしだした	可能形 可以打發	さしだせる
たら形(條件形) 打發的話	さしだしたら	う形(意向形) 打發吧	さしだそう

△彼女は黙って退職願を差し出した。／她不聲不響地提出辭呈。

さしつかえる【差し支える】

(對工作等)妨礙・妨害・有壞影響；感到不方便・發生故障・出問題 自下一 グループ2

差し支える・差し支えます

辭書形(基本形) 妨礙	さしつかえる	たり形 又是妨礙	さしつかえたり
ない形 (否定形) 沒妨礙	さしつかえない	ば形 (條件形) 妨礙的話	さしつかえれば
なかった形 (過去否定形) 過去沒妨礙	さしつかえなかった	させる形 (使役形) 使妨礙	さしつかえさせる
ます形 (連用形) 妨礙	さしつかえます	られる形 (被動形) 被妨礙	さしつかえられる
て形 妨礙	さしつかえて	命令形 快妨礙	さしつかえろ
た形 (過去形) 妨礙了	さしつかえた	可能形 可以妨礙	さしつかえられる
たら形 (條件形) 妨礙的話	さしつかえたら	う形 (意向形) 妨礙吧	さしつかえよう

△たとえ計画の進行に差し支えても、メンバーを変更せざるを得ない。／
即使會影響到計畫的進度，也得更換組員。

さす【指す】

(用手)指・指示；點名指名；指向；下棋；告密 他五 グループ1

指す・指します

辭書形(基本形) 指示	さす	たり形 又是指示	さしたり
ない形 (否定形) 沒指示	ささない	ば形 (條件形) 指示的話	させば
なかった形 (過去否定形) 過去沒指示	ささなかった	させる形 (使役形) 授以指示	ささせる
ます形 (連用形) 指示	さします	られる形 (被動形) 被指示	さされる
て形 指示	さして	命令形 快指示	させ
た形 (過去形) 指示了	さした	可能形 可以指示	させる
たら形 (條件形) 指示的話	さしたら	う形 (意向形) 指示吧	さそう

△こらこら、指で人を指すものじゃないよ。／
喂喂喂，怎麼可以用手指指著別人呢！

さずける【授ける】 授予・賦予・賜給；教授・傳授　[他下一] グループ2

授ける・授けます

辞書形(基本形) 傳授	さずける	たり形 又是傳授	さずけたり
ない形(否定形) 沒傳授	さずけない	ば形(條件形) 傳授的話	さずければ
なかった形(過去否定形) 過去沒傳授	さずけなかった	させる形(使役形) 使傳授	さずけさせる
ます形(連用形) 傳授	さずけます	られる形(被動形) 被傳授	さずけられる
て形 傳授	さずけて	命令形 快傳授	さずけろ
た形(過去形) 傳授了	さずけた	可能形 可以傳授	さずけられる
たら形(條件形) 傳授的話	さずけたら	う形(意向形) 傳授吧	さずけよう

△功績が認められて、名誉博士の称号が授けられた。／
由於功績被認可，而被授予名譽博士的稱號。

さする【擦る】 摩・擦・搓・撫摸・摩挲　[他五] グループ1

擦る・擦ります

辞書形(基本形) 撫摸	さする	たり形 又是撫摸	さすったり
ない形(否定形) 沒撫摸	さすらない	ば形(條件形) 撫摸的話	さすれば
なかった形(過去否定形) 過去沒撫摸	さすらなかった	させる形(使役形) 使撫摸	さすらせる
ます形(連用形) 撫摸	さすります	られる形(被動形) 被撫摸	さすられる
て形 撫摸	さすって	命令形 快撫摸	さすれ
た形(過去形) 撫摸了	さすった	可能形 可以撫摸	さすれる
たら形(條件形) 撫摸的話	さすったら	う形(意向形) 撫摸吧	さすろう

△膝をぶつけて、思わず手でさすった。／
膝蓋撞了上去，不由得伸手撫了撫。

さだまる【定まる】

決定；規定；安定；穩定；固定；確定；明確；(文)安靜　自五　グループ1

さだ
定まる・さだ
定まります

辞書形(基本形) 固定	さだまる	たり形 又是固定	さだまったり
ない形 (否定形) 沒固定	さだまらない	ば形 (條件形) 固定的話	さだまれば
なかった形 (過去否定形) 過去沒固定	さだまらなかった	させる形 (使役形) 使固定	さだまらせる
ます形 (連用形) 固定	さだまります	られる形 (被動形) 被固定	さだまられる
て形 固定	さだまって	命令形 快固定	さだまれ
た形 (過去形) 固定了	さだまった	可能形 	———
たら形 (條件形) 固定的話	さだまったら	う形 (意向形) 固定吧	さだまろう

△このような論点の定まらない議論は、時間のむだでなくてなんだろう。／
像這種論點無法聚焦的討論，不是浪費時間又是什麼呢！

さだめる【定める】

規定；決定；制定；平定；鎮定；奠定；評定；論定　他下一　グループ2

さだ
定める・さだ
定めます

辞書形(基本形) 平定	さだめる	たり形 又是平定	さだめたり
ない形 (否定形) 沒平定	さだめない	ば形 (條件形) 平定的話	さだめれば
なかった形 (過去否定形) 過去沒平定	さだめなかった	させる形 (使役形) 使平定	さだめさせる
ます形 (連用形) 平定	さだめます	られる形 (被動形) 被平定	さだめられる
て形 平定	さだめて	命令形 快平定	さだめろ
た形 (過去形) 平定了	さだめた	可能形 可以平定	さだめられる
たら形 (條件形) 平定的話	さだめたら	う形 (意向形) 平定吧	さだめよう

△給料については、契約書に明確に定めてあります。／
關於薪資部份，均載明於契約書中。

さとる【悟る】 醒悟・覺悟・理解・認識；察覺・發覺・看破；(佛)悟道・了悟 他五 グループ1

悟る・悟ります

辞書形(基本形) 察覺	さとる	たり形 又是察覺	さとったり
ない形(否定形) 沒察覺	さとらない	ば形(條件形) 察覺的話	さとれば
なかった形(過去否定形) 過去沒察覺	さとらなかった	させる形(使役形) 使察覺	さとらせる
ます形(連用形) 察覺	さとります	られる形(被動形) 被察覺	さとられる
て形 察覺	さとって	命令形 快察覺	さとれ
た形(過去形) 察覺了	さとった	可能形 可以察覺	さとれる
たら形(條件形) 察覺的話	さとったら	う形(意向形) 察覺吧	さとろう

△その言葉を聞いて、彼にだまされていたことを悟った。／
聽到那番話後，赫然頓悟對方遭到他的欺騙。

さばく【裁く】 裁判・審判；排解・從中調停・評理 他五 グループ1

裁く・裁きます

辞書形(基本形) 審判	さばく	たり形 又是審判	さばいたり
ない形(否定形) 沒審判	さばかない	ば形(條件形) 審判的話	さばけば
なかった形(過去否定形) 過去沒審判	さばかなかった	させる形(使役形) 使審判	さばかせる
ます形(連用形) 審判	さばきます	られる形(被動形) 被審判	さばかれる
て形 審判	さばいて	命令形 快審判	さばけ
た形(過去形) 審判了	さばいた	可能形 可以審判	さばける
たら形(條件形) 審判的話	さばいたら	う形(意向形) 審判吧	さばこう

△人が人を裁くことは非常に難しい。／由人來審判人，是非常困難的。

サボる【sabotage之略】 （俗）怠工；偷懶・逃（學）・曠（課） 他五 グループ1

サボる・サボります

辞書形（基本形） 怠工	サボる	た り形 又是怠工	サボったり
ない形（否定形） 沒怠工	サボらない	ば形（條件形） 怠工的話	サボれば
なかった形（過去否定形） 過去沒怠工	サボらなかった	させる形（使役形） 任憑怠工	サボらせる
ます形（連用形） 怠工	サボります	られる形（被動形） 被迫怠工	サボられる
て形 怠工	サボって	命令形 快怠工	サボれ
た形（過去形） 怠工了	サボった	可能形 可以怠工	サボれる
たら形（條件形） 怠工的話	サボったら	う形（意向形） 怠工吧	サボろう

△授業をサボりっぱなしで、テストは散々だった。／
一直翹課・所以考試結果慘不忍睹。

さわる【障る】 妨礙・阻礙・障礙；有壞影響・有害 自五 グループ1

障る・障ります

辞書形（基本形） 阻礙	さわる	た り形 又是阻礙	さわったり
ない形（否定形） 沒阻礙	さわらない	ば形（條件形） 阻礙的話	さわれば
なかった形（過去否定形） 過去沒阻礙	さわらなかった	させる形（使役形） 使阻礙	さわらせる
ます形（連用形） 阻礙	さわります	られる形（被動形） 被阻礙	さわられる
て形 阻礙	さわって	命令形 快阻礙	さわれ
た形（過去形） 阻礙了	さわった	可能形	——
たら形（條件形） 阻礙的話	さわったら	う形（意向形） 阻礙吧	さわろう

△もし気に障ったなら、申し訳ありません。／
假如造成您的不愉快・在此致上十二萬分歉意。

しあげる【仕上げる】 做完・完成・（最後）加工・潤飾・做出成就 他下一 グループ2

仕上げる・仕上げます

辞書形(基本形) 完成	しあげる	たり形 又是完成	しあげたり
ない形（否定形） 沒完成	しあげない	ば形（條件形） 完成的話	しあげれば
なかった形（過去否定形） 過去沒完成	しあげなかった	させる形（使役形） 使完成	しあげさせる
ます形（連用形） 完成	しあげます	られる形（被動形） 被完成	しあげられる
て形 完成	しあげて	命令形 快完成	しあげろ
た形（過去形） 完成了	しあげた	可能形 可以完成	しあげられる
たら形（條件形） 完成的話	しあげたら	う形（意向形） 完成吧	しあげよう

△汗まみれになって何とか課題作品を仕上げた。／
經過汗流浹背的奮戰，總算完成了要繳交的作業。

しいる【強いる】 強迫・強使 他上一 グループ2

強いる・強います

辞書形(基本形) 強迫	しいる	たり形 又是強迫	しいたり
ない形（否定形） 沒強迫	しいない	ば形（條件形） 強迫的話	しいれば
なかった形（過去否定形） 過去沒強迫	しいなかった	させる形（使役形） 使強迫	しいさせる
ます形（連用形） 強迫	しいます	られる形（被動形） 被強迫	しいられる
て形 強迫	しいて	命令形 快強迫	しいろ
た形（過去形） 強迫了	しいた	可能形 可以強迫	しいられる
たら形（條件形） 強迫的話	しいたら	う形（意向形） 強迫吧	しいよう

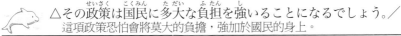

△その政策は国民に多大な負担を強いることになるでしょう。／
這項政策恐怕會將莫大的負擔，強加於國民的身上。

しいれる【仕入れる】

購入・買進・採購（商品或原料）；
（喻）由他處取得・獲得

他下一　グループ2

仕入れる・仕入れます

辭書形(基本形) 獲得	しいれる	たり形 又是獲得	しいれたり
ない形(否定形) 沒獲得	しいれない	ば形(條件形) 獲得的話	しいれれば
なかった形(過去否定形) 過去沒獲得	しいれなかった	させる形(使役形) 使獲得	しいれさせる
ます形(連用形) 獲得	しいれます	られる形(被動形) 被獲得	しいれられる
て形 獲得	しいれて	命令形 快獲得	しいれろ
た形(過去形) 獲得了	しいれた	可能形 可以獲得	しいれられる
たら形(條件形) 獲得的話	しいれたら	う形(意向形) 獲得吧	しいれよう

△お寿司屋さんは毎朝、市場で新鮮な魚を仕入れる。／
壽司店家每天早晨都會到市場採購新鮮的魚貨。

しかける【仕掛ける】

開始做・著手・做到途中；主動地作；挑釁・尋釁；裝置・設置・布置；準備・預備

他下一　グループ2

仕掛ける・仕掛けます

辭書形(基本形) 著手	しかける	たり形 又是著手	しかけたり
ない形(否定形) 沒著手	しかけない	ば形(條件形) 著手的話	しかければ
なかった形(過去否定形) 過去沒著手	しかけなかった	させる形(使役形) 使著手	しかけさせる
ます形(連用形) 著手	しかけます	られる形(被動形) 被著手	しかけられる
て形 著手	しかけて	命令形 快著手	しかけろ
た形(過去形) 著手了	しかけた	可能形 可以著手	しかけられる
たら形(條件形) 著手的話	しかけたら	う形(意向形) 著手吧	しかけよう

△社長室に盗聴器が仕掛けられていた。／社長室裡被裝設了竊聽器。

しきる【仕切る】 隔開・間隔開・區分開・結帳・清帳・完結・了結 自他五 グループ1

仕切る・仕切ります

辞書形(基本形) 了結	しきる	たり形 又是了結	しきったり
ない形 (否定形) 沒了結	しきらない	ば形 (條件形) 了結的話	しきれば
なかった形 (過去否定形) 過去沒了結	しきらなかった	させる形 (使役形) 使了結	しきらせる
ます形 (連用形) 了結	しきります	られる形 (被動形) 被了結	しきられる
て形 了結	しきって	命令形 快了結	しきれ
た形 (過去形) 了結了	しきった	可能形 可以了結	しきれる
たら形 (條件形) 了結的話	しきったら	う形 (意向形) 了結吧	しきろう

△部屋を仕切って、小さな子ども部屋を二部屋作った。／
将原本的房間分隔成兩間較小的兒童房。

しける【湿気る】 潮濕・帶潮氣・受潮 自下一 グループ2

湿気る・湿気ます

辞書形(基本形) 受潮	しける	たり形 又是受潮	しけたり
ない形 (否定形) 沒受潮	しけない	ば形 (條件形) 受潮的話	しければ
なかった形 (過去否定形) 過去沒受潮	しけなかった	させる形 (使役形) 使受潮	しけさせる
ます形 (連用形) 受潮	しけます	られる形 (被動形) 被弄潮濕	しけられる
て形 受潮	しけて	命令形 快受潮	しけれ
た形 (過去形) 受潮了	しけた	可能形	———
たら形 (條件形) 受潮的話	しけたら	う形 (意向形)	———

△煎餅がしけて、パリパリ感が全くなくなった。／
咬下一口烤米餅，已經完全沒有酥脆的口感了。

しずめる【沈める】 把…沉入水中・使沉没・沒入・埋入 他下一 グループ2

沈<ruby>しず<rt></rt></ruby>める・沈<ruby>しず<rt></rt></ruby>めます

辞書形(基本形) 埋入	しずめる	たり形 又是埋入	しずめたり
ない形(否定形) 沒埋入	しずめない	ば形(條件形) 埋入的話	しずめれば
なかった形(過去否定形) 過去沒埋入	しずめなかった	させる形(使役形) 使埋入	しずめさせる
ます形(連用形) 埋入	しずめます	られる形(被動形) 被埋入	しずめられる
て形 埋入	しずめて	命令形 快埋入	しずめろ
た形(過去形) 埋入了	しずめた	可能形 可以埋入	しずめられる
たら形(條件形) 埋入的話	しずめたら	う形(意向形) 埋入吧	しずめよう

△潜水<ruby>せんすい<rt></rt></ruby>カメラを海<ruby>うみ<rt></rt></ruby>に沈<ruby>しず<rt></rt></ruby>めて、海水中<ruby>かいすいちゅう<rt></rt></ruby>の様子<ruby>ようす<rt></rt></ruby>を撮影<ruby>さつえい<rt></rt></ruby>した。／
把潛水攝影機沉入海中，拍攝海水中的模樣。

したう【慕う】 愛慕・懷念・思慕；敬慕・敬仰・景仰；追隨・跟隨 他五 グループ1

慕<ruby>した<rt></rt></ruby>う・慕<ruby>した<rt></rt></ruby>います

辞書形(基本形) 懷念	したう	たり形 又是懷念	したったり
ない形(否定形) 沒懷念	したわない	ば形(條件形) 懷念的話	したえば
なかった形(過去否定形) 過去沒懷念	したわなかった	させる形(使役形) 使懷念	したわせる
ます形(連用形) 懷念	したいます	られる形(被動形) 被懷念	したわれる
て形 懷念	したって	命令形 快懷念	したえ
た形(過去形) 懷念了	したった	可能形 可以懷念	したえる
たら形(條件形) 懷念的話	したったら	う形(意向形) 懷念吧	したおう

△多くの人<ruby>おお<rt></rt></ruby><ruby>ひと<rt></rt></ruby>が彼<ruby>かれ<rt></rt></ruby>を慕<ruby>した<rt></rt></ruby>って遠路<ruby>えんろ<rt></rt></ruby>はるばるやってきた。／
許多人因為仰慕他，不遠千里長途跋涉來到這裡。

したしまれる【親しまれる】

(「親しむ」的受身形)被喜歡・使接近

自五 グループ1

親しまれる・親しまれます

辞書形(基本形) 使接近	したしまれる	たり形 又是使接近	したしまれたり
ない形（否定形） 沒使接近	したしまれない	ば形（條件形） 使接近的話	したしまれれば
なかった形（過去否定形） 過去沒使接近	したしまれ なかった	させる形（使役形）	——
ます形（連用形） 使接近	したしまれます	られる形（被動形）	——
て形 使接近	したしまれて	命令形	——
た形（過去形） 使接近了	したしまれた	可能形	——
たら形（條件形） 使接近的話	したしまれたら	う形（意向形）	——

△30年以上子供たちに親しまれてきた長寿番組が、今秋終わることになった。／
長達三十年以上陪伴兒童們成長的長壽節目，決定將在今年秋天結束了。

したしむ【親しむ】

親近・親密・接近；愛好・喜愛

自五 グループ1

親しむ・親しみます

辞書形(基本形) 接近	したしむ	たり形 又是接近	したしんだり
ない形（否定形） 沒接近	したしまない	ば形（條件形） 接近的話	したしめば
なかった形（過去否定形） 過去沒接近	したしまなかった	させる形（使役形） 使接近	したしませる
ます形（連用形） 接近	したしみます	られる形（被動形） 被接近	したしまれる
て形 接近	したしんで	命令形 快接近	したしめ
た形（過去形） 接近了	したしんだ	可能形 可以接近	したしめる
たら形（條件形） 接近的話	したしんだら	う形（意向形） 接近吧	したしもう

△子どもたちが自然に親しめるようなイベントを企画しています。／
我們正在企畫可以讓孩子們親近大自然的活動。

したてる【仕立てる】 縫紉・製作（衣服）；培養・訓練；準備，
預備；喬裝・裝扮

他下一 グループ2

仕立てる・仕立てます

辞書形(基本形)		たり形	
喬裝	したてる	又是喬裝	したてたり
ない形 (否定形)		ば形 (條件形)	
沒喬裝	したてない	喬裝的話	したてれば
なかった形 (過去否定形)		させる形 (使役形)	
過去沒喬裝	したてなかった	使喬裝	したてさせる
ます形 (連用形)		られる形 (被動形)	
喬裝	したてます	被喬裝	したてられる
て形		命令形	
喬裝	したてて	快喬裝	したてろ
た形 (過去形)		可能形	
喬裝了	したてた	可以喬裝	したてられる
たら形 (條件形)		う形 (意向形)	
喬裝的話	したてたら	喬裝吧	したてよう

△新しいスーツを仕立てるために、オーダーメード専門店に行った。／
我特地去了專門為顧客量身訂做服裝的店鋪做套新的西裝。

N1
し

したてる・したまわる

したまわる【下回る】 低於・達不到

自五 グループ1

下回る・下回ります

辞書形(基本形)		た形	
低於	したまわる	又是低於	したまわったり
ない形 (否定形)		ば形 (條件形)	
沒低於	したまわらない	低於的話	したまわれば
なかった形 (過去否定形)		させる形 (使役形)	
過去沒低於	したまわらなかった	使低於	したまわらせる
ます形 (連用形)		られる形 (被動形)	
低於	したまわります	被低於	したまわられる
て形		命令形	
低於	したまわって	快低於	したまわれ
た形 (過去形)		可能形	
低於了	したまわった		————
たら形 (條件形)		う形 (意向形)	
低於的話	したまわったら	低於吧	したまわろう

△平年を下回る気温のため、今年の米はできがよくない。／
由於氣溫較往年為低，今年稻米的收穫狀況並不理想。

しつける【躾ける】 教育・培養・管教・教養（子女） 他下一 グループ2

躾ける・躾けます

辞書形（基本形） 管教	しつける	たり形 又是管教	しつけたり
ない形（否定形） 没管教	しつけない	ば形（條件形） 管教的話	しつければ
なかった形（過去否定形） 過去没管教	しつけなかった	させる形（使役形） 予以管教	しつけさせる
ます形（連用形） 管教	しつけます	られる形（被動形） 被管教	しつけられる
て形 管教	しつけて	命令形 快管教	しつけろ
た形（過去形） 管教了	しつけた	可能形 可以管教	しつけられる
たら形（條件形） 管教的話	しつけたら	う形（意向形） 管教吧	しつけよう

△子犬をしつけるのは難しいですか。／調教訓練幼犬是件困難的事嗎？

しなびる【萎びる】 枯萎・乾瘪 自上一 グループ2

萎びる・萎びます

辞書形（基本形） 枯萎	しなびる	たり形 又是枯萎	しなびたり
ない形（否定形） 没枯萎	しなびない	ば形（條件形） 枯萎的話	しなびれば
なかった形（過去否定形） 過去没枯萎	しなびなかった	させる形（使役形） 使枯萎	しなびさせる
ます形（連用形） 枯萎	しなびます	られる形（被動形） 被凋落	しなびられる
て形 枯萎	しなびて	命令形 快枯萎	しなびろ
た形（過去形） 枯萎了	しなびた	可能形	——
たら形（條件形） 枯萎的話	しなびたら	う形（意向形） 枯萎吧	しなびよう

△旅行に行っている間に、花壇の花がみな萎びてしまった。／
在外出旅遊的期間，花圃上的花朵全都枯萎凋謝了。

しのぐ【凌ぐ】

忍耐・忍受・抵禦；躲避・排除；闖過・擺脱・應付・冒著；凌駕・超過

凌ぐ・凌ぎます

辞書形(基本形) 闖過	しのぐ	たり形 又是闖過	しのいだり
ない形 (否定形) 沒闖過	しのがない	ば形 (條件形) 闖過的話	しのげば
なかった形 (過去否定形) 過去沒闖過	しのがなかった	させる形 (使役形) 使闖過	しのがせる
ます形 (連用形) 闖過	しのぎます	られる形 (被動形) 被闖過	しのがれる
て形 闖過	しのいで	命令形 快闖過	しのげ
た形 (過去形) 闖過了	しのいだ	可能形 可以闖過	しのげる
たら形 (條件形) 闖過的話	しのいだら	う形 (意向形) 闖過吧	しのごう

△彼は、今では師匠をしのぐほどの腕前だ。／他現在的技藝已經超越師父了。

しのびよる【忍び寄る】

偷偷接近・悄悄地靠近

忍び寄る・忍び寄ります

辞書形(基本形) 偷偷接近	しのびよる	たり形 又是偷偷接近	しのびよったり
ない形 (否定形) 沒偷偷接近	しのびよらない	ば形 (條件形) 偷偷接近的話	しのびよれば
なかった形 (過去否定形) 過去沒偷偷接近	しのびよらなかった	させる形 (使役形) 使偷偷接近	しのびよらせる
ます形 (連用形) 偷偷接近	しのびよります	られる形 (被動形) 被偷偷接近	しのびよられる
て形 偷偷接近	しのびよって	命令形 快偷偷接近	しのびよれ
た形 (過去形) 偷偷接近了	しのびよった	可能形 可以偷偷接近	しのびよれる
たら形 (條件形) 偷偷接近的話	しのびよったら	う形 (意向形) 偷偷接近吧	しのびよろう

△すりは、背後から忍び寄るが早いか、かばんからさっと財布を抜き取った。／扒手才剛從背後靠了過來，立刻就從包包裡扒走錢包了。

しみる【染みる】

染上・沾染・感染；刺・殺・痛；銘刻（在心），痛（感）

自上一　グループ2

染みる・染みます

辭書形（基本形）染上	しみる	たり形 又是染上	しみたり
ない形（否定形）沒染上	しみない	ば形（條件形）染上的話	しみれば
なかった形（過去否定形）過去沒染上	しみなかった	させる形（使役形）使染上	しみさせる
ます形（連用形）染上	しみます	られる形（被動形）被染上	しみられる
て形 染上	しみて	命令形 快染上	しみろ
た形（過去形）染上了	しみた	可能形	——
たら形（條件形）染上的話	しみたら	う形（意向形）染上吧	しみよう

△シャツにインクの色が染み付いてしまった。／
襯衫被沾染到墨水，留下了印漬。

しみる【滲みる】

滲透・浸透

自上一　グループ2

滲みる・滲みます

辭書形（基本形）滲透	しみる	たり形 又是滲透	しみたり
ない形（否定形）沒滲透	しみない	ば形（條件形）滲透的話	しみれば
なかった形（過去否定形）過去沒滲透	しみなかった	させる形（使役形）使滲透	しみさせる
ます形（連用形）滲透	しみます	られる形（被動形）被滲透	しみられる
て形 滲透	しみて	命令形 快滲透	しみろ
た形（過去形）滲透了	しみた	可能形	——
たら形（條件形）滲透的話	しみたら	う形（意向形）滲透吧	しみよう

△この店のおでんはよく味がしみていておいしい。／
這家店的關東煮非常入味可口。

しゃれる【洒落る】

漂亮打扮・打扮得漂亮；說俏皮話・詼諧；別緻・風趣；狂妄・自傲

洒落る・洒落ます

常告形(基本形) 打扮漂亮	しゃれる	た切形 又是打扮漂亮	しゃれたり
ない形(否定形) 沒打扮漂亮	しゃれない	ば形(條件形) 打扮漂亮的話	しゃれれば
なかった形(過去否定形) 過去沒打扮漂亮	しゃれなかった	させる形(使役形) 使打扮漂亮	しゃれさせる
ます形(連用形) 打扮漂亮	しゃれます	られる形(被動形) 被迫打扮漂亮	しゃれられる
て形 打扮漂亮	しゃれて	命令形 快打扮漂亮	しゃれろ
た形(過去形) 打扮漂亮了	しゃれた	可能形	———
たら形(條件形) 打扮漂亮的話	しゃれたら	う形(意向形) 打扮漂亮吧	しゃれよう

△しゃれた造りのレストランですから、行けばすぐ見つかりますよ。／
那家餐廳非常獨特有型，只要到那附近，絕對一眼就能夠認出它。

じゅんじる・じゅんずる【準じる・準ずる】

以…為標準・按照；當作…看待

準じる・準じます

常告形(基本形) 以…為標準	じゅんじる	た切形 又是以…為標準	じゅんじたり
ない形(否定形) 沒以…為標準	じゅんじない	ば形(條件形) 以…為標準的話	じゅんじれば
なかった形(過去否定形) 過去沒以…為標準	じゅんじなかった	させる形(使役形) 使以…為標準	じゅんじさせる
ます形(連用形) 以…為標準	じゅんじます	られる形(被動形) 被以…為標準	じゅんじられる
て形 以…為標準	じゅんじて	命令形 快以…為標準	じゅんじろ
た形(過去形) 以…為標準了	じゅんじた	可能形 可以以…為標準	じゅんじられる
たら形(條件形) 以…為標準的話	じゅんじたら	う形(意向形) 以…為標準吧	じゅんじよう

△以下の書類を各様式に準じて作成してください。／
請依循各式範例制定以下文件。

しりぞく【退く】 後退；離開；退位　　自五　グループ1

退く・退きます

辞書形(基本形)		たり形	
退位	しりぞく	又是退位	しりぞいたり
ない形 (否定形)		ば形 (條件形)	
沒退位	しりぞかない	退位的話	しりぞけば
なかった形 (過去否定形)		させる形 (使役形)	
過去沒退位	しりぞかなかった	命令退位	しりぞかせる
ます形 (連用形)		られる形 (被動形)	
退位	しりぞきます	被迫退位	しりぞかれる
て形		命令形	
退位	しりぞいて	快退位	しりぞけ
た形 (過去形)		可能形	
退位了	しりぞいた	可以退位	しりぞける
たら形 (條件形)		う形 (意向形)	
退位的話	しりぞいたら	退位吧	しりぞこう

△第一線から退く。／從第一線退下。

しりぞける【退ける】 斥退；擊退；拒絕；撤銷　　他下一　グループ2

退ける・退けます

辞書形(基本形)		たり形	
擊退	しりぞける	又是擊退	しりぞけたり
ない形 (否定形)		ば形 (條件形)	
沒擊退	しりぞけない	擊退的話	しりぞければ
なかった形 (過去否定形)		させる形 (使役形)	
過去沒擊退	しりぞけなかった	使擊退	しりぞけさせる
ます形 (連用形)		られる形 (被動形)	
擊退	しりぞけます	被擊退	しりぞけられる
て形		命令形	
擊退	しりぞけて	快擊退	しりぞけろ
た形 (過去形)		可能形	
擊退了	しりぞけた	可以擊退	しりぞけられる
たら形 (條件形)		う形 (意向形)	
擊退的話	しりぞけたら	擊退吧	しりぞけよう

△案を退ける。／撤銷法案。

しるす【記す】 寫・書寫；記述・記載；記住・銘記 他五 グループ1

記す・記します

辞書形(基本形) 記住	しるす	た切形 又是記住	しるしたり
ない形 (否定形) 沒記住	しるさない	ば形 (條件形) 記住的話	しるせば
なかった形 (過去否定形) 過去沒記住	しるさなかった	させる形 (使役形) 使記住	しるさせる
ます形 (連用形) 記住	しるします	られる形 (被動形) 被記住	しるされる
て形 記住	しるして	命令形 快記住	しるせ
た形 (過去形) 記住了	しるした	可能形 可以記住	しるせる
たら形 (條件形) 記住的話	しるしたら	う形 (意向形) 記住吧	しるそう

 △資料を転載する場合は、資料出所を明確に記してください。／
擬引用資料時，請務必明確註記原始資料出處。

すえつける【据え付ける】 安裝・安放・安設；裝配・配備；固定・連接 他下一 グループ2

据え付ける・据え付けます

辞書形(基本形) 固定	すえつける	たり形 又是固定	すえつけたり
ない形 (否定形) 沒固定	すえつけない	ば形 (條件形) 固定的話	すえつければ
なかった形 (過去否定形) 過去沒固定	すえつけなかった	させる形 (使役形) 使固定	すえつけさせる
ます形 (連用形) 固定	すえつけます	られる形 (被動形) 被固定	すえつけられる
て形 固定	すえつけて	命令形 快固定	すえつけろ
た形 (過去形) 固定了	すえつけた	可能形 可以固定	すえつけられる
たら形 (條件形) 固定的話	すえつけたら	う形 (意向形) 固定吧	すえつけよう

 △このたんすは据え付けてあるので、動かせません。／
這個衣櫥已經被牢牢固定，完全無法移動。

すえる【据える】

安放・安置・設置；擺列・擺放；使坐在…；使就…職位；沉著（不動）；針灸治療；蓋章

他下一　グループ2

据える・据えます

辭書形(基本形)		たり形	
安置	すえる	又是安置	すえたり
ない形（否定形）		ば形（條件形）	
沒安置	すえない	安置的話	すえれば
なかった形（過去否定形）		させる形（使役形）	
過去沒安置	すえなかった	使安置	すえさせる
ます形（連用形）		られる形（被動形）	
安置	すえます	被安置	すえられる
て形		命令形	
安置	すえて	快安置	すえろ
た形（過去形）		可能形	
安置了	すえた	可以安置	すえられる
たら形（條件形）		う形（意向形）	
安置的話	すえたら	安置吧	すえよう

△部屋の真ん中にこたつを据える。／把暖爐桌擺在房間的正中央。

すくう【掬う】

抄取・撈取・掬取・舀・捧；抄起對方的腳使跌倒

他五　グループ1

掬う・掬います

辭書形(基本形)		たり形	
抄取	すくう	又是抄取	すくったり
ない形（否定形）		ば形（條件形）	
沒抄取	すくわない	抄取的話	すくえば
なかった形（過去否定形）		させる形（使役形）	
過去沒抄取	すくわなかった	使抄取	すくわせる
ます形（連用形）		られる形（被動形）	
抄取	すくいます	被抄取	すくわれる
て形		命令形	
抄取	すくって	快抄取	すくえ
た形（過去形）		可能形	
抄取了	すくった	可以抄取	すくえる
たら形（條件形）		う形（意向形）	
抄取的話	すくったら	抄取吧	すくおう

△夏祭りで、金魚を5匹もすくった。／在夏季祭典市集裡，撈到的金魚多達五條。

すすぐ （用水）刷・洗滌；漱口

すすぐ・すすぎます

辞書形(基本形) 洗滌	すすぐ	たり形 又是洗滌	すすいだり
ない形 (否定形) 沒洗滌	すすがない	ば形 (條件形) 洗滌的話	すすげば
なかった形 (過去否定形) 過去沒洗滌	すすがなかった	させる形 (使役形) 使洗滌	すすがせる
ます形 (連用形) 洗滌	すすぎます	られる形 (被動形) 被洗滌	すすがれる
て形 洗滌	すすいで	命令形 快洗滌	すすげ
た形 (過去形) 洗滌了	すすいだ	可能形 可以洗滌	すすげる
たら形 (條件形) 洗滌的話	すすいだら	う形 (意向形) 洗滌吧	すすごう

△洗剤を入れて洗ったあとは、最低２回すすいだ方がいい。／
将洗衣精倒入洗衣機裡面後，至少應再以清水沖洗兩次比較好。

すたれる【廃れる】 成為廢物・變成無用，廢除；過時，不再流行；衰微，衰弱，被淘汰

廃れる・廃れます

辞書形(基本形) 廢除	すたれる	たり形 又是廢除	すたれたり
ない形 (否定形) 沒廢除	すたれない	ば形 (條件形) 廢除的話	すたれれば
なかった形 (過去否定形) 過去沒廢除	すたれなかった	させる形 (使役形) 予以廢除	すたれさせる
ます形 (連用形) 廢除	すたれます	られる形 (被動形) 被廢除	すたれられる
て形 廢除	すたれて	命令形 快廢除	すたれろ
た形 (過去形) 廢除了	すたれた	可能形	———
たら形 (條件形) 廢除的話	すたれたら	う形 (意向形) 廢除吧	すたれよう

△大型デパートの相次ぐ進出で、商店街は廃れてしまった。／
由於大型百貨公司接二連三進駐開幕，致使原本的商店街沒落了。

すねる【拗ねる】 乖戾・鬧彆扭・任性撒野・撒野 自下一 グループ2

拗ねる・拗ねます

辞書形 (基本形)		たり形	
撒野	すねる	又是撒野	すねたり
ない形 (否定形)		ば形 (條件形)	
沒撒野	すねない	撒野的話	すねれば
なかった形 (過去否定形)		させる形 (使役形)	
過去沒撒野	すねなかった	使撒野	すねさせる
ます形 (連用形)		られる形 (被動形)	
撒野	すねます	被發脾氣	すねられる
て形		命令形	
撒野	すねて	快撒野	すねろ
た形 (過去形)		可能形	
撒野了	すねた	可以撒野	すねられる
たら形 (條件形)		う形 (意向形)	
撒野的話	すねたら	撒野吧	すねよう

△彼女が嫉妬深くて、ほかの子に挨拶しただけですねるからうんざりだ。／
她是個醋桶子，只不過和其他女孩打個招呼就要鬧彆扭，我真是受夠了！

すべる【滑る】 滑行；滑溜・打滑；(俗)不及格・落榜；失去地位・讓位；說溜嘴・失言 自五 グループ1

滑る・滑ります

辞書形 (基本形)		たり形	
打滑	すべる	又是打滑	すべったり
ない形 (否定形)		ば形 (條件形)	
沒打滑	すべらない	打滑的話	すべれば
なかった形 (過去否定形)		させる形 (使役形)	
過去沒打滑	すべらなかった	使打滑	すべらせる
ます形 (連用形)		られる形 (被動形)	
打滑	すべります	被迫讓位	すべられる
て形		命令形	
打滑	すべって	快打滑	すべれ
た形 (過去形)		可能形	
打滑了	すべった	可以打滑	すべれる
たら形 (條件形)		う形 (意向形)	
打滑的話	すべったら	打滑吧	すべろう

△道が凍っていて滑って転んだ。／由於路面結冰而滑倒了。

すます【澄ます・清ます】

澄清（液體）；使晶瑩・使清澈；洗淨；平心靜氣；集中注意力；裝模作樣・假正經・擺架子；裝作若無其事；(接在其他動詞連用形下面)表示完成為…

澄ます・澄まします

辞書形(基本形)		た可形	
洗淨	すます	又是洗淨	すましたり
ない形 (否定形) 沒洗淨	すまさない	ば形 (條件形) 洗淨的話	すませば
なかった形 (過去否定形) 過去沒洗淨	すまさなかった	させる形 (使役形) 使平心靜氣	すまさせる
ます形 (連用形) 洗淨	すశ్します	られる形 (被動形) 被洗淨	すまされる
て形 洗淨	すまして	命令形 快洗淨	すませ
た形 (過去形) 洗淨了	すました	可能形 可以洗淨	すませる
たら形 (條件形) 洗淨的話	すましたら	う形 (意向形) 洗淨吧	すまそう

△耳を澄ますと、虫の鳴く声がかすかに聞こえます。／
只要豎耳傾聽，就可以隱約聽到蟲鳴。

すれる【擦れる】

摩擦；久經世故・(失去純真)變得油滑；磨損・磨破

擦れる・擦れます

辞書形(基本形)		た可形	
摩擦	すれる	又是摩擦	すれたり
ない形 (否定形) 沒摩擦	すれない	ば形 (條件形) 摩擦的話	すれれば
なかった形 (過去否定形) 過去沒摩擦	すれなかった	させる形 (使役形) 使摩擦	すれさせる
ます形 (連用形) 摩擦	すれます	られる形 (被動形) 被磨損	すれられる
て形 摩擦	すれて	命令形 快摩擦	すれろ
た形 (過去形) 摩擦了	すれた	可能形	———
たら形 (條件形) 摩擦的話	すれたら	う形 (意向形) 摩擦吧	すれよう

△アレルギー体質なので、服が肌に擦れるとすぐ赤くなる。／
由於屬於過敏性體質，只要被衣物摩擦過，肌膚立刻泛紅。

せかす【急かす】 催促

他五 グループ1

急かす・急かします

辞書形(基本形) 催促	せかす	たり形 又是催促	せかしたり
ない形(否定形) 沒催促	せかさない	ば形(條件形) 催促的話	せかせば
なかった形(過去否定形) 過去沒催促	せかさなかった	させる形(使役形) 予以催促	せかさせる
ます形(連用形) 催促	せかします	られる形(被動形) 被催促	せかされる
て形 催促	せかして	命令形 快催促	せかせ
た形(過去形) 催促了	せかした	可能形 可以催促	せかせる
たら形(條件形) 催促的話	せかしたら	う形(意向形) 催促吧	せかそう

△飛行機に乗り遅れてはいけないので、免税品を見ている妻を急かした。／
由於上飛機不能遲到，我急著催正在逛免税店的妻子快點走。

そう【沿う】 沿著・順著；按照

自五 グループ1

沿う・沿います

辞書形(基本形) 順著	そう	たり形 又是順著	そったり
ない形(否定形) 沒順著	そわない	ば形(條件形) 順著的話	そえば
なかった形(過去否定形) 過去沒順著	そわなかった	させる形(使役形) 使順著	そわせる
ます形(連用形) 順著	そいます	られる形(被動形) 被遵循	そわれる
て形 順著	そって	命令形 快順著	そえ
た形(過去形) 順著了	そった	可能形 可以順著	そえる
たら形(條件順) 順著的話	そったら	う形(意向形) 順著吧	そおう

△アドバイスに沿って、できることから一つ一つ実行していきます。／
謹循建議，由能力所及之事開始，依序地實踐。

そう【添う】

増添・加上・添上；緊跟・不離地跟隨；結成夫妻一起生活・結婚 自五 グループ1

添う・添います

辞書形(基本形) 增添	そう	た り形 又是增添	そったり
ない形 (否定形) 沒增添	そわない	ば形 (條件形) 增添的話	そえば
なかった形 (過去否定形) 過去沒增添	そわなかった	させる形 (使役形) 使增添	そわせる
ます形 (沠体形) 增添	そいます	られる形 (被動形) 被增添	そわれる
て形 增添	そって	命令形 快增添	そえ
た形 (過去形) 增添了	そった	可能形 可以增添	そえる
たら形 (條件形) 增添的話	そったら	う形 (意向形) 增添吧	そおう

△赤ちゃんに添い寝する。／哄寶寶睡覺。

そえる【添える】

添・加・附加・配上；伴隨・陪同 他下一 グループ2

添える・添えます

辞書形(基本形) 附加	そえる	た り形 又是附加	そえたり
ない形 (否定形) 沒附加	そえない	ば形 (條件形) 附加的話	そえれば
なかった形 (過去否定形) 過去沒附加	そえなかった	させる形 (使役形) 使附加	そえさせる
ます形 (沠体形) 附加	そえます	られる形 (被動形) 被附加	そえられる
て形 附加	そえて	命令形 快附加	そえろ
た形 (過去形) 附加了	そえた	可能形 可以附加	そえられる
たら形 (條件形) 附加的話	そえたら	う形 (意向形) 附加吧	そえよう

△プレゼントにカードを添える。／在禮物附上卡片。

そこなう【損なう】

損壊・破損；傷害妨害（健康、感情等）；損傷・死傷；（接在其他動詞連用形下）沒成功・失敗・錯誤；失掉時機・耽誤・差一點・險些 他五 接尾 グループ1

損なう・損ないます

辞書形(基本形) 損壊	そこなう	たり形 又是損壊	そこなったり
ない形(否定形) 沒損壊	そこなわない	ば形(條件形) 損壊的話	そこなえば
なかった形(過去否定形) 過去沒損壊	そこなわなかった	させる形(使役形) 使損壊	そこなわせる
ます形(連用形) 損壊	そこないます	られる形(被動形) 被損壊	そこなわれる
て形 損壊	そこなって	命令形 快損壊	そこなえ
た形(過去形) 損壊了	そこなった	可能形 可以損壊	そこなえる
たら形(條件形) 損壊的話	そこなったら	う形(意向形) 損壊吧	そこなおう

△このままの状態を続けていれば、利益を損なうことになる。／
照這種狀態持續下去，將會造成利益受損。

そなえつける【備え付ける】

設置・備置・裝置・安置・配置 他下一 グループ2

備え付ける・備え付けます

辞書形(基本形) 安置	そなえつける	たり形 又是安置	そなえつけたり
ない形(否定形) 沒安置	そなえつけない	ば形(條件形) 安置的話	そなえつければ
なかった形(過去否定形) 過去沒安置	そなえつけなかった	させる形(使役形) 使安置	そなえつけさせる
ます形(連用形) 安置	そなえつけます	られる形(被動形) 被安置	そなえつけられる
て形 安置	そなえつけて	命令形 快安置	そなえつけろ
た形(過去形) 安置了	そなえつけた	可能形 可以安置	そなえつけられる
たら形(條件形) 安置的話	そなえつけたら	う形(意向形) 安置吧	そなえつけよう

△この辺りには監視カメラが備え付けられている。／
這附近裝設有監視錄影器。

そなわる【備わる・具わる】 具有・設有・具備　自五　グループ1

そな
備わる・備わります

辞書形(基本形)		た り形	
具有	そなわる	又是具有	そなわったり
ない形 (否定形)		ば形 (條件形)	
沒具有	そなわらない	具有的話	そなわれば
なかった形 (過去否定形)		させる形 (使役形)	
過去沒具有	そなわらなかった	使具有	そなわらせる
ます形 (車用形)		られる形 (被動形)	
具有	そなわります	被設有	そなわられる
て形		命令形	
具有	そなわって	快具有	そなわれ
た形 (過去形)		可能形	
具有了	そなわった		———
たら形 (條件形)		う形 (意向形)	
具有的話	そなわったら	具有吧	そなわろう

△教養とは、学び、経験することによって、おのずと備わるものです。／
所謂的教養，是透過學習與體驗後，自然而然展現出來的言行舉止。

そびえる【聳える】 聳立・峙立　自下一　グループ2

そび
聳える・聳えます

辞書形(基本形)		た り形	
聳立	そびえる	又是聳立	そびえたり
ない形 (否定形)		ば形 (條件形)	
沒聳立	そびえない	聳立的話	そびえれば
なかった形 (過去否定形)		させる形 (使役形)	
過去沒聳立	そびえなかった	使聳立	そびえさせる
ます形 (車用形)		られる形 (被動形)	
聳立	そびえます	被聳立	そびえられる
て形		命令形	
聳立	そびえて	快聳立	そびえろ
た形 (過去形)		可能形	
聳立了	そびえた		———
たら形 (條件形)		う形 (意向形)	
聳立的話	そびえたら	聳立吧	そびえよう

△雲間にそびえる「世界一高い橋」がついに完成した。／
高聳入雲的「全世界最高的橋樑」終於竣工。

そまる【染まる】 染上；受（壞）影響

自五　グループ1

染まる・染まります

辞書形(基本形) 染上	そまる	たり形 又是染上	そまったり
ない形(否定形) 沒染上	そまらない	ば形(條件形) 染上的話	そまれば
なかった形(過去否定形) 過去沒染上	そまらなかった	させる形(使役形) 使染上	そまらせる
ます形(連用形) 染上	そまります	られる形(被動形) 被染上	そまられる
て形 染上	そまって	命令形 快染上	そまれ
た形(過去形) 染上了	そまった	可能形 可以染上	そまれる
たら形(條件形) 染上的話	そまったら	う形(意向形) 染上吧	そまろう

△夕焼けに染まる街並みを見るのが大好きだった。／
我最喜歡眺望被夕陽餘暉染成淡淡橙黃的街景。

そむく【背く】 背著，背向；違背，不遵守；背叛，辜負；拋棄，背離，離開（家）

自五　グループ1

背く・背きます

辞書形(基本形) 違背	そむく	たり形 又是違背	そむいたり
ない形(否定形) 沒違背	そむかない	ば形(條件形) 違背的話	そむけば
なかった形(過去否定形) 過去沒違背	そむかなかった	させる形(使役形) 使違背	そむかせる
ます形(連用形) 違背	そむきます	られる形(被動形) 被違背	そむかれる
て形 違背	そむいて	命令形 快違背	そむけ
た形(過去形) 違背了	そむいた	可能形 可以違背	そむける
たら形(條件形) 違背的話	そむいたら	う形(意向形) 違背吧	そむこう

△親に背いて芸能界に入った。／瞞著父母進入了演藝圈。

そめる【染める】 染顔色；塗上（映上）顔色；(轉) 沾染・著手 他下一 グループ2

染める・染めます

辞書形(基本形) 沾染	そめる	たり形 又是沾染	そめたり
ない形（否定形） 沒沾染	そめない	ば形（條件形） 沾染的話	そめれば
なかった形 (過去否定形) 過去沒沾染	そめなかった	させる形（使役形） 使沾染	そめさせる
ます形（連用形） 沾染	そめます	られる形 (被動形) 被沾染	そめられる
て形 沾染	そめて	命令形 快沾染	そめろ
た形 (過去形) 沾染了	そめた	可能形 可以沾染	そめられる
たら形（條件形） 沾染的話	そめたら	う形（意向形） 沾染吧	そめよう

△夕日が空を赤く染めた。／夕陽將天空染成一片嫣紅。

そらす【反らす】 向後仰，（把東西）弄彎 他五 グループ1

反らす・反らします

辞書形(基本形) 弄彎	そらす	たり形 又是弄彎	そらしたり
ない形（否定形） 沒弄彎	そらさない	ば形（條件形） 弄彎的話	そらせば
なかった形 (過去否定形) 過去沒弄彎	そらさなかった	させる形（使役形） 讓弄彎	そらさせる
ます形（連用形） 弄彎	そらします	られる形 (被動形) 被弄彎	そらされる
て形 弄彎	そらして	命令形 快弄彎	そらせ
た形 (過去形) 弄彎了	そらした	可能形 可以弄彎	そらせる
たら形（條件形） 弄彎的話	そらしたら	う形（意向形） 弄彎吧	そらそう

△体をそらす。／身體向後仰。

そらす【逸らす】

（把視線、方向）移開、離開、轉向別方；佚失、錯過；岔開（話題、注意力）

他五 グループ1

逸らす・逸らします

辭書形（基本形）		たり形	
移開	そらす	又是移開	そらしたり
ない形（否定形）		ば形（條件形）	
沒移開	そらさない	移開的話	そらせば
なかった形（過去否定形）		させる形（使役形）	
過去沒移開	そらさなかった	使移開	そらさせる
ます形（連用形）		られる形（被動形）	
移開	そらします	被移開	そらされる
て形		命令形	
移開	そらして	快移開	そらせ
た形（過去形）		可能形	
移開了	そらした	可以移開	そらせる
たら形（條件形）		う形（意向形）	
移開的話	そらしたら	移開吧	そらそう

△この悲劇から目をそらすな。／不准對這樁悲劇視而不見！

そる【反る】

（向後或向外）彎曲、捲曲、翹；身子向後彎、挺起胸膛

自五 グループ1

反る・反ります

辭書形（基本形）		たり形	
捲曲	そる	又是捲曲	そったり
ない形（否定形）		ば形（條件形）	
沒捲曲	そらない	捲曲的話	それば
なかった形（過去否定形）		させる形（使役形）	
過去沒捲曲	そらなかった	使捲曲	そらせる
ます形（連用形）		られる形（被動形）	
捲曲	そります	被捲曲	そられる
て形		命令形	
捲曲	そって	快捲曲	それ
た形（過去形）		可能形	
捲曲了	そった	可以捲曲	それる
たら形（條件形）		う形（意向形）	
捲曲的話	そったら	捲曲吧	そろう

△板は、乾燥すると、多かれ少なかれ反る。／木板乾燥之後，多多少少會翹起來。

たえる【耐える】

忍耐・忍受・容忍・擔負・禁得住；（堪える）（不）值得，（不）堪

自下一 グループ2

た
耐える・耐えます

辭書形(基本形)		たり形	
擔負	たえる	又是擔負	たえたり
ない形 (否定形)		ば形 (條件形)	
沒擔負	たえない	擔負的話	たえれば
なかった形 (過去否定形)		させる形 (使役形)	
過去沒擔負	たえなかった	使擔負	たえさせる
ます形 (連用形)		られる形 (被動形)	
擔負	たえます	被迫擔負	たえられる
て形		命令形	
擔負	たえて	快擔負	たえろ
た形 (過去形)		可能形	
擔負了	たえた	可以擔負	たえられる
たら形 (條件形)		う形 (意向形)	
擔負的話	たえたら	擔負吧	たえよう

△病気を治すためとあれば、どんなつらい治療にも耐えて見せる。／
只要能夠根治疾病，無論是多麼痛苦的治療，我都會咬牙忍耐。

たえる【絶える】

斷絕・終了・停止・滅絕・消失

自下一 グループ2

絶える・絶えます

辭書形(基本形)		たり形	
滅絕	たえる	又是滅絕	たえたり
ない形 (否定形)		ば形 (條件形)	
沒滅絕	たえない	滅絕的話	たえれば
なかった形 (過去否定形)		させる形 (使役形)	
過去沒滅絕	たえなかった	使滅絕	たえさせる
ます形 (連用形)		られる形 (被動形)	
滅絕	たえます	被滅絕	たえられる
て形		命令形	
滅絕	たえて	快滅絕	たえろ
た形 (過去形)		可能形	
滅絕了	たえた		——
たら形 (條件形)		う形 (意向形)	
滅絕的話	たえたら	滅絕吧	たえよう

△病室に駆けつけたときには、彼はもう息絶えていた。／
當趕至病房時，他已經斷氣了。

たずさわる【携わる】 参與・參加・從事・有關係 自五 グループ1

たずさ
携わる・携わります

辞書形(基本形)		たり形	
參與	たずさわる	又是參與	たずさわったり
ない形 (否定形)		ば形 (條件形)	
沒參與	たずさわらない	參與的話	たずさわれば
なかった形 (過去否定形)		させる形 (使役形)	
過去沒參與	たずさわらなかった	使參與	たずさわらせる
ます形 (連用形)		られる形 (被動形)	
參與	たずさわります	被迫參與	たずさわられる
て形		命令形	
參與	たずさわって	快參與	たずさわれ
た形 (過去形)		可能形	
參與了	たずさわった	可以參與	たずさわれる
たら形 (條件形)		う形 (意向形)	
參與的話	たずさわったら	參與吧	たずさわろう

△私はそのプロジェクトに直接携わっていないので、詳細は存じません。
／我並未直接參與該項計畫，因此不清楚詳細內容。

ただよう【漂う】 漂流・飄蕩；洋溢・充滿；露出 自五 グループ1

ただよ
漂う・漂います

辞書形(基本形)		たり形	
充滿	ただよう	又是充滿	ただよったり
ない形 (否定形)		ば形 (條件形)	
沒充滿	ただよわない	充滿的話	ただよえば
なかった形 (過去否定形)		させる形 (使役形)	
過去沒充滿	ただよわなかった	使充滿	ただよわせる
ます形 (連用形)		られる形 (被動形)	
充滿	ただよいます	被充滿	ただよわれる
て形		命令形	
充滿	ただよって	快充滿	ただよえ
た形 (過去形)		可能形	
充滿了	ただよった	可以充滿	ただよえる
たら形 (條件形)		う形 (意向形)	
充滿的話	ただよったら	充滿吧	ただよおう

△お正月ならではの雰囲気が漂っている。／
到處洋溢著一股新年特有的賀喜氣圍。

たちさる【立ち去る】 走開・離去・退出

立ち去る・立ち去ります

辞書形(基本形) 退出	たちさる	たり形 又是退出	たちさったり
ない形 (否定形) 沒退出	たちさらない	ば形 (條件形) 退出的話	たちされば
なかった形 (過去否定形) 過去沒退出	たちさらなかった	させる形 (使役形) 使退出	たちさらせる
ます形 (連用形) 退出	たちさります	られる形 (被動形) 被退出	たちさられる
て形 退出	たちさって	命令形 快退出	たちされ
た形 (過去形) 退出了	たちさった	可能形 可以退出	たちされる
たら形 (條件形) 退出的話	たちさったら	う形 (意向形) 退出吧	たちさろう

△彼はコートを羽織ると、何も言わずに立ち去りました。／
他披上外套，不發一語地離開了。

たちよる【立ち寄る】 靠近・走進；順便到・中途落腳

自五　グループ1

立ち寄る・立ち寄ります

辞書形(基本形) 靠近	たちよる	たり形 又是靠近	たちよったり
ない形 (否定形) 沒靠近	たちよらない	打形 (條件形) 靠近的話	たちよれば
なかった形 (過去否定形) 過去沒靠近	たちよらなかった	させる形 (使役形) 使靠近	たちよらせる
ます形 (連用形) 靠近	たちよります	られる形 (被動形) 被靠近	たちよられる
て形 靠近	たちよって	命令形 快靠近	たちよれ
た形 (過去形) 靠近了	たちよった	可能形 可以靠近	たちよれる
たら形 (條件形) 靠近的話	たちよったら	う形 (意向形) 靠近吧	たちよろう

△孫を迎えに行きがてら、パン屋に立ち寄った。／
去接孫子的途中順道繞去麵包店。

たつ【断つ】 切・斷：絕・斷絕；消滅；截斷

他五　グループ1

断つ・断ちます

辞書形(基本形)		たり形	
截斷	たつ	又是截斷	たったり
ない形 (否定形)		ば形 (條件形)	
沒截斷	たたない	截斷的話	たてば
なかった形 (過去否定形)		させる形 (使役形)	
過去沒截斷	たたなかった	使截斷	たたせる
ます形 (連用形)		られる形 (被動形)	
截斷	たちます	被截斷	たたれる
て形		命令形	
截斷	たって	快截斷	たて
た形 (過去形)		可能形	
截斷了	たった	可以截斷	たてる
たら形 (條件形)		う形 (意向形)	
截斷的話	たったら	截斷吧	たとう

△医師に厳しく忠告され、父はようやく酒を断つと決めたようだ。／
在醫師嚴詞告誡後，父親好像終於下定決心戒酒。

たてかえる【立て替える】 墊付・代付

他下一　グループ2

立て替える・立て替えます

辞書形(基本形)		たり形	
墊付	たてかえる	又是墊付	たてかえたり
ない形 (否定形)		ば形 (條件形)	
沒墊付	たてかえない	墊付的話	たてかえれば
なかった形 (過去否定形)		させる形 (使役形)	
過去沒墊付	たてかえなかった	使墊付	たてかえさせる
ます形 (連用形)		られる形 (被動形)	
墊付	たてかえます	被墊付	たてかえられる
て形		命令形	
墊付	たてかえて	快墊付	たてかえろ
た形 (過去形)		可能形	
墊付了	たてかえた	可以墊付	たてかえられる
たら形 (條件形)		う形 (意向形)	
墊付的話	たてかえたら	墊付吧	たてかえよう

△今手持ちのお金がないなら、私が立て替えておきましょうか。／
如果您現在手頭不方便的話，要不要我先幫忙代墊呢？

たてまつる【奉る】

奉・獻上；恭維・捧；（文）（接動詞連用型）表示謙遜或恭敬

他五・補動・五型　グループ1

奉る・奉ります

辭書形（基本形）		た－り形	
獻上	たてまつる	又是獻上	たてまつったり
ない形（否定形） 沒獻上	たてまつらない	ば形（條件形） 獻上的話	たてまつれば
なかった形（過去否定形） 過去沒獻上	たてまつら なかった	させる形（使役形） 使獻上	たてまつらせる
ます形（連用形） 獻上	たてまつります	られる形（被動形） 被獻上	たてまつられる
て形 獻上	たてまつって	命令形 快獻上	たてまつれ
た形（過去形） 獻上了	たてまつった	可能形 可以獻上	たてまつれる
たら形（條件形） 獻上的話	たてまつったら	う形（意向形） 獻上吧	たてまつろう

△織田信長を奉っている神社はどこにありますか。／
請問祀奉織田信長的神社位於何處呢？

たどりつく【辿り着く】

好不容易走到・摸索找到・掙扎走到；到達（目的地）

自五　グループ1

辿り着く・辿り着きます

辭書形（基本形）		たり形	
摸索找到	たどりつく	又是摸索找到	たどりついたり
ない形（否定形） 沒摸索找到	たどりつかない	ば形（條件形） 摸索找到的話	たどりつけば
なかった形（過去否定形） 過去沒摸索找到	たどりつか なかった	させる形（使役形） 使摸索找到	たどりつかせる
ます形（連用形） 摸索找到	たどりつきます	られる形（被動形） 被摸索找到	たどりつかれる
て形 摸索找到	たどりついて	命令形 快摸索找到	たどりつけ
た形（過去形） 摸索找到了	たどりついた	可能形 可以摸索找到	たどりつける
たら形（條件形） 摸索找到的話	たどりついたら	う形（意向形） 摸索找到吧	たどりつこう

△息も絶え絶えに、家までたどり着いた。／
上氣不接下氣地狂奔，好不容易才安抵家門。

たどる【辿る】

沿路前進・邊走邊找；走難行的路・走艱難的路；
追尋・追溯・探索；（事物向某方向）發展・走向

他五 グループ1

辿る・辿ります

辞書形（基本形） 追尋	たどる	たり形 又是追尋	たどったり
ない形（否定形） 沒追尋	たどらない	ば形（條件形） 追尋的話	たどれば
なかった形（過去否定形） 過去沒追尋	たどらなかった	させる形（使役形） 予以追尋	たどらせる
ます形（連用形） 追尋	たどります	られる形（被動形） 被追尋	たどられる
て形 追尋	たどって	命令形 快追尋	たどれ
た形（過去形） 追尋了	たどった	可能形 可以追尋	たどれる
たら形（條件形） 追尋的話	たどったら	う形（意向形） 追尋吧	たどろう

 △自分のご先祖のルーツを辿るのも面白いものですよ。／
溯根尋源也是件挺有趣的事喔。

たばねる【束ねる】

包・捆・扎・束；管理・整飭・整頓

他下一 グループ2

束ねる・束ねます

辞書形（基本形） 整頓	たばねる	たり形 又是整頓	たばねたり
ない形（否定形） 沒整頓	たばねない	ば形（條件形） 整頓的話	たばねれば
なかった形（過去否定形） 過去沒整頓	たばねなかった	させる形（使役形） 使整頓	たばねさせる
ます形（連用形） 整頓	たばねます	られる形（被動形） 被整頓	たばねられる
て形 整頓	たばねて	命令形 快整頓	たばねろ
た形（過去形） 整頓了	たばねた	可能形 可以整頓	たばねられる
たら形（條件形） 整頓的話	たばねたら	う形（意向形） 整頓吧	たばねよう

 △チームのリーダーとして、みんなを束ねていくのは簡単じゃない。／
身為團隊的領導人，要領導夥伴們並非容易之事。

たまう【給う】

（敬）給・賜予；（接在動詞連用形下）表示對長上動作的敬意

他五・補動・五型　グループ1

給<ruby>給<rt>たま</rt></ruby>う・<ruby>給<rt>たま</rt></ruby>います

辭書形（基本形）賜予	たまう	たり形 又是賜予	たまったり
ない形（否定形）沒賜予	たまわない	ば形（條件形）賜予的話	たまえば
なかった形（過去否定形）過去沒賜予	たまわなかった	させる形（使役形）使賜予	たまわせる
ます形（連用形）賜予	たまいます	られる形（被動形）被賜予	たまわれる
て形 賜予	たまって	命令形 快賜予	たまえ
た形（過去形）賜予了	たまった	可能形 可以賜予	たまえる
たら形（條件形）賜予的話	たまったら	う形（意向形）賜予吧	たまおう

△「<ruby>君<rt>きみ</rt></ruby><ruby>死<rt>し</rt></ruby>にたまうことなかれ」は<ruby>与謝野晶子<rt>よさのあきこ</rt></ruby>の<ruby>詩<rt>し</rt></ruby>の<ruby>一節<rt>いっせつ</rt></ruby>です。／
「你千萬不能死」乃節錄自與謝野晶子所寫的詩。

だまりこむ【黙り込む】

沉默・緘默・一言不發

自五　グループ1

<ruby>黙<rt>だま</rt></ruby>り<ruby>込<rt>こ</rt></ruby>む・<ruby>黙<rt>だま</rt></ruby>り<ruby>込<rt>こ</rt></ruby>みます

辭書形（基本形）沉默	だまりこむ	たり形 又是沉默	だまりこんだり
ない形（否定形）沒沉默	だまりこまない	ば形（條件形）沉默的話	だまりこめば
なかった形（過去否定形）過去沒沉默	だまりこまなかった	させる形（使役形）使沉默	だまりこませる
ます形（連用形）沉默	だまりこみます	られる形（被動形）被迫沉默	だまりこまれる
て形 沉默	だまりこんで	命令形 快沉默	だまりこめ
た形（過去形）沉默了	だまりこんだ	可能形 可以沉默	だまりこめる
たら形（條件形）沉默的話	だまりこんだら	う形（意向形）沉默吧	だまりこもう

△<ruby>彼<rt>かれ</rt></ruby>は<ruby>何<rt>なに</rt></ruby>か<ruby>思<rt>おも</rt></ruby>いついたらしく、<ruby>急<rt>きゅう</rt></ruby>に<ruby>黙<rt>だま</rt></ruby>り<ruby>込<rt>こ</rt></ruby>んだ。／
他似乎想起了什麼，突然閉口不講了。

N1

た

たまう・だまりこむ

たまわる【賜る】 蒙受賞賜；賜・賜予・賞賜   他五 グループ1

賜る・賜ります

辞書形(基本形) 賞賜	たまわる	たり形 又是賞賜	たまわったり
ない形(否定形) 沒賞賜	たまわらない	ば形(條件形) 賞賜的話	たまわれば
なかった形(過去否定形) 過去沒賞賜	たまわらなかった	させる形(使役形) 使賞賜	たまわらせる
ます形(連用形) 賞賜	たまわります	られる形(被動形) 得到賞賜	たまわられる
て形 賞賜	たまわって	命令形 快賞賜	たまわれ
た形(過去形) 賞賜了	たまわった	可能形 可以賞賜	たまわれる
たら形(條件形) 賞賜的話	たまわったら	う形(意向形) 賞賜吧	たまわろう

△この商品は、発売からずっと皆様からのご愛顧を賜っております。／
這項商品自從上市以來，承蒙各位不吝愛用。

たもつ【保つ】 保持不變・保存住；保持・維持・保・保住・支持   自他五 グループ1

保つ・保ちます

辞書形(基本形) 支持	たもつ	たり形 又是支持	たもったり
ない形(否定形) 沒支持	たもたない	ば形(條件形) 支持的話	たもてば
なかった形(過去否定形) 過去沒支持	たもたなかった	させる形(使役形) 使支持	たもたせる
ます形(連用形) 支持	たもちます	られる形(被動形) 被支持	たもたれる
て形 支持	たもって	命令形 快支持	たもて
た形(過去形) 支持了	たもった	可能形 可以支持	たもてる
たら形(條件形) 支持的話	たもったら	う形(意向形) 支持吧	たもとう

△毎日の食事は、栄養バランスを保つことが大切です。／
每天的膳食都必須留意攝取均衡的營養。

たるむ【弛む】 鬆，鬆弛；彎曲，下沉；（精神）不振，鬆懈

自五　グループ1

弛む・弛みます

辭書形(基本形) 彎曲	たるむ	た り形 又是彎曲	たるんだり
ない形 (否定形) 沒彎曲	たるまない	ば形 (條件形) 彎曲的話	たるめば
なかった形 (過去否定形) 過去沒彎曲	たるまなかった	させる形 (使役形) 使彎曲	たるませる
ます形 (連用形) 彎曲	たるみます	られる形 (被動形) 被彎曲	たるまれる
て形 彎曲	たるんで	命令形 快彎曲	たるめ
た形 (過去形) 彎曲了	たるんだ	可能形	——
たら形 (條件形) 彎曲的話	たるんだら	う形 (意向形) 彎曲吧	たるもう

△急激にダイエットすると、皮膚がたるんでしまいますよ。／
如果急遽減重，將會使皮膚變得鬆垮喔！

たれる【垂れる】 懸垂，掛拉；滴，流，滴答；垂，使下垂，懸掛；垂飾

自他下一　グループ2

垂れる・垂れます

辭書形(基本形) 懸掛	たれる	た り形 又是懸掛	たれたり
ない形 (否定形) 沒懸掛	たれない	ば形 (條件形) 懸掛的話	たれれば
なかった形 (過去否定形) 過去沒懸掛	たれなかった	させる形 (使役形) 使懸掛	たれさせる
ます形 (連用形) 懸掛	たれます	られる形 (被動形) 被懸掛	たれられる
て形 懸掛	たれて	命令形 快懸掛	たれろ
た形 (過去形) 懸掛了	たれた	可能形	——
たら形 (條件形) 懸掛的話	たれたら	う形 (意向形) 懸掛吧	たれよう

△頬の肉が垂れると、老けて見えます。／
雙頰的肌肉一旦下垂，看起來就顯得老態龍鍾。

ちがえる【違える】 使不同·改變；弄錯·錯誤；扭到（筋骨）

他下一 グループ2

違える・違えます

辞書形（基本形） 弄錯	ちがえる	たり形 又是弄錯	ちがえたり
ない形（否定形） 沒弄錯	ちがえない	ば形（條件形） 弄錯的話	ちがえれば
なかった形（過去否定形） 過去沒弄錯	ちがえなかった	させる形（使役形） 使弄錯	ちがえさせる
ます形（連用形） 弄錯	ちがえます	られる形（被動形） 被弄錯	ちがえられる
て形 弄錯	ちがえて	命令形 快弄錯	ちがえろ
た形（過去形） 弄錯了	ちがえた	可能形 可以弄錯	ちがえられる
たら形（條件形） 弄錯的話	ちがえたら	う形（意向形） 弄錯吧	ちがえよう

△昨日、首の筋を違えたので、首が回りません。／
昨天頸部落枕，脖子無法轉動。

ちぢまる【縮まる】 縮短·縮小；慌恐·捲曲

自五 グループ1

縮まる・縮まります

辞書形（基本形） 捲曲	ちぢまる	たり形 又是捲曲	ちぢまったり
ない形（否定形） 沒捲曲	ちぢまらない	ば形（條件形） 捲曲的話	ちぢまれば
なかった形（過去否定形） 過去沒捲曲	ちぢまらなかった	させる形（使役形） 使捲曲	ちぢまらせる
ます形（連用形） 捲曲	ちぢまります	られる形（被動形） 被捲曲	ちぢまられる
て形 捲曲	ちぢまって	命令形 快捲曲	ちぢまれ
た形（過去形） 捲曲了	ちぢまった	可能形 可以捲曲	ちぢまれる
たら形（條件形） 捲曲的話	ちぢまったら	う形（意向形） 捲曲吧	ちぢまろう

△アンカーの猛烈な追い上げで、10メートルにまで差が一気に縮まった。／
最後一棒的游泳選手使勁追趕，一口氣縮短到只剩十公尺的距離。

ついやす【費やす】 用掉・耗費・花費；白費・浪費

他五 グループ1

つい つい
費やす・費やします

辞書形(基本形) 耗費	ついやす	たり形 又是耗費	ついやしたり
ない形 (否定形) 沒耗費	ついやさない	ば形 (條件形) 耗費的話	ついやせば
なかった形 (過去否定形) 過去沒耗費	ついやさなかった	させる形 (使役形) 使耗費	ついやさせる
ます形 (連用形) 耗費	ついやします	られる形 (被動形) 被耗費	ついやされる
て形 耗費	ついやして	命令形 快耗費	ついやせ
た形 (過去形) 耗費了	ついやした	可能形 可以耗費	ついやせる
たら形 (條件形) 耗費的話	ついやしたら	う形 (意向形) 耗費吧	ついやそう

△彼は一日のほとんどを実験に費やしています。／
他幾乎一整天的時間，都耗在做實驗上。

つかいこなす【使いこなす】 運用自如・掌握純熟

他五 グループ1

つか つか
使いこなす・使いこなします

辞書形(基本形) 運用自如	つかいこなす	たり形 又是運用自如	つかいこなしたり
ない形 (否定形) 沒運用自如	つかいこなさない	ば形 (條件形) 運用自如的話	つかいこなせば
なかった形 (過去否定形) 過去沒運用自如	つかいこなさなかった	させる形 (使役形) 使運用自如	つかいこなさせる
ます形 (連用形) 運用自如	つかいこなします	られる形 (被動形) 被運用自如	つかいこなされる
て形 運用自如	つかいこなして	命令形 快運用自如	つかいこなせ
た形 (過去形) 運用自如了	つかいこなした	可能形 可以運用自如	つかいこなせる
たら形 (條件形) 運用自如的話	つかいこなしたら	う形 (意向形) 運用自如吧	つかいこなそう

△日本語を使いこなす。／日語能運用自如。

つ
ついやす・つかいこなす

つかえる【仕える】 服侍・侍候・侍奉；（在官署等）當官 自下一 グループ2

^{つか}仕える・^{つか}仕えます

辞書形(基本形) 侍奉	つかえる	たり形 又是侍奉	つかえたり
ない形(否定形) 沒侍奉	つかえない	ば形(條件形) 侍奉的話	つかえれば
なかった形(過去否定形) 過去沒侍奉	つかえなかった	させる形(使役形) 使侍奉	つかえさせる
ます形(連用形) 侍奉	つかえます	られる形(被動形) 被侍奉	つかえられる
て形 侍奉	つかえて	命令形 快侍奉	つかえろ
た形(過去形) 侍奉了	つかえた	可能形 可以侍奉	つかえられる
たら形(條件形) 侍奉的話	つかえたら	う形(意向形) 侍奉吧	つかえよう

△^{わたし}私の^{せんぞ}先祖は^{うえすぎけんしん}上杉謙信に^{つか}仕えていたそうです。／
據說我的祖先從屬於上杉謙信之麾下。

つかさどる【司る】 管理・掌管・擔任 他五 グループ1

^{つかさど}司る・^{つかさど}司ります

辞書形(基本形) 掌管	つかさどる	たり形 又是掌管	つかさどったり
ない形(否定形) 沒掌管	つかさどらない	ば形(條件形) 掌管的話	つかさどれば
なかった形(過去否定形) 過去沒掌管	つかさどらなかった	させる形(使役形) 使掌管	つかさどらせる
ます形(連用形) 掌管	つかさどります	られる形(被動形) 被掌管	つかさどられる
て形 掌管	つかさどって	命令形 快掌管	つかさどれ
た形(過去形) 掌管了	つかさどった	可能形 可以掌管	つかさどれる
たら形(條件形) 掌管的話	つかさどったら	う形(意向形) 掌管吧	つかさどろう

△^{ちほうきかん}地方機関とは^{ちほうぎょうせい}地方行政をつかさどる^{きかん}機関のことです。／
所謂地方機關是指司掌地方行政事務之機構。

つかる【漬かる】　淹・泡；泡在（浴盆裡）洗澡；醃透　自五　グループ1

漬かる・漬かります

辭書形（基本形） 醃透	つかる	たり形 又是醃透	つかったり
ない形（否定形） 沒醃透	つからない	ば形（條件形） 醃透的話	つかれば
なかった形（過去否定形） 過去沒醃透	つからなかった	させる形（使役形） 使醃透	つからせる
ます形（連用形） 醃透	つかります	られる形（被動形） 被醃透	つかられる
て形 醃透	つかって	命令形 快醃透	つかれ
た形（過去形） 醃透了	つかった	可能形 可以醃透	つかれる
たら形（條件形） 醃透的話	つかったら	う形（意向形） 醃透吧	つかろう

 △お風呂につかる。／泡在浴缸裡。

つきそう【付き添う】　跟隨左右・照料・管照・服侍・護理　自五　グループ1

付き添う・付き添います

辭書形（基本形） 照料	つきそう	たり形 又是照料	つきそったり
ない形（否定形） 沒照料	つきそわない	ば形（條件形） 照料的話	つきそえば
なかった形（過去否定形） 過去沒照料	つきそわなかった	させる形（使役形） 予以照料	つきそわせる
ます形（連用形） 照料	つきそいます	られる形（被動形） 被照料	つきそわれる
て形 照料	つきそって	命令形 快照料	つきそえ
た形（過去形） 照料了	つきそった	可能形 可以照料	つきそえる
たら形（條件形） 照料的話	つきそったら	う形（意向形） 照料吧	つきそおう

 △病人に付き添う。／照料病人。

つきとばす【突き飛ばす】 用力撞倒・撞出很遠　他五　グループ1

突き飛ばす・突き飛ばします

辞書形(基本形) 用力撞倒	つきとばす	たり形 又是用力撞倒	つきとばしたり
否定形 ない形(否定形) 沒用力撞倒	つきとばさない	ば形(條件形) 用力撞倒的話	つきとばせば
なかった形(過去否定形) 過去沒用力撞倒	つきとばさ なかった	させる形(使役形) 令用力撞倒	つきとばさせる
ます形(連用形) 用力撞倒	つきとばします	られる形(被動形) 被用力撞倒	つきとばされる
て形 用力撞倒	つきとばして	命令形 快用力撞倒	つきとばせ
た形(過去形) 用力撞倒了	つきとばした	可能形 可以用力撞倒	つきとばせる
たら形(條件形) 用力撞倒的話	つきとばしたら	う形(意向形) 用力撞倒吧	つきとばそう

△老人を突き飛ばす。／撞飛老人。

つきる【尽きる】 盡・光・沒了；到頭・窮盡；枯竭　自上一　グループ2

尽きる・尽きます

辞書形(基本形) 枯竭	つきる	たり形 又是枯竭	つきたり
ない形(否定形) 沒枯竭	つきない	ば形(條件形) 枯竭的話	つきれば
なかった形(過去否定形) 過去沒枯竭	つきなかった	させる形(使役形) 使枯竭	つきさせる
ます形(連用形) 枯竭	つきます	られる形(被動形) 被始終堅持	つきられる
て形 枯竭	つきて	命令形 快枯竭	つきろ
た形(過去形) 枯竭了	つきた	可能形	――――
たら形(條件形) 枯竭的話	つきたら	う形(意向形) 枯竭吧	つきよう

△彼にはもうとことん愛想が尽きました。／我已經受夠他了！

つぐ【継ぐ】 継承・承接・承襲；添・加・續

他五 グループ1

継ぐ・継ぎます

辞書形(基本形)		たり形	
承襲	つぐ	又是承襲	ついだり
ない形(否定形) 沒承襲	つがない	ば形(條件形) 承襲的話	つげば
なかった形(過去否定形) 過去沒承襲	つがなかった	させる形(使役形) 使承襲	つがせる
ます形(連用形) 承襲	つぎます	られる形(被動形) 被承襲	つがれる
て形 承襲	ついで	命令形 快承襲	つげ
た形(過去形) 承襲了	ついだ	可能形 可以承襲	つげる
たら形(條件形) 承襲的話	ついだら	う形(意向形) 承襲吧	つごう

△彼は父の後を継いで漁師になるつもりだそうです。／
聽說他打算繼承父親的衣鉢成為漁夫。

つぐ【接ぐ】 縫補；接在一起

他五 グループ1

接ぐ・接ぎます

辞書形(基本形)		たり形	
縫補	つぐ	又是縫補	ついだり
ない形(否定形) 沒縫補	つがない	ば形(條件形) 縫補的話	つげば
なかった形(過去否定形) 過去沒縫補	つがなかった	させる形(使役形) 予以縫補	つがせる
ます形(連用形) 縫補	つぎます	られる形(被動形) 被縫補	つがれる
て形 縫補	ついで	命令形 快縫補	つげ
た形(過去形) 縫補了	ついだ	可能形 可以縫補	つげる
たら形(條件形) 縫補的話	ついだら	う形(意向形) 縫補吧	つごう

△端切れを接いでソファーカバーを作ったことがあります。／
我曾經把許多零碎布料接在一起縫製成沙發套。

つくす【尽くす】 盡・竭盡；盡力

他五 グループ1

尽くす・尽くします

辭書形(基本形) 竭盡	つくす	たり形 又是竭盡	つくしたり
ない形(否定形) 沒竭盡	つくさない	ば形(條件形) 竭盡的話	つくせば
なかった形(過去否定形) 過去沒竭盡	つくさなかった	させる形(使役形) 使竭盡	つくさせる
ます形(連用形) 竭盡	つくします	られる形(被動形) 被耗盡	つくされる
て形 竭盡	つくして	命令形 快竭盡	つくせ
た形(過去形) 竭盡了	つくした	可能形 可以竭盡	つくせる
たら形(條件形) 竭盡的話	つくしたら	う形(意向形) 竭盡吧	つくそう

△最善を尽くしたので、何の悔いもありません。／
因為已經傾力以赴，所以再無任何後悔。

つくろう【繕う】 修補・修繕；修飾・裝飾・擺；掩飾・遮掩

他五 グループ1

繕う・繕います

辭書形(基本形) 裝飾	つくろう	たり形 又是裝飾	つくろったり
ない形(否定形) 沒裝飾	つくろわない	ば形(條件形) 裝飾的話	つくろえば
なかった形(過去否定形) 過去沒裝飾	つくろわなかった	させる形(使役形) 使裝飾	つくろわせる
ます形(連用形) 裝飾	つくろいます	られる形(被動形) 被裝飾	つくろわれる
て形 裝飾	つくろって	命令形 快裝飾	つくろえ
た形(過去形) 裝飾了	つくろった	可能形 可以裝飾	つくろえる
たら形(條件形) 裝飾的話	つくろったら	う形(意向形) 裝飾吧	つくろおう

△何とかその場を繕おうとしたけど、無理でした。／
雖然當時曾經嘗試打圓場，無奈仍然徒勞無功。

つげる【告げる】 通知・告訴・宣布・宣告

他下一 グループ2

告げる・告げます

辞書形(基本形) 宣告	つげる	たり形 又是宣告	つげたり
ない形 (否定形) 沒宣告	つげない	ば形 (條件形) 宣告的話	つげれば
なかった形 (過去否定形) 過去沒宣告	つげなかった	させる形 (使役形) 予以宣告	つげさせる
ます形 (連用形) 宣告	つげます	られる形 (被動形) 被宣告	つげられる
て形 宣告	つげて	命令形 快宣告	つげろ
た形 (過去形) 宣告了	つげた	可能形 可以宣告	つげられる
たら形 (條件形) 宣告的話	つげたら	う形 (意向形) 宣告吧	つげよう

△病名を告げられたときはショックで言葉も出ませんでした。／
當被告知病名時，由於受到的打擊太大，連話都說不出來了。

つつく【突く】 捅・叉・叨・啄；指責・挑毛病

他五 グループ1

突く・突きます

辞書形(基本形) 挑毛病	つつく	たり形 又是挑毛病	つついたり
ない形 (否定形) 沒挑毛病	つつかない	ば形 (條件形) 挑毛病的話	つつけば
なかった形 (過去否定形) 過去沒挑毛病	つつかなかった	させる形 (使役形) 任憑挑毛病	つつかせる
ます形 (連用形) 挑毛病	つつきます	られる形 (被動形) 被挑毛病	つつかれる
て形 挑毛病	つついて	命令形 快挑毛病	つつけ
た形 (過去形) 挑毛病了	つついた	可能形 可以挑毛病	つつける
たら形 (條件形) 挑毛病的話	つついたら	う形 (意向形) 挑毛病吧	つつこう

△藪の中に入る前は、棒で辺りをつついた方が身のためですよ。／
在進入草叢之前，先以棍棒撥戳四周，才能確保安全喔！

つつしむ【慎む・謹む】 謹慎・慎重；控制・節制；恭・恭敬　他五　グループ1

慎む・慎みます

辞書形 (基本形) 節制	つつしむ	たり形 又是節制	つつしんだり
ない形 (否定形) 沒節制	つつしまない	ば形 (條件形) 節制的話	つつしめば
なかった形 (過去否定形) 過去沒節制	つつしまなかった	させる形 (使役形) 使節制	つつしませる
ます形 (連用形) 節制	つつしみます	られる形 (被動形) 被節制	つつしまれる
て形 節制	つつしんで	命令形 快節制	つつしめ
た形 (過去形) 節制了	つつしんだ	可能形 可以節制	つつしめる
たら形 (條件形) 節制的話	つつしんだら	う形 (意向形) 節制吧	つつしもう

 △何の根拠もなしに人を非難するのは慎んでいただきたい。／
請謹言慎行，切勿擅作不實之指控。

つっぱる【突っ張る】 堅持・固執；（用手）推頂・繃緊・板起；抽筋・劇痛　自他五　グループ1

突っ張る・突っ張ります

辞書形 (基本形) 繃緊	つっぱる	たり形 又是繃緊	つっぱったり
ない形 (否定形) 沒繃緊	つっぱらない	ば形 (條件形) 繃緊的話	つっぱれば
なかった形 (過去否定形) 過去沒繃緊	つっぱらなかった	させる形 (使役形) 使繃緊	つっぱらせる
ます形 (連用形) 繃緊	つっぱります	られる形 (被動形) 被繃緊	つっぱられる
て形 繃緊	つっぱって	命令形 快繃緊	つっぱれ
た形 (過去形) 繃緊了	つっぱった	可能形 可以繃緊	つっぱれる
たら形 (條件形) 繃緊的話	つっぱったら	う形 (意向形) 繃緊吧	つっぱろう

△この石けん、使ったあと肌が突っ張る感じがする。／
這塊肥皂使用完以後感覺皮膚緊繃。

つづる【綴る】 縫上・連綴；裝訂成冊；(文)寫・寫作；拼字・拼音 他五 グループ1

綴る・綴ります

辞書形(基本形) 裝訂成冊	つづる	たり形 又是裝訂成冊	つづったり
ない形(否定形) 沒裝訂成冊	つづらない	ば形(條件形) 裝訂成冊的話	つづれば
なかった形(過去否定形) 過去沒裝訂成冊	つづらなかった	させる形(使役形) 使裝訂成冊	つづらせる
ます形(連用形) 裝訂成冊	つづります	られる形(被動形) 被裝訂成冊	つづられる
て形 裝訂成冊	つづって	命令形 快裝訂成冊	つづれ
た形(過去形) 裝訂成冊了	つづった	可能形 可以裝訂成冊	つづれる
たら形(條件形) 裝訂成冊的話	つづったら	う形(意向形) 裝訂成冊吧	つづろう

 △いろいろな人に言えない思いを日記に綴っている。／
把各種無法告訴別人的感受寫在日記裡。

つとまる【務まる】 勝任 自五 グループ1

務まる・務まります

辞書形(基本形) 勝任	つとまる	たり形 又是勝任	つとまったり
ない形(否定形) 沒勝任	つとまらない	ば形(條件形) 勝任的話	つとまれば
なかった形(過去否定形) 過去沒勝任	つとまらなかった	させる形(使役形) 使勝任	つとまらせる
ます形(連用形) 勝任	つとまります	られる形(被動形) 被勝任	つとまられる
て形 勝任	つとまって	命令形 快勝任	つとまれ
た形(過去形) 勝任了	つとまった	可能形	——
たら形(條件形) 勝任的話	つとまったら	う形(意向形) 勝任吧	つとまろう

 △そんな大役が私に務まるでしょうか。／不曉得我是否能夠勝任如此重責大任？

つとまる【勤まる】 勝任・能擔任

自五 グループ1

勤まる・勤まります

辭書形(基本形)		たり形	
勝任	つとまる	又是勝任	つとまったり
ない形(否定形)		ば形(條件形)	
沒勝任	つとまらない	勝任的話	つとまれば
なかった形(過去否定形)		させる形(使役形)	
過去沒勝任	つとまらなかった	使勝任	つとまらせる
ます形(連用形)		られる形(被動形)	
勝任	つとまります	被勝任	つとまられる
て形		命令形	
勝任	つとまって	快勝任	つとまれ
た形(過去形)		可能形	
勝任了	つとまった		———
たら形(條件形)		う形(意向形)	
勝任的話	つとまったら	勝任吧	つとまろう

△私には勤まりません。／我無法勝任。

つながる【繋がる】 連接・聯繫；(人)列隊・排列；牽連・有關係；(精神)連接在一起；被繫在…上・連成一排

自五 グループ1

繋がる・繋がります

辭書形(基本形)		たり形	
連接	つながる	又是連接	つながったり
ない形(否定形)		ば形(條件形)	
沒連接	つながらない	連接的話	つながれば
なかった形(過去否定形)		させる形(使役形)	
過去沒連接	つながらなかった	使連接	つながらせる
ます形(連用形)		られる形(被動形)	
連接	つながります	被連接	つながられる
て形		命令形	
連接	つながって	快連接	つながれ
た形(過去形)		可能形	
連接了	つながった	可以連接	つながれる
たら形(條件形)		う形(意向形)	
連接的話	つながったら	連接吧	つながろう

△警察は、この人物が事件につながる情報を知っていると見ています。／
警察認為這位人士知道關於這起事件的情報。

つねる【抓る】 掐・掐住

抓る・抓ります

辞書形 (基本形) 掐住	つねる	た切形 又是掐住	つねったり
ない形 (否定形) 沒掐住	つねらない	ば形 (條件形) 掐住的話	つねれば
なかった形 (過去否定形) 過去沒掐住	つねらなかった	させる形 (使役形) 使掐住	つねらせる
ます形 (連用形) 掐住	つねります	られる形 (被動形) 被掐住	つねられる
て形 掐住	つねって	命令形 快掐住	つねれ
た形 (過去形) 掐住了	つねった	可能形 可以掐住	つねれる
たら形 (條件形) 掐住的話	つねったら	う形 (意向形) 掐住吧	つねろう

△いたずらすると、ほっぺたをつねるよ！／
膽敢惡作劇的話，就要捏你的臉頰哦！

つのる【募る】 加重・加劇；募集・招募・徵集

自他五 グループ1

募る・募ります

辞書形 (基本形) 募集	つのる	た切形 又是募集	つのったり
ない形 (否定形) 沒募集	つのらない	ば形 (條件形) 募集的話	つのれば
なかった形 (過去否定形) 過去沒募集	つのらなかった	させる形 (使役形) 使募集	つのらせる
ます形 (連用形) 募集	つのります	られる形 (被動形) 被募集	つのられる
て形 募集	つのって	命令形 快募集	つのれ
た形 (過去形) 募集了	つのった	可能形 可以募集	つのれる
たら形 (條件形) 募集的話	つのったら	う形 (意向形) 募集吧	つのろう

△新しい市場を開拓せんがため、アイディアを募った。／
為了拓展新市場而蒐集了意見。

N1

つ

つねる・つのる

つぶやく【呟く】 喃喃自語・嘟囔・嘀咕 自五 グループ1

呟く・呟きます

辭書形 (基本形)		たり形	
嘀咕	つぶやく	又是嘀咕	つぶやいたり
ない形 (否定形)		ば形 (條件形)	
沒嘀咕	つぶやかない	嘀咕的話	つぶやけば
なかった形 (過去否定形)		させる形 (使役形)	
過去沒嘀咕	つぶやかなかった	使嘀咕	つぶやかせる
ます形 (連用形)		られる形 (被動形)	
嘀咕	つぶやきます	被嘀咕	つぶやかれる
て形		命令形	
嘀咕	つぶやいて	快嘀咕	つぶやけ
た形 (過去形)		可能形	
嘀咕了	つぶやいた	可以嘀咕	つぶやける
たら形 (條件形)		う形 (意向形)	
嘀咕的話	つぶやいたら	嘀咕吧	つぶやこう

△彼は誰に話すともなしに、ぶつぶつ何やら呟いている。／
他只是兀自嘟囔著，並非想說給誰聽。

つぶる【瞑る】 （把眼睛）閉上・閉眼；裝看不見 他五 グループ1

瞑る・瞑ります

辭書形 (基本形)		たり形	
閉眼	つぶる	又是閉眼	つぶったり
ない形 (否定形)		ば形 (條件形)	
沒閉眼	つぶらない	閉眼的話	つぶれば
なかった形 (過去否定形)		させる形 (使役形)	
過去沒閉眼	つぶらなかった	使閉眼	つぶらせる
ます形 (連用形)		られる形 (被動形)	
閉眼	つぶります	被視而不見	つぶられる
て形		命令形	
閉眼	つぶって	快閉眼	つぶれ
た形 (過去形)		可能形	
閉眼了	つぶった	可以閉眼	つぶれる
たら形 (條件形)		う形 (意向形)	
閉眼的話	つぶったら	閉眼吧	つぶろう

△部長は目をつぶって何か考えているようです。／
經理閉上眼睛，似乎在思索著什麼。

つまむ【摘む】 （用手指尖）捏・撮；（用手指尖或筷子）夾・捏　　他五　グループ1

摘む・摘みます

辞書形(基本形)		たり形	
捏	つまむ	又是捏	つまんだり
ない形 (否定形)		ば形 (條件形)	
沒捏	つままない	捏的話	つまめば
なかった形 (過去否定形)		させる形 (使役形)	
過去沒捏	つままなかった	使捏	つまませる
ます形 (連用形)		られる形 (被動形)	
捏	つまみます	被捏	つままれる
て形		命令形	
捏	つまんで	快捏	つまめ
た形 (過去形)		可能形	
捏了	つまんだ	可以捏	つまめる
たら形 (條件形)		う形 (意向形)	
捏的話	つまんだら	捏吧	つまもう

△彼女は豆を一つずつ箸でつまんで食べています。／
她正以筷子一顆又一顆地夾起豆子送進嘴裡。

つむ【摘む】 夾取・摘・採・掐；（用剪刀等）剪・剪齊　　他五　グループ1

摘む・摘みます

辞書形(基本形)		たり形	
剪齊	つむ	又是剪齊	つんだり
ない形 (否定形)		ば形 (條件形)	
沒剪齊	つまない	剪齊的話	つめば
なかった形 (過去否定形)		させる形 (使役形)	
過去沒剪齊	つまなかった	使剪齊	つませる
ます形 (連用形)		られる形 (被動形)	
剪齊	つみます	被剪齊	つまれる
て形		命令形	
剪齊	つんで	快剪齊	つめ
た形 (過去形)		可能形	
剪齊了	つんだ	可以剪齊	つめる
たら形 (條件形)		う形 (意向形)	
剪齊的話	つんだら	剪齊吧	つもう

△若い茶の芽だけを選んで摘んでください。／請只擇選嫩茶的芽葉摘下。

つよがる【強がる】 逞強・裝硬漢 自五 グループ1

強がる・強がります

辞書形(基本形)		たり形	
逞強	つよがる	又是逞強	つよがったり
ない形（否定形）沒逞強	つよがらない	ば形（條件形）逞強的話	つよがれば
なかった形（過去否定形）過去沒逞強	つよがらなかった	させる形（使役形）使逞強	つよがらせる
ます形（連用形）逞強	つよがります	られる形（被動形）被迫逞強	つよがられる
て形 逞強	つよがって	命令形 快逞強	つよがれ
た形（過去形）逞強了	つよがった	可能形 可以逞強	つよがれる
たら形（條件形）逞強的話	つよがったら	う形（意向形）逞強吧	つよがろう

△弱い者に限って強がる。／唯有弱者愛逞強。

つらなる【連なる】 連・連接；列・參加 自五 グループ1

連なる・連なります

辞書形(基本形)		たり形	
連接	つらなる	又是連接	つらなったり
ない形（否定形）沒連接	つらならない	ば形（條件形）連接的話	つらなれば
なかった形（過去否定形）過去沒連接	つらならなかった	させる形（使役形）使連接	つらならせる
ます形（連用形）連接	つらなります	られる形（被動形）被連接	つらなられる
て形 連接	つらなって	命令形 快連接	つらなれ
た形（過去形）連接了	つらなった	可能形 可以連接	つらなれる
たら形（條件形）連接的話	つらなったら	う形（意向形）連接吧	つらなろう

△道沿いに赤レンガ造りの家が連なって、異国情緒にあふれています。／
道路沿線有整排紅磚瓦房屋，洋溢著一股異國風情。

つらぬく【貫く】

穿，穿透，穿過，貫穿；貫徹，達到

他五 グループ1

貫く・貫きます

辞書形(基本形) 穿過	つらぬく	たり形 又是穿過	つらぬいたり
ない形(否定形) 沒穿過	つらぬかない	ば形(條件形) 穿過的話	つらぬけば
なかった形(過去否定形) 過去沒穿過	つらぬかなかった	させる形(使役形) 使穿過	つらぬかせる
ます形(連用形) 穿過	つらぬきます	られる形(被動形) 被穿過	つらぬかれる
て形 穿過	つらぬいて	命令形 快穿過	つらぬけ
た形(過去形) 穿過了	つらぬいた	可能形 可以穿過	つらぬける
たら形(條件形) 穿過的話	つらぬいたら	う形(意向形) 穿過吧	つらぬこう

△やると決めたなら、最後まで意志を貫いてやり通せ。／
既然已經決定要做了，就要盡力貫徹始終。

つらねる【連ねる】

排列，連接；聯，列

他下一 グループ2

連ねる・連ねます

辞書形(基本形) 連接	つらねる	たり形 又是連接	つらねたり
ない形(否定形) 沒連接	つらねない	ば形(條件形) 連接的話	つらねれば
なかった形(過去否定形) 過去沒連接	つらねなかった	させる形(使役形) 使連接	つらねさせる
ます形(連用形) 連接	つらねます	られる形(被動形) 被連接	つらねられる
て形 連接	つらねて	命令形 快連接	つらねろ
た形(過去形) 連接了	つらねた	可能形 可以連接	つらねられる
たら形(條件形) 連接的話	つらねたら	う形(意向形) 連接吧	つらねよう

△コンサートの出演者にはかなりの大物アーティストが名を連ねています。／
聲名遠播的音樂家亦名列於演奏會的表演者名單中。

てがける【手掛ける】 親自動手・親手；處理・照顧 他下一 グループ2

手掛ける・手掛けます

辞書形(基本形) 照顧	てがける	たり形 又是照顧	てがけたり
ない形 (否定形) 沒照顧	てがけない	ば形 (條件形) 照顧的話	てがければ
なかった形 (過去否定形) 過去沒照顧	てがけなかった	させる形 (使役形) 予以照顧	てがけさせる
ます形 (連用形) 照顧	てがけます	られる形 (被動形) 被照顧	てがけられる
て形 照顧	てがけて	命令形 快照顧	てがけろ
た形 (過去形) 照顧了	てがけた	可能形 可以照顧	てがけられる
たら形 (條件形) 照顧的話	てがけたら	う形 (意向形) 照顧吧	てがけよう

△彼が手がけるレストランは、みな大盛況です。／
只要是由他親自經手的餐廳，每一家全都高朋滿座。

でくわす【出くわす】 碰上・碰見 自五 グループ1

出くわす・出くわします

辞書形(基本形) 碰見	でくわす	たり形 又是碰見	でくわしたり
ない形 (否定形) 沒碰見	でくわさない	ば形 (條件形) 碰見的話	でくわせば
なかった形 (過去否定形) 過去沒碰見	でくわさなかった	させる形 (使役形) 使碰見	でくわさせる
ます形 (連用形) 碰見	でくわします	られる形 (被動形) 被碰見	でくわされる
て形 碰見	でくわして	命令形 快碰見	でくわせ
た形 (過去形) 碰見了	でくわした	可能形	———
たら形 (條件形) 碰見的話	でくわしたら	う形 (意向形) 碰見吧	でくわそう

△山で熊に出くわしたら死んだ振りをするといいと言うのは本当ですか。／
聽人家說，在山裡遇到熊時，只要裝死就能逃過一劫，這是真的嗎？

でっぱる【出っ張る】 (向外面)突出

自五　グループ1

でっぱ
出っ張る・出っ張ります

辞書形(基本形) 突出	でっぱる	たり形 又是突出	でっぱったり
ない形(否定形) 沒突出	でっぱらない	ば形(條件形) 突出的話	でっぱれば
なかった形(過去否定形) 過去沒突出	でっぱらなかった	させる形(使役形) 使突出	でっぱらせる
ます形(連用形) 突出	でっぱります	られる形(被動形) 被弄突出	でっぱられる
て形 突出	でっぱって	命令形 快突出	でっぱれ
た形(過去形) 突出了	でっぱった	可能形 可以突出	でっぱれる
たら形(條件形) 突出的話	でっぱったら	う形(意向形) 突出吧	でっぱろう

 △出っ張ったおなかを引っ込ませたい。／很想把凸出的小腹縮進去。

でむく【出向く】 前往・前去・奔赴

自五　グループ1

でむ
出向く・出向きます

辞書形(基本形) 奔赴	でむく	たり形 又是奔赴	でむいたり
ない形(否定形) 沒奔赴	でむかない	ば形(條件形) 奔赴的話	でむけば
なかった形(過去否定形) 過去沒奔赴	でむかなかった	させる形(使役形) 使奔赴	でむかせる
ます形(連用形) 奔赴	でむきます	られる形(被動形) 被迫奔赴	でむかれる
て形 奔赴	でむいて	命令形 快奔赴	でむけ
た形(過去形) 奔赴了	でむいた	可能形 可以奔赴	でむける
たら形(條件形) 奔赴的話	でむいたら	う形(意向形) 奔赴吧	でむこう

 △お礼やお願いをするときは、こちらから出向くものだ。／
向對方致謝或請求他人時，要由我們這邊前去拜訪。

てりかえす【照り返す】 反射

他五　グループ1

照り返す・照り返します

辞書形（基本形）		たり形	
反射	てりかえす	又是反射	てりかえしたり
ない形（否定形） 沒反射	てりかえさない	ば形（條件形） 反射的話	てりかえせば
なかった形（過去否定形） 過去沒反射	てりかえさ なかった	させる形（使役形） 使反射	てりかえさせる
ます形（連用形） 反射	てりかえします	られる形（被動形） 被反射	てりかえされる
て形 反射	てりかえして	命令形 快反射	てりかえせ
た形（過去形） 反射了	てりかえした	可能形	———
たら形（條件形） 反射的話	てりかえしたら	う形（意向形） 反射吧	てりかえそう

△地面で照り返した紫外線は、日傘では防げません。／
光是撐陽傘仍無法阻擋由地面反射的紫外線曝曬。

てんじる【転じる】

自他上一　轉變，轉換，改變；遷居，搬家
自他サ　轉變

グループ2

転じる・転じます

辞書形（基本形） 改變	てんじる	たり形 又是改變	てんじたり
ない形（否定形） 沒改變	てんじない	ば形（條件形） 改變的話	てんじれば
なかった形（過去否定形） 過去沒改變	てんじなかった	させる形（使役形） 使改變	てんじさせる
ます形（連用形） 改變	てんじます	られる形（被動形） 被改變	てんじられる
て形 改變	てんじて	命令形 快改變	てんじろ
た形（過去形） 改變了	てんじた	可能形 可以改變	てんじられる
たら形（條件形） 改變的話	てんじたら	う形（意向形） 改變吧	てんじよう

△イタリアでの発売を皮切りに、業績が好調に転じた。／
在義大利開賣後，業績就有起色了。

てんずる【転ずる】 改變（方向、狀態）；遷居；調職 自他下一 グループ1

転ずる・転ずります

辭書形(基本形)		たり形	
改變	てんずる	又是改變	てんずったり
ない形 (否定形) 沒改變	てんずらない	ば形 (條件形) 改變的話	てんずれば
なかった形 (過去否定形) 過去沒改變	てんずらなかった	させる形 (使役形) 使改變	てんずらせる
ます形 (連用形) 改變	てんずります	られる形 (被動形) 被改變	てんずられる
て形 改變	てんずって	命令形 快改變	てんずれ
た形 (過去形) 改變了	てんずった	可能形 可以改變	てんずれる
たら形 (條件形) 改變的話	てんずったら	う形 (意向形) 改變吧	てんずろう

 △ガソリン価格が値下げに転ずる可能性がある。／
汽油的售價有降價變動的可能性。

といあわせる【問い合わせる】 打聽・詢問 他下一 グループ2

問い合わせる・問い合わせます

辭書形(基本形)		たり形	
打聽	といあわせる	又是打聽	といあわせたり
ない形 (否定形) 沒打聽	といあわせない	ば形 (條件形) 打聽的話	といあわせれば
なかった形 (過去否定形) 過去沒打聽	といあわせなかった	させる形 (使役形) 使打聽	といあわせさせる
ます形 (連用形) 打聽	といあわせます	られる形 (被動形) 被詢問	といあわせられる
て形 打聽	といあわせて	命令形 快打聽	といあわせろ
た形 (過去形) 打聽了	といあわせた	可能形 可以打聽	といあわせられる
たら形 (條件形) 打聽的話	といあわせたら	う形 (意向形) 打聽吧	といあわせよう

△資料をなくしたので、問い合わせようにも電話番号が分からない。／
由於資料遺失了，就算想詢問也不知道電話號碼。

631

とう【問う】 問・打聽；問候；徵詢；做為問題（多用否定形）；追究；問罪 他五 グループ1

問う・問います

辞書形 (基本形) 打聽	とう	たり形 又是打聽	とうたり
ない形 (否定形) 沒打聽	とわない	ば形 (條件形) 打聽的話	とえば
なかった形 (過去否定形) 過去沒打聽	とわなかった	させる形 (使役形) 使打聽	とわせる
ます形 (連用形) 打聽	といます	られる形 (被動形) 被追究	とわれる
て形 打聽	とうて	命令形 快打聽	とえ
た形 (過去形) 打聽了	とうた	可能形 可以打聽	とえる
たら形 (條件形) 打聽的話	とうたら	う形 (意向形) 打聽吧	とおう

△支持率も悪化の一途をたどっているので、国民に信を問うたほうがいい。／
支持率一路下滑，此時應當徵詢國民信任支持與否。

とうとぶ【尊ぶ】 尊敬・尊重；重視・珍重 他五 グループ1

尊ぶ・尊びます

辞書形 (基本形) 尊重	とうとぶ	たり形 又是尊重	とうとんだり
ない形 (否定形) 沒尊重	とうとばない	ば形 (條件形) 尊重的話	とうとべば
なかった形 (過去否定形) 過去沒尊重	とうとばなかった	させる形 (使役形) 予以尊重	とうとばせる
ます形 (連用形) 尊重	とうとびます	られる形 (被動形) 被尊重	とうとばれる
て形 尊重	とうとんで	命令形 快尊重	とうとべ
た形 (過去形) 尊重了	とうとんだ	可能形 可以尊重	とうとべる
たら形 (條件形) 尊重的話	とうとんだら	う形 (意向形) 尊重吧	とうとぼう

△四季折々の自然の変化を尊ぶ。／珍視四季嬗遞的自然變化。

とおざかる【遠ざかる】 遠離；疏遠；不碰・節制・克制 自五 グループ1

遠ざかる・遠ざかります

辞書形(基本形) 疏遠	とおざかる	たり形 又是疏遠	とおざかったり
ない形 (否定形) 沒疏遠	とおざからない	ば形 (條件形) 疏遠的話	とおざかれば
なかった形 (過去否定形) 過去沒疏遠	とおざから なかった	させる形 (使役形) 使疏遠	とおざからせる
ます形 (連用形) 疏遠	とおざかります	られる形 (被動形) 被疏遠	とおざかられる
て形 疏遠	とおざかって	命令形 快疏遠	とおざかれ
た形 (過去形) 疏遠了	とおざかった	可能形	———
たら形 (條件形) 疏遠的話	とおざかったら	う形 (意向形) 疏遠吧	とおざかろう

△娘は父の車が遠ざかって見えなくなるまで手を振っていました。／
女兒猛揮著手，直到父親的車子漸行漸遠，消失蹤影。

とがめる【咎める】 他下一 責備・挑剔；盤問 自下一 (傷口等)發炎・紅腫 グループ2

咎める・咎めます

辞書形(基本形) 盤問	とがめる	たり形 又是盤問	とがめたり
ない形 (否定形) 沒盤問	とがめない	ば形 (條件形) 盤問的話	とがめれば
なかった形 (過去否定形) 過去沒盤問	とがめなかった	させる形 (使役形) 予以盤問	とがめさせる
ます形 (連用形) 盤問	とがめます	られる形 (被動形) 被盤問	とがめられる
て形 盤問	とがめて	命令形 快盤問	とがめろ
た形 (過去形) 盤問了	とがめた	可能形 可以盤問	とがめられる
たら形 (條件形) 盤問的話	とがめたら	う形 (意向形) 盤問吧	とがめよう

△上からとがめられて、関係ないではすまされない。／
遭到上級責備，不是一句「與我無關」就能撇清。

とがる【尖る】 尖；（神經）緊張；不高興・冒火 自五 グループ1

尖る・尖ります

辞書形(基本形)		たり形	
緊張	とがる	又是緊張	とがったり
ない形（否定形）		ば形（條件形）	
沒緊張	とがらない	緊張的話	とがれば
なかった形（過去否定形）		させる形（使役形）	
過去沒緊張	とがらなかった	使緊張	とがらせる
ます形（連用形）		られる形（被動形）	
緊張	とがります	被弄緊張	とがられる
て形		命令形	
緊張	とがって	快緊張	とがれ
た形（過去形）		可能形	
緊張了	とがった		———
たら形（條件形）		う形（意向形）	
緊張的話	とがったら	緊張吧	とがろう

△鉛筆を削って尖らせる。／把鉛筆削尖。

とぎれる【途切れる】 中斷・間斷 自下一 グループ2

途切れる・途切れます

辞書形(基本形)		たり形	
間斷	とぎれる	又是間斷	とぎれたり
ない形（否定形）		ば形（條件形）	
沒間斷	とぎれない	間斷的話	とぎれれば
なかった形（過去否定形）		させる形（使役形）	
過去沒間斷	とぎれなかった	使間斷	とぎれさせる
ます形（連用形）		られる形（被動形）	
間斷	とぎれます	被間斷	とぎれられる
て形		命令形	
間斷	とぎれて	快間斷	とぎれろ
た形（過去形）		可能形	
間斷了	とぎれた		———
たら形（條件形）		う形（意向形）	
間斷的話	とぎれたら	間斷吧	とぎれよう

△社長が急にオフィスに入ってきたので、話が途切れてしまった。／
由於社長突然踏進辦公室，話題戛然中斷了。

とく【説く】 説明；說服・勸；宣導・提倡 他五 グループ1

説く・説きます

辭書形(基本形) 說服	とく	たり形 又是說服	といたり
ない形 (否定形) 沒說服	とかない	ば形 (條件形) 說服的話	とけば
なかった形 (過去否定形) 過去沒說服	とかなかった	させる形 (使役形) 使說服	とかせる
ます形 (連用形) 說服	ときます	られる形 (被動形) 被說服	とかれる
て形 說服	といて	命令形 快說服	とけ
た形 (過去形) 說服了	といた	可能形 可以說服	とける
たら形 (條件形) 說服的話	といたら	う形 (意向形) 說服吧	とこう

 △彼は革命の意義を一生懸命我々に説いた。／
他拚命闡述革命的意義，試圖說服我們。

とぐ【研ぐ・磨ぐ】 磨；擦亮・磨光；淘（米等） 他五 グループ1

研ぐ・研ぎます

辭書形(基本形) 擦亮	とぐ	たり形 又是擦亮	といだり
ない形 (否定形) 沒擦亮	とがない	ば形 (條件形) 擦亮的話	とげば
なかった形 (過去否定形) 過去沒擦亮	とがなかった	させる形 (使役形) 使擦亮	とがせる
ます形 (連用形) 擦亮	とぎます	られる形 (被動形) 被擦亮	とがれる
て形 擦亮	といで	命令形 快擦亮	とげ
た形 (過去形) 擦亮了	といだ	可能形 可以擦亮	とげる
たら形 (條件形) 擦亮的話	といだら	う形 (意向形) 擦亮吧	とごう

 △切れ味が悪くなってきたので、包丁を研いでください。／
菜刀已經鈍了，請重新磨刀。

とげる【遂げる】 完成・實現・達到；終於

他下一　グループ2

と
遂げる・遂げます

辞書形(基本形) 完成	とげる	たり形 又是完成	とげたり
ない形 (否定形) 沒完成	とげない	ば形 (條件形) 完成的話	とげれば
なかった形 (過去否定形) 過去沒完成	とげなかった	させる形 (使役形) 予以完成	とげさせる
ます形 (連用形) 完成	とげます	られる形 (被動形) 被完成	とげられる
て形 完成	とげて	命令形 快完成	とげろ
た形 (過去形) 完成了	とげた	可能形 可以完成	とげられる
たら形 (條件形) 完成的話	とげたら	う形 (意向形) 完成吧	とげよう

△両国の関係はここ5年間で飛躍的な発展を遂げました。／
近五年來，兩國之間的關係終於有了大幅的正向發展。

とじる【綴じる】 訂起來・訂綴；（把衣的裡和面）縫在一起

他上一　グループ2

と
綴じる・綴じます

辞書形(基本形) 縫在一起	とじる	たり形 又是縫在一起	とじたり
ない形 (否定形) 沒縫在一起	とじない	ば形 (條件形) 縫在一起的話	とじれば
なかった形 (過去否定形) 過去沒縫在一起	とじなかった	させる形 (使役形) 使縫在一起	とじさせる
ます形 (連用形) 縫在一起	とじます	られる形 (被動形) 被縫在一起	とじられる
て形 縫在一起	とじて	命令形 快縫在一起	とじろ
た形 (過去形) 縫在一起了	とじた	可能形 可以縫在一起	とじられる
たら形 (條件形) 縫在一起的話	とじたら	う形 (意向形) 縫在一起吧	とじよう

△提出書類は全てファイルにとじてください。／
請將所有申請文件裝訂於檔案夾中。

とだえる【途絶える】 断絶・杜絶・中断 　　自下一 グループ2

とだ　だ
途絶える・途絶えます

辞書形(基本形) 中断	とだえる	たり形 又是中断	とだえたり
ない形(否定形) 沒中断	とだえない	ば形(條件形) 中断的話	とだえれば
なかった形(過去否定形) 過去沒中断	とだえなかった	させる形(使役形) 使中断	とだえさせる
ます形(連用形) 中断	とだえます	られる形(被動形) 被中断	とだえられる
て形 中断	とだえて	命令形 快中断	とだえろ
た形(過去形) 中断了	とだえた	可能形	———
たら形(條件形) 中断的話	とだえたら	う形(意向形) 中断吧	とだえよう

とだ　だ　　　　　　そせん　　みゃくみゃく　う　つ
△途絶えることなしに、祖先から脈々と受け継がれている。／
祖先代代相傳，至今從未中断。

とどこおる【滞る】 拖延・耽擱・遅延；拖欠　　自五 グループ1

とどこお　　とどこお
滞る・滞ります

辞書形(基本形) 拖延	とどこおる	たり形 又是拖延	とどこおったり
ない形(否定形) 沒拖延	とどこおらない	ば形(條件形) 拖延的話	とどこおれば
なかった形(過去否定形) 過去沒拖延	とどこおら なかった	させる形(使役形) 使拖延	とどこおらせる
ます形(連用形) 拖延	とどこおります	られる形(被動形) 被拖延	とどこおられる
て形 拖延	とどこおって	命令形 快拖延	とどこおれ
た形(過去形) 拖延了	とどこおった	可能形	———
たら形(條件形) 拖延的話	とどこおったら	う形(意向形) 拖延吧	とどこおろう

しゅうにゅう　　　　　　でん　き　だい　し　はら　　とどこお
△収入がないため、電気代の支払いが滞っています。／
因為沒有收入，致使遅繳電費。

ととのえる・とどめる

ととのえる【整える・調える】
整理・整頓；準備；達成
協議、談妥

他下一　グループ2

整える・整えます

辞書形(基本形)		たり形	
整頓	ととのえる	又是整頓	ととのえたり
ない形(否定形)		ば形(條件形)	
沒整頓	ととのえない	整頓的話	ととのえれば
なかった形(過去否定形)		させる形(使役形)	
過去沒整頓	ととのえなかった	使整頓	ととのえさせる
ます形(連用形)		られる形(被動形)	
整頓	ととのえます	被整頓	ととのえられる
て形		命令形	
整頓	ととのえて	快整頓	ととのえろ
た形(過去形)		可能形	
整頓了	ととのえた	可以整頓	ととのえられる
たら形(條件形)		う形(意向形)	
整頓的話	ととのえたら	整頓吧	ととのえよう

△快適に仕事ができる環境を整えましょう。／
讓我們共同創造一個舒適的工作環境吧！

とどめる【留める】
停住；阻止；留下、遺留；止於（某限度）

他下一　グループ2

留める・留めます

辞書形(基本形)		たり形	
阻止	とどめる	又是阻止	とどめたり
ない形(否定形)		ば形(條件形)	
沒阻止	とどめない	阻止的話	とどめれば
なかった形(過去否定形)		させる形(使役形)	
過去沒阻止	とどめなかった	使阻止	とどめさせる
ます形(連用形)		られる形(被動形)	
阻止	とどめます	被阻止	とどめられる
て形		命令形	
阻止	とどめて	快阻止	とどめろ
た形(過去形)		可能形	
阻止了	とどめた	可以阻止	とどめられる
たら形(條件形)		う形(意向形)	
阻止的話	とどめたら	阻止吧	とどめよう

△交際費を月々2万円以内にとどめるようにしています。／
將每個月的交際應酬費用控制在兩萬元以內的額度。

となえる【唱える】 唸‧頌;高喊;提倡;提出;聲明;喊價‧報價 他下一 グループ2

唱える・唱えます

辭書形 (基本形) 提倡	となえる	たり形 又是提倡	となえたり
ない形 (否定形) 沒提倡	となえない	ば形 (條件形) 提倡的話	となえれば
なかった形 (過去否定形) 過去沒提倡	となえなかった	させる形 (使役形) 使提倡	となえさせる
ます形 (連用形) 提倡	となえます	られる形 (被動形) 被提倡	となえられる
て形 提倡	となえて	命令形 快提倡	となえろ
た形 (過去形) 提倡了	となえた	可能形 可以提倡	となえられる
たら形 (條件形) 提倡的話	となえたら	う形 (意向形) 提倡吧	となえよう

 △彼女が呪文を唱えると、木々が動物に変身します。／
當她唸誦咒語之後，樹木全都化身為動物。

とぼける【惚ける・恍ける】 （腦筋）遲鈍‧發呆;裝糊塗‧裝傻;出洋相‧做滑稽愚蠢的言行 自下一 グループ2

惚ける・惚けます

辭書形 (基本形) 出洋相	とぼける	たり形 又是出洋相	とぼけたり
ない形 (否定形) 沒出洋相	とぼけない	ば形 (條件形) 出洋相的話	とぼければ
なかった形 (過去否定形) 過去沒出洋相	とぼけなかった	させる形 (使役形) 使出洋相	とぼけさせる
ます形 (連用形) 出洋相	とぼけます	られる形 (被動形) 被要賴	とぼけられる
て形 出洋相	とぼけて	命令形 快出洋相	とぼけろ
た形 (過去形) 出洋相了	とぼけた	可能形 可以出洋相	とぼけられる
たら形 (條件形) 出洋相的話	とぼけたら	う形 (意向形) 出洋相吧	とぼけよう

△君がやったことは分かっているんだから、とぼけたって無駄ですよ。／
我很清楚你幹了什麼好事，想裝傻也沒用！

とまどう【戸惑う】 （夜裡醒來）迷迷糊糊・不辨方向・迷失方向；找不到門；不知所措・困惑 　自五　グループ1

戸惑う・戸惑います

辞書形（基本形） 困惑	とまどう	たり形 又是困惑	とまどったり
ない形（否定形） 沒困惑	とまどわない	ば形（條件形） 困惑的話	とまどえば
なかった形（過去否定形） 過去沒困惑	とまどわなかった	させる形（使役形） 使困惑	とまどわせる
ます形（連用形） 困惑	とまどいます	られる形（被動形） 被弄困惑	とまどわれる
て形 困惑	とまどって	命令形 快困惑	とまどえ
た形（過去形） 困惑了	とまどった	可能形 可以困惑	とまどえる
たら形（條件形） 困惑的話	とまどったら	う形（意向形） 困惑吧	とまどおう

△急に質問されて戸惑う。／突然被問不知如何回答。

とむ【富む】 有錢・富裕；豐富 　自五　グループ1

富む・富みます

辞書形（基本形） 富裕	とむ	たり形 又是富裕	とんだり
ない形（否定形） 沒富裕	とまない	ば形（條件形） 富裕的話	とめば
なかった形（過去否定形） 過去沒富裕	とまなかった	させる形（使役形） 使富裕	とませる
ます形（連用形） 富裕	とみます	られる形（被動形） 被迫富於…	とまれる
て形 富裕	とんで	命令形 快富裕	とめ
た形（過去形） 富裕了	とんだ	可能形 可以富裕	とめる
たら形（條件形） 富裕的話	とんだら	う形（意向形） 富裕吧	ともう

△彼の作品はみな遊び心に富んでいます。／他所有的作品都饒富童心。

ともなう【伴う】 随同・伴随；随著；相符

自他五 グループ1

伴う・伴います

辞書形(基本形)		たり形	
伴随	ともなう	又是伴随	ともなったり
ない形 (否定形)		ば形 (條件形)	
沒伴随	ともなわない	伴随的話	ともなえば
なかった形 (過去否定形)		させる形 (使役形)	
過去沒伴随	ともなわなかった	使伴随	ともなわせる
ます形 (連用形)		られる形 (被動形)	
伴随	ともないます	被迫陪同	ともなわれる
て形		命令形	
伴随	ともなって	快伴随	ともなえ
た形 (過去形)		可能形	
伴随了	ともなった	可以伴随	ともなえる
たら形 (條件形)		う形 (意向形)	
伴随的話	ともなったら	伴随吧	ともなおう

△役職が高くなるに伴って、責任も大きくなります。／
隨著官職愈高，責任亦更為繁重。

ともる【灯る】 （燈火）亮・點著

自五 グループ1

灯る・灯ります

辞書形(基本形)		たり形	
點著	ともる	又是點著	ともったり
ない形 (否定形)		ば形 (條件形)	
沒點著	ともらない	點著的話	ともれば
なかった形 (過去否定形)		させる形 (使役形)	
過去沒點著	ともらなかった	使點著	ともらせる
ます形 (連用形)		られる形 (被動形)	
點著	ともります	被點著	ともられる
て形		命令形	
點著	ともって	快點著	ともれ
た形 (過去形)		可能形	
點著了	ともった		———
たら形 (條件形)		う形 (意向形)	
點著的話	ともったら	點著吧	ともろう

△日が西に傾き、街には明かりがともり始めた。／
太陽西斜，街上也開始亮起了燈。

とりあつかう【取り扱う】

對待・接待；（用手）操縱・使用；處理；管理・經辦

他五　グループ1

取り扱う・取り扱います

辞書形(基本形)		たり形	
操縦	とりあつかう	又是操縦	とりあつかったり
ない形（否定形）		ば形（條件形）	
沒操縦	とりあつかわない	操縦的話	とりあつかえば
なかった形（過去否定形）		させる形（使役形）	
過去沒操縦	とりあつかわなかった	予以操縦	とりあつかわせる
ます形（連用形）		られる形（被動形）	
操縦	とりあつかいます	被操縦	とりあつかわれる
て形		命令形	
操縦	とりあつかって	快操縦	とりあつかえ
た形（過去形）		可能形	
操縦了	とりあつかった	可以操縦	とりあつかえる
たら形（條件形）		う形（意向形）	
操縦的話	とりあつかったら	操縦吧	とりあつかおう

△下記の店舗では生菓子は取り扱っていません。／
以下這些店舗沒有販賣日式生菓子甜點。

とりくむ【取り組む】

（相撲）互相扭住；和…交手；開（匯票）；簽訂（合約）；埋頭研究

自五　グループ1

取り組む・取り組みます

辞書形(基本形)		たり形	
簽訂	とりくむ	又是簽訂	とりくんだり
ない形（否定形）		ば形（條件形）	
沒簽訂	とりくまない	簽訂的話	とりくめば
なかった形（過去否定形）		させる形（使役形）	
過去沒簽訂	とりくまなかった	予以簽訂	とりくませる
ます形（連用形）		られる形（被動形）	
簽訂	とりくみます	被簽訂	とりくまれる
て形		命令形	
簽訂	とりくんで	快簽訂	とりくめ
た形（過去形）		可能形	
簽訂了	とりくんだ	可以簽訂	とりくめる
たら形（條件形）		う形（意向形）	
簽訂的話	とりくんだら	簽訂吧	とりくもう

△環境問題はひとり環境省だけでなく、各省庁が協力して取り組んでいくべきだ。／環境保護問題不該只由環保署獨力處理，應由各部會互助合作共同面對。

とりこむ【取り込む】 （因喪事或意外而）忙碌；拿進來；騙取、侵吞；拉攏、籠絡 自他五 グループ1

取り込む・取り込みます

辞書形(基本形) 籠絡	とりこむ	た形 又是籠絡	とりこんだり
ない形 (否定形) 沒籠絡	とりこまない	ば形 (條件形) 籠絡的話	とりこめば
なかった形 (過去否定形) 過去沒籠絡	とりこまなかった	させる形 (使役形) 予以籠絡	とりこませる
ます形 (連用形) 籠絡	とりこみます	られる形 (被動形) 被籠絡	とりこまれる
て形 籠絡	とりこんで	命令形 快籠絡	とりこめ
た形 (過去形) 籠絡了	とりこんだ	可能形 	——————
たら形 (條件形) 籠絡的話	とりこんだら	う形 (意向形) 籠絡吧	とりこもう

 △突然の不幸で取り込んでいる。／因突如其來的喪事而忙亂。

とりしまる【取り締まる】 管束・監督・取締 他五 グループ1

取り締まる・取り締まります

辞書形(基本形) 取締	とりしまる	た形 又是取締	とりしまったり
ない形 (否定形) 沒取締	とりしまらない	ば形 (條件形) 取締的話	とりしまれば
なかった形 (過去否定形) 過去沒取締	とりしまら なかった	させる形 (使役形) 使取締	とりしまらせる
ます形 (連用形) 取締	とりしまります	られる形 (被動形) 被取締	とりしまられる
て形 取締	とりしまって	命令形 快取締	とりしまれ
た形 (過去形) 取締了	とりしまった	可能形 可以取締	とりしまれる
たら形 (條件形) 取締的話	とりしまったら	う形 (意向形) 取締吧	とりしまろう

△夜になるとあちこちで警官が飲酒運転を取り締まっています。／入夜後，到處都有警察取締酒駕。

とりしらべる【取り調べる】 調査・偵査 他下一 グループ2

取り調べる・取り調べます

辞書形(基本形) 調査	とりしらべる	たり形 又是調査	とりしらべたり
ない形(否定形) 没調査	とりしらべない	ば形(條件形) 調査的話	とりしらべれば
なかった形(過去否定形) 過去没調査	とりしらべ なかった	させる形(使役形) 使調査	とりしらべさせる
ます形(連用形) 調査	とりしらべます	られる形(被動形) 被調査	とりしらべられる
て形 調査	とりしらべて	命令形 快調査	とりしらべろ
た形(過去形) 調査了	とりしらべた	可能形 可以調査	とりしらべられる
たら形(條件形) 調査的話	とりしらべたら	う形(意向形) 調査吧	とりしらべよう

△否応なしに、警察の取り調べを受けた。／被迫接受了警方的偵訊調査。

とりたてる【取り立てる】 催繳・索取；提拔 他下一 グループ2

取り立てる・取り立てます

辞書形(基本形) 提拔	とりたてる	たり形 又是提拔	とりたてたり
ない形(否定形) 没提拔	とりたてない	ば形(條件形) 提拔的話	とりたてれば
なかった形(過去否定形) 過去没提拔	とりたてなかった	させる形(使役形) 使提拔	とりたてさせる
ます形(連用形) 提拔	とりたてます	られる形(被動形) 被提拔	とりたてられる
て形 提拔	とりたてて	命令形 快提拔	とりたてろ
た形(過去形) 提拔了	とりたてた	可能形 可以提拔	とりたてられる
たら形(條件形) 提拔的話	とりたてたら	う形(意向形) 提拔吧	とりたてよう

△毎日のようにヤミ金融業者が取り立てにやって来ます。／
地下錢莊幾乎每天都來討債。

とりつぐ【取り次ぐ】

傳達；(在門口)通報・傳遞；經銷・代購・代辦；轉交

他五　グループ1

取り次ぐ・取り次ぎます

辭書形(基本形) 傳遞	とりつぐ	たり形 又是傳遞	とりついだり
ない形(否定形) 沒傳遞	とりつがない	ば形(條件形) 傳遞的話	とりつげば
なかった形(過去否定形) 過去沒傳遞	とりつがなかった	させる形(使役形) 使傳遞	とりつがせる
ます形(連用形) 傳遞	とりつぎます	られる形(被動形) 被傳遞	とりつがれる
て形 傳遞	とりついで	命令形 快傳遞	とりつげ
た形(過去形) 傳遞了	とりついだ	可能形 可以傳遞	とりつげる
たら形(條件形) 傳遞的話	とりついだら	う形(意向形) 傳遞吧	とりつごう

△お取り込み中のところを恐れ入りますが、伊藤さんにお取り次ぎいただけますか。／很抱歉在百忙之中打擾您，可以麻煩您幫我傳達給伊藤先生嗎？

とりつける【取り付ける】

安裝(機器等)；經常光顧；(商)擠兌；取得

他下一　グループ2

取り付ける・取り付けます

辭書形(基本形) 取得	とりつける	たり形 又是取得	とりつけたり
ない形(否定形) 沒取得	とりつけない	ば形(條件形) 取得的話	とりつければ
なかった形(過去否定形) 過去沒取得	とりつけなかった	させる形(使役形) 使取得	とりつけさせる
ます形(連用形) 取得	とりつけます	られる形(被動形) 被取得	とりつけられる
て形 取得	とりつけて	命令形 快取得	とりつけろ
た形(過去形) 取得了	とりつけた	可能形 可以取得	とりつけられる
たら形(條件形) 取得的話	とりつけたら	う形(意向形) 取得吧	とりつけよう

△クーラーなど必要な設備はすでに取り付けてあります。／空調等所有必要的設備，已經全數安裝完畢。

とりのぞく【取り除く】 除掉・清除；拆除 他五 グループ1

取り除く・取り除きます

辞書形(基本形) 清除	とりのぞく	たり形 又是清除	とりのぞいたり
ない形(否定形) 沒清除	とりのぞかない	ば形(條件形) 清除的話	とりのぞけば
なかった形(過去否定形) 過去沒清除	とりのぞか なかった	させる形(使役形) 予以清除	とりのぞかせる
ます形(連用形) 清除	とりのぞきます	られる形(被動形) 被清除	とりのぞかれる
て形 清除	とりのぞいて	命令形 快清除	とりのぞけ
た形(過去形) 清除了	とりのぞいた	可能形 可以清除	とりのぞける
たら形(條件形) 清除的話	とりのぞいたら	う形(意向形) 清除吧	とりのぞこう

△この薬を飲めば、痛みを取り除くことができますか。／
只要吃下這種藥，疼痛就會消失嗎？

とりまく【取り巻く】 圍住・圍繞；奉承・奉迎 他五 グループ1

取り巻く・取り巻きます

辞書形(基本形) 圍繞	とりまく	たり形 又是圍繞	とりまいたり
ない形(否定形) 沒圍繞	とりまかない	ば形(條件形) 圍繞的話	とりまけば
なかった形(過去否定形) 過去沒圍繞	とりまかなかった	させる形(使役形) 使圍繞	とりまかせる
ます形(連用形) 圍繞	とりまきます	られる形(被動形) 被圍繞	とりまかれる
て形 圍繞	とりまいて	命令形 快圍繞	とりまけ
た形(過去形) 圍繞了	とりまいた	可能形 可以圍繞	とりまける
たら形(條件形) 圍繞的話	とりまいたら	う形(意向形) 圍繞吧	とりまこう

△わが国を取り巻く国際環境は決して楽観できるものではありません。／
我國周遭的國際局勢決不能樂觀視之。

とりまぜる【取り混ぜる】 攪混・混在一起　他下一　グループ2

取り混ぜる・取り混ぜます

辞書形(基本形) 混在一起	とりまぜる	たり形 又是混在一起	とりまぜたり
ない形(否定形) 沒混在一起	とりまぜない	ば形(條件形) 混在一起的話	とりまぜれば
なか･った形(過去否定形) 過去沒混在一起	とりまぜなかった	させる形(使役形) 使混在一起	とりまぜさせる
ます形(連用形) 混在一起	とりまぜます	られる形(被動形) 被混在一起	とりまぜられる
て形 混在一起	とりまぜて	命令形 快混在一起	とりまぜろ
た形(過去形) 混在一起了	とりまぜた	可能形 可以混在一起	とりまぜられる
たら形(條件形) 混在一起的話	とりまぜたら	う形(意向形) 混在一起吧	とりまぜよう

 △新旧の映像を取り混ぜて、再編集します。／將新影片與舊影片重新混合剪輯。

とりもどす【取り戻す】 拿回・取回；恢復・挽回　他五　グループ1

取り戻す・取り戻します

辞書形(基本形) 取回	とりもどす	たり形 又是取回	とりもどしたり
ない形(否定形) 沒取回	とりもどさない	ば形(條件形) 取回的話	とりもどせば
なか･った形(過去否定形) 過去沒取回	とりもどさ なかった	させる形(使役形) 使取回	とりもどさせる
ます形(連用形) 取回	とりもどします	られる形(被動形) 被取回	とりもどされる
て形 取回	とりもどして	命令形 快取回	とりもどせ
た形(過去形) 取回了	とりもどした	可能形 可以取回	とりもどせる
たら形(條件形) 取回的話	とりもどしたら	う形(意向形) 取回吧	とりもどそう

 △遅れを取り戻すためとあれば、徹夜してもかまわない。／
如為趕上進度，就算熬夜也沒問題。

とりよせる【取り寄せる】 請(遠方)送來·寄來;訂貨;函購 他下一 グループ2

取り寄せる・取り寄せます

辞書形 (基本形) 送來	とりよせる	たり形 又是送來	とりよせたり
ない形 (否定形) 沒送來	とりよせない	ば形 (條件形) 送來的話	とりよせれば
なかった形 (過去否定形) 過去沒送來	とりよせなかった	させる形 (使役形) 使送來	とりよせさせる
ます形 (連用形) 送來	とりよせます	られる形 (被動形) 被送來	とりよせられる
て形 送來	とりよせて	命令形 快送來	とりよせろ
た形 (過去形) 送來了	とりよせた	可能形 可以送來	とりよせられる
たら形 (條件形) 送來的話	とりよせたら	う形 (意向形) 送來吧	とりよせよう

 △インターネットで各地の名産を取り寄せることができます。／
可以透過網路訂購各地的名產。

とろける【蕩ける】 溶化·溶解;心盪神馳 自下一 グループ2

蕩ける・蕩けます

辞書形 (基本形) 溶化	とろける	たり形 又是溶化	とろけたり
ない形 (否定形) 沒溶化	とろけない	ば形 (條件形) 溶化的話	とろければ
なかった形 (過去否定形) 過去沒溶化	とろけなかった	させる形 (使役形) 使溶化	とろけさせる
ます形 (連用形) 溶化	とろけます	られる形 (被動形) 被溶化	とろけられる
て形 溶化	とろけて	命令形 快溶化	とろけろ
た形 (過去形) 溶化了	とろけた	可能形	——
たら形 (條件形) 溶化的話	とろけたら	う形 (意向形) 溶化吧	とろけよう

 △このスイーツは、口に入れた瞬間とろけてしまいます。／
這個甜點送進口中的瞬間，立刻在嘴裡化開了。

なぐる【殴る】 毆打・揍

殴る・殴ります

辞書形 (基本形)		たり形	
毆打	なぐる	又是毆打	なぐったり
ない形 (否定形)		ば形 (條件形)	
沒毆打	なぐらない	毆打的話	なぐれば
なかった形 (過去否定形)		させる形 (使役形)	
過去沒毆打	なぐらなかった	任憑毆打	なぐらせる
ます形 (連用形)		られる形 (被動形)	
毆打	なぐります	被毆打	なぐられる
て形		命令形	
毆打	なぐって	快毆打	なぐれ
た形 (過去形)		可能形	
毆打了	なぐった	可以毆打	なぐれる
たら形 (條件形)		う形 (意向形)	
毆打的話	なぐったら	毆打吧	なぐろう

△態度が悪いからといって、殴る蹴るの暴行を加えてよいわけがない。／
就算態度不好，也不能對他又打又踢的施以暴力。

なげく【嘆く】 嘆氣；悲嘆；嘆惋・慨嘆

嘆く・嘆きます

辞書形 (基本形)		たり形	
慨嘆	なげく	又是慨嘆	なげいたり
ない形 (否定形)		ば形 (條件形)	
沒慨嘆	なげかない	慨嘆的話	なげけば
なかった形 (過去否定形)		させる形 (使役形)	
過去沒慨嘆	なげかなかった	使傷悲	なげかせる
ます形 (連用形)		られる形 (被動形)	
慨嘆	なげきます	被感慨	なげかれる
て形		命令形	
慨嘆	なげいて	快慨嘆	なげけ
た形 (過去形)		可能形	
慨嘆了	なげいた		——
たら形 (條件形)		う形 (意向形)	
慨嘆的話	なげいたら	慨嘆吧	なげこう

△ないものを嘆いてもどうにもならないでしょう。／
就算嘆惋那不存在的東西也是無濟於事。

なげだす【投げ出す】 抛出・扔下・抛棄・放棄・拿出・豁出・獻出 他五 グループ1

投げ出す・投げ出します

辞書形(基本形)		たり形	
抛出	なげだす	又是抛出	なげだしたり
ない形(否定形)		ば形(條件形)	
沒抛出	なげださない	抛出的話	なげだせば
なかった形(過去否定形)		させる形(使役形)	
過去沒抛出	なげださなかった	使抛出	なげださせる
ます形(連用形)		られる形(被動形)	
抛出	なげだします	被抛出	なげだされる
て形		命令形	
抛出	なげだして	快抛出	なげだせ
た形(過去形)		可能形	
抛出了	なげだした	可以抛出	なげだせる
たら形(條件形)		う形(意向形)	
抛出的話	なげだしたら	抛出吧	なげだそう

 △彼は、つまずいても投げ出すことなく、最後までやり遂げた。／
他就算受挫也沒有自暴自棄，堅持到最後一刻完成了。

なごむ【和む】 平靜下來・溫和起來・緩和 自五 グループ1

和む・和みます

辞書形(基本形)		たり形	
緩和	なごむ	又是緩和	なごんだり
ない形(否定形)		ば形(條件形)	
沒緩和	なごまない	緩和的話	なごめば
なかった形(過去否定形)		させる形(使役形)	
過去沒緩和	なごまなかった	使緩和	なごませる
ます形(連用形)		られる形(被動形)	
緩和	なごみます	被緩和	なごまれる
て形		命令形	
緩和	なごんで	快緩和	なごめ
た形(過去形)		可能形	
緩和了	なごんだ		——
たら形(條件形)		う形(意向形)	
緩和的話	なごんだら	緩和吧	なごもう

 △孫と話していると、心が和む。／和孫兒聊天以後，心情就平靜下來了。

なじる【詰る】 責備・責問

詰_{なじ}る・詰_{なじ}ります

辞書形(基本形) 責備	なじる	たり形 又是責備	なじったり
ない形 (否定形) 沒責備	なじらない	ば形 (條件形) 責備的話	なじれば
なかった形 (過去否定形) 過去沒責備	なじらなかった	させる形 (使役形) 予以責備	なじらせる
ます形 (連用形) 責備	なじります	られる形 (被動形) 被責備	なじられる
て形 責備	なじって	命令形 快責備	なじれ
た形 (過去形) 責備了	なじった	可能形 可以責備	なじれる
たら形 (條件形) 責備的話	なじったら	う形 (意向形) 責備吧	なじろう

△人_{ひと}の失敗_{しっぱい}をいつまでもなじるものではない。／不要一直責備別人的失敗。

なつく【懐く】 親近；喜歡；馴服

懐_{なつ}く・懐_{なつ}きます

辞書形(基本形) 馴服	なつく	たり形 又是馴服	なついたり
ない形 (否定形) 沒馴服	なつかない	ば形 (條件形) 馴服的話	なつけば
なかった形 (過去否定形) 過去沒馴服	なつかなかった	させる形 (使役形) 使馴服	なつかせる
ます形 (連用形) 馴服	なつきます	られる形 (被動形) 被馴服	なつかれる
て形 馴服	なついて	命令形 快馴服	なつけ
た形 (過去形) 馴服了	なついた	可能形 可以馴服	なつける
たら形 (條件形) 馴服的話	なついたら	う形 (意向形) 馴服吧	なつこう

△彼女_{かのじょ}の犬_{いぬ}は誰彼_{だれかれ}かまわずすぐなつきます。／
她所養的狗與任何人都能很快變得友好親密。

なづける【名付ける】 命名；叫做・稱呼為 他下一 グループ2

名付ける・名付けます

辞書形（基本形）命名	なづける	たり形 又是命名	なづけたり
ない形（否定形）沒命名	なづけない	ば形（條件形）命名的話	なづければ
なかった形（過去否定形）過去沒命名	なづけなかった	させる形（使役形）予以命名	なづけさせる
ます形（連用形）命名	なづけます	られる形（被動形）被命名	なづけられる
て形 命名	なづけて	命令形 快命名	なづけろ
た形（過去形）命名了	なづけた	可能形 可以命名	なづけられる
たら形（條件形）命名的話	なづけたら	う形（意向形）命名吧	なづけよう

△娘は三月に生まれたので、「弥生」と名付けました。／
女兒因為是在三月出生的，所以取了名字叫「彌生」。

なめる【嘗める】 舔；嚐；經歷；小看・輕視；（比喻火）燃燒・蔓延 他下一 グループ2

嘗める・嘗めます

辞書形（基本形）舔	なめる	たり形 又是舔	なめたり
ない形（否定形）沒舔	なめない	ば形（條件形）舔的話	なめれば
なかった形（過去否定形）過去沒舔	なめなかった	させる形（使役形）使舔	なめさせる
ます形（連用形）舔	なめます	られる形（被動形）被舔	なめられる
て形 舔	なめて	命令形 快舔	なめろ
た形（過去形）舔了	なめた	可能形 可以舔	なめられる
たら形（條件形）舔的話	なめたら	う形（意向形）舔吧	なめよう

△お皿のソースをなめるのは、行儀が悪いからやめなさい。／
用舌頭舔舐盤子上的醬汁是非常不禮貌的舉動，不要再這樣做！

なやます【悩ます】 使煩惱・煩擾・折磨；惱人・迷人　他五　グループ1

<ruby>悩<rt>なや</rt></ruby>ます・<ruby>悩<rt>なや</rt></ruby>ます

辞書形(基本形)		たり形	
折磨	なやます	又是折磨	なやましたり
ない形 (否定形)		ば形 (條件形)	
沒折磨	なやまさない	折磨的話	なやませば
なかった形 (過去否定形)		させる形 (使役形)	
過去沒折磨	なやまさなかった	使折磨	なやまさせる
ます形 (連用形)		られる形 (被動形)	
折磨	なやwithin	被折磨	なやまされる
て形		命令形	
折磨	なやまして	快折磨	なやませ
た形 (過去形)		可能形	
折磨了	なやました	可以折磨	なやませる
たら形 (條件形)		う形 (意向形)	
折磨的話	なやましたら	折磨吧	なやまそう

△<ruby>暴走族<rt>ぼうそうぞく</rt></ruby>の<ruby>騒音<rt>そうおん</rt></ruby>に<ruby>毎晩悩<rt>まいばんなや</rt></ruby>まされています。／
每一個夜裡都深受飆車族所發出的噪音所苦。

ならす【慣らす】 使習慣・使適應・使馴服　他五　グループ1

<ruby>慣<rt>な</rt></ruby>らす・<ruby>慣<rt>な</rt></ruby>らします

辞書形(基本形)		たり形	
使馴服	ならす	又是使馴服	ならしたり
ない形 (否定形)		ば形 (條件形)	
沒使馴服	ならさない	使馴服的話	ならせば
なかった形 (過去否定形)		させる形 (使役形)	
過去沒使馴服	ならさなかった	使適應	ならさせる
ます形 (連用形)		られる形 (被動形)	
使馴服	ならします	被馴服	ならされる
て形		命令形	
使馴服	ならして	快使馴服	ならせ
た形 (過去形)		可能形	
使馴服了	ならした	可以使馴服	ならせる
たら形 (條件形)		う形 (意向形)	
使馴服的話	ならしたら	使馴服吧	ならそう

△<ruby>外国語<rt>がいこくご</rt></ruby>を<ruby>学<rt>まな</rt></ruby>ぶ<ruby>場合<rt>ばあい</rt></ruby>、まず<ruby>耳<rt>みみ</rt></ruby>を<ruby>慣<rt>な</rt></ruby>らすことが<ruby>大切<rt>たいせつ</rt></ruby>です。／
學習外語時，最重要的就是先由習慣聽這種語言開始。

ならす【馴らす】 馴養・調馴 他五 グループ1

馴<ruby>な<rt>な</rt></ruby>らす・馴<ruby>な<rt>な</rt></ruby>らします

辞書形(基本形)		たり形	
調馴	ならす	又是調馴	ならしたり
ない形（否定形）		ば形（條件形）	
沒調馴	ならさない	調馴的話	ならせば
なかった形（過去否定形）		させる形（使役形）	
過去沒調馴	ならさなかった	使順應	ならさせる
ます形（連用形）		られる形（被動形）	
調馴	ならします	被調馴	ならされる
て形		命令形	
調馴	ならして	快調馴	ならせ
た形（過去形）		可能形	
調馴了	ならした	可以調馴	ならせる
たら形（條件形）		う形（意向形）	
調馴的話	ならしたら	調馴吧	ならそう

△どうしたらウサギを飼<ruby>か<rt>か</rt></ruby>い馴<ruby>な<rt>な</rt></ruby>らすことができますか。／
該如何做才能馴養兔子呢？

なりたつ【成り立つ】 成立；談妥・達成協議；划得來・有利 可圖；能維持；（古）成長 自五 グループ1

成り<ruby>た<rt>た</rt></ruby>立つ・成り<ruby>た<rt>た</rt></ruby>立ちます

辞書形(基本形)		たり形	
達成協議	なりたつ	又是達成協議	なりたったり
ない形（否定形）		ば形（條件形）	
沒達成協議	なりたたない	達成協議的話	なりたてば
なかった形（過去否定形）		させる形（使役形）	
過去沒達成協議	なりたたなかった	使達成協議	なりたたせる
ます形（連用形）		られる形（被動形）	
達成協議	なりたちます	被達成協議	なりたたれる
て形		命令形	
達成協議	なりたって	快達成協議	なりたて
た形（過去形）		可能形	
達成協議了	なりたった		———
たら形（條件形）		う形（意向形）	
達成協議的話	なりたったら	達成協議吧	なりたとう

△基<ruby>き<rt>き</rt></ruby>金<ruby>きん<rt>きん</rt></ruby>会<ruby>かい<rt>かい</rt></ruby>の運<ruby>うん<rt>うん</rt></ruby>営<ruby>えい<rt>えい</rt></ruby>はボランティアのサポートによって成<ruby>な<rt>な</rt></ruby>り立<ruby>た<rt>た</rt></ruby>っています。／
在義工的協助下，才能維持基金會的運作。

にかよう【似通う】 類似・相似；切近

自五 グループ1

似通う・似通います

辞書形(基本形)		たり形	
切近	にかよう	又是切近	にかよったり
ない形 (否定形) 沒切近	にかよわない	ば形 (條件形) 切近的話	にかよえば
なかった形 (過去否定形) 過去沒切近	にかよわなかった	させる形 (使役形) 使切近	にかよわせる
ます形 (連用形) 切近	にかよいます	られる形 (被動形) 被切近	にかよわれる
て形 切近	にかよって	命令形 快切近	にかよえ
た形 (過去形) 切近了	にかよった	可能形	——
たら形 (條件形) 切近的話	にかよったら	う形 (意向形) 切近吧	にかよおう

△さすが双子とあって、考え方も似通っています。／
不愧是雙胞胎的關係，就連思考模式也非常相似。

にぎわう【賑わう】 熱鬧・擁擠；繁榮・興盛

自五 グループ1

賑わう・賑わいます

辞書形(基本形)		たり形	
擁擠	にぎわう	又是擁擠	にぎわったり
ない形 (否定形) 沒擁擠	にぎわわない	ば形 (條件形) 擁擠的話	にぎわえば
なかった形 (過去否定形) 過去沒擁擠	にぎわわなかった	させる形 (使役形) 使擁擠	にぎわわせる
ます形 (連用形) 擁擠	にぎわいます	られる形 (被動形) 得到興盛	にぎわわれる
て形 擁擠	にぎわって	命令形 快繁榮	にぎわえ
た形 (過去形) 擁擠了	にぎわった	可能形	——
たら形 (條件形) 擁擠的話	にぎわったら	う形 (意向形) 擁擠吧	にぎわおう

△不況の影響をものともせず、お店はにぎわっている。／
店家未受不景氣的影響，高朋滿座。

にげだす【逃げ出す】 逃出・溜掉；拔腿就跑・開始逃跑 自五 グループ1

逃げ出す・逃げ出します

辞書形(基本形) 溜掉	にげだす	たり形 又是溜掉	にげだしたり
ない形 (否定形) 沒溜掉	にげださない	ば形 (條件形) 溜掉的話	にげだせば
なかった形 (過去否定形) 過去沒溜掉	にげださなかった	させる形 (使役形) 使溜掉	にげださせる
ます形 (連用形) 溜掉	にげだします	られる形 (被動形) 被溜掉	にげだされる
て形 溜掉	にげだして	命令形 快溜掉	にげだせ
た形 (過去形) 溜掉了	にげだした	可能形 可以溜掉	にげだせる
たら形 (條件形) 溜掉的話	にげだしたら	う形 (意向形) 溜掉吧	にげだそう

△逃げ出したかと思いきや、すぐ捕まった。／
本以為脫逃成功，沒想到立刻遭到逮捕。

にじむ【滲む】 (顏色等)滲出・滲入；(汗水、眼淚、血等)慢慢滲出來 自五 グループ1

滲む・滲みます

辞書形(基本形) 滲出	にじむ	たり形 又是滲出	にじんだり
ない形 (否定形) 沒滲出	にじまない	ば形 (條件形) 滲出的話	にじめば
なかった形 (過去否定形) 過去沒滲出	にじまなかった	させる形 (使役形) 使滲出	にじませる
ます形 (連用形) 滲出	にじみます	られる形 (被動形) 被滲出	にじまれる
て形 滲出	にじんで	命令形 快滲出	にじめ
た形 (過去形) 滲出了	にじんだ	可能形	———
たら形 (條件形) 滲出的話	にじんだら	う形 (意向形) 滲出吧	にじもう

△水性のペンは雨にぬれると滲みますよ。／
以水性筆所寫的字只要遭到雨淋就會暈染開來喔。

になう【担う】 擔・挑；承擔・肩負・擔負

他五 グループ1

担う・担います

辭書形（基本形）擔負	になう	た り形 又是擔負	になったり
ない形（否定形）沒擔負	になわない	ば形（條件形）擔負的話	になえば
なかった形（過去否定形）過去沒擔負	になわなかった	せる形（使役形）使擔負	になわせる
ます形（連用形）擔負	にないます	れる形（被動形）被迫擔負	になわれる
て形擔負	になって	命令形快擔負	になえ
た形（過去形）擔負了	になった	可能形可以擔負	になえる
たら形（條件形）擔負的話	になったら	う形（意向形）擔負吧	になおう

 △同財団法人では国際交流を担う人材を育成しています。／
該財團法人負責培育肩負國際交流重任之人才。

にぶる【鈍る】 不利・變鈍；變遲鈍・減弱

自五 グループ1

鈍る・鈍ります

辭書形（基本形）減弱	にぶる	たり形 又是減弱	にぶったり
ない形（否定形）沒減弱	にぶらない	ば形（條件形）減弱的話	にぶれば
なかった形（過去否定形）過去沒減弱	にぶらなかった	せる形（使役形）使減弱	にぶらせる
ます形（連用形）減弱	にぶります	れる形（被動形）被減弱	にぶられる
て形減弱	にぶって	命令形快減弱	にぶれ
た形（過去形）減弱了	にぶった	可能形	———
たら形（條件形）減弱的話	にぶったら	う形（意向形）減弱吧	にぶろう

△しばらく運動していなかったので、体が鈍ってしまいました。／
好一陣子沒有運動，身體反應變得比較遲鈍。

ぬかす【抜かす】 遺漏・跳過・省略　他五　グループ1

抜かす・抜かします

辞書形 (基本形) 省略	ぬかす	たり形 又是省略	ぬかしたり
ない形 (否定形) 沒省略	ぬかさない	ば形 (條件形) 省略的話	ぬかせば
なかった形 (過去否定形) 過去沒省略	ぬかさなかった	させる形 (使役形) 使省略	ぬかさせる
ます形 (連用形) 省略	ぬかします	られる形 (被動形) 被省略	ぬかされる
て形 省略	ぬかして	命令形 快省略	ぬかせ
た形 (過去形) 省略了	ぬかした	可能形 可以省略	ぬかせる
たら形 (條件形) 省略的話	ぬかしたら	う形 (意向形) 省略吧	ぬかそう

△次のページは抜かします。／下一頁跳過。

ぬけだす【抜け出す】 溜走・逃脱・擺脱；(髮・牙) 開始脱落・掉落　自五　グループ1

抜け出す・抜け出します

辞書形 (基本形) 逃脱	ぬけだす	たり形 又是逃脱	ぬけだしたり
ない形 (否定形) 沒逃脱	ぬけださない	ば形 (條件形) 逃脱的話	ぬけだせば
なかった形 (過去否定形) 過去沒逃脱	ぬけださなかった	させる形 (使役形) 使逃脱	ぬけださせる
ます形 (連用形) 逃脱	ぬけだします	られる形 (被動形) 被逃脱	ぬけだされる
て形 逃脱	ぬけだして	命令形 快逃脱	ぬけだせ
た形 (過去形) 逃脱了	ぬけだした	可能形 可以逃脱	ぬけだせる
たら形 (條件形) 逃脱的話	ぬけだしたら	う形 (意向形) 逃脱吧	ぬけだそう

△授業を勝手に抜け出してはいけません。／不可以在上課時擅自溜出教室。

ねかす【寝かす】 使睡覺,使躺下;存起來;放倒

寝かす・寝かします

辞書形(基本形)		たり形	
放倒	ねかす	又是放倒	ねかしたり
ない形 (否定形)		ば形 (條件形)	
沒放倒	ねかさない	放倒的話	ねかせば
なかった形 (過去否定形)		させる形 (使役形)	
過去沒放倒	ねかさなかった	使放倒	ねかさせる
ます形 (連用形)		られる形 (被動形)	
放倒	ねかします	被放倒	ねかされる
て形		命令形	
放倒	ねかして	快放倒	ねかせ
た形 (過去形)		可能形	
放倒了	ねかした	可以放倒	ねかせる
たら形 (條件形)		う形 (意向形)	
放倒的話	ねかしたら	放倒吧	ねかそう

△赤ん坊を寝かす。／哄嬰兒睡覺。

ねかせる【寝かせる】 使睡覺,使躺下;使平倒;存放著,賣不出去;使發酵

寝かせる・寝かせます

辞書形(基本形)		たり形	
存放著	ねかせる	又是存放著	ねかせたり
ない形 (否定形)		ば形 (條件形)	
沒存放著	ねかせない	存放著的話	ねかせれば
なかった形 (過去否定形)		させる形 (使役形)	
過去沒存放著	ねかせなかった	使存放著	ねかせさせる
ます形 (連用形)		られる形 (被動形)	
存放著	ねかせます	被存放著	ねかせられる
て形		命令形	
存放著	ねかせて	快存放著	ねかせろ
た形 (過去形)		可能形	
存放著了	ねかせた	可以存放著	ねかせられる
たら形 (條件形)		う形 (意向形)	
存放著的話	ねかせたら	存放著吧	ねかせよう

△暑すぎて、子どもを寝かせようにも寝かせられない。／
天氣太熱了,想讓孩子睡著也都睡不成。

ねじれる【捩じれる】 彎曲・歪扭・扭曲；(個性)乖僻・彆扭 自下一 グループ2

捩じれる・捩じれます

辞書形(基本形)		たり形	
扭曲	ねじれる	又是扭曲	ねじれたり
ない形 (否定形)		ば形 (條件形)	
沒扭曲	ねじれない	扭曲的話	ねじれれば
なかった形 (過去否定形)		させる形 (使役形)	
過去沒扭曲	ねじれなかった	使扭曲	ねじれさせる
ます形 (連用形)		られる形 (被動形)	
扭曲	ねじれます	被扭曲	ねじれられる
て形		命令形	
扭曲	ねじれて	快扭曲	ねじれろ
た形 (過去形)		可能形	
扭曲了	ねじれた	可以扭曲	ねじれられる
たら形 (條件形)		う形 (意向形)	
扭曲的話	ねじれたら	扭曲吧	ねじれよう

 △電話のコードがいつもねじれるので困っています。／
電話聽筒的電線總是纏扭成一團，令人困擾極了。

ねたむ【妬む】 忌妒・吃醋；妒恨 他五 グループ1

妬む・妬みます

辞書形(基本形)		たり形	
妒恨	ねたむ	又是妒恨	ねたんだり
ない形 (否定形)		ば形 (條件形)	
沒妒恨	ねたまない	妒恨的話	ねためば
なかった形 (過去否定形)		させる形 (使役形)	
過去沒妒恨	ねたまなかった	使妒恨	ねたませる
ます形 (連用形)		られる形 (被動形)	
妒恨	ねたみます	被妒恨	ねたまれる
て形		命令形	
妒恨	ねたんで	快妒恨	ねため
た形 (過去形)		可能形	
妒恨了	ねたんだ	可以妒恨	ねためる
たら形 (條件形)		う形 (意向形)	
妒恨的話	ねたんだら	妒恨吧	ねたもう

 △彼みたいな人は妬むにはあたらない。／用不著忌妒他那種人。

ねばる【粘る】 黏；有耐性・堅持

<ruby>粘<rt>ねば</rt></ruby>る・<ruby>粘<rt>ねば</rt></ruby>ります

辞書形(基本形) 黏	ねばる	たり形 又是黏	ねばったり
ない形 (否定形) 沒黏	ねばらない	ば形 (條件形) 黏的話	ねばれば
なかった形 (過去否定形) 過去沒黏	ねばらなかった	させる形 (使役形) 使黏	ねばらせる
ます形 (連用形) 黏	ねばります	られる形 (被動形) 被黏	ねばられる
て形 黏	ねばって	命令形 快黏	ねばれ
た形 (過去形) 黏了	ねばった	可能形 可以黏	ねばれる
たら形 (條件形) 黏的話	ねばったら	う形 (意向形) 黏吧	ねばろう

△コンディションが<ruby>悪<rt>わる</rt></ruby>いにもかかわらず、<ruby>最後<rt>さいご</rt></ruby>までよく<ruby>粘<rt>ねば</rt></ruby>った。／
雖然狀態不佳，還是盡力堅持到最後。

ねる【練る】 （用灰汁・肥皂等）熬成熟絲・熟絹；推敲・錘鍊（詩文等）；修養・鍛鍊

<ruby>練<rt>ね</rt></ruby>る・<ruby>練<rt>ね</rt></ruby>ります

辞書形(基本形) 鍛鍊	ねる	たり形 又是鍛鍊	ねったり
ない形 (否定形) 沒鍛鍊	ねらない	ば形 (條件形) 鍛鍊的話	ねれば
なかった形 (過去否定形) 過去沒鍛鍊	ねらなかった	させる形 (使役形) 予以鍛鍊	ねらせる
ます形 (連用形) 鍛鍊	ねります	られる形 (被動形) 被鍛鍊	ねられる
て形 鍛鍊	ねって	命令形 快鍛鍊	ねれ
た形 (過去形) 鍛鍊了	ねった	可能形 可以鍛鍊	ねれる
たら形 (條件形) 鍛鍊的話	ねったら	う形 (意向形) 鍛鍊吧	ねろう

△じっくりと<ruby>作戦<rt>さくせん</rt></ruby>を<ruby>練<rt>ね</rt></ruby>り<ruby>直<rt>なお</rt></ruby>しましょう。／
讓我們審慎地重新推演作戰方式吧！

のがす【逃す】 錯過・放過；（接尾詞用法）放過・漏掉 他五 グループ1

逃す・逃します

辭書形（基本形）放過	のがす	たり形 又是放過	のがしたり
ない形（否定形）沒放過	のがさない	ば形（條件形）放過的話	のがせば
なかった形（過去否定形）過去沒放過	のがさなかった	させる形（使役形）使放過	のがさせる
ます形（連用形）放過	のがします	られる形（被動形）被放過	のがされる
て形 放過	のがして	命令形 快放過	のがせ
た形（過去形）放過了	のがした	可能形 可以放過	のがせる
たら形（條件形）放過的話	のがしたら	う形（意向形）放過吧	のがそう

△彼はわずか10秒差で優勝を逃しました。／
他以僅僅十秒之差，不幸痛失了冠軍頭銜。

のがれる【逃れる】 逃跑・逃脫；逃避・避免・躲避 自下一 グループ2

逃れる・逃れます

辭書形（基本形）逃避	のがれる	たり形 又是逃避	のがれたり
ない形（否定形）沒逃避	のがれない	ば形（條件形）逃避的話	のがれれば
なかった形（過去否定形）過去沒逃避	のがれなかった	させる形（使役形）使逃逸	のがれさせる
ます形（連用形）逃避	のがれます	られる形（被動形）被脫逃	のがれられる
て形 逃避	のがれて	命令形 快逃避	のがれろ
た形（過去形）逃避了	のがれた	可能形 可以逃避	のがれられる
たら形（條件形）逃避的話	のがれたら	う形（意向形）逃避吧	のがれよう

△警察の追跡を逃れようとして、犯人は追突事故を起こしました。／
嫌犯試圖甩掉警察追捕而駕車逃逸，卻發生了追撞事故。

のぞむ【臨む】 面臨，面對；瀕臨；遭逢；蒞臨；君臨，統治 自五 グループ1

臨む・臨みます

辞書形(基本形)		たり形	
面臨	のぞむ	又是面臨	のぞんだり
ない形(否定形) 沒面臨	のぞまない	ば形(條件形) 面臨的話	のぞめば
なかった形(過去否定形) 過去沒面臨	のぞまなかった	させる形(使役形) 使面臨	のぞませる
ます形(連用形) 面臨	のぞみます	られる形(被動形) 被面臨	のぞまれる
て形 面臨	のぞんで	命令形 快面臨	のぞめ
た形(過去形) 面臨了	のぞんだ	可能形 可以面臨	のぞめる
たら形(條件形) 面臨的話	のぞんだら	う形(意向形) 面臨吧	のぞもう

△決勝戦に臨む意気込みを一言お願いします。／
請您在冠亞軍決賽即將開始前，對觀眾們說幾句展現鬥志的話。

のっとる【乗っ取る】 (「のりとる」的音便)侵占・奪取・劫持 他五 グループ1

乗っ取る・乗っ取ります

辞書形(基本形)		たり形	
奪取	のっとる	又是奪取	のっとったり
ない形(否定形) 沒奪取	のっとらない	ば形(條件形) 奪取的話	のっとれば
なかった形(過去否定形) 過去沒奪取	のっとらなかった	させる形(使役形) 使奪取	のっとらせる
ます形(連用形) 奪取	のっとります	られる形(被動形) 被奪取	のっとられる
て形 奪取	のっとって	命令形 快奪取	のっとれ
た形(過去形) 奪取了	のっとった	可能形 可以奪取	のっとれる
たら形(條件形) 奪取的話	のっとったら	う形(意向形) 奪取吧	のっとろう

△タンカーが海賊に乗っ取られたという知らせが飛び込んできた。／
油輪遭到海盜強佔挾持的消息傳了進來。

ののしる【罵る】 自五 大聲吵鬧 他五 罵，說壞話 グループ1

罵る・罵ります

辞書形(基本形) 罵	ののしる	たり形 又是罵	ののしったり
ない形（否定形） 沒罵	ののしらない	ば形（條件形） 罵的話	ののしれば
なかった形（過去否定形） 過去沒罵	ののしらなかった	させる形（使役形） 予以斥罵	ののしらせる
ます形（連用形） 罵	ののしります	られる形（被動形） 被罵	ののしられる
て形 罵	ののしって	命令形 快罵	ののしれ
た形（過去形） 罵了	ののしった	可能形 可以罵	ののしれる
たら形（條件形） 罵的話	ののしったら	う形（意向形） 罵吧	ののしろう

△顔を見るが早いか、お互いにののしり始めた。／
雙方才一照面，就互罵了起來。

のみこむ【飲み込む】 咽下，吞下；領會，熟悉 他五 グループ1

飲み込む・飲み込みます

辞書形(基本形) 吞下	のみこむ	たり形 又是吞下	のみこんだり
ない形（否定形） 沒吞下	のみこまない	ば形（條件形） 吞下的話	のみこめば
なかった形（過去否定形） 過去沒吞下	のみこまなかった	させる形（使役形） 使吞下	のみこませる
ます形（連用形） 吞下	のみこみます	られる形（被動形） 被吞下	のみこまれる
て形 吞下	のみこんで	命令形 快吞下	のみこめ
た形（過去形） 吞下了	のみこんだ	可能形 可以吞下	のみこめる
たら形（條件形） 吞下的話	のみこんだら	う形（意向形） 吞下吧	のみこもう

△噛み切れなかったら、そのまま飲み込むまでだ。／
沒辦法咬斷的話，也只能直接吞下去了。

のりこむ【乗り込む】

坐進・乗上(車);開進・進入;(和大家)一起搭乗;(軍隊)開入;(劇團、體育團體等)到達

自五　グルーープ1

乗り込む・乗り込みます

辞書形(基本形) 開進	のりこむ	たり形 又是開進	のりこんだり
ない形(否定形) 沒開進	のりこまない	ば形(條件形) 開進的話	のりこめば
なかった形(過去否定形) 過去沒開進	のりこまなかった	させる形(使役形) 使開進	のりこませる
ます形(連用形) 開進	のりこみます	られる形(被動形) 被開進	のりこまれる
て形 開進	のりこんで	命令形 快開進	のりこめ
た形(過去形) 開進了	のりこんだ	可能形 可以開進	のりこめる
たら形(條件形) 開進的話	のりこんだら	う形(意向形) 開進吧	のりこもう

△みんなでミニバンに乗り込んでキャンプに行きます。／
大家一同搭乗迷你廂型車去露營。

はえる【映える】

照・映照;(顯得)好看;顯眼・奪目

自下一　グルーープ2

映える・映えます

辞書形(基本形) 照	はえる	たり形 又是照	はえたり
ない形(否定形) 沒照	はえない	ば形(條件形) 照的話	はえれば
なかった形(過去否定形) 過去沒照	はえなかった	させる形(使役形) 使顯眼	はえさせる
ます形(連用形) 照	はえます	られる形(被動形) 獲得注目	はえられる
て形 照	はえて	命令形 快照	はえろ
た形(過去形) 照了	はえた	可能形	——
たら形(條件形) 照的話	はえたら	う形(意向形) 照吧	はえよう

△紅葉が青空に映えてとてもきれいです。／
湛藍天空與楓紅相互輝映，景致極為優美。

はかどる【捗る】 （工作・工程等）有進展・順利進行　[自五]　グループ1

捗る・捗ります

辞書形(基本形) 順利進行	はかどる	たり形 又是順利進行	はかどったり
ない形（否定形） 沒順利進行	はかどらない	ば形（條件形） 順利進行的話	はかどれば
なかった形（過去否定形） 過去沒順利進行	はかどらなかった	させる形（使役形） 使順利進行	はかどらせる
ます形（連用形） 順利進行	はかどります	られる形（被動形） 在順利進行下	はかどられる
て形 順利進行	はかどって	命令形 快順利進行	はかどれ
た形（過去形） 順利進行了	はかどった	可能形	———
たら形（條件形） 順利進行的話	はかどったら	う形（意向形） 順利進行吧	はかどろう

△病み上がりで仕事がはかどっていないことは、察するにかたくない。／
可以體諒才剛病癒，所以工作沒什麼進展。

はかる【諮る】　商量・協商；諮詢　[他五]　グループ1

諮る・諮ります

辞書形(基本形) 諮詢	はかる	たり形 又是諮詢	はかったり
ない形（否定形） 沒諮詢	はからない	ば形（條件形） 諮詢的話	はかれば
なかった形（過去否定形） 過去沒諮詢	はからなかった	させる形（使役形） 予以諮詢	はからせる
ます形（連用形） 諮詢	はかります	られる形（被動形） 被諮詢	はられる
て形 諮詢	はかって	命令形 快諮詢	はかれ
た形（過去形） 諮詢了	はかった	可能形 可以諮詢	はかれる
たら形（條件形） 諮詢的話	はかったら	う形（意向形） 諮詢吧	はかろう

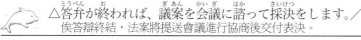

△答弁が終われば、議案を会議に諮って採決をします。／
俟答辯終結，法案將提送會議進行協商後交付表決。

はかる【図る・謀る】 圖謀・策劃；謀算・欺騙；意料；謀求 他五 グループ1

図る・図ります

辞書形 (基本形) 欺騙	はかる	たり形 又是欺騙	はかったり
ない形 (否定形) 沒欺騙	はからない	ば形 (條件形) 欺騙的話	はかれば
なかった形 (過去否定形) 過去沒欺騙	はからなかった	させる形 (使役形) 任憑欺瞞	はからせる
ます形 (連用形) 欺騙	はかります	られる形 (被動形) 被欺騙	は???れる
て形 欺騙	はかって	命令形 快欺騙	はかれ
た形 (過去形) 欺騙了	はかった	可能形 可以欺騙	はかれる
たら形 (條件形) 欺騙的話	はかったら	う形 (意向形) 欺騙吧	はかろう

△当社は全力で顧客サービスの改善を図って参りました。／
本公司將不遺餘力謀求顧客服務之改進。

はぐ【剥ぐ】 剝下；強行扒下・揭掉；剝奪 他五 グループ1

剥ぐ・剥ぎます

辞書形 (基本形) 剝奪	はぐ	たり形 又是剝奪	はいだり
ない形 (否定形) 沒剝奪	はがない	ば形 (條件形) 剝奪的話	はげば
なかった形 (過去否定形) 過去沒剝奪	はがなかった	させる形 (使役形) 使剝奪	はがせる
ます形 (連用形) 剝奪	はぎます	られる形 (被動形) 被剝奪	はがれる
て形 剝奪	はいで	命令形 快剝奪	はげ
た形 (過去形) 剝奪了	はいだ	可能形 可以剝奪	はげる
たら形 (條件形) 剝奪的話	はいだら	う形 (意向形) 剝奪吧	はごう

△イカは皮を剥いでから刺身にします。／先剝除墨魚的表皮之後，再切片生吃。

はげます【励ます】

鼓勵・勉勵;激發;提高嗓門・聲音,厲聲　他五　グループ1

<ruby>励<rt>はげ</rt></ruby>ます・<ruby>励<rt>はげ</rt></ruby>まします

辭書形（基本形）		たり形	
鼓勵	はげます	又是鼓勵	はげましたり
ない形（否定形）		ば形（條件形）	
沒鼓勵	はげまさない	鼓勵的話	はげませば
なかった形（過去否定形）		させる形（使役形）	
過去沒鼓勵	はげまさなかった	使提高嗓門	はげまさせる
ます形（連用形）		られる形（被動形）	
鼓勵	はげまします	被鼓勵	はげまされる
て形		命令形	
鼓勵	はげまして	快鼓勵	はげませ
た形（過去形）		可能形	
鼓勵了	はげました	可以鼓勵	はげませる
たら形（條件形）		う形（意向形）	
鼓勵的話	はげましたら	鼓勵吧	はげまそう

△あまりに<ruby>落<rt>お</rt></ruby>ち<ruby>込<rt>こ</rt></ruby>んでいるので、<ruby>励<rt>はげ</rt></ruby>ます<ruby>言葉<rt>ことば</rt></ruby>が<ruby>見<rt>み</rt></ruby>つからない。／
由於太過沮喪，連鼓勵的話都想不出來。

はげむ【励む】

努力・勤勉・奮勉　自五　グループ1

<ruby>励<rt>はげ</rt></ruby>む・<ruby>励<rt>はげ</rt></ruby>みます

辭書形（基本形）		たり形	
努力	はげむ	又是努力	はげんだり
ない形（否定形）		ば形（條件形）	
沒努力	はげまない	努力的話	はげめば
なかった形（過去否定形）		させる形（使役形）	
過去沒努力	はげまなかった	使致力於…	はげませる
ます形（連用形）		られる形（被動形）	
努力	はげみます	被鼓舞	はげまれる
て形		命令形	
努力	はげんで	快努力	はげめ
た形（過去形）		可能形	
努力了	はげんだ	可以努力	はげめる
たら形（條件形）		う形（意向形）	
努力的話	はげんだら	努力吧	はげもう

△<ruby>退院<rt>たいいん</rt></ruby>してからは<ruby>自宅<rt>じたく</rt></ruby>でリハビリに<ruby>励<rt>はげ</rt></ruby>んでいます。／
自從出院之後，就很努力地在家自行復健。

はげる【剥げる】 剝落；褪色

剥げる・剥げます

辞書形(基本形) 剝落	はげる	たり形 又是剝落	はげたり
ない形 (否定形) 沒剝落	はげない	If形 (條件形) 剝落的話	はげれば
なかった形 (過去否定形) 過去沒剝落	はげなかった	させる形 (使役形) 使剝落	はげさせる
ます形 (連用形) 剝落	はげます	られる形 (被動形) 被剝落	はげられる
て形 剝落	はげて	命令形 快剝落	はげろ
た形 (過去形) 剝落了	はげた	可能形	———
たら形 (條件形) 剝落的話	はげたら	う形 (意向形) 剝落吧	はげよう

△マニキュアは大体1週間で剥げてしまいます。／
擦好的指甲油，通常一個星期後就會開始剝落。

ばける【化ける】 變成・化成；喬裝・扮裝；突然變成

化ける・化けます

辞書形(基本形) 變成	ばける	たり形 又是變成	ばけたり
ない形 (否定形) 沒變成	ばけない	If形 (條件形) 變成的話	ばければ
なかった形 (過去否定形) 過去沒變成	ばけなかった	させる形 (使役形) 予以喬裝	ばけさせる
ます形 (連用形) 變成	ばけます	られる形 (被動形) 被變成	ばけられる
て形 變成	ばけて	命令形 快變成	ばけろ
た形 (過去形) 變成了	ばけた	可能形 可以變成	ばけられる
たら形 (條件形) 變成的話	ばけたら	う形 (意向形) 變成吧	ばけよう

△日本語の文字がみな数字や記号に化けてしまいました。／
日文文字全因亂碼而變成了數字或符號。

はじく【弾く】 彈；打算盤；防抗・排斥 他五 グループ1

弾く・弾きます

辞書形（基本形）		たり形	
排斥	はじく	又是排斥	はじいたり
ない形（否定形）		ば形（條件形）	
沒排斥	はじかない	排斥的話	はじけば
なかった形（過去否定形）		させる形（使役形）	
過去沒排斥	はじかなかった	予以排斥	はじかせる
ます形（連用形）		られる形（被動形）	
排斥	はじきます	被排斥	はじかれる
て形		命令形	
排斥	はじいて	快排斥	はじけ
た形（過去形）		可能形	
排斥了	はじいた	可以排斥	はじける
たら形（條件形）		う形（意向形）	
排斥的話	はじいたら	排斥吧	はじこう

△レインコートは水を弾く素材でできています。／
雨衣是以撥水布料縫製而成的。

はじらう【恥じらう】 害羞・羞澀 他五 グループ1

恥じらう・恥じらいます

辞書形（基本形）		たり形	
害羞	はじらう	又是害羞	はじらったり
ない形（否定形）		ば形（條件形）	
沒害羞	はじらわない	害羞的話	はじらえば
なかった形（過去否定形）		させる形（使役形）	
過去沒害羞	はじらわなかった	讓…丟臉	はじらわせる
ます形（連用形）		られる形（被動形）	
害羞	はじらいます	被弄羞澀	はじらわれる
て形		命令形	
害羞	はじらって	快害羞	はじらえ
た形（過去形）		可能形	
害羞了	はじらった	可以害羞	はじらえる
たら形（條件形）		う形（意向形）	
害羞的話	はじらったら	害羞吧	はじらおう

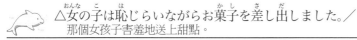

△女の子は恥じらいながらお菓子を差し出しました。／
那個女孩子害羞地送上甜點。

はじる【恥じる】 害羞；慚愧；遜色

恥じる・恥じます

辞書形(基本形)		たり形	
慚愧	はじる	又是慚愧	はじたり
ない形 (否定形)		ば形 (条件形)	
沒慚愧	はじない	慚愧的話	はじれば
なかった形 (過去否定形)		させる形 (使役形)	
過去沒慚愧	はじなかった	讓…慚愧	はじさせる
ます形 (連用形)		られる形 (被動形)	
慚愧	はじます	被感慚愧	はじられる
て形		命令形	
慚愧	はじて	快慚愧	はじろ
た形 (過去形)		可能形	
慚愧了	はじた		————
たら形 (条件形)		う形 (意向形)	
慚愧的話	はじたら	慚愧吧	はじよう

△失敗あっての成功だから、失敗を恥じなくてもよい。／
沒有失敗就不會成功，不用因為失敗而感到羞恥。

はずむ【弾む】 跳・蹦・彈；(情緒)高漲；提高(聲音)；(呼吸)急促 (狠下心來)花大筆錢買

弾む・弾みます

辞書形(基本形)		たり形	
彈	はずむ	又是彈	はずんだり
ない形 (否定形)		ば形 (条件形)	
沒彈	はずまない	彈的話	はずめば
なかった形 (過去否定形)		させる形 (使役形)	
過去沒彈	はずまなかった	使提高	はずませる
ます形 (連用形)		られる形 (被動形)	
彈	はずみます	被提高	はずまれる
て形		命令形	
彈	はずんで	快彈	はずめ
た形 (過去形)		可能形	
彈了	はずんだ	可以彈	はずめる
たら形 (条件形)		う形 (意向形)	
彈的話	はずんだら	彈吧	はずもう

△特殊なゴムで作られたボールとあって、大変よく弾む。／
不愧是採用特殊橡膠製成的球，因此彈力超強。

はたく【叩く】 揮；拍打；傾囊・花掉所有的金錢 他五 グループ1

はた叩く・はた叩きます

辞書形(基本形) 拍打	はたく	たり形 又是拍打	はたいたり
ない形(否定形) 沒拍打	はたかない	ば形（條件形） 拍打的話	はたけば
なかった形（過去否定形） 過去沒拍打	はたかなかった	させる形（使役形） 使拍打	はたかせる
ます形（連用形） 拍打	はたきます	られる形（被動形） 被拍打	はたかれる
て形 拍打	はたいて	命令形 快拍打	はたけ
た形（過去形） 拍打了	はたいた	可能形 可以拍打	はたける
たら形（條件形） 拍打的話	はたいたら	う形（意向形） 拍打吧	はたこう

 △ほっぺをはたいたな！ママにもはたかれたことないのに！／
竟敢甩我耳光！就連我媽都沒打過我！

はたす【果たす】 完成・實現・履行；（接在動詞連用形後）表示
完了，全部等；（宗）還願；（舊）結束生命 他五 グループ1

は果たす・は果たします

辞書形(基本形) 實現	はたす	たり形 又是實現	はたしたり
ない形（否定形） 沒實現	はたさない	ば形（條件形） 實現的話	はたせば
なかった形（過去否定形） 過去沒實現	はたさなかった	させる形（使役形） 使實現	はたさせる
ます形（連用形） 實現	はたします	られる形（被動形） 被實現	はたされる
て形 實現	はたして	命令形 快實現	はたせ
た形（過去形） 實現了	はたした	可能形 可以實現	はたせる
たら形（條件形） 實現的話	はたしたら	う形（意向形） 實現吧	はたそう

 △ちちおや父親たるもの者、こ子どもとのやくそく約束はは果たすべきだ。／
身為人父，就必須遵守與孩子的約定。

はてる【果てる】

自下一 完畢・終；去世；長眠
接尾 （接在特定動詞連用形後）達到極點

果てる・果てます

辭書形（基本形） 長眠	はてる	た切形 又是長眠	はてたり
ない形（否定形） 沒長眠	はてない	ば形（條件形） 長眠的話	はてれば
なかった形（過去否定形） 過去沒長眠	はてなかった	させる形（使役形） 使長眠	はてさせる
ます形（連用形） 長眠	はてます	られる形（被動形） 被結束	はてられる
て形 長眠	はてて	命令形 快長眠	はてろ
た形（過去形） 長眠了	はてた	可能形	————
たら形（條件形） 長眠的話	はてたら	う形（意向形） 長眠吧	はてよう

△悩みは永遠に果てることがない。／所謂的煩惱將會是永無止境的課題。

ばてる （俗）精疲力倦・累到不行

自下一 グループ2

ばてる・ばてます

辭書形（基本形） 累到不行	ばてる	た切形 又是累到不行	ばてたり
ない形（否定形） 沒累到不行	ばてない	ば形（條件形） 累到不行的話	ばてれば
なかった形（過去否定形） 過去沒累到不行	ばてなかった	させる形（使役形） 使累到不行	ばてさせる
ます形（連用形） 累到不行	ばてます	られる形（被動形） 被累到不行	ばてられる
て形 累到不行	ばてて	命令形 快累到不行	ばてろ
た形（過去形） 累到不行了	ばてた	可能形	————
たら形（條件形） 累到不行的話	ばてたら	う形（意向形） 累到不行吧	ばてよう

△日頃運動しないから、ちょっと歩くと、すぐにばてる始末だ。／
平常都沒有運動，才會走一小段路就精疲力竭了。

はばむ【阻む】 阻礙・阻止

他五 グループ1

阻む・阻みます

辞書形(基本形) 阻止	はばむ	たり形 又是阻止	はばんだり
ない形(否定形) 沒阻止	はばまない	ば形(條件形) 阻止的話	はばめば
なかった形(過去否定形) 過去沒阻止	はばまなかった	させる形(使役形) 使阻止	はばませる
ます形(連用形) 阻止	はばみます	られる形(被動形) 被阻止	はばまれる
て形 阻止	はばんで	命令形 快阻止	はばめ
た形(過去形) 阻止了	はばんだ	可能形 可以阻止	はばめる
たら形(條件形) 阻止的話	はばんだら	う形(意向形) 阻止吧	はばもう

△公園をゴルフ場に変える計画は、住民達に阻まれた。／
居民們阻止了擬將公園變更為高爾夫球場的計畫。

はまる【嵌まる】 吻合・嵌入；剛好合適；中計・掉進・陷入；(俗)沉迷

他五 グループ1

嵌まる・嵌まります

辞書形(基本形) 沉迷	はまる	たり形 又是沉迷	はまったり
ない形(否定形) 沒沉迷	はまらない	ば形(條件形) 沉迷的話	はまれば
なかった形(過去否定形) 過去沒沉迷	はまらなかった	させる形(使役形) 使沉迷	はまらせる
ます形(連用形) 沉迷	はまります	られる形(被動形) 被沉迷	はまられる
て形 沉迷	はまって	命令形 快沉迷	はまれ
た形(過去形) 沉迷了	はまった	可能形 可以沉迷	はまれる
たら形(條件形) 沉迷的話	はまったら	う形(意向形) 沉迷吧	はまろう

△母の新しい指輪には大きな宝石がはまっている。／
母親的新戒指上鑲嵌著一顆碩大的寶石。

はみだす【はみ出す】 溢出；超出範圍

自五 グループ1

はみ出す・はみ出します

辞書形(基本形) 溢出	はみだす	た り形 又是溢出	はみだしたり
ない形(否定形) 沒溢出	はみださない	ば形(條件形) 溢出的話	はみだせば
なかった形(過去否定形) 過去沒溢出	はみださなかった	させる形(使役形) 使溢出	はみださせる
ます形(連用形) 溢出	はみだします	られる形(被動形) 被溢出	はみだされる
て形 溢出	はみだして	命令形 快溢出	はみだせ
た形(過去形) 溢出了	はみだした	可能形 可以溢出	はみだせる
たら形(條件形) 溢出的話	はみだしたら	う形(意向形) 溢出吧	はみだそう

 △引き出しからはみ出す。／滿出抽屜外。

はやまる【早まる】 倉促・輕率・貿然；過早・提前

自五 グループ1

早まる・早まります

辞書形(基本形) 提前	はやまる	た り形 又是提前	はやまったり
ない形(否定形) 沒提前	はやまらない	ば形(條件形) 提前的話	はやまれば
なかった形(過去否定形) 過去沒提前	はやまらなかった	させる形(使役形) 使提前	はやまらせる
ます形(連用形) 提前	はやまります	られる形(被動形) 被提前	はやまられる
て形 提前	はやまって	命令形 快提前	はやまれ
た形(過去形) 提前了	はやまった	可能形	———
たら形(條件形) 提前的話	はやまったら	う形(意向形) 提前吧	はやまろう

 △予定が早まる。／預定提前。

はやめる【早める・速める】 加速・加快；提前・提早 他下一 グループ2

早める・早めます

辞書形(基本形)		たり形	
提前	はやめる	又是提前	はやめたり
ない形 (否定形)		ば形 (條件形)	
沒提前	はやめない	提前的話	はやめれば
なかった形 (過去否定形)		させる形 (使役形)	
過去沒提前	はやめなかった	使提前	はやめさせる
ます形 (連用形)		られる形 (被動形)	
提前	はやめます	被提前	はやめられる
て形		命令形	
提前	はやめて	快提前	はやめろ
た形 (過去形)		可能形	
提前了	はやめた	可以提前	はやめられる
たら形 (條件形)		う形 (意向形)	
提前的話	はやめたら	提前吧	はやめよう

△研究を早めるべく、所長は研究員を３人増やした。／
所長為了及早完成研究，增加三名研究人員。

ばらまく【ばら撒く】 撒播・撒；到處花錢・散財 他五 グループ1

ばら撒く・ばら撒きます

辞書形(基本形)		たり形	
撒播	ばらまく	又是撒播	ばらまいたり
ない形 (否定形)		ば形 (條件形)	
沒撒播	ばらまかない	撒播的話	ばらまけば
なかった形 (過去否定形)		させる形 (使役形)	
過去沒撒播	ばらまかなかった	使撒播	ばらまかせる
ます形 (連用形)		られる形 (被動形)	
撒播	ばらまきます	被撒播	ばらまかれる
て形		命令形	
撒播	ばらまいて	快撒播	ばらまけ
た形 (過去形)		可能形	
撒播了	ばらまいた	可以撒播	ばらまける
たら形 (條件形)		う形 (意向形)	
撒播的話	ばらまいたら	撒播吧	ばらまこう

△レジでお金を払おうとして、うっかり小銭をばら撒いてしまった。／
在收銀台正要付錢時，一不小心把零錢撒了一地。

はる【張る】

伸展；覆蓋；膨脹，（負擔）過重・（價格）過高；拉；設置；盛滿（液體等）

自他五 **グループ1**

張る・張ります

辭書形(基本形)		たり形	
膨脹	はる	又是膨脹	はったり
ない形（否定形）		ば形（條件形）	
沒膨脹	はらない	膨脹的話	はれば
なかった形（過去否定形）		させる形（使役形）	
過去沒膨脹	はらなかった	使膨脹	はらせる
ます形（連用形）		られる形（被動形）	
膨脹	はります	被膨脹	はられる
て形		命令形	
膨脹	はって	快膨脹	はれ
た形（過去形）		可能形	
膨脹了	はった	可以膨脹	はれる
たら形（條件形）		う形（意向形）	
膨脹的話	はったら	膨脹吧	はろう

△湖に氷が張った。／湖面結冰。

N1

はれる【腫れる】

腫・脹

自下一 **グループ2**

腫れる・腫れます

辭書形(基本形)		たり形	
脹	はれる	又是脹	はれたり
ない形（否定形）		ば形（條件形）	
沒脹	はれない	脹的話	はれれば
なかった形（過去否定形）		させる形（使役形）	
過去沒脹	はれなかった	使脹	はれさせる
ます形（連用形）		られる形（被動形）	
脹	はれます	被脹	はれられる
て形		命令形	
脹	はれて	快脹	はれろ
た形（過去形）		可能形	
脹了	はれた		———
たら形（條件形）		う形（意向形）	
脹的話	はれたら	脹吧	はれよう

△30キロからある道を走ったので、足が腫れている。／由於走了長達三十公里的路程，腳都腫起來了。

ばれる （俗）暴露・散露；破裂 　自下一 グループ2

ばれる・ばれます

辞書形(基本形) 暴露	ばれる	たり形 又是暴露	ばれたり
ない形（否定形） 沒暴露	ばれない	ば形（條件形） 暴露的話	ばれれば
なかった形（過去否定形） 過去沒暴露	ばれなかった	させる形（使役形） 使暴露	ばれさせる
ます形（連用形） 暴露	ばれます	られる形（被動形） 被暴露	ばれられる
て形 暴露	ばれて	命令形 快暴露	ばれろ
た形（過去形） 暴露了	ばれた	可能形	——
たら形（條件形） 暴露的話	ばれたら	う形（意向形） 暴露吧	ばれよう

△うそがばれる。／揭穿謊言。

ひかえる【控える】 自下一 在旁等候・待命 他下一 拉住・勒住；控制・抑制；節制；暫時不…；面臨・靠近；（備忘）記下；（言行）保守・穩健 グループ2

控える・控えます

辞書形(基本形) 控制	ひかえる	たり形 又是控制	ひかえたり
ない形（否定形） 沒控制	ひかえない	ば形（條件形） 控制的話	ひかえれば
なかった形（過去否定形） 過去沒控制	ひかえなかった	させる形（使役形） 使控制	ひかえさせる
ます形（連用形） 控制	ひかえます	られる形（被動形） 被控制	ひかえられる
て形 控制	ひかえて	命令形 快控制	ひかえろ
た形（過去形） 控制了	ひかえた	可能形 可以控制	ひかえられる
たら形（條件形） 控制的話	ひかえたら	う形（意向形） 控制吧	ひかえよう

△医者に言われるまでもなく、コーヒーや酒は控えている。／
不待醫師多加叮嚀，已經自行控制咖啡以及酒類的攝取量。

ひきあげる【引き上げる】

他下一 吊起；打撈；撤走；提拔；提高（物價）；收回 自下一 歸還，返回

引き上げる・引き上げます

辞書形（基本形）提拔	ひきあげる	たり形 又是提拔	ひきあげたり
ない形（否定形）沒提拔	ひきあげない	ば形（條件形）提拔的話	ひきあげれば
なかった形（過去否定形）過去沒提拔	ひきあげなかった	させる形（使役形）使提拔	ひきあげさせる
ます形（連用形）提拔	ひきあげます	られる形（被動形）被提拔	ひきあげられる
て形 提拔	ひきあげて	命令形 快提拔	ひきあげろ
た形（過去形）提拔了	ひきあげた	可能形 可以提拔	ひきあげられる
たら形（條件形）提拔的話	ひきあげたら	う形（意向形）提拔吧	ひきあげよう

△2014年4月1日、日本の消費税は5％から8％に引き上げられた。／
從2014年4月1日起，日本的消費税從5％增加為8％了。

ひきいる【率いる】

帶領；率領

他上一

率いる・率います

辞書形（基本形）率領	ひきいる	たり形 又是率領	ひきいたり
ない形（否定形）沒率領	ひきいない	ば形（條件形）率領的話	ひきいれば
なかった形（過去否定形）過去沒率領	ひきいなかった	させる形（使役形）使率領	ひきいさせる
ます形（連用形）率領	ひきいます	られる形（被動形）被率領	ひきいられる
て形 率領	ひきいて	命令形 快率領	ひきいろ
た形（過去形）率領了	ひきいた	可能形 可以率領	ひきいられる
たら形（條件形）率領的話	ひきいたら	う形（意向形）率領吧	ひきいよう

△市長たる者、市民を率いて街を守るべきだ。／
身為市長，就應當帶領市民守護自己的城市。

ひきおこす【引き起こす】 引起・引發；扶起・拉起 他五 グループ1

引き起こす・引き起こします

辞書形(基本形) 拉起	ひきおこす	たり形 又是拉起	ひきおこしたり
ない形(否定形) 沒拉起	ひきおこさない	ば形(條件形) 拉起的話	ひきおこせば
なかった形(過去否定形) 過去沒拉起	ひきおこさ なかった	させる形(使役形) 予以拉起	ひきおこさせる
ます形(連用形) 拉起	ひきおこします	られる形(被動形) 被拉起	ひきおこされる
て形 拉起	ひきおこして	命令形 快拉起	ひきおこせ
た形(過去形) 拉起了	ひきおこした	可能形 可以拉起	ひきおこせる
たら形(條件形) 拉起的話	ひきおこしたら	う形(意向形) 拉起吧	ひきおこそう

△小さい誤解が殺人を引き起こすとは、恐ろしい限りだ。／
小小的誤會竟然引發成兇殺案，實在可怕至極。

ひきさげる【引き下げる】 降低；使後退；撤回 他下一 グループ2

引き下げる・引き下げます

辞書形(基本形) 撤回	ひきさげる	たり形 又是撤回	ひきさげたり
ない形(否定形) 沒撤回	ひきさげない	ば形(條件形) 撤回的話	ひきさげれば
なかった形(過去否定形) 過去沒撤回	ひきさげなかった	させる形(使役形) 使撤回	ひきさげさせる
ます形(連用形) 撤回	ひきさげます	られる形(被動形) 被撤回	ひきさげられる
て形 撤回	ひきさげて	命令形 快撤回	ひきさげろ
た形(過去形) 撤回了	ひきさげた	可能形 可以撤回	ひきさげられる
たら形(條件形) 撤回的話	ひきさげたら	う形(意向形) 撤回吧	ひきさげよう

△文句を言ったところで、運賃は引き下げられないだろう。／
就算有所抱怨，也不可能少收運費吧！

ひきずる【引きずる】 拖・拉；硬拉著走；拖延 　自他五　グループ1

引きずる・引きずります

辞書形(基本形) 拖延	ひきずる	たり形 又是拖延	ひきずったり
ない形 (否定形) 沒拖延	ひきずらない	ば形 (條件形) 拖延的話	ひきずれば
なかった形 (過去否定形) 過去沒拖延	ひきずらなかった	させる形 (使役形) 使拖延	ひきずらせる
ます形 (連用形) 拖延	ひきずります	られる形 (被動形) 被拖延	ひきずられる
て形 拖延	ひきずって	命令形 快拖延	ひきずれ
た形 (過去形) 拖延了	ひきずった	可能形 可以拖延	ひきずれる
たら形 (條件形) 拖延的話	ひきずったら	う形 (意向形) 拖延吧	ひきずろう

 △足を引きずりながら走る選手の姿は、見るにたえない。／
選手硬拖著蹣跚腳步奔跑的身影，實在讓人不忍卒睹。

ひきたてる【引き立てる】 提拔；關照；穀粒；使…顯眼；(強行)拉走・帶走；關門(拉門)　他下一　グループ2

引き立てる・引き立てます

辞書形(基本形) 提拔	ひきたてる	たり形 又是提拔	ひきたてたり
ない形 (否定形) 沒提拔	ひきたてない	ば形 (條件形) 提拔的話	ひきたてれば
なかった形 (過去否定形) 過去沒提拔	ひきたてなかった	させる形 (使役形) 使提拔	ひきたてさせる
ます形 (連用形) 提拔	ひきたてます	られる形 (被動形) 被提拔	ひきたてられる
て形 提拔	ひきたてて	命令形 快提拔	ひきたてろ
た形 (過去形) 提拔了	ひきたてた	可能形 可以提拔	ひきたてられる
たら形 (條件形) 提拔的話	ひきたてたら	う形 (意向形) 提拔吧	ひきたてよう

△後輩を引き立てる。／提拔晚輩。

ひきとる【引き取る】

自五 退出・退下；離開・回去
他五 取回・領取；收購；領來照顧

グループ1

引き取る・引き取ります

辞書形(基本形) 退出	ひきとる	たり形 又是退出	ひきとったり
ない形 (否定形) 沒退出	ひきとらない	ば形 (條件形) 退出的話	ひきとれば
なかった形 (過去否定形) 過去沒退出	ひきとらなかった	させる形 (使役形) 使退出	ひきとらせる
ます形 (連用形) 退出	ひきとります	られる形 (被動形) 被退出	ひきとられる
て形 退出	ひきとって	命令形 快退出	ひきとれ
た形 (過去形) 退出了	ひきとった	可能形 可以退出	ひきとれる
たら形 (條件形) 退出的話	ひきとったら	う形 (意向形) 退出吧	ひきとろう

△今日は客の家へ50キロからある荷物を引き取りに行く。／
今天要到客戶家收取五十公斤以上的貨物。

ひく【引く】

後退；辭退；（潮）退・平息

自五 グループ1

引く・引きます

辞書形(基本形) 平息	ひく	たり形 又是平息	ひいたり
ない形 (否定形) 沒平息	ひかない	ば形 (條件形) 平息的話	ひけば
なかった形 (過去否定形) 過去沒平息	ひかなかった	させる形 (使役形) 使平息	ひかせる
ます形 (連用形) 平息	ひきます	られる形 (被動形) 被平息	ひかれる
て形 平息	ひいて	命令形 快平息	ひけ
た形 (過去形) 平息了	ひいた	可能形 可以平息	ひける
たら形 (條件形) 平息的話	ひいたら	う形 (意向形) 平息吧	ひこう

△身を引く。／引退。

ひずむ【歪む】 變形・歪斜

歪む・歪みます

辞書形(基本形) 變形	ひずむ	たり形 又是變形	ひずんだり
ない形(否定形) 沒變形	ひずまない	ば形(條件形) 變形的話	ひずめば
なかった形(過去否定形) 過去沒變形	ひずまなかった	させる形(使役形) 使變形	ひずませる
ます形(連用形) 變形	ひずみます	られる形(被動形) 被變形	ひずまれる
て形 變形	ひずんで	命令形 快變形	ひずめ
た形(過去形) 變形了	ひずんだ	可能形	——————
たら形(條件形) 變形的話	ひずんだら	う形(意向形) 變形吧	ひずもう

 △そのステレオは音がひずむので、返品した。／
由於這台音響的音質不穩定,所以退了貨。

ひたす【浸す】 浸・泡

浸す・浸します

辞書形(基本形) 泡	ひたす	たり形 又是泡	ひたしたり
ない形(否定形) 沒泡	ひたさない	ば形(條件形) 泡的話	ひたせば
なかった形(過去否定形) 過去沒泡	ひたさなかった	させる形(使役形) 使浸泡	ひたさせる
ます形(連用形) 泡	ひたします	られる形(被動形) 被浸泡	ひたされる
て形 泡	ひたして	命令形 快泡	ひたせ
た形(過去形) 泡了	ひたした	可能形 可以泡	ひたせる
たら形(條件形) 泡的話	ひたしたら	う形(意向形) 泡吧	ひたそう

 △泥まみれになったズボンは水に浸しておきなさい。／
去沾滿污泥的褲子拿去泡在水裡。

ひっかく【引っ掻く】 掻・抓 他五 グループ1

引っ掻く・引っ掻きます

辞書形 (基本形) 抓	ひっかく	たり形 又是抓	ひっかいたり
ない形 (否定形) 沒抓	ひっかかない	ば形 (條件形) 抓的話	ひっかけば
なかった形 (過去否定形) 過去沒抓	ひっかかなかった	させる形 (使役形) 使抓	ひっかかせる
ます形 (連用形) 抓	ひっかきます	られる形 (被動形) 被抓	ひっかかれる
て形 抓	ひっかいて	命令形 快抓	ひっかけ
た形 (過去形) 抓了	ひっかいた	可能形 可以抓	ひっかける
たら形 (條件形) 抓的話	ひっかいたら	う形 (意向形) 抓吧	ひっかこう

△猫じゃあるまいし、人を引っ掻くのはやめなさい。／
你又不是猫，別再用指甲搔抓人了！

ひっかける【引っ掛ける】 掛起來；披上；欺騙 他下一 グループ2

引っ掛ける・引っ掛けます

辞書形 (基本形) 掛起來	ひっかける	たり形 又是掛起來	ひっかけたり
ない形 (否定形) 沒掛起來	ひっかけない	ば形 (條件形) 掛起來的話	ひっかければ
なかった形 (過去否定形) 過去沒掛起來	ひっかけなかった	させる形 (使役形) 使掛起來	ひっかけさせる
ます形 (連用形) 掛起來	ひっかけます	られる形 (被動形) 被掛起來	ひっかけられる
て形 掛起來	ひっかけて	命令形 快掛起來	ひっかけろ
た形 (過去形) 掛起來了	ひっかけた	可能形 可以掛起來	ひっかけられる
たら形 (條件形) 掛起來的話	ひっかけたら	う形 (意向形) 掛起來吧	ひっかけよう

△コートを洋服掛けに引っ掛ける。／將外套掛在衣架上。

ひやかす【冷やかす】

冰鎮・冷卻・使變涼；嘲笑・開玩笑；只問價錢不買

他五　グループ1

冷やかす・冷やかします

辭書形(基本形) 冷卻	ひやかす	たり形 又是冷卻	ひやかしたり
ない形 (否定形) 沒冷卻	ひやかさない	ば形 (條件形) 冷卻的話	ひやかせば
なかった形 (過去否定形) 過去沒冷卻	ひやかさなかった	させる形 (使役形) 使冷卻	ひやかさせる
ます形 (連用形) 冷卻	ひやかします	られる形 (被動形) 被冷卻	ひやかされる
て形 冷卻	ひやかして	命令形 快冷卻	ひやかせ
た形 (過去形) 冷卻了	ひやかした	可能形 可以冷卻	ひやかせる
たら形 (條件形) 冷卻的話	ひやかしたら	う形 (意向形) 冷卻吧	ひやかそう

△父ときたら、酒に酔って、新婚夫婦を冷やかしてばかりだ。／
說到我父親，喝得醉醺醺的淨對新婚夫婦冷嘲熱諷。

ふくれる【膨れる・脹れる】

脹・腫・鼓起來

自下一　グループ2

膨れる・膨れます

辭書形(基本形) 鼓起來	ふくれる	たり形 又是鼓起來	ふくれたり
ない形 (否定形) 沒鼓起來	ふくれない	ば形 (條件形) 鼓起來的話	ふくれれば
なかった形 (過去否定形) 過去沒鼓起來	ふくれなかった	させる形 (使役形) 使鼓起來	ふくれさせる
ます形 (連用形) 鼓起來	ふくれます	られる形 (被動形) 被鼓起來	ふくれられる
て形 鼓起來	ふくれて	命令形 快鼓起來	ふくれろ
た形 (過去形) 鼓起來了	ふくれた	可能形	──
たら形 (條件形) 鼓起來的話	ふくれたら	う形 (意向形) 鼓起來吧	ふくれよう

△10キロからある本を入れたので、鞄がこんなに膨れた。／
把重達十公斤的書本放進去後，結果袋子就被撐得鼓成這樣了。

ふける【耽る】 沉溺・耽於；埋頭・專心

自五　グループ1

耽る・耽ます

辭書形(基本形)		たり形	
沉溺	ふける	又是沉溺	ふけたり
ない形（否定形）		ば形（條件形）	
沒沉溺	ふけない	沉溺的話	ふければ
なかった形（過去否定形）		させる形（使役形）	
過去沒沉溺	ふけなかった	使沉溺	ふけさせる
ます形（連用形）		られる形（被動形）	
沉溺	ふけます	被沉溺	ふけられる
て形		命令形	
沉溺	ふけて	快沉溺	ふけろ
た形（過去形）		可能形	
沉溺了	ふけた		———
たら形（條件形）		う形（意向形）	
沉溺的話	ふけたら	沉溺吧	ふけよう

△大学受験をよそに、彼は毎日テレビゲームに耽っている。／
他把準備大學升學考試這件事完全拋在腦後，每天只沉迷於玩電視遊樂器之中。

ふまえる【踏まえる】 踏・踩；根據・依據

他下一　グループ2

踏まえる・踏まえます

辭書形(基本形)		たり形	
踩	ふまえる	又是踩	ふまえたり
ない形（否定形）		ば形（條件形）	
沒踩	ふまえない	踩的話	ふまえれば
なかった形（過去否定形）		させる形（使役形）	
過去沒踩	ふまえなかった	使踩	ふまえさせる
ます形（連用形）		られる形（被動形）	
踩	ふまえます	被踩	ふまえられる
て形		命令形	
踩	ふまえて	快踩	ふまえろ
た形（過去形）		可能形	
踩了	ふまえた	可以踩	ふまえられる
たら形（條件形）		う形（意向形）	
踩的話	ふまえたら	踩吧	ふまえよう

△自分の経験を踏まえて、彼なりに後輩を指導している。／
他將自身經驗以自己的方式傳授給後進。

ふみこむ【踏み込む】 陥入・走進・跨進；闖入・擅自進入 自五 グループ1

踏み込む・踏み込みます

辞書形(基本形) 闖入	ふみこむ	たり形 又是闖入	ふみこんだり
ない形 (否定形) 沒闖入	ふみこまない	ば形 (條件形) 闖入的話	ふみこめば
なかった形 (過去否定形) 過去沒闖入	ふみこまなかった	せる形 (使役形) 使闖入	ふみこませる
ます形 (連用形) 闖入	ふみこみます	られる形 (被動形) 被闖入	ふみこまれる
て形 闖入	ふみこんで	命令形 快闖入	ふみこめ
た形 (過去形) 闖入了	ふみこんだ	可能形 可以闖入	ふみこめる
たら形 (條件形) 闖入的話	ふみこんだら	う形 (意向形) 闖入吧	ふみこもう

△警察は、家に踏み込むが早いか、証拠を押さえた。／
警察才剛踏進家門，就立即找到了證據。

ふりかえる【振り返る】 回頭看・向後看；回顧 他五 グループ1

振り返る・振り返ります

辞書形(基本形) 向後看	ふりかえる	たり形 又是向後看	ふりかえったり
ない形 (否定形) 沒向後看	ふりかえらない	ば形 (條件形) 向後看的話	ふりかえれば
なかった形 (過去否定形) 過去沒向後看	ふりかえらなかった	せる形 (使役形) 使向後看	ふりかえらせる
ます形 (連用形) 向後看	ふりかえります	られる形 (被動形) 被回顧	ふりかえられる
て形 向後看	ふりかえって	命令形 快向後看	ふりかえれ
た形 (過去形) 向後看了	ふりかえった	可能形 可以向後看	ふりかえれる
たら形 (條件形) 向後看的話	ふりかえったら	う形 (意向形) 向後看吧	ふりかえろう

△「自信を持て。振り返るな。」というのが父の生き方だ。／
父親的座右銘是「自我肯定・永不回頭。」

ふるわす【震わす】 使哆嗦・發抖・震動 　他五 グループ1

ふ<ruby>る<rt></rt></ruby>わす・ふ<ruby>る<rt></rt></ruby>わします
震わす・震わします

辞書形(基本形) 震動	ふるわす	たり形 又是震動	ふるわしたり
ない形 (否定形) 沒震動	ふるわさない	ば形 (條件形) 震動的話	ふるわせば
なかった形 (過去否定形) 過去沒震動	ふるわさなかった	させる形 (使役形) 使震動	ふるわさせる
ます形 (連用形) 震動	ふるわします	られる形 (被動形) 被震動	ふるわされる
て形 震動	ふるわして	命令形 快震動	ふるわせ
た形 (過去形) 震動了	ふるわした	可能形	———
たら形 (條件形) 震動的話	ふるわしたら	う形 (意向形) 震動吧	ふるわそう

△肩を震わして泣く。／哭得渾身顫抖。

ふるわせる【震わせる】 使震驚（哆嗦、發抖）・震動 　他下一 グループ2

ふ<ruby>る<rt></rt></ruby>わせる・ふ<ruby>る<rt></rt></ruby>わせます
震わせる・震わせます

辞書形(基本形) 震動	ふるわせる	たり形 又是震動	ふるわせたり
ない形 (否定形) 沒震動	ふるわせない	ば形 (條件形) 震動的話	ふるわせれば
なかった形 (過去否定形) 過去沒震動	ふるわせなかった	させる形 (使役形) 使震動	ふるわせさせる
ます形 (連用形) 震動	ふるわせます	られる形 (被動形) 被震動	ふるわせられる
て形 震動	ふるわせて	命令形 快震動	ふるわせろ
た形 (過去形) 震動了	ふるわせた	可能形 可以震動	ふるわせられる
たら形 (條件形) 震動的話	ふるわせたら	う形 (意向形) 震動吧	ふるわせよう

△姉は電話を受けるなり、声を震わせて泣きだした。／
姉姉一接起電話，立刻聲音顫抖泣不成聲。

ふれあう【触れ合う】 相互接觸・相互靠著；相通

自五 グループ1

触れ合う・触れ合います

辭書形(基本形) 相通	ふれあう	たり形 又是相通	ふれあったり
ない形 (否定形) 沒相通	ふれあわない	ば形 (條件形) 相通的話	ふれあえば
なかった形 (過去否定形) 過去沒相通	ふれあわなかった	させる形 (使役形) 使相通	ふれあわせる
ます形 (連用形) 相通	ふれあいます	られる形 (被動形) 被相通	ふれあわれる
て形 相通	ふれあって	命令形 快相通	ふれあえ
た形 (過去形) 相通了	ふれあった	可能形 可以相通	ふれあえる
たら形 (條件形) 相通的話	ふれあったら	う形 (意向形) 相通吧	ふれあおう

△人ごみで、体が触れ合う。／在人群中身體相互擦擠。

ぶれる （攝）按快門時（照相機）彈動；脫離，背離

自下一 グループ2

ぶれる・ぶれます

辭書形(基本形) 脫離	ぶれる	たり形 又是脫離	ぶれたり
ない形 (否定形) 沒脫離	ぶれない	ば形 (條件形) 脫離的話	ぶれれば
なかった形 (過去否定形) 過去沒脫離	ぶれなかった	させる形 (使役形) 使脫離	ぶれさせる
ます形 (連用形) 脫離	ぶれます	られる形 (被動形) 被脫離	ぶれられる
て形 脫離	ぶれて	命令形 快脫離	ぶれろ
た形 (過去形) 脫離了	ぶれた	可能形 可以脫離	ぶれられる
たら形 (條件形) 脫離的話	ぶれたら	う形 (意向形) 脫離吧	ぶれよう

△ぶれてしまった写真をソフトで補正した。／
拍得模糊的照片用軟體修片了。

へ
り
く
だ
る
・
ほ
う
じ
る

へりくだる　謙虚・謙遜・謙卑　自五　グループ1

へりくだる・へりくだります

辭書形(基本形) 謙遜	へりくだる	たり形 又是謙遜	へりくだったり
ない形 (否定形) 沒謙遜	へりくだらない	ば形 (條件形) 謙遜的話	へりくだれば
なかった形 (過去否定形) 過去沒謙遜	へりくだらなかった	させる形 (使役形) 讓…謙虛	へりくだらせる
ます形 (連用形) 謙遜	へりくだります	られる形 (被動形) 在謙恭之下	へりくだられる
て形 謙遜	へりくだって	命令形 快謙遜	へりくだれ
た形 (過去形) 謙遜了	へりくだった	可能形 可以謙遜	へりくだれる
たら形 (條件形) 謙遜的話	へりくだったら	う形 (意向形) 謙遜吧	へりくだろう

△生意気な弟にひきかえ、兄はいつもへりくだった話し方をする。／
比起那狂妄自大的弟弟，哥哥說話時總是謙恭有禮。

ほうじる【報じる】　通知・告訴・告知・報導；報答・報復　他上一　グループ2

報じる・報じます

辭書形(基本形) 報答	ほうじる	たり形 又是報答	ほうじたり
ない形 (否定形) 沒報答	ほうじない	ば形 (條件形) 報答的話	ほうじれば
なかった形 (過去否定形) 過去沒報答	ほうじなかった	させる形 (使役形) 使報答	ほうじさせる
ます形 (連用形) 報答	ほうじます	られる形 (被動形) 被報答	ほうじられる
て形 報答	ほうじて	命令形 快報答	ほうじろ
た形 (過去形) 報答了	ほうじた	可能形 可以報答	ほうじられる
たら形 (條件形) 報答的話	ほうじたら	う形 (意向形) 報答吧	ほうじよう

△ダイエットに効果があるかもしれないとテレビで報じられてから、爆発的に売れている。／由於電視節目報導或許具有瘦身功效，使得那東西立刻狂銷熱賣。

ほうむる【葬る】 葬・埋葬；隱瞞・掩蓋；葬送・拋棄 `他五` `グループ1`

葬る・葬ります

辞書形(基本形)		たり形	
拋棄	ほうむる	又是拋棄	ほうむったり
ない形 (否定形)		ば形 (條件形)	
沒拋棄	ほうむらない	拋棄的話	ほうむれば
なかった形 (過去否定形)		せる形 (使役形)	
過去沒拋棄	ほうむらなかった	使拋棄	ほうむらせる
ます形 (連用形)		られる形 (被動形)	
拋棄	ほうむります	被拋棄	ほうむられる
て形		命令形	
拋棄	ほうむって	快拋棄	ほうむれ
た形 (過去形)		可能形	
拋棄了	ほうむった	可以拋棄	ほうむれる
たら形 (條件形)		う形 (意向形)	
拋棄的話	ほうむったら	拋棄吧	ほうむろう

△古代の王は高さ150メートルからある墓に葬られた。／
古代的君王被葬於一百五十公尺高的陵墓之中。

ほうりこむ【放り込む】 扔進・拋入 `他五` `グループ1`

放り込む・放り込みます

辞書形(基本形)		たり形	
扔進	ほうりこむ	又是扔進	ほうりこんだり
ない形 (否定形)		ば形 (條件形)	
沒扔進	ほうりこまない	扔進的話	ほうりこめば
なかった形 (過去否定形)		せる形 (使役形)	
過去沒扔進	ほうりこまなかった	使扔進	ほうりこませる
ます形 (連用形)		られる形 (被動形)	
扔進	ほうりこみます	被扔進	ほうりこまれる
て形		命令形	
扔進	ほうりこんで	快扔進	ほうりこめ
た形 (過去形)		可能形	
扔進了	ほうりこんだ	可以扔進	ほうりこめる
たら形 (條件形)		う形 (意向形)	
扔進的話	ほうりこんだら	扔進吧	ほうりこもう

△犯人は、殺害したあと、遺体の足に石を結びつけ、海に放り込んだと供述
している。／犯嫌供稱，在殺死人之後，在遺體的腳部綁上石頭，扔進了海裡。

ほうりだす【放り出す】(胡亂)扔出去・抛出去；擱置・丟開・扔下 他五 グループ1

放り出す・放り出します

辭書形(基本形) 擱置	ほうりだす	たり形 又是擱置	ほうりだしたり
ない形(否定形) 沒擱置	ほうりださない	ば形(條件形) 擱置的話	ほうりだせば
なかった形(過去否定形) 過去沒擱置	ほうりださ なかった	させる形(使役形) 予以擱置	ほうりださせる
ます形(連用形) 擱置	ほうりだします	られる形(被動形) 被擱置	ほうりだされる
て形 擱置	ほうりだして	命令形 快擱置	ほうりだせ
た形(過去形) 擱置了	ほうりだした	可能形 可以擱置	ほうりだせる
たら形(條件形) 擱置的話	ほうりだしたら	う形(意向形) 擱置吧	ほうりだそう

△彼はいやなことをすぐ放り出すきらいがある。／
他總是一遇到不如意的事，就馬上放棄了。

ぼける【惚ける】(上了年紀)遲鈍・糊塗；(形象或顏色等)褪色・模糊 自下一 グループ2

惚ける・惚けます

辭書形(基本形) 褪色	ぼける	たり形 又是褪色	ぼけたり
ない形(否定形) 沒褪色	ぼけない	ば形(條件形) 褪色的話	ぼければ
なかった形(過去否定形) 過去沒褪色	ぼけなかった	させる形(使役形) 使褪色	ぼけさせる
ます形(連用形) 褪色	ぼけます	られる形(被動形) 被弄糊塗	ぼけられる
て形 褪色	ぼけて	命令形 快褪色	ぼけろ
た形(過去形) 褪色了	ぼけた	可能形	———
たら形(條件形) 褪色的話	ぼけたら	う形(意向形) 褪色吧	ぼけよう

△写真のピントがぼけてしまった。／拍照片時的焦距沒有對準。

ほころびる【綻びる】 （逢接處線斷開）開線・開綻；微笑・露出笑容 自上一 グループ1

綻びる・綻びます

辞書形（基本形）開綻	ほころびる	たり形 又是開綻	ほころびたり
ない形（否定形）沒開綻	ほころばない	ば形（條件形）開綻的話	ほころべば
なかった形（過去否定形）過去沒開綻	ほころばなかった	させる形（使役形）使露出笑容	ほころばせる
ます形（丁寧形）開綻	ほころびます	られる形（被動形）被弄開綻	ほころばれる
て形 開綻	ほころびて	命令形 快開綻	ほころべ
た形（過去形）開綻了	ほころびた	可能形	———
たら形（條件形）開綻的話	ほころびたら	う形（意向形）開綻吧	ほころぼう

△彼ときたら、ほころびた制服を着て登校しているのよ。／
説到他這個傢伙呀，老穿著破破爛爛的制服上學呢。

ほどける【解ける】 解開・鬆開 自下一 グループ2

解ける・解けます

辞書形（基本形）鬆開	ほどける	たり形 又是鬆開	ほどけたり
ない形（否定形）沒鬆開	ほどけない	ば形（條件形）鬆開的話	ほどければ
なかった形（過去否定形）過去沒鬆開	ほどけなかった	させる形（使役形）予以鬆開	ほどけさせる
ます形（丁寧形）鬆開	ほどけます	られる形（被動形）被鬆開	ほどけられる
て形 鬆開	ほどけて	命令形 快鬆開	ほどけろ
た形（過去形）鬆開了	ほどけた	可能形	———
たら形（條件形）鬆開的話	ほどけたら	う形（意向形）鬆開吧	ほどけよう

△あ、靴ひもがほどけてるよ。／啊，鞋帶鬆了喔！

ほどこす【施す】 施・施捨・施予

他五 グループ1

施す・施します

辭書形(基本形)		たり形	
施捨	ほどこす	又是施捨	ほどこしたり
ない形 (否定形)		ば形 (條件形)	
沒施捨	ほどこさない	施捨的話	ほどこせば
なかった形 (過去否定形)		させる形 (使役形)	
過去沒施捨	ほどこさなかった	予以施捨	ほどこさせる
ます形 (連用形)		られる形 (被動形)	
施捨	ほどこします	被施捨	ほどこされる
て形		命令形	
施捨	ほどこして	快施捨	ほどこせ
た形 (過去形)		可能形	
施捨了	ほどこした	可以施捨	ほどこせる
たら形 (條件形)		う形 (意向形)	
施捨的話	ほどこしたら	施捨吧	ほどこそう

△解決するために、できる限りの策を施すまでだ。／
為解決問題只能善盡人事。

ぼやく 發牢騷

自他五 グループ1

ぼやく・ぼやきます

辭書形(基本形)		たり形	
發牢騷	ぼやく	又是發牢騷	ぼやいたり
ない形 (否定形)		ば形 (條件形)	
沒發牢騷	ぼやかない	發牢騷的話	ぼやけば
なかった形 (過去否定形)		させる形 (使役形)	
過去沒發牢騷	ぼやかなかった	使發牢騷	ぼやかせる
ます形 (連用形)		られる形 (被動形)	
發牢騷	ぼやきます	被發牢騷	ぼやかれる
て形		命令形	
發牢騷	ぼやいて	快發牢騷	ぼやけ
た形 (過去形)		可能形	
發牢騷了	ぼやいた	可以發牢騷	ぼやける
たら形 (條件形)		う形 (意向形)	
發牢騷的話	ぼやいたら	發牢騷吧	ぼやこう

△父ときたら、仕事がおもしろくないとぼやいてばかりだ。／
說到我那位爸爸，成天嘴裡老是叨唸著工作無聊透頂。

ぼやける （物體的形狀或顏色）模糊，不清楚

ぼやける・ぼやけます

辭書形(基本形) 模糊	ぼやける	たり形 又是模糊	ぼやけたり
ない形(否定形) 沒模糊	ぼやけない	ば形(條件形) 模糊的話	ぼやければ
なかった形(過去否定形) 過去沒模糊	ぼやけなかった	させる形(使役形) 任憑模糊	ぼやけさせる
ます形(連用形) 模糊	ぼやけます	られる形(被動形) 被弄模糊	ぼやけられる
て形 模糊	ぼやけて	命令形 快模糊	ぼやけろ
た形(過去形) 模糊了	ぼやけた	可能形	———
たら形(條件形) 模糊的話	ぼやけたら	う形(意向形) 模糊吧	ぼやけよう

△この写真家の作品は全部ぼやけていて、見るにたえない。／
這位攝影家的作品全都模糊不清，讓人不屑一顧。

ほろびる【滅びる】 滅亡，淪亡，消亡

滅びる・滅びます

辭書形(基本形) 滅亡	ほろびる	たり形 又是滅亡	ほろびたり
ない形(否定形) 沒滅亡	ほろびない	ば形(條件形) 滅亡的話	ほろびれば
なかった形(過去否定形) 過去沒滅亡	ほろびなかった	させる形(使役形) 遭受滅亡	ほろびさせる
ます形(連用形) 滅亡	ほろびます	られる形(被動形) 被滅亡	ほろびられる
て形 滅亡	ほろびて	命令形 快滅亡	ほろびろ
た形(過去形) 滅亡了	ほろびた	可能形	———
たら形(條件形) 滅亡的話	ほろびたら	う形(意向形) 滅亡吧	ほろびよう

△恐竜はなぜみな滅びてしまったのですか。／恐龍是因為什麼原因而全滅亡的？

ほろぶ【滅ぶ】 滅亡・滅絕 〔自五〕 グループ1

滅ぶ・滅びます

辭書形(基本形) 滅絕	ほろぶ	たり形 又是滅絕	ほろんだり
ない形 (否定形) 沒滅絕	ほろばない	ば形 (條件形) 滅絕的話	ほろべば
なかった形 (過去否定形) 過去沒滅絕	ほろばなかった	させる形 (使役形) 遭受滅亡	ほろばせる
ます形 (連用形) 滅絕	ほろびます	られる形 (被動形) 被滅亡	ほろばれる
て形 滅絕	ほろんで	命令形 快滅絕	ほろべ
た形 (過去形) 滅絕了	ほろんだ	可能形	———
たら形 (條件形) 滅絕的話	ほろんだら	う形 (意向形) 滅絕吧	ほろぼう

△人類もいつかは滅ぶ。／人類終究會滅亡。

ほろぼす【滅ぼす】 消滅・毀滅 〔他五〕 グループ1

滅ぼす・滅ぼします

辭書形(基本形) 毀滅	ほろぼす	たり形 又是毀滅	ほろぼしたり
ない形 (否定形) 沒毀滅	ほろぼさない	ば形 (條件形) 毀滅的話	ほろぼせば
なかった形 (過去否定形) 過去沒毀滅	ほろぼさなかった	させる形 (使役形) 遭受毀滅	ほろぼさせる
ます形 (連用形) 毀滅	ほろぼします	られる形 (被動形) 被毀滅	ほろぼされる
て形 毀滅	ほろぼして	命令形 快毀滅	ほろぼせ
た形 (過去形) 毀滅了	ほろぼした	可能形 可以毀滅	ほろぼせる
たら形 (條件形) 毀滅的話	ほろぼしたら	う形 (意向形) 毀滅吧	ほろぼそう

△彼女は滅ぼされた民族のために涙ながらに歌った。／
她邊流著眼淚，為慘遭滅絕的民族歌唱。

まかす【任す】 委託・託付

他五 グループ1

任す・任します

辞書形(基本形) 託付	まかす	たり形 又是託付	まかしたり
ない形 (否定形) 沒託付	まかさない	ば形 (條件形) 託付的話	まかせれば
なかった形 (過去否定形) 過去沒託付	まかさなかった	させる形 (使役形) 予以託付	まかせる
ます形 (連用形) 託付	まかします	られる形 (被動形) 被託付	まかされる
て形 託付	まかして	命令形 快託付	まかせろ
た形 (過去形) 託付了	まかした	可能形 可以託付	まかせる
たら形 (條件形) 託付的話	まかしたら	う形 (意向形) 託付吧	まかそう

 △「全部任すよ。」と言うが早いか、彼は出て行った。／
他才說完：「全都交給你囉！」就逕自出去了。

まかす【負かす】 打敗・戰勝

他五 グループ1

負かす・負かします

辞書形(基本形) 戰勝	まかす	たり形 又是戰勝	まかしたり
ない形 (否定形) 沒戰勝	まかさない	ば形 (條件形) 戰勝的話	まかせば
なかった形 (過去否定形) 過去沒戰勝	まかさなかった	させる形 (使役形) 使戰勝	まかさせる
ます形 (連用形) 戰勝	まかします	られる形 (被動形) 被打敗	まかされる
て形 戰勝	まかして	命令形 快戰勝	まかせ
た形 (過去形) 戰勝了	まかした	可能形 可以戰勝	まかせる
たら形 (條件形) 戰勝的話	まかしたら	う形 (意向形) 戰勝吧	まかそう

 △金太郎は、すもうで熊を負かすくらい強かったということになっている。／
據說金太郎力大無比，甚至可以打贏一頭熊。

まぎれる【紛れる】

混入・混進；（因受某事物吸引）注意力
分散・暫時忘掉・消解

自下一　グループ2

紛れる・紛れます

辞書形(基本形) 混入	まぎれる	たり形 又是混入	まぎれたり
ない形（否定形) 沒混入	まぎれない	ば形（條件形) 混入的話	まぎれれば
なかった形（過去否定形) 過去沒混入	まぎれなかった	させる形（使役形) 予以混入	まぎれさせる
ます形（連用形) 混入	まぎれます	られる形（被動形) 被混入	まぎれられる
て形 混入	まぎれて	命令形 快混入	まぎれろ
た形（過去形) 混入了	まぎれた	可能形 可以混入	まぎれられる
たら形（條件形) 混入的話	まぎれたら	う形（意向形) 混入吧	まぎれよう

△騒ぎに紛れて金を盗むとは、とんでもない奴だ。／
這傢伙實在太可惡了，竟敢趁亂偷黃金。

まごつく

慌張・驚慌失措・不知所措；徘徊・徬徨

自五　グループ1

まごつく・まごつきます

辞書形(基本形) 驚慌失措	まごつく	たり形 又是驚慌失措	まごついたり
ない形（否定形) 沒驚慌失措	まごつかない	ば形（條件形) 驚慌失措的話	まごつけば
なかった形（過去否定形) 過去沒驚慌失措	まごつかなかった	させる形（使役形) 使驚慌失措	まごつかせる
ます形（連用形) 驚慌失措	まごつきます	られる形（被動形) 受到驚嚇	まごつかれる
て形 驚慌失措	まごついて	命令形 快驚慌失措	まごつけ
た形（過去形) 驚慌失措了	まごついた	可能形	———
たら形（條件形) 驚慌失措的話	まごついたら	う形（意向形) 驚慌失措吧	まごつこう

△緊張のあまり、客への挨拶さえまごつく始末だ。／
因為緊張過度，竟然連該向顧客打招呼都不知所措。

まさる【勝る】 勝於・優於・強於

勝る・勝ります

辞書形（基本形） 勝於	まさる	たり形 又是勝於	まさったり
ない形（否定形） 沒勝於	まさらない	ば形（條件形） 勝於的話	まされば
なかった形（過去否定形） 過去沒勝於	まさらなかった	させる形（使役形） 使勝於	まさらせる
ます形（連用形） 勝於	まさります	られる形（被動形） 被凌駕	まさられる
て形 勝於	まさって	命令形 快勝於	まされ
た形（過去形） 勝於了	まさった	可能形	——
たら形（條件形） 勝於的話	まさったら	う形（意向形） 勝於吧	まさろう

△条件では勝りながらも、最終的には勝てなかった。／
雖然佔有優勢，最後卻遭到敗北。

まじえる【交える】 夾雜・摻雜；(使細長的東西)交叉；互相接觸

交える・交えます

辞書形（基本形） 交叉	まじえる	たり形 又是交叉	まじえたり
ない形（否定形） 沒交叉	まじえない	ば形（條件形） 交叉的話	まじえれば
なかった形（過去否定形） 過去沒交叉	まじえなかった	させる形（使役形） 促使交叉	まじえさせる
ます形（連用形） 交叉	まじえます	られる形（被動形） 被摻雜	まじえられる
て形 交叉	まじえて	命令形 快交叉	まじえろ
た形（過去形） 交叉了	まじえた	可能形 可以交叉	まじえられる
たら形（條件形） 交叉的話	まじえたら	う形（意向形） 交叉吧	まじえよう

△仕事なんだから、私情を交えるな。／這可是工作，不准摻雜私人情感！

まじわる【交わる】 （線狀物）交・交叉；（與人）交往・交際　自五　グループ1

<ruby>交<rt>まじ</rt></ruby>わる・<ruby>交<rt>まじ</rt></ruby>わります

辞書形(基本形) 交叉	まじわる	たり形 又是交叉	まじわったり
ない形 (否定形) 沒交叉	まじわらない	ば形 (條件形) 交叉的話	まじわれば
なかった形 (過去否定形) 過去沒交叉	まじわらなかった	させる形 (使役形) 促使交叉	まじわらせる
ます形 (連用形) 交叉	まじわります	られる形 (被動形) 被交叉	まじわられる
て形 交叉	まじわって	命令形 快交叉	まじわれ
た形 (過去形) 交叉了	まじわった	可能形 可以交叉	まじわれる
たら形 (條件形) 交叉的話	まじわったら	う形 (意向形) 交叉吧	まじわろう

△当ホテルは、<ruby>幹線道路<rt>かんせんどうろ</rt></ruby>が<ruby>交<rt>まじ</rt></ruby>わるアクセス<ruby>至便<rt>しべん</rt></ruby>な<ruby>立地<rt>りっち</rt></ruby>にございます。／
本旅館位於幹道交會處，交通相當便利。

またがる【跨がる】 （分開兩腿）騎・跨；跨越・橫跨　自五　グループ1

<ruby>跨<rt>また</rt></ruby>がる・<ruby>跨<rt>また</rt></ruby>がります

辞書形(基本形) 跨越	またがる	たり形 又是跨越	またがったり
ない形 (否定形) 沒跨越	またがらない	ば形 (條件形) 跨越的話	またがれば
なかった形 (過去否定形) 過去沒跨越	またがらなかった	させる形 (使役形) 予以跨越	またがらせる
ます形 (連用形) 跨越	またがります	られる形 (被動形) 被跨越	またがられる
て形 跨越	またがって	命令形 快跨越	またがれ
た形 (過去形) 跨越了	またがった	可能形 可以跨越	またがれる
たら形 (條件形) 跨越的話	またがったら	う形 (意向形) 跨越吧	またがろう

△<ruby>富士山<rt>ふじさん</rt></ruby>は、<ruby>静岡<rt>しずおか</rt></ruby>・<ruby>山梨<rt>やまなし</rt></ruby>の２<ruby>県<rt>けん</rt></ruby>にまたがっている。／
富士山位於靜岡和山梨兩縣的交界。

まちのぞむ【待ち望む】 期待・盼望 他五 グループ1

待ち望む・待ち望みます

辞書形 (基本形) 期待	まちのぞむ	たり形 又是期待	まちのぞんだり
ない形 (否定形) 沒期待	まちのぞまない	ば形 (條件形) 期待的話	まちのぞめば
なかった形 (過去否定形) 過去沒期待	まちのぞまなかった	させる形 (使役形) 使期待	まちのぞませる
ます形 (連用形) 期待	まちのぞみます	られる形 (被動形) 被期待	まちのぞまれる
て形 期待	まちのぞんで	命令形 快期待	まちのぞめ
た形 (過去形) 期待了	まちのぞんだ	可能形 可以期待	まちのぞめる
たら形 (條件形) 期待的話	まちのぞんだら	う形 (意向形) 期待吧	まちのぞもう

 △娘がコンサートをこんなに待ち望んでいるとは知らなかった。／
實在不知道女兒竟然如此期盼著演唱會。

まぬがれる【免れる】 免・避免・擺脫 他下一 グループ2

免れる・免れます

辞書形 (基本形) 擺脫	まぬがれる	たり形 又是擺脫	まぬがれたり
ない形 (否定形) 沒擺脫	まぬがれない	ば形 (條件形) 擺脫的話	まぬがれれば
なかった形 (過去否定形) 過去沒擺脫	まぬがれなかった	させる形 (使役形) 使擺脫	まぬがれさせる
ます形 (連用形) 擺脫	まぬがれます	られる形 (被動形) 被擺脫	まぬがれられる
て形 擺脫	まぬがれて	命令形 快擺脫	まぬがれろ
た形 (過去形) 擺脫了	まぬがれた	可能形 可以擺脫	まぬがれられる
たら形 (條件形) 擺脫的話	まぬがれたら	う形 (意向形) 擺脫吧	まぬがれよう

 △先日、山火事があったが、うちの別荘はなんとか焼失を免れた。／
日前發生了山林大火，所幸我家的別墅倖免於難。

まるめる【丸める】 弄圓・糅成團；攏絡・拉攏；剃成光頭；出家 他下一 グループ2

まる　　　　 まる
丸める・丸めます

辭書形（基本形） 拉攏	まるめる	たり形 又是拉攏	まるめたり
ない形（否定形） 沒拉攏	まるめない	ば形（條件形） 拉攏的話	まるめれば
なかった形（過去否定形） 過去沒拉攏	まるめなかった	させる形（使役形） 予以拉攏	まるめさせる
ます形（連用形） 拉攏	まるめます	られる形（被動形） 被拉攏	まるめられる
て形 拉攏	まるめて	命令形 快拉攏	まるめろ
た形（過去形） 拉攏了	まるめた	可能形 可以拉攏	まるめられる
たら形（條件形） 拉攏的話	まるめたら	う形（意向形） 拉攏吧	まるめよう

 △農家のおばさんが背中を丸めて草取りしている。／
農家的阿桑正在彎腰除草。

みあわせる【見合わせる】 （面面）相視；放下・暫停・暫不進行；對照 他下一 グループ2

み　あ　　　　　み　あ
見合わせる・見合わせます

辭書形（基本形） 放下	みあわせる	たり形 又是放下	みあわせたり
ない形（否定形） 沒放下	みあわせない	ば形（條件形） 放下的話	みあわせれば
なかった形（過去否定形） 過去沒放下	みあわせなかった	させる形（使役形） 使放下	みあわせさせる
ます形（連用形） 放下	みあわせます	られる形（被動形） 被放下	みあわせられる
て形 放下	みあわせて	命令形 快放下	みあわせろ
た形（過去形） 放下了	みあわせた	可能形 可以放下	みあわせられる
たら形（條件形） 放下的話	みあわせたら	う形（意向形） 放下吧	みあわせよう

 △多忙ゆえ、会議への出席は見合わせたいと思います。／
因為忙碌得無法分身，容我暫不出席會議。

702

みうしなう【見失う】 迷失・看不見・看丟

見失う・見失います

辞書形(基本形)		たり形	
迷失	みうしなう	又是迷失	みうしなったり
ない形(否定形)		ば形(條件形)	
沒迷失	みうしなわない	迷失的話	みうしなえば
なかった形(過去否定形)		させる形(使役形)	
過去沒迷失	みうしなわなかった	使迷失	みうしなわせる
ます形(連用形)		られる形(被動形)	
迷失	みうしないます	被弄丟	みうしなわれる
て形		命令形	
迷失	みうしなって	快迷失	みうしなえ
た形(過去形)		可能形	
迷失了	みうしなった	可以迷失	みうしなえる
たら形(條件形)		う形(意向形)	
迷失的話	みうしなったら	迷失吧	みうしなおう

△目標を見失う。／迷失目標。

みおとす【見落とす】 看漏・忽略・漏掉

見落とす・見落とします

辞書形(基本形)		たり形	
看漏	みおとす	又是看漏	みおとしたり
ない形(否定形)		ば形(條件形)	
沒看漏	みおとさない	看漏的話	みおとせば
なかった形(過去否定形)		させる形(使役形)	
過去沒看漏	みおとさなかった	使看漏	みおとさせる
ます形(連用形)		られる形(被動形)	
看漏	みおとします	被看漏	みおとされる
て形		命令形	
看漏	みおとして	快看漏	みおとせ
た形(過去形)		可能形	
看漏了	みおとした		————
たら形(條件形)		う形(意向形)	
看漏的話	みおとしたら	看漏吧	みおとそう

△目指す店の看板は、危うく見落とさんばかりにひっそりと掲げられていた。／想要找的那家店所掛的招牌很不顯眼，而且搖搖欲墜。

みくだす【見下す】 軽視・藐視・看不起；往下看・俯視 他五 グループ1

見下す・見下します

辞書形(基本形)		たり形	
軽視	みくだす	又是軽視	みくだしたり
ない形（否定形）		ば形（條件形）	
沒軽視	みくださない	軽視的話	みくだせば
なかった形（過去否定形）		させる形（使役形）	
過去沒軽視	みくださなかった	使軽視	みくださせる
ます形（連用形）		られる形（被動形）	
軽視	みくだします	被軽視	みくだされる
て形		命令形	
軽視	みくだして	快軽視	みくだせ
た形（過去形）		可能形	
軽視了	みくだした	可以軽視	みくだせる
たら形（條件形）		う形（意向形）	
軽視的話	みくだしたら	軽視吧	みくだそう

△奴は人を見下したように笑った。／那傢伙輕蔑地冷笑了。

みせびらかす【見せびらかす】 炫耀・賣弄・顯示 他五 グループ1

見せびらかす・見せびらかします

辞書形(基本形)		たり形	
賣弄	みせびらかす	又是賣弄	みせびらかしたり
ない形（否定形）		ば形（條件形）	
沒賣弄	みせびらかさない	賣弄的話	みせびらかせば
なかった形（過去否定形）		させる形（使役形）	
過去沒賣弄	みせびらかさなかった	使賣弄	みせびらかさせる
ます形（連用形）		られる形（被動形）	
賣弄	みせびらかします	被賣弄	みせびらかされる
て形		命令形	
賣弄	みせびらかして	快賣弄	みせびらかせ
た形（過去形）		可能形	
賣弄了	みせびらかした	可以賣弄	みせびらかせる
たら形（條件形）		う形（意向形）	
賣弄的話	みせびらかしたら	賣弄吧	みせびらかそう

△花子は新しいかばんを友達に見せびらかしている。／
花子正將新皮包炫耀給朋友們看。

みたす【満たす】 装滿・填滿・倒滿；滿足

他五　グループ1

満たす・満たします

辭書形(基本形) 装滿	みたす	たり形 又是装滿	みたしたり
ない形 (否定形) 没装滿	みたさない	ば形 (條件形) 装滿的話	みたせば
なかった形(過去否定形) 過去没装滿	みたさなかった	させる形 (使役形) 予以装滿	みたさせる
ます形 (連用形) 装滿	みたします	られる形 (被動形) 被装滿	みたされる
て形 装滿	みたして	命令形 快装滿	みたせ
た形 (過去形) 装滿了	みたした	可能形 可以装滿	みたせる
たら形 (條件形) 装滿的話	みたしたら	う形 (意向形) 装滿吧	みたそう

△顧客の要求を満たすべく、機能の改善に努める。／
為了滿足客戶的需求，盡力改進商品的功能。

みだす【乱す】 弄亂・攪亂

他五　グループ1

乱す・乱します

辭書形(基本形) 弄亂	みだす	たり形 又是弄亂	みだしたり
ない形 (否定形) 没弄亂	みださない	ば形 (條件形) 弄亂的話	みだせば
なかった形(過去否定形) 過去没弄亂	みださなかった	させる形 (使役形) 使弄亂	みださせる
ます形 (連用形) 弄亂	みだします	られる形 (被動形) 被弄亂	みだされる
て形 弄亂	みだして	命令形 快弄亂	みだせ
た形 (過去形) 弄亂了	みだした	可能形 可以弄亂	みだせる
たら形 (條件形) 弄亂的話	みだしたら	う形 (意向形) 弄亂吧	みだそう

△列を乱さずに、行進しなさい。／請不要將隊形散掉前進。

みだれる【乱れる】

亂‧凌亂；紊亂‧混亂‧錯亂

乱_{みだ}れる・乱_{みだ}れます

辭書形(基本形) 錯亂	みだれる	たり形 又是錯亂	みだれたり
ない形（否定形） 沒錯亂	みだれない	ば形（條件形） 錯亂的話	みだれれば
なかった形（過去否定形） 過去沒錯亂	みだれなかった	させる形（使役形） 使錯亂	みだれさせる
ます形（連用形） 錯亂	みだれます	られる形（被動形） 被紊亂	みだれられる
て形 錯亂	みだれて	命令形 快錯亂	みだれろ
た形（過去形） 錯亂了	みだれた	可能形 可以錯亂	みだれられる
たら形（條件形） 錯亂的話	みだれたら	う形（意向形） 錯亂吧	みだれよう

△カードの順序_{じゅんじょ}が乱_{みだ}れているよ。／卡片的順序已經錯亂囉！

みちがえる【見違える】

看錯‧看差

他下一　グループ2

見違_{みちが}える・見違_{みちが}えます

辭書形(基本形) 看錯	みちがえる	たり形 又是看錯	みちがえたり
ない形（否定形） 沒看錯	みちがえない	ば形（條件形） 看錯的話	みちがえれば
なかった形（過去否定形） 過去沒看錯	みちがえなかった	させる形（使役形） 使看錯	みちがえさせる
ます形（連用形） 看錯	みちがえます	られる形（被動形） 被看錯	みちがえられる
て形 看錯	みちがえて	命令形 快看錯	みちがえろ
た形（過去形） 看錯了	みちがえた	可能形 可以看錯	みちがえられる
たら形（條件形） 看錯的話	みちがえたら	う形（意向形） 看錯吧	みちがえよう

△髪型_{かみがた}を変_かえたら、見違_{みちが}えるほど変_かわった。／
換了髮型之後，簡直變了一個人似的。

みちびく【導く】 引路・導遊；指導・引導；導致・導向 他五 グループ1

導く・導きます

辞書形(基本形)		たり形	
指導	みちびく	又是指導	みちびいたり
ない形(否定形)		ば形(條件形)	
沒指導	みちびかない	指導的話	みちびけば
なかった形(過去否定形)		させる形(使役形)	
過去沒指導	みちびかなかった	予以指導	みちびかせる
ます形(連用形)		られる形(被動形)	
指導	みちびきます	被指導	みちびかれる
て形		命令形	
指導	みちびいて	快指導	みちびけ
た形(過去形)		可能形	
指導了	みちびいた	可以指導	みちびける
たら形(條件形)		う形(意向形)	
指導的話	みちびいたら	指導吧	みちびこう

 △彼は我々を成功に導いた。／他引導我們走上成功之路。

みつもる【見積もる】 估計・估算 他五 グループ1

見積もる・見積もります

辞書形(基本形)		たり形	
估算	みつもる	又是估算	みつもったり
ない形(否定形)		ば形(條件形)	
沒估算	みつもらない	估算的話	みつもれば
なかった形(過去否定形)		させる形(使役形)	
過去沒估算	みつもらなかった	使估算	みつもらせる
ます形(連用形)		られる形(被動形)	
估算	みつもります	被估算	みつもられる
て形		命令形	
估算	みつもって	快估算	みつもれ
た形(過去形)		可能形	
估算了	みつもった		———
たら形(條件形)		う形(意向形)	
估算的話	みつもったら	估算吧	みつもろう

 △予算を見積もる。／估計預算。

みとどける【見届ける】

看到・看清；看到最後；預見　他下一　グループ2

見届ける・見届けます

辞書形(基本形) 看清	みとどける	たり形 又是看清	みとどけたり
ない形 (否定形) 沒看清	みとどけない	ば形 (條件形) 看清的話	みとどければ
なかった形 (過去否定形) 過去沒看清	みとどけなかった	させる形 (使役形) 使看清	みとどけさせる
ます形 (連用形) 看清	みとどけます	られる形 (被動形) 被看清	みとどけられる
て形 看清	みとどけて	命令形 快看清	みとどけろ
た形 (過去形) 看清了	みとどけた	可能形 可以看清	みとどけられる
たら形 (條件形) 看清的話	みとどけたら	う形 (意向形) 看清吧	みとどけよう

△孫が結婚するのを見届けてから死にたい。／
我希望等親眼看到孫兒結婚以後再死掉。

みなす【見なす】

視為・認為・看成；當作　他五　グループ1

見なす・見なします

辞書形(基本形) 視為	みなす	たり形 又是視為	みなしたり
ない形 (否定形) 沒視為	みなさない	ば形 (條件形) 視為的話	みなせば
なかった形 (過去否定形) 過去沒視為	みなさなかった	させる形 (使役形) 使視為	みなさせる
ます形 (連用形) 視為	みなします	られる形 (被動形) 被視為	みなされる
て形 視為	みなして	命令形 快視為	みなせ
た形 (過去形) 視為了	みなした	可能形 可以視為	みなせる
たら形 (條件形) 視為的話	みなしたら	う形 (意向形) 視為吧	みなそう

△オートバイに乗る少年を不良と見なすのはどうかと思う。／
我認為不應該將騎摩托車的年輕人全當作不良少年。

N1
み
みとどける・みなす

みならう【見習う】 學習・見習・熟習；模仿

他五　グループ1

見習う・見習います

辭書形(基本形)		た切形	
模仿	みならう	又是模仿	みならったり
ない形 (否定形)		ば形 (條件形)	
沒模仿	みならわない	模仿的話	みならえば
なかった形 (過去否定形)		させる形 (使役形)	
過去沒模仿	みならわなかった	予以模仿	みならわせる
ます形 (連用形)		られる形 (被動形)	
模仿	みならいます	被模仿	みならわれる
て形		命令形	
模仿	みならって	快模仿	みならえ
た形 (過去形)		可能形	
模仿了	みならった	可以模仿	みならえる
たら形 (條件形)		う形 (意向形)	
模仿的話	みならったら	模仿吧	みならおう

△また散らかして！お姉ちゃんを見習いなさい！／
又到處亂丟了！跟姐姐好好看齊！

みのがす【見逃す】 看漏；饒過・放過；錯過；沒看成

他五　グループ1

見逃す・見逃します

辭書形(基本形)		た切形	
錯過	みのがす	又是錯過	みのがしたり
ない形 (否定形)		ば形 (條件形)	
沒錯過	みのがさない	錯過的話	みのがせば
なかった形 (過去否定形)		させる形 (使役形)	
過去沒錯過	みのがさなかった	使錯過	みのがさせる
ます形 (連用形)		られる形 (被動形)	
錯過	みのがします	被錯過	みのがされる
て形		命令形	
錯過	みのがして	快錯過	みのがせ
た形 (過去形)		可能形	
錯過了	みのがした	可以錯過	みのがせる
たら形 (條件形)		う形 (意向形)	
錯過的話	みのがしたら	錯過吧	みのがそう

△一生に一度のチャンスとあっては、ここでうかうか見逃すわけにはいかない。／
因為是個千載難逢的大好機會，此時此刻絕不能好整以暇地坐視它從眼前溜走。

みはからう【見計らう】 斟酌・看著辦・選擇

見計らう・見計らいます

辭書形(基本形) 選擇	みはからう	たり形 又是選擇	みはからったり
ない形（否定形） 沒選擇	みはからわない	ば形（條件形） 選擇的話	みはからえば
なかった形（過去否定形） 過去沒選擇	みはからわ なかった	させる形（使役形） 予以選擇	みはからわせる
ます形（連用形） 選擇	みはからいます	られる形（被動形） 被選擇	みはからわれる
て形 選擇	みはからって	命令形 快選擇	みはからえ
た形（過去形） 選擇了	みはからった	可能形 可以選擇	みはからえる
たら形（條件形） 選擇的話	みはからったら	う形（意向形） 選擇吧	みはからおう

△タイミングを見計らって、彼女を食事に誘った。／
看準好時機，邀了她一起吃飯。

みわたす【見渡す】 瞭望・遠望；看一遍・環視

見渡す・見渡します

辭書形(基本形) 看一遍	みわたす	たり形 又是看一遍	みわたしたり
ない形（否定形） 沒看一遍	みわたさない	ば形（條件形） 看一遍的話	みわたせば
なかった形（過去否定形） 過去沒看一遍	みわたさなかった	させる形（使役形） 使看一遍	みわたさせる
ます形（連用形） 看一遍	みわたします	られる形（被動形） 被看一遍	みわたされる
て形 看一遍	みわたして	命令形 快看一遍	みわたせ
た形（過去形） 看一遍了	みわたした	可能形 可以看一遍	みわたせる
たら形（條件形） 看一遍的話	みわたしたら	う形（意向形） 看一遍吧	みわたそう

△ここからだと神戸の街並みと海を見渡すことができる。／
從這裡放眼看去，可以將神戶的街景與海景盡收眼底。

むくむ【浮腫む】 浮腫・虚腫；鼓起・鼓脹

自五 グループ1

浮腫む・浮腫みます

辞書形(基本形)		たり形	
鼓起	むくむ	又是鼓起	むくんだり
ない形(否定形)		ば形(條件形)	
沒鼓起	むくまない	鼓起的話	むくめば
なかった形(過去否定形)		させる形(使役形)	
過去沒鼓起	むくまなかった	使鼓起	むくませる
ます形(連用形)		られる形(被動形)	
鼓起	むくみます	被鼓起	むくまれる
て形		命令形	
鼓起	むくんで	快鼓起	むくめ
た形(過去形)		可能形	
鼓起了	むくんだ	可以鼓起	むくめる
たら形(條件形)		う形(意向形)	
鼓起的話	むくんだら	鼓起吧	むくもう

△久しぶりにたくさん歩いたら、足がパンパンにむくんでしまった。／
好久沒走那麼久了，腿腫成了硬邦邦的。

むしる【毟る】 揪・拔；撕・剔(骨頭)；奪取

他五 グループ1

毟る・毟ります

辞書形(基本形)		たり形	
撕	むしる	又是撕	むしったり
ない形(否定形)		ば形(條件形)	
沒撕	むしらない	撕的話	むしれば
なかった形(過去否定形)		させる形(使役形)	
過去沒撕	むしらなかった	使奪取	むしらせる
ます形(連用形)		られる形(被動形)	
撕	むしります	被撕	むしられる
て形		命令形	
撕	むしって	快撕	むしれ
た形(過去形)		可能形	
撕了	むしった	可以撕	むしれる
たら形(條件形)		う形(意向形)	
撕的話	むしったら	撕吧	むしろう

△夏になると雑草がどんどん伸びてきて、むしるのが大変だ。／
一到夏天，雑草冒個不停，除起草來非常辛苦。

むすびつく【結び付く】

連接・結合・繋；密切相關・有聯繫・有關連

自五 グループ1

結び付く・結び付きます

辞書形(基本形) 結合	むすびつく	たり形 又是結合	むすびついたり
ない形（否定形） 沒結合	むすびつかない	ば形 （條件形） 結合的話	むすびつけば
なかった形（過去否定形） 過去沒結合	むすびつかなかった	させる形 （使役形） 使結合	むすびつかせる
ます形 （連用形） 結合	むすびつきます	られる形 （被動形） 被結合	むすびつかれる
て形 結合	むすびついて	命令形 快結合	むすびつけ
た形 （過去形） 結合了	むすびついた	可能形	———
たら形 （條件形） 結合的話	むすびついたら	う形 （意向形） 結合吧	むすびつこう

△仕事に結びつく資格には、どのようなものがありますか。／
請問有哪些證照是與工作密切相關的呢？

むすびつける【結び付ける】

繋上・拴上；結合・聯繫

他下一 グループ2

結び付ける・結び付けます

辞書形(基本形) 結合	むすびつける	たり形 又是結合	むすびつけたり
ない形（否定形） 沒結合	むすびつけない	ば形 （條件形） 結合的話	むすびつければ
なかった形（過去否定形） 過去沒結合	むすびつけなかった	させる形 （使役形） 使結合	むすびつけさせる
ます形 （連用形） 結合	むすびつけます	られる形 （被動形） 被結合	むすびつけられる
て形 結合	むすびつけて	命令形 快結合	むすびつけろ
た形 （過去形） 結合了	むすびつけた	可能形 可以結合	むすびつけられる
たら形 （條件形） 結合的話	むすびつけたら	う形 （意向形） 結合吧	むすびつけよう

△環境問題を自分の生活と結びつけて考えてみましょう。／
讓我們來想想，該如何將環保融入自己的日常生活中。

むせる【噎せる】 噎・嗆 自下一 グループ2

噎せる・噎せます

辞書形(基本形) 嗆	むせる	たり形 又是嗆	むせたり
ない形 (否定形) 沒嗆	むせない	ば形 (條件形) 嗆的話	むせれば
なかった形 (過去否定形) 過去沒嗆	むせなかった	させる形 (使役形) 使嗆著	むせさせる
ます形 (連用形) 嗆	むせます	られる形 (被動形) 被嗆	むせられる
て形 嗆	むせて	命令形 快嗆	むせろ
た形 (過去形) 嗆了	むせた	可能形	——
たら形 (條件形) 嗆的話	むせたら	う形 (意向形) 嗆吧	むせよう

 △煙が立ってむせてしようがない。／直冒煙，嗆得厲害。

むらがる【群がる】 聚集・群集・密集・林立 自五 グループ1

群がる・群がります

辞書形(基本形) 群集	むらがる	たり形 又是群集	むらがったり
ない形 (否定形) 沒群集	むらがらない	ば形 (條件形) 群集的話	むらがれば
なかった形 (過去否定形) 過去沒群集	むらがらなかった	させる形 (使役形) 使群集	むらがらせる
ます形 (連用形) 群集	むらがります	られる形 (被動形) 被群集於…	むらがられる
て形 群集	むらがって	命令形 快群集	むらがれ
た形 (過去形) 群集了	むらがった	可能形 可以群集	むらがれる
たら形 (條件形) 群集的話	むらがったら	う形 (意向形) 群集吧	むらがろう

 △子どもといい、大人といい、みな新製品に群がっている。／無論是小孩或是大人，全都在新產品的前面擠成一團。

めぐむ【恵む】 同情・憐憫；施捨・周濟 　他五 グループ1

恵む・恵みます

辞書形(基本形)		たり形	
憐憫	めぐむ	又是憐憫	めぐんだり
ない形(否定形)		ば形(條件形)	
沒憐憫	めぐまない	憐憫的話	めぐめば
なかった形(過去否定形)		させる形(使役形)	
過去沒憐憫	めぐまなかった	使憐憫	めぐませる
ます形(連用形)		られる形(被動形)	
憐憫	めぐみます	被憐憫	めぐまれる
て形		命令形	
憐憫	めぐんで	快憐憫	めぐめ
た形(過去形)		可能形	
憐憫了	めぐんだ	可以憐憫	めぐめる
たら形(條件形)		う形(意向形)	
憐憫的話	めぐんだら	憐憫吧	めぐもう

△財布をなくし困っていたら、見知らぬ人が1万円恵んでくれた。／
當我正因弄丟了錢包而不知所措時，有陌生人同情我並給了一萬日幣。

めざめる【目覚める】 醒・睡醒；覺悟・覺醒・發現　自下一 グループ2

目覚める・目覚めます

辞書形(基本形)		たり形	
覺醒	めざめる	又是覺醒	めざめたり
ない形(否定形)		ば形(條件形)	
沒覺醒	めざめない	覺醒的話	めざめれば
なかった形(過去否定形)		させる形(使役形)	
過去沒覺醒	めざめなかった	使覺醒	めざめさせる
ます形(連用形)		られる形(被動形)	
覺醒	めざめます	被覺醒	めざめられる
て形		命令形	
覺醒	めざめて	快覺醒	めざめろ
た形(過去形)		可能形	
覺醒了	めざめた	可以覺醒	めざめられる
たら形(條件形)		う形(意向形)	
覺醒的話	めざめたら	覺醒吧	めざめよう

△今朝は鳥の鳴き声で目覚めました。／今天早晨被鳥兒的啁啾聲喚醒。

めす【召す】 (敬語) 召見・召喚；吃；喝；穿；乘；入浴；感冒；購買 他五 グループ1

召す・召します

辞書形 (基本形) 召見	めす	たり形 又是召見	めしたり
ない形 (否定形) 沒召見	めさない	ば形 (條件形) 召見的話	めせば
なかった形 (過去否定形) 過去沒召見	めさなかった	させる形 (使役形) 使召見	めさせる
ます形 (連用形) 召見	めします	られる形 (被動形) 被召見	めされる
て形 召見	めして	命令形 快召見	めせ
た形 (過去形) 召見了	めした	可能形	——
たら形 (條件形) 召見的話	めしたら	う形 (意向形) 召見吧	めそう

 △母は昨年82歳で神に召されました。／家母去年以八十二歲的高齡蒙主寵召了。

もうける【設ける】 預備・準備；設立、設置、制定 他下一 グループ2

設ける・設けます

辞書形 (基本形) 設置	もうける	たり形 又是設置	もうけたり
ない形 (否定形) 沒設置	もうけない	ば形 (條件形) 設置的話	もうければ
なかった形 (過去否定形) 過去沒設置	もうけなかった	させる形 (使役形) 使設置	もうけさせる
ます形 (連用形) 設置	もうけます	られる形 (被動形) 被設置	もうけられる
て形 設置	もうけて	命令形 快設置	もうけろ
た形 (過去形) 設置了	もうけた	可能形 可以設置	もうけられる
たら形 (條件形) 設置的話	もうけたら	う形 (意向形) 設置吧	もうけよう

 △弊社は日本語のサイトも設けています。／敝公司也有架設日文網站。

もうしいれる【申し入れる】提議・（正式）提出　他下一　グループ2

申し入れる・申し入れます

辞書形(基本形)　提出	もうしいれる	たり形　又是提出	もうしいれたり
ない形（否定形）　没提出	もうしいれない	ば形（條件形）　提出的話	もうしいれれば
なかった形（過去否定形）　過去没提出	もうしいれなかった	させる形（使役形）　使提出	もうしいれさせる
ます形（連用形）　提出	もうしいれます	られる形（被動形）　被提出	もうしいれられる
て形　提出	もうしいれて	命令形　快提出	もうしいれろ
た形（過去形）　提出了	もうしいれた	可能形　可以提出	もうしいれられる
たら形（條件形）　提出的話	もうしいれたら	う形（意向形）　提出吧	もうしいれよう

△再三交渉を申し入れたが、会社からの回答はまだ得られていない。／
儘管已經再三提出交渉，卻尚未得到公司的回應。

もうしでる【申し出る】提出・申述・申請　他下一　グループ2

申し出る・申し出ます

辞書形(基本形)　提出	もうしでる	たり形　又是提出	もうしでたり
ない形（否定形）　没提出	もうしでない	ば形（條件形）　提出的話	もうしでれば
なかった形（過去否定形）　過去没提出	もうしでなかった	させる形（使役形）　使提出	もうしでさせる
ます形（連用形）　提出	もうしでます	られる形（被動形）　被提出	もうしでられる
て形　提出	もうしでて	命令形　快提出	もうしでろ
た形（過去形）　提出了	もうしでた	可能形　可以提出	もうしでられる
たら形（條件形）　提出的話	もうしでたら	う形（意向形）　提出吧	もうしでよう

△ほかにも薬を服用している場合は、必ず申し出てください。／
假如還有服用其他薬物請務必告知。

もがく （痛苦時）掙扎・折騰；焦急・著急・掙扎　　自五　グループ1

もがく・もがきます

辞書形(基本形) 折騰	もがく	た り形 又是折騰	もがいたり
ない形 (否定形) 沒折騰	もがかない	ば形 (條件形) 折騰的話	もがけば
なかった形 (過去否定形) 過去沒折騰	もがかなかった	させる形 (使役形) 任憑折騰	もがかせる
ます形 (連用形) 折騰	もがきます	られる形 (被動形) 被折騰	もがかれる
て形 折騰	もがいて	命令形 快折騰	もがけ
た形 (過去形) 折騰了	もがいた	可能形 可以折騰	もがける
たら形 (條件形) 折騰的話	もがいたら	う形 (意向形) 折騰吧	もがこう

△誘拐された被害者は、必死にもがいて縄をほどき、自力で脱出したそうだ。／聽說遭到綁架的被害人拚命掙脫繩索，靠自己的力量逃出來了。

もくろむ【目論む】 計畫・籌畫・企圖・圖謀　　他五　グループ1

目論む・目論みます

辞書形(基本形) 籌畫	もくろむ	た り形 又是籌畫	もくろんだり
ない形 (否定形) 沒籌畫	もくろまない	ば形 (條件形) 籌畫的話	もくろめば
なかった形 (過去否定形) 過去沒籌畫	もくろまなかった	させる形 (使役形) 使籌畫	もくろませる
ます形 (連用形) 籌畫	もくろみます	られる形 (被動形) 被籌畫	もくろまれる
て形 籌畫	もくろんで	命令形 快籌畫	もくろめ
た形 (過去形) 籌畫了	もくろんだ	可能形 可以籌畫	もくろめる
たら形 (條件形) 籌畫的話	もくろんだら	う形 (意向形) 籌畫吧	もくろもう

△わが国は、軍備増強をもくろむ某隣国の脅威にさらされている。／我國目前受到鄰近某國企圖提升軍備的威脅。

もたらす【齎す】 帶來；造成・引發・引起；帶來（好處） 他五 グループ1

齎す・齎します

辭書形（基本形） 引起	もたらす	たり形 又是引起	もたらしたり
ない形（否定形） 沒引起	もたらさない	ば形（條件形） 引起的話	もたらせば
なかった形（過去否定形） 過去沒引起	もたらさなかった	させる形（使役形） 使引起	もたらさせる
ます形（連用形） 引起	もたらします	られる形（被動形） 被引起	もたらされる
て形 引起	もたらして	命令形 快引起	もたらせ
た形（過去形） 引起了	もたらした	可能形 可以引起	もたらせる
たら形（條件形） 引起的話	もたらしたら	う形（意向形） 引起吧	もたらそう

△お金が幸せをもたらしてくれるとは限らない。／金錢未必會帶來幸福。

もちこむ【持ち込む】 攜入・帶入；提出（意見・建議・問題） 他五 グループ1

持ち込む・持ち込みます

辭書形（基本形） 提出	もちこむ	たり形 又是提出	もちこんだり
ない形（否定形） 沒提出	もちこまない	ば形（條件形） 提出的話	もちこめば
なかった形（過去否定形） 過去沒提出	もちこまなかった	させる形（使役形） 使提出	もちこませる
ます形（連用形） 提出	もちこみます	られる形（被動形） 被提出	もちこまれる
て形 提出	もちこんで	命令形 快提出	もちこめ
た形（過去形） 提出了	もちこんだ	可能形 可以提出	もちこめる
たら形（條件形） 提出的話	もちこんだら	う形（意向形） 提出吧	もちこもう

△飲食物をホテルに持ち込む。／將外食攜入飯店。

もてなす【持て成す】 接待・招待・款待；（請吃飯）宴請・招待　他五　グループ1

持て成す・持て成します

辞書形(基本形) 接待	もてなす	たり形 又是接待	もてなしたり
ない形 (否定形) 沒接待	もてなさない	ば形 (條件形) 接待的話	もてなせば
なかった形 (過去否定形) 過去沒接待	もてなさなかった	させる形 (使役形) 使接待	もてなさせる
ます形 (連用形) 接待	もてなします	られる形 (被動形) 被接待	もてなされる
て形 接待	もてなして	命令形 快接待	もてなせ
た形 (過去形) 接待了	もてなした	可能形 可以接待	もてなせる
たら形 (條件形) 接待的話	もてなしたら	う形 (意向形) 接待吧	もてなそう

△来賓をもてなすため、ホテルで大々的に歓迎会を開いた。／
為了要接待來賓，在飯店舉辦了盛大的迎賓會。

もてる【持てる】 受歡迎；能維持；能有・能拿　自下一　グループ2

持てる・持てます

辞書形(基本形) 能拿	もてる	たり形 又是能拿	もてたり
ない形 (否定形) 沒能拿	もてない	ば形 (條件形) 能拿的話	もてれば
なかった形 (過去否定形) 過去沒能拿	もてなかった	させる形 (使役形) 使受歡迎	もてさせる
ます形 (連用形) 能拿	もてます	られる形 (被動形) 得到歡喜	もてられる
て形 能拿	もてて	命令形 快能拿	もてろ
た形 (過去形) 能拿了	もてた	可能形	——
たら形 (條件形) 能拿的話	もてたら	う形 (意向形) 能拿吧	もてよう

△持てる力を存分に発揮して、悔いのないように試合に臨みなさい。／
不要留下任何後悔，在比賽中充分展現自己的實力吧！

もめる【揉める】　発生糾紛・擔心・擔憂　　自下一　グループ2

揉める・揉めます

辭書形(基本形)		たり形	
擔憂	もめる	又是擔憂	もめたり
ない形 (否定形)		ば形 (條件形)	
沒擔憂	もめない	擔憂的話	もめれば
なかった形 (過去否定形)		させる形 (使役形)	
過去沒擔憂	もめなかった	使擔憂	もめさせる
ます形 (連用形)		られる形 (被動形)	
擔憂	もめます	被擔憂	もめられる
て形		命令形	
擔憂	もめて	快擔憂	もめろ
た形 (過去形)		可能形	
擔憂了	もめた		——
たら形 (條件形)		う形 (意向形)	
擔憂的話	もめたら	擔憂吧	もめよう

△遺産相続などでもめないように遺言を残しておいた方がいい。／
最好先寫下遺言，以免遺族繼承財產時發生爭執。

もよおす【催す】　舉行・舉辦；產生・引起　　他五　グループ1

催す・催します

辭書形(基本形)		たり形	
引起	もよおす	又是引起	もよおしたり
ない形 (否定形)		ば形 (條件形)	
沒引起	もよおさない	引起的話	もよおせば
なかった形 (過去否定形)		させる形 (使役形)	
過去沒引起	もよおさなかった	使引起	もよおさせる
ます形 (連用形)		られる形 (被動形)	
引起	もよおします	被引起	もよおされる
て形		命令形	
引起	もよおして	快引起	もよおせ
た形 (過去形)		可能形	
引起了	もよおした	可以引起	もよおせる
たら形 (條件形)		う形 (意向形)	
引起的話	もよおしたら	引起吧	もよおそう

△来月催される演奏会のために、毎日遅くまでピアノの練習をしています。／為了即將於下個月舉辦的演奏會，每天都練習鋼琴至深夜時分。

もらす【漏らす】

（液體、氣體、光等）漏・漏出；（秘密等）洩漏；遺漏；發洩；尿褲子 　他五　グループ1

漏らす・漏らします

辭書形(基本形) 洩漏	もらす	たり形 又是洩漏	もらしたり
ない形 (否定形) 沒洩漏	もらさない	ば形 (條件形) 洩漏的話	もらせば
なかった形 (過去否定形) 過去沒洩漏	もらさなかった	させる形 (使役形) 使洩漏	もらさせる
ます形 (連用形) 洩漏	もらします	られる形 (被動形) 被洩漏	もらされる
て形 洩漏	もらして	命令形 快洩漏	もらせ
た形 (過去形) 洩漏了	もらした	可能形 可以洩漏	もらせる
たら形 (條件形) 洩漏的話	もらしたら	う形 (意向形) 洩漏吧	もらそう

 △社員が情報をもらしたと知って、社長は憤慨にたえない。／
當社長獲悉員工洩露了機密，不由得火冒三丈。

もりあがる【盛り上がる】

（向上或向外）鼓起・隆起；（情緒、要求等）沸騰，高漲 　自五　グループ1

盛り上がる・盛り上がります

辭書形(基本形) 沸騰	もりあがる	たり形 又是沸騰	もりあがったり
ない形 (否定形) 沒沸騰	もりあがらない	ば形 (條件形) 沸騰的話	もりあがれば
なかった形 (過去否定形) 過去沒沸騰	もりあがらなかった	させる形 (使役形) 使沸騰	もりあがらせる
ます形 (連用形) 沸騰	もりあがります	られる形 (被動形) 被沸騰	もりあがられる
て形 沸騰	もりあがって	命令形 快沸騰	もりあがれ
た形 (過去形) 沸騰了	もりあがった	可能形 可以沸騰	もりあがれる
たら形 (條件形) 沸騰的話	もりあがったら	う形 (意向形) 沸騰吧	もりあがろう

 △決勝戦とあって、異様な盛り上がりを見せている。／
因為是冠亞軍賽，選手們的鬥志都異常高昂。

もる【漏る】 (液體、氣體、光等)漏、漏出

自五　グループ1

漏る・漏ります

辭書形(基本形) 漏出	もる	たり形 又是漏出	もったり
ない形 (否定形) 沒漏出	もらない	ば形 (條件形) 漏出的話	もれば
なかった形 (過去否定形) 過去沒漏出	もらなかった	させる形 (使役形) 使漏出	もらせる
ます形 (連用形) 漏出	もります	られる形 (被動形) 被洩漏	もられる
て形 漏出	もって	命令形 快漏出	もれ
た形 (過去形) 漏出了	もった	可能形 可以漏出	もれる
たら形 (條件形) 漏出的話	もったら	う形 (意向形) 漏出吧	もろう

△お茶が漏ると思ったら、湯飲みにひびが入っていた。／
正想著茶湯怎麼露出來了，原來是茶壺有裂縫了。

もれる【漏れる】 (液體、氣體、光等)漏、漏出；(秘密等)洩漏；落選、被淘汰

自下一　グループ2

漏れる・漏れます

辭書形(基本形) 洩漏	もれる	たり形 又是洩漏	もれたり
ない形 (否定形) 沒洩漏	もれない	ば形 (條件形) 洩漏的話	もれれば
なかった形 (過去否定形) 過去沒洩漏	もれなかった	させる形 (使役形) 使洩漏	もれさせる
ます形 (連用形) 洩漏	もれます	られる形 (被動形) 被洩漏	もれられる
て形 洩漏	もれて	命令形 快洩漏	もれろ
た形 (過去形) 洩漏了	もれた	可能形	———
たら形 (條件形) 洩漏的話	もれたら	う形 (意向形) 洩漏吧	もれよう

△この話はいったいどこから漏れたのですか。／
這件事到底是從哪裡洩露出去的呢？

やしなう【養う】

（子女）養育・撫育；養活・扶養；餓養；培養；保養・休養

他五　グループ1

養う・養います

辞書形(基本形) 扶養	やしなう	たり形 又是扶養	やしなったり
ない形 (否定形) 沒扶養	やしなわない	ば形 (條件形) 扶養的話	やしなえば
なかった形 (過去否定形) 過去沒扶養	やしなわなかった	させる形 (使役形) 使扶養	やしなわせる
ます形 (連用形) 扶養	やしないます	られる形 (被動形) 被扶養	やしなわれる
て形 扶養	やしなって	命令形 快扶養	やしなえ
た形 (過去形) 扶養了	やしなった	可能形 可以扶養	やしなえる
たら形 (條件形) 扶養的話	やしなったら	う形 (意向形) 扶養吧	やしなおう

△どんな困難や苦労にもたえる精神力を養いたい。／
希望能夠培養出足以面對任何困難與艱辛的堅忍不拔毅力。

やすめる【休める】

（活動等）使休息・使停歇；（身心等）使休息・使安靜；放下

他下一　グループ2

休める・休めます

辞書形(基本形) 放下	やすめる	たり形 又是放下	やすめたり
ない形 (否定形) 沒放下	やすめない	ば形 (條件形) 放下的話	やすめれば
なかった形 (過去否定形) 過去沒放下	やすめなかった	させる形 (使役形) 使放下	やすめさせる
ます形 (連用形) 放下	やすめます	られる形 (被動形) 被放下	やすめられる
て形 放下	やすめて	命令形 快放下	やすめろ
た形 (過去形) 放下了	やすめた	可能形 可以放下	やすめられる
たら形 (條件形) 放下的話	やすめたら	う形 (意向形) 放下吧	やすめよう

△パソコンやテレビを見るときは、ときどき目を休めた方がいい。／
看電腦或電視的時候，最好經常讓眼睛休息一下。

やっつける

(俗)幹完;(狠狠的)教訓一頓·整一頓;打敗·撃敗 　他下一　グループ2

やっつける・やっつけます

辞書形(基本形) 撃敗	やっつける	たり形 又是撃敗	やっつけたり
ない形 (否定形) 沒撃敗	やっつけない	ば形 (條件形) 撃敗的話	やっつければ
なかった形 (過去否定形) 過去沒撃敗	やっつけなかった	させる形 (使役形) 使撃敗	やっつけさせる
ます形 (連用形) 撃敗	やっつけます	られる形 (被動形) 被撃敗	やっつけられる
て形 撃敗	やっつけて	命令形 快撃敗	やっつけろ
た形 (過去形) 撃敗了	やっつけた	可能形 可以撃敗	やっつけられる
たら形 (條件形) 撃敗的話	やっつけたら	う形 (意向形) 撃敗吧	やっつけよう

△相手チームをやっつける。／撃敗對方隊伍。

やりとおす【遣り通す】

做完·完成　　他五　グループ1

遣り通す・遣り通します

辞書形(基本形) 完成	やりとおす	たり形 又是完成	やりとおしたり
ない形 (否定形) 沒完成	やりとおさない	ば形 (條件形) 完成的話	やりとおせば
なかった形 (過去否定形) 過去沒完成	やりとおさなかった	させる形 (使役形) 予以完成	やりとおさせる
ます形 (連用形) 完成	やりとおします	られる形 (被動形) 被完成	やりとおされる
て形 完成	やりとおして	命令形 快完成	やりとおせ
た形 (過去形) 完成了	やりとおした	可能形 可以完成	やりとおせる
たら形 (條件形) 完成的話	やりとおしたら	う形 (意向形) 完成吧	やりとおそう

△難しい仕事だったが、何とかやり通した。／
雖然是一份艱難的工作，總算完成了。

やりとげる【遣り遂げる】 徹底做到完・進行到底・完成 [他下一] グループ2

遣り遂げる・遣り遂げます

辞書形(基本形) 完成	やりとげる	たり形 又是完成	やりとげたり
ない形 (否定形) 沒完成	やりとげない	ば形 (條件形) 完成的話	やりとげれば
なかった形 (過去否定形) 過去沒完成	やりとげなかった	させる形 (使役形) 予以完成	やりとげさせる
ます形 (連用形) 完成	やりとげます	られる形 (被動形) 被完成	やりとげられる
て形 完成	やりとげて	命令形 快完成	やりとげろ
た形 (過去形) 完成了	やりとげた	可能形 可以完成	やりとげられる
たら形 (條件形) 完成的話	やりとげたら	う形 (意向形) 完成吧	やりとげよう

 △10年越しのプロジェクトをやり遂げた。／終於完成了歷經十年的計畫。

やわらぐ【和らぐ】 變柔和・和緩起來 [自五] グループ1

和らぐ・和らぎます

辞書形(基本形) 變柔和	やわらぐ	たり形 又是變柔和	やわらいだり
ない形 (否定形) 沒變柔和	やわらがない	ば形 (條件形) 變柔和的話	やわらげば
なかった形 (過去否定形) 過去沒變柔和	やわらがなかった	させる形 (使役形) 使變柔和	やわらがせる
ます形 (連用形) 變柔和	やわらぎます	られる形 (被動形) 被緩和	やわらがれる
て形 變柔和	やわらいで	命令形 快變柔和	やわらげ
た形 (過去形) 變柔和了	やわらいだ	可能形 可以變柔和	やわらげる
たら形 (條件形) 變柔和的話	やわらいだら	う形 (意向形) 變柔和吧	やわらごう

 △怒りが和らぐ。／讓憤怒的心情平靜下來。

やわらげる【和らげる】 緩和；使明白；沖淡　　他下一　グループ2

和らげる・和らげます

辞書形（基本形）沖淡	やわらげる	たり形 又是沖淡	やわらげたり
ない形（否定形）沒沖淡	やわらげない	ば形（條件形）沖淡的話	やわらげれば
なかった形（過去否定形）過去沒沖淡	やわらげなかった	させる形（使役形）使沖淡	やわらげさせる
ます形（連用形）沖淡	やわらげます	られる形（被動形）被沖淡	やわらげられる
て形 沖淡	やわらげて	命令形 快沖淡	やわらげろ
た形（過去形）沖淡了	やわらげた	可能形 可以沖淡	やわらげられる
たら形（條件形）沖淡的話	やわらげたら	う形（意向形）沖淡吧	やわらげよう

△彼は忙しいながら、冗談でみんなの緊張を和らげてくれる。／
他雖然忙得不可開交，還是會用說笑來緩和大家的緊張情緒。

ゆがむ【歪む】 歪斜，歪扭；（性格等）乖僻，扭曲　　自五　グループ1

歪む・歪みます

辞書形（基本形）扭曲	ゆがむ	たり形 又是扭曲	ゆがんだり
ない形（否定形）沒扭曲	ゆがまない	ば形（條件形）扭曲的話	ゆがめば
なかった形（過去否定形）過去沒扭曲	ゆがまなかった	させる形（使役形）使扭曲	ゆがませる
ます形（連用形）扭曲	ゆがみます	られる形（被動形）被扭曲	ゆがまれる
て形 扭曲	ゆがんで	命令形 快扭曲	ゆがめ
た形（過去形）扭曲了	ゆがんだ	可能形	——————
たら形（條件形）扭曲的話	ゆがんだら	う形（意向形）扭曲吧	ゆがもう

△柱も梁もゆがんでいる。いいかげんに建てたのではあるまいか。／
柱和樑都已歪斜，當初蓋的時候是不是有偷工減料呢？

ゆさぶる【揺さぶる】 搖晃；震撼

揺さぶる・揺さぶります

辭書形(基本形) 搖晃	ゆさぶる	たり形 又是搖晃	ゆさぶったり
ない形(否定形) 沒搖晃	ゆさぶらない	ば形(條件形) 搖晃的話	ゆさぶれば
なかった形(過去否定形) 過去沒搖晃	ゆさぶらなかった	させる形(使役形) 使搖晃	ゆさぶらせる
ます形(連用形) 搖晃	ゆさぶります	られる形(被動形) 被搖晃	ゆさぶられる
て形 搖晃	ゆさぶって	命令形 快搖晃	ゆさぶれ
た形(過去形) 搖晃了	ゆさぶった	可能形 可以搖晃	ゆさぶれる
たら形(條件形) 搖晃的話	ゆさぶったら	う形(意向形) 搖晃吧	ゆさぶろう

△彼のスピーチに、聴衆はみな心を揺さぶられた。／
他的演說撼動了每一個聽眾。

ゆすぐ【濯ぐ】 洗滌・刷洗・洗濯；漱

他五 グループ1

濯ぐ・濯ぎます

辭書形(基本形) 刷洗	ゆすぐ	たり形 又是刷洗	ゆすいだり
ない形(否定形) 沒刷洗	ゆすがない	ば形(條件形) 刷洗的話	ゆすげば
なかった形(過去否定形) 過去沒刷洗	ゆすがなかった	させる形(使役形) 使刷洗	ゆすがせる
ます形(連用形) 刷洗	ゆすぎます	られる形(被動形) 被刷洗	ゆすがれる
て形 刷洗	ゆすいで	命令形 快刷洗	ゆすげ
た形(過去形) 刷洗了	ゆすいだ	可能形 可以刷洗	ゆすげる
たら形(條件形) 刷洗的話	ゆすいだら	う形(意向形) 刷洗吧	ゆすごう

△ゆすぐ時は、水を出しっぱなしにしないでくださいね。／
在刷洗的時候，請記得關上水龍頭，不要任由自來水流個不停喔！

ゆびさす【指差す】 （用手指）指・指示 他五 グループ1

指差す・指差します

辞書形(基本形) 指示	ゆびさす	たり形 又是指示	ゆびさしたり
ない形(否定形) 沒指示	ゆびささない	ば形(條件形) 指示的話	ゆびさせば
なかった形(過去否定形) 過去沒指示	ゆびささなかった	させる形(使役形) 使指示	ゆびささせる
ます形(連用形) 指示	ゆびさします	られる形(被動形) 被指示	ゆびさされる
て形 指示	ゆびさして	命令形 快指示	ゆびさせ
た形(過去形) 指示了	ゆびさした	可能形 可以指示	ゆびさせる
たら形(條件形) 指示的話	ゆびさしたら	う形(意向形) 指示吧	ゆびさそう

△地図の上を指差しながら教えれば、よくわかるだろう。／
用手指著地圖教對方的話，應該就很清楚明白吧！

ゆらぐ【揺らぐ】 搖動・搖晃；意志動搖；搖搖欲墜・岌岌可危 自五 グループ1

揺らぐ・揺らぎます

辞書形(基本形) 搖晃	ゆらぐ	たり形 又是搖晃	ゆらいだり
ない形(否定形) 沒搖晃	ゆらがない	ば形(條件形) 搖晃的話	ゆらげば
なかった形(過去否定形) 過去沒搖晃	ゆらがなかった	させる形(使役形) 使搖晃	ゆらがせる
ます形(連用形) 搖晃	ゆらぎます	られる形(被動形) 被搖晃	ゆらがれる
て形 搖晃	ゆらいで	命令形 快搖晃	ゆらげ
た形(過去形) 搖晃了	ゆらいだ	可能形 可以搖晃	ゆらげる
たら形(條件形) 搖晃的話	ゆらいだら	う形(意向形) 搖晃吧	ゆらごう

△家族の顔を見たが最後、家を出る決心が揺らいだ。／
一看到家人們之後，離家出走的決心就被動搖了。

ゆるむ【緩む】 鬆散・緩和・鬆弛 〔自五〕 グループ1

緩む・緩みます

辭書形(基本形) 緩和	ゆるむ	たり形 又是緩和	ゆるんだり
ない形 (否定形) 沒緩和	ゆるまない	ば形 (條件形) 緩和的話	ゆるめば
なかった形 (過去否定形) 過去沒緩和	ゆるまなかった	させる形 (使役形) 使緩和	ゆるませる
ます形 (連用形) 緩和	ゆるみます	られる形 (被動形) 被緩和	ゆるまれる
て形 緩和	ゆるんで	命令形 快緩和	ゆるめ
た形 (過去形) 緩和了	ゆるんだ	可能形	———
たら形 (條件形) 緩和的話	ゆるんだら	う形 (意向形) 緩和吧	ゆるもう

△寒さが緩み、だんだん春めいてきました。／
嚴寒逐漸退去，春天的腳步日漸踏近。

ゆるめる【緩める】 放鬆，使鬆懈；鬆弛；放慢速度 〔他下一〕 グループ2

緩める・緩めます

辭書形(基本形) 放鬆	ゆるめる	たり形 又是放鬆	ゆるめたり
ない形 (否定形) 沒放鬆	ゆるめない	ば形 (條件形) 放鬆的話	ゆるめれば
なかった形 (過去否定形) 過去沒放鬆	ゆるめなかった	させる形 (使役形) 使放鬆	ゆるめさせる
ます形 (連用形) 放鬆	ゆるめます	られる形 (被動形) 被放鬆	ゆるめられる
て形 放鬆	ゆるめて	命令形 快放鬆	ゆるめろ
た形 (過去形) 放鬆了	ゆるめた	可能形 可以放鬆	ゆるめられる
たら形 (條件形) 放鬆的話	ゆるめたら	う形 (意向形) 放鬆吧	ゆるめよう

△時代に即して、規則を緩めてほしいと思う社員が増えた。／
期望順應時代放寬規定的員工與日俱增。

よける【避ける】 躱避・避開；防備

他下一 グループ2

避ける・避けます

辭書形（基本形） 避開	よける	たり形 又是避開	よけたり
ない形（否定形） 沒避開	よけない	ば形（條件形） 避開的話	よければ
なかった形（過去否定形） 過去沒避開	よけなかった	させる形（使役形） 使避開	よけさせる
ます形（連用形） 避開	よけます	られる形（被動形） 被避開	よけられる
て形 避開	よけて	命令形 快避開	よけろ
た形（過去形） 避開了	よけた	可能形 可以避開	よけられる
たら形（條件形） 避開的話	よけたら	う形（意向形） 避開吧	よけよう

△木の下に入って雨をよける。／到樹下躲雨。

よせあつめる【寄せ集める】 收集・匯集・聚集・拼湊

他下一 グループ2

寄せ集める・寄せ集めます

辭書形（基本形） 聚集	よせあつめる	たり形 又是聚集	よせあつめたり
ない形（否定形） 沒聚集	よせあつめない	ば形（條件形） 聚集的話	よせあつめれば
なかった形（過去否定形） 過去沒聚集	よせあつめ なかった	させる形（使役形） 使聚集	よせあつめさせる
ます形（連用形） 聚集	よせあつめます	られる形（被動形） 被聚集於…	よせあつめられる
て形 聚集	よせあつめて	命令形 快聚集	よせあつめろ
た形（過去形） 聚集了	よせあつめた	可能形 可以聚集	よせあつめられる
たら形（條件形） 聚集的話	よせあつめたら	う形（意向形） 聚集吧	よせあつめよう

△素人を寄せ集めたチームだから、優勝なんて到底無理だ。／
畢竟是由外行人組成的隊伍，實在沒有獲勝的希望。

よびとめる【呼び止める】 叫住

呼び止める・呼び止めます

辞書形(基本形) 叫住	よびとめる	たり形 又是叫住	よびとめたり
ない形 (否定形) 沒叫住	よびとめない	ば形 (條件形) 叫住的話	よびとめれば
なかった形 (過去否定形) 過去沒叫住	よびとめなかった	させる形 (使役形) 予以叫住	よびとめさせる
ます形 (連用形) 叫住	よびとめます	られる形 (被動形) 被叫住	よびとめられる
て形 叫住	よびとめて	命令形 快叫住	よびとめろ
た形 (過去形) 叫住了	よびとめた	可能形 可以叫住	よびとめられる
たら形 (條件形) 叫住的話	よびとめたら	う形 (意向形) 叫住吧	よびとめよう

△彼を呼び止めようと、大声を張り上げて叫んだ。／
為了要叫住他而大聲地呼喊。

よみあげる【読み上げる】 朗讀；讀完

読み上げる・読み上げます

辞書形(基本形) 讀完	よみあげる	たり形 又是讀完	よみあげたり
ない形 (否定形) 沒讀完	よみあげない	ば形 (條件形) 讀完的話	よみあげれば
なかった形 (過去否定形) 過去沒讀完	よみあげなかった	させる形 (使役形) 讓…讀完	よみあげさせる
ます形 (連用形) 讀完	よみあげます	られる形 (被動形) 被讀完	よみあげられる
て形 讀完	よみあげて	命令形 快讀完	よみあげろ
た形 (過去形) 讀完了	よみあげた	可能形 可以讀完	よみあげられる
たら形 (條件形) 讀完的話	よみあげたら	う形 (意向形) 讀完吧	よみあげよう

△式で私の名が読み上げられたときは、光栄の極みだった。／
當我在典禮中被唱名時，實在光榮極了。

よみとる【読み取る】 領會・讀懂・看明白・理解 　自五 グループ1

読み取る・読み取ります

辞書形（基本形）理解	よみとる	たり形 又是理解	よみとったり
ない形（否定形）沒理解	よみとらない	ば形（條件形）理解的話	よみとれば
なかった形（過去否定形）過去沒理解	よみとらなかった	させる形（使役形）使理解	よみとらせる
ます形（連用形）理解	よみとります	られる形（被動形）被理解	よみとられる
て形 理解	よみとって	命令形 快理解	よみとれ
た形（過去形）理解了	よみとった	可能形 可以理解	よみとれる
たら形（條件形）理解的話	よみとったら	う形（意向形）理解吧	よみとろう

△真意を読み取る。／理解真正的涵意。

よりかかる【寄り掛かる】 倚・靠；依賴・依靠 　自五 グループ1

寄り掛かる・寄り掛かります

辞書形（基本形）依靠	よりかかる	たり形 又是依靠	よりかかったり
ない形（否定形）沒依靠	よりかからない	ば形（條件形）依靠的話	よりかかれば
なかった形（過去否定形）過去沒依靠	よりかからなかった	させる形（使役形）予以依靠	よりかからせる
ます形（連用形）依靠	よりかかります	られる形（被動形）被依靠	よりかかられる
て形 依靠	よりかかって	命令形 快依靠	よりかかれ
た形（過去形）依靠了	よりかかった	可能形 可以依靠	よりかかれる
たら形（條件形）依靠的話	よりかかったら	う形（意向形）依靠吧	よりかかろう

△ドアに寄り掛かったとたん、ドアが開いてひっくりかえった。／
才剛靠近門邊，門扉突然打開，害我翻倒在地。

よりそう【寄り添う】 挨近・貼近・靠近

自五 グループ1

寄り沿う・寄り沿います

辞書形(基本形) 靠近	よりそう	たり形 又是靠近	よりそったり
ない形(否定形) 沒靠近	よりそわない	ば形(條件形) 靠近的話	よりそえば
なかった形(過去否定形) 過去沒靠近	よりそわなかった	せる形(使役形) 使靠近	よりそわせる
ます形(連用形) 靠近	よりそいます	られる形(被動形) 被靠近	よりそわれる
て形 靠近	よりそって	命令形 快靠近	よりそえ
た形(過去形) 靠近了	よりそった	可能形 可以靠近	よりそえる
たら形(條件形) 靠近的話	よりそったら	う形(意向形) 靠近吧	よりそおう

 △父を早くに亡くしてから、母と私は寄り添いながら生きてきた。／
父親早年過世了以後，母親和我從此相依為命。

よわる【弱る】 衰弱・軟弱；困窘・為難

自五 グループ1

弱る・弱ります

辞書形(基本形) 為難	よわる	たり形 又是為難	よわったり
ない形(否定形) 沒為難	よわらない	ば形(條件形) 為難的話	よわれば
なかった形(過去否定形) 過去沒為難	よわらなかった	せる形(使役形) 使為難	よわらせる
ます形(連用形) 為難	よわります	られる形(被動形) 被為難	よわられる
て形 為難	よわって	命令形 快為難	よわれ
た形(過去形) 為難了	よわった	可能形	——
たら形(條件形) 為難的話	よわったら	う形(意向形) 為難吧	よわろう

△犬が病気で弱ってしまい、餌さえ食べられない始末だ。／
小狗的身體因生病而變得衰弱，就連飼料也無法進食。

わりあてる 【割り当てる】 分配・分擔・分配額；分派・分擔（的任務）

他下一 グループ2

割り当てる・割り当てます

辞書形(基本形) 分配	わりあてる	たり形 又是分配	わりあてたり
ない形（否定形） 沒分配	わりあてない	ば形（條件形） 分配的話	わりあてれば
なかった形（過去否定形） 過去沒分配	わりあてなかった	させる形（使役形） 予以分配	わりあてさせる
ます形（連用形） 分配	わりあてます	られる形（被動形） 被分配	わりあてられる
て形 分配	わりあてて	命令形 快分配	わりあてろ
た形（過去形） 分配了	わりあてた	可能形 可以分配	わりあてられる
たら形 分配的話	わりあてたら	う形（意向形） 分配吧	わりあてよう

△費用を等分に割り当てる。／費用均等分配。

QR Code版 日本語

ニホンゴノウリョクシケンドウシカツヨウ

快攻手 動詞變化

金牌作者群
吉松由美・田中陽子　　林勝田　合著

動詞活用 N1~N5

辭典

QR日檢大全 06

25K+QR碼線上音檔

┃發行人╱**林德勝**

┃著者╱**吉松由美、田中陽子、林勝田**

┃出版發行╱**山田社文化事業有限公司**

地址　臺北市大安區安和路一段112巷17號7樓
電話　02-2755-7622　02-2755-7628
傳真　02-2700-1887

┃郵政劃撥╱**19867160號　大原文化事業有限公司**

┃總經銷╱**聯合發行股份有限公司**

地址　新北市新店區寶橋路235巷6弄6號2樓
電話　02-2917-8022
傳真　02-2915-6275

┃印刷╱**上鎰數位科技印刷有限公司**

┃法律顧問╱**林長振法律事務所　林長振律師**

┃初版一刷╱**2024年2月**

┃單書+QR碼╱**定價　新台幣 699 元**

ISBN: 978-986-246-810-4

2024, Shan Tian She Culture Co. , Ltd.